John
Updike

Gesammelte
Erzählungen

Rowohlt

Aus dem Amerikanischen übertragen von Maria Carlsson,
Susanna Rademacher und Hermann Stiehl
Hinweise auf Originalausgaben, Originaltitel
der Erzählungen und Übersetzer
siehe Quellennachweis auf Seite 319
Schutzumschlag- und Einbandentwurf von Werner Rebhuhn

1.–15. Tausend August 1971
© Rowohlt Verlag GmbH, Reinbek bei Hamburg, 1971
Schnee in Greenwich Village und *Flügge* © S. Fischer Verlag GmbH,
Frankfurt am Main, 1966
The Same Door © John Updike, 1959
Pigeon Feathers and Other Stories © John Updike, 1959, 1960, 1961, 1962
The Music School © John Updike, 1962, 1963, 1964, 1965, 1966
Alle Rechte an dieser Ausgabe vorbehalten
Gesamtherstellung Clausen & Bosse, Leck/Schleswig
Das holzfreie Werkdruckpapier lieferte die Papierfabrik
Peter Temming AG, Glückstadt/Elbe
Printed in Germany
ISBN 3 498 09436 X

Inhalt

Ace ist Trumpf 7
Morgen und morgen und so fort 16
Das Gepfeif des Jungen 26
Schnee in Greenwich Village 33
Seine große Stunde 43
Ein Pfeiler der Reaktion 56
Walter Briggs 67
Flügge 74
Darf Zauberer Mammi hauen? 92
Lieber Alexandros 99
Werben um die eigene Frau 104
Heim 109
Erzengel 122
Die Doktorsfrau 124
Die Krähe im Wald 134
In der Footballsaison 138
Der Indianer 143
Beim Blutspenden 149
Ein Verrückter 162
Der Blick 175
Avec la Bébé-Sitter 182
Zweibettzimmer in Rom 190
Vier Seiten einer Geschichte 199
In einer Bar in Charlotte Amalie 210
Die christlichen Zimmergenossen 223
Mein Geliebter hat schmutzige Fingernägel 251
Harv pflügt jetzt 260
Die Musikschule 266
Die Rettung 272
Die bulgarische Dichterin 281
Die Familienwiese 297
Der Einsiedler 302
Quellennachweis 319

Ace ist Trumpf

Als Ace in den Boulevard einbog, der geradewegs nach Hause führte, drückte er auf den Radioknopf. Er brauchte das Radio, besonders heute. In den Sekunden, bis die Röhren warm wurden, sagte er laut, nur um eine menschliche Stimme zu hören: «Jungejunge, die wird sich wundern.» Seine Stimme, obschon vertraut, verdroß ihn: sie klang dünn und kratzig, als fingen die Knochen in seinem Kopf atmosphärische Störungen auf. In tieferem Ton fügte er hinzu: «Sie wird mich umbringen.» Dann setzte das Radio ein, warm und voll, und er dachte nicht mehr nach. Die Five Kings brachten *Blueberry Hill*: Ace hörte zu, und eine solche Sicherheit überkam ihn, daß er sich aus dem Päckchen, das zwischen Autodach und Sonnenblende klemmte, eine Zigarette zupfte, sie sich an die Unterlippe klebte, mit einem Streichholz über die verrostete Stelle am Armaturenbrett ratschte, die Flamme an den instinktiven Punkt nahe der Nasenspitze hielt, zog und das Streichholz ausblies, und alles im Takt mit der Musik. Er kurbelte das Fenster herunter und schnippte das Streichholz hinaus, so daß es sich ein paarmal in der Luft überschlug, bevor es im Rinnstein landete. «Zwei Punkte», sagte er und kippte die Zigarette mit den Lippen nach oben, Richtung Autodach, sog kräftig daran und stieß die Rauchfedern durch die Nüstern aus. Langsam fing er an, wieder er selbst zu sein, Ace Anderson. Zum erstenmal an diesem Tag, diesem schwarzen Tag. Er trat den Takt aufs Gaspedal. Der Wagen ruckte wie wild. «*On Blueberry Hill*», sang Ace, «*my heart stood still. The wind in the wil-low tree*» – rot: er bremste – «*played love's suuu-weet melody –*»

«He, Daddy, mach dir nicht die Lungen kaputt!» trompete eine Jungenstimme. Sie kam aus einem Pontiac Jahrgang zweiundfünfzig, der neben Ace an der Ampel hielt. Das Profil des Fahrers – auch er ein Halbwüchsiger – ragte dunkel über der Schulter seines Begleiters.

Ace sah zu ihnen hinüber und lächelte lässig, hob nur den Mundwinkel ein wenig. «Hosenscheißer», sagte er gutmütig. Vor ein paar Jahren war er genauso alt gewesen wie die beiden da.

Aber der Junge, der irgendwie griechisch aussah, hob seine wulstige Oberlippe und spuckte aus dem Fenster. Die Spucke glitzerte auf dem Asphalt wie eine Fünfzig-Cent-Münze.

«Sauber!» sagte Ace, die Ampel nicht aus den Augen lassend. «Du mieser kleiner Kümmeltürke!»

Während der Junge noch auf einen smarten Gegenschlag sann, wechselte das Licht. Ace gab so heftig Gas, daß es nach verbranntem Gummi roch. Im Rückspiegel sah er den Pontiac ein paar Meter vorwärts hoppeln und dann verrecken, mitten auf der Kreuzung.

Das Bild, wie sie da mit ihrem fetten, blechernen Pontiac steckengeblieben waren, hielt ihn während der ganzen Fahrt in guter Stimmung. Er beschloß, bei seiner Mutter vorbeizufahren und das Baby abzuholen, was er sonst immer Evey überließ. Seine Mutter hatte ihn offenbar kommen sehen. Sie trat auf die Veranda heraus, mit einem Plastiklöffel in der Hand, umweht von Kuchenduft.

«Du bist früh dran», sagte sie.

«Friedman hat mich gefeuert», sagte Ace.

«Gratuliere», sagte seine Mutter. «Ich hab immer gesagt, daß er dich schlecht behandelt hat.» Sie fingerte eine Zigarette aus ihrer Schürzentasche und schob sie sich tief in den Mundwinkel: wie immer, wenn etwas zu ihrer Zufriedenheit ausgegangen war.

Ace gab ihr Feuer. «An und für sich war Friedman in Ordnung», sagte er. «Er verlangte bloß zuviel für sein Geld. Samstags arbeiten, das seh ich ja noch ein, aber dann noch jeden Freitag bis elf, zwölf in der Nacht – das geht zu weit. Jeder Mensch hat das Recht auf ein bißchen Freizeit.»

«Na, ich möchte ja nicht wissen, was Evey dazu sagt, aber was mich betrifft, ich dank meinem Schöpfer, daß du Grips genug gehabt hast, auszusteigen. Ich habe immer gesagt, daß dieser Job aussichtslos ist in jeder Beziehung, Freddy.»

«Wahrscheinlich hast du recht», sagte Ace. «Aber ich wollte nicht aufgeben. Wegen der Familie.»

«Ich weiß, so was sagt man nicht, aber falls Evey – es bleibt ja unter uns – falls Evey der Meinung sein sollte, sie wüßte es besser, dann komm her, in deinem Elternhaus ist immer Platz für dich. Für dich *und* für Bonnie.» Sie kniff die Lippen zusammen. Er hörte förmlich, wie sie dachte: So. Nun ist es heraus.

«Kuck mal, Mamma, Evey gibt sich irrsinnige Mühe, und außerdem weißt du doch, daß Arbeiten nicht so ganz ihre Sache ist. Nicht, daß *das* – ich meine, natürlich ist sie realistisch . . .» Der Rest des Satzes blieb ungesagt, verwischte sich in seinem Kopf, denn drüben auf der anderen Straßenseite dribbelte ein Junge einen Basketball um einen Telegrafenmast herum, an dem ein Brett mit Netz festgenagelt war.

«Evey ist ein prächtiges Mädchen – auf ihre Art. Aber ich habe immer gesagt, und dein Vater stimmt mir da zu, daß Katholiken unter sich heiraten sollten. Ich weiß, ich wiederhole mich, aber es ist nun mal so. Wenn die in die besseren Kreise vordringen –»

«*Bitte*, Mamma.»

Sie runzelte die Stirn, schluckte ihren Ärger dann hinunter und sagte: «Du stehst heute in der Zeitung.»

Ace hatte keine Lust, darauf einzugehen. Er sah dem Jungen mit dem Basketball zu. Komisch, dachte er, der Witz ist doch, den Ball nach oben in die Luft zu kriegen, aber diese Kinder grabschen immer von der Seite zu und drücken ihn dadurch runter. Die Kinder denken einfach nicht.

«Hast du gehört?» fragte seine Mutter.

«Ja. Was ist schon dabei», sagte Ace. Die Unterlippe seiner Mutter schob sich bedrohlich vor, und so wechselte er lieber das Thema. «Dann nehme ich jetzt wohl Bonnie mit.»

Seine Mutter ging ins Haus und kehrte mit Bonnie zurück. Sie war in eine blaue Decke gewickelt und sah benommen aus. «Den ganzen Tag hat sie rumkrakeelt», beschwerte seine Mutter sich. «Ich hab zu deinem Vater gesagt: ‹Bonnie ist ja ein liebes kleines Mädchen, aber sie schlägt ganz nach ihrer Mutter.› Du warst das artigste Kind von der Welt.»

«Ich *hatte* ja auch alles», sagte Ace ungeduldig. Seine Mutter blinzelte wie eine Eule. Er ließ seine Zigarette säuberlich in einen braunen Blumentopf auf dem Verandageländer fallen und nahm seine Tochter auf den Arm. Sie wurde immer schwerer, kompakter. Er ging den zementierten Gartenweg entlang. An der Straße drehte er sich um und seine Mutter stand immer noch auf der Veranda und winkte ihm nach. Er war ihr so nah, daß er das Fett um ihren Ellbogen wabbeln sehen konnte, und er wohnte genau eine Straßenecke weiter, aber sie stand da und winkte, als wollte er nach Japan.

Es kam ihm plötzlich albern vor, dieses läppische Stückchen Weg mit dem Auto zu fahren. «Nehmt nie das Auto, wenn ihr zu Fuß gehen könnt», hatte Trainer Behn seinen Jungen eingeschärft. Ace ließ den Zündschlüssel in der Tasche und rannte den Bürgersteig entlang, und Bonnie jauchzte und hopste an seiner Brust. Mit Getöse öffnete und schloß er die Tür zum Haus seiner Wirtin, preschte die zwei Treppen hinauf zu seiner Wohnung und rang so heftig nach Atem, daß er mehrere Sekunden brauchte, bis er den Schlüssel im Schloß hatte.

Das Gehopse hatte Bonnie anscheinend auf Touren gebracht. Kaum lag sie in ihrem Gitterbett, schrie sie los und fuchtelte mit den Armen. Ace hatte keine Lust, mit ihr zu spielen. Er warf ihr ein paar Bauklötze und eine Klapper ins Bett, ging ins Bad, drehte den Heißwasserhahn auf und begann sich zu kämmen. Er hielt den Kamm unter das Wasser und zog ihn sich durchs Haar, immer wieder, so lange, bis alles glatt nach vorn gekämmt war. Es war so lang, daß eine Strähne sich unter seiner Nase ringelte und ihn an der Lippe kitzelte. Mit einem einzigen Kopfrucken schwappte er den ganzen Schopf nach hinten. Er drückte die gebauschten Stellen über den Ohren glatt und fuhr mit dem Kamm links und rechts straff nach hinten. Mit dem Finger tastete er dann den kleinen Grat am Hinterkopf ab, da, wo die beiden Haarpartien zusammenstießen: saß tadellos. Zum Schluß zupfte er sich eine kleine Alan Ladd-Locke in die Stirn. Dadurch wirkten die Schläfen nicht so hoch. Ace fand, daß sein Haaransatz mit jedem Tag ein Stückchen höher rutschte. Das war ihm allenthalben schon aufgefallen: blonde Männer wurden schneller kahl als andere. Aber er erinnerte sich, irgendwo mal gelesen zu haben, Kahlköpfigkeit sei ein Zeichen für Virilität.

Auf dem Weg zur Küche schaltete er den Fernsehapparat an. Bonnie war leichter zu bändigen, wenn der Kasten lief. Ace konnte sich nicht vorstellen, daß sie auch nur das mindeste mitbekam, aber irgend etwas schien der Apparat ihr zu bedeuten. Er fand ein Büchse Bier im Kühlschrank hinter einem angefaulten Salatkopf und den Knackwürsten, die Evey längst hatte heißmachen wollen, wozu es aber nie kam. Sie mußte jeden Augenblick hier sein. Es war zwölf nach fünf. Die wird sich wundern.

Ace wußte nicht, was er anderes tun sollte, als ihr mit Vernunftargumenten zu kommen. «Evey», würde er sagen, «du solltest deinem Schöpfer danken, daß ich da raus bin. War doch ein aussichtsloser Fall, dieser Job.» Er hoffte, sie würde nicht zu sehr in Fahrt geraten, denn wenn sie in Fahrt war, fragte er sich immer, ob er sie überhaupt hätte heiraten sollen, und wenn er sich *das* fragte, kam er in Bedrängnis. Es war schlimm genug, daß seine Mutter ihn immer so bedrängte. Er stanzte die beiden Dreiecke in den Deckel der Bierdose, erst das kleine, dann das große, aus dem er trank. Hoffentlich würde Evey nichts sagen, das sich nicht vergessen ließ. Frauen schienen einfach nicht zu begreifen, daß es Dinge gibt, die man zwar wissen darf, aber nicht sagen.

Es tat ihm leid, daß er den Jungen im Auto «Kümmeltürke» genannt hatte.

Ace stellte das Bier auf eine Ecke des Babybetts, wo zwei Gitterwände aneinanderstießen, und suchte unter den Stühlen nach der Morgenzeitung. Es dauerte eine Weile, bis er seinen Namen gefunden hatte; er stand in der untersten Zeile einer Spalte auf einer innen versteckten Sportseite, in einem kleinen Artikel über die Bezirksmeisterschaften im Basketball:

«Dusty» Tremwick, Grosvenor Parks Mittelspieler mit der souveränen Hand, kann in dieser Spielzeit die grandiose Gesamtzahl von 376 Punkten für sich verbuchen. Damit hat er sich bis auf 18 Punkte dem Dauerrekord von 394 genähert, der in der Spielzeit 1949/50 von Fred Anderson, Olinger High School, aufgestellt wurde.

Verärgert ließ Ace die Zeitung auf einen Sessel segeln. Auf einmal hieß er Fred Anderson; früher war er immer nur Ace gewesen, das große As. Er haßte es, Fred genannt zu werden, besonders in der Zeitung, aber die Sportreporter waren ja allesamt Federfuchser, das hatte Behn schon immer gesagt.

«Verlangen Sie nicht Schuhcreme», sagte gerade ein Mann auf dem Bildschirm, «sondern verlangen Sie *Emu*-Schuhcreme, die *einzige* Schuhpflege, die Ihnen die *Sicherheit* gibt, daß Ihre Schuhe neuer werden als neu.» Ace schaltete den Ton ab, so daß der Mann seinen Mund nur noch wie ein blasenblubbernder Fisch bewegte. Sofort fing Bonnie zu brüllen an, und Ace drehte den Ton wieder auf, so laut, daß Bonnie übertrumpft wurde, und ging in die Küche, ohne zu wissen, weshalb. Hunger hatte er keinen; sein Magen war wie zugeschnürt. Es war so wie früher, kurz vor einem Spiel, wenn er allein in der Dunkelheit zur Sporthalle ging und von weitem die Leute aus der Stadt sah, Jungen mit ihren Eltern, die sich durch die erleuchteten Türen drängten. Aber wenn er dann in den hellen, warmen Umkleideraum trat, wo die anderen schon alle versammelt waren und lachten und mit Handtüchern nach einander schlugen, dann löste sich die Beklemmung. Jetzt vergingen ganze Tage, ohne daß sie wich.

Ein Schlüssel rumorte im Schloß. Ace blieb in der Küche. Sollte sie doch zu ihm kommen. Ihre Absätze klapperten drei, vier Schritt über die Dielen, dann verstummte der Fernsehapparat. Bonnie fing zu weinen an. «Sei still, Schätzchen», sagte Evey. Und es *war* Stille.

«Ich bin da!» rief Ace.

«Ach nein! Ich dachte schon, *Bonnie* hätte sich das Bier geholt.»

Ace lachte. Sie war spöttisch aufgelegt, kam sich wie Lauren Bacall vor. Ihm war es recht, Hauptsache, sie blieb dabei. Lächelnd kam er ins Wohnzimmer geschlendert, und schon hatte er's: «*Du* hast es nötig, zu grinsen! Und wenn ich fragen darf — was hast du dir dabei gedacht, mit Bonnie durch die Straßen zu rennen, als ob sie ein Fußball wär?»

«Du hast das gesehn?»

«Deine Mutter hat es mir gesagt.»

«Du hast mit ihr gesprochen?»

«Was denn sonst? Ich wollte Bonnie abholen. Was stellst du dir eigentlich vor — daß ich ihre winzigen Gedanken lese?»

«Reg dich ab», sagte Ace und hätte gern gewußt, ob Mamma ihr wohl die Sache mit Friedman erzählt hatte.

«Mich abregen? Hör bloß auf, mich rumzukommandieren! *Noch* eine Frage: warum steht der Wagen vor ihrer Tür? Hast du ihn ihr geschenkt?»

«Mensch, ich hab ihn da geparkt, weil ich Bonnie abholen wollte, und dann dachte ich, ich könnte ihn da stehnlassen.»

«Und warum?»

«Na warum wohl? Ich hab's einfach getan. Ich hab gedacht, ich geh zu Fuß. Es ist ja nicht weit, wie du weißt.»

«Nein, weiß ich *nicht*. Wenn du den ganzen Tag auf den Beinen wärst, würde es dir von einer Straßenecke zur anderen verdammt weit vorkommen.»

«Okay. Tut mir leid.»

Sie hängte ihren Mantel auf, streifte die Schuhe ab und ging im Zimmer umher und sammelte heruntergefallene Sachen auf. Sie stopfte die Zeitung in den Papierkorb.

Ace sagte: «Mein Name steht heute in der Zeitung.»

«So. Als was haben sie dich denn bezeichnet, als As, was?» Sie stieß die Zeitung mit dem Fuß noch tiefer in den Papierkorb. Es gab keinen Zweifel: sie wußte alles über die Sache mit Friedman.

«Sie haben Fred geschrieben.»

«Na und? So heißt du doch. Oder wie heißt du *sonst*, deiner Meinung nach? Held Supergroß?»

Darauf gab es keine Antwort, Ace versuchte es erst gar nicht. Er setzte sich aufs Sofa, zündete sich eine Zigarette an und wartete.

Evey nahm Bonnie auf den Arm. «Das arme Wurm stinkt. Was macht deine Mutter mit ihr, schrubbt sie mit ihr die Toilette?»

«Reg dich doch nicht so auf. Ich weiß, daß du müde bist.»

«Kunststück. Ich bin immer müde.»

Evey und Bonnie verschwanden im Bad. Als sie wiederkamen, war Bonnie sauber und Evey ruhig. Sie setzte sich auf einen Sessel neben Ace und legte ihre bestrumpften Beine auf seine Knie. «Los, Schuß», sagte sie und schnippte mit den Fingern, weil sie seine Zigarette wollte.

Das Baby krabbelte zu ihrem Sessel und zog sich mühsam daran hoch, um zu sehen, was vor sich ging. Evey beugte sich vor, berührte fast Bonnies Nase, und Rauch quoll zwischen ihren Zähnen hervor, als sie grinsend sagte: «Nur für Erwachsene, Schätzchen.»

«Eve», fing Ace an, «dieser Job war aussichtslos. Den ganzen Samstag arbeiten und Freitag nacht noch dazu.»

«Ich weiß. Das hat deine Mutter mir schon vorgebetet. Von dir will ich bloß noch hören, was passiert ist.»

Sie wollte die Sache also fair behandeln. Was *war* denn nun passiert – er überlegte. «Es war nicht meine Schuld», sagte er. «Friedman wollte, daß ich einen einundfünfziger Chevrolet rückwärts auf den Parkplatz fahre. Er hat ihn gerade gekauft, heute morgen erst, von irgendeinem Kerl, der behauptete, der Wagen hätte höchstens zwanzigtausend drauf. Ich setz mich also rein und starte. Der Motor knatterte wie ein Maschinengewehr. Ich wollte Friedman schon sagen, er hätte sich 'ne Rakete zugelegt, aber du weißt ja, ich verkneif mir diese kecken Bemerkungen, seit Palotta mich rausgeschmissen hat.»

«*Die* Geschichte kenn ich. Wie geht diese weiter?»

«Mensch, Eve, ich bin ja *dabei*. Willst du, daß ich weggehe – ins Kino oder so?»

«Ganz wie's dir beliebt.»

«Also, ich setz mich in den Chevvy und bugsiere ihn rückwärts in die Lücke, und da höre ich, wie's auf einmal schrapt und bumst. Ich steige aus und seh nach, und da kommt schon Friedman rüber und macht *so* mit den Armen –» Ace wirbelte beide Arme herum und lachte – «und wir stellen fest, daß bei einem neunundvierziger Merc der hintere Kotflügel eingedrückt ist. Sah aus, als ob jemand mit 'nem Hobel die ganze Ausbauchung da hinten weggrasiert hätte.» Er versuchte, es ihr mit den Händen anschaulich zu machen. «Aber der Chevvy, der hat nicht einen einzigen Kratzer abgekriegt. Im Gegenteil, er hat noch ein bißchen Farbe dazubekommen. Aber *Friedman* was *der* aufgestellt hat! Jungejunge, die können vielleicht toben, wenn's denen an die Brieftasche geht! Er hat gesagt –» Ace lachte wieder – «na, lassen wir das.»

«Du bist wohl stolz auf dich», sagte Evey.

«Nein. Ich freu mich wahrhaftig nicht über die Geschichte. Aber ich konnte nicht das Geringste dafür. An meinem Fahren lag's *nicht*. Ich kuckte auf der anderen Seite nach, und da waren knappe zehn Zentimeter zwischen dem Chevvy und einem Buick. *Niemand* hätte in dies Loch gekonnt. Auch nicht, wenn's Haare gehabt hätte.» Er fand das gut.

Sie nicht. «Du hättest aufpassen können.»

«Es war einfach nicht genug *Platz.* Friedman sagte: quetsch ihn rein. Na, da quetschte ich ihn rein.»

«Aber du konntest dich vorher vergewissern und die anderen Wagen verschieben, um Platz zu bekommen.»

«Ja, das wär wahrscheinlich das Richtige gewesen.»

«Ja, das scheint mir auch. Was jetzt?»

«Wie meinst du?»

«Ich meine, was jetzt? Gibst du auf? Gehst du zurück zum Militär? Oder zu deiner Mutter? Oder wirst du Basketball-Profi? Oder was?»

«Dafür bin ich nicht groß genug, das weißt du doch. Unter einsfünfundneunzig nehmen sie einen nicht.»

«Was du nicht sagst — einsfünfundneunzig? Jetzt hör mir mal zu, du kümmerlicher einsvierundneunzigkommaneun: ich hab die Nase voll. Ich bin fertig mit dir. Von mir aus kannst du gehn, wohin du willst.» Sie drückte ihre Zigarette so heftig in dem Aschenbecher auf ihrer Sessellehne aus, daß er umkippte und herunterfiel. Sie wurde rot und verstummte.

Das Schlimmste bei ihren Zankereien, fand Ace, war dies Schweigen, wenn Evey etwas so Häßliches gesagt hatte, daß es ihr selber leid tat. «Da frag mal lieber erst den Priester», brummelte er.

Sie setzte sich kerzengerade auf. «Die Priester überläßt du gefälligst *mir.* Die sind *meine* Sache. Von denen verstehst du einen Dreck. Einen Dreck.»

«He, sieh dir mal Bonnie an», sagte er — so unbefangen, wie er nur konnte.

Evey hörte ihn gar nicht. «Wenn du glaubst, Mr. Fred», fuhr sie fort, «wenn du auch nur einen einzigen mickerigen Augenblick lang glaubst, daß du mit deinen Kraftmeiereien das A und O meines Lebens bist —»

«Nun kuck doch, du Rabenmutter», sagte Ace beschwörend und zeigte auf Bonnie. Das Kind hatte den Aschenbecher aufgehoben und setzte ihn sich gerade als Hut auf den Kopf.

Evey warf ihr einen unwilligen Blick zu. «Süß», sagte sie. «Genauso süß wie ihr Vater.»

Der Aschenbecher rutschte Bonnie vom Kopf, und sie grabschte ihn sich wieder.

«Mhm, kuck dir das an», sagte Ace. «Kuck dir ihre Hände an. Was für einen Griff die hat.»

«Du bist nicht bei Trost», sagte Evey.

«Nein, im Ernst. Bonnie ist eine Kanone. Ein Naturtalent. Hol ihr die Klapper. Nein, laß, ich hol sie schon.» Mit zwei Sätzen war er an Bonnies Bett und klaubte aus dem Durcheinander von Bauklötzen und Plastikringen und Bohnensäckchen die Klapper heraus. Er rasselte leise damit und streckte sie seiner Tochter hin. Wachsam — weil ihr plötzlich soviel Aufmerksamkeit zuteil wurde — packte Bonnie zu: wie zwei kleine Tiere fuhren ihre Hände auf die Klapper los, die eine von der einen Seite, die andere von der anderen, bis sie sie gleichzeitig im Griff hatten. Ein Lachen dämmerte in ihrem Gesicht. Ace zerrte sacht an dem Spielzeug. Bonnie zögerte einen Moment und zog dann zurück. «Sie ist ein Naturtalent», sagte Ace, «und damit kann sie überhaupt nichts anfangen, weil sie ein Mädchen ist. Baby, wir brauchen noch einen Jungen.»

«Ich bin nicht dein Baby», sagte Evey und schloß die Augen.

Wieder und wieder «Baby» sagend, bewegte Ace sich rückwärts aufs Radio zu und schaltete es, ohne sich umzudrehen, ein. In der Sekunde, bevor der Ton kam, hatte Evey gerade Zeit zu sagen: «Streng deinen Grips an, Freddy. Was soll nun werden?»

Das Radio brachte irgend etwas Langsames: Musik zum Feierabend. Ace hob Bonnie auf und setzte sie ins Gitterbett. «Wollen wir tanzen?» fragte er seine Frau und verbeugte sich.

«Ich möchte mit dir reden.»

«Baby, jetzt ist Cocktailstunde.»

«Wir haben doch gar keinen Platz hier», sagte sie, stand aber doch von ihrem Sessel auf.

«Fred junior. Ich seh ihn vor mir», sagte er und sah nichts.

«Es wird keinen Junior geben.»

Bonnie winselte, als sie mitansehen mußte, wie ihre Mutter umfaßt wurde. Ace schmiegte seine Hand in die dafür vorgesehene Mulde in Eveys Rücken, und Evey paßte sich widerstrebend seinem Rhythmus an. Plötzlich fielen die Saxophone ein, das Tempo belebte sich, und Ace ließ Evey sich drehen, sehr gewissenhaft machte er das, und ruckte mit den Schultern den Takt dazu. Ihr Haar streifte seine Lippen, als sie sich an seinem Arm zu ihm hinzog und dann wieder zurückschwang; er konnte fühlen, wie ihre Zehen sich in den Teppich gruben. Er flappte sich sein Haar aus der Stirn zurück. Die Musik aß sich durch seine Haut und verflocht sich mit seinen Nerven und all den kleinen Adern; er wurde wieder ganz groß, und all die anderen Jungen umringten sie, in weitem Kreis, und schlugen den Takt.

Morgen und morgen und so fort

In wirrem, schwatzendem Schwarm drängte die 11 D ins Klassenzimmer 109. Aus der Art ihrer Unruhe schloß Mark Prosser, daß es regnen würde. Er unterrichtete jetzt seit drei Jahren an der High School, aber seine Schüler beeindruckten ihn immer noch; sie waren so empfindsame Geschöpfe. Sie reagierten auf die leiseste Luftdruckveränderung.

Brute Young blieb mitten in der Tür stehen; in Höhe seines Ellbogens kicherte der kleine Barry Snider. Ein affektiertes Lachen, das stieg und fiel; es tauchte hinab zu irgendeinem nichtsnutzigen Geheimnis, das nicht oft genug gekostet werden konnte, und schraubte sich im nächsten Augenblick gekünstelt hoch, um zu verkünden, daß er, der kleine Barry, ein solches Geheimnis mit dem großen Verteidiger der Schulmannschaft teile. Brute zu Diensten zu sein, war Barrys höchste Seligkeit. Der große Verteidiger beachtete ihn nicht; er renkte sich den Hals aus nach etwas, das bislang nicht zu sehen war. Schwerfällig ergab er sich dann dem andrängenden Strom und ließ sich mit hineinspülen.

Unmittelbar vor Prosser—wie ein Mord, der einem beim Betrachten eines chronistischen Frieses von Königen und Königinnen jäh in die Augen springt — stach jemand mit einem Bleistift einem Mädchen in den Rücken. Keß ignorierte es den Anschlag. Eine andere Hand riß Geoffrey Langer das Hemd aus der Hose. Geoffrey, ein intelligenter Junge, war sich nicht schlüssig, ob er die Sache mit einem Lachen abtun oder sich wütend wehren sollte; zögernd, halb zum Einlenken bereit, drehte er sich um, und an der leisen Überheblichkeit in seinem Blick erkannte Prosser, daß das die Angst war, die gleiche, die er selbst so oft empfand. Überall, im Gefunkel der Schlüsselketten, in den akkuraten Winkeln umgeschlagener Hemdenmanschetten, war eine Elektrizität zu spüren, die nicht einfach nur vom Wetter herrühren konnte.

Mark dachte, ob Gloria Angstrom heute wohl wieder diesen glühend-rosa Angorapullover anhatte, den mit den knappen Ärmeln. Eigentlich war er ärmellos, und das war das Beunruhigende daran: die Nacktheit dieser beiden heiteren Arme, die sich weiß wie Schenkel von der zarten Wolle abhoben.

Er hatte richtig gedacht. Ein leuchtendes Rosa flammte auf im Gewirr von Armen und Schultern, als das letzte Knäuel sich ins Klassenzimmer schob.

«Setzt euch», sagte Mark Prosser. «Ein bißchen Tempo, wir wollen anfangen.»

Die meisten gehorchten, nur Peter Forrester, der Eifrigste in dem Rudel, das sich um Gloria geschart hatte, trödelte mit ihr noch an der Tür herum und erzählte irgendeine Geschichte zu Ende, offensichtlich entschlossen, sie zum Lachen zu bringen oder ihr den Atem zu rauben. Als sie dann tatsächlich nach Luft schnappte, warf er voller Genugtuung den Kopf zurück. Sein apfelsinenrotes Haar schwappte nach hinten. Die Rotköpfe sind alle gleich, dachte Mark: farblose Wimpern, blasses, gedunsenes Gesicht, Basedowaugen, der Mund permanent verzogen in lächerlichem Selbstvertrauen. Bluffer, alle miteinander.

Als Gloria in wohlbedachter, würdevoller Haltung ihren Platz eingenommen und Peter sich auf den seinen geschwungen hatte, sagte Mr. Prosser:

«Peter Forrester.»

«Ja?» Peter stand auf und durchblätterte hastig sein Buch nach der richtigen Stelle.

«Interpretiere uns bitte den Sinn der Verse ‹Morgen und morgen und dann wieder morgen / Kriecht so mit kleinem Schritt von Tag zu Tag...›»

Peter schielte auf die High School-Ausgabe von *Macbeth* hinunter, die aufgeschlagen auf seinem Pult lag. Aus den hinteren Reihen kam erwartungsvolles Kichern: eine von den Minderbegabten. Peter war beliebt bei den Mädchen; Mädchen in diesem Alter hatten einen Verstand wie Fliegen.

«Peter. Mit geschlossenem Buch, bitte. Wir haben diese Stelle für heute alle gründlich präpariert. Oder?» Das Mädchen im Hintergrund quiekte vor Vergnügen. Gloria legte ihr Buch aufgeklappt vor sich aufs Pult, so, daß Peter hineinsehen konnte.

Mit einem Knall schlug Peter sein Buch zu und starrte in Glorias. «Ja also», sagte er schließlich, «ich finde, es bedeutet nichts anderes, als was da steht.»

«Und das wäre?»

«Na, daß wir gar nicht anders können, als immerzu an morgen denken. Dauernd kriecht es in unsere Unterhaltungen. Wir können überhaupt keine Pläne machen, ohne an morgen zu denken.»

«Aha. Du meinst also, Macbeth beruft sich hier auf den Terminkalender-Aspekt des Lebens.»

Geoffrey Langer lachte, zweifellos, um Mr. Prosser zu schmeicheln. Und einen Augenblick lang *war* Mark geschmeichelt. Bis er realisierte, daß er es auf Lacher abgesehen hatte – auf Kosten eines Schülers.

Seine Paraphrase hatte Peters Auslegung der beiden Verse lächerlicher erscheinen lassen, als sie war. Er versuchte einzulenken: «Ich gebe zu –»

Aber Peter war nicht aufzuhalten. Rothaarige wissen nie, wann sie einen Punkt zu machen haben. «Macbeth will damit sagen, wenn wir aufhören würden, uns ums Morgen zu kümmern, und einfach nur fürs Heute leben, dann könnten wir viel besser all die herrlichen Dinge genießen, die vor unserer Nase passieren.»

Mark bedachte dies einen Augenblick, bevor er Stellung nahm. Er wollte nicht sarkastisch sein. «Hm, ich will ja nicht bestreiten, daß an deinen Ausführungen was dran ist, Peter, aber glaubst du wirklich, daß Macbeth in dieser Situation derart –» er konnte sich nicht helfen – «derart sonnige Empfindungen äußert?»

Geoffrey lachte wieder. Peters Nacken rötete sich; er starrte auf den Fußboden. Gloria funkelte Mr. Prosser mit unverhohlener Wut an.

Mark beeilte sich, seinen Fehler gutzumachen. «Mißversteh mich bitte nicht», sagte er zu Peter. «Ich habe selber nicht auf alles eine Antwort. Aber mir scheint doch, die ganze Passage, bis hinunter zu ‹Das nichts bedeutet›, besagt, daß das Leben ein – nun ja, ein *Betrug* ist. Nichts Herrliches hat.»

«War das wirklich Shakespeares Meinung?» fragte Geoffrey Langer, und seine Stimme klang schrill vor nervöser Lebhaftigkeit.

Mark glaubte zu erkennen, daß Geoffrey die schreckliche Wahrheit ahnte, so wie er selbst sie geahnt hatte, damals, als Junge. Welchen Versuch Mark jetzt unternehmen mußte, lag auf der Hand. Er sagte zu Peter, er könne sich wieder setzen, und sah durchs Fenster zum gerinnenden Himmel auf. Die Wolken klumpten sich.

«Über Shakespeares Werk», begann Mr. Prosser langsam, «liegt viel Dunkelheit, und kein Stück ist so dunkel wie *Macbeth*. Die Atmosphäre ist vergiftend, erdrückend. Ein Kritiker hat gesagt, in diesem Stück würde die Menschheit erstickt.» Das war zu stark.

«Auf der Höhe seiner Schaffenszeit schrieb Shakespeare Stücke über Männer wie Hamlet und Othello und Macbeth, Männer, die durch ihre Umwelt oder ihre dunklen Sterne oder irgendeinen geringfügigen, in ihrer Natur begründeten Makel daran gehindert wurden, sich zu der Größe zu entfalten, deren sie fähig gewesen wären. Sogar Shakespeares Komödien aus dieser Zeit handeln von einer Welt, die faulig geworden ist. Als hätte er hinter die strahlenden, glorreichen Kulissen seiner früheren Komödien und Historienstücke geschaut und etwas Schreckliches gefunden. Etwas, das ihn entsetzt hat – so, wie es eines Tages vielleicht auch diesen oder jenen unter euch entsetzen wird.» Ganz darauf konzentriert, die richtigen Worte zu finden, hatte er, ohne es zu beabsichtigen, Gloria angestarrt. Sie nickte verlegen, da erst ging es ihm auf, und er lächelte ihr zu.

Er gab sich Mühe, seine Ausführungen milder vorzubringen, ihnen eine gewisse Schüchternheit zu geben. «Aber dann, scheint mir, gelangte Shakespeare zu einer neuen, einer versöhnenden Wahrheit. Seine letzten Stücke sind heiter und symbolhaft, als sei er, durch alles Häßliche hindurch, in ein Reich vorgedrungen, wo es wieder Schönheit gibt. So gesehen gibt Shakespeares Gesamtwerk ein Weltbild wieder, das vollkommener ist als das jedes anderen Autors, außer vielleicht Dantes, eines italienischen Dichters, der einige Jahrhunderte früher gelebt hat.» Er war weit abgekommen von Macbeths Selbstgespräch. Andere Lehrer hatten ihm schadenfroh erzählt, daß die Gören sich einen Sport daraus machten, ihn zum Reden zu bringen. Er sah zu Geoffrey hinüber. Der Junge kritzelte gelangweilt in seiner Kladde herum. Mr. Prosser schloß: «Das letzte Stück, das Shakespeare geschrieben hat, ist eine außergewöhnliche Dichtung und heißt *Der Sturm*. Vielleicht hat ja der eine oder andere von euch Lust, es zu lesen – fürs nächste literarische Referat, das am 10. Mai fällig ist. Es ist ein kurzes Stück.»

Die Klasse hatte es sich bequem gemacht. Barry Snider flippte Schrotkügelchen gegen die Tafel und schielte zu Brute Young hin, ob der es auch sähe. «Ein einziges Mal noch, Barry», sagte Mr. Prosser, «und du gehst hinaus.» Barry wurde rot und grinste, um sein Erröten zu verbergen, während seine Augäpfel in Brutes Richtung kullerten. Das stumpfsinnige Mädchen in der letzten Reihe bemalte sich die Lippen. «Leg den Lippenstift weg, Alice», befahl Mr. Prosser. Sie kicherte und gehorchte. Sejak, der kleine Pole, der die Nacht über arbeitete, schlief an seinem Pult; weiß drückte seine Wange sich gegen das lackierte Holz, und sein Mund war schief zur Seite gesackt. Mr. Prossers erste Regung war, ihn schlafen zu lassen. Aber diese Regung entsprang womöglich nicht echter Güte, sondern lediglich der selbstgefälligen gütigen *Pose*, in der er sich zuweilen ertappte. Und außerdem – ein derartiger Verstoß gegen die Disziplin hätte weitere zur Folge. Er trat energisch in den Mittelgang und rüttelte Sejak wach. Dann wandte er sich dem Getuschel vorn im Klassenzimmer zu, das immer lauter wurde.

Peter Forrester flüsterte auf Gloria ein, versuchte, sie zum Lachen zu bringen. Aber ihr Gesicht war kühl und würdevoll, als sei in ihrem Kopf ein Gedanke geboren. Vielleicht hatte wenigstens *sie* aufgenommen, was Mr. Prosser gesagt hatte. Ermutigt und voll großzügigen Entgegenkommens sagte Mark: «Peter, ich habe den Eindruck, du möchtest deiner These dringend noch etwas hinzufügen.»

Peter erwiderte höflich: «Nein, Sir. Ich verstehe den Absatz ehrlich nicht. Bitte, Sir, was hat er zu bedeuten?»

Dies offene Eingeständnis und die befremdliche Bitte um Aufklärung verblüfften die Klasse. Ruckartig wandten sich Mark sämtliche Gesichter zu: weiß und rund und voller Lernbegierde. «Ich weiß es nicht», sagte er. «Ich habe gehofft, *ihr* würdet es *mir* sagen.»

Wenn im College ein Professor sich so verhalten hatte, war die Wirkung immer ungeheuer gewesen. Die Demut des Professors, die Notwendigkeit produktiven Zusammenspiels zwischen Lehrer und Schüler hatten auf die Studenten dramatischen Eindruck gemacht. In den Augen der 11 D aber war Unwissenheit bei einem Lehrer genauso ein Unding wie ein Loch im Dach. Es war, als hätte er vierzig Stränge in Händen gehalten und mit ihnen vierzig Gesichter straff zu sich hergezogen und dann die Stränge losgelassen. Kopfschütteln, Augenabkehr, Stimmengeschwirr. Ein paar von den Schwierigen – wie Peter Forrester – grinsten einander vielsagend zu.

«Ruhe!» rief Mr. Prosser. «Das gilt für alle! Dichtung ist keine Arithmetik. Es gibt nie nur eine einzige richtige Antwort. Ich möchte euch nicht meine Ansicht aufdrängen, auch wenn ich ein bißchen *mehr* Erfahrung mit der Literatur habe.» Er artikulierte den letzten Teil des Satzes sehr laut und bestimmt, und etliche von den gefügigeren Schülern schienen beruhigt. «Außerdem weiß ich, daß *ihr* das auch nicht mögt», sagte er.

Ob sie es ihm nun abnahmen oder nicht, sie beschieden sich damit. Mark meinte, er könne jetzt getrost wieder seine Mensch-unter-Menschen-Haltung einnehmen. Er setzte sich auf die Kante des Katheders und beugte sich eindringlich vor. «Also mal ehrlich. Hat irgend jemand ein ganz persönliches Empfinden bei diesen Versen, an dem er die Klasse und mich teilhaben lassen möchte?»

Eine Hand, die ein zerknülltes, geblümtes Taschentuch umklammerte, streckte sich unsicher hoch. «Schieß los, Teresa», sagte Mr. Prosser ermunternd. Teresa war ein schüchternes, linkisches Mädchen, Tochter einer Zeugin Jehovas.

«Ich muß dabei an Wolkenschatten denken», sagte sie.

Geoffrey Langer lachte. «Sei nicht so rüde, Geoff», sagte Mr. Prosser leise zur Seite hin und sprach dann mit tönender Stimme weiter: «Danke, Teresa. Eine interessante und zudem begründete Assoziation. Das Dahinziehen der Wolken hat tatsächlich etwas von dem langsamen, monotonen Rhythmus, den man in der Zeile ‹Morgen und morgen und dann wieder morgen› spürt. Eine sehr düstere Zeile, nicht wahr – ihr anderen?» Niemand stimmte dafür, niemand dagegen.

Draußen vor den Fenstern ballten sich eilig die Wolken, und unstete Sonnenstrahlen flirrten im Zimmer umher. Anmutig, goldübergossen, hob sich Glorias Arm und wölbte sich über ihrem Kopf. «Gloria?» fragte Mr. Prosser.

Sie sah von ihrem Pult auf, ein finsteres Leuchten im Gesicht. «Ich finde sehr gut, was Teresa eben gesagt hat», sagte sie mit einem Funkeln zu Geoffrey Langer hin. Geoffrey gluckste herausfordernd. «Und ich habe eine Frage. Was bedeutet ‹mit kleinem Schritt›?»

«Das bezieht sich auf das öde, tagaus, tagein gleiche Leben, wie, sagen wir, ein Buchhalter oder ein Bankangestellter es führt. Oder ein Schulmeister», setzte er hinzu und lächelte.

Sie lächelte nicht zurück. Nachdenkliche Falten trübten ihre glatte Stirn. «Aber Macbeth hat Kriege geführt und Könige umgebracht und ist selber König», hielt sie ihm entgegen.

«Ja, aber gerade das alles ist es ja, was Macbeth als ‹nichts› verdammt. Leuchtet dir das nicht ein?»

Gloria schüttelte den Kopf. «Noch etwas, das mich beschäftigt – ist es nicht ein bißchen komisch von Macbeth, mitten in diesem Krieg Selbstgespräche zu führen, noch dazu, wo seine Frau gerade tot ist und alles?»

«Ich finde nicht, Gloria. Einerlei, wie schnell die Ereignisse hereinbrechen, der Gedanke ist schneller.»

Seine Antwort war schwach. Jeder wußte das, auch wenn Gloria nicht laut vor sich hin gedacht hatte – bestimmt hatte sie es nur für sich gedacht, allerdings so, daß die ganze Klasse es hörte: «Das ist ja *blöde*.»

Mark zuckte zusammen, durchbohrt von der fürchterlichen Schärfe, mit der seine Schüler ihn durchschauten. Wie absonderlich mußte er ihnen vorkommen, mit seinen langen Händen und der Hornbrille und dem ewig zerrauften Haar und dem ständigen Eingesponnensein in ‹Literatur›, wo der König, wenn die Lage mulmig wird, ein Gedicht brabbelt, das niemand versteht. Das Entzücken, das Mr. Prosser an

21

diesem blödsinnigen Gefasel fand, weckte nicht nur Zweifel an seinem gesunden Menschenverstand, sondern auch an seiner Männlichkeit. Es war geradezu edel von ihnen, daß sie ihn nicht zur Tür hinauslachten. Er senkte den Kopf und rieb die Fingerspitzen aneinander, um den Kreidestaub wegzuwischen. Alle Geräusche in der Klasse versickerten, eine unnatürliche Stille breitete sich aus. «Es wird spät», sagte er schließlich. «Fangen wir jetzt mit dem Aufsagen an. Bernard Amilson, du bist dran.»

Bernard hatte Schwierigkeiten mit der Aussprache, und seine Rezitation hörte sich folgendermaßen an: «Morng n morng n dann wieda morng...» Tröstlich, was für eine Mühe die Klasse sich gab, ihr Lachen zu unterdrücken. Mr. Prosser schrieb eine Eins in sein Notizbuch neben Bernards Namen. Er gab Bernard immer eine Eins in Rezitation, der Schulärztin zum Trotz, die behauptete, daß mit dem Mund des Jungen organisch alles in Ordnung sei.

Es herrschte der Brauch – grausam, aber Tradition –, zum Aufsagen nach vorn zu kommen. Als Alice an der Reihe war, brachte schon die erste Grimasse, die Peter Forrester ihr schnitt, sie völlig aus der Fassung. Mark ließ sie eine gute Minute schmoren, bis ihr Gesicht zu Kirschröte herangereift war; dann verzieh er ihr. Sie sollte es später noch einmal versuchen. Die meisten hatten die Stelle einigermaßen im Kopf; allerdings ließen sie fast durchweg die Zeile «Zur letzten Silb auf unserm Lebensblatt» weg, und aus «spreizt und knirscht» machten sie «knirscht und spreizt» oder schlicht «spreizt und spreizt». Sogar Sejak, der sich mit dem Absatz unmöglich befaßt haben konnte, bevor er das Klassenzimmer betrat, gelangte glücklich bis «und dann nicht mehr vernommen wird».

Geoffrey Langer brillierte wie immer damit, daß er seinen eigenen Vortrag mit gescheiten Fragen unterbrach. «‹Morgen und morgen und dann wieder morgen›», sagte er, «‹kriecht so› – müßte es nicht ‹kriechen so› heißen, Mr. Prosser?»

«Es heißt ‹kriecht›. Trotz der drei Subjekte steht das Verb im Singular, das ist betonter. Fahr fort.» Mr. Prosser war es leid, immer wieder auf Geoffrey einzugehen. Wenn man denen allzu sehr die Zügel schießen ließ, diesen fixen Schülern, dann würden sie noch die ganze Klasse rebellisch machen. «Ohne Fußnoten bitte.»

«‹Kriechttt so mit kleinem Schritt von Tag zu Tag, zur letzten Silb auf unserm Lebensblatt; und alle unsre Gestern führten Narrn den Pfad des stäub'gen Tods. Aus, kleines Licht...›»

«Nicht so!» Mr. Prosser sprang von seinem Stuhl auf. «Das sind doch Verse! Nuschle doch nicht alles ineinander! Mach eine kleine Pause nach ‹Narrn›.»

Geoffrey sah diesmal ehrlich bestürzt drein, und Mark begriff seinen Ärger selber nicht ganz, und in Gedanken zurückblickend, war ihm, als erspähe er im feuchten Dickicht zwei böse funkelnde Augen: den Blick, den Gloria auf Geoffrey abgefeuert hatte. Er sah sich plötzlich in der absurden Rolle als Glorias Söldner in ihrem Privatkrieg gegen diesen intelligenten Jungen. Er seufzte reumütig. «Dichtung baut sich aus Versen auf», begann er, sich der Klasse zuwendend. Gloria schob Peter Forrester einen Zettel zu.

So eine Unverfrorenheit! Briefchen zu schreiben während einer Strafpredigt, die sie verschuldet hatte, ganz allein sie! Mark fing ihr zierliches Handgelenk ein und pflückte ihr den Zettel aus den Fingern. Er las ihn für sich, aber vor aller Augen, obwohl er derartige Erziehungsmethoden verabscheute. Auf dem Zettel stand:

«Pete, ich finde, Du hast *unrecht* mit Deiner Meinung über Mr. Prosser. Ich finde ihn phantastisch, und ich lerne enorm bei ihm. Er ist himmlisch, wenn er über Dichtung spricht. Ich glaube, ich liebe ihn. Ich liebe ihn wirklich. Das wär's.»

Mr. Prosser kniffte den Zettel zusammen und schob ihn in seine Jakkentasche. «Komm nach dem Unterricht zu mir, Gloria», sagte er. Und dann, zu Geoffrey: «Fang noch mal an. Von vorn bitte.»

Während der Junge noch deklamierte, ertönte der Schnarrer: die Stunde war um. Die letzte für heute. Das Zimmer leerte sich rasch, nur Gloria blieb. Im Flur wurden Schließfächer aufgerissen, Bücher klatschten gegen Metall, Stimmen tönten durcheinander.

«Wer hat 'nen Wagen?»

«Los, rück mal 'ne Kippe raus!»

«Man kriegt überhaupt nichts mit in diesem Saftladen.»

Mark hatte nicht genau darauf geachtet, wann der Regen angefangen hatte, aber es goß jetzt in Strömen. Er ging mit der Fensterstange durchs Klassenzimmer, schloß die Fenster, zog die Rolläden herunter. Regentropfen sprühten ihm auf die Hände. Er sprach zu Gloria in einem forschen Ton, der, ebenso wie sein Herumhantieren an den Fenstern, verhindern sollte, daß sie beide in Verlegenheit gerieten.

«Zum Thema Briefchen-Schreiben.» Sie saß reglos vorn in der ersten Reihe an ihrem Pult, ihr kurzes, hochgebürstetes Haar war wie eine kühle Fackel. An der Art, wie sie dasaß – die nackten Arme vor den Brüsten verschränkt, die Schultern hochgezogen –, spürte er, daß sie fröstelte. «Es ist nicht nur ungehörig, zu kritzeln, während der Lehrer redet, sondern es ist auch dumm, etwas zu Papier zu bringen, was sich geschrieben viel törichter ausnimmt, als wenn man es mündlich formuliert hätte.» Er lehnte die Fensterstange in eine Ecke und ging zu seinem Katheder.

«Und nun zum Begriff Liebe. ‹Liebe›, das ist eines von den Worten, die deutlich machen, wie sehr sich die Sprache im Laufe der Zeit abnutzt. Jeder Filmstar, jeder Schlagersänger und Pastor und Psychiater nimmt heutzutage dies Wort in den Mund, es ist völlig heruntergekommen, bedeutet gar nichts mehr, allenfalls eine verschwommene Vorliebe für irgendwas. Ich liebe den Regen in diesem Sinne, die Wandtafel, die Pulte, dich. Du siehst, es bedeutet nichts mehr, wohingegen es ursprünglich für etwas sehr Bestimmtes stand: für die Sehnsucht, alles, was man hat und ist, mit einem anderen zu teilen. Es wird Zeit, daß wir ein neues Wort prägen, das dies ausdrückt, und wenn *du* für dich eines gefunden hast, schlage ich vor, daß du sparsam damit umgehst. Behandle es als etwas, das du nur einmal vergeben kannst – wenn schon nicht um deiner selbst willen, dann wenigstens um der Sprache willen.» Er legte zwei Bleistifte aufs Katheder, als wollte er sagen: «Das ist alles.»

«Es tut mir leid», sagte Gloria.

«Nein, nicht doch», sagte Mr. Prosser, ziemlich überrascht.

«Aber Sie verstehen mich nicht.»

«Natürlich nicht. Wahrscheinlich habe ich nie verstanden. Ich war wie Geoffrey Langer, als ich so alt war wie ihr.»

«Nein, das glaube ich Ihnen nicht!» Das Mädchen weinte fast, er war ganz sicher.

«Na komm, Gloria. Zieh ab. Schwamm drüber.» Langsam nahm sie ihre Bücher in die Wiege zwischen ihrem nackten Arm und dem Pullover, und mit melancholischem Teenager-Schlurfen verließ sie das Zimmer; es sah aus, als schwebe ihr Körper auf den Schenkeln über die Pulte hin.

Worauf, fragte Mark sich, waren diese Kinder eigentlich aus? Was wollten sie? Über die Dinge hinweggleiten, vermutete er, einfach nur dahingleiten. Sich treiben lassen, immer im Rhythmus, immer kühl, auf summenden kleinen Rädern, die keinem bestimmten Ziel zurollten. Wenn es den Himmel gab – so und nicht anders würde es dort sein. «Er ist himmlisch, wenn er über Dichtung spricht.» Sie hatten eine Vorliebe für dieses Wort. Der Himmel kam in fast allen ihren Liedern vor.

«Guter Gott, er summt!» Strunk, der Turnlehrer, war ins Zimmer gekommen, ohne daß Mark es gehört hatte. Gloria hatte die Tür nur angelehnt.

«Ach», sagte Mark, «ein gefallener Engel, nur Flausen im Kopf.»

«Was um alles in der Welt beglückt dich denn so?»

«Ich bin nicht beglückt, nur heiter. Was paßt dir daran nicht?»

«Du –» Strunk kam mit unangenehm weibischem Watschelschritt, trächtig von Klatsch, auf Mark zu – «hast du schon gehört – das mit Murchison?»

«Nein.» Mark ahmte Strunks albernen Flüsterton nach.

«Dem sind heute sämtliche Felle weggeschwommen.»

«Na so was.»

Strunk lachte, wie immer, bevor er eine Klatschgeschichte vom Stapel ließ. «Du weißt, daß er sich für 'n Superkerl hält in puncto Weiber?»

«Und ob», sagte Mark, obschon Strunk dies von jedem männlichen Mitglied des Lehrkörpers behauptete.

«Du hast Gloria Angstrom, nicht?»

«Und ob.»

«Also, heute morgen schnappt Murky ihr einen Zettel weg, und auf diesem Zettel steht, was für ein verdammt netter Kerl Murchison ist und wie sehr sie ihn *liebt*!» Strunk wartete, daß Mark etwas sagte, aber der schwieg, und Strunk fuhr fort: «Du kannst dir ja vorstellen, Murky fühlte sich mächtig am Bauch gekitzelt. Aber – halt dich fest – in der Mittagspause stellt sich raus, daß Fryeburg in Geschichte gestern genau dasselbe passiert ist!» Strunk lachte und knackte schadenfroh mit den Knöcheln. «Das Mädchen ist zu blöd, um's selber auszuhecken zu haben. Wir glauben alle, Peter Forrester steckt dahinter.»

«Bestimmt», pflichtete Mark bei. Er ging hinaus zu seinem Schließfach, und Strunk begleitete ihn und beschrieb ihm Murchisons Gesichtsausdruck, als Fryeburg – in aller Arglosigkeit, versteht sich – erzählte, was ihm passiert war.

Mark drehte die Zahlenkombination seines Fachs: 18-24-3. «Würdest du mich jetzt bitte entschuldigen, Dave», sagte er. «Meine Frau wartet in der Stadt auf mich.»

Strunk war zu dickfellig, um Marks Ärger zu spüren. «Ich muß rüber zur Turnhalle. Kann die kleinen Lieblinge nicht dem Regen aussetzen, ihre Mammis schreiben sonst Briefe an den bösen Lehrer.» Er ging mit klappernden Schritten den Korridor entlang, und ganz hinten drehte er sich um und rief: «Nicht weitersagen – na du weißt schon!»

Mr. Prosser nahm seinen Mantel aus dem Schließfach und zog ihn an. Setzte sich den Hut auf. Streifte die Gummigaloschen über und klemmte sich schmerzhaft die Finger dabei ein. Nahm den Regenschirm vom Haken. Überlegte, ob er ihn schon hier, im leeren Korridor, aufspannen sollte, aus Spaß. Und beschloß dann, es bleiben zu lassen. Das Mädchen hatte fast geweint. Er war ganz sicher.

Das Gepfeif des Jungen

Es konnte kaum besser sein: in drei Wochen war Weihnachten, Roy arbeitete jeden Tag bis in die Nacht und verdoppelte sein Gehalt durch Überstunden, und heute abend regnete es. Regen war Roys Lieblingsgeräusch, und er fühlte sich nie zufriedener, nie geborgener, als wenn er spät abends im dritten Stock des Herlihy-Gebäudes in seinem überheizten kleinen Zimmer saß und die Verkaufsräume dunkel und ausgestorben unter ihm ruhten, das Radio dudelte, Regen aufs schwarze Oberlicht trommelte und fünfzehnhundert Meter entfernt im Güterbahnhof an der Buchanan Street die Lokomotiven hin und her ruckten.

Das einzig Störende war das Gepfeif des Jungen. Zehn Monate im Jahr besorgte Roy die Dekorationsabteilung allein. Wenn er zu viele Verkaufsschilder auf einmal zu machen hatte, lieh Shipping ihm einen Lehrling zur Hilfe aus. Aber Anfang November stellte Simmons, der Geschäftsführer, regelmäßig einen Jungen von der High School an, der jeden Abend kam und sonnabends für den ganzen Tag. In diesem Jahr hieß der Helfer Jack, und er pfiff. Er pfiff unentwegt.

Jack stand an der Handpresse, druckte Verkaufsschilder und intonierte dabei *Summertime*. Er schien der Ansicht zu sein, daß diese Melodie eines kühlen, zurückhaltenden Vortrags bedürfe, und Roy war ihm dankbar dafür. Er wollte gerade mit dem großen Schild für die Spielwaren-Abteilung beginnen, und er wollte es gut machen. Obwohl die übliche Groteskschrift oder halbfette Antiqua es auch getan hätten, wollte er es diesmal mit altenglischen Versalien versuchen. Ausschließlich zu seinem Privatvergnügen wollte er das. Niemand würde diese Extraleistung zu würdigen wissen, am wenigsten Sim-

26

mons. Auf einer Sperrholzplatte, die anderthalb Zentimeter dick, fünfundvierzig Zentimeter hoch, drei Meter dreißig breit und mit gebrochenem Weiß grundiert war, zog er die Schreiblinien und skizzierte mit Bleistift die Buchstaben, um sich den Platz einzuteilen. Er zündete sich eine Zigarette an, tat ein paar paffende Züge, ohne zu inhalieren, und legte die Zigarette dann auf der Kante des Arbeitstischs ab. Sein Zeichenbrett war mit Scharnieren am zweiten von vier Borden befestigt; zum Arbeiten heruntergeklappt, ruhte es in einem Winkel von dreißig Grad auf der Tischkante und ragte ein Stückchen darüber hinaus; wenn es nicht gebraucht wurde, sollte es eigentlich in eine Ösenschraube am obersten Bord eingehakt werden, aber die Schraube hatte sich in dem weichen, billigen Fichtenholz nicht gehalten, und das Brett hing ständig herunter. Dadurch wurde das unterste Fach zur Hälfte verdeckt und war zum Schlupfwinkel für leere Farbtöpfe, vergessene Notizzettel, steinharte Pinsel und Abfälle von Holzfaserplatten geworden. Auf dem zweiten Bord standen, in Regenbogenfolge, die Töpfe mit den Plakatfarben. Im dritten Fach wurden Dosen mit Nägeln verwahrt, Schachteln mit Reißzwecken und Heftklammern, zwei Heftmaschinen (wovon eine nicht mehr funktionierte), farbige Tinten (eingetrocknet), Federhalter in einer Drahtschlaufe, Federn in einer Zigarrenkiste, drei Hämmer, zwei Metallstäbe, mit denen man die Arme von Schaufensterpuppen abstützen konnte, sowie eine Laubsäge ohne Sägeblatt: dies alles freilich nicht ganz so wohlgeordnet wie die Plakatfarben. Der weite Raum zwischen dem vierten Bord und der Zimmerdecke war kunterbunt vollgestopft mit verstaubten ausgedienten Requisiten: Papp-Indianern, Knallbonbons, Rentieren, Wolken, Dollarschildern. Auch an der Wand links von Roy zogen sich Regale voller Unordnung hoch, und rechts, ein Stückchen weiter entfernt, waren der Junge, die Handpresse und die Tür. Hinter ihm befanden sich die schweren Werkzeuge, etwas Holz zum Verarbeiten und, im dunkelsten Winkel des Raumes, der Wandschrank mit den Kleiderpuppen. Obwohl Roy einen hochbeinigen Schemel hatte, stand er lieber am Zeichenbrett. Er suchte sich einen abgeschrägten Neuner-Pinsel heraus und die Plakatfarbe Himmelblau. Warf einen Blick in das Schriftmusterbuch, das bei «Altenglisch» aufgeschlagen war, und vergewisserte sich, daß der Zerstäuber mit dem Silberstaub griffbereit stand.

Dann tauchte er, ohne noch länger zu zögern, den Pinsel ein und setzte ihn auf der Holzplatte an. Den großen Halbmond des T vollendete er ohne das leiseste Zittern.* Der breite Bogen, den er darüber legte,

---

* Er will schreiben: *Toyland* – Spielzeugland. (Anm. d. Übers.)

besaß genau den richtigen flotten, von links nach rechts führenden Abwärtsschwung. Mit einem Zweier-Pinsel fügte er die Haarstriche hinzu. Er sprühte Silberstaub auf die feuchten Buchstaben, blies die überflüssige Schicht weg und trat befriedigt einen Schritt zurück.

Im Geist knallte er eine Tür zu zwischen sich und Jacks unermüdlicher Interpretation von *Lady Be Good*. Er spülte den Pinsel in einem Wassertopf aus und machte sich mit sattem Gelb ans O. Er war nicht sicher, ob das Gelb sich genügend vom Weiß abheben würde, aber es tat's, besonders, als der Silberstaub darüber lag.

Jack wechselte zu *After You've Gone* über, laut und rhythmisch mit dem Fuß dazu klopfend. Er schwang sich zu solchen Trompetentönen empor, daß Roy, der eben im Begriff war, den Haarstrich beim Y zu ziehen, Angst bekam, seine Hand könnte zittern; er drehte sich um und starrte brennend auf Jacks Wirbelsäule. Der Effekt war gleich Null. Jack war groß, fünfzehn Zentimeter größer als Roy etwa, und dünn. Sein Hals, nicht dicker als ein Arm, verlor sich in einem Muff ungeschnittenen Haars. Er ließ zwei Matrizenteile auf den Tisch klappern, lehnte sich zurück und stieß vier mächtige jubilierende Triller aus.

«He Jack!» rief Roy.

Der Junge drehte sich um. «Ja?» Er sah erschreckt aus, wie ertappt. Eigentlich war er nett, keiner von diesen rüden Bengeln.

«Wie wär's mit 'ner Coca?»

«Toll. Wenn Sie eine spendieren —»

Roy wollte gar nichts trinken, er wollte Ruhe. Aber er hatte sich in eine Situation gebracht, in der ihm nichts anderes übrigblieb, als in die dunkle Halle hinauszugehen, zwei Zehn-Cent-Stücke aus der Tasche zu graben, sie in den Automaten zu stecken, zwei nasse Flaschen herauszuziehen und mit ihnen in die Dekorationsabteilung zurückzugehen. Als er Jack die eine hinhielt, streckte der ihm ein Fünf-Cent-Stück und fünf einzelne Pennies entgegen. «Behalt dein Geld», sagte Roy. «Kauf dir ein Saxophon dafür.»

Jacks dankbarer Gesichtsausdruck besagte, daß die Anspielung zu subtil gewesen war. «Wollen Sie 'n paar Erdnüsse?» fragte er und zeigte auf eine tintenverschmierte Tüte mit dem Firmenaufdruck PLANTERS.

Roy fühlte das kühle Gewicht der Flasche in der Hand und fand, gesalzene Nüsse seien jetzt gerade das Richtige. Er griff sich eine gute Handvoll aus der Tüte, merkte dann, daß sie fast leer war, und tat ein paar Nüsse zurück. Der Junge sah zu, wie er eine nach der andern in den Mund schob und kaute, und hoffte sichtlich auf eine Unterhaltung. Roy wies mit locker geballter Hand auf das dicke Bündel von Bestellzetteln. «Wird 'ne lange Nacht werden.»

28

«Die schaff ich heut nacht aber nicht alle.»

Roy wußte, der Junge hatte recht, aber wenn er ihm recht *gab*, würde ihn das womöglich zum Trödeln verleiten. Ohne ein weiteres Wort wandte er sich wieder seinem Schild zu. Er führte die Feinstriche am Y zu Ende und zog mit einer ununterbrochenen, langsamen, genußvollen Bewegung seines Arms die Unterlänge.

Dann wusch er die beiden Pinsel aus, öffnete den Topf mit dem Etikett «Karmesin» und betrachtete dabei seine Hände. Sie waren kantig geformt und glatthäutig, mit sorgfältig gepflegten Nägeln, und von makelloser Reinheit, aber nicht etwa so weiß, daß sie im Kontrast zu den leuchtenden Manschetten nicht schmeichelhaft braun gewirkt hätten. Die Manschetten waren akkurat umgeschlagen, zweimal, und gestärkt, etwa so steif wie dünne Pappe, und kerbten sich leicht in seine Unterarme, was ihm ein angenehmes verpacktes Gefühl gab. Gut, daß er den Jungen nicht angeschnauzt hatte. So sah eben dessen Abendfriede aus: pfeifen, mit Matrizen spielen, die grobe Schürze um sich geschnürt fühlen, neben sich auf dem Tisch die Tüte mit den gesalzenen Erdnüssen und das Päckchen Old Golds, und im Kopf Gott weiß nicht was. Der Junge rauchte unablässig. Als Roy ihn einmal gefragt hatte, ob er nicht ein bißchen zuviel rauchte, hatte er erwidert, nein, er rauche sonst nie, nur hier, und genau darum ging es ja, aber Roy ließ es dabei bewenden. Schließlich war er nicht der Vater.

Roy begann mit dem L. Jack mit *If I Could Be With You One Hour Tonight* – auf eine enervierende schnulzig-schnodderige Art. Sollte sich wohl wie Coleman Hawkins anhören oder irgendein anderer von diesen dämlichen Hüftwacklern. In der Hoffnung, Jack damit zum Schweigen zu bringen, schaltete Roy das Radio an, das im Regal stand. Es war ein alter Philco; seine Röhren waren fast alle durchgebrannt. Roy drehte ihn auf höchste Lautstärke, aber trotzdem war er nicht laut genug, um das Gepfeif zu übertönen und an Jacks Ohr zu dringen. Der Junge pfiff weiter, er pfiff, als sei es seine ganze Seligkeit.

Roy war gerade mit dem L fertig. Da verstummte Jack plötzlich. Roy fürchtete schon, der Junge sei gekränkt, und stellte das Radio ab. In der jähen Stille hörte er dann, was den Jungen tatsächlich zum Schweigen gebracht hatte: das Zuschlagen der Fahrstuhltür und näherklappernde Absätze.

Mehr als eine Minute schien zu verstreichen, bis die Tür zur Dekorationsabteilung sich öffnete. Janet stand da, in einem durchsichtigen Regenmantel, der über und über mit Tropfen beperlt war, ebenso wie ihr kurzes rotes Haar. Irgend etwas Aggressives ging von diesem nassen Haarschopf aus. Janet blinzelte in dem hellen Licht. «Es ist so dunkel da draußen», sagte sie. «Ich habe mich verirrt.»

«Der Schalter ist direkt neben dem Fahrstuhl» — das war alles, was Roy einfiel.

Janet ging an der Handpresse vorbei, wo der Junge stand, und blieb neben Roy stehen. Sie warf einen Blick auf das Schild. «‹Todl›?» fragte sie.

«‹Toyl›. Das ist ein Ypsilon.»

«Aber es ist oben doch zu. Sieht aus wie ein D mit Wackelschwanz.»

«Das ist gotische Schrift.»

«Na schön, wir wollen nicht streiten. Sicher liegt es an mir.»

«Wieso kommst du her? Was ist los?»

«Der Regen hat mich so unruhig gemacht.»

«Du bist den Weg zu Fuß gegangen? Wer hat dich reingelassen?»

«Sind doch bloß ein paar hundert Meter. Es macht mir nichts, durch den Regen zu laufen. Ich hab's gern.» Janet hielt den Kopf schief und fingerte an ihrem einen Ohrring herum. «Der Nachtwächter hat mich reingelassen. Er hat gesagt: ‹Gehn Sie man ruhig rauf, Mrs. Mays. Er wird sich freuen, wenn Sie kommen. Er ist bestimmt furchtbar einsam, und Sie machen ihn jetzt glücklich.›»

«Orley hat dich reingelassen?»

«Ich hab nicht nach seinem Namen gefragt.» Sie nahm sich eine Zigarette aus seinem Päckchen.

«Zieh lieber den Regenmantel aus», sagte er. «Oder willst du dich erkälten?»

Sie ließ den Mantel an sich herunterrutschen, drapierte ihn über die elektrische Säge und blieb, die Beine so weit gespreizt, wie der enge Rock es zuließ, vor dem Regal stehen: sie rauchte und betrachtete das Gerümpel auf dem obersten Bord. Roy holte den Orange-Topf herunter und begann mit dem A.

«Orange neben Rot», sagte sie. «Huuuh!»

«Bääh», knurrte er, aber ganz vorsichtig, damit seine Hand nicht wackelte.

«Was ist in den Kästen da?»

«Kästen?» Roy war auf sein A konzentriert und hörte kaum, was sie sagte.

«Da, in den Kästen.»

Er setzte den Pinsel ab und wandte den Kopf, um zu sehen, worauf sie zeigte. «Rauschgold.»

«Rauschgold! Lieber Himmel, zwei, vier, sechs—sechs Riesenkisten voller Rauschgold! Was machst du damit? Schläfst du drauf? Verfütterst du's an Kühe?»

«Man kriegt Mengenrabatt.»

Sie stieß nachdenklich mit dem Fuß gegen eine der Kisten und setzte ihre Inspektion fort. Mehr als drei Monate war es her, daß Janet zum letztenmal hier gewesen war; sie hatte ihn zum Essen abholen und mit ihm ins Kino gehen wollen. Damals war sie ganz anderer Stimmung gewesen. «Schmeiß doch endlich mal diesen Plunder hier raus!» rief sie mit hallender Stimme aus der Tiefe des Wandschranks, wo die Kleiderpuppen lagerten.

«Paß auf. Die Dinger sind teuer.» Roy setzte zur kühnen, schwungvollen Serife am A an.

Sie kam zurück. «Wofür ist *das* da?»

Er sprühte erst Silberstaub auf die nassen Buchstaben, bevor er sich umdrehte, um zu sehen, was sie meinte. «Das sind Tannenzweige.»

«Das seh ich selber. Ich meine, was *machst* du damit?»

«Na was wohl! Ich leg sie ins Schaufenster, mach Kränze draus. Wir haben Weihnachten, Herrgott noch mal.»

Er wandte ihr den Rücken und starrte auf sein Schild. Sie trat neben ihn. Er fing mit dem N an. Als er den Abwärtsstrich zog, berührte er sie mit dem Ellbogen, so nah stand sie.

«Wann kommst du nach Hause?» fragte sie sanft; zum erstenmal benahm sie sich so, als sei ihr bewußt, daß ein Dritter im Zimmer war.

«Wie spät ist es jetzt?»

«Kurz nach neun.»

«Ich glaube nicht, daß ich vor elf hier wegkomme. Ich muß dies Schild noch fertigmachen.»

«Es *ist* doch fast fertig.»

«Ich muß das Schild fertigmachen. Anschließend können wir's dann gleich aufhängen, der Junge und ich. Und außerdem gibt es noch andere Sachen zu erledigen. Es leppert sich. Ich versuch, es bis elf zu schaffen —»

«Roy, *wirklich.*»

«Ich versuch's, aber ich kann's nicht garantieren. Tut mir leid, Schatz, aber Simmons sitzt mir im Nacken. Donnerwetter, ich verlier schon viel zuviel Zeit.»

Sie schwieg, und er malte die Serifen am N. «Dann ist es ja wohl zwecklos, wenn ich weiter hier rumstehe und warte», sagte sie schließlich.

Das N sah fabelhaft aus. Das ganze Schild war überhaupt mehr als passabel. Er war ziemlich stolz auf sich, daß er sich von ihr nicht hatte aus dem Konzept bringen lassen.

«Dann also bis elf», sagte Janet. Sie zog ihren Regenmantel an.

«Warte, ich bring dich runter.»

«Oh, bewahre!» Sie hob eine schmale, blasse, spöttische Hand. «Laß dich durch *mich* nicht stören. Du verlierst doch sowieso schon viel zuviel Zeit. Ich stolpere mich schon allein zurecht.»

Roy hielt es angesichts ihrer Stimmung für besser, sie gewähren zu lassen; weiß der Himmel, worauf sie aus war.

Er schickte ihr begütigende Blicke nach, als sie zur Tür ging. Sie wußte, daß er ihr nachsah: er merkte es an ihrem kessen, wiegenden Gang. Als sie an Jacks Arbeitsplatz vorbeikam, blieb sie stehen und sagte: «Hallo! Was machen *Sie* denn hier noch so spät?»

Jack deutete mit den Augen auf die frisch gedruckten Verkaufsschilder. «Ich muß drucken.»

«So viele? Und alle mit diesem kleinen Ding?» Sie stippte gegen die Presse. «Ganz voll Farbe!»

Sie hielt dem Jungen Zeige- und Mittelfinger hin; auf beiden war je ein blutroter Fleck, wie zwei Konfettiplättchen. Jack stöberte verzweifelt nach einem sauberen Lappen. Das einzige, was er ihr bieten konnte, war ein Zipfel seiner Schürze. «Vielen Dank.» Langsam, sorgfältig wischte sie sich die Finger ab. An der Tür lächelte sie und sagte: «Wiedersehen allerseits.» Dabei fixierte sie einen Punkt irgendwo in der Mitte zwischen ihrem Mann und dem Jungen.

Roy beschloß, den letzten Buchstaben, das D, genauso himmelblau zu gestalten wie das Anfangs-T. Das würde dem Ganzen etwas Abgerundetes geben. Während er den Buchstaben zeichnete, erst mit dem Neuner-Pinsel, dann mit dem Zweier, hatte er plötzlich das Gefühl, daß irgend etwas in seinem Zimmer nicht mehr stimmte; irgend etwas war aus dem Lot geraten. Und einen Teil seiner Aufmerksamkeit verwandte er darauf, die Ursache zu ergründen. Das war ein Fehler. Als er den Silberstaub aufgetragen hatte, und einen Schritt zurücktrat, sah er, daß das D verpatzt war. Es war zu plump geraten, fiel aus der Reihe, stand zu nah am N. Niemand würde es merken, weder Simmons noch sonst irgend jemand — wer achtete schon auf Schilder —, aber Roy wußte, daß er sein Werk verpfuscht hatte, und er wußte jetzt auch, warum. Der Junge hatte zu pfeifen aufgehört.

Schnee in Greenwich Village

Die Maples waren erst tags zuvor ans westliche Ende der Dreizehnten Straße gezogen, und heute abend hatten sie Rebecca Cune eingeladen, weil sie ja jetzt so nah beieinander wohnten. Rebecca war ein hochgewachsenes Mädchen, das immer ein wenig lächelte und nie ganz bei der Sache war. Sie ließ sich von Richard Maple Mantel und Schal abnehmen und wandte sich zur gleichen Zeit in sanfter Begrüßung Joan zu. Richard, der sich mit besonderer Exaktheit und Würde bewegte, vor lauter Stolz, daß ihm das Mantelabnehmen so elegant von der Hand gegangen war – er und Joan waren schon fast zwei Jahre miteinander verheiratet, aber er sah noch so jung aus, daß man ihm instinktiv keine Gastgeberpflichten zumutete, und diese Rücksicht bewirkte, daß er sich seinerseits in einer unsicheren Reserve hielt und das Ausschenken der Getränke zum Beispiel meist seiner Frau überließ, während er sich wie ein besonders begünstigter, besonders reizender Gast auf dem Sofa rekelte –, Richard nun ging ins dunkle Schlafzimmer, vertraute Rebeccas Garderobe dem Bett an und kehrte ins Wohnzimmer zurück. Ihr Mantel hatte überhaupt kein Gewicht gehabt.

Rebecca saß unter der Lampe auf dem Boden, ein Bein unter sich gezogen, einen Arm auf das Wandklappbett gestützt, das die vorigen Mieter noch nicht herausgenommen hatten, und sagte gerade: «Ich kannte sie erst diesen einen Tag, an dem sie mir meine Arbeit erklärte, aber ich sagte ja. Bis dahin hatte ich in einem schauerlichen Appartementhaus gewohnt, einem sogenannten Wohnheim für Damen. In den Korridoren standen Schreibmaschinen, in die man 25 Cents stecken mußte.»

Joan saß mit kerzengeradem Rücken auf einem Hitchcock-Stuhl, der noch aus ihrem Elternhaus in Vermont stammte, zerknüllte ein feuchtes Taschentuch in der Hand und erläuterte, zu Richard gewandt: «Bevor Becky ihre Wohnung kriegte, hat sie mit diesem Mädchen und deren Freund zusammengewohnt.»

«Ja, Jacques hieß er», sagte Rebecca.

«Du hast mit ihnen *zusammen*gewohnt?» fragte Richard; sein nekkend überlegener Ton rührte noch von der gehobenen Stimmung her, in die das so glücklich verlaufene Manöver mit dem Mantel ihn versetzt hatte (im dämmrigen Schlafzimmer hatte es ihm einen richtigen Stich gegeben – es war, als entledige er sich mit großem Takt einer enttäuschenden Nachricht).

«Ja, und er bestand darauf, daß sein Name auf den Postkasten kam. Er hatte schreckliche Angst, daß ein Brief ihn mal nicht erreichen könnte. Als mein Bruder bei der Marine war und mich besuchte und auf dem Briefkasten die Namen sah –» mit drei Parallelbewegungen ihres Fingers setzte sie die Namen untereinander –

«Georgene Clyde,

Rebecca Cune,

Jacques Zimmerman,

sagte er, ich sei doch immer so ein nettes Mädchen gewesen. Und Jacques wollte nicht einmal ausziehen, um meinem Bruder Platz zum Schlafen zu machen. Mein Bruder mußte auf dem Fußboden schlafen.» Sie senkte die Lider und suchte in ihrer Handtasche nach einer Zigarette.

«Ist das nicht wundervoll?» sagte Joan, und ihr Lächeln zog sich hilflos in die Breite, als ihr aufging, was für eine unsinnige Bemerkung das war. Richard machte sich Sorgen wegen ihrer Erkältung. Sieben Tage ging es nun schon so und wurde nicht besser. Ihr Gesicht war blaß und mit rosa und gelben Flecken gesprenkelt, und das unterstrich das Modiglianihafte noch, das in ihrem langen Hals und den ovalen blauen Augen lag und in ihrer Gewohnheit, hochaufgerichtet auf dem Stuhl zu sitzen, den Kopf dabei spöttisch zur Seite geneigt und die Hände mit den Flächen nach unten im Schoß zu halten.

Auch Rebecca war blaß, aber ihre Blässe hatte die konsistentere Schattierung einer – ja, die schweren Lider und eine gewisse Virtuosität um die Lippen legten diesen Vergleich nahe – einer Zeichnung von Leonardo.

«Möchte jemand einen Sherry?» fragte Richard mit tiefer Stimme zu ihr hinunter.

«Wir haben auch ein paar harte Sachen da, wenn du die lieber magst», sagte Joan, zu Rebecca gewandt. Und von Richards Standpunkt aus enthielt dieser Satz – wie manche Reklameplakate, die, aus verschiedenen Blickwinkeln gesehen, verschiedene Bedeutungen ergeben — die unmißverständliche Aufforderung, diesmal möge er die Old Fashioneds mixen.

«Sherry ist eine gute Idee», sagte Rebecca. Sie hatte eine klare Aussprache, aber ihre Stimme war so verhaucht und zart, als lege sie gar keinen Wert darauf, gehört zu werden.

«Ich finde auch», sagte Joan.

«Gut.» Richard nahm die Acht-Dollar-Flasche Tio Pepe vom Kaminsims, und damit alle das Schauspiel genießen könnten, entkorkte er sie an Ort und Stelle im Wohnzimmer. In dekorativer Haltung schenkte er drei Gläser halbvoll, reichte sie herum, lehnte sich gegen den Kamin (die Maples hatten bislang noch nie einen Kamin gehabt), schwenkte das Glas in der Hand, wie der Fachmann in der Weinhandlung ihm geraten hatte, um die Ester und Äther freizusetzen, bis seine Frau sagte, was sie immer in solchen Fällen sagte — es war der Standardtoast in ihrem Elternhaus gewesen —: «Prösterchen, ihr Lieben!»

Rebecca erzählte weiter von ihrer ersten Wohnung. Jacques hatte nie gearbeitet. Georgene hielt es nie länger als drei Wochen in einer Stellung aus. Alle drei zahlten in eine gemeinsame Kasse ein, die allen dreien auch gleichermaßen zugänglich war. Rebecca hatte ein separates Schlafzimmer. Jacques und Georgene dachten sich zuweilen Fernsehsendungen aus; sie legten alle ihre Hoffnungen in eine Sendereihe, die den Titel *Das IBI* — ‹I› für Intergalaktisch oder Interplanetarisch oder so etwas Ähnliches — *in Raum und Zeit* trug. Ein junger Kommunist zählte zu ihren Freunden, der sich nie wusch und immer Geld hatte, da seinem Vater die halbe West Side gehörte. Tagsüber, wenn die beiden Mädchen fort waren zur Arbeit, flirtete Jacques mit einer jungen Schwedin, die über ihnen wohnte und nicht davon abließ, ihren Mop auf den winzigen Balkon vor dem Fenster der drei auszuschütteln. «Ein tolles Geschütz», sagte Rebecca. Als sie dann ein eigenes kleines Appartement bezog und sich endlich zu Hause und zufrieden fühlte, machten Georgene und Jacques den Vorschlag, eine Matratze zu besorgen und bei ihr auf dem Fußboden zu nächtigen. Da hatte Rebecca das Gefühl, daß jetzt der Zeitpunkt gekommen sei, energisch zu werden. Sie sagte nein. Später heiratete Jacques dann, aber ein anderes Mädchen, nicht Georgene.

«Möchte jemand Cashews?» fragte Richard. Er hatte im Feinkostgeschäft an der Ecke eine Büchse voll gekauft, speziell für diesen Besuch, aber auch wenn Rebecca nicht hätte kommen können, würde er etwas in dem Geschäft gekauft haben, irgend etwas anderes, unter irgendeinem Vorwand, einfach aus Vergnügen daran, den ersten

Einkauf in diesem Laden zu tun, in dem er all die kommenden Jahre so viel kaufen und in dem er so gut bekannt werden würde.

«Nein, danke», sagte Rebecca. Aber Richard rechnete so wenig mit einer Absage, daß er ihr die Nüsse geradezu aufdrängte in seiner Begeisterung: «Bitte! Die sind so gut für dich!» Sie nahm zwei und biß eine in der Mitte durch.

Er hielt die Schale – ein Ding aus Silber, das die Maples zur Hochzeit geschenkt bekommen und aus Platzmangel bisher nicht ausgepackt hatten – seiner Frau hin, die sich eine gefräßige Handvoll herausfischte und so blaß aussah, daß er fragte: «Wie fühlst du dich?» Nicht daß er die Anwesenheit ihres Gastes vergessen hätte: im Gegenteil, er paradierte mit seiner durchaus ehrlichen Besorgnis. «Gut», sagte Joan kratzbürstig, und vielleicht stimmte das ja.

Obgleich die Maples Anekdötchen erzählten – etwa, wie sie die ersten drei Monate ihres Ehelebens in einer Blockhütte in einem Camp des Christlichen Vereins Junger Männer zugebracht hatten, oder wie Bitsy Flaner, eine gemeinsame Freundin, als einziges Mädchen in die Bentham Divinity School aufgenommen wurde, oder wie die Arbeit in der Werbebranche Richard mit Yogi Berra in Kontakt brachte –, hielten sie sich nicht (das heißt: hielten sie einander nicht) für Raconteurs, und Rebeccas schmächtige Stimme herrschte in der Unterhaltung vor. Sie hatte das Talent, Sonderbares zu erleben.

Ihr reicher Onkel lebte in einem Haus aus Metall, das vollgestopft war mit Refektoriumsstühlen. Er hatte eine schreckliche Angst vor Feuer. Unmittelbar vor der Depression hatte er ein ungeheures Boot gebaut, das ihn und ein paar Freunde nach Polynesien tragen sollte. Alle seine Freunde verloren ihr Geld bei dem Börsenkrach damals, nur er nicht. Er machte weiter Geld. Er machte Geld aus allem und jedem. Aber er konnte die Reise ja nicht gut allein antreten, und so wartete das Boot immer noch in der Oyster Bay: ein gewaltiges Ding, neun Meter ragte es aus dem Wasser. Der Onkel war Vegetarier. Rebecca hatte bis zu ihrem dreizehnten Lebensjahr keinen Truthahn am Thanksgiving Day gegessen, weil es eine Familiengepflogenheit war, dies Fest im Hause des Onkels zu begehen. Im Krieg gab man diese Gepflogenheit dann auf: die Kunststoff-Absätze der Kinder hinterließen allenthalben schwarze Spuren auf den feinen Asbestfußböden. Seither hatte Rebeccas Familie nicht mehr mit diesem Onkel gesprochen. «Ja, und was mich immer so erschlagen hat», sagte Rebecca, «jede neue Gemüsewelle rollte an, als ob es sich um einen völlig andersartigen Gang handelte.»

Richard schenkte wieder eine Runde Sherry ein, und weil er dadurch sowieso schon im Mittelpunkt der Aufmerksamkeit stand, sagte er: «Lassen sich manche Vegetarier für den Thanksgiving Day nicht Truthähne aus gemahlenen Nüssen modellieren?»

Nach einer langen Pause sagte Joan: «Ich weiß nicht.» Und ihre Stimme, seit zehn Minuten nicht in Gebrauch, brach auf der letzten Silbe. Sie räusperte sich, und Richards Herz verschrammte ganz dabei. «Womit füllen sie die wohl?» fragte Rebecca und stäubte Asche in die Untertasse neben sich.

Draußen vor dem Fenster ertönte plötzlich Hufgeklapper. Joan war als erste am Fenster, Richard als nächster, und dann kam Rebecca; sie hob sich auf die Fußspitzen und reckte den Hals. Sechs berittene Polizisten galoppierten, aufgerichtet in den Steigbügeln, zu Paaren gruppiert, die Dreizehnte Straße hinab. Als das helle Staunen der Maples sich gelegt hatte, sagte Rebecca beiläufig: «Das machen sie jeden Abend um diese Zeit. Ich finde, für Polizisten sehen sie enorm vergnügt und munter aus.»

«Oh, und es schneit!» rief Joan. Ihr wurde immer ganz sentimental ums Herz, wenn sie Schnee sah, sie liebte ihn so, und in den letzten Jahren hatte es so selten geschneit. «An unserem ersten Abend hier! An unserem ersten *richtigen* Abend!» Sie vergaß alles um sich her und schlang die Arme um Richard, und Rebecca, im Gegensatz zu jedem anderen Gast, der sich abgewendet oder allzu breit, allzu ermunternd gelächelt hätte, behielt unverändert ihre Blickrichtung bei: mit süßem, geistesabwesendem Ausdruck sah sie durch das umschlungene Paar hindurch immer weiter auf die Szene draußen. Der Schnee haftete nicht auf der nassen Straße, nur über die Motorhauben und die Dächer der geparkten Autos zog sich eine dünne Schneedecke.

«Ich gehe dann jetzt wohl», sagte sie.

«Oh, bitte nicht!» rief Joan, und ein Drängen lag in ihrer Stimme, das Richard erstaunte: sie war sichtlich sehr müde. Aber die neue Wohnung, der Wetterumschwung, der gute Sherry, die zärtlichen Strömungen zwischen ihr und ihrem Mann, die neu ausgelöst worden waren, als sie ihm so jäh um den Hals fiel, Rebeccas Anwesenheit – all das hatte sich ihr wahrscheinlich unentwirrbar zu diesem einen verzauberten Augenblick verflochten.

«Doch, ich glaube, ich muß gehen, du siehst so verschnupft und angegriffen aus.»

«Kannst du nicht wenigstens noch auf eine Zigarette bleiben? Dick, gieß uns noch einen Sherry ein.»

«Ein winziges bißchen nur», sagte Rebecca und hielt ihr Glas hin. «Hab ich dir eigentlich schon von dem jungen Mann erzählt, Joan, mit dem ich mal ausgegangen bin und der so getan hat, als sei er Oberkellner?»

Joan kicherte erwartungsvoll. «Nein, wirklich nicht, noch nie.» Sie schlang den Arm um die Rückenlehne ihres Stuhls und flocht die Finger durch die Stäbe, wie ein Kind, das sich die Gewißheit verschafft hat, noch ein bißchen aufbleiben zu dürfen. «Was hat er denn getan? Hat er Oberkellner nachgemacht?»

«Ja und überhaupt: zum Beispiel, als wir aus dem Taxi kletterten, war da gerade ein Kanalisationsdeckel, aus dem Dampf aufstieg, und er bückte sich –» Rebecca beugte den Kopf und hob die Arme – «und tat, als ob er der Teufel wär.»

Die Maples lachten, weniger über Rebeccas Worte als über die Art, wie sie ihnen die Situation vor Augen gerufen hatte mit ihrer sparsamen nachahmenden Geste, in der sich beides ausdrückte: das dramatische Gehabe ihres Begleiters und ihre eigene, so wenig von sich hermachende Natur. Sie sahen Rebecca vor dem Taxischlag stehen und ausdruckslosen Blicks verfolgen, wie ihr Begleiter sich tiefer und tiefer kauerte, ganz aufging in seinem Scherz und dämonisch die Finger krümmte, während er deutlich zu spüren vorgab, wie ihm Hörner durch die Schädeldecke sprossen, Flammen an seinen Beinen emporzüngelten und die Füße ihm zu Hufen schrumpften. Rebeccas Talent, erkannte Richard jetzt, lag nicht darin, daß ihr sonderbare Dinge *zustießen*, sondern darin, daß sie mit ihrer trockenen Sachlichkeit alles so *wiedergab*, als sei es sonderbar. Vermutlich würde sich auch dieser Abend mal grotesk ausnehmen in ihrer Schilderung: «Sechs berittene Polizisten galoppierten vorbei, und sie rief: ‹Es schneit!› und fiel ihm um den Hals. Und er hielt ihr unaufhörlich vor, wie krank sie sei, und pumpte uns mit Sherry voll.»

«Und was hat er noch gemacht?» fragte Joan.

«Wo wir zuerst hingingen – ein großer Nachtclub war das, irgendwo auf dem Dach –, da setzte er sich ans Klavier und spielte, bis eine Frau mit Harfe sagte, er solle aufhören.»

Richard fragte: «Hat die Frau auf der Harfe *gespielt*?»

«Ja, sie zupfte dran herum.» Rebecca machte kreisförmige Bewegungen mit ihren Händen.

«Ja, hat er denn dieselbe Melodie gespielt, die *sie* spielte? Hat er sie *begleitet*?» Verdrießlichkeit, merkte Richard, und wußte nicht, weshalb, hatte sich in seinen Ton geschlichen.

«Nein, er setzte sich einfach hin und spielte irgendwas anderes. Ich weiß nicht, was es war.»

«Ist das *wirklich* wahr?» fragte Joan anspornend.

«Und im nächsten Lokal, in das wir dann gegangen sind, mußten wir an der Bar warten, bis ein Tisch frei wurde; ich schaute mich ein bißchen um, und er ging von Tisch zu Tisch und fragte die Leute, ob alles zu ihrer Zufriedenheit sei.»

«War das nicht *peinlich?*» fragte Joan.

«Doch. Später hat er dann auch da Klavier gespielt. Wir waren so was wie die Hauptattraktion dort. Gegen Mitternacht schlug er vor, wir sollten jetzt nach Brooklyn fahren, zu seiner Schwester. Ich war total erschöpft. Wir sind zwei Stationen zu früh aus der Subway gestiegen, unter der Manhattan-Brücke. Es war ganz leer dort, nichts kam vorbei, nur schwarze Limousinen. Meilenweit über unseren Köpfen –» sie starrte nach oben, als spähe sie zu einer Wolke oder zur Sonne hinauf – «war die Manhattan-Brücke, und er behauptete, das sei die Hochbahn. Schließlich fanden wir eine Treppe und zwei Polizisten, die uns zurückschickten zur Subway.»

«Womit verdient dieser erstaunliche Mann seinen Unterhalt?» fragte Richard.

«Er ist Lehrer. Er ist ganz intelligent.» Sie erhob sich und reckte einen langen silberweißen Arm. Richard holte ihren Mantel, und sagte, er werde sie nach Hause begleiten.

«Ich hab aber doch nur ein ganz kurzes Stück», sagte Rebecca, und ihre Stimme entbehrte jeden Nachdrucks.

«Du mußt sie nach Hause begleiten, Dick», sagte Joan. «Bring eine Schachtel Zigaretten mit.» Die Vorstellung, wie er da im Schnee gehen würde, schien ihr Spaß zu machen: als sähe sie ihn schon heimkommen, mit Schnee auf den Schultern und Kälte im Gesicht – alldem, was dieser Weg einbringen würde und wofür sie nicht gesund genug war.

«Du solltest ein paar Tage mit dem Rauchen aufhören», sagte er. Sie winkte ihnen zum Abschied vom obersten Treppenabsatz nach.

Die Flocken fielen kaum sichtbar, außer im Schein der Straßenlaternen, und wehten ihnen mit schwerelosem, romantischem Druck ins Gesicht. «Ziemlich viel, was da runterkommt», sagte Richard.

«Ja.»

An der Ecke, wo der Schnee dem grünen Ampellicht wässerige Bläue gab, folgte sie ihm nur zögernd über die Straße, und er fragte: «Du wohnst doch auf dieser Seite, nicht?»

«Ja.»

«Ich meinte mich nämlich zu erinnern – wir haben dich doch mal von Boston nach Hause gefahren.» Die Maples hatten damals in den westlichen Achtzigern gewohnt. «Ich hab noch dunkel im Kopf, daß da irgendwelche großen Gebäude waren.»

«Die Kirche und die Schlachterschule», sagte Rebecca. «Jeden Tag um zehn, wenn ich zur Arbeit gehe, haben die Jungen, die Schlachter werden wollen, Pause und kommen raus, ganz blutig, und sie lachen.» Rebecca sah an der Kirche hinauf; der Turm zeichnete sich skelettiert gegen die vereinzelt erhellten Fenster eines hohen Gebäudes in der Seventh Avenue ab.

«Arme Kirche», sagte Richard, «ein Turm hat es schwer in dieser Stadt, das Höchste zu sein.»

Rebecca sagte nichts, nicht einmal ihr übliches Ja. Als tadele sie seine Redseligkeit, so empfand er es. In seiner Verwirrung lenkte er ihre Aufmerksamkeit auf das Nächstbeste, das er sah: ein dürftig beschriftetes Schild über einer hohen Tür. «Berufsschule für Lebensmittelhändler», las er laut. «Die Leute über uns haben uns erzählt, daß der Mann, der vor unserem Vorgänger in unserer Wohnung gewohnt hat, Fleischwarengroßhändler war und sich *Lieferant für die elegante Küche* nannte. Er hielt sich eine Freundin in der Wohnung.»

«Die großen Fenster da oben», sagte Rebecca und zeigte zum dritten Stock eines braunen Sandsteinhauses hinauf, «liegen genau gegenüber von meinem. Ich kann hineinsehen und habe dann das Gefühl, daß wir Nachbarn sind. Immer ist jemand da. Ich habe keine Ahnung, womit die ihr Geld verdienen.»

Sie gingen noch ein paar Schritte und blieben dann stehen, und Rebecca sagte — mit einer Stimme, die Richard eine Nuance lauter vorkam als sonst—: «Magst du mit raufkommen und dir ansehen, wie ich wohne?»

«Gern.» Es gab keinen Grund, nein zu sagen.

Sie stiegen vier Zementstufen hinauf, öffneten eine unansehnliche orangefarbene Tür, traten in einen überheizten, im Hochparterre gelegenen Vorplatz und erklommen dann vier Holztreppen. Der Verdacht, der Richard schon auf der Straße beschlichen hatte, nämlich keineswegs mehr in den öffentlichen Anlagen reiner Höflichkeit zu wandeln, verdichtete sich zu schuldhafter Gewißheit. Es gab kaum etwas, dem so sehr der Geruch des Verbotenen anhaftet, wie hinter einem Frauenhintern die Treppe hinaufzusteigen. Joan hatte vor drei Jahren in Cambridge vier Treppen hoch gewohnt, ohne Fahrstuhl, und jedesmal, wenn er sie nach Hause brachte — auch dann noch, als bei ihnen alles, bis zur letzten Intimität, unter Dach und Fach war —, hatte er Angst gehabt, der Hauswirt würde, zu Recht ergrimmt, hinter seiner Tür hervorspringen und ihn verschlingen, sowie sie beide vorbeikämen.

Rebecca öffnete ihre Tür und sagte: «Höllisch heiß hier», und das war der erste Fluch, den er aus ihrem Mund hörte. Sie knipste eine trübe Lampe an. Das Zimmer war klein; schräge Wand- und Dekkenflächen — unmittelbar darüber war das Dach — schnitten große, prismatische Teile aus dem Raum. Als Richard weiter ins Zimmer hineinging, auf Rebecca zu, die noch immer im Mantel dastand, entdeckte er rechts von sich einen überraschenden Winkel, der dadurch entstand, daß das steil abfallende Dach hier unmittelbar bis zum Fußboden reichte. Ein Doppelbett stand dort. Fest eingezwängt auf drei Seiten, wirkte es weniger wie ein Möbelstück als wie ein permanent installiertes, weißbezogenes Podium. Er wandte hastig die Augen ab, und unfähig, jetzt, sofort danach, Rebecca anzusehen, starrte er zwei Küchenstühle an, eine metallene Stehlampe mit schwenkbarem Arm, deren Schirm mit einem aufgemalten Fries aus dikken Fischen und Steuerrädern gesäumt war, und ein Büchergestell mit vier Brettern: alles Dinge, die sich schmalbrüstig den schrägen Wänden anpaßten und von verschreckter Vertikalität waren.

«Ja, und dies hier ist der Herd auf dem Kühlschrank, von dem ich euch erzählt habe», sagte Rebecca. «Oder hab ich's nicht erzählt?» Der obere Apparat ragte auf allen Seiten etliche Zoll über den unteren hinaus. Richard fuhr mit dem Finger über die weiße Vorderseite des Herds und sagte: «Hübsch hier bei dir.»

«Und dies ist mein Ausblick», sagte sie. Er trat neben sie ans Fenster, schob den Vorhang weg und sah durch die winzigen, fleckigen Scheiben zur Wohnung auf der anderen Straßenseite hinüber.

«Der Bursche da drüben hat aber wirklich ein riesiges Fenster», sagte er. Rebecca stimmte ihm zu mit einem kurzen «Mhm». Alle Lampen brannten in der Wohnung drüben, aber sie war leer. «Sieht wie ein Möbellager aus», sagte Richard. Rebecca hatte immer noch ihren Mantel an. «Es hört nicht auf zu schneien.»

«Nein.»

«Also dann —» das kam zu laut; und zu leise führte er seinen Satz zu Ende: «Danke, daß du mir dein Zimmer gezeigt hast. Ich — hast du das schon gelesen?» Er zeigte auf die Ausgabe von *Auntie Mame*, die auf einem Fußschemel lag.

«Ich hatte noch keine Zeit dazu», sagte sie.

«Ich hab's auch noch nicht gelesen. Nur Rezensionen. Zu mehr komme ich nie.»

Er hatte es bis zur Tür geschafft. Unsinnigerweise drehte er sich dort um. Nur an der Tür, entschied er später rückblickend, war ihr Benehmen unverantwortlich gewesen: nicht genug damit, daß sie unnötig nahe stand, machte sie sich auch noch dadurch, daß sie ihr Gewicht auf ein Bein verlagerte und den Kopf zur Seite neigte, um mehrere Zentimeter kleiner, machte ihn, Richard, zum Dominierenden, was nur zu gut zu den tiefen, demütigen Schatten paßte, die – sie mußte es gewußt haben – auf ihrem Gesicht lagen.

«Also dann –» sagte er.

«Also dann.» Ihr Echo kam unverzüglich und bedeutete sicher nichts.

«Paß auf, daß die Sch-Schlachter dich nicht erwischen.» Das Stottern verdarb den Scherz natürlich, und ihr Lachen, das eingesetzt hatte, sobald sie von seinem Gesicht ablas, daß er etwas Witziges produzieren wollte, war verstummt, noch ehe er etwas gesagt hatte.

Als er die Treppe hinunterging, stützte sie sich mit beiden Händen auf das Geländer und sah ihm nach. «Gute Nacht», sagte sie.

«Nacht.» Er sah hinauf; sie war ins Zimmer gegangen. Oh, aber sie waren einander nahe.

Seine große Stunde

Als erstes hörten sie – um acht Uhr abends –, wie nebenan ein Wasserglas zerschlagen wurde. Es war ein ganz deutliches, dreiteiliges Geräusch: zunächst der knallende Aufprall, dann das satte, vegetative *Plop* des Zerplatzens und schließlich das trockene Geklirr zu Boden fallender Scherben. Es hätte nicht deutlicher klingen können, wenn das Glas in ihrem eigenen Wohnzimmer zerschmettert worden wäre. Für George war es der Beweis, wie dünn die Wände waren. Die Wände waren dünn, die Decke bröckelte, die Möbel rochen verlottert, in regelmäßigen Abständen fiel der Strom aus. Die Zimmer waren winzig, die Miete monströs, die Aussicht öde. George Chandler haßte New York. Er stammte aus Arizona und hatte das Gefühl, daß die unsaubere Luft hier von Geistern bevölkert war, die ihn ständig foppten. So wie der ehrliche Christ bei allem, was geschieht, nach den Fingerabdrücken der himmlischen Vorsehung sucht, witterte George in jedem von der Regel abweichenden Vorfall – einem Gruß in der Subway, einem unvermuteten Klopfen an der Tür – den Hinweis auf eine mögliche Geldeinbuße. Sein Wahlspruch hieß: Ruhe bewahren. Daran hielt er sich auch jetzt, er wandte kein Auge von dem Buch, mit dessen Hilfe er Arabisch lernte.

Rosalind, größer als ihr Mann und weniger auf der Hut, setzte ihre langen Beine nebeneinander und sagte: «Mrs. Irva scheint was fallen gelassen zu haben.»

George wollte zwar nicht darüber reden, aber er konnte selten dem Zwang widerstehen, sie zu korrigieren. «Da ist nichts *gefallen*, Schätzchen. Da ist was *geworfen* worden.»

Drüben bei den Irvas stürzte etwas Hölzernes um, und dann hörte es sich an, als würde ein Faß hin und her gerollt. «Glaubst du, da ist was passiert?» Rosalind hatte kein Buch in der Hand; sie hatte offenbar einfach nur so auf der Sesselkante gesessen und darauf gelauert, etwas zu hören zu bekommen. Im Gegensatz zu ihrem Mann fand sie New York gar nicht so schlimm. George hatte nicht darauf geachtet, wann sie aus der Kochnische vom Geschirrspülen zurückgekommen war. Jeden Abend nach dem Essen hielt er seine arabische Stunde ab, und in dieser Zeit wünschte er nicht gestört zu werden. «Glaubst du, da stimmt was nicht?» wiederholte Rosalind, ihre Frage leicht abwandelnd für den Fall, daß George sie schon beim erstenmal gehört hatte.

George ließ mit demonstrativer Geduld das Buch sinken. «Trinkt Irva?»

«Ich weiß nicht. Er ist Chef.»

«Du meinst, Chefs trinken nicht. Die essen nur.»

«Es war nur eine Feststellung, das eine sollte mit dem andern nichts zu tun haben», gab Rosalind milde zur Antwort, als habe er sie bloß mißverstanden.

George vertiefte sich wieder in sein Buch. Das Imperfekt mit dem Perfekt eines anderen Verbs drückt das zweite Futur aus: *Zaid wird geschrieben haben.* (Ein zweites Glas wurde zerschmettert, diesmal nicht ganz so temperamentvoll. Eine Stimme war zu hören, aber nicht zu verstehen.) Handelt es sich um ein Vollverb, so steht das Subjekt im Nominativ und das Objekt im Akkusativ: *Der Apostel wird ein Zeuge wider dich sein.*

«Hör doch», zischte Rosalind im schicksalverkündenden Flüsterton eines Eheweibs, das nächtens Gasgeruch wittert. Er lauschte, aber er hörte nichts. Dann schrie Mrs. Irva.

George tröstete sich sofort damit, daß die Frau bloß Spaß machte. Die Laute, die sie von sich gab, konnten alles bedeuten: Angst, Freude, Wut, überschwengliche Lebenslust. Vielleicht wurden sie auch mechanisch erzeugt: durch die rhythmische Friktion einer großen, nützlichen Maschine. Es war anzunehmen, daß sie wieder verstummen würden.

«Was gedenkst du zu tun?» fragte Rosalind. Sie war aufgestanden und dicht vor ihn hingetreten und dünstete beklemmende Unruhe aus.

«Tun?»

«Fällt dir irgend jemand ein, den wir holen könnten?»

Ihr Hausmeister, ein ranker Pole mit blauschimmerndem Kinn, hatte noch drei andere Wohnhäuser und eine Schule zu betreuen und machte seine Runde immer zur Dämmerzeit und um Mitternacht, so daß man ihn nie zu sehen bekam. Ihre Hauswirtin, eine grimmige jüdische Witwe, wohnte auf der anderen Seite des Parks, in einer feineren Gegend. Und der junge chinesische Student, ihr einziger Nachbar außer den Irvas, der in einem Zimmer im rückwärtigen Teil des Hauses einquartiert gewesen war, gleich hinter dem Schlafzimmer der Chandlers, hatte, als die Examen hinter ihm lagen, mit schwarzer Tinte und bedeutendem kalligraphischem Talent eine Nachsendeadresse in Ohio auf die Wand über seinem Briefkasten gepinselt und war abgereist.

«Nein, Karl! Hast du denn gar keinen Anstand!» rief Mrs. Irva. Ihre Stimme, begleitet vom wirren Gepolter umkippender Einrichtungsgegenstände, hatte alle Fanfarenqualität eingebüßt. Bald erstickt, bald gellend, auf jeden Fall außer sich, schrie sie: «Nein, nein, nein, Gott steh mir bei, nein!»

«Er bringt sie um, George. George, du mußt was *tun*!»

«Tun?»

«Soll *ich* die Polizei rufen?» Rosalind blitzte ihn mit Eisesverachtung an, die von ihrer Gutmütigkeit in Sekundenschnelle wieder weggetaut wurde. Sie ging zur Wand und lehnte sich anmutig, mit weit offenem Mund, dagegen. «Sie drehn den Wasserhahn auf», flüsterte sie.

«Sollen wir uns einmischen?» fragte George, kühner geworden.

«Warte. Sie sind plötzlich so ruhig.»

«Sie —»

«*Schhh!*»

«Sie ist tot, Schätzchen», sagte George. «Er spült sich jetzt das Blut von den Händen.» Selbst in so angespannten Augenblicken wie diesem konnte er es sich nicht versagen, sie zu necken. Und in ihrer Aufregung fiel sie auch noch darauf rein.

«Siehst du, was habe ich gesagt!» Dann sah sie, daß er lächelte. «Ach, du meinst das ja gar nicht im Ernst.»

Zärtlich drückte er ihren weichen Arm.

«George, er hat sie *doch* umgebracht», sagte Rosalind. «Darum hört man nichts mehr. Brich ein!»

«Denk doch mal nach, Schätzchen. Woher willst du wissen, daß sie nicht —?»

Ihre Augen weiteten sich, als diese Möglichkeit ihr dämmerte. «Gibt es wirklich solche Menschen?» Sie war verwirrt; aus dem Zimmer jenseits der Wand kam kein Laut; George war sicher, der Sache auf den Grund gekommen zu sein.

«Hilfe, um Gottes willen, Hilfe!» rief Mrs. Irva, allerdings ziemlich gefaßt. Anscheinend brachte das ihren Angreifer in neue Rage, denn eine Sekunde später stieß sie einen Schrei aus, der ihr die Luft abwürgte — wie ein kleines Kind, das sich vor Wut oder Angst so sehr verkrampft, daß es fast erstickt. Dieser Schrei, so irrational und ein so kläglicher Lohn für seine Geduld, erbitterte George. In heller Wut riß er die Tür auf und trat auf den quadratischen Vorplatz mit den nackten Dielen hinaus, an dem die drei Appartements lagen. Einen kurzen Augenblick stand er da, in der Mitte des Vorplatzes, und ihm war, als sähe er sich in viel späterer Zeit, als alten Mann, der sich einer jugendlichen Heldentat erinnert und von der großen Stunde seines Lebens erzählt. Furchtlos und klaren Blickes pochte er mit den Knöcheln gegen die Tür unterhalb der festgezweckten Visitenkarte: «Mr. und Mrs. Karl Irva». «Alles in Ordnung bei Ihnen?» rief er schallend.

«Sei vorsichtig», flehte Rosalind, hatte dabei aber beide Hände auf seinem Rücken, so als werde sie ihn gleich vorwärtsstoßen. Er wandte den Kopf, um sie zurechtzuweisen, und war beleidigt, denn weil er sich duckte und sie auf Zehenspitzen stand, waren ihre Augen noch ein paar Zentimeter mehr als sonst über den seinen.

«Bitte, willst du selber reingehn?» schnappte er wütend und drehte ohne zu überlegen am Türknauf. Die Irvas hatten nicht abgeschlossen.

Zaghaft stieß er die Tür auf und gewann einen spaltbreiten Einblick in ein amerikanisches Interieur: ein undeutlich gemusterter Teppich, ein Scheibchen von einem purpurroten Sessel, ein strohgeflochtener Papierkorb unter dem Fernsehapparat, der sich im Profil darbot, eine Bambuslampe, eine aufgestellte Fotografie, eine ockerfarbene Wand, eine scheußliche grüne Decke. Nichts deutete auf irgendwelche Unregelmäßigkeiten hin. Aus dem großen, unsichtbaren Teil des Zimmers rief Mrs. Irva: «Gehn Sie weg, er hat ein Messer!» George hatte das kaum gehört, da schmetterte er instinktiv die Tür zu und hielt mit der Hand den Knauf fest, als sei die Tür sein Schutzschild.

«Wir müssen ihr helfen», drängte Rosalind.

«Laß meinen Rücken los», sagte er.

«Allmächtiger», stöhnte Mrs. Irva. George stieß ein zweites Mal die Tür auf — diesmal weit genug, um wenigstens ein kleines Zeichen von Unordnung zu entdecken: ein Unterhemd auf der Sofalehne. «Bleiben Sie draußen!» rief die Unsichtbare. «Er hat ein Messer.» Wieder machte er die Tür zu.

Eine Stimme, unverkennbar die Mr. Irvas, fragte in gleichmütigem Ton: «Wen hast du dir denn da zur Verstärkung geholt?» Keine Antwort kam. George war erleichtert. Er hatte Mrs. Irva zwar nicht gesehen, rechnete aber doch damit, daß sie wußte, daß er es war. Plötzlich stampften Schritte auf das junge Paar zu, und es floh in seine Wohnung; Rosalind schürfte ihrem Mann den Arm wund, als sie die Tür zuschlug und den Riegel vorschob.

An dieser Stelle pflegte George die Geschichte zu unterbrechen und den Ellbogen hochzuheben, um mit den gestreckten Fingern der anderen Hand präzise anzugeben, wie die Metallkante des vorspringenden Türschlosses ihn seitlich am Unterarm erwischt und ihm die Haut aufgeschrammt hatte, durch das Hemd hindurch — das war dabei natürlich draufgegangen. Ein Vier-Dollar-Hemd. Daß er diesem Detail so viel Gewicht beimaß, geschah eindeutig seiner Frau zuliebe, aber sie versäumte, sich gescholten zu fühlen, und auf ihrem offenen dreieckigen Gesicht malte sich nur die niedliche Begierde, er möge seine Geschichte fortsetzen. Rosalind, Tochter eines dichtenden Gelehrten, der in den Südwesten gegangen war — ein Akt der Entsagung und Läuterung —, war ihrerseits recht unbekümmert, was das Geistige betraf. Ihr Mangel an Geschmack und Auffassungsgabe war bestürzend. Sie kleidete ihre dorische Figur in Stoffe, die mit Geigen, Halbnoten, Violinschlüsseln und Beethoven-Büsten bedruckt waren. Sie sprach die simpelsten Namen falsch aus: Sarter, Hexley, Maughhum. Mit der Zeit gewöhnte sie es sich an, Georges hastigen, verlegenen Berichtigungen zuvorzukommen, indem sie innehielt und vorsorglich in die Runde lächelte, ehe sie sich die nächste Blöße gab. «Und am allerliebsten mochte ich ein paar rosa Fische und stöckerige Figuren von dem wunderbaren Maler, wie heißt er doch — Klee?» Aber sie hatte ein fabelhaftes Gedächtnis für Läden und Straßen, Gestalten aus spannenden Romanen, Sportler und mindere Filmschauspieler. Wenn George fertig war mit seiner Hautabschürfungsdarbietung, pflegte sie zu sagen: «Der eine von den beiden Polizisten, die dann schließlich gekommen sind, sah genau aus wie John Ireland. Nur jünger und nicht so nett.»

Rosalind war es gewesen, die die Polizei gerufen hatte; George hatte sich ins Badezimmer zurückgezogen und tupfte Borwasser auf seine Wunde. Getreu den Anweisungen auf Seite eins des Telefonbuchs wählte sie die Null und sagte: «Ich brauche einen Polizisten.»

Der Vermittler hielt Rosalind irrtümlich für einen Teenager und fragte: «Muß es sofort sein, Schätzchen?» Alle Welt sagte «Schätzchen» zu ihr.

«Ich brauche ihn wirklich.»

Die beiden Polizisten, die zwölf Minuten später anrückten, waren jung und witterten offenkundig irgendeinen Braten. Finsteren Blicks und Schulter an Schulter standen sie in der Chandlerschen Tür: zwei anständige Jungs, ehemalige MPs, die nichts weiter wollten als sich ehrlich ihren Zaster verdienen in dieser verkommenen Welt. Zunächst einmal nahmen sie den Ringfinger an Rosalinds linker Hand aufs Korn. Sobald sie den Goldschimmer dort entdeckt hatten, richtete der eine, der, der ein bißchen wie John Ireland aussah, sein Augenmerk auf George, aber der andere gab sich nicht so leicht zufrieden, er starrte auf den Ring, als wollte er ihn ihr vom Finger ätzen und sie ein für allemal entlarven. Seine Augen – die Iris blaß und kristallen wie immer bei den ganz großen Dummköpfen – verengten sich wissend und hefteten sich auf Rosalinds Gesicht.

«Man hat uns folgende Appartementnummer genannt», sagte John. Er sah auf ein Stückchen Papier und verlas jede Ziffer einzeln: «Fünf, vier, A.»

«Die Tür da drüben», sagte George, unnützerweise über die Schulter des Polizisten zeigend. Er war erschreckt, und seine Hand zitterte. Die Polizisten nahmen es zur Kenntnis. «Wir hörten, wie ein Glas kaputtging, vor zwei Stunden ungefähr, so gegen acht», sagte er.

«Es ist jetzt neun Uhr fünf», stellte der andere Polizist mit einem Blick auf seine Armbanduhr fest.

«Mir kommt es später vor», sagte Rosalind. Die Augen der beiden Polizisten klebten an ihren Lippen. Der Mißtrauische verzog das Gesicht vor Anstrengung, sich keine Schwankung ihrer Stimme, die heller, feiner, langsamer war als die der meisten anderen Huren, entgehen zu lassen.

George schöpfte Mut; durch die Bemerkung seiner Frau war ihm klargeworden, daß die Polizisten bislang versagt hatten. Mit wiedergewonnenem Selbstbewußtsein beschrieb er die Geräusche und Schreie, die sie gehört hatten. «Der Radau ging noch eine Weile weiter, nachdem wir Sie angerufen haben, aber seit zirka sechs Minuten ist es ganz still. Wir hätten es bestimmt gehört, wenn noch was gewesen wäre – die Wände sind so gottverdammt dünn.» Er lächelte ein wenig, um sein Fluchen zu untermalen, aber es gewann ihm keine Freunde.

Der andere Polizist notierte sich alles mit knirschendem Stift auf seinem Block. «Seit *zirka* sechs Minuten», murmelte er. George hatte keine Ahnung, warum er sechs Minuten gesagt hatte und nicht fünf. Klar, daß das den anderen faul vorkam. «Seit Ihrem Anruf bei uns haben Sie nicht mehr Ihr Zimmer verlassen?»

«Wir wollten ihn nicht aufregen», sagte George.

John Ireland reckte seine nadelspitze Nase in die Luft und klopfte behutsam an die Irvasche Tür. Als keine Antwort kam, stieß er sie sacht mit der Fußspitze auf und ging hinein. Die anderen folgten ihm

Das Zimmer war leer. Ein Stuhl war umgekippt. Auf dem Teppich glitzerten große und kleine Glasscherben. Die Unordnung im Zimmer war nicht annähernd so groß, wie die Chandlers erwartet hatten; sie waren enttäuscht und beschämt.

Aber ausgerechnet jetzt, wo sie sich selber ganz klein vorkamen, fiel es den Polizisten gar nicht ein, sie abzukanzeln. John Ireland knöpfte die kleine Tasche an seinem Koppel auf. Der andere sagte: «Blut auf der Sofalehne.» Er ging in die Kochnische und sagte mit hallender Flüsterstimme: «Blutstreifen im Ausguß.»

Blutstreifen! «Ihre Schreie wurden immer furchtbarer», sagte George.

John Ireland steckte den Kopf zum Fenster hinaus.

Der andere fragte: «Fräulein, gibt es hier Telefon?»

«Wir hören es nie läuten», sagte Rosalind.

«*Wir* haben Telefon», sagte George. Er wollte sich unbedingt bewähren in seiner neuen Rolle als Verbündeter der Polizei. Denn daß sie es alle vier mit einem gemeinsamen Feind zu tun hatten, stand jetzt fest. Vielleicht lauerte Irva hinter dem Duschvorhang, oder er stand draußen vor dem Fenster auf dem winzigen, als ‹Terrasse› angepriesenen Betonbalkon, den die Chandlers sehen konnten, wenn sie es riskierten, auf ihren eigenen hinauszutreten. Ein Gefühl von Gefahr breitete sich im Zimmer aus wie Jod im Wasser. John Ireland entfernte sich hastig vom Fenster. Der andere Polizist kam aus der Kochnische zurück. An der Tür blieben die drei Männer stehen und ließen Rosalind mit angestrengter Höflichkeit den Vortritt.

Sie ging auf den kleinen Vorplatz hinaus und schrie auf; entsetzt sprang George hinzu und riß sie von hinten in seine Arme. Die Polizisten kamen nach. Auf dem ersten Absatz der Treppe, die zum nächsten Stock hinaufführte, in Augenhöhe der Chandlers und der Polizisten, kauerte auf allen vieren Mrs. Irva und starrte sie an; ein rätselhafter, wässeriger Ausdruck lag in ihrem Blick. Ihr rechter Arm war leuchtendrot von Blut. Man vergißt immer, wie rot Blut ist. Ihr Unterrock war auf der rechten Seite zerrissen, die eine Brust entblößt. Sie sagte nichts.

Die Chandlers kamen später zu dem Schluß, daß sich die Sache folgendermaßen abgespielt haben mußte: Mr. Irva hatte seine Wohnung verlassen (nachträglich war ihnen so, als hätten sie eine Tür knallen gehört), und Mrs. Irva war in ihrer Angst die Treppe hinaufgelaufen und dann, weil sie sich schwach fühlte oder neugierig war, wer sich da unten so laut unterhielt, langsam die Treppe wieder heruntergekrochen. Aber es gab vieles, was damit noch nicht erklärt war.

Warum sollte Mrs. Irva das Zimmer verlassen haben, *nachdem* ihr Mann gegangen war? Andererseits: wenn er sie die Treppe hinaufgejagt hatte, wieso war dann nur sie oben gewesen, er aber nicht? Der eine Polizist war hinaufgegangen und hatte nachgesehen, aber nichts gefunden. Vielleicht war Irva zu dem Zeitpunkt, als die Polizisten das Haus betraten, noch oben gewesen und hatte sich erst davongeschlichen, als alle sich in seinem Appartement aufhielten? Möglicherweise hatte er sogar den Fahrstuhl benutzt – aber soviel Unverfrorenheit war ihm wohl doch nicht zuzutrauen. Der Fahrstuhl in diesem Haus funktionierte mit Selbstbedienung, und wenn irgend jemand in einer der unteren Etagen auf den Knopf gedrückt hätte, wäre der Fahrstuhl mit seiner schurkischen Fracht stehengeblieben, um den neuen Fahrgast aufzunehmen. Aber wenn er zu Fuß gegangen wäre: waren die Wände nicht so dünn, daß man seine Schritte hätte hören müssen?

Mrs. Irva brachte kein Licht in die Sache. Sie sah so verstört aus, daß niemand sie um Auskunft fragte. Die Polizisten geleiteten sie ins Chandlersche Appartement und betteten sie auf das dubios riechende Sofa, das im Mietpreis inbegriffen war. John wies Rosalind an, zwei Handtücher aus dem Badezimmer zu holen, und fragte George, ob irgend etwas Alkoholisches verfügbar sei. Rosalind brachte die Handtücher (Gästehandtücher, wie George feststellte), und John riß sie der Länge nach durch und machte einen Verband daraus. Die Chandlers tranken selten, denn sie waren beide sparsam und hielten es mit der Gesundheit, aber es fand sich dann doch ein bißchen Sherry im Küchenschrank, hinter einem Laib Pepperidge-Bauernbrot. George goß ein Glasvoll ein und hielt es schüchtern Mrs. Irva hin, die mit ihrem Verband jetzt ganz propper aussah. Ihr zerrissener Unterrockträger war zusammengeknotet. Höflich nahm sie einen Schluck und sagte «Gut», aber mehr trank sie nicht. Rosalind brachte eine gelbe Wolldecke aus dem Schlafzimmer. Sie breitete sie über Mrs. Irva, ging dann in die Küche und setzte Wasser auf.

«Was machst du da?» fragte George.

«Er hat gesagt, ich soll Kaffee kochen», sagte sie und nickte zu dem Polizisten hinüber, der keinem Filmstar ähnlich sah.

Der andere, *der* einem ähnlich sah, kam zu George herüber und blieb dicht bei ihm stehen. Mit der blauen Uniform in Tuchfühlung kam George sich vor, als sei er verhaftet. «Was es nicht alles gibt», murmelte er beklommen.

«Kamerad, das hier ist nichts», sagte der Polizist. «Das hier ist Kinderkram. In dieser Stadt passiert jede Minute viel Schlimmeres.»

George fing an, ihn zu mögen. «Das glaub ich gern», sagte er. «Vor vierzehn Tagen sitz ich in der Subway, da kommt so ein junger Bengel an und haut mir einfach eine runter.»

John schüttelte den Kopf. «Kamerad, das ist nichts im Vergleich zu dem, was ich jeden Tag zu sehn kriege. Jeden Tag in der Woche.»

Der Ambulanzwagen kam, noch ehe das Kaffeewasser kochte. Zwei Neger betraten den Raum. Der eine war in strahlendes Weiß gekleidet und trug eine zusammengeklappte Krankenbahre, die er mit dem freudigen Eifer eines Zauberkünstlers auseinanderfaltete. Der andere war größer, klobiger und vermutlich erst kürzlich aus dem Süden gekommen; er trug einen kastanienbraunen Sakko über der dünnen Jacke seiner Pflegeruniform. Gemeinsam halfen sie Mrs. Irva auf die Bahre; sie ließ alles mit sich geschehen, aber ihr Mund bewegte sich angstvoll, als sie merkte, daß sie hochgehoben wurde. «Nur keine Aufregung», sagte der Große. Beim Hinaufkommen hatten die beiden Männer festgestellt, daß der Fahrstuhl zu klein für die Bahre war; sie mußten die vier Treppen zu Fuß bewältigen, der vordere hielt die Traggriffe in Schulterhöhe.

Die Polizisten verharrten noch einen Augenblick im Fahrstuhl und betrachteten die Chandlers, die in der Tür standen wie das Gastgeberpaar nach einer Party, die mit Krawall geendet hat. «Okay», sagte John dann drohend. Die Fahrstuhltür saugte sich ins Schloß, und die Polizisten glitten abwärts, außer Sicht.

Von ihrem Fenster konnten George und Rosalind auf die Straße hinuntersehen, die gesprenkelt war mit den verkürzten Gestalten von Schaulustigen. Ein Spalier bildete sich dann für die vier Diener an der Menschheit mit ihrer Last. Dann wurde Mrs. Irva, ein gelbes Rechteck, vom fünften Stock aus gesehen, in ein graues Rechteck geschoben, den Ambulanzwagen. Die Polizisten stiegen in ihren grün-weiß-schwarzen Ford, und beide Fahrzeuge setzten sich in Bewegung, so exakt gleichzeitig wie Tänzer in einer Nachtclubschau. Der Ambulanzwagen stöhnte schmerzvoll, aber in Geheul brach er erst aus, als er um die Ecke und außer Sichtweite war.

George versuchte, zu seinem Arabisch zurückzukehren, aber seine Frau war zu aufgeregt, und sie blieben wach bis ein Uhr früh, wälzten sich ruhelos im Bett und beredeten den Fall. Zum sechstenmal beklagte Rosalind, daß sie nicht dabei gewesen war, wie der Polizist Mrs. Irvas Unterrockträger geknotet hatte. Und zum sechstenmal gab George zu bedenken, daß Mrs. Irva ihn höchstwahrscheinlich selber geknotet hatte.

«Selber? Wo ihr Arm bis auf den Knochen aufgeschlitzt war?»

«Er war nicht bis auf den Knochen aufgeschlitzt, Schätzchen. Er war nur geritzt.»

Sie schüttelte das Kissen auf und ließ ihren Kopf hineinplumpsen. «Ich weiß, daß er es getan hat. Das sieht ihm ähnlich. Der mit der stumpfen Nase war viel netter.»

«So, wie er dich an der Tür angesehen hat? Hast du nicht gemerkt, wie er auf deinen Trauring gestarrt hat?»

«Wenigstens hat er Augen für mich gehabt. Der andere war ja verliebt in *dich*.» Rosalind witterte überall Homosexuelle.

Am nächsten Morgen hörten sie Mrs. Irva nebenan staubsaugen. Ein paar Tage später fuhr George mit ihr im Fahrstuhl hinunter. Er fragte sie, wie es ihr gehe. Keine Spur von einem Verband war zu sehen; allerdings trug sie lange Ärmel.

Sie strahlte. «Ausgezeichnet. Und wie geht's selbst? Und Ihrer lieben Frau?»

«Danke», sagte George, verärgert, daß sie seine Frage nur als Floskel aufgefaßt hatte. Um ihr auf die Sprünge zu helfen, fragte er: «Sie sind gut nach Hause gekommen?»

«O ja», sagte sie. «Die Männer waren so reizend.»

George verstand nicht. Die Polizisten? Die Ärzte im Krankenhaus? Der dritte, der zweite, der erste Stock blieben über ihnen zurück, und kein Wort fiel.

«Mein Mann –» begann Mrs. Irva. Da kamen sie im Parterre an. Die Tür öffnete sich.

«Was ist mit Ihrem Mann?»

«Ja, er trägt Ihnen und Ihrer Frau nicht das Geringste nach», sagte sie und lächelte dann, als habe sie soeben eine huldvolle Einladung ausgesprochen. Nicht einmal seine Wolldecke hatte sie erwähnt!

George vermißte die gelbe Wolldecke. Mainächte in New York waren kalt für ihn. Er war hergekommen, um sich nach einem Job umzusehen, der ihn nach Arabien führen würde oder in eine andere islamische Region. Seine Suche brachte ihn in den Teil der Stadt, wo es keine Illusionen mehr gab, in die Gegend zwischen den West Forties und dem Village, in die Wall Street-Zone, in die klammen Wartezimmer von Ölgesellschaften, Exportfirmen, Reedereien, Banken mit Überseefilialen. Die Empfangsdamen waren unhöflich. Die Personalchefs preßten die Fingerspitzen gegeneinander, um ihr nervöses Zittern zu verbergen, waren zermürbt und eingeschüchtert durch die neue Wissenschaft vom Arbeitgeber-/Arbeitnehmerverhältnis. George brachte sie in Verlegenheit. Auf ihren Formularen gab es keine Spalte, in die sie Arabophilie hätten eintragen können.

Es war wirklich nicht leicht, diese Leidenschaft für die Wüste mit seinem derben, stumpfen Gesicht und seinem Familienstand zu vereinbaren. Er sprach selten davon. Aber spät am Abend, wenn er mit

Freunden zusammensaß, konnte es sein, daß er in jähem Redestrom beschrieb, wie die Danakil im Roten Meer nach Trocas fischen. «Es ist phantastisch. Sie gehn auf den Riffen umher und tauchen mit dem ganzen Körper ins Wasser, sobald sie eine von diesen großen Schnekken sehen. Dann lassen sie sich vom Wind trocknen, der von Ägypten weht, und ihre Körper sind über und über weiß von Salz. Das Geröll, auf dem sie gehen, ist bröckelig, und wenn es wegbricht unter ihnen, schrammt es ihnen die Haut von den Beinen. Dann kommen giftige Quallen, die tun weh, und um sie zu verscheuchen, singen sie, so laut sie nur können, während sie immer weitergehen. Auf sechs Meilen kann man diese Fischerboote riechen – wegen der verwesenden Schnecken in den Kästen. Nachts schlafen sie auf den kleinen Booten, und Millionen schwarzer Fliegen wimmeln auf ihrem Proviant. Fünfzig Meilen weit weg ist die arabische Küste, und dort ist nichts, außer Seeräubern. Und auf den Booten hier sind diese Männer und singen, um die giftigen Quallen fernzuhalten. Man fragt sich – ich weiß, was ihr denkt.» Niemand wußte, was *er* in so einem Augenblick dachte, aber in einem der ihm zugewandten Gesichter meinte er dann zu lesen, daß er sich zum Narren machte.

Zu anderer Zeit giftete er sich über den modernen Wohnungsbau, über die greulichen pastellfarbenen Steinkästen, die auf den Ebenen um Phoenix an künstlich gewundenen Straßen aufgestellt waren, über die Supermarkets, über die immer breiter werdenden Autostraßen, über den unaufhaltsamen Untergang der Natur. Das paßte sehr viel besser zu George; er schärfte seinen kritischen Verstand durch Negierung: indem er seine Verachtung wuchern ließ. Alle Filme waren miserabel, alle Politiker korrupt, das Bildungs- und Erziehungswesen in Amerika war das schlechteste von der Welt, die meisten Romane waren Zeitverschwendung, beim Fernsehen waren alle bloß darauf aus, einem das Geld aus der Tasche zu ziehen. Er hatte sich sein Wissen zusammengestückelt aus den Ängsten und Befürchtungen seiner Eltern und den pfiffigen Andeutungen halbgarer Lehrer. George war stolz auf das, was er wußte: er war nicht dahinter gekommen, daß man auf den ‹guten› Colleges (allzu bereitwillig gab er zu, daß er kein gutes besucht hatte) alles goutierte – Westernfilme, Schmalzmusik, Schundliteratur, korrupte Politiker, dumme Mädchen – und Abneigung nur gegen große Geister hegte.

Wer die Bibliothek der Chandlers durchsah (zur Hauptsache alte staatswissenschaftliche Handbücher und eine Unmenge Paperbackkrimis, Rosalinds Dauerlektüre), griff als erstes zu *Haschisch* von Henri de Monfreid, weil es das einzige Buch war, das mit Arabien zu tun hatte, und fand dann den unterstrichenen Satz – der dicke, weiche Bleistiftstrich stammte unverkennbar von George —: «Die Glut des Tages strömte von den Mauern und dem Boden aus wie ein ungeheures Seufzen der Erleichterung.» Aber wenn George dann einem zerstreuten Geschäftsführer an dessen glasgedecktem Schreibtisch gegenübersaß, brachte er nur ein nachsichtheischendes kleines Lachen zustande und sagte: «Es ist sicher ganz dumm, aber schon als Kind haben diese Länder mich fasziniert.»

«Nein, so dumm ist es gar nicht», kam die Antwort.

Einen Monat nach dem Streit der Irvas stand Rosalind draußen vor der Wohnungstür und empfing den heimkommenden George mit den Worten: «Es ist etwas ganz Wunderbares passiert!»

«Von mir aus.» Er kam die Treppe herauf; eine Frau, die im zweiten Stock wohnte, war mit ihm in den Fahrstuhl getreten, und da der Aufzug dazu neigte, ins Parterre zurückzukehren, wenn er auf seinem Weg nach oben angehalten wurde, war George zusammen mit der Dame ausgestiegen und ging die letzten beiden Treppen zu Fuß. Er hatte einen frustrierenden Tag hinter sich. Die aussichtsreichste Chance, nämlich mit der Delegation der Vereinigten Staaten zu einer Handelsmesse nach Basra zu reisen, hatte sich zerschlagen. Eine dreiviertel Stunde hatte es gedauert, bis er wieder zu Mr. Guerin vorgelassen worden war, und dann hatte er keinen anderen Bescheid bekommen als den, daß die finanziellen Mittel höchst beschränkt seien. Er war so niedergeschlagen, daß er in ein Achtunddreißig-Cent-Kino ging, aber der Film war uralt, mit Barbara Stanwyck, und so schlecht, daß er hinausgehen mußte, weil ihm übel wurde. In einer Luncheonette an der East-Thirty-third Street berechnete man ihm einen Dollar zehn für ein Truthahn-Sandwich, ein Glas Milch und eine Tasse Kaffee. Als er der Kassiererin einen Fünf-Dollar-Schein hinhielt, bestand sie darauf, daß er zusätzlich ein Zehn-Cent-Stück und drei Pennies für die Steuer herausrücke, und zählte ihm die vier Dollar Wechselgeld nicht in seine wartend ausgestreckte Hand, sondern barsch auf den Ladentisch. Als ob er aussätzig wäre. Auf dem Weg nach Hause kam ihm die Menschenmenge, die die Subways verstopfte, sich an den Kreuzungen staute, eilig durcheinanderwimmelte und ihre billigen Witze machte, wie ein einziger riesiger, widerlicher Seuchenherd vor. Elf Wochen lang suchte er jetzt schon. Rosalinds Job im Warenhaus — sie arbeitete nur noch sechs Stunden am Tag, jetzt, wo der Osterbetrieb sich gelegt hatte — brachte nicht so viel, wie nötig war, um Miete und Essen zu bestreiten. Die Chandlers aßen Löcher von 50 Dollar pro Monat in ihre Ersparnisse.

Rosalind stand zwischen ihm und der Wohnungstür. Er ärgerte sich darüber, er war müde. «Warte», sagte Rosalind. Sie hob die Hand, hinderte ihn am Weitergehen, um das Vergnügen, das sie selber empfand, noch ein Weilchen auszudehnen. «Hast du kürzlich einen der beiden Irvas getroffen? Überleg mal.»

«Ihn treffe ich nie. Mit ihr fahre ich hin und wieder zusammen im Fahrstuhl.» Er hatte kein zweites Mal den Versuch unternommen, Mrs. Irva nach dem seltsamen Zwischenfall zu fragen; es gab so wenig Beziehungen zwischen der halbirren, nackten, geschundenen Kreatur jener Nacht und dieser kompakten kleinen Person mit weißen Strähnen im Haar und den schwarzen Blusenknöpfen und dem Orangenmund, der immer über den Rand der Oberlippe hinaus bemalt war, daß es George nicht schwerfiel, mit ihr übers Wetter zu reden und über den miserablen Zustand des Hauses – als gäbe es nichts von Bedeutung zwischen ihnen.

«Was *soll* der Blödsinn?» fragte George, nachdem Rosalind einen Augenblick ganz still, mit dieser idiotischen Fröhlichkeit im Gesicht, dagestanden war.

«Sieh selbst, Effendi», sagte sie und öffnete die Tür.

George sah nichts als Blumen im Zimmer, Blumen überall, weiße, rosa, gelbe, große Blumen, reglos in Vasen, in Kannen, in Papierkörben stehend und bündelweise auf den Tischen liegend, auf den Stühlen, auf dem Fußboden. George konnte sich nie Blumennamen merken, aber dies hier war eine gängige Sorte, groß und robust. Wohlwollen strahlte aus den langen, törichten, komplizierten Gesichtern. Die Luft im Zimmer war kühl wie in einem Blumenladen.

«Sie sind in einem Kombiwagen gekommen. Mrs. Irva hat gesagt, sie seien gestern abend als Dekoration bei einem Bankett benutzt worden, und der zuständige Mann hätte gemeint, daß der Chef sie haben sollte. Mrs. Irva dachte dann, es wäre nett, sie uns zu schenken. Zum Zeichen, daß zwischen unseren Familien alles in Ordnung sei, hat Mrs. Irva gesagt.»

George war verwirrt, betäubt. Er war keines logischen Gedankens mächtig, er erfaßte nichts mehr außer diesen Blumen; sie strömten ihm zu den Augen herein. Später, im Gestank und in der Fremde von Basra, wann immer das heimwehkranke Paar Amerika vor sich heraufbeschwor, war das erste, das leuchtendste Bild, das sich vor George auftat, dieser Ansturm schwachsinniger Schönheit.

Ein Pfeiler der Reaktion

In dem Augenblick, als sie das Zimmer betraten, erhob sich der alte Fraelich in seinem perlblassen Anzug und sagte in geblähtem Ton: «John, komm, wir gehen nach unten.»

Der andere, ein Mann in Schwarz, stand auf.

«Das wäre unhöflich», stellte Mrs. Fraelich fest, mehr als Tatsache denn als Vorwurf, wiewohl es auf ihre Worte zurückzuführen sein mochte – es war schwer zu sagen, wieviel Einfluß sie auf ihren Mann hatte –, daß Fraelich seinen Gästen dann doch noch die Hand gab, über sie hinwegstarrend, hörte er sich die Namen der drei jungen Leute an, und seine gedunsene rote Hand, die seinem Willen augenscheinlich entzogen war und nach ihren eigenen Anstandsbegriffen handelte, löste sich von seiner Weste und trieb den dreien entgegen. Luke kam sich unter diesen ganz woanders hinsehenden Augen wie eine üppige Torte vor, die irrtümlich einem Kranken offeriert wird. Hatte Fraelich vielleicht vergessen, wie oft sie einander schon begegnet waren?

Mit der übertriebenen Förmlichkeit eines Mädchens, das nur Schönheit ins Feld zu führen hat, stellte Kathy ihrem Schwiegervater die Gäste vor und tat dabei gleichfalls so, als ob sie Fremde wären: «Vater, das sind Elizabeth Forrest und Luther Forrest.»

«Du kennst Luke, wir waren zusammen auf dem College», sagte Tim.

«Ja, ich kannte ihn», sagte Fraelich, gleichmütig das Verbum seines Sohnes verändernd. Er hielt den Kopf nach hinten, als lehne er ihn gegen ein Kissen, und sah kränker aus denn je; sein Gesicht glänzte, als schwitze er ein Fieber aus. Luke kam der Gedanke, daß es vielleicht Liz' schwangerer Zustand war, der den Alten schockierte.

«Und Mr. Boyce-King aus England», fuhr Kathy fort.

«Nur King», berichtigte Donald und errötete heftig. «Don King. Boyce ist mein zweiter Vorname.»

«*Kein* Bindestrich?» rief Kathy, offenbar entschlossen, sich vor ihren Schwiegereltern und den Freunden ihres Mannes um jeden Preis ungezwungen und fröhlich zu geben. Sie hatte etwas Müdes, das ihrem dürren Charme einen Hauch geheimnisvoller, romantischer Hinfälligkeit verlieh. Luke hatte gehört, daß sie zur Psychoanalyse ging. «Können Sie mir noch mal verzeihen, ich habe Ihren Namen doch nur ein einziges Mal am Telefon gehört!»

«Furchtbar nett von Ihnen, daß Sie mich eingeladen haben», sagte Donald mechanisch.

«Er sieht wirklich aus wie jemand mit Bindestrich», sagte Liz, der anderen zu Hilfe kommend, und ließ damit unwillentlich durchblicken, daß sie und Luke seit Montag, in den wenigen Stunden, da Donald nicht mit ihnen zusammen gewesen war, mokante Reden über ihren englischen Gast geführt hatten. «Ich glaube, es liegt an seinen Augenbrauen.»

Mrs. Fraelich hatte sich im Hintergrund erhoben und schlenkerte aus Langeweile oder Ärger mit den Armen. Der Ausschnitt ihres Kleides – ein Futteral aus weichem blauem Stoff mit großen Löchern für Hals und Arme, wie auf Bildern in alten Ausgaben des *Jahrmarkts der Eitelkeit* – rutschte beängstigend über ihrem ausgemergelten, sommersprossigen Busen hin und her. Sie tat den Anwesenden ihre zweite Feststellung kund: «Dies ist Mr. Born.»

Zum erstenmal kam ein bißchen Leben in den alten Fraelich. «Jawohl», bekräftigte er, und seine Stimme blähte sich wieder, «wir dürfen John Born nicht vergessen.» Der Mann in Schwarz, beleibt, aber fest im Fleisch, schüttelte den jungen Leuten der Reihe nach herzhaft die Hand und schenkte jedem dasselbe erfreute Lächeln. Sein Schnurrbart hatte exakt die gleiche Farbe wie sein Anzug. Luke freute sich, daß Donald einen echten, wenn auch stummen Vertreter des Manhattan-Wohlstands zu Gesicht bekam. Fraelich war zwar wohlhabend, aber kaum echt zu nennen.

Die Alten verzogen sich in den anderen Teil der doppelstöckigen Wohnung, und die Jungen blieben allein zurück mit den bollwerkhaften Ledermöbeln und Mrs. Fraelichs japanischen Aquarellen und der parabolisch geschwungenen Schwebedecke, die ein indirektes Restaurantlicht gab.

«Bitte, verzeihen Sie mir den Bindestrich, es ist eine fixe Idee von mir, zu glauben, alle Engländer hätten einen Doppelnamen», sagte Kathy zu Donald, der sich inzwischen mit britisch brüsker Lässigkeit vor dem Bücherregal aufgepflanzt hatte und die Buchrücken musterte.

«Keine Ursache. War mir ein Vergnügen.»

Diese blasierte, unpassende Entgegnung stürzte sie alle in verlegenes Schweigen. Der Abend versprach, unerquicklich zu werden. Die Fäden zwischen den fünfen waren nur dünn gesponnen. Luke kannte Tim vom College her, und Donald hatte er in England kennengelernt, und die beiden Frauen empfanden, soweit man das bei der Oberflächlichkeit ihrer Bekanntschaft überhaupt sagen konnte, Freundschaft füreinander. Sie machten dann auch das beste aus der Situation: unterhielten sich und nippten an gelben Cocktails wie richtige Erwachsene. Luke überlegte, ob er nicht eine Partie Monopoly vorschlagen sollte. Fraelich hatte bestimmt ein Monopoly im Haus, und Donald würde auf diese Weise ein echt amerikanisches Gesellschaftsspiel kennenlernen. Mit dem Essen war allem Anschein nach nicht so bald zu rechnen. Ein neuer Faktor, Hunger, gesellte sich zu der nervösen Unruhe in Lukes Magen.

Er unterhielt sich mit Tim über gemeinsame Bekannte. Keiner von ihnen hatte etwas von Irv gehört. Preston Wentworth, vermutete Tim, lebte an der Westküste. Leo Bailley war in der Stadt gewesen, soviel war sicher. Eigenartig, wie gründlich man Leute aus den Augen verlieren konnte, mit denen man im College täglich zusammen gewesen war. Unsere Generation hat das Briefeschreiben verlernt, steuerte Luke als Erklärung bei.

Donald sagte, er habe immer gedacht, die Amerikaner erledigten alles per Telefon oder hätten kleine Jungen mit geflügelten Schuhen, die singend Botschaften überbrächten.

Kathy fragte Liz, wie sie sich fühle. Liz sagte, sie fühle sich wie immer, nur schwerfälliger; es sei übrigens erstaunlich, wie sehr man sich wie immer fühle, und sie freue sich schon auf das Stadium kuhhafter Zufriedenheit, das in den Büchern für werdende Mütter so gepriesen werde. Donald lachte über die «Bücher für werdende Mütter». Luke sah, wie Kathy seiner Frau – sozusagen mittels eines geflügelten Gesichtsausdrucks – die Botschaft sandte: «Wir haben auch schon an Kinder gedacht, aber Timothy ...» – «Wie schön oder schade», funkte Liz' Gesicht zurück. Donald, gefangen im Netz dieser sich kreuzenden Mutter-Blicke, fühlte sich abermals in eine peinliche Defensive gedrängt und errötete prüde. Er hatte die ovalen, schrägen Augen, die fleischigen Lippen und die klobig vorgewölbte Stirn des britischen Intellektuellen.

Tim Fraelich glaubte zu spüren, daß seine drei Gäste schon viel zu ausgiebig zusammen gewesen waren, um einander noch etwas zu sagen zu haben, und so übernahm er es, das Gespräch in Gang zu halten. Er brachte die Rede auf die Olympischen Spiele. Luke ging dankbar darauf ein. Seit Tim ihm beigesprungen war mit: «Du kennst Luke, wir waren zusammen auf dem College», empfand Luke warme Zuneigung für Tim, für seine langsame, bedächtige Art und sein grobes Gesicht. Die Segnungen des Geldes, in Verbindung mit höchst bescheidenen Gagen andererseits, hatten Tim zu einem gutartigen Mitmenschen geraten lassen. Er war Präsident des Areté-Clubs gewesen, als Luke sein zweites College-Jahr absolvierte, und hatte nur mit größtem Widerstreben irgend jemandem die Mitgliedschaft verweigert, wohingegen Luke, der wußte, daß er selbst nur mit knapper Mehrheit aufgenommen worden war, arrogant und rücksichtslos von seinem Vetorecht Gebrauch machte.

Die Olympia-Diskussion versickerte bald. Luke fielen keine Berühmtheiten ein, außer Perry O'Brien und dem springenden Pfarrer Richards und dem Neger — wie hieß er doch noch? —, der zwei Meter zwölf im Hochsprung geschafft hatte.

Schnelle, leistungsstarke Amerikaner, sagte Donald, gebe es wie vom Fließband.

Aber, versicherten sie ihm eilig, den Meilenrekord von vier Minuten habe das *Commonwealth* gebrochen. Die Forrests hatten während ihres Jahrs in Oxford nahe dem Iffley-Stadion gewohnt, wo Bannister seinen Sieg errungen hatte. Donald war zu der Zeit zwar auch in Oxford gewesen, hatte es aber verschmäht, an dem Ereignis teilzunehmen. Er fand offenbar, daß sich darin eine gewisse Distinktion ausdrücke.

Tim fragte seinen englischen Gast, was er von New York denn schon alles gesehen habe, ob er schon da und da gewesen sei, und er nannte ein paar markante Punkte. Leider Gottes kannte Donald nichts von alldem, was Tim ihm aufzählte. Die Forrests waren miserable Fremdenführer gewesen, dabei hatten sie sich solche Mühe gegeben. Angekündigt von einem Funktelegramm, war Donald auf einem holländischen Linienschiff eingetroffen: ohne einen Penny und mit der Nun-zeigt-mir-mal-alles-Attitude eines Kulturdelegierten. Da er, wie alle Oxford-Studenten, politisch-literarisch ziemlich frühreif war, hatte eine der liberalen englischen Wochenzeitschriften bereits etwas von ihm veröffentlicht, und anscheinend bildete er sich ein, sein Besuch auf dem überseeischen Kontinent werde einen Knüller ergeben, wie er bisher nur Mrs. Trollope gelungen war. Nachdem die Forrests sich ihm zunächst selber vorgeführt hatten — typische Vertreter der nachrückenden Generation: er mit einem Job in der Werbung, sie mit einer Vorliebe fürs Skandinavische, für natürliche Hölzer und natürliche Geburt —, arrangierten sie für ihn, gepeinigt von gesellschaftlichem Verantwortungsgefühl, Parties und Abendessen, bei denen die allegorischen Figuren; College-Student, unverheiratete Sekretärin, um Anerkennung ringender Kubist, Dichter mit Klaustrophobie, geistvolle Jüdin, Schauspieler, kommender Mann, intellektueller Katholik, Syndikus und so weiter, akkurat so, wie sie Donalds Klischeevorstellungen entsprachen, vor ihm aufmarschierten. Luke schilderte mit soziologischer Akribie seine Kindheit in einer Kleinstadt in Ohio, und Liz steuerte bei, was sie über das Kastensystem in Massachusetts wußte. Donald reagierte höflich, zeigte sich jedoch wenig beeindruckt. Luke und Liz führten nachts im Bett schuldbewußte Flüstergespräche, wenn die Gäste gegangen waren und Donald sich anschließend nicht mit Notizbuch, Bleistift und einem letzten Drink in die Sofaecke zurückgezogen hatte. Er trank regelmäßig, aber mäßig. Tagsüber ging Liz – während der Schwangerschaft solle man sich sowieso viel bewegen, sagte sie – gemeinsam mit ihm auf die Jagd nach geeigneten Sightseeing-Objekten. Sie führte ihn nach Chinatown, ins Village, in die Wall Street, durch die jüdischen Viertel, und abends, wenn Luke nach Hause kam, barmte sie – während Donald freudlos dasaß und an seinem Glas nippte und ihr mit seinem Schweigen beipflichtete –, es sei ja doch immer dasselbe, alles bloß Häuser und Autos, und Donald tue ihr so leid, weil er mit ihnen vorlieb nehmen müsse.

Ihr Gast behauptete, er werde in Kürze abreisen. Er wollte den «Süden» sehen und vor allem «eure Prärien». Aber die Abreise konnte nicht stattfinden, solange nicht irgendwoher – aus Kanada, glaubten sie, hatte er gesagt – eine Geldanweisung eintraf. Die Forrests hatten sie heimlich «Post aus Frankreich» getauft. Bei der engen Gemeinschaft, in der die drei lebten, kam der Scherz bald ans Tageslicht. Schon mehrmals hatte Luke beim Frühstück gefragt: «Ist die Post aus Frankreich gekommen?» Und Liz, die merkte, wie Donald von Mal zu Mal schweigsamer wurde, warnte ihren Mann und sagte, Donald fasse das womöglich als einen Wink auf. Luke sagte, das sei kein Wink, sondern ein Scherz, und überhaupt komme es ihm nicht so vor, als ob Donald besonders empfänglich sei für Winke oder *irgend* etwas.

Es stimmte: Die Gelassenheit des Engländers, so wohltuend in Oxford, so überzeugend – selbst wenn man ihn auf der High Street traf, vor dem Hintergrund radfahrender Metallarbeiter und graugesichtiger Menschenschlangen an Bushaltestellen, meinte man Pfeifenrauch zu spüren und die Geborgenheit seines Zimmers im Magdalen College, mit all den schmalen alten Romanausgaben, mit dem Fenster, das auf den Wildpark hinaussah, und den grau-in-grauen Londoner Heften, die wie Puppenzeitungen auf dem Kaminsims gestapelt lagen –, hier in Amerika war diese Gelassenheit zu einer enervierenden Unbeweglichkeit geworden, so, als laste das schwerere Sonnenlicht dieses südlicheren Landes wie ein Gewicht auf ihm. Er hatte protestiert, als er hörte, daß sie ihn zu den Fraelichs mitnehmen wollten, er hatte gesagt, das sei doch viel zu unbequem für sie, aber er hatte *nicht* gesagt, wie sie gehofft hatten, daß er auch einmal einen Abend allein verbringen könne.

«Nein», sagte er jetzt zu Tim, «Louie's haben sie mir noch nicht gezeigt. Es ist interessant, sagen Sie. Besitzt es irgendwelche ethischen Werte? Ihr Amerikaner redet so viel von ethischen Werten. Margaret Mead ist für euch hier drüben eine Art Weiße Göttin, nicht wahr?»

«Nein, das ist Mamie», sagte Kathy unvermutet; sie fuhr sich mit allen zehn Fingern durchs Haar und lachte mit, als die anderen lachten.

Donald sagte, die Amerikaner hätten sich in den Augen der Welt wieder mal als eine Horde Idioten erwiesen. Luke sagte, neunzehnhundertsechzig werde alles anders aussehen. «Neunzehnhundertsechzig, neunzehnhundertsechzig», sagte Donald. «Was anderes habt ihr nicht im Kopf. Das Plymouth-Modell von neunzehnhundertsechzig. Neunzehnhundertsechzig wird sich die Bevölkerung auf drei Milliarden beziffern. Ihr seid verliebt in die Zukunft.» Unwillkürlich griff er sich vorn ans Jackett, ob sein dickes Notizbuch auch da war. Luke lächelte und sah sie alle mit Donalds Augen: den gutmütigen, hausbackenen Erben, seine nervöse, langstelzige Frau, Liz mit ihrem halbfertigen Baby, sich selber, Luke, mit seinem halbgaren Erfolg — blaß, blaß, alle. Traurige Amerikaner, so recht was für den *New Statesman and Nation*. Aber was Donald nicht sehen konnte, wohl aber Luke, das war, wie gut er, Donald, mit seinen vernünftigen englischen, verwitterten Schuhen und den abgewetzten Wollstoff-Anzügen in ihren farblosen Fries hineinpaßte.

Der Mann, der ihnen als Mr. Born vorgestellt worden war, trat ins Zimmer. «Scheint, als würde ich jetzt mitgenommen», sagte er zu Tim. «Von Ihrem Vater und Ihrer Mutter.» Seine Stimme war, wie Luke erwartet hatte, satt und rauh, aber sein Akzent bewog Luke zu einer leichten Korrektur seines ersten Eindrucks: der Mann kam aus dem Süden. Kompakt wie ein Faß stand er in seinem schwarzen Anzug da und hob sich mit eigentümlicher Kraft von der leinenbespannten Wand ab, auf der Mrs. Fraelichs japanische Drucke verschwommene Farbkleckse bildeten.

«Möchten Sie einen Scotch mit Wasser, John?» fragte Tim. «Oder einen Cognac?» Mr. Born schüttelte seinen massigen Kopf — getrennt vom Rumpf mochte er gut und gern vierzig Pfund wiegen — und hob abwehrend seine kantige, überaus gepflegte Hand, als wolle er sämt-

lichem Alkohol-Ausschank entgegengetreten. In der anderen Hand hielt
er eine dicke, frisch angezündete Zigarre.

«Wir kauen gerade die Wahlen durch», sagte Tim.

«Seid ihr euch einig, wer gewonnen hat?»

Die jungen Leute ließen ein dünnes Lachen hören.

«Wir sind uns einig, wer gewonnen haben *sollte*», sagte Donald und
bekam vor Ärger rote Flecken auf Stirn und Wangenknochen.

«Mmjjaa!» sagte Mr. Born, synchron mit dem Ächzen der Lederpol-
ster, in die er sich plumpsen ließ. «Es bestand nie ein Zweifel darüber,
wie es in Texas ausgehen würde. Bei den Wetten in Houston ging es
nicht darum, *wer* —» seine Lippen schoben sich vor bei dem gedehnten
‹wer› — «das Rennen machen würde, sondern zu welchem Zeitpunkt
der andere sich geschlagen geben würde.» Er beschrieb einen Halbkreis mit der Zigarre, so daß das glühende Ende jetzt auf ihn selbst
gerichtet war. «In Houston wurde ein Haufen Geld verloren, als Adlai seine tapfere Rede hielt. Man hatte damit gerechnet, daß es *eher*
so weit sein würde, versteht ihr.»

«Und wie erging's Ihnen?» fragte Donald taktlos, als sei dies eine
extra für ihn arrangierte Fragestunde.

«*Mir?*» Der Texaner kratzte sich genüßlich am Ohr und strahlte. «Ich
hatte nichts investiert.»

«Und wie *ist* die Situation da unten? Ich meine, politisch? Man liest,
die Demokraten sind schlecht in Form», sagte Donald.

Mr. Borns breites, gesundes Gesicht wurde ganz schrumplig vor Liebenswürdigkeit. «Wie es heißt, soll Lyndon auf dem Parteikonvent
nicht die allerbeste Figur gemacht haben. Wir sind nicht gerade stolz
auf ihn. Ich habe mir sagen lassen, die allgemeine Meinung war: laßt
die beiden kandidieren und sich das Genick brechen, auf diese Weise
sind wir sie los. Genau so hab ich's mir sagen lassen: laßt sie kandidieren und sich das Genick brechen.»

«So etwas!» rief Kathy. Verblüfft über sich selber, biß sie sich kokett
auf die Unterlippe und schlug aufsehenerregend die Beine übereinander. Luke mochte ihre Beine, weil über den schmalen, urbanen Fesseln
ländlich pralle Waden schwellten.

«Amerikanische Usancen», murmelte Donald.

Luke, der befürchtete, Mr. Born könne Feindseligkeit wittern, fragte,
weshalb der Süden sich nicht hinter jemanden wie Gore gestellt habe,
statt Kennedy zu unterstützen.

«Gore ist nicht populär. Die Antwort ist sehr einfach: der Süden hat
niemanden, der zugkräftig genug wäre. Außer Lyndon. Und der ist
krank. Herzinfarkt. Nein, sie stellen zwar die Führer in beiden Häusern,
aber sie sind in einer schwierigen Lage da unten.»

«Würden nicht gewisse antikatholische Ressentiments aufgerührt werden, wenn Kennedy durchkäme?» fragte Tim. Seine Mutter war in ihrer Jugend für kurze Zeit zum katholischen Glauben übergetreten.

Mr. Born paffte seine Zigarre und fixierte blinzelnd, durch den Rauch hindurch, den Sohn seines Freundes. «Ich dächte, darüber sind wir hinaus. Das haben wir hinter uns.»

Donalds klobig vorgewölbte Stirn leuchtete dunkelrot. «Sie finden es wohl gut, so wie die Dinge gelaufen sind», platzte er heraus.

«Wie man's nimmt. Ich habe für Ike gestimmt. Bin aber nicht besonders stolz darauf. Nein, bin ich nicht. Er hat unser Gas-Gesetz abgelehnt.» Alle lachten ohne ersichtlichen Grund. «Wenn er ein zweites Mal davorstünde, würde er sich anders entscheiden.»

«Glauben Sie?» fragte Donald.

«Ich weiß es positiv. Er hat es selber gesagt. Er will das Gesetz. Und bei Adlai, bei dem hätte man nicht sicher sein können – wenn der's geschafft hätte, der hätte womöglich versucht, die Lands wieder Washington zu unterstellen. Darum haben wir für Ike gestimmt, er war der Beste, den wir kriegen konnten.»

Donald wies zierlich mit dem Finger auf ihn. «Sie wollen natürlich nicht, daß die Tidelands in den Bund zurückkehren.»

«Sie *können* nicht. Das Gas reicht nicht. Seit dem letzten Jahr ist es um zwölf Prozent gesunken, gemessen am *Bedarf*. Sehen Sie – aber interessiert Sie das auch alle?»

Die Runde nickte geflissentlich.

«Ich habe eine halbe Trillion Meter Gas. Da unten. In der Erde. Da liegt es fest. Ich habe einen Vertrag abgeschlossen, dieses Gas für 46 Cents pro Meter in Chicago zu verkaufen. In Chicago gibt es rund zwölftausend Gasometer, die unzureichend versorgt sind. Ich wollte es von Texas aus raufpumpen. Das war vor zwei Jahren. Aber man läßt mich nicht. Ich war in diesen letzten zwei Jahren fast die ganze Zeit in Washington, D.C. und habe versucht, ein Gesetz durchzukriegen, das mich *läßt*.» Rauch wölkte ihm aus dem Mund, und er lächelte. Washington, hieß das, war einer Meinung mit ihm gewesen.

Donald fragte, warum man ihn denn nicht lasse. Und Mr. Born legte ausführlich die Gründe dar – anschaulich und freundlich, und stand sogar auf dazu –: Bundesbehörden, staatliche Ausschüsse, Quellen-Kontingente, Destillierungskosten, Fehlbohrungen («Fehlbohrungen kann man *nachträglich* nicht mehr von der Steuer absetzen; wenn sie gerade passieren: okay, aber später werden sie nicht mehr anerkannt») und die sozialistisch angehauchte Denkweise in Washing-

63

ton. Und immer weiter plätscherte es, eine wunderschöne Komposition, Vokal auf Vokal, und dann und wann eine Betonung, die wie Oboenklang eine Cello-Passage durchbrach. Die Koda kam zu früh: «Aber der Witz bei der Sache, der Witz ist der: wenn sie das Gesetz durchlassen, in Ordnung. Ich habe meinen Vertrag, ich bin bereit, mich daran zu halten. Aber wenn sie es *nicht* durchlassen, dann verkaufe ich an Ort und Stelle, nämlich in Texas selber, und zwar für mehr. So stark ist die Nachfrage gestiegen.»

Luke stellte mit Ergötzen fest, daß er in knapp einem Meter Entfernung einen Unhold vor sich hatte: einen Tidelands-Lobbyisten, einen Erzföderalisten, einen Abgeordneten-Käufer, einen Pfeiler der Reaktion. Und als was hatte er sich erwiesen, dieser wuchtige Mann mit dem riesigen, büffelhaft vorgereckten Kopf? Als ein ganz reizender, unkomplizierter Mensch, der ohne zu klagen — und, wie es schien, ausschließlich um dieser jungen Leute wegen — die unvorstellbare Bürde von einer halben Trillion Meter Gas mit sich schleppte. Luke konnte sich nicht mehr an die Gründe erinnern, weshalb Großunternehmen unter Regierungskontrolle stehen — genauso wenig, wie ihm die Schwächen seiner eigenen Person einfielen, wenn er betrunken war. Die Zigarre zierlich mit drei Fingern haltend, lehnte Mr. Born sich in seinen Sessel zurück; abweichende Meinungen verdampften rings um ihn in der Luft und umgaben ihn mit einem schmeichelnden Dunstschleier.

Einen Augenblick später kamen Mr. und Mrs. Fraelich ins Zimmer, um John Born abzuholen, aber bevor sie gingen, brummte der alte Fraelich mit grauer, knolliger Stimme seine gesamten Kenntnisse über die Erdgas-Industrie herunter. Mr. Born hörte höflich zu, kippte seine Zigarre mal vor, mal zurück, und Luke kam plötzlich der Gedanke, daß genau so, wie John Born eine halbe Trillion Meter Gas besaß, Mr. Fraelich John Born besitzen könnte.

«Wirklich ein verdammt netter Bursche, dieser Born», sagte Tim, als die Alten gegangen waren.

«Ja, er war wundervoll!» sagte Liz. «Wie er so dastand — so kolossal in seinem schwarzen Anzug —» Sie formte einen weiten Kreis mit den Armen und schob unbewußt ihren Bauch vor.

Kathy fragte: «Meint ee er eine halbe Trillion Meter Gas in den Rohren?»

«Aber nein, du Dummchen», sagte Tim und legte gönnerhaft den Arm um sie, was Luke auf die Nerven ging, «*Kubik*meter.»

«Das macht die Sache auch nicht viel klarer», sagte Liz. «Kann man Gas nicht komprimieren?»

«Wo bewahrt er es auf?» fragte Kathy. «Ich meine, wo hat er's?»

«In der Erde», sagte Luke. «Hast du nicht zugehört?»

«Richtiges Gas? Wie man's in der Küche braucht?»

«Eine halbe Trillion», sagte Donald, und es sollte spöttisch klingen, «keine Ahnung, wieviel Nullen eine Trillion überhaupt hat.»

«In Amerika zwölf», sagte Luke. «Bei euch in England mehr. Achtzehn.»

«Ihr Amerikaner versteht euch fabelhaft auf Zahlen. Yankeeschläue.»

«Sieh dich vor, Boyce-King. Wenn ihr Engländer nicht das Näseln sein laßt, pumpen wir das Gas unter eure Insel und machen einen Satelliten aus ihr.»

Niemand lachte, außer Luke selber: er stellte sich England als roten Kuchenteller vor, der durch den Weltraum sauste und von dem ein Stückchen nach dem andern absplitterte, bis nichts mehr übrigblieb außer der Kuppel der St. Pauls-Kathedrale. Und später bei Tisch machte er weiter Witze – häufig auf Kosten von «Boyce-King». Er fühlte sich wieder wie im College, als er schier barst vor neuem Wissen und ungebrochener Energie. Kathy Fraelich lachte, daß sie kaum den Suppenlöffel halten konnte. Es tat gut, zu wissen, daß er noch immer Leute zum Lachen bringen konnte. «. . . aber die *großen* Filme, das sind die, in denen ein Götzenbild plötzlich schwankt und sich bewegt – so – mit fürchterlichem Grinsen und solchen Augen –» er wackelte mit steifem Oberkörper auf seinem Stuhl hin und her und ließ sich grauenhaft langsam vornüberfallen, bis seine Nase den Rand des Wasserglases berührte: dann erst brach er seine Vorführung ab – «und mit voller Wucht auf die kreischende Anbeterschar niederkracht. Bei den Engländern kommt so was natürlich nicht vor. Die hüten ihre Götzenbilder, glorifizieren sie zu Druidenaltären. Oder ritzen ‹Wellington› vorn drauf. Ach ja, ihr seid schon ein pfiffiges Volk, Boyce-King.»

Nach dem Essen sahen sie sich zwei Fernsehspiele an, die Luke bei jeder Wende der Handlung aufs erfinderischste als hohe Kunstprodukte pries, während Donald sich blinzelnd auf seinem Sessel wand und die anderen gar nicht erst zuhörten, sondern sich ganz auf den Bildschirm konzentrierten. Liz war eine begeisterte Fernseherin. Die beiden jungen Fraelichs kuschelten sich in einem üppigen Fauteuil aneinander. Das teure Farbfernsehgerät brachte die Schwarz-Weiß-Figuren alle mit Regenbogenrand.

Später, an der Haustür, dankte Luke den Gastgebern überschwenglich für das exzellente Essen, die lehrreichen Gespräche, die schillernden Schauspiele. Das Abschiedszeremoniell zog sich hin, denn die beiden Paare erörterten noch eingehend die Frage, wo man sich wohl endgültig niederlassen solle. Sie kamen zu dem Ergebnis – und Donald, eine blasse Randfigur bei diesem Gedankenaustausch, nickte dazu und kicherte verlegen –, daß nur eines wichtig sei, nämlich die Kinder müßten sich geborgen fühlen.

Luke tat es leid, daß Donald zum Schluß fünftes Rad am Wagen gewesen war. «So, nun haben wir dir den Texas-Milliardär vorgeführt», sagte er im Taxi zu ihm. «Du hast einer großen Nation auf den Grund ihrer Seele geschaut.»

«Habt ihr auf seine Hände geachtet?» fragte Liz. «Sie waren ausgesprochen schön.» Sie war in einer heiteren, friedlichen Gemütsverfassung.

«Wirklich bemerkenswert», sagte Donald, der zwischen ihnen eingeklemmt saß und nicht wußte, wohin mit den Armen, «wie der euch mit seiner haarsträubend egoistischen Argumentation alle eingewickelt hat.»

Luke legte den Arm auf die Rücklehne – schloß seinen Gast, freilich ohne ihn zu berühren, in eine Umarmung ein – und streichelte sacht mit den Fingerspitzen Liz' Nacken. Die Post aus Frankreich, dachte er, würde bestimmt nicht mehr lange auf sich warten lassen. Der Taxichauffeur reckte den Kopf, um seine Fahrgäste im Rückspiegel zu begutachten. Luke sagte laut: «Du hast Angst vor unserer unheimlichen Vitalität.»

Walter Briggs

Auf der Rückfahrt von Boston: Jack fuhr, sein kleiner Sohn schlief neben ihm auf dem Vordersitz in einem Tragbettchen, und Clare saß hinten und sang der zweijährigen Jo etwas vor.

«Ich backe einen Kuchen und fange einen —?»

«Tisch», sagte das Kind.

«Ist das nicht ein feines Mahl für eines Königs —?»

«Tisch!»

«Richtig.»

«Sing Vöglein-Nase-Lied.»

«Vöglein-Nase-Lied? Das kenne ich nicht. Sing du das Vöglein-Nase-Lied. Wie geht es denn?»

«Wie geht denn?»

«Das möchte ich ja von dir wissen. Wer hat dir denn das Vöglein-Nase-Lied vorgesungen? Vielleicht Miss Duni?»

Jo lachte über den alten Spaß. Sie selber hatte ‹Miss Duni› erfunden, eine Zauberformel, die eines Tages ihrem Mund entsprungen war. «Wer ist Miss Duni?» fragte sie jetzt.

«*Ich* weiß nicht, wer Miss Duni ist. *Du* kennst sie doch. Wann hat sie dir denn das Vöglein-Nase-Lied beigebracht?»

«Vöglein Nase, Vöglein Nase, pick, pick, pick», sang das kleine Mädchen halblaut.

«Was für ein *hübsches* Lied! Wenn Miss Duni es mir doch auch beibrächte!»

«Es ist die zweite Strophe des Amsel-Lieds», sagte Jack. «Eine Amsel kam geflogen und biß ihr ab die Nas.»

«Das hab ich ihr *nie* vorgesungen», schwor Clare.

«Aber du kennst es. Es ist in deinen Genen.»

Nach zehn Minuten – fünfzig hatten sie im ganzen zu fahren – schlief das Kind ein, und Clare schob die Last von ihrem Schoß. Die Mutter verwandelte sich in die Ehefrau: sie stützte das Kinn auf die Lehne des Vordersitzes, dicht neben Jacks Schulter, so daß ihr Atem rechts seinen Hals streifte.

«Wen fandest du auf der Party am nettesten?» fragte er.

«Ich weiß nicht. Schwer zu sagen. Ich würde denken, Langmuir, weil er verstand, was ich meinte, als wir von Sherman Adams sprachen.»

«Alle haben verstanden, was du meintest; aber sie haben auch alle verstanden, daß es dumm war.»

«Es war nicht dumm.»

«Wer ist besser», fragte er sie, «Langmuir oder Foxy?» Das «Wer-ist-besser-Spiel» war eine der wenigen Methoden, sich gemeinsam die Zeit zu vertreiben, die sie gezwungenermaßen miteinander verbrachten. Ein armseliges Spiel, das nichts von einem Wettstreit hatte und darum für Jack ohne jeden Reiz war.

«Langmuir, glaub ich», sagte Clare nach kurzem Überlegen.

«Also Dolchstoß von hinten für den armen alten Foxy. Und dabei liebt er dich so.»

«Er ist wirklich nett; ich bin abscheulich. Hm – wer ist besser, Foxy oder der Junge mit dem gespaltenen Kinn und dem hilflosen Blick?»

«Der Junge mit dem hilflosen Blick», antwortete er prompt. «Oh, ein schrecklicher Kerl. Wie hieß er noch?»

«Crowley? Cra – Crackers?»

«Ja, so ähnlich. Graham Crackers. Und wie hieß das Mädchen, mit dem er da war, die Hübsche mit den großen Ohren?»

«Die Arme, wie kommt sie bloß darauf, sich diese goldenen Zigeunerklunkern an die Ohren zu hängen?»

«Sie geniert sich nicht wegen ihrer Ohren. Sie ist stolz darauf. Sie findet sie großartig. Das sind sie auch – ein hübsches Mädchen. Wenn ich bedenke, daß ich sie vielleicht nie wiedersehe.»

«In *ihrem* Namen kamen mehrere *o's* vor.»

«Orlando. Ooh-Ooh Orlando, die Seifenblasenkönigin.»

«Nicht ganz.»

Die Autobahn war im Scheinwerferlicht wie eine weiße Pyramide; das Summen des Motors klang irgendwie unregelmäßig, und hin und wieder roch es im Wagen ein bißchen nach Benzin. Die *Benzinpumpe*, dachte er und sah im Geiste die explosive Flüssigkeit in scharfem Strahl auf das glühend heiße Metall spritzen. In die Benzinpumpe des alten Buicks seines Vaters waren immer Schmutzklümpchen gekommen, dann soff der Motor ab, und der Wagen blieb stehen. «Dieser Wagen wird bald anfangen, uns Geld zu kosten», sagte er, bekam aber keine Antwort. Sie wollte nichts davon hören, den Wagen für einen neuen in Zahlung zu geben, obwohl sie ihn nun vier Jahre besaßen und sich nie ganz an die Farbe – wasserfallblau – gewöhnt hatten. Jack warf einen Blick auf den Tachometer. «Siebenunddreißigtausend hat er drauf», sagte er und setzte hinzu: «Vöglein Nase, Vöglein Nase, pick, pick, pick.»

Clare lachte unvermittelt; ihr war irgend etwas eingefallen. «Ich weiß. Wie hieß doch dieser dicke Mann auf Arrow Island, der den ganzen Sommer blieb und abends immer Bridge spielte und mit so einem Schlapphut rumlief wie die Fischer?»

Bei der Erinnerung an diesen Mann mußte er auch lachen. Die ersten drei Monate ihres Ehelebens – das war jetzt fünf Jahre her – hatten sie in einem Familiencamp des Christlichen Vereins Junger Männer auf einer Insel in einem See von New Hampshire verbracht. Jack hatte in der Verwaltung gearbeitet, und seine Frau hatte den Campladen geführt. «Walter», begann er zuversichtlich, «und dann kam irgend etwas Einsilbiges. Er angelte immer da unten, wo die Männerzelte standen; er war immer schon da, wenn wir kamen, und wenn wir gingen, blieb er noch, um beim Einziehen des Eisenstegs zu helfen.» Er sah den Mann deutlich vor sich: sein listiges Katzenlächeln, das Haarbüschel an seinem Hinterkopf, den halbkugeligen Bauch, das bonbonfarben gestreifte Unterhemd und die Schuhe mit den Kreppsohlen.

«Sag mir Mrs. Youngs Vornamen», fuhr Clare fort. Young, ein vertrottelter Kettenraucher, war der Leiter des Camps gewesen; Mrs. Young, eine kleine, dickhalsige Frau mit breitem Gesicht und wachsamen grünen Augen hatte – wie so viele Frauen ‹guter› Männer – eine ziemlich scharfe Zunge gehabt. Einmal hatte sie vom Festland aus angerufen, wo sie mit einer Kindergruppe einen Ausflug machte, und der überarbeitete Jack hatte vergessen, dem Bootsjungen aus Dartmouth zu sagen, daß er sie und die Kinder abholen sollte; und als sie nach einer Stunde wieder anrief und immer noch mit den quengeligen Kindern in der Hitze auf dem Festland wartete, hatte Jack in das altersschwache Telefon gerufen (das Unterwasserkabel war nahe daran, seinen Geist aufzugeben): «Wie gräßlich!» Von da an nannte sie ihn nur noch «Gräßlich». Wenn sie ins Büro kam, schnarre sie: «Na, wie geht's denn unserm guten alten Gräßlich?», und Jack wurde jedesmal rot.

«Georgene», sagte er.

«Richtig», sagte Clare. «Und ihre beiden Töchter?»

«Die eine hieß Muffie, die war noch einigermaßen umgänglich. Die andere —»

«*Ich* weiß es!»

«Moment mal. Muffie und — es reimte sich irgendwie. Muffie und Toughie.»

«Nein, Audrey. Sie hatte einen abgebrochenen Vorderzahn.»

«*Sehr* gut. Aber der dicke Mann — wie hieß er noch mit Nachnamen? Es war was mit B. Baines. Bodds. Byron. Es paßte zu seinem Vornamen, darum dachte man nie an den Vor- oder Nachnamen, sondern immer an beide zusammen. Walter Buh, buh — ist das nicht zum Verrücktwerden?»

«Byron kommt nah dran. Weißt du noch, wie gut er Shuffleboard spielte und wie er jede Woche die Turniere arrangiert hat?»

«Und abends spielte er im Aufenthaltsraum Karten. Ich *sehe* ihn direkt vor mir, wie er da auf so einem braunen, eisernen Klappstuhl saß.»

«Lebte er nicht während der anderen Hälfte des Jahres in Florida?» fragte sie und lachte erstens bei der Vorstellung, daß jemand das ganze Jahr über in Ferienorten zubringen konnte, und zweitens darüber, daß jemand, der so etwas tat, niemand anders sein konnte als der faule, selbstzufriedene Walter Soundso.

«Früher hatte er ein Installationsgeschäft gehabt», sagte Jack triumphierend. «Er hatte sich zur Ruhe gesetzt.» Aber sonderbar — auch dieser Weg führte so wenig wie die anderen zu dem tiefen Versteck, das den Namen des Mannes barg. «Berufe kann ich mir merken, aber Namen nicht», sagte er, ängstlich bestrebt, sich einen Pluspunkt zu verschaffen, denn er hatte das Gefühl, von seiner Frau überrundet zu werden. «Dabei sollte ich mich eigentlich auf die Namen besinnen können», fuhr er fort. «Ich hab sie doch alle auf diese blöden Karten geschrieben.»

«Ja, allerdings. Wer war doch noch das Mädchen, das von der Insel weg mußte, weil es plötzlich mit Steinen nach den Leuten warf?»

«Gott, ja, richtig. Geistesgestört und *schreck*lich attraktiv. Und stumm wie ein Fisch.»

«Sie stand immer unter irgendeinem Baum und grübelte.»

«Oh, was hat sie Young für Sorgen gemacht! Und dann dieser andere Sonderfall, der Mann, der immer wieder mit dem Zug zurückkam und sagte, sein Bruder in Springfield würde bezahlen, und der Verein hätte doch diesen Extrafonds, und er bildete sich ein, das wäre alles für ihn . . .»

«Er spielte so gern Schach. Nein, Dame. Hast du nicht versucht, ihm Schach beizubringen?»

«Ja, und bei allem, was man ihm auf dem Brett zeigte, sagte er: ‹Sehr elegant› oder ‹Sie sind mir ja ein ganz Schlauer›.»

«Und jedesmal, wenn du etwas sagtest, wovon er glaubte, du meintest es komisch, dann lachte er so ganz hoch und hysterisch. Er hatte uns gern, weil wir nett zu ihm waren.»

«Robert —»

«Nein, Schatz, *Roy*; wie konntest du Roy vergessen? Und dann gab es noch Peg Grace.»

«Peg Grace. Mit den riesengroßen Augen.»

«Und der schmalen langen Nase und den Nüstern, die wie Schwimmblasen aussahen», sagte Clare. «Und wie hieß ihr Freund mit dem teigigen Gesicht?»

«Und dem wachsblonden Haar. Herrgott. Ich habe nicht die *geringste* Ahnung, wie der hieß. Er war nur eine Woche da.»

«Ich seh ihn immer vor mir, wie er nach dem Schwimmen vom See heraufkam. Dieser lange weiße Körper und dazu die winzige schwarze Badehose — sexy, hm.»

«Ja, er war wirklich weiß. Aber nicht unangenehm. Wenn ich so zurückdenke», verkündete Jack wichtigtuerisch, «finde ich sie alle nett, bis auf den deutschen Küchenjungen mit den Locken, auf die er so stolz war, und den apoplektisch roten Backen.»

«Den konntest du nicht leiden, weil er mir immer schöne Augen machte.»

«Tat er das? Ach ja, jetzt fällt mir's ein. Aber eigentlich hatte ich was anderes gegen ihn, nämlich, daß er mich im Weitsprung so gemein geschlagen hat. Aber dann hat ihn zum Glück der Peruaner geschlagen.»

«Escobar.»

«Weiß ich. Der versuchte immer, mit dem Kopf Basketball zu spielen.»

«Und dann Barbara, die lustige Geschiedene.»

«Walter Barbara. Walter Ba, Be, Bi, Bo, Bu. Am Ende des Sommers wurde ihm eine sagenhafte Rechnung präsentiert.»

Aber Clare wartete nicht mehr auf den dicken Mann. Sie tanzte voraus und verlieh den weiten, verblichenen Strecken dieser Erinnerungen farbiges Leben: die italienische Familie mit den vielen leeren Bierdosen, der große Taubstumme, der immer barfuß ging und sich auf dem Ostpfad an einer gespaltenen Wurzel den Fuß verletzte; die Angst vor einem Waldbrand, bis dann im August der mörderische Regen einsetzte; das Rotwild auf der Insel, das man nie zu sehen bekam. Das Wild kam im Winter übers Eis vom Festland herüber und konnte im Frühjahr, wenn es taute, nicht wieder zurück. Ihr Vorrat an präzisen Erinnerungen machte ihn eifersüchtig – die Mutter, die in der Abenddämmerung «Beryl, Beryl» rief, die gargantuanischen Eistüten, die die Murray-Jungen sich einverleibten –, aber sie sprang so hurtig zwischen ihren Schätzen hin und her und verschenkte sie so freigebig, daß er bei jedem neuen Gesicht, bei jeder neuen Szene, die sie für ihn heraufbeschwor, lachen mußte; denn diese Erinnerungen hatten sie gemeinsam gesammelt, und er war froh, daß sie so ein gutes Spiel für den Wagen entdeckt hatten, wo er doch gerade geglaubt hatte, es gäbe keine Spiele mehr für sie. Sie kamen jetzt auf vertraute Straßen, und er fuhr einen weiten Umweg, damit die Fahrt ein bißchen länger dauerte.

Zu Hause trugen sie die Kinder in ihre Betten – Clare den kleinen Jungen, so zart und leicht wie ein Papierpüppchen, und Jack das schwere, rotbäckige Mädchen. Als er sie im Dunkeln in ihr Bettchen legte, schlug sie die Augen auf.

«Zu Hause», sagte er.

«Schmutz ansehn?» Unweit ihres Hauses wurde die Spur für eine neue Straße planiert, und Jo war jedesmal begeistert, wenn sie zur Baustelle mitgenommen wurde.

«Schmutz morgen früh», sagte Jack, und das Kind gab sich zufrieden.

Unten holten die beiden Erwachsenen das Ingwerbier aus dem Kühlschrank und sahen in den Zwölf-Uhr-Nachrichten des lokalen Fernsehprogramms Gouverneur Furcolo und Erzbischof Cushing schemenhaft hinter Chruschtschow und Nasser; dann gingen sie eilig zu Bett, da die Kinder früh wieder wach sein würden. Clare, die den ganzen Tag über die Familie unterhalten hatte, schlief sofort ein.

Jack hatte das Gefühl, sich von keiner sehr befriedigenden Seite gezeigt zu haben. Die Vergangenheit war für sie viel lebendiger als für ihn, vermutlich weil sie ihr kostbarer war. Sie hatte etwas erwähnt, was jetzt an ihm nagte. Der Deutsche, der ihr schöne Augen gemacht hatte. Langsam rief ihm das die Clare von damals ins Gedächtnis: die grünen Shorts und die braunen Beine, und wie sie morgens Hand in Hand von ihrer Hütte in den zwei staubigen Radspuren des Jeeps zum Frühstück gegangen waren. Clare war barfuß gegangen wie der Taubstumme, und zwar auf der breiten Unkrautmähne zwischen den Radspuren. Ihre Hand, ihre Gestalt waren ihm so klein erschienen, und es war so seltsam gewesen, daß sie ihn morgens geweckt hatte. Sie hörte stets das Frühstücksläuten, obwohl ihre Hütte weit ab vom Mittelpunkt des Geschehens stand. Als einzige Beleuchtung hatten sie eine Kerze gehabt. Jeden Abend (außer Donnerstags, da spielte er rechtsaußen in der Softball-Mannschaft des Camps) saß er in der halben Stunde zwischen Arbeit und Essen vor der Hütte auf einem Holzstuhl und las im schwindenden Tageslicht im *Don Quijote*, während sie drinnen das Bett machte. Etwas anderes hatte er in jenem Sommer nicht gelesen, aber in diesem Buch hatte er täglich gegen Abend eine halbe Stunde gelesen, und im September, als die Geschichte zu Ende ging und Sancho seinen endlich zur Vernunft gekommenen Herrn anflehte, sich vom Sterbebett zu erheben und noch einmal auf die Suche zu gehen, auf daß sie vielleicht die Dame Dulcinea, ihrer Hexenlumpen entkleidet und schön wie eine Königin, unter einer Hecke fänden – da mußte er weinen. Rings um die Hütte hatten Weißtannen gestanden, die infolge langen Wettstreits zu grausamer Höhe emporgeschossen waren, und statt der Fenster hatte die Hütte nur zerrissene Fliegengitter gehabt. Er blieb vor der Schwelle auf dem mit Tannennadeln und kleinen Zweigen übersäten Boden stehen, und da fand er zu seiner Überraschung, was er gesucht hatte; er richtete sich auf dem Ellbogen auf und rief leise «Clare!», wohl wissend, daß sie nicht aufwachen würde, und sagte: «Briggs. Walter Briggs.»

Flügge

Mit siebzehn Jahren war ich ärmlich gekleidet und komisch anzusehen und dachte an mich selber immer nur in der dritten Person. «Allen Dow ging die Straße entlang nach Hause.» — «Allen Dow lächelte ein schmales, sardonisches Lächeln.» Das Bewußtsein, mir sei ein besonderes Schicksal beschieden, machte mich arrogant und scheu zugleich. Vor Jahren, als ich elf oder zwölf war, gerade an der Grenze, da ich aufhörte, ein kleiner Junge zu sein, wanderten meine Mutter und ich eines Sonntagnachmittags — mein Vater war beschäftigt oder schlief — zum Gipfel des Shale Hill hinauf, eines Kinderbergs, der die eine Flanke des Tals bildete, in das unser Städtchen gebettet lag. Da breitete die Stadt sich unter uns aus, Olinger, mit tausend Villen vielleicht, von denen die feinsten und größten den Shale Hill hinauf uns entgegenkletterten. Dahinter ragten die Reihen der Ein- oder Zweifamilienhäuser, in denen meine Freunde wohnten; bis zum blassen Faden der Alton-Schnellstraße zogen sie sich hinunter, an dem die High School, die Tennisplätze, das Kino, die wenigen Läden und Tankstellen des Ortes, die Volksschule und die lutherische Kirche aufgefädelt waren. Auf der anderen Seite des Shale Hill lagen auch noch Häuser, unser Haus zum Beispiel: ein winziger weißer Fleck, genau dort, wo das Land zum gegenüberliegenden Berg anstieg, zum Cedar Top. Jenseits des Cedar Top wellten sich Hügel und Aberhügel. Und wenn wir nach Süden blickten, konnten wir sehen, wie die Schnellstraße in anderen Städtchen unterschlüpfte und zwischen den grünen und braunen Flicken des Ackerlands außer Sichtweite schwang, und der ganze Bezirk bot sich unter einem feinen Dunstschleier dar. Ich war alt genug, um verlegen zu sein, als ich da ganz allein mit meiner Mutter neben einer windverkrüppelten Kiefer auf einem langen Schiefergrat stand. Plötzlich grub sie die Finger in meine Haare und verkündete: «Hier gehören wir alle hin, und hier werden wir auf ewig bleiben.» Sie zögerte, bevor sie das Wort ‹ewig› aussprach, und sie zögerte abermals, bevor sie hinzusetzte: «Außer dir, Allen. Du wirst fortfliegen.» Weit weg, über dem Tal, hingen ein paar Vögel, sie hingen in Höhe unserer Augen, und spontan, wie meine Mutter war, hatte sie von ihnen dies Bild abgeschaut; für mich aber war es der Fingerzeig, auf den ich meine ganze Kindheit lang gewartet hatte. Mein allergeheimstes Ich fühlte sich angesprochen, ich war in unendlicher Verlegenheit und duckte meinen Kopf nervös unter ihrer melodramatischen Hand weg.

Sie war impulsiv und romantisch und unbeständig. Nie ist es mir gelungen, diese kurze, trost- und verheißungsvolle Bemerkung zu einem tragenden Thema zwischen uns zu erweitern. Daß sie nicht aufhörte, mich wie ein übliches Kind zu behandeln, erschien mir wie ein Verrat an der Vision, die sie mich hatte miterleben lassen. Ich war gefangen in einer Hoffnung, die sie abgetan und vergessen hatte. Meine schüchternen Versuche, Unebenheiten in meinem Benehmen — oft las ich spät abends noch oder kam nach der Schule nicht gleich nach Hause — dadurch zu rechtfertigen, daß ich mich auf das Gleichnis mit dem Fliegen berief, wurden mit verblüfftem, verständnislosem Blick quittiert, als redete ich blanken Unsinn. Es kam mir empörend ungerecht vor. Ja, aber, wollte ich sagen, ja, aber es ist *dein* Unsinn. Und natürlich war es genau das, was meinen Appell unwirksam bleiben ließ: sie wußte, daß ich's nicht zu *meinem* gemacht hatte, daß ich zynisch beabsichtigte, beides auszunutzen, das Privileg, außergewöhnlich, und die Annehmlichkeiten, gewöhnlich zu sein. Sie fürchtete meinen Wunsch, außergewöhnlich zu sein. Ein einziges Mal reagierte sie doch auf meinen Protest, daß ich mich ja nur aufs Fliegen vorbereitete; grausam und mit zornrotem Gesicht schrie sie mich an: «Du wirst es niemals lernen, du wirst im Dreck steckenbleiben und sterben, genau wie ich. Warum sollte es dir besser ergehen als deiner Mutter?»

Sie war sechzehn Kilometer weiter südlich auf einer Farm geboren, die sie und ihre Mutter geliebt hatten. Ihre Mutter, eine kleine, wilde Frau, die mehr wie eine Araberin aussah denn wie eine Deutsche, arbeitete mit den Männern auf den Feldern und fuhr jeden Freitag mit dem Leiterwagen sechzehn Kilometer weit zum Markt. Als meine Mutter noch ein kleines Mädchen war, fuhr sie mit ihr, und wenn ich mir diese Fahrten vorstelle, schmecke ich nichts als Angst, die Angst des kleinen Mädchens vor den rohen, biertrunkenen Männern, die nach ihm greifen und es an sich drücken, die Angst, der Wagen breche entzwei, die Produkte würden nicht verkauft, die Angst vor einer möglichen Demütigung der Mutter und vor dem Zustand des Vaters, wenn sie bei Anbruch der Nacht zurückkehrten. Der Freitag war sein Feiertag, und er trank. Sein Trinken kann ich mir nicht vorstellen, denn ich habe ihn nur als geduldigen, belehrenden, fast biblischen alten Mann gekannt, dessen einzige Leidenschaft der Zeitungslektüre und dessen einziger Haß der Republikanischen Partei galt. Er hatte etwas von einer Staatsperson an sich; nun, da er tot ist, entdecke ich immer wieder Teile von ihm an berühmten Politikern: seine Uhrkette und seinen großen, vierschrötigen Bauch am Theodore Roosevelt in alten Filmen; seine Stiefel und seine schräge Kopfhaltung auf einer Fotografie von Alfalfa Bill Murry. Alfalfa Bill hat seinen Kopf im Gespräch zur Seite geneigt und hält seinen Hut am Kniff, preßt den Kniff leicht mit Daumen und zwei Fingern zusammen, und dieser legere, elegante Griff erinnerte mich so heftig an meinen Großvater, daß ich das Bild aus *Life* herausriß und in eine Schublade legte.

Die Feldarbeit hatte meinem Großvater nie gepaßt, obwohl er es mit Hilfe seiner Frau zu Wohlstand dadurch brachte. In einer Zeit dann, als Erfolg schwer zu umgehen war, begann er damit, Geld in Aktien anzulegen. 1922 kaufte er unser großes weißes Haus in der Stadt — die bevorzugte Wohngegend hatte sich damals noch nicht auf die Shale Hill-Seite des Tals verlagert — und ließ sich dort nieder, um seine Dividenden zu ernten. Bis zu seinem Tode hielt er daran fest, daß Weiber läppisch seien, und die gebrochenen Herzen seiner beiden Frauen hatten ihn in dieser Meinung gewiß bestärkt. Die Würde der Finanzwelt mußte ihm nach der Unwürdigkeit des Ackerbaus als äußerst vorteilhafter Tausch erschienen sein. Ich empfinde es genauso. Wie aber läßt sich meine Vorstellung von diesen angstgepeinigten Wagenfahrten mit dem Kummer vereinbaren, der, so behauptet meine Mutter beharrlich, sie und ihre Mutter ergriffen hat, als sie die Farm aufgeben mußten? Vielleicht ist anhaltende Angst ein Boden, auf dem Liebe wächst. Vielleicht aber, und das ist wahrscheinlicher, handelt es sich um eine lange und komplizierte Gleichung, deren wenige mir bekannte Faktoren — der männliche Stolz aufs Land, der die alternde Frau erfüllte, die Freude des heranwachsenden Mädchens, über die Felder zu reiten, das beiden gemeinsame Gefühl, in Olinger nicht willkommen zu sein — in Klammern gesetzt und durch Koeffizienten potenziert sind, die ich nicht erkenne. Vielleicht aber ist es gar nicht die Liebe zum Land, sondern der Mangel an Liebe überhaupt, der einer Erklärung bedarf; Großvaters anspruchsvolles Wesen und sein Hochmut mögen schuld gewesen sein. Er glaubte, daß man ihn als Junge schlimm behandelt habe, und hegte gegen seinen Vater einen Groll, den meine Mutter nie verstehen konnte. Für sie war ihr Großvater ein heiliger, schlanker Riese, beinah einsneunzig groß, und das zu einer Zeit, da dies ein Wunder war, und er wußte alles und jedes beim richtigen Namen zu nennen, wie Adam im Garten Eden. Als er sehr alt war, wurde er blind. Wenn er aus dem Haus trat, rannten die Hunde herbei, um ihm die Hände zu lecken. Als er im Sterben lag, bat er um einen Gravensteiner Apfel vom Baum am hintersten Ende der Wiese, und sein Sohn brachte ihm einen Krauser aus dem Obstgarten neben dem Haus. Der alte Mann nahm ihn nicht, und mein Großvater mußte ein zweites Mal laufen; in den Augen meiner Mutter aber war ein Frevel begangen worden, eine grausame Kränkung, eine ganz und gar widersinnige Tat, ohne jeden Grund. Was hatte sein Vater ihm getan? Die einzige präzise Klage, die ich je von meinem Großvater gehört habe, war, daß er als Junge den Männern auf dem Feld immer Wasser bringen mußte und ihm sein Vater höhnisch zurief: «Heb die Füße hoch, runter kommen sie von allein!» Wie ungereimt! Als begehe jede Elterngeneration an ihren Kindern ungeheuerliche Verbrechen, die durch Gottes Ratschluß der übrigen Welt verborgen bleiben.

Meine Großmutter steht mir in Erinnerung als eine kleine, dunkeläugige Frau, die selten spricht und mich immer überfüttern will, und dann als hakennasiges Profil, das sich rosa von den zitronenfarbenen Polstern des Sarges abhebt. Sie starb, als ich sieben Jahre alt war. Alles, was ich sonst noch von ihr weiß, ist, daß sie das jüngste von dreizehn Kindern war, daß sie unseren Garten zu einem der schönsten in der ganzen Stadt machte und daß ich angeblich ihrem Bruder Pete ähnlich sehe.

Meine Mutter war frühreif; sie war vierzehn Jahre alt, als die Familie umzog, und hatte drei Jahre lang die ländliche Volksschule besucht. Sie bestand die Abschlußprüfung am Lake College bei Philadelphia, als sie erst zwanzig war, ein hochgewachsenes, hübsches Mädchen mit einem verächtlichen Lächeln, wenn man einer der eingerollten Fotografien glauben konnte, die in einem Schuhkarton verwahrt wurden. Als ich noch ein Kind war, habe ich diesen Karton immer wieder geöffnet, als lasse sich darin ein Schlüssel zu den Streitereien in unserem Haus finden. Die Fotografie zeigt meine Mutter, wie sie am Ende unseres plattenbelegten Weges, neben dem kunstvoll getrimmten Abschluß unserer Hecke, steht, einer dicken, eckigen Säule, die von einem struppigen Blätterball gekrönt wird. In zerfranstem Bogen ragt von rechts ein blühender Fliederstrauch ins Bild, und hinter meiner Mutter kann ich eine unbebaute Fläche erkennen, auf der doch, so lange ich denken kann, ein Haus gestanden hat. Meine Mutter hält sich mit ländlicher Anmut, trägt einen langen, pelzbesetzten Mantel, den sie nicht zugeknöpft hat, weil sie ihre Perlenkette und das kurze und doch zimperliche Backfisch-Kleid zeigen will. Ihre Hände stecken in den Manteltaschen, eine Baskenmütze sitzt schräg auf der Ponyfrisur, und überhaupt ist alles an ihr von einer Flottheit, die mir unpassend erschien, als ich diese Fotografie am Abend der dreißiger Jahre und in der Finsternis der kriegerischen vierziger auf dem fleckigen Teppich in dem trüberleuchteten alten Haus betrachtete. Die Kleidung und überhaupt das ganze Mädchen wirken so modisch, so schnöde schick. In seiner wohlhabenden Zeit war es meinem Großvater ein Vergnügen gewesen, seiner Tochter üppige Kleiderzuschüsse zu gewähren. Mein Vater, der mittellose jüngere Sohn eines presbyterianischen Pfarrers aus Passaic, hatte sein Studium am Lake College als Werkstudent finanziert, hatte in Lokalen bedient, und spricht noch heute mit mildem Verdruß von den schönen Kleidern, die Lillian Baer immer trug. Diese Eigenschaft meiner Mutter hat mich immer wieder in Verlegenheit gebracht in der High School; sie war ein Textiliensnob und bestand darauf, meine Hosen und Sporthemden im besten Geschäft Altons zu kaufen, und weil wir wenig Geld hatten, kaufte sie auch nur wenig, dabei hätte ich natürlich genau das gebraucht, was meine Klassenkameraden besaßen: eine reichhaltige Auswahl billiger Kleidungsstücke.

In der Zeit, da diese Aufnahme gemacht worden war, wollte meine Mutter nach New York gehen. Was sie dort getan hätte, oder was sie überhaupt dort vorhatte, weiß ich nicht; ihr Vater verbot es ihr jedenfalls. Das Wort ‹verbieten› ist heute nur noch eine leere Hülse, damals aber, in dem wunderlichen Landstrich, aus dem Mund eines ‹nachsichtigen Vaters›, war es anscheinend noch lebensbestimmend, denn das große, klamme Gewicht dieses Verbots war nach Jahren noch im Hause spürbar, und als ich ein Kind war und eine der endlosen Jammerszenen, die meine Mutter dem Großvater machte, ihren tränenreichen Höhepunkt erreichte, konnte ich es um mich und über mir spüren – wie eine gewaltige Wurzel, der ein Regenwurm sich entgegenkrümmt.

Vielleicht hat meine Mutter meinen Vater, Victor Dow, aus Wut geheiratet, der brachte sie wenigstens bis nach Wilmington, wo er eine Anstellung bei einer Maschinenbaufirma bekommen hatte. Aber die Depression brach herein, mein Vater wurde arbeitslos, und das Paar kehrte in das weiße Haus in Olinger zurück, wo mein Großvater die Zeitung las und zusah, wie seine Aktien sachte, aber sicher in die Wertlosigkeit absanken. Ich wurde geboren. Meine Großmutter arbeitete als Putzfrau und zog Gemüse in unserem viertelmorgen großen Garten, um es zu Geld zu machen. Wir hielten Hühner, und auf einem großen Stück Land bauten wir Spargel an. Als meine Großmutter gestorben war, habe ich sie oft entsetzt in den Spargelbeeten gesucht. Zur Mittsommerzeit stand da ein Wald zarter grüner Bäume, von denen etliche so hoch waren wie ich, und wenn sie schaumig-sacht mich streiften, war es, als rede ein Geist zu mir, und im weichen, dichten Netz ihrer verflochtenen Zweige hatten ein Versprechen und eine Drohung zugleich sich verfangen. Die Spargelbäume machten mir angst; in der Mitte der Anbaufläche, fern vom Haus und unserer kleinen Straße, umfing mich ein Zauberbann, ich wurde zum Däumling, wanderte zwischen den hohen, geschmeidigen grünen Stämmen umher und war darauf gefaßt, ein kleines Haus mit rauchendem Schornstein und in dem Haus meine Großmutter zu finden. Sie hatte selber an Geister geglaubt, und darum war ihr eigener Geist mächtig und zwingend. Sogar jetzt, wenn ich allein in meinem Haus sitze und in der Küche eine Diele knarrt, hebe ich den Kopf und habe Angst, sie könnte in der Tür erscheinen. Und nachts, wenn ich gerade einschlafen will, ruft ihre Stimme mich in durchdringendem Flüsterton oder sagt: «Pete.»

Meine Mutter arbeitete in einem Kaufhaus in Alton, verkaufte Stoffe zweiter Wahl und bekam dafür jede Woche 14 Dollar. Während meines ersten Lebensjahrs sorgte mein Vater tagsüber für mich. Seither hat er oft gesagt — und es schmeichelt mir, wie alles, was von ihm kommt —, daß er nur deshalb nicht verrückt geworden sei, weil er mich am Halse hatte. Vielleicht ist das der Grund dafür, warum meine Zuneigung zu ihm so unartikuliert ist: als sei ich immer noch ein wortloses Kind, das zur gluckenhaften Verschwommenheit seines Männergesichts aufblickt, und eben dies gemeinsame Jahr erklärt vielleicht auch seine Zartheit mir gegenüber, seine Bereitschaft, mich zu loben, als hafte allem, was ich tue, etwas Trauriges oder Verkümmertes an. Er hat Mitleid mit mir; meine Geburt fällt mit der Geburt großen Elends, nationalen Elends zusammen — erst kürzlich hat er aufgehört, mich mit dem Spitznamen «Jung-Amerika» zu rufen. Um meinen ersten Geburtstag herum bekam er eine Anstellung als Lehrer für Arithmetik und Algebra an der High School in Olinger, und obgleich er so gütig und humorvoll war, daß er kein Klassenzimmer betreten konnte, ohne die stürmischsten Disziplinarprobleme heraufzubeschwören, hielt er es Tag um Tag, Jahr um Jahr aus und wurde allmählich eine Respektsperson in dieser fremden Stadt; ich glaube, es gibt heute ein oder zwei Dutzend ehemaliger Schüler und Schülerinnen, die mittlerweile selber in die Jahre gekommen sind und eine bestimmte, von meinem Vater empfangene Ermutigung mit sich herumtragen oder sich eines Satzes entsinnen, der mitgeholfen hat, sie zu formen. Gewiß erinnern viele sich an die Späße, mit denen er sich über die Kränkungen lustig machte, die ihm im Klassenzimmer widerfuhren. In seinem Katheder verwahrte er eine konfiszierte Spielzeugpistole, und wenn er eine besonders dumme Antwort erhielt, nahm er sie heraus, richtete sie mit nachdenklich kummervoller Miene gegen seinen Kopf und erschoß sich.

Mein Großvater war der letzte, der eine Arbeit annahm, und ihn erniedrigte sie am meisten. Er wurde bei der Straßenbaukolonne angestellt, arbeitete mit Männern, die Kies auf die Fahrdämme schaufelten und Teer darübergossen. Unförmig und geheimnisvoll in ihren Schutzanzügen, von Dampf umhüllt, im Bunde mit dramatischen und unheilverkündenden Maschinen, waren diese Männer herrlich in den Augen der Kinder, und ich wunderte mich sehr, daß mein Großvater sich weigerte, mir zu winken oder sonstwie seine Anwesenheit einzugestehen, wenn ich auf dem Schulweg vorüberkam. Er war merkwürdig stark, wenn man bedachte, wie verwöhnt er war, und hielt bis hoch in die Siebzig, bis seine Sehkraft schwand, bei dieser Arbeit aus. Meine Aufgabe war es fortan, ihm aus seinen geliebten Zeitungen vorzulesen, während er in seinem Lehnstuhl am Erkerfenster saß und mit den Stiefeln in der Sonne wippte. Ich ärgerte ihn, las bald zu schnell, bald enervierend langsam, hüpfte von einer Spalte zur anderen und knüpfte eine lange, chaotische Geschichte; ich las ihm bedächtig die Sportberichte vor, die ihn nicht interessierten, und nuschelte die Leitartikel herunter. Nur die Geschwindigkeit, mit der seine Füße wippten, verriet seinen Verdruß. Wenn ich innehielt, bat er sanft mit seiner schönen, altmodischen, vortragskünstlerhaften Stimme: «Nur noch die Todesanzeigen, Allen. Nur die Namen, damit ich sehe, ob irgend jemand dabei ist, den ich kenne.» Wenn ich ihm dann bösartig die Liste der Namen entgegenbellte, in der vielleicht ein Freund verzeichnet stand, bildete ich mir ein, daß ich meine Mutter rächte, ich glaubte, sie hasse ihn, und um ihretwillen versuchte ich, ihn auch zu hassen. Unaufhörlich beschwor sie geheimnisvolle Leiden, die tief unten im verworrenen, lichtlosen Grund einer Zeit begraben lagen, in der es mich noch nicht gab, und so hatte ich nur folgern können, daß er ein böser Mann war und ihr Leben zerstört hatte, das Leben jener hellen Gestalt mit der Baskenmütze. Ich hatte keine Ahnung. Sie kämpfte mit ihm nicht, weil sie kämpfen wollte, sondern weil sie es nicht ertragen konnte, ihn in Frieden zu lassen.

Manchmal, wenn ich den Blick von den bedruckten Seiten hob, von Bildern, auf denen unsere Armeen in Schwärmen zurückwichen wie aufgestörte Insekten, sah ich, wie der alte Mann gerade mit leiser Bewegung das Gesicht dem warmen Sonnenschein zuwandte, es war ein trockenes, zerbrechliches Gesicht und wurde von einer mächtigen Krone glatten, mais-seidigen Haars geadelt. In solchen Augenblicken dämmerte es mir wohl, daß die Sünden, die er als Vater begangen, gewiß nicht schlimmer waren als die jedes anderen Vaters. Aber die geniale Stärke meiner Mutter lag darin, den Menschen, die ihr am nächsten standen, mythische Unermeßlichkeit zu verleihen. Ich war der Phönix. Mein Vater und meine Großmutter waren sagenhafte Eindringlingsheilige: sie entstammte einer schmalen Ader arabischen Blutes innerhalb der germanischen Rasse, er war von den protestantischen Wüsten New Jerseys übergelaufen, und beide dienten ihren Ehegefährten und versklavten sie sich mit ihren wundersamen Kräften an Ausdauer und Energie. Denn meine Mutter fühlte, daß sie und ebenso ihr Vater durch die Ehe zerstört und in Fesseln geschlagen worden waren von Menschen, die zwar besser, aber weniger waren als sie. Es stimmte, mein Vater hatte Mom Baer geliebt, und seit sie tot war, wirkte er mehr denn je wie ein Fremdling. Er und ihr Geist standen auf einer Seite, im Schatten, aber gesondert von des Hauses dunklem Herzen: dem Erbe an Vergeblichkeit und Narretei, das von meinem Großvater auf meine Mutter auf mich überkommen war, und das ich, mit wenigen Schlägen meiner gespreiteten Flügel, abwenden und versöhnen sollte.

In dem Herbst, als ich siebzehn und im letzten Schuljahr war, fuhr ich mit drei Mädchen zu einer Diskussion in einer mehr als hundertfünfzig Kilometer entfernten High School. Alle drei waren gute Schülerinnen, bekamen immer nur Einsen; sie waren von Einsen entstellt wie von Akne. Trotzdem fand ich es aufregend, eines frühen Freitagmorgens mit ihnen den Zug zu besteigen, zu einer Stunde, da unsere Schulgefährten, meilenweit weg, sich gerade für die erste Unterrichtsstunde auf ihre Plätze bequemen mußten. Die Sonne warf breite Staubstreifen quer durchs halbleere Abteil, und vor den Fenstern spulte Pennsylvania sich ab wie eine lange braune, mit Industrie bekritzelte Schriftrolle. Schwarze Leitungsrohre rasten kilometerweit neben den Schienen her. In rhythmischen Abständen wand sich eines immer wieder in die Höhe, wie der griechische Buchstabe Ω. «Warum macht es das?» fragte ich. «Ist es krank?»

«Kondensation?» schlug Judith Potteiger mit ihrer schüchternen, durchsichtigen Stimme vor. Sie schätzte die Naturwissenschaften über alles.

«Nein», sagte ich, «es hat Schmerzen. Es windet sich! Es fällt gleich über den Zug her! Vorsicht!» Ich duckte mich und hatte wirklich ein bißchen Angst. Die Mädchen lachten.

Judith und Catharine Miller waren in meiner Klasse und hielten es für selbstverständlich, daß ich amüsant war; das dritte Mädchen aber, eine rundliche Kleine aus der vorletzten Klasse mit Namen Molly Bingaman, hatte nicht gewußt, was ihr bevorstand. Sie also war das Publikum, für das ich spielte. Sie war von uns vieren am besten gekleidet und benahm sich am gelassensten, darum argwöhnte ich, daß sie am wenigsten intelligent war. Sie war erst im letzten Augenblick für ein erkranktes Mitglied des Diskussions-Teams eingesprungen; ich kannte sie nur vom Sehen in den Korridoren und in der Aula. Von weitem wirkte sie pummelig und vorzeitig erwachsen. Aber aus der Nähe gesehen war sie sanft und süß, und ihre Haut vor dem müdvioletten Stoff der Sitzbezüge leuchtete. Sie hatte eine wunderschöne, eine herzzerreißend schöne Haut, ein Bleistiftpunkt wäre ein Makel gewesen, und ihre großen blauen Augen waren ebenso ungetrübt. Wenn sie kein Doppelkinn gehabt hätte und nicht den breiten, wulstigen Mund, wäre sie rundherum hübsch gewesen, der Typ einer zierlich-kecken, etwas molligen Frau. Sie saß an meiner Seite, den beiden älteren Mädchen gegenüber, die mehr und mehr das finster durchtriebene Gebaren von Kupplerinnen annahmen. Sie waren es auch gewesen, die auf dieser Sitzordnung bestanden hatten.

Die Diskussion fand am Nachmittag statt, und wir gewannen. Ja, die Deutsche Bundesrepublik *sollte* von aller alliierten Kontrolle befreit werden. Die Schule, ein schickes Schloß am Rande einer elenden Kohlenstadt, war der Schauplatz eines Diskussionszyklus, an dem alle Staaten sich beteiligten und der bis zum Samstag fortgesetzt werden sollte. Am Freitagabend fand in der Turnhalle ein Ball statt. Ich tanzte am meisten mit Molly, aber dann tat sie sich zu meinem Ärger mit einer Gruppe Harrisburger Jungen zusammen, und ich bewegte pflichtschuldig Judith und Catharine über den Tanzboden. Wir waren schwerfällige Tänzer, wir drei; nur mit Molly kam ich mir gut vor, mit ihr machte ich sogar furchtlose Rückwärtsschritte, und ihre Wange rieb sich an meinem feuchten Hemd. Die Turnhalle war mit orangefarbenem und schwarzem Kreppapier dekoriert, wegen des bestehenden Hallowe'en-Festes, und die Wimpel aller am Wettstreit beteiligten Schulen hingen an den Wänden, und eine Zwölfmann-Kapelle dudelte wonnevoll die melancholischen Hits des Jahres: *Heartaches, Near You, That's my Desire.* Eine große Ballonwolke, die sich oben zwischen den Stahlträgern geballt hatte, wurde freigelassen. Es gab rosa Punsch, und ein Mädchen vom Ort sang.

Judith und Catharine beschlossen aufzubrechen, bevor das Fest zu

Ende war, und ich überredete Molly mitzukommen, obwohl ihr das Vergnügen buchstäblich aus allen Poren drang: ihre makellose Haut im ovalen Halsausschnitt des Kleides war gerötet und glänzte. In einem jähen Anfall von Mitleid und gekränktem Besitzerstolz ging mir auf, daß sie zu Hause in Olinger nie gegen die Konkurrenz der prunkvollen Gänse ankommen konnte und dies Maß an Aufmerksamkeit also neu für sie war.

Gemeinsam gingen wir zu dem Haus, in dem wir alle vier untergebracht waren, einem großen weißen Gebäude, das einem alten Ehepaar gehörte und mit einsamer Würde in einem heruntergekommenen Viertel stand. Judith und Catharine schlugen den Zufahrtsweg ein, Molly und ich aber faßten den schüchternen Entschluß – und ich glaube, den Anstoß dazu hat sie gegeben –, «noch einmal um den Block zu gehen». Wir gingen meilenweit und kehrten nach Mitternacht in einem trolleybusförmigen Lokal ein. Ich holte mir ein Hamburger, und Molly beeindruckte mich, weil sie Kaffee bestellte. Dann schlenderten wir zum Haus zurück und öffneten uns die Tür mit Hilfe des Schlüssels, den man uns überlassen hatte; aber anstatt nach oben zu gehen, in unsere Zimmer, setzten wir uns unten in den dunklen Wohnraum und redeten leise noch viele Stunden lang.

Worüber wir sprachen? Ich erzählte von mir. Es ist schwierig, zu hören, geschweige denn sich zu merken, was man selber sagt – so wie es einem Filmprojektor, wenn man ihm Leben geben könnte, schwerfiele, die Schatten zu erkennen, die sein Lichtauge wirft. Eine Aufzeichnung des Monologs, den ich am großen Wendepunkt dieser Nacht gehalten habe, mit all der Selbstgefälligkeit, die aus jedem Wort sprach, würde, wenn ich sie zustande bringen könnte, das Bild verzerren: dies Wohnzimmer, viele Kilometer weit von zu Hause, das Straßenlicht, das sich durch die Ritzen im Vorhang bohrte und metermaßhohe Leuchtstäbe auf der Tapete errichtete, unsere Gastgeber und Begleiterinnen, die oben schliefen, das unaufhörliche Wispern meiner Stimme, die kaffeetrunkene Molly auf dem Fußboden neben meinem Sessel, ihre auf dem Teppich ausgestreckten bestrumpften Beine; dazu diese seltsame Atmosphäre im Zimmer, ein Aroma, das mir unvertraut war, ohne Geruch, ohne Geschmack, als dehne sich eine Wasserfläche.

An einen Punkt unserer Unterhaltung kann ich mich erinnern. Ich habe von den steilen Wogen der Todesangst gesprochen, die mich seit frühester Kindheit überrollten, ungefähr alle drei Jahre einmal, und ich schloß mit der Vermutung, daß wohl viel Courage erforderlich sei, um ein Atheist zu sein. «Aber ich wette, du wirst mal einer», sagte Molly. «Einfach, um dir selber zu beweisen, daß du tapfer genug bist.» Ich fühlte, daß sie mich überschätzte, und war geschmeichelt. Wenige Jahre später, als mir noch viele ihrer Worte im Ohr nachklangen, ging mir auf, wie rührend linkisch unsere Vermutung war, ein Atheist sei ein einsamer Rebell; Horden von Menschen frönen dem Atheismus, und in Vergessenheit zu fallen − diese dichte, bleischwere See, die zuweilen über mir zusammenschlug −, ist ihnen eine so geringfügige, alltägliche Last wie der sachte Druck des Portemonnaies in der Hüfttasche. Diese groteske, zärtliche Fehleinschätzung der Welt glimmt in meiner Erinnerung an unser Gespräch wie eines der unzähligen Streichhölzer, die wir angezündet haben.

Das Zimmer füllte sich mit Rauch. Zu müde, um noch länger zu sitzen, legte ich mich neben sie auf den Boden und streichelte stumm ihren silbrigen Arm, aber ich war noch zu schüchtern, mir das weite, negative Vorland zunutze zu machen, ich wußte noch nicht, daß es Bereitschaft war. Oben an der Treppe, als ich gerade in mein Zimmer gehen wollte, trat Molly mit spröder Miene auf mich zu und küßte mich. Mit unbeholfener Gewalt trat ich in den negativen Raum, der für mich bereitstand. Ihr Lippenstift schmierte sich in kleinen, unvorteilhaften Flecken in die Haut um ihren Mund; es war, als bekäme ich ein Gesicht zu essen, und daß es dabei Knochenhärte gab − den Schädel unter der Kopfhaut, Zähne hinter den Lippen −, hemmte mich. Lange Zeit standen wir so unter der brennenden Flurlampe, bis mir der Nacken vom Bücken weh tat. Meine Beine zitterten, als wir uns endlich trennten und jeder sich in sein Zimmer stahl. Als ich im Bett lag, dachte ich: «Allen Dow warf sich ruhelos herum», und stellte fest, daß ich zum erstenmal an diesem Tage in der dritten Person an mich gedacht hatte.

Am Sonnabendvormittag verloren wir unsere Debatte. Ich war verschlafen und weitschweifig und überheblich, und ein paar Schüler im Zuschauerraum machten «Buh!», sobald ich nur den Mund auftat. Der Schulleiter stieg auf die Bühne und hielt eine strafende Rede, die mir und meinem Anliegen, einem freien, unbehinderten Deutschland, den Garaus machte. Auf der Heimfahrt im Zug richteten Catharine und Judith es so ein, daß sie hinter Molly und mir saßen; so konnten sie nur unsere Hinterköpfe bespitzeln. Auf dieser Heimfahrt ahnte ich zum erstenmal, was es bedeutet, eine Demütigung im Körper einer Frau zu begraben. Nur dadurch, daß ich mein Gesicht an dem ihren rieb, konnte der Widerhall jener Buh-Rufe erstickt werden. Wenn wir uns küßten, wallte ein roter Schatten hinter meinen Lidern auf und verdunkelte die feindseligen, zischenden Gesichter des Publikums, und wenn unsere Lippen voneinander ließen, ebbte das helle Meer in mir zurück, und deutlicher als zuvor waren die Gesichter wieder da. Erschauernd vor Scham versteckte ich mein Gesicht an ihrer Schulter und in der warmen Dunkelheit dort, während eine Rüsche ihres gouvernantenhaften Kragens sanft meine Nase kratzte, fühlte ich mich eins mit Hitler und all den Verbrechern, Verrätern, Verrückten und Versagern, denen es gelungen war, bis zum Augenblick der Gefangennahme oder des Todes eine Frau bei sich zu halten. Das war mir immer ein Rätsel gewesen. In der High School waren die Weiber stolz und unnahbar; in den Zeitungen waren sie märchenhafte Ungeheuer der Unterwürfigkeit. Und nun gab Molly mir Trost mit kleinen Bewegungen und körperlichen Anpassungen, die etwas verblüffend Praktisches hatten.

Unsere Eltern holten uns am Bahnhof ab. Ich war erschrocken, wie müde meine Mutter aussah. Tiefe blaue Einkerbungen waren auf beiden Seiten ihrer Nase, und ihr Haar sah aus, als habe es nichts mehr mit ihrem Kopf zu tun, es war wie eine struppige halbgraue Perücke, die sie sich schlampig aufgestülpt hatte. Sie war eine korpulente Frau, und ihr Gewicht, das sie sonst aufrecht trug wie einen stolzen Besitz, war weggesackt von ihr, und im grämlichen Licht des Bahnsteigs schien es, als laste es auf der Welt. Ich fragte: «Wie geht's Großvater?» Er hatte sich vor ein paar Monaten wegen Schmerzen in der Brust ins Bett gelegt.

«Er singt noch», sagte sie ziemlich scharf. Um sich zu unterhalten in seiner zunehmenden Blindheit, hatte mein Großvater vor langer Zeit das Singen angefangen, und seine wohlklingende alte Stimme ergoß sich zu jeder beliebigen Stunde in Chorälen, vergessenen komischen Balladen und Lagerfeuerliedern. Sein Gedächtnis schien immer besser zu werden, je länger er lebte.

Die Gereiztheit meiner Mutter kam in der abgeschlossenen Höhle des Autos noch deutlicher zum Ausdruck: ihr schweres Schweigen bedrückte mich. «Du siehst so müde aus, Mutter», sagte ich; ich wollte den Stier bei den Hörnern packen.

«Das ist nichts im Vergleich dazu, wie *du* aussiehst», antwortete sie. «Was ist da oben passiert? Du läßt die Schultern hängen wie ein alter Ehemann.»

«Nichts ist passiert», log ich. Meine Wangen waren ausgedörrt, als hätte der glühende, unbewegliche Zorn meiner Mutter die Kraft, mich zu versengen.

«Ich kenne die Mutter der kleinen Bingaman, seit wir in die Stadt gezogen sind. Sie war die eingebildetste Zimtziege in der ganzen Gegend. Die Bingamans sind vom wahrhaft guten alten Olinger-Schlag, verstehst du. Für Hinterwäldler haben die keine Verwendung.»

Mein Vater versuchte, das Thema zu wechseln. «So, du hast also bei einer Diskussion gewonnen, Allen, das ist mehr, als ich jemals geschafft hätte. Ich begreife nicht, wie du das machst.»

«Er kann es nur von dir haben, Victor. Ich habe noch nie eine Diskussion mit dir gewonnen.»

«Er hat es von Pop Baer. Wenn der in die Politik gegangen wäre, Lillian, dann hätte er sich all das Elend seines Lebens sparen können.»

«Papa war nie ein Debattierer. Er war ein Tyrann. Geh nicht mit kleinen Frauen, Allen. Es bringt dich zu nah an die Erde.»

«Ich *gehe mit niemandem*, Mutter. Wirklich, du hast eine blühende Phantasie.»

«Na, wie sie da mit schwabbelndem Doppelkinn aus dem Zug gestiegen ist, kam sie mir vor, als ob sie gerade einen Kanarienvogel verspeist hätte. Und dann meinen armen Sohn, der nur aus Haut und Knochen besteht, ihren Koffer tragen zu lassen! Als sie an mir vorbeiging, habe ich buchstäblich Angst gehabt, sie würde mir ins Gesicht springen.»

«Irgend jemandes Koffer mußte ich ja schließlich tragen. Und bestimmt weiß sie nicht, wer du bist.» Dabei hatte ich in der vergangenen Nacht ziemlich viel von meiner Familie erzählt. Meine Mutter drehte sich weg von mir. «Siehst du, Victor — er verteidigt sie. Als ich in seinem Alter war, hat mich die Mutter dieses Mädchens so geschnitten, daß ich heute noch davon blute, und jetzt greift mich mein eigener Sohn wegen ihrer fetten kleinen Tochter an. Ich möchte wissen, ob ihre Mutter sie auf die Idee gebracht hat, ihn zu angeln.»

«Molly ist ein nettes Mädchen», sagte mein Vater begütigend. «Sie hat mir nie Schwierigkeiten gemacht im Unterricht, wie einige von den anderen geschniegelten Gören.» Aber für seine Verhältnisse brachte er diesen Lobspruch merkwürdig schwunglos heraus.

Ich stellte fest, es paßte niemandem, daß ich mit Molly Bingaman ging. Meine Freunde — denn kraft meines Talents, komisch zu sein, hatte ich tatsächlich einige Freunde: Klassenkameraden, deren Liebesgeschichten über meinen Kopf hinweg stattfanden, die mich aber, als Clown, bei ihren geselligen Zusammenkünften duldeten — sprachen nie mit mir über Molly, und wenn ich sie zu ihren Parties mitbrachte, taten sie so, als sei sie Luft, und so nahm ich Molly nicht mehr mit. Die Lehrer in der Schule lächelten mit merkwürdig schmalen Lippen, wenn sie sahen, wie wir uns nebeneinander gegen die Schließfächer lehnten oder im Treppenhaus beisammenstanden. Der Englischlehrer der elften Klasse — einer meiner ‹Förderer› unter den Lehrern, ein Mann, der nicht davon abließ, mich ‹herauszufor-

dern›, mein ‹Potential› wirklich ‹auszuschöpfen› — nahm mich beiseite und erklärte mir, wie dumm sie sei. Nicht einmal die logischen
Prinzipien der Syntax könne sie begreifen. Er vertraute mir ihre Fehler bei Satzgliederungen an, als verrieten sie — was sie einesteils auch
wirklich taten — eine Beschränktheit, die von Mollys gesellschaftlicher
Gewandtheit klug verborgen wurde. Sogar die Fabers, ultra-republi-
kanische Eheleute, die in der Nähe der High School eine Imbißstube
betrieben, freuten sich hämisch, wann immer Molly und ich in Un-
frieden auseinandergingen, und ließen sich nicht darin beirren, meine
Bindung an sie als eine lustige Spielerei zu betrachten, genauso wie
mein Kommunistengehabe Mr. Faber gegenüber. Die ganze Stadt
schien sich im Phantasiegespinst meiner Mutter verheddert zu haben,
nämlich daß das mir zugedachte Schicksal in der Flucht liege. Es
war, als sei ich ein aus der Art geschlagener Sproß, den die geisterhaften Ältesten von der Gemeinschaft abgesondert hatten und bei pas-
sender Gelegenheit der Luft zu überantworten gedachten: das entsprach den zwiespältigen Gefühlen, die mich in dieser Stadt nie verlassen haben: gleichzeitig umworben und abgelehnt zu sein.

Mollys Eltern waren gegen uns, weil meine Familie in ihren Augen
schlichtweg zum weißen Pöbel zählte. Mir wiederum wurde so beharrlich eingehämmert, ich sei zu gut für Molly, daß ich kaum das
Problem ins Auge faßte, sie könne, mit anderem Maß gemessen, zu
gut für mich sein. Außerdem schirmte Molly mich ab. Nur einmal,
als ich sie mit irgendeiner langatmigen, herablassenden Seelenbeich-
te erbittert hatte, warf sie mir hin, daß ihre Mutter mich nicht leiden
könne. «Warum nicht?» fragte ich ehrlich überrascht. Ich bewunderte
Mrs. Bingaman — sie war so fabelhaft erhalten — und fühlte mich immer
wohl in ihrem Haus mit dem weißen Gebälk und den zueinanderpas-
senden Möbeln und den Vasen voller Iris, die graziös vor blanken
Spiegeln ragten.

«Ach, ich weiß nicht. Sie findet, du bist zu oberflächlich.»

«Aber das stimmt nicht. Niemand nimmt sich selber so ernst wie
ich!»

Während Molly mich vor Häßlichkeiten seitens der Bingaman-Fron-
de beschützte, teilte ich ihr den Dow-Standpunkt mehr oder minder
unverblümt mit. Ich wütete gegen sie, weil niemand mir erlaubte,
stolz auf sie zu sein. Unaufhörlich stellte ich ihr Fragen: warum war
sie so dumm im Englischunterricht? Warum einigte sie sich
nicht mit meinen Freunden? Warum sah sie so untersetzt und
hochnäsig aus? — letzteres, obwohl sie mir oft, besonders in intimen
Augenblicken, wunderschön vorkam. Erst recht zornig war ich, weil
dies Verhältnis eine gemeine, hysterische, brutale Seite meiner Mut-

ter zum Vorschein brachte, die mir sonst vielleicht verborgen geblieben wäre. Ich hatte gehofft, meine Angelegenheiten vor ihr geheimhalten zu können, aber auch, wenn ihre Intuition weniger erbarmungslos gewesen wäre, hätte es mir nichts genützt: mein Vater erfuhr doch alles in der Schule. Meine Mutter sagte manchmal sogar, es sei ihr gleichgültig, ob ich mit Molly befreundet sei oder nicht; meinem Vater aber war es nie gleichgültig. Wie ein toller Hund, den man an einem Bein festgebunden hat, schnappte er um sich und erging sich in so absurden Behauptungen — zum Beispiel, daß Mrs. Bingaman mir Molly auf den Hals gehetzt habe, nur damit ich nicht aufs College käme und den Dows ja keinen Grund gäbe, stolz zu sein —, daß wir beide in Gelächter ausbrachen. Gelächter hatte in jenem Winter schuldvollen Klang in unserem Haus. Mein Großvater lag im Sterben, er lag oben und sang und hustete und weinte, wie es ihm gerade in den Sinn kam, und wir waren zu arm, um eine Pflegerin zu bestellen, und zu nett und zu feige, ihn in ein ‹Heim› zu bringen. Schließlich war es immer noch sein Haus. Jeder Laut, der von ihm kam, zerriß meiner Mutter das Herz, und sie konnte nicht mehr oben in seiner Nähe schlafen, sondern durchwachte die Nächte unten auf dem Sofa. In ihrer Verzweiflung sagte sie Unentschuldbares zu mir, sogar noch, während ihr die Tränen übers Gesicht strömten. Nie habe ich so viele Tränen gesehen wie in jenem Winter.

Jedesmal, wenn ich meine Mutter weinen sah, war mir, als müsse ich Molly zum Weinen bringen. Ich entwickelte große Fertigkeit darin; sie stellt sich ganz von selber ein bei einem Einzelkind, das sein Leben lang von Erwachsenen umgeben ist und sieht, wie sie sich gegenseitig die Wahrheit entreißen. Mitten im Zusammensein sogar, wenn wir halbnackt beieinanderlagen, sagte ich etwas, das sie demütigen sollte. Wir haben nie richtig miteinander geschlafen. Mein Grund dafür war eine Mischung aus Idealismus und Aberglaube; ich hatte das Gefühl, wenn ich ihr die Jungfräulichkeit nähme, würde sie auf ewig mir gehören. Ich war da allzu sehr von einer bloßen Äußerlichkeit abhängig; sie gab sich mir auch ohnedies ganz, ich hatte sie in jedem Fall und habe sie noch, denn je länger ich den Weg gehe, den ich mit ihr nicht hätte gehen können, desto deutlicher erkenne ich, daß sie der einzige Mensch ist, der mich nicht um eines Vorteils willen geliebt hat. Ich war ein unansehnlicher, komisch ehrgeiziger Provinzler und habe es nicht einmal über mich gebracht, ihr zu sagen, daß ich sie liebte, ich habe es nicht vermocht, das Wort ‹Liebe› auszusprechen — eine eisige Pedanterie, die mich jetzt noch entsetzt, nachdem ich den Zusammenhang der Verwirrung, in dem mir dies klug erschien, nahezu vergessen habe.

Zu meines Großvaters Krankheit, zum Kummer meiner Mutter und zu meiner Ungeduld, ob ich wohl ein Stipendium für das einzige College bekäme, das gut genug für mich war, gesellten sich die Belastungen meiner vielfältigen, unsinnigen Pflichten während des letzten Schuljahrs. Ich war für die Eintragungen im Jahrbuch verantwortlich, sorgte für das Layout der Schülerzeitung, war Vorsitzender des Ausschusses für Klassengeschenke, Leiter der Versammlung der Abgehenden und Packesel für die Lehrer. Verängstigt durch die väterlichen Schilderungen von Nervenzusammenbrüchen, lauschte ich unablässig darauf, wann mein Gehirn wohl ausklinken würde, und die Vorstellung von dieser grauen, unendlich verschlungenen Masse wurde zu meiner einzigen, alles umfassenden Welt, ein unentrinnbarer organischer Kerker, und ich fühlte, ich mußte heraus: wenn mir der Ausbruch gelänge, wenn ich den Juni erreichte, dann gäbe es blauen Himmel und mein Leben würde sich zum Guten wenden.

Eines Freitag abends im Frühling, als ich mich schon mehr als eine Stunde damit abplagte, 35 herzliche Worte fürs Jahrbuch zusammenzukratzen, über ein nichtssagendes Mädchen aus dem Handelskurs, das ich nur vom Sehen kannte, hörte ich, wie mein Großvater oben zu husten begann; es klang, als reiße eine trockene Membran, und Panik ergriff mich. Ich rief die Treppe hinauf: «Mutter! Ich muß noch weg!»

«Es ist halb zehn.»

«Ich weiß, aber ich muß. Ich werde verrückt.»

Ohne ihre Antwort abzuwarten und ohne meinen Mantel mitzunehmen, lief ich aus dem Haus und holte unser altes Auto aus der Garage. Am Wochenende davor hatte ich mich abermals mit Molly zerstritten. Während der ganzen Woche hatte ich kein Wort mit ihr geredet, dabei war ich ihr einmal bei Faber begegnet, sie hatte einen Jungen aus ihrer Klasse bei sich und drehte das Gesicht weg, während ich, gegen den Spielautomaten gelehnt, dumme Witze in ihre Richtung schickte. Ich wagte nicht, so spät am Abend an ihre Haustür zu klopfen; ich parkte einfach auf der anderen Straßenseite und beobachtete die erleuchteten Fenster. Durch die Wohnzimmerscheiben konnte ich eine von Mrs. Bingamans Vasen sehen, die, mit Treibhausiris gefüllt, auf einem weißen Kaminsims stand, und in mein offenes Autofenster trieb Frühlingsluft, die köstlich nach nasser Asche roch. Molly war vermutlich mit dem Schwachkopf aus ihrer Klasse ausgegangen. Aber da öffnete sich die Haustür der Bingamans, und Molly trat in das Rechteck aus Licht. Sie wandte mir den Rücken zu, ein Mantel hing ihr über dem Arm, und ihre Mutter schien zu keifen. Molly machte die Tür zu und rannte von der Veranda herunter, über die Straße, und stieg rasch zu mir ins Auto; ihre Augen in den verschatteten Höhlen waren niedergeschlagen. *Sie ist zu mir gekommen.* Wenn ich schließlich alles andere vergessen haben werde – ihren pudrigen Duft, ihre leuchtende, kühle Haut, ihre Unterlippe, die wie ein geschweiftes Kissen aus zweierlei Stoff war, dem staubigroten Äußern und dem feuchtrosa Innern –, dies eine wird mir immer schmerzlich im Gedächtnis bleiben: sie ist zu mir gekommen.

Als ich sie wieder nach Hause gebracht hatte – sie sagte, ich müsse mir keine Sorgen machen, ihre Mutter genieße Schreiszenen –, ging ich in ein Lokal, das die ganze Nacht geöffnet war und ein wenig außerhalb der Stadtgrenze lag, aß drei Hamburger, die ich einzeln, nacheinander, bestellte, und leerte zwei Glas Milch. Es war kurz vor zwei, als ich nach Hause kam, aber meine Mutter war noch wach. Sie lag im Dunkeln auf dem Sofa, und das Radio auf dem Fußboden kratzte leisen Dixieland vor sich hin, der von New Orleans über Philadelphia ausgestrahlt wurde. Radiomusik war ein fester Bestandteil ihres schlaflosen Lebens; nicht nur, daß so die Geräusche übertönt wurden, die von ihrem Vater herunterdrangen, sondern die Musik selber schien ihr Spaß zu machen. Vergeblich bat mein Vater, sie möge doch ins Bett kommen, immer sagte sie, das Programm aus New Orleans sei noch nicht zu Ende. Das Radio war ein altes Philco-Gerät, das wir schon seit Ewigkeiten besaßen. Ich hatte einmal einen Fisch auf die orangefarbene, scheibenrunde Senderskala aus Zelluloid gemalt, meinen Kinderaugen war sie wie ein Goldfischglas erschienen.

Die Einsamkeit meiner Mutter erschütterte mich; ich ging ins Wohnzimmer und setzte mich auf einen Stuhl, mit dem Rücken zum Fenster. Lange Zeit sah sie mich gespannt aus dem Dunkel an. «Na», sagte sie schließlich, «wie war das geile kleine Stück denn?» Die Vulgarität, die seit Beginn meiner Liebesgeschichte in ihrer Redeweise schwang, erschreckte mich.

«Ich hab sie zum Weinen gebracht», sagte ich.

«Warum quälst du das Mädchen?»

«Um dir einen Gefallen zu tun.»

«Du tust mir keinen Gefallen damit.»

«Also, dann hack nicht mehr auf mir rum.»

«Ich werde nicht mehr auf dir rumhacken, wenn du mir feierlich erklärst, daß du bereit bist, sie zu heiraten.»

Ich erwiderte nichts darauf, sie wartete ein Weilchen und fuhr dann mit veränderter Stimme fort: «Eigentlich komisch, daß sich bei dir so eine Schwäche zeigt.»

«Schwäche ist ein merkwürdiger Ausdruck für das einzige, das mir Stärke gibt.»

«Tut es das wirklich, Allen? Na ja. Kann sein. Ich vergesse immer, du bist ja hier geboren.»

Oben, dicht über unseren Köpfen, hub mein Großvater mit zerbrechlicher, aber immer noch melodischer Stimme zu singen an: «Es gibt einen glücklichen Ort, weit weit in der Ferne, und Engel im Glorienschein dort, hell hell wie die Sterne.» Wir lauschten; und seine Stimme brach in einem Hustenanfall, es war ein furchtbarer, berstender Husten, er schwoll zornig an, kämpfte sich aus der Brust heraus, und laut vor Angst rief mein Großvater den Namen meiner Mutter. Sie rührte sich nicht. Die Stimme wurde riesig, wurde tyrannisch, rief immer wieder: «Lillian! Lillian!», und ich sah, wie meine Mutter erbebte unter dem Sturm, der sich die Treppen hinab auf sie zuwälzte; sie war wie ein Damm; und dann, als mein Großvater sekundenlang still war, flutete die Macht auf mich zu in der Finsternis, und großer Zorn stieg in mir auf, ich haßte diese schwarze Masse des Leidens, obwohl ich mit rascher und glasklarer Berechnung erkannte, daß ich zu schwach war, ihr zu widerstehen.

In trockenem Ton, einer Mischung aus Bestimmtheit und Widerwillen – wie sehr hatte mein Herz sich verhärtet! –, erklärte ich ihr: «Na schön. Diesmal gewinnst du noch, Mutter, aber es wird das letzte Mal sein.»

Die Angst, die mich nach dieser beispiellosen, eiskalten Unverschämtheit ansprang, löschte meine Sinne aus; der Stuhl unter mir war nicht mehr fühlbar, die Wände und Möbel des Zimmers versanken, nur der trübe orangefarbene Schein der Radioskala unten am Boden blieb übrig. Mit heiserer Stimme, die aus großer Ferne zu kommen schien, sagte meine Mutter – und sie sagte es so melodramatisch, wie es ihre Art war –: «Lebwohl, Allen.»

Darf Zauberer Mammi hauen?

Abends und vor dem Samstagmittagschlaf wie heute erzählte Jack seiner Tochter Jo eine selbsterfundene Geschichte. Dieser Brauch stammte aus der Zeit, als Jo zwei gewesen war, und war nun seinerseits fast zwei Jahre alt, und sein Kopf war ziemlich ausgeleert. Jede neue Geschichte war eine leichte Abwandlung einer Grunderzählung: ein kleines Geschöpf, für gewöhnlich Roger genannt (Roger Fisch, Roger Eichkatz, Roger Backenhörnchen), geriet in eine Klemme und ging ratsuchend zu dem weisen alten Uhu. Der Uhu riet ihm, zum Zauberer zu gehen, und der Zauberer löste mittels seiner Zauberkraft alle Schwierigkeiten, verlangte jedoch als Bezahlung mehr Pennies, als der kleine Roger hatte, aber gleichzeitig wies er ihn zu einer Stelle, wo die restlichen Pennies zu finden waren. Roger war sehr froh und spielte viele Spiele mit anderen Tieren des Waldes, und dann ging er nach Hause zu seiner Mutter und kam gerade rechtzeitig, um den Zug pfeifen zu hören, der seinen Daddy aus Boston heimbrachte. Jack beschrieb das Abendessen und dann war die Geschichte aus. Es war etwas mühsam, sich durch dieses Schema durchzuarbeiten, besonders samstags, weil Jo mittags nicht mehr einschlief, wodurch der ganze Ritus etwas sinnlos wurde.

Das kleine Mädchen (gar nicht mehr so klein: die beiden Höcker, wo sich die Decke über ihren Füßen wölbte, waren in der Mitte des Bettes, des großen Doppelbettes, in dem sie mittags, oder wenn sie krank war, liegen durfte) hatte sich endlich zurechtgekuschelt, und wie sie da so lag, das pausbäckige Gesicht tief ins Kissen gedrückt, beleuchtet vom Sonnenlicht, das durch die Jalousien sickerte, erschien der Gedanke, daß sie kraft irgendeines Zaubers wie ein zweijähriges Baby ihren Mittagsschlaf halten könnte, gar nicht so abwegig. Ihr zweijähriges Brüderchen Bobby war schon über seiner Flasche eingeschlafen. Jack fragte: «Von wem soll ich denn heute erzählen?»

«Von Roger...» Jo kniff lächelnd die Augen zu und tat so, als dächte sie nach. Dann schlug sie die Augen wieder auf, die blauen Augen ihrer Mutter. «Stinktier», sagte sie fest.

Ein neues Tier; wahrscheinlich hatten sie im Kindergarten über Stinktiere gesprochen. Der neue Held entfachte in Jack vorübergehend schöpferische Begeisterung. «Gut», sagte er. «Es war einmal ein winzigkleines Geschöpf, das wohnte tief im dunklen Wald und hieß Roger Stinktier. Es hatte einen sehr schlechten Geruch –»

«Ja», sagte Jo.

«So schlecht, daß keins von den anderen kleinen Tieren des Waldes mit ihm spielen wollte.» Jo sah ihn feierlich an; das hatte sie nicht vorausgesehen. «Immer wenn der kleine Roger hinausging», fuhr Jack fort, nicht ohne innere Beteiligung, da er sich gewisser Demütigungen während seiner eigenen Kindheit erinnerte, «riefen all die anderen kleinen Tiere: ‹Puh, da kommt Roger, das stinkige Stinktier›, und dann liefen sie weg, und Roger Stinktier stand ganz allein da, und aus seinen Augen rollten zwei kleine runde Tränen.» Jos Mundwinkel verzogen sich nach unten, und sie schob die Unterlippe vor, während er mit dem Zeigefinger seitlich an ihrer Nase entlang den Verlauf von Rogers Tränen nachzeichnete.

«Wird er nicht zum Uhu gehen?» fragte sie mit hoher und ein wenig belegter Stimme.

Jack, der auf ihrem Bettrand saß, fühlte das Zerren der Bettdecke, als sie aufgeregt die Beine bewegte. Er genoß diesen Augenblick – er erzählte ihr etwas Wahres, etwas, das sie wissen mußte – und hatte keine Eile. Aber im Untergeschoß wurde ein Stuhl gerückt, und das erinnerte ihn daran, daß er hinuntergehen und Clare beim Malen des Holzwerks im Wohnzimmer helfen mußte.

«Er ging also sehr traurig durch den Wald und kam zu einem sehr großen Baum, und ganz, ganz oben auf dem Baum saß ein großer weiser alter Uhu.»

«Gut.»

«‹Mr. Uhu›, sagte Roger Stinktier, ‹all die anderen kleinen Tiere laufen vor mir weg, weil ich so schlecht rieche.› – ‹Das stimmt›, sagte der Uhu. ‹Sehr, sehr schlecht.› – ‹Was soll ich machen?› fragte Roger Stinktier, und er weinte bitterlich.»

«Der Zauberer, der Zauberer», rief Jo und setzte sich steil auf, und ein «Kleines Goldenes Buch» fiel aus dem Bett.

«Ruhig, Jo. Daddy erzählt die Geschichte. Oder willst du Daddy die Geschichte erzählen?»

«Nein. Du mir.»

«Dann leg dich hin und versuch einzuschlafen.»

Ihr Kopf fiel aufs Kissen zurück, und sie sagte: «Aber aus dem Kopf.»

«Nun gut. Der Uhu dachte lange nach. Endlich sagte er: ‹Warum gehst du nicht zum Zauberer?›»

«Daddy?»

«Was denn?»

«Sind Zaubersprüche *wirklich*?» Das war eine neue Phase, noch keinen Monat alt, die Wirklichkeitsphase. Als er ihr erzählte, daß Spinnen Insekten fressen, wandte sie sich an ihre Mutter und fragte: «Tun sie das *wirklich*?» Und als Clare ihr erzählte, Gott sei im Himmel und überall um sie herum, wandte sie sich an ihren Vater und fragte beharrlich, mit einem listigen und dabei begierigen Lächeln: «Ist Er das *wirklich*?»

«In Geschichten sind sie wirklich», antwortete Jack kurz. Sie hatte ihn aus dem Konzept gebracht. «Der Uhu sagte: ‹Geh durch den dunklen Wald, dann unter den Apfelbäumen lang, dann durch den Sumpf, dann über den Wasserlauf —›»

«Was ist ein Wasserlauf?»

«Ein Bach. ‹Über den Wasserlauf, und dort findest du das Haus des Zauberers.› Und Roger Stinktier ging diesen Weg, und schon bald kam er zu einem weißen Häuschen, und er klopfte an die Tür.» Jack klopfte auf das Fensterbrett, und unter der Decke zog Jos lange Gestalt sich in kindlichem Schauder zusammen. «Und da kam ein altes Männlein heraus, das hatte einen langen weißen Bart und eine spitze blaue Mütze auf dem Kopf und sagte: ‹He? Wasnlos? Was willste denn? Du stinkst ja greulich.›» Die Stimme des Zauberers war einer von Jacks Lieblingseffekten; er zog dabei das Gesicht nach oben und wimmerte irgendwie durch die Augen, die dadurch zu tränen anfingen. Die Rolle des alten Mannes stand ihm gut, fand er.

«‹Ich weiß›, sagte Roger Stinktier, ‹und all die kleinen Tiere laufen vor mir weg. Der große weise Uhu hat gesagt, du kannst mir helfen.›

‹He? Na ja, vielleicht. Komm rein. Komm mir nicht zu nah.› Und drinnen im Haus, Jo, da lagen all diese Zaubersachen, alles durcheinander in einem großen Haufen und ganz verstaubt, weil der Zauberer keine Putzfrau hatte.»

«Warum?»

«Warum? Weil er ein Zauberer war und sehr alt.»

«Stirbt er bald?»

«Nein. Zauberer sterben nicht. Also, der Zauberer kramte in dem

Haufen herum, bis er einen alten Stock fand, den man Zauberstab nennt, und er fragte Roger Stinktier, wonach er gern riechen wollte. Roger dachte lange nach, und dann sagte er: ‹Nach Rosen.›»

«Ja. Gut», sagte Jo altklug.

Jack starrte sie mit gleichsam entrücktem Blick an und leierte mit der ärgerlichen Altmännerstimme des Zauberers:

‹‹Hokuspokus, Roger Stinktier,
Abrakadabra, folge mir!
Rosen, Posen, zupf am Ohr,
Roger Stinktier, sieh dich vor:
Bingo!›»

Er schwieg, während auf dem Gesicht seiner Tochter sich ein verzückter Ausdruck ausbreitete, der von den Nasenflügeln ausging und in einem breiten, lautlosen Grinsen die Augenbrauen nach oben und die Unterlippe nach unten zwang — ein Ausdruck, in dem Jack zu seiner Verblüffung die gekünstelte Amüsiermiene wiedererkannte, die seine Frau bei Cocktailparties zur Schau trug. «Und mit einemmal», flüsterte er, «duftete es in dem ganzen Häuschen des Zauberers nach — *Rosen!* ‹Rosen!› rief Roger Fisch. Und der Zauberer sagte ganz brummig: ‹Das macht sieben Pennies.›»

«Daddy.»

«Was denn?»

«Roger *Stinktier*. Du hast Roger Fisch gesagt.»

«Ja, natürlich. Stinktier.»

«Du hast Roger *Fisch* gesagt. War das nicht dumm?»

«Sehr dumm. Was für einen blöden alten Daddy du hast! Wo war ich stehengeblieben? Na, das mit den Pennies weißt du ja.»

«Erzähl es.»

«Na, schön. Roger Stinktier sagte: ‹Aber ich habe nur vier Pennies›, und fing an zu weinen.» Jo machte wieder ihr weinerliches Gesicht, aber diesmal ohne einen Anspruch auf Glaubhaftigkeit. Das ärgerte Jack. Unten wurden wieder Möbel gerückt, diesmal lauter. Clare sollte die Finger von den schweren Sachen lassen; sie war im sechsten Monat. Es war ihr drittes Kind.

«Der Zauberer sagte also: ‹Na ja, schon gut. Geh bis ans Ende des Weges, dreh dich dreimal um dich selbst und schau in den Zauberbrunnen: dort wirst du drei Pennies finden. Spute dich!› Roger Stinktier ging bis ans Ende des Weges, drehte sich dreimal um sich selbst, und wirklich: in dem Zauberbrunnen lagen *drei Pennies!* Die brachte er zu dem Zauberer, und er war sehr froh und lief in den Wald, und all die anderen kleinen Tiere kamen zu ihm gelaufen, weil er so gut roch, und sie spielten Drittenabschlagen und Baseball und Football und Basketball und Schlagball und Hockey und Stöckeaufheben.»

«Was ist Stöckeaufheben?»

«Das ist ein Spiel mit Stöcken.»

«So wie der Zauberstab von dem Zauberer?»

«So ähnlich. Und sie spielten und lachten den ganzen Nachmittag, und als es dunkel wurde, liefen sie alle nach Hause zu ihrer Mammi.»

Jo fing an mit ihren Händen zu spielen und durch den Spalt Tageslicht unter der Jalousie aus dem Fenster zu sehen. Sie glaubte, die Geschichte wäre aus. Jack konnte es nicht leiden, wenn Frauen irgend etwas als selbstverständlich betrachteten; sie sollten in atemloser Spannung an seinen Lippen hängen. «Jo, hörst du auch zu?»

«Ja.»

«Weil jetzt etwas sehr Interessantes kommt. Roger Stinktiers Mammi sagte nämlich: ‹Wonach riecht es hier denn so greulich?›»

«Wa-as?»

«Und Roger Stinktier sagte: ‹Das bin ich, Mammi. Ich rieche nach Rosen.› Und sie fragte: ‹Wer hat das gemacht, daß du so riechst?› Und er sagte: ‹Der Zauberer›, und sie sagte: ‹Also, so eine Unverschämtheit. Schnell, komm mit, wir gehen auf der Stelle wieder zu diesem greulichen Zauberer.›»

Jo setzte sich auf und fuchtelte in echtem Schrecken mit den Händen in der Luft herum. «Aber Daddy, dann hat er doch gesagt, daß all die andern kleinen Tiere *weg*gelaufen sind!» Ihre Hände huschten über die Bettdecke ins Unterholz.

«Richtig. Er sagte: ‹Aber Mammi, all die anderen kleinen Tiere sind vor mir weggelaufen›, und sie sagte: ‹Das ist mir egal. Du hast so gerochen, wie ein kleines Stinktier riechen soll, und jetzt bringe ich dich wieder zu diesem Zauberer.› Und sie nahm ihren Regenschirm und ging mit Roger Stinktier zu dem Zauberer und haute ihm mit dem Schirm über den Kopf.»

«Nein», sagte Jo und streckte die Hand aus, um ihm die Finger auf die Lippen zu legen, aber selbst in ihrer Aufregung wagte sie nicht ganz, die Wahrheit zu unterdrücken. Einer Eingebung folgend sagte sie: «Und dann haute der Zauberer *ihr* über den Kopf, und das kleine Stinktier hat er nicht zurückverwandelt.»

«Nein», sagte er. «Der Zauberer sagte: ‹Gut›, und Roger Stinktier roch nicht mehr nach Rosen. Er roch wieder sehr schlecht.»

«Aber die anderen kleine Tie – *oh!* – die ande –»

«Joanne, das ist Daddys Geschichte. Soll Daddy dir keine Geschichten mehr erzählen?» Ihr breites Gesicht im gefilterten Licht sah ihn ratlos an. «Die Geschichte geht nämlich weiter: Roger Stinktier und seine Mammi gingen nach Hause, und da machte es auf einmal Tuuut-tuuut, und das war die Puff-Bahn, mit der Daddy Stinktier aus Boston heimkam. Und sie aßen dicke Bohnen und Schweinekoteletts und Sellerie und Leber und Kartoffelbrei und zum Nachtisch Familienpudding, und als Roger Stinktier im Bett lag, kam Mammi Stinktier herauf und drückte ihn an sich und sagte: ‹Jetzt riechst du wieder wie mein kleines Stinktierchen, und ich hab dich schrecklich lieb.› Und damit ist die Geschichte aus.»

«Aber Daddy!»

«Was denn?»

«Sind die anderen kleinen Tiere wieder vor ihm weggelaufen?»

«Nein, letzten Endes haben sie sich daran gewöhnt, und es machte ihnen nichts mehr aus.»

«Was ist letzten Endes?»

«Nach einiger Zeit.»

«Das war aber eine dumme Mammi.»

«*Nein*», sagte er mit ungewöhnlichem Nachdruck, und er glaubte ihrer Miene anzusehen, daß sie merkte, daß er seine eigene Mutter oder etwas ähnlich Ausgefallenes gegen sie verteidigte. «Und nun leg deinen großen, schweren Kopf aufs Kissen und schlaf schön und lange.» Er schloß die Jalousie, so daß kein heller Spalt mehr zu sehen war, und ging, als schliefe sie bereits, auf den Zehenspitzen zur Tür. Doch als er sich umwandte, hockte sie auf der Bettdecke und starrte ihm nach. «He! Unter die Decke und schnell geschlafen! Bobby schläft schon.»

Sie stand auf und hopste affektiert auf der Sprungfedermatratze. «Daddy!»

«Ja, was denn?»

«Morgen mußt du mir erzählen, wie der Zauberer den Zauberstab nimmt und diese Mammi –» ihre dicken Ärmchen teilten wilde Hiebe aus – «über den Kopf haut.»

«Nein. So geht die Geschichte nicht. Die Hauptsache ist, daß das kleine Stinktier seine Mammi lieber hatte als *all* die anderen kleinen Tiere und daß sie wußte, was für ihn richtig war.»

«Nein. Morgen erzählst du, wie er die Mammi gehauen hat. Doch!» Sie warf die Beine hoch und ließ sich mit einem Plumps auf die seufzenden Sprungfedern fallen, wie sie es schon hundertmal getan hatte, nur daß sie diesmal nicht lachte. «Versprichst du mir's, Daddy?»

«Na, mal sehn. Jetzt ruh dich wenigstens ein bißchen aus. Bleib schön im Bett. Sei ein braves Kind.»

Er schloß die Tür und ging hinunter. Clare hatte den Fußboden mit Zeitungspapier ausgelegt und die Farbdose aufgemacht; sie trug ein altes Hemd von ihm über ihrem Umstandskleid und war dabei, mit tropfendem Pinsel die Wandverkleidung zu streichen. Die Decke über ihm erbebte von Schritten, und er rief: «*Joanne*. Soll ich raufkommen und dich verhauen?» Die Schritte klangen jetzt zögernd.

«Das war aber eine lange Geschichte», sagte Clare.

«Das arme Kind», sagte er und sah, plötzlich todmüde, seiner Frau bei der Arbeit zu. Das Holzwerk, ein Käfig aus Hohlkehlen und Querhölzern und Scheuerleisten, der sie beide umschloß, war zur Hälfte alt und braun und zur Hälfte neu und elfenbeinfarben, und er fühlte sich dazwischen häßlich gefangen, und obwohl er die Nähe seiner Frau in dem Käfig spürte, wollte er nicht mit ihr sprechen, nicht mit ihr arbeiten, sie nicht berühren – gar nichts.

Lieber Alexandros

Übersetzung eines Briefes von Alexandros Koundouriotis, «Hilfsbedürftiges Kind», Aktenzeichen 26 511 bei der Hope, Incorporated, einer internationalen Wohltätigkeitsstiftung mit Hauptsitz in New York.

Juli 1959

Liebe Mr. und Mrs. Bentley,

liebe amerikanische Eltern, zuerst möchte ich mich nach Eurer Gesundheit erkundigen und dann, wenn Ihr mich fragt, Euch mitteilen, daß ich wohlauf bin, wofür ich Gott danke. Ich hoffe, daß es Euch auch gutgeht. Möge Gott Euch immer Gesundheit und viel Glück und Freude schenken. Mit großer Sehnsucht habe ich diesen Monat wieder darauf gewartet, einen Brief von Euch zu erhalten, aber leider habe ich wieder keinen erhalten. Daher mache ich mir Sorgen um Euch, denn ich sehne mich danach, von Euch zu hören, liebe amerikanische Eltern. Ihr zeigt so großes Interesse für mich, und jeden Monat empfange ich Eure Hilfe. Hier drüben ist es sehr heiß in dieser Jahreszeit, denn wir haben jetzt Hochsommer. Die Arbeit draußen auf dem Feld ist sehr ermüdend, wie die älteren Leute sagen. Ich selbst gehe, wenn ich nicht zu Hause arbeiten muß, immer hinunter an den Strand, um zu schwimmen und mich mit meinen Freunden im Meer zu vergnügen. Denn in dieser Jahreszeit ist das Meer wunderschön. Sonst gibt es von mir nichts Neues zu erzählen. Wir haben noch Ferien, bis es Zeit ist, daß die Schule wieder anfängt, und dann werden wir mit neuer Kraft und Freude wieder zum Unterricht gehen. Heute, wo ich Euch diesen Brief schreibe, empfing ich wieder die $ 8,00, die Ihr mir gesandt habt, für den Monat Juli, und ich danke Euch vielmals. Von dem Geld werde ich alles kaufen, was ich brauche, und außerdem werden wir Mehl für unser Brot kaufen. Zum Schluß sende ich Euch Grüße von meiner Oma und meiner Schwester, und ich hoffe, daß mein Brief Euch gesund und fröhlich antrifft. Ich werde mich sehr freuen, einen Brief von Euch zu empfangen und von Euch zu hören und wie Ihr Euren Sommer verbringt. Ich grüße Euch mit viel Liebe.

Euer Sohn Alexandros

Antwort von Kenneth Bentley, amerikanischer Vater, Aktenzeichen 10 638.

25. September

Lieber Alexandros,

uns allen tut es sehr leid, daß Du Dir Sorgen machst, weil Du keinen Brief von uns erhalten hast. Leider schreiben wir wohl nicht so regelmäßig wie Du, aber die Organisation mit dem hochtrabenden Namen, die unsere Briefe befördert, scheint auch sehr langsam zu arbeiten, sie braucht, soviel ich weiß, ungefähr drei Monate für einen Brief. Vielleicht schicken sie die Post über China.

Du beschreibst den griechischen Sommer sehr schön. In New York City ist jetzt Herbst. Die traurigen kleinen Bäume in der ein bißchen traurigen kleinen Straße, wo ich jetzt wohne, werden gelb, soweit sie nicht schon verdorrt sind. Die hübschen Mädchen, die die Hauptgeschäftsstraßen langspazieren, tragen wieder Hüte. In New York verlaufen die großen Straßen nordsüdlich, so daß es gewöhnlich eine sonnige und eine schattige Seite gibt, und jetzt geht man über die Straße auf die sonnige Seite, weil die Sonne nicht mehr so heiß ist. Der Himmel ist sehr blau, und abends gehe ich manchmal nach dem Essen, das ich in einer Imbißstube oder einem Restaurant einnehme, ein paar Straßen weiter zum East River, um die Schiffe zu beobachten und nach Brooklyn hinüberzuschauen, welches ein anderer Teil dieser riesigen Stadt ist.

Mrs. Bentley und ich leben nicht mehr zusammen. Ich hatte nicht die Absicht, Dir das zu erzählen, aber nun ist der Satz getippt, und es schadet ja nichts. Vielleicht hast Du Dich schon gewundert, daß ich aus New York City und nicht aus Greenwich schreibe. Mrs. Bentley und die kleine Amanda und Richard wohnen noch in unserem hübschen Haus in Greenwich, und als ich sie zuletzt gesehen habe, schien es ihnen allen sehr gutzugehen. Amanda kommt jetzt in den Kindergarten und war ganz aufgeregt; sie will keine Jeans und keine Overalls mehr anziehen, sondern unbedingt Kleidchen, weil sie findet, daß Mädchen darin hübscher aussehen. Ihre Mutter ist ziemlich ärgerlich darüber, besonders samstags und sonntags, denn da spielt Amanda meist mit den Nachbarskindern im Sand. Richard läuft jetzt sehr gut und mag es gar nicht, wenn seine Schwester ihn neckt. Aber wer mag das schon? Ich besuche sie einmal in der Woche und hole meine Post ab, und unter den Briefen, die ich mir abholte, war auch Dein letzter Brief, über den ich mich sehr gefreut habe. Mrs. Bentley bat mich, ihn zu beantworten, was ich gern tue, denn letztes Mal hat sie Dir geschrieben. Allerdings glaube ich nicht, daß sie es wirklich getan hat, aber Briefeschreiben war nie ihre starke Seite, obgleich es ihre Idee war, der Hope, Incorporated, beizutreten, und ich weiß, sie hat Dich sehr gern und war besonders froh zu hören, daß Du «mit neuer Kraft und Freude» wieder in die Schule gehen willst.

In den Vereinigten Staaten gab es viel Aufregung um den Besuch des Präsidenten von Sowjetrußland, Mr. Chruschtschow. Er ist ein sehr gesprächiger und selbstsicherer Mann, und bei der Begegnung mit einigen unserer eigenen gesprächigen und selbstsicheren Politikern ist es zu Reibereien gekommen, zum Teil direkt vor der Fernsehkamera, so daß jeder es sehen konnte. Meine Hauptsorge war, daß ihn jemand erschießen könnte, aber nun glaube ich nicht mehr, daß er erschossen wird. Es war ein komisches Gefühl, als er in unserem Land war, es war so, als hätte man einen Penny verschluckt, aber das amerikanische Volk ist so um den Frieden besorgt, daß es gern kleine Unbequemlichkeiten hinnimmt, wenn die Chance besteht, daß sie etwas nützen. Die Vereinigten Staaten waren, wie Du vielleicht in der Schule lernen wirst, viele Jahre lang ein isoliertes Land, und viele Menschen hier haben immer noch den vielleicht kindischen Wunsch, daß uns, auch wenn wir eine Großmacht sind, die anderen Nationen in Ruhe lassen; dann, meinen sie, wird alles von selbst gut.

Der letzte Absatz ist nicht sehr gut, und vielleicht wird derjenige, der so freundlich ist, diese Briefe für uns zu übersetzen, so freundlich sein, ihn auszulassen. Ich habe eine Bronchitis, die mich sehr stört, besonders wenn ich zu viel Zigaretten rauche oder wenn ich eine Weile stillgesessen habe.

Es betrübt mich, zu denken, daß Du fragen könntest: «Dann haben Mr. und Mrs. Bentley, die mir so fröhliche Briefe aus Amerika geschrieben und mir Fotos von ihren Kindern und zu Weihnachten einen Pullover und ein Taschenmesser geschickt haben, also gelogen? Warum leben sie nicht mehr zusammen?» Ich möchte nicht, daß Du Dir Sorgen machst. Vielleicht gibt es auch in Deinem Dorf Ehepaare, die miteinander Streit haben. Vielleicht bleiben sie trotz des Unfriedens beisammen, aber hier in Amerika, wo es überall Wasserleitungen und schnelle Autos und Schnellstraßen gibt, haben wir es verlernt, uns mit Unannehmlichkeiten abzufinden; allerdings muß ich gestehen, daß meine augenblickliche Lebensweise auch nicht gerade sehr bequem ist. Oder vielleicht wirst Du in der Schule – wenn Du dabei bleibst, was ich sehr hoffe – bei den Priestern oder Nonnen, die Dich unterrichten, die großartige griechische Dichtung *Die Ilias* lesen, in welcher der Dichter Homer von Helena erzählt, die ihren Mann verließ und mit Paris bei den Trojanern lebte. Ein bißchen so ist es bei den Bentleys, nur daß ich, der Mann, zu den Trojanern gegangen bin und meine Frau zu Hause gelassen habe. Ich weiß nicht, ob Ihr in der Schule die *Ilias* durchnehmt, das würde mich interessieren. Dein Land kann sehr stolz darauf sein, daß es Meisterwerke hervorgebracht hat, welche die ganze Welt erfreuen. Was die großen Schriftsteller der Vereinigten Staaten hervorbringen, erfreut niemand, weil es so deprimierend zu lesen ist.

Aber wir haben nicht gelogen. Mrs. Bentley und Amanda und Richard und ich waren sehr glücklich miteinander und sind es in gewissem Maße immer noch. Bitte schreib uns weiter Deine wunderschönen Briefe, ich schicke sie auch nach Greenwich, und wir werden uns alle daran freuen. Wir werden Dir weiter das Geld schicken, für das Du uns, wie Du schreibst, dankbar bist, obgleich dieses Geld, das wir Dir zukommen lassen, nicht ein Viertel von dem ist, was wir früher für alkoholische Getränke ausgegeben haben. Diese alkoholischen Getränke haben Mrs. Bentley und ich nicht etwa allein getrunken. Wir hatten viele Bekannte, die uns dabei geholfen haben, meist recht langweilige Leute, aber vielleicht würden sie Dir besser gefallen als mir. Sicher ist, daß Du ihnen besser gefallen würdest als ich.

Ich finde es schön, daß Du so nah am Meer wohnst, wo Du nach der anstrengenden Feldarbeit schwimmen und Dich ausruhen kannst. Ich bin weit im Innern von Amerika geboren, Tausende von Kilometern vom Ozean entfernt, und ich habe das Meer erst lieben gelernt, als ich erwachsen und verheiratet war. In dieser Hinsicht hast Du also mehr Glück als ich. Bestimmt ist es ein großes Geschenk, am Meer zu wohnen, und ich weiß noch, daß ich oft gedacht habe, wie gut meine Kinder es haben, daß sie sich im Sand des zwar nicht breiten, aber hübschen Strandes von Greenwich tummeln können, den großen, stillen Horizont vor Augen.

Nun muß ich schließen, denn ich bin mit einer jungen Dame verabredet, die ich zum Essen ausführen will; es wird Dich interessieren, daß diese junge Dame auch griechischer Abstammung ist – allerdings in Amerika geboren – und viel von der Schönheit Deiner Rasse hat. Aber ich habe unserem Übersetzer schon schrecklich viel zugemutet. Meine besten Wünsche für Deine Oma, die seit dem Tod Deiner Mutter so gut für Dich sorgt, und an Deine Schwester, deren Gesundheit und Wohlergehen Dir so sehr am Herzen liegen.

Dein ergebener
Kenneth Bentley

PS: Beim Überlesen meines Briefes sehe ich mit Bedauern, daß ich mich zu Anfang unfreundlich über die ausgezeichnete Organisation geäußert habe, die unsere Freundschaft mit Dir ermöglicht hat und der wir Deine schönen Briefe verdanken, über die wir uns immer so freuen und die wir immer wieder lesen. Wenn wir nicht so oft geschrieben haben, wie wir sollten, so ist das unsere Schuld, und wir bitten Dich um Verzeihung.

Werben um die eigene Frau

O meine Liebste. Ja. Hier sitzen wir, die Kinder zwischen uns, auf warmen, breiten Dielenbrettern im Halbkreis vor dem Feuer und essen. Das kleine Mädchen und ich teilen uns ein halbes Pfund Pommes frites; du teilst das andere halbe Pfund mit dem Jungen, und in der Mitte, hoch auf seinem Kinderstühlchen, mit niemandem teilend, sich selbst genug wie ein Edelstein, das Baby, das mit stirnrunzelnder Sachverständigkeit an seiner Flasche saugt, während seine eigensüchtigen, nachdenklichen Augen im gestohlenen Glanz der Flammen glitzern. Und du. Du. Du läßt es zu, daß dein Rock, derselbe schwarze Rock, in dem du heute früh mit der sanften Tapferkeit der Frau das Fahrrad bestiegen und dich aufgemacht hast, um auf dem alten Sonntagsschulklavier Choräle in schwierigen Tonarten zu spielen – du läßt es zu, daß dieser schwarze Rock von deinen hochgezogenen Knien über die Schenkel rutscht, die Schenkel *hinauf*gleitet, in die eigentliche Geographie deines Körpers, so daß die weißen Parallelen ihrer Unterseiten der Wärme des Feuers und meinem Blick preisgegeben sind. Oh. Es gibt da eine Zeile von Joyce. Ich versuche, sie in den legendären, unvollkommen erforschten Höhlen des *Ulysses* wiederzufinden: ein Strumpfband, das Blazes Boylan zu Gefallen in der Tiefe einer Dubliner Budike an einen Schenkel knallt. War's nicht so? Knallwarm. Das war das entscheidende Wort. Knallwarm an den prallen, warmen Weiberschenkel geknallt. So ungefähr. Ein großartiger Mann, so etwas zu empfinden. Das Knallwarme an der Frau. Großartig auch, das seltsame und kraftvolle, unerklärliche und unwiderleglich magische Leben zu spüren, das der Sprache innewohnt. Wie wir so im Halbkreis sitzen, ist mir, als kämen die Kinder, so groß sie sind, mit bronzener Haut und feuchten Fingern und Augen, aus deinem Schoß auf mich zu. Drei Kinder, fünf Personen, sieben Jahre. Sieben Jahre, seit ich das weite weiche warme weißschenklige Weib freite. Umwarb und freite. Weib. Ein messerscharfes Wort, das trotz seiner endgültigen Schärfe dem Werben kein Ende setzte. Zu meiner Verwunderung.

Wir essen Fleisch — Fleisch, das ich noch warm den rauhen Händen des Mädchens in der Imbißstube entriß, anderthalb Kilometer entfernt; ein wüster Ort von chromglitzernder, barbarischer Üppigkeit. Junge Raubtiere bedrohten mich, dreckige Witze knurrend, alte Männer langten mit kaffeewarmen Pfoten nach mir; ich zückte meine Brieftasche und kämpfte mich hinaus ins Freie. Die dicke, fettige braune Tüte mit den Boulettensemmeln lag in dem kalten Wagen warm neben mir; der kleinere Beutel, zwei kleine Pommes frites-Schachteln enthaltend, strömte eine noch aufdringlichere Hitze aus.

Zurück durch die schwarze Winterluft zum Feuer, zu der traulichen Höhle, wo ich mit Hallo und Hurra empfangen wurde, ich und das erlegte Wild, das mit klaffendem Maul und bluttriefender, wattiger Kehle tot über meinen Schultern lag. Und nun du, neben dem weißen Rund des Tellers, auf dem die Kinder mit Quietschern des Abscheus die in die Bouletten eingekneteten, durchscheinenden Zwiebelringe abgelegt haben — du rückst mit den Zehen ein Stückchen näher an die Glut, das fahle Weiß der Innenseite deines unergründlichen Oberschenkels wird träge bloßgelegt, und das ewig elastische Strumpfband schnellt im Verborgenen knallwarm an mein Herz.

Wer hätte gedacht, mein weiches Weib, damals im weißen Zittern der Zeremonie (aus dem Augenwinkel sah ich trotz des ablenkenden Hagels ominöser Gelübde den an deine Taille gepreßten Stephanotisstrauß beben), daß sieben Jahre und der Weg durch viele warme Betten keine Entfernung zwischen uns und jenen bebenden Ausgangspunkt legen würden. Die Zellen erneuern sich alle sieben Jahre, und tief drinnen im Atom herrscht anscheinend eine seltsame Diskontinuität; als wollte Gott das Universum jeden Augenblick aufs neue. (Ach Gott, lieber Gott, großer Freund meiner Kindheit, ich will dich nie vergessen, auch wenn sie furchtbare Dinge sagen. Sie sagen, die Fensterrosen in den Kathedralen wären Vaginasymbole.) Deine Beine, ganz entblößt wie im Badeanzug, wollen tiefer in die heiße Bernsteinflut tauchen. Nun wohl: laß uns beginnen. Ein grüner Feuerstrahl sprüht aus dem Harznest in einem Holzscheit kreischend seitwärts, und die orangenen Schatten an der Decke schwanken neu belebt. Also, beginnen wir.

«Weißt du noch, auf unserer Hochzeitsreise, wie durch die Platte des Petroleumofens der Feuerschein eine große Fensterrose an die Decke warf?»

«Hmm.» Dein Kinn senkt sich auf die Knie, du ziehst die Schienbeine an, alles ist eingezogen. Vielleicht keine besondere Erinnerung für dich; häßliche Blutflecken, Ungeschick aller Art. «Es war kalt für Juni.»

«Mammi, was war kalt? Was hast du gesagt?» fragt das kleine Mädchen, wild entschlossen artikulierend, damit die Sprache nicht auf ihrer Zunge ausrutscht und sie umwirft, und wir müssen lachen.

«Ein Haus, in dem Daddy und ich mal gewohnt haben.»

«Ich mag das nich», sagt der Junge und wirft eine mit grünlichem Senf bestrichene halbe Boulettensemmel auf den Boden.

Du hebst sie auf und fragst in schönem, dunkel sinnendem Ton: «Ist das nicht komisch? Hat sonst jemand Senf darauf gehabt?»

«Ich *hasse* das», sagt der Junge störrisch. Er ist zwei Jahre alt, und die Sprache gleicht für ihn dicken Handgriffen, die vage an ihm vorüberwirbeln; er greift sich, was er erwischen kann.

«Hier. Er kann meine haben. Gib mir seine.» Ich reiche meine Semmel hinüber, du nimmst sie, er nimmt sie von dir, und nirgends eine Regung von Dankbarkeit. Auch kein Lob für meinen Heroismus, das Sonntagabendessen zu holen und dir die Arbeit zu ersparen. Listig spürst du – und spürst, daß ich spüre, was du weißt – meine Hoffnung, du würdest deine Energien für eine ekstatischere Gelegenheit horten. Wir spüren alles, was zwischen uns vorgeht, jede kleinste Regung, ob wirklich vorhanden oder nicht; es ist anstrengend. Der eigenen Frau den Hof machen kostet zehnmal so viel Kraft wie die Eroberung eines unwissenden Mädchens. Die brennenden Scheite verschieben sich und zerstören Fetzen von Zeitungspapier, die in verblaßter Druckerschwärze die Gespenster ihrer Nachrichten tragen. Du schlingst die Arme um die Beine und ziehst den Rock herunter. Mit einem zischenden Laut, ähnlich dem Seufzen der erschöpften Holzscheite, saugt das Baby den Rest aus seiner Flasche, wirft sie samt ihrer trügerischen, abscheulich gehaltlosen Neige auf den Boden und fängt an zu weinen. Sein Egoistenmund öffnet sich – das zarte Häutchen seiner Sattheit zerreißt. Du nimmst den Kleinen hoch und stehst auf. Du liebst das Baby mehr als mich.

Wer hätte damals angesichts jener Blutflecken gedacht, daß keine Schranke niedergerissen war, daß du nach jedem Mal wieder heil und jungfräulich sein würdest? Groß und schön, dunkel, fern und liebenswürdig.

Wir bringen die Kinder zu Bett, eines nach dem anderen, in umgekehrter Reihenfolge ihrer Geburt. Ich bin grenzenlos geduldig, väterlich, gütig. Aber du weißt Bescheid. Wir sehen zu, wie die Tüten und Schachteln auf dem atmenden Aschenbett Feuer fangen, wir lesen, sehen fern, essen Cracker, es kommt nicht drauf an. Es wird elf. Einen prickelnden Augenblick stehst du im Schlüpfer auf dem Schlafzimmerteppich und entwirrst dein Nachthemd; oh, dickes weißes süßes dickes Fleisch. Im Bett liest du. Etwas über Richard Nixon. Er fasziniert dich; du haßt ihn. Du weißt, wie er Jerry Voorhis geschlagen, Mrs. Douglas gepeinigt, bei der Marine Poker gespielt hat, obwohl er Quäker ist, du kennst jeden seiner teuflischen Kniffe, seinen ganzen kläglichen Opportunismus. O mein Gott. Lassen wir den armen Mann schlafen gehen. Keiner von uns ist vollkommen. «He, wollen wir nicht das Licht ausmachen?»

«Augenblick. Er ist gerade dabei, Hiss zu überführen. Sehr merkwürdig. Hier steht, er hat redlich gehandelt.»

«Klar hat er das.» Ich strecke die Hand nach dem Lichtschalter aus.

«Nein. Noch nicht. Nur noch dies Kapitel zu Ende. Sicher kommt zum Schluß noch was.»

«Hiss war schuldig, Schatz. Wir sind alle schuldig. Wir werden in Fleischeslust empfangen und sterben reuelos.» Einst vermochten meine blumigen Worte dich zu locken.

Ich liege an deinen gewölbten Rücken geschmiegt. Du liest auf der Seite liegend, eine Bettgewohnheit. Durch die Fransen deines Haars sehe ich die Buchseite, scharf und weiß wie einen kristallenen Keil. Plötzlich rutscht sie weg. Das Buch ist deiner Hand entglitten. Du schläfst. Oh, so ein hundsgemeiner Trick! Hundsgemein. Im Dunkeln denke ich darüber nach. Hundsgemein. Die Scheinwerfer der Autos lassen dann und wann fächerförmige Lichtschlitze über Wände und Decke gleiten. Die große Fensterrose damals kam von den blütenförmigen Öffnungen in der Platte des schwarzen Petroleumofens, den wir mitten ins Zimmer gestellt hatten. Wenn die Flamme an dem kreisförmigen Docht flackerte, waberte der breite, sanfte Stern verschränkter Halbschatten, als wäre er auf Seidenstoff gedruckt und würde von leichter Hand gezupft oder von trägem Wind gebauscht. Seine Farbe war wie weich verwischtes Blut. Wir zahlen teures Blut für unser friedliches Heim.

Am Morgen bist du zu meiner Erleichterung häßlich. Das fahle Frühstückslicht des Montags macht dich bleich und fleckig, nimmt deiner Dicke das Gefällige, verwandelt den Bademantel in eine schlaffe, schmuddelige Röhre, die trostlos an dir herabhängt und ein teigiges Decolleté enthüllt. Die Haut zwischen deinen Brüsten ist traurig gelb.

Ich schlürfe deine Reizlosigkeit mit meinem Kaffee. Jede Runzel, jede kränkliche Verfärbung ist mir Erleichterung und Rache. Die Kinder quengeln. Der Brotröster klemmt. Sieben Jahre haben diese Frau verbraucht.

Der Mann, er schießt davon zur Arbeit, er kämpft wacker um die Vorfahrt, er balanciert auf dem schmalen Grat der gesetzlich zulässigen Geschwindigkeit. Raus aus dem muddeligen Wirrwarr des Haushalts, aus allem Weiblichen, Blassen und Schlaffen — hinein in die Stadt. Stein ist sein Reich. Der Erwerb klingender Münze. Das Manipulieren von Abstraktionen. Fühllose Dinge ankurbeln. Oh, die unbeseelten, harten Freuden des Berufs!

Als ich nach Hause komme, ist mein Kopf in einem Mechanismus gefangen. Eine technische Angelegenheit, die dir zu erklären Wochen dauern würde, blockiert mein Gehirn; den ganzen Abend über fummle ich blind mit Formeln und Zahlen. Du servierst mir das Abendessen, wie eine Kellnerin — weniger als eine Kellnerin, denn ich habe dich gekannt. Die Kinder fassen mich schüchtern an, als wäre ich ein unglaublich hoher Träger in einem unbegreiflich hohen Gewölbe. Sie gleiten wohlbehütet in den Schlaf. Wir überleben ihr Entschlafen in übereinstimmender Gelassenheit. Meine Gedanken durchlaufen in stetigen rechten Winkeln immer denselben blockierenden Gitterkreis desselben beruflichen Problems. Die Seiten deines Buches über Nixon rascheln; du entschwindest nach oben ins Bad; die Badezimmerrohre kreischen. Ich scheine endlich den verklemmten Schalter in meinem Kopf gefunden zu haben: ich rüttle daran: er klemmt; ich rüttle nochmals: er klemmt nach wie vor. Ich bin zappelig und schwindlig von zu vielen Zigaretten. Ich wandere ziellos im Zimmer herum.

So bin ich der Überrumpelte, als ich um die bedeutungsvolle zehnte Stunde wieder einmal kehrtmache und du feucht und mädchenhaft und munter mit einem Zahnpastakuß zu mir kommst. Die gewichtige Moral dieser Geschichte: Ein Geschenk, das man erwartet, ist des Schenkens nicht wert.

Heim

Erst die Schiffsreise: in Liverpool ein Regenguß und auf der Pier zwei Mädchen (Nutten?), die sangen «Sitz nicht unter dem Apfelbaum»; sie hatten zusammen nur einen Regenmantel, den sie sich wie einen Baldachin über die Köpfe hielten, während alle anderen Leute sich unter den Dachtraufen der Speicherhäuser drängten, aber diese Mädchen kamen bis an die äußerste Kante des betonierten Kais und sangen praktisch für den ganzen Ozeandampfer, insbesondere aber (zwei Matrosenliebchen?) für eine oder mehrere Personen unter dem Touristendeck. Und dann Cobh in goldenem Sonnenschein und ein amerikanisches Mädchen aus Virginia, das vom Lotsenboot an Bord kam, in engen Toreadorhosen, unter dem Arm ostentativ die Modern Library-Ausgabe des *Ulysses*. Und dann die Tage des makellosen kreisrunden Horizonts: Vingt-et-un mit den Rhodes-Studenten und Tischtennis mit den Fulbright-Stipendiaten und Fleischbrühe und die Bugwellen, die sich unter den Schiffsrumpf legten, und das Kielwasser hinter ihnen wie eine limonenfarbene Landstraße. Robert hatte sich vorgenommen, von der Freiheitsstatue nicht enttäuscht zu sein, sich ihrem Klischee zu beugen, aber sie enttäuschte ihn doch, indem sie ihm echte Ehrfurcht einflößte — im Morgendunst des Hafens, die leichte Drehung ihrer grünen Gestalt, als hätte sie gerade daran gedacht, die Fackel zu heben oder wenigstens so hoch zu heben. Das Baby in seinem Strampelsack zappelte auf seiner Schulter, und die anderen jungen Amerikaner drängten sich an der Reling und hinderten ihn, einen klassischen Eindruck auf sich wirken zu lassen, die Königin der Embleme, die erhabene Schutzmarke. Er hatte sich auf Herablassung vorbereitet, und war nun derjenige, der dem Augenblick nicht gewachsen war.

Und dann Amerika. Einfach das Kuddelmuddel von Straßenverkehr und Taxis, das am westlichen Ende der Vierziger Straßen herrscht, wenn ein Passagierdampfer einläuft, aber sein, sein Vaterland. Im vergangenen Jahr war der Anblick eines dieser großen, grimassenschneidenden Wagen, die sich ihren Weg durch die Sträßchen von Oxford bahnten, für ihn wie eine wehende Fahne, wie ein Trompetenstoß jenseits eines Kornfeldes gewesen; und hier waren sie nun in solchen Mengen, daß der Verkehr natürlich stocken mußte, hupten und funkelten sich gegenseitig an in dieser tropisch erscheinenden Hitze, dicht an dicht wie Weinbeeren in einer Traube und so farbig wie Paradiesvögel. Sie waren empörend, aber sinnvoll: seine Augen paßten sich an. Schon war England ein ferner grauer Schemen. Es schien drei Jahre und nicht drei Monate her zu sein, daß er allein auf einem Zweieinhalb-Shilling-Platz des amerikanischen Kinos in Oxford gesessen und geweint hatte. Joanne hatte gerade entbunden. Jetzt schlief sie, eine kurze Busstrecke entfernt, in einem Krankenhausbett, an dessen Fußende ein Korb hing, und darin lag Corinne. Mit all den anderen Müttern im Saal schien irgend etwas nicht zu stimmen. Sie waren irisch oder amerikanisch, ledig oder leidend. Eine geschwätzige alte Vettel, die Tuberkulose hatte, wurde regelmäßig mittels eines blubbernden Apparates gemolken. In dem Bett neben Joanne lag eine junge Irin, die den ganzen Tag weinte, weil ihr auswandernder Mann noch keine Arbeit gefunden hatte. In der Besuchszeit bettete er sein stubsnasiges Gesicht neben sie aufs Bettlaken, und sie weinten zusammen. Joanne hatte geweint, als man ihr gesagt hatte, gesunde Frauen würden gebeten, ihre Kinder zu Hause zu bekommen; ihr Zuhause war eine naßkalte Souterrainwohnung, in der sie von einer trockenen und warmen Insel zur anderen hüpften. An der Spitze einer Schlange von jungen Müttern war sie in Tränen ausgebrochen, und der Wohlfahrtsstaat hatte sie an seinen reizlosen, geräumigen Busen genommen. Man gab ihr Bons, für die sie Orangensaftpulver bekam. Man wickelte das Neugeborene von Kopf bis Fuß. Alles, was er von Corinne sehen konnte, war eine blaurote Kugel, heiß von seinem Blut. Es war alles sehr sonderbar. Bei Sonnenuntergang kam ein Pastor in den Saal und hielt einen anglikanischen Gottesdienst, der die Mütter zu Tränen rührte. Dann kamen die Ehemänner und brachten kleine Tüten mit Obst und Süßigkeiten. Von dem engen Wartezimmer aus konnten sie ihre aufgeputzten Frauen in den hochgekurbelten Betten sitzen sehen. Dann schlug es sieben Uhr, erst hier, dann dort, in der ganzen Stadt. Wenn es acht Uhr schlug, gab Joanne Robert einen leidenschaftlichen Kuß, hart vor Angst und weich vor Schlafbedürfnis. Sie schlief, und keine zwei Kilometer weiter sah er einen Film mit Doris Day über diese sagenhafte Stadt im Mittelwesten, die Hollywood irgendwo in seinem Fundus aufbewahrt. Weiße Häuser, dunkle Veranden, grüner Rasen, gefegte Gehsteige, windbewegte dunkle Ahornzweige vor hellen Straßenlaternen. Wie Doris Days Oberlippe sich hob, wie ihre Stimme brach, das paßte genau in diese Kleinstadt. Mit einemmal entdeckte er inmitten raschelnder Schokoladenpapiere, mickeriger Ladenmädchen und junger britischer Rowdies in ihrer düster schwarzen Tracht — entdeckte er zu seinem Erstaunen und Entzücken, daß er weinte, aufrichtige heiße Tränen weinte um seine verlorene Heimat.

Und dann das raunzige Knurren der Zollbeamten; man sah das Gepäck Stück für Stück das Förderband heruntergleiten und bemühte sich, den schwitzenden Säugling zu beschwichtigen, der solche Hitze noch nie erlebt hatte. Der Cherub mit der Dienstmarke, der das Tor zur Nation hütete, erlaubte ihm, durchzugehen und das Kind den Großeltern und Großtanten und Cousinen zu geben, die auf der anderen Seite warteten. Seine Mutter stand auf und gab ihm einen Kuß auf die Backe, und sein Vater schüttelte ihm abgewandten Blicks die Hand, und die Schwiegereltern machten es genauso wie die Eltern, und die übrigen Verwandten gaben ihre Zuneigung in angemessener Weise zu erkennen, und dann wanderten sie alle in verzweifelten kleinen Kreisen des Aufschubs in dem trübseligen, hallenden Warteraum hin und her. Während seines Auslandsaufenthalts waren die Briefe seiner Mutter—anmutig, witzig, informativ, fröhlich—sein Hauptbindeglied zur Heimat gewesen, aber jetzt, da er seine Eltern leibhaftig vor sich sah, galt sein Interesse dem Vater. Seine Mutter war ein wenig gealtert; ihr Gesicht war breit, gütig, gerötet, angespannt und rührend — das Gesicht einer Frau, deren Land sich nie ganz darüber schlüssig geworden ist, was es mit seinen Frauen anfangen will. Und ihre Gescheitheit und Zivilisiertheit machten sie europäisch und vertraut.

Sein Vater hingegen kam ihm ganz neu vor, vielleicht eine überraschende Entdeckung. So etwas wie ihn hatte es in Europa nicht gegeben. Alt, unglaublich alt war er geworden — er hatte sich während Roberts Abwesenheit seine letzten sechzehn Zähne ziehen lassen, und sein Gesicht schien vom Schmerz vergilbt und teilweise eingefallen —, aber er hielt sich noch immer völlig gerade, wie ein Kind, das eben stehen gelernt hat, und die schlaffen Hände hielt er in Gürtelhöhe vor dem Körper. Da er seinen einzigen Sohn oder seine kleine Enkelin nicht lange ansehen wollte oder konnte, erforschte er den Warteraum, untersuchte den Trinkbrunnen und ein Plakat für Manischewitz-Wein und die Knöpfe an der Jacke eines farbigen Gepäckträgers so gründlich, als könnten sie den Schlüssel zu etwas enthalten, was er verloren hatte. Obgleich er dreißig Jahre lang Volksschullehrer gewesen war, glaubte er immer noch an Erziehung. Jetzt verwickelte er den Gepäckträger in ein Gespräch und fragte ihn, traurig gestikulierend, aus; Robert konnte die Fragen nicht verstehen, aber er wußte aus Erfahrung, daß sie sich auf alles beziehen konnten — auf die Tonnage großer Schiffe, die Beliebtheit von Manischewitz-Wein, die technischen Einzelheiten des Gepäckabladens. Jede Auskunft linderte für einen kurzen Augenblick die Traurigkeit seines Vaters. Der Träger blickte auf, anfangs verdutzt und wachsam, dann fühlte er sich — so ging es meistens — geschmeichelt und wurde redselig. Die Vorübergehenden wandten, auch wenn sie es eilig hatten, den Kopf und starrten das seltsame Paar an: den hochgewachsenen, gelbgesichtigen, eigensinnig nickenden Mann mit aufgerollten Hemdsärmeln und den dozierenden kleinen Neger. Der Träger holte einen seiner Kollegen herbei, damit er etwas bestätigte. Sie fuchtelten viel mit den Händen und wurden allmählich laut. Roberts Gesicht brannte von den altbekannten Stacheln der Verlegenheit. Sein Vater fiel überall auf. Er war so groß, daß er bei einer anderen Rückkehr aus Europa zum Onkel Sam ernannt und im Herbst 1945 zum Anführer der Siegesparade in ihrer Heimatstadt gewählt worden war.

Endlich stieß er wieder zu der übrigen Familie und verkündete: «Das war ein sehr interessanter Mann. Er sagt, all diese Schilder ‹Keine Trinkgelder› sind einfach Quatsch. Seine Gewerkschaft kämpft seit Jahren dafür, daß sie entfernt werden, sagt er.» Er überbrachte diese Nachrichten mit einer milde hoffnungsvollen Miene, wobei er die Worte eilig um seine ungewohnten falschen Zähne herumdirigierte. Robert brummte gereizt und kehrte ihm den Rücken. So. Noch keine Stunde im Lande, und schon war er grob zu seinem Vater gewesen. Er ging wieder auf die andere Seite der Sperre und erledigte die letzten Formalitäten.

Sie bugsierten das Gepäck in den Kofferraum des schwarzen 49er Plymouth seines Vaters. Der kleine Wagen sah zwischen den vibrierenden Taxis verstaubt und anfällig aus. Ein junger blonder Polizist kam herüber, um zu rügen, daß der Wagen unvorschriftsmäßig an der Bordschwelle stand, und so unwiderstehlich war die Wirkung der stoischen Verwirrung seines Vaters, daß er ihnen zum Schluß half, den riesigen, altmodischen Koffer — es war der Collegekoffer von Roberts Mutter — zwischen den zerbrochenen Wagenhebern, verknäulten Seilen, durchlöcherten Ölkanistern und sich auflösenden Rollen von Basketball-Eintrittskarten, die sein Vater herumschleppte, zu verstauen. Der Koffer ragte über die Stoßstange hinaus. Sie banden die Kofferraumhaube mit ausgefransten Stricken fest. Sein Vater fragte den Polizisten, wie viele Taxis es in Manhattan gebe und ob es wahr sei, wie er gelesen hatte, daß die Fahrer so oft ausgeraubt worden seien, daß sie abends nicht mehr nach Harlem fahren wollten. Ihr Gespräch überschnitt sich mit der allgemeinen Verabschiedung. Roberts Tante ging mit einem Kuß, der nach Mentholzigaretten und gestärktem Leinen roch, zum Zug nach Stamford. Sein Vetter, ihr Sohn, ging unter den Pfeilern des West Side Highways davon; er wohnte in der West Twelfth Street und war als Trickfilmzeichner für das Werbefernsehen tätig. Die Eltern seiner Frau trieben die kleine Herde ihrer Sippe zum Parkplatz, lösten ihren scharlachroten Volvo aus und machten sich auf die lange, mühselige Fahrt nach Boston. Mutter stieg vorn in den Plymouth. Robert, Joanne und Corinne installierten sich auf dem Rücksitz. Minuten vergingen; dann trennte sein Vater sich von dem Polizisten und setzte sich ans Steuer. «Das war sehr interessant», sagte er. «Er sagt, neunundneunzig von hundert Puertoricanern sind ehrliche Leute.» Mit einem schmerzhaften Krachen der Kupplung brachen sie nach Pennsylvania auf.

Robert hatte Arbeit gefunden: ein vornehmes College am Hudson für ehemalige Debütantinnen hatte ihn als Mathematiklehrer angestellt. Er würde im September anfangen. Jetzt war Juli. In der Zwischenzeit mußten sie ihren beiden Eltern auf der Tasche liegen. Die seinen waren zuerst dran. Er hatte sich auf diesen Monat gefreut; er würde nie wieder so lange mit seiner Frau in Pennsylvania sein, und er hatte eine Erinnerung an irgend etwas in seinem Elternhaus, das er ihr hatte beschreiben, erklären wollen. Aber was es genau war, hatte er vergessen. Seine Eltern wohnten in einer kleinen Stadt, achtzig Kilometer westlich von Philadelphia, in einem vorwiegend deutsch besiedelten County. Seine Mutter war in diesem County auf einer Farm geboren und fühlte sich mit dem Land verbunden, doch seiner Bevölkerung entfremdet. Sein Vater kam aus dem Zentrum von Baltimore und war immer auf der Suche nach Menschen, hatte aber für das Land nicht viel übrig. Während Robert, der in der kleinen Stadt, wo Land und Leute nicht zu trennen sind, geboren und aufgewachsen war, beide zu lieben glaubte; und doch hatte er, so weit er zurückdenken konnte, immer Fluchtpläne gehabt. Die Luft, die Menschen – alles hatte ihn bedrängt, hatte ihn zu ersticken gedroht. Die Flucht war gelungen. Sie war ihm notwendig erschienen. Aber sie hatte ihn ausgehöhlt, zerbrechlich, durchlässig zurückgelassen – ein Gefäß, das darauf wartete, mit Tränen über den nächsten Doris Day-Film gefüllt zu werden. Das Heimkehren erfüllte ihn mit Kraft, einer kompakteren Flüssigkeit. Aber jedesmal weniger, das spürte er. Das Land veränderte sich und er auch. Das Gefäß wurde enger, was es enthielt, wurde unrein. Im vergangenen Jahr waren ihm die Briefe seiner Mutter oft rätselhaft erschienen und ihr Inhalt blaß und fremd. So kam es, daß er jetzt mit einem Gefühl schuldbewußten Drängens im stillen den Wagen antrieb, als könnte das Herz Amerikas versagen, bevor er es erreichte.

Sein Vater sagte: «Dieser Polyp hat mir erzählt, daß er Fernsehmonteur gelernt hat, aber dann konnte er keine Arbeit finden, und da ist er zur Polizei gegangen. Der Beruf, sagt er, ist in den letzten fünf Jahren mächtig überfüllt.»

«Sei still, Daddy», sagte Mutter. «Das Baby will schlafen.»

Corinne war durch das Tuten der Schlepper erschreckt worden, und das Wandern von einem Arm in den andern hatte sie keineswegs beruhigt. Jetzt lag sie am Boden des Wagens in einem cremefarbenen Tragbettchen, das sie in England gekauft hatten. Der Anblick der Nickelknöpfe und -streben erinnerte Robert an den Kinderwagenladen in der Cowley Road mit den glänzenden schwarzen Reihen stattlicher Gefährte, die wie fürs ganze Leben gemacht schienen; und die Engländer fuhren ja auch ihre Kinder herum, bis sie riesengroß waren. Ach, die lieben, rosigen Engländer; sein Blut strömte sanft zurück, und er bekam Heimweh nach ihnen. Würde er denn nie zur Ruhe kommen?

Sie zogen Corinne die Wollsachen aus, und sie lag, rosarot vor Hitze, in ihrer Windel da, strampelte mit den Beinen und wimmerte. Dann fiel das quirlige Gesichtchen zur Seite, die sternförmigen Händchen hörten auf zu zappeln, und sie schlief am rüttelnden Busen der Autostraße ein. «Also wirklich, Joanne», sagte Roberts Mutter, «so ein vollkommenes Baby habe ich noch nie gesehen. Und ich sage das nicht nur als deine Schwiegermutter.» Das erregte auf mehreren Seiten Anstoß; Robert verwahrte sich gegen die stillschweigende Unterstellung, das Baby wäre einzig und allein Joannes Werk.

«Mir gefällt ihr Bauchknöpfchen», behauptete er.

«Es ist ein Meisterwerk», sagte seine Mutter, und er fühlte sich auf kuriose Weise bestätigt. Dennoch: die Schönheit des Babys war wie alle Schönheit etwas in sich Geschlossenes und führte nirgendshin. Die Unterhaltung blieb scheu und tastend. Zwischen Robert und seinen Eltern gab es allerlei Klatsch, an dem seine Frau sich nicht beteiligen konnte, und zwischen ihm und Joanne immer mehr Anspielungen, die seine Eltern als Außenstehende nicht verstanden. Das wachsende Ausmaß und die zunehmende Bedeutung dieser Anspielungen, die nicht völlig zu unterdrücken waren, auch wenn man sich noch so höflich bemühte, schienen seine Beziehung zu den Eltern zu entwerten und zu verspotten. Er hatte immer, auch als er schon im College war, heimlich und nie im Hause geraucht, um seine Mutter nicht zu kränken. Es war damit so gewesen wie mit der Liebe: verzeihlich, aber unschicklich. Doch jetzt, da Joanne, durch das launische und zerstreute Fahren seines Vaters nervös gemacht, eine Players an der anderen anzündete, konnte er als Gatte und Mann sich nicht zurückhalten; es war sowieso die weniger schlimme von den beiden alten Sünden gewesen, und die Frucht der schlimmeren war gerade gelobt worden. Als er das Streichholz anriß, wandte seine Mutter den Kopf und sah ihn ausdruckslos an. Es sprach für sie, daß ihre Miene unbewegt von Vorwurf war. Doch nach diesem Blick war er sich schmerzlich des Rauchs bewußt, der nach vorn trieb und ihren Kopf umkreiste, und der Geduld, mit der sie ihn immer wieder von ihrem Gesicht fortwedelte. Sie hatte Sommersprossen auf dem Handrücken, und ihr Trauring schnitt tief in das Fleisch des dritten Fingers und verlieh auch ihrer ruhigsten Geste eine duldende, verwundete Beredsamkeit.

Es war wie ein Pluspunkt für sie, als Joanne in ihrer Angst, daß ihr Schwiegervater die Abzweigung zum Pulaski Skyway übersehen könnte, mit dem glühenden Ende ihrer Zigarette an die Rücklehne des Fahrersitzes stieß, so daß dem Baby ein wenig glühende Asche auf den Bauch fiel. Eine Sekunde lang blieb es unbemerkt, dann fing Corinne an zu schreien, und alle sahen es, ein kleines, glühendes Fünkchen neben dem vollkommenen Nabel. Joanne fuhr hoch und schrie schuldbewußt auf, sie wedelte mit den Händen und stampfte mit den Füßen und drückte das Baby an sich, aber der Beweis war nicht aus der Welt zu schaffen: ein braunverbranntes Pünktchen auf der makellosen Haut des Kugelbäuchleins. Corinne schrie weiter, dazwischen holte sie mit schrillen, harten Japsern Luft, während die Erwachsenen in Beuteln und Taschen nach Vaseline, Butter, Zahnpasta – irgend etwas Salbenähnlichem suchten. Mutter fand ein kleines Fläschchen Toilettwasser, das sie in einem Warenhaus geschenkt bekommen hatte; damit betupfte Joanne die Brandwunde, und allmählich wurden Corinnes Schluchzer seltener, bis die Höhle des Schlafs sie samt ihrer Unbill barmherzig aufnahm.

Der Vorfall war demjenigen mit dem Penny so ähnlich, daß Robert ihnen davon erzählen mußte. Auf dem Schiff war er in ihre Kabine, wo Corinne schlief, hinuntergegangen, um seine Brieftasche aus seinem anderen Jackett zu holen. Das Jackett hing an einem Haken über dem Babybettchen. Die Kabinen der Touristenklasse auf diesen großen Dampfern, so erklärte er, sind schrecklich eng – alles liegt und hängt übereinander.

Sein Vater nickte, gierig die Tatsache in sich aufnehmend. «Sie lassen einem nicht viel Platz, was?»

«Sie *können* es nicht», erklärte ihm Robert. «Jedenfalls ließ ich in meiner Eile, oder was es auch war, beim Herausnehmen der Brieftasche einen Penny fallen, und er fiel Corinne mitten auf die Stirn.»

«Aber Robert!» sagte Mutter.

«O ja, es war schrecklich. Sie schrie eine Stunde lang. Viel länger als jetzt wegen des Funkens.»

«Wahrscheinlich gewöhnt sie sich daran, daß wir alles mögliche auf sie fallen lassen», sagte Joanne.

Taktvoll, aber vielleicht doch ein bißchen spitz lehnte Mutter diese These ab und bekundete ein höflich übertriebenes Interesse für den englischen Penny, den sie ihr zeigten. Nein, wie *schwer* er ist! Und ist das die *kleinste* Münze? Eifrig zeigten sie ihr andere britische Münzen. Aber die Geschichte enthielt Elemente, die er unterdrückt hatte: sie hatten seine Brieftasche gebraucht, weil sie in einer lärmenden Orgie von Vingt-et-un und Bier ihr gesamtes Kleingeld ausgegeben hatten. Und sogar vor Joanne hatte Robert ein Geheimnis: seine Hast beim Holen der Brieftasche war darauf zurückzuführen, daß er es eilig gehabt hatte, wieder in die anregende Gesellschaft des aufgedonnerten und ziemlich blöden, aber recht gut aussehenden Mädchens aus Virginia, die in Cobh an Bord gekommen war, zurückzukehren. In der dämmerigen Kabine, in der nur eine blaue Birne brannte, und von seinen Gelüsten erhitzt, war ihm der unheimliche Flug des Pennys wie ein Urteil erschienen.

So trugen das Malheur und seine Anekdote noch zu der allgemeinen Gezwungenheit bei. Die lieben weiß verputzten Würstchenbuden, die geliebten weißen Holzhäuser, die traulich kühlen Drugstores mit ihren üppigen Vorräten flogen an den Wagenfenstern vorüber, die von unausgesprochenem Groll, von Schuld und Enttäuschung, Rechtfertigung und verlorener Zeit getrübt schienen. Robert sah seine Eltern an, um den Bann zu brechen. Er war verheiratet und hatte eine Stellung, besaß eine begrenzte wissenschaftliche Ausbildung, war selber Vater und doch noch so kindlich, daß er erwartete, seine Eltern würden die vielen kleinen Geheimnisse, die sich zwischen ihnen abgelagert hatten, ergründen, würden ein Wunder vollbringen. Er fand es tadelnswert, daß sie es nicht taten. In ihrer unbegrenzten Macht hätten sie bloß eine Hand auszustrecken brauchen. Er begann sich gehässig auf den nächsten Monat zu freuen, den sie in Boston bei *ihren* Eltern verbringen würden.

Sie fuhren in westlicher Richtung durch New Jersey, überquerten den Delaware dort, wo Washington ihn einst überquert hatte, und kamen in einem südwestlichen Bogen nach Pennsylvania. Die Ortschaften an der Strecke veränderten sich: den langweiligen, hölzernen Kleinstädten von New Jersey mit ihrem zarten Prärieflair von Trägheit und Staub folgte jetzt ein steiferer, mehr teutonischer Typ, Orte, die mit Stein und Ziegel gegen die Hügel abgegrenzt waren und eigensinnig dem Plan eines Straßennetzes folgten, auch wenn dieser Dogmatismus zu ausgedehnten Stützmauern zwang, die mit dem Boden auf- und abstiegen und sanft gewellte kleine Wiesen eindämmten, gekrönt von schmalen Backsteinhäusern, deren Kellerfenster höher lagen als das Dach ihres Wagens. Die brutale Sonne überschritt den Mittagspunkt; die Haube des Kofferraums klapperte und ratterte, da die Seile sich gelockert hatten. Sie kamen an die Grenze der fünfundzwanzig oder fünfzig Quadratkilometer, die Robert gut kannte. In diese Stadt war er jeden Herbst zu einem Footballspiel gefahren, in jener war er auf einem Jahrmarkt gewesen, wo die Mädchen in den Zelten beim Tanzen nichts als hochhackige lavendelfarbene Schuhe getragen hatten.

Robert fühlte ein Kratzen im Hals. Er nieste. «Armer Robbie», sagte seine Mutter. «Wetten, daß er keinen Heuschnupfen gehabt hat, seit er das letzte Mal zu Hause war!»

«Ich wußte gar nicht, daß er Heuschnupfen hat», sagte Joanne.

«Ach, und wie», sagte seine Mutter. «Als er ein kleiner Junge war, konnte ich es kaum mitansehen. Der mit seinen Nebenhöhlen – er sollte wirklich nicht rauchen.»

Alle schwankten hin und her; ein an der Bordschwelle parkender Wagen stellte sich ihnen unerwartet in den Weg, und sein Vater fuhr, ohne die Bremse anzurühren, mit Schwung um ihn herum. Es war ein langer grüner Wagen, glitzernd neu, und das Gesicht des Fahrers, das bei dem Ausweichmanöver einen Augenblick wie ein Gummiball an ihnen vorüberschwebte, war erschrocken und rosa. Robert nahm es nur undeutlich wahr. Seine Augen tränten. Sie fuhren weiter, und erst nach etwa einem Kilometer dämmerte es ihm, daß das anschwellende Hupen ihnen galt. Der grüne Wagen kam ihnen nachgerast; jetzt war er ein paar Meter hinter ihrer Stoßstange, und der Fahrer drückte unausgesetzt auf die Hupe. Robert wandte sich um und blickte durchs Rückfenster: zwischen den von verschnörkelten metallenen Augenbrauen überwölbten dreifachen Scheinwerfern las er die in das Gitter eingelassenen riesigen Buchstaben OLDSMOBILE. Der Wagen schnitt sie beim nächsten Seitenweg und ging auf ihre Geschwindigkeit herunter; er war übertrieben stromlinienför-

117

mig gebaut und sah mit der zurückfliehenden Windschutzscheibe so aus, als würde ihm der Hut fortgeweht. Der kleine rote Fahrer schrie durch das ihnen zugewandte Fenster etwas zu ihnen herüber. Seine Frau, die mittleren Alters war, schien solche Vorstellungen schon öfter erlebt zu haben: sie zog mit einer geübten Bewegung den Kopf ein und ließ den Wortschwall vorüberrauschen, aber bei dem Fahrtwind und dem Geräusch der Reifen war ohnehin nichts zu verstehen.

Daddy wandte sich zu Mutter; er kniff gequält die Augen zusammen. «Was sagt er, Julia? Ich verstehe nicht, was er sagt.» In dieser Gegend betrachtete er seine Frau immer noch dann und wann als Dolmetscher, obwohl er seit dreißig Jahren hier lebte.

«Er sagt, daß er eine Wut hat», sagte Mutter.

Robert, dessen Gehirn durch aufgestaute Nieser umnebelt war, stampfte auf den Boden, um den Wagen anzutreiben und den Gegner abzuhängen. Aber sein Vater verlangsamte die Fahrt, bremste und hielt.

Der Olds war überrumpelt und fuhr noch ein gutes Stück weiter, bevor er am Straßenrand hielt. Sie hatten die letzte Ortschaft hinter sich; schönes, gepflegtes Ackerland, dunstig vor Blütenstaub, in der Hitze flimmernd, dehnte sich zu beiden Seiten der Autostraße. Der Wagen vor ihnen spuckte seinen Fahrer aus. In kurzbeinigem Pummeltrott kam ein untersetzter kleiner Mann am Kiesbankett entlang auf sie zu. Er trug ein geblümtes hawaiisches Hemd, und seinem Mund entströmte ein Schwall von Worten. Der Motor des alten Plymouth war nach vier Stunden ununterbrochener Fahrt zu heiß gelaufen, um leerzulaufen; er klopfte und blieb stehen. Der Kopf des Mannes erschien jetzt am Seitenfenster — ein eckiger Schädel mit Knorpelwülsten über den kleinen weißen Ohren, und seine jetzt wutgerötete, gerunzelte Haut leuchtete sanft wie eine zarte Wursthaut. Noch ehe der Mann wieder zu Atem kam und sprechen konnte, erkannte Robert ihn als ein erstklassiges Exemplar jener Rasse, die von der Außenwelt in liebevoller Unwissenheit ‹Pennsylvania Dutch› genannt wird. Und dann, in der ersten schrillen Kaskade der Empörung, wurden die saftigen *ch*'s und falschen *w*'s dieses Akzents geradezu sichtbar wie die Buchstaben auf Kistenbrettern, die einen Wasserfall heruntersegeln. Als die aufgebrachte Stimme an Lautstärke und Tempo abnahm, wurden ganze Reihen von Obszönitäten deutlich. Man konnte zusammenhängende Sätze verstehen. «Sie ham kein Recht, mich so zu schneiden. Sie ham kein Recht, so durch 'n Ort zu fahren.» Roberts Vater antwortete nicht; diese Ablehnung peitschte den kleinen Mann zu neuer Wut auf; er steckte sein rotglänzendes Gesicht, das jeden Augenblick platzen zu wollen schien, ins Wagenfenster; er kniff die Augen so fest zu, daß seine Augenlider anschwollen und seine Nasenflügel weiß wurden. Seine Stimme brach, wie vor sich selbst erschrocken, und er kehrte ihnen den Rücken und entfernte sich einen Schritt. Er schien in der strahlenden Luft mühsam gegen eine riesige, zwingende Starre anzukämpfen.

Roberts Vater rief ihm in mildem Ton nach: «Ich versuche Sie ja zu verstehen, Mister, aber ich weiß nicht, was Sie meinen. Ich versteh nicht, was Sie wollen.»

Das forderte einen neuen, noch wilderen, aber kürzeren Anfall heraus. Mutter wedelte den Rauch von ihrem Gesicht und brach damit die allgemeine Lähmung. Das Baby wimmerte, und Joanne rutschte auf ihrem Sitz nach vorn, um dem Urheber der Störung ins Auge zu sehen. Vielleicht weckten diese Bewegungen der Damen in dem Dutchman Schuldgefühle; er ließ, gleichsam als Ergänzung seiner juristischen Stellungnahme, einen weiteren Schwall von Klosettwandwörtern hören; seine glänzenden weißen Hände tanzten wie galvanisiert zwischen den Blumen seines Hemdes, und er drehte sich wahrhaftig wie ein Derwisch im Kreis. Trauervoll betrachtete Roberts Vater diesen Aufruhr, und sein Gesicht wurde immer gelber, als würden ihm noch mehr Zähne gezogen. Im Profil sah man, daß seine Lippen sich eigensinnig über den unförmigen Zähnen spannten, und sein Blick hatte die Diamantenschärfe konzentrierten Interesses. Diese gesteigerte Aufmerksamkeit ließ die schwungvolle Empörung des Dutchmans abflauen. Die gekränkte, unanständige Stimme, die in der seltsamen Akustik des Mittags von der backheißen blauen Scheibe über ihnen widerzuhallen schien, machte ein kratzendes Geräusch und verstummte.

Als hätte der Funke gerade ihren Bauch getroffen, fing Corinne an zu schreien. Joanne hockte sich neben sie und rief durch das Vorderfenster: «Sie haben das Baby aufgeweckt!»

Robert taten die Beine weh, und teils um sie sich zu vertreten, teils um seine Entrüstung zu zeigen, öffnete er seine Wagentür und stieg aus. Er fühlte, wie seine schlanke Größe in der Hülle des schwarzen englischen Anzugs sich entfaltete gleich einer überraschenden eleganten Waffe. Die schweißbeperlte Stirn des Feindes runzelte sich zweifelnd. «Wam woll'n Se uns eintlich übaholn?» fragte Robert ihn in dem schlampigen Akzent seiner Heimat. Seine vom Heuschnupfen verstopfte und in der brüllenden Sonnenglut klein gewordene Stimme klang ihm weniger wie seine eigene als wie die eines alten Bekannten.

Sein Vater öffnete seine Wagentür und stieg ebenfalls aus. Beim

Erscheinen seiner noch größeren und breiteren Gestalt spuckte der Dutchman auf den Asphalt, wobei er sich in acht nahm, niemandes Schuhe zu treffen. Noch immer gegen diesen unsichtbaren Widerstand in der Luft ankämpfend, drehte er sich ruckweise um sich selbst und stolzierte zu seinem Wagen zurück.

«Nein, Moment mal, Mister», rief Roberts Vater und ging mit langen Schritten hinterher. Das rosarote Gesicht, aus dem plötzlich jede Wut gewichen war, erschien kurz über der schweißdurchtränkten Schulterpartie des hawaiischen Hemdes. Der Dutchman verfiel in seinen Trott. Roberts Vater, der den Abbruch einer Unterhaltung fürchtete, nahm die Verfolgung auf; seine immer länger werdenden Schritte hoben seinen Körper mit einer furchterweckenden, langsam schwebenden Bewegung vom Erdboden. Sein Schatten auf der glänzenden Straße schien von seinen Füßen abzufallen. Seine Stimme trieb schwach über die blendend helle Fahrbahn hin. «Einen Moment, Mister. Ich möchte Sie was fragen.» Als die Perspektive die Entfernung zwischen ihnen auslöschte, zitterten die Beine des Dutchmans wie die eines aufgespießten Insekts, aber das war eine Täuschung; er war nicht eingefangen. Er erreichte die Tür seines Oldsmobile, befand, daß er noch Zeit für einen weiteren Fluch hatte, stieß diesen Fluch aus und suchte eilig Deckung in der glänzend grünen Hülse. Roberts Vater war an der hinteren Stoßstange, als der Wagen losfuhr. Die straffen Falten auf seinem Hemdrücken verrieten seinen Drang, sich auf das entfliehende Metall zu stürzen. Dann nahm er die Schultern zurück, und die Falten entspannten sich.

Im Bewußtsein vereitelter Tat marschierte er aufrecht, die Arme schwenkend, am Straßenrand entlang, genau wie er vor fünfzehn Jahren in Gamaschen und Pappzylinder an der Spitze jener Parade marschiert war.

Im Wagen wiegte Joanne kichernd das Baby. Sie hatte ihren Schwiegervater noch nie erfolgreich gesehen. «Das war großartig», sagte sie.

Sich angestrengt zusammenziehend, quetschte er sich hinter das Lenkrad. Er ließ den Wagen an, drehte den großen Kopf traurig zu ihr um und sagte: «Nein. Dieser Mann hatte mir etwas zu sagen, und ich wollte hören, was es war. Wenn ich etwas falsch gemacht habe, dann will ich wissen, wieso. Aber der Scheißkerl konnte ja nicht vernünftig reden. Wie alle Leute in dieser Gegend; ich kann sie einfach nicht verstehen. Das sind Julias Leute.»

«Ich glaube, er hat uns für Zigeuner gehalten», sagte Mutter. «Wegen dem alten Koffer da hinten. Außerdem stand die Haube offen, da konnte er unser Nummernschild von Pennsylvania nicht sehen.

Sie halten nämlich sehr darauf, daß die Gegend hier nicht von ‹fremden Rassen› verdorben wird. Und dann Daddys Hautfarbe – da hat er wer weiß was gedacht. Sobald der arme Kerl uns sprechen hörte, beruhigte er sich.»

«Ich fand, er hat sich schrecklich aufgeregt wegen nichts», sagte Joanne.

Mutter sprach jetzt munter und geläufig. «Ach, Joanne, so *sind* sie eben. Die Leute in diesem Teil des Landes regen sich ständig auf. Gott hat ihnen diese schönen Täler gegeben, und sie spielen verrückt. Ich weiß nicht, warum. Ich glaube, ihre Nahrung enthält zuviel Stärke.» Ihre Ernährungstheorien lagen ihr sehr am Herzen; daß sie jetzt darauf zu sprechen kam, erhob Joanne in den Stand einer Tochter.

Robert rief nach vorn: «Daddy, ich glaube nicht, daß er wirklich was Wissenswertes zu sagen hatte.» Er sprach teils um seine alte Stimme wieder zu hören, teils um mit seinem neugeschaffenen Sprößling um die Aufmerksamkeit der Familie zu wetteifern, teils in der vergeblichen Hoffnung, etwas vom Ruhm seines Vaters, den dieser dann und wann im Verlauf seiner vereitelten Erkundigungen gewann, auf sich zu ziehen; vor allem aber wollte er seiner Frau zeigen, daß er solche Szenen gewohnt war und daß solche triumphalen Katastrophen in seinem Elternhaus an der Tagesordnung gewesen waren, so daß sie ihn überhaupt nicht mehr berührten. Das war aber gar nicht wahr: er war zutiefst erregt, und seine Erregung wuchs, als das Land um ihn sich in die altvertrauten Falten legte.

Erzengel

Onyx, gespaltenes Zedernholz, bronzene Gefäße, in sanftes Wasser getaucht: das biete ich dir. Porphyr, Teakholz, Jasmin und Myrrhe: diese Geschenke bringe ich. Der Schimmer meiner Sandalen ist getrübt von Nelkenstaub. Meine Flügel sind überzogen mit Nektar. Meine Augen sind Diamanten, in deren Facetten rotes Gold sich spiegelt. Mein Gesicht ist eine Maske von Elfenbein: Liebe mich. Höre meine Verheißungen:

Kühles Wasser wird von den kunstreich getriebenen Bronzeschalen tropfen. Dicklippige Urnen dunsten in duftenden Gewölben. Die Obstgärten auf meinen Inseln tragen unermüdlich Frucht. Sogar die Blätter spenden Nahrung. Das dichte Gezweig versperrt niemals den Weg. Die Weinstöcke gedeihen ohne Pflege. Die Kerne in den Beeren sind süße Nüsse. Warum lächelst du? Hast du nie Hunger gehabt?

Die Wohnstätten werden von Meisterhand gefertigt sein. Wo die einzelnen Teile sich ineinanderfügen, dringt die Schwertschneide des leisesten Flüsterns nicht durch. Wo die Balken zugespitzt sind, verläuft jeder Hobelstrich in ununterbrochener Linie. Wo das Holz miteinander verzargt werden mußte, hat man gegenläufig gemaserte Zapfen hineingetrieben. Die Decken sind hoch, auf daß Kühle herrsche, und die weiträumig gesetzten Schindel schließen sich beim ersten Nebelhauch. Die Fenster sind offen, aber die Dachtraufe ist breit und hält allen Regen ab, läßt nur seinen Duft in die Zimmer. Matten von makelloser Reinheit bedecken den Boden. Das Feuer ist von schwarzem Stein umschlossen und wird genährt an einem sanft gewölbten Aschenbusen. Hast du dich nie nach Geborgenheit gesehnt?

Was zählt in deinem Leben, wo ist es versehrt? Meine Freuden sind einzig und zugleich unaufhörlich. Die geschnittene Kante eines frisch geschöpften Stapels Büttenpapier: cremefarben, steif, hadernreich. Die Sommersprossen auf den geschlossenen Lidern einer Frau, des Morgens, wenn sie wach liegt im ersten weißen Tagesschein. Der immer kleiner werdende Ball, der schließlich verschluckt wird von der breiten grünen Kehle des Spielfelds. Der sichere Fanggriff, eine bonbongelbe Sonne, die auf die Tribüne niedersengt. Das Fest am Abend, damals im Armenhaus. Die weißen Arme tanzender Mädchen, Taft, weiße Arme lila Schatten in den Höhlungen weiße Handgelenke lobpreisend erhoben im Taumel der Musik weiße Arme das weiße zurechtgeschnittene Papier der euklidische Beweis des Pythagoras-Satzes diese luftabschnürende Schönheit das Schillern einer alten Kupfermünze gefunden im Salzsand. Das mikroskopische Glitzern in der Tinte der Buchstaben der Worte, die deine eigenen sind. Gewisse Augenblicke der Kindheit, erinnert oder erdacht. Eine Partie Pinokel zu dritt im bräunlichen Schein des buntgläsernen Lampenschirms, gütige Eltern, die insgeheim wünschen, du mögest gewinnen. Der Brancusi-Saal: Stille. *Kiefern und Felsen* von Cézanne; und die *Spitzenmacherin* im Louvre, kaum größer als deine gespreizte Hand.

Aus solchen Schimmerteilchen werde ich Ströme machen; nichts wird verlorengehen, nicht das kleinste Staubkörnchen der Erinnerung, abertausendfach wird die Vermehrung sein; liebe mich. Nimm mich in dir auf. Komm, berühre meine Seite, wo Honig fließt. Fürchte dich nicht. Warum sollten meine Verheißungen leer und nichtig sein? Jade und Zimt: leugnest du, daß es so etwas gibt? Warum wendest du dich ab? Ist mein Lied nicht ein Strom von Balsam? Meine Arme sind beladen mit Äpfeln und alten Büchern; es ist kein Arg in mir, bleib. Preise mich. Mich preisen heißt, dich selber preisen. Warte. Hör mir zu. Ich beginne noch einmal.

Die Doktorsfrau

«Haie?» Die sommersprossige Nasenspitze der Doktorsfrau schien in der funkelnden Luft noch spitzer zu werden. Ihre vom Nachdenken vorübergehend farblos gewordenen Augen nahmen das Grün der Karibischen See auf; die Wasserfläche durchschnitt ihren Hals. «Ja, wir haben welche. Sogar ziemlich große dunkle Burschen.»

Ralph, der neben ihr Wasser trat, richtete sich spritzend auf und versuchte die beryllfarbene Tiefe im Umkreis zu überblicken. Seine plötzlichen Bewegungen machten selbst das Wasser in ihrer nächsten Nähe undurchsichtig. Die Doktorsfrau ließ ihr erstaunlich jugendliches Lachen hören.

«Ihr Amerikaner», sagte sie, «ihr habt Nerven», und selbstzufrieden schwamm sie auf dem Rücken ein Stück weiter hinaus, während das Wasser ihr sanft um den Mund gluckerte. Sie hatte ein kleines, von dem Klima hier rosig und sommersprossig gewordenes Gesicht; ihr strähniges kastanienbraunes Haar war glanzlos vom täglichen Baden im Meer. «Sie kommen selten so weit herein», sagte sie, das Gesicht nach oben reckend und zum Himmel hinaufsprechend. «Nur in der Zeit des Schildkrötenfangs, dann zieht das Blut sie an. Wir können von Glück sagen. Unser Strand ist flach. Drüben in St. Martin ist das Wasser gleich am Ufer tief, da muß man vorsichtig sein.»

Sie drehte sich um und schwamm in dem mühelos paddelnden Stil rundlicher Frauen, die vom Wasser getragen werden, lächelnd auf ihn zu. «Ein Jammer», sagte sie in angestrengtem Ton, weil sie den Hals hochbog, um den Mund über Wasser zu halten, «daß Vik Johnson fort ist. Er war ein so lieber Mensch. Der alte anglikanische Vikar.» Das Wort ‹Vikar› klang etwas scharf aus ihrem Munde, vielleicht war es witzig gemeint. Sie stand jetzt neben Ralph und deutete auf den Horizont. «Der schwamm immer weit hinaus in die Bucht», sagte sie, «er und sein großer schwarzer Hund Hooker. Vik schwamm so weit hinaus, bis er keinen Muskel mehr rühren konnte, und dann ließ er sich treiben und hielt sich an Hookers Schwanz fest, und der Hund zog ihn an Land. Wirklich, es war sehenswert, wie der dicke alte Engländer mit dem patschnassen weißen Haar da an einen Hundeschwanz geklammert ankam. Er dachte nie an Haie. O ja, er schwamm so weit hinaus, daß er nur noch als Pünktchen zu sehen war.»

Da, wo sie standen, reichte das Wasser ihnen bis zur Hüfte, und auf ein Zeichen von Ralph gingen sie zusammen auf das Ufer zu. Ihre Schritte wühlten das ruhige, warme Wasser auf. Sie wirkte klein neben ihm, und ihre Stimme piepste in Höhe seiner Schulter. «Es tut mir leid, daß er fort ist», sagte sie. «Er war ein reizender alter Herr. Vierzig Jahre ist er hier gewesen. Er liebte die Insel.»

«Das kann ich verstehen», sagte Ralph. Er wandte den Kopf, um noch einen Blick auf den Halbkreis der Landschaft an der Bucht zu werfen, als könnte die Doktorsfrau durch Vermittlung seiner noch unverbrauchten Augen etwas erneuern, was sie seinem dunklen Gefühl nach erneuern mußte – ihr Gefühl für die Schönheit der Insel. Der weiße Strand war leer. Die Eingeborenen benutzten ihn nur als Weg. Ihre Häuser standen hinter der verwilderten Seetraubenhecke, die den Sandstrand begrenzte. Ein Stück Teerpappe, rosa gestrichener Zement, rostrote Wellblechdächer, silbrig verwitterte Holzwände, mit flachgeklopften Benzinkanistern ausgeflickt, Hütten auf Pfählen und unfertige Hohlziegelmauern lugten über das stumpfe, niedrige Laubwerk. Es gab hier wenig Blumen. Man schrieb Januar. Aber die Kokosnußbüschel nisteten unter den schlurrenden Palmwedeln, und die hohen, weichen Wölkchen – wie die hurtigen Frühlingswolken am heimatlichen Himmel – deuteten darauf hin, daß hier Blüte und Erntezeit nebeneinander herliefen und nie aufhörten: Keimen und Fruchttragen in unaufhörlicher Umschlingung. Berge waren nicht zu sehen. Die Insel war flach; als sie mit dem Flugzeug ankamen, sah sie wie ein zweidimensionaler Zwilling oder eine Skizze von St. Martin aus, das wie eine Gruppe Vermonter Berggipfel aus dem Meer ragte. Dort war der Strand steil und gefährlich; hier brauchte man nichts zu fürchten. Dort bauten Holländer und Franzosen betriebsame Hotels und Restaurants, um amerikanische Dollars ins Land zu locken; hier kamen selten Fremde her. Selbst die Ortsnamen hier zeugten von mangelndem Streben und Unternehmungsgeist. Ostend, Westend, Die Straße, Der Wald – das war die geographische Einteilung der Insel. Der unbewohnte, von Gestrüpp und Korallengeröll bedeckte Kamm auf der einen Seite der Bucht hieß Hochhügel. Das Dorf hieß Die Bucht. Die orangefarbenen Klippen an der anderen Seite der Bucht hießen Die Klippen. In diesen kurzen Wintertagen wanderte die Sonne in einer Diagonale über sie hinweg und versank zwischen sechs und sieben Uhr an der Spitze der am weitesten entfernten Landzunge im Meer. Doch auch wenn die Sonne ertrunken war, lag noch lange ein träges Licht zwischen den Hütten und Oleanderbüschen. Jetzt war Spätnachmittag; die kleine, tropische Sonne, noch nicht zu einem roten Ball angeschwollen, verströmte geduldig weißen Glanz in der stillen Luft. Die Luft war ebenso weich, ebenso freundlich wie das Wasser. Keines der beiden hatte etwas Feindseliges; als Ralph vom einen Element ins andere trat, hatte er das Gefühl, sie seien Nuancen eines einzigen, alles umschließenden Wohlwollens.

«O ja, aber nicht nur die Insel», sagte die Doktorsfrau. «Er liebte die Leute. Er hat ihnen drei Kirchen gebaut und, o ja, alle möglichen guten Werke getan. Wir sprechen von Reverend Johnson», erklärte sie Eve, die mit den Kindern am Strand geblieben war. «Das war der anglikanische Pfarrer. Er ist letztes Jahr in den Ruhestand getreten und nach England zurückgegangen. Nach Sussex, glaube ich.»

«Er liebte die Leute?» fragte Eve. Sie hatte es gehört. Die Luft trug die Stimmen weit hier, wo die Stille tagsüber nur von dem rhythmischen Flüstern der Brandung unterbrochen wurde, selten von Stimmen, die einander in unverständlichem, melodiös klingendem Englisch etwas zuriefen.

Die Doktorsfrau ließ sich in den Sand fallen. «Lasset die Kindlein zu mir kommen», psalmodierte sie mit heiserer Stimme. Ebenso abrupt, wie sie begonnen hatte, brach sie die Parodie mit ihrem scharfen Lachen ab. «O ja, er liebte sie. Er hat sein Leben für sie hingegeben.» Die jugendliche Erregung in ihrer Stimme und die unschuldige Klarheit ihrer Augen wirkten sonderbar im Vergleich zu ihrem Körper, dem Körper einer Frau mittleren Alters. Ihre plumpen Beine waren schwammig und von Knoten durchsetzt, und ihr kleines Gesicht wies feine Runzeln auf, jede mit einer weißen Linie unterstrichen, wo die zusammengekniffene Haut der Sonnenbestrahlung entgangen war. «Er hatte keine eigenen Kinder», fügte sie nach kurzem Nachdenken hinzu. «Nur diesen gräßlichen Hund Hooker. So ein komischer alter Mann. Vielleicht hätte er Ihnen gefallen. So etwas gibt es in Amerika bestimmt nicht.»

«Ja, sicher hätte er uns gefallen», sagte Eve. «Hannah spricht oft von Reverend Johnson.» Hannah war ihre Köchin, eine Frau, die trotz ihrer dreißig Jahre so schüchtern und heikel war wie ein junges Mädchen. Ihre Haut glänzte immer, als wäre sie in Verlegenheit, aber manchmal summte sie in der Küche ganz munter Choräle vor sich hin. Die Kinder hatten anfangs eine Scheu vor ihrer Hautfarbe gehabt, aber jetzt beteten sie sie an und hörten mit entzückten runden Augen zu, wenn sie ihnen mit ihrem zweifarbigen Zeigefinger drohte und sie ermahnte, brav zu sein. Bravsein hatte bisher noch niemand im Ernst von ihnen verlangt. Ralph und Eve hatten hier keine Dienstboten erwartet. Sie hatten sich die unbekannteste Insel ausgesucht, die zu finden war. Aber Hannah gehörte zum Haus; die Besitzerin, eine anmutige Witwe, die Kinder in Florida, Peru und Antigua hatte, meinte, sie würden sie brauchen können. Das stimmte, wie sich herausstellte. Allein wären sie nie hinter all die Rätsel dieser neuartigen Welt gekommen. Eve wäre nie mit dem Einkaufen fertig geworden, das mittels Mundpropaganda vor sich ging — unsichtbare Stimmen, leicht fließend wie der Wind, verrieten, wer gerade ein Schwein geschlachtet hatte, wessen Fischerboot mit einem Fang hereingekommen war. Es gab eine Fülle von Läden im Dorf; fast in jeder Hütte wurde etwas verkauft, zumindest von St. Martin geschmuggelte amerikanische Zigaretten — und zwar zu verwirrend unterschiedlichen Preisen. Aber selbst die Öffnungszeiten des offiziellsten Ladens, eines zementierten Korridors mit Regalen im Gebäude des Zollamtes, hatten sich für die Amerikaner als ein unergründliches Geheimnis erwiesen. Sie fanden die große grüne Tür immer versperrt, und stets stand daran in wackeliger Kreideschrift die offenbar uralte Mitteilung: «Achtung, Mitglieder! Achtung, Freunde! Dieser Laden ist Donnerstag nachmittag GESCHLOSSEN!»

«Ja, richtig, Hannah. Ein braves Mädchen», sagte die Doktorsfrau und wälzte sich auf den Bauch. Die gewellten Rückseiten ihrer Schenkel waren mit feuchtem Sand verzuckert.

«Ja, das ist sie wirklich», sagte Eve. «Sie ist reizend. Ich finde sie alle reizend. Alle sind reizend zu uns gewesen.» Solche Beharrlichkeit sah seiner Frau nicht ähnlich. Ralph überlegte, was es zwischen den beiden Frauen geben könnte; sie hatten sich erst gestern kennengelernt. «Ich kann es verstehen, daß Reverend Johnson diese Leute liebte», setzte Eve bedächtig, aber vorsichtshalber mit leiser Stimme hinzu. ‹Die Leute› waren überall um sie herum; ihre Hütten reichten bis zum Strand herunter, und die geflickten Wände mit den geschlossenen Fensterläden schienen gespannt zu lauschen.

Die Doktorsfrau wälzte sich wieder herum und setzte sich auf. Was machte sie so ruhelos?

«Ja», sagte sie, und eine größere Brandungswelle schäumte den weißen Hang herauf und versickerte kurz vor ihren Füßen. Der Sand war porös, mit unzähligen Löchern punktiert, den Luftlöchern der

Krebse. Der Blick der Doktorsfrau war auf den Horizont gerichtet; von der Seite gesehen, wirkten ihre Augen wie farblose Linsen und ihre Nase spitz. «Es sind einfältige Seelen», sagte sie.

Die Doktorsfrau war hier eine Königin, die einzige ganz weiße Frau unter den Inselbewohnern. Wenn, was selten genug geschah, ein britischer Beamter oder, noch seltener, ein phantastisch unbedeutendes Mitglied des Königshauses dieses entlegenste und fügsamste Fleckchen des Empires mit seinem Besuch beehrte, machte sie die Honneurs. Wenn sie in ihrem schmutzbespritzten englischen Ford die ungepflasterten Straßen entlangdonnerte — der Auspufftopf war längst verrottet —, tippten die älteren Eingeborenen sich spöttisch an die Stirn, und die Kinder schlugen in der Staubwolke, die sie hinter sich ließ, mit den Armen. Als sie und ihr Mann, der Doktor, sich herabließen, der amerikanischen Familie, die sich für drei Wochen im Dorf eingemietet hatte, einen Besuch abzustatten, hatte Hannah vor Stolz gezittert und in der Küche eine Tasse zerbrochen. Der Doktor war ein schmächtiger, schnellredender Mann, ein Versager mit Selbstironie. Seine Fingerspitzen waren von geschmuggelten Zigaretten dunkelgelb verfärbt. Am liebsten rauchte er Camel, aber zur Zeit kamen nur Chesterfield durch. Die Camels kratzten mehr. Er hatte noch nie eine Filterzigarette gesehen. Er und seine Frau waren seit zehn Jahren in den Tropen — Britisch-Guayana, Trinidad, Barbados, jetzt hier. Er hatte den unbestimmten Plan, nach Amerika zu gehen, ein Vermögen zu verdienen und sich in einem Dorf in Yorkshire zur Ruhe zu setzen. Heute war er den Tag über in St. Martin.

«Wie ist das denn in Amerika?» fragte die Doktorsfrau, eifrig den Sand von ihren Knien wischend. «Sorgt man da gut für die Farbigen?»

«Wie meinen Sie das?» fragte Eve.

«Geht es ihnen gut?»

«Eigentlich nicht», sagte Ralph, der das Gefühl hatte, daß es besser wäre, wenn er an Stelle von Eve antwortete. «In manchen Teilen des Landes besser, in anderen schlechter. Im Süden sind sie natürlich offen benachteiligt; im Norden leben sie im großen und ganzen in Großstadtslums, sind aber wenigstens vor dem Gesetz gleichberechtigt.»

«Ach, du meine Güte», sagte die Doktorsfrau. «Es ist ein Problem, nicht wahr?»

Eves Gesicht fuhr von der Betrachtung der Muschel hoch. «Für wen?» fragte sie. Sie hatte an einem jener Mädchencolleges studiert, wo man einer rassischen Minderheit angehören oder verkrüppelt sein muß, um zum Klassenpräsidenten gewählt zu werden. Bei Nachrichten aus Südafrika bekam sie eine schrille Stimme, und sie war für jeden – Castro, Ben Gurion, Martin Luther King –, der in ihren Augen eine unterdrückte Rasse vertrat. Daß solche mechanische Sympathie an sich Herablassung bedeutete, war ihr noch nicht aufgegangen. Ihr englisches Blut war durch weit zurückliegende Injektionen französischen und russischen Aristokratenblutes angereichert, und sie versagte den weniger Begünstigten sogar das Kompliment, sie zu fürchten.

Die Doktorsfrau wandte ihren Blick wieder dem Horizont zu, und Ralph fragte sich, ob sie unhöflich gewesen seien. Das spitze Profil der Frau hatte einen vielleicht absichtlich vornehm-aggressiven Ausdruck. Aber da sie auf der Insel zu Hause war, lenkte sie ein und versuchte, das Gespräch wieder in Gang zu bringen. Sie wandte den Kopf, beschattete mit flinker Hand die Augen und entblößte gezwungen lächelnd ihre gepflegten weißen Zähne.

«Wie ist es mit den Schulen?» fragte sie. «Dürfen sie in Ihre Schulen gehen?»

«Natürlich», sagte Ralph hastig, und gleichzeitig fiel ihm ein, daß es für sie in dieser Frage kein ‹natürlich› gab. Sie wußte nichts von seinem Land. Er fühlte sich stärker, nachdem er sich ihre Unwissenheit vergegenwärtigt und sich auf den festen Boden der Information begeben hatte. «Niemand hindert sie daran, in die Schule zu gehen. Im Süden sind die Schulen nach Rassen getrennt. Aber im Norden und Westen und so weiter ist das gar kein Problem.» Er zog die Schultern zusammen, weil er Eves Mißbilligung des Ausdrucks ‹Problem› im Rücken spürte.

«Aber –» den Brennpunkt des Themas anvisierend, kniff die Doktorsfrau die Augen zusammen, so daß die Sommersprossen auf ihren Backenknochen zusammenrückten – «würden *Ihre* Kinder mit ihnen zur Schule gehen?»

«Klar. Du lieber Himmel. Warum nicht?» Es erleichterte ihn, diesen Punkt zu klären, diese Tür zu verriegeln. Er hoffte, die Doktorsfrau würde sich jetzt abwenden und von etwas anderem sprechen.

Sie seufzte. «Natürlich, Sie in Amerika haben so lange mit diesem Problem gelebt. In England, wissen Sie, wachen sie jetzt erst auf; die Schwarzen *strömen* nach London.»

Eine Welle glitt unter dem Druck der nächsten den Sandhang so weit hinauf, daß ihre Füße leicht erschreckt und durchnäßt wurden. Für ein paar Sekunden glitzerten ihre Knöchel in gekräuselten Manschetten zurückflutenden Wassers. Eve sagte langsam: «Sie reden so, als hätten sie darum gebeten, versklavt und nach hier verschleppt zu werden.»

«Mammi, sieh mal! Mammi, sieh mal!» Kates Stimme, die sich mit Larrys aufgeregtem Babyjauchzen mischte, kam von weit unten am Strand. Die kleinen Silhouetten der Kinder hopsten um etwas Dunkles zu ihren Füßen herum, und aus der Seetraubenhecke traten eine alte Frau mit einem Kopftuch und ein junger Matrose mit nackter Brust, um sie zu beobachten, amüsiert über das Amüsement dieser fremden Kinder. Eve stand auf, und Ralph sah, daß sie dem Körper der Doktorsfrau einen bestürzten und empörten Blick zuwarf, als wäre er ein am reinen Gestade ihrer Gedanken angespülter, abstoßender Unrat.

Während Eve fortging, sagte die Doktorsfrau: «Wie herrlich schnell sie braun wird!»

«Ja, das wird sie immer. Sie hat französisches Blut.» Da seine Frau nun außer Hörweite war, ließ Ralph sich in den Sand zurücksinken. Das Vermitteln zwischen den beiden Frauen war ein anstrengender Balanceakt gewesen. Jetzt fand er sich damit ab, zuhören zu müssen; er wußte, daß die Zunge der Doktorsfrau sich lösen würde. Die Anwesenheit einer anderen weißen Königin empfand sie als Hemmung, als Schwächung ihrer Autorität.

«Wollen Sie eine erschreckende Geschichte hören?»

«Klar.» Er fügte sich, wenn auch ungern. Die Aufmerksamkeit der Häuser hinter ihnen schien sich zu verstärken. Seinem Gefühl nach waren er und seine Familie im Dorf beliebt; daß die Doktorsfrau von der Mitte der Insel an den Strand fuhr, um sich mit ihnen zu amüsieren, erweckte den Eindruck einer schuldhaften Verbrüderung, den er nicht wünschte. Denn wenn die Sonne unterging, würde sie nach Hause fahren und sie im Dorf alleinlassen, allein mit der Nacht und ihren Geräuschen. Die Karbidlampen zischten, schwarze Käfer flogen brummend ins Licht und fielen knisternd zur Erde; weiter oben in der Straße übte ein Junge auf seiner einsamen Stahltrommel, und nebenan, in einer rohen Holzhütte, deren Fensterläden nie geöffnet wurden, klagte eine Frau, und ein Mann knurrte dann und wann eine kurze, beleidigte Beschwerde.

«Als Vik Johnson wegging», sagte die Doktorsfrau, die Stimme dämpfend und sich auf den Ellbogen stützend, um ihr Gesicht Ralphs Kopf zu nähern, «gab es eine Party zur Begrüßung des neuen Pfarrers, eines sehr netten jungen Farbigen aus St. Kitts. *Sehr* nett, muß ich sagen, und auch sehr intelligent, heißt es, aber ich habe ihn nicht predigen hören. Nun, der Gouverneur – Sie haben ihn nicht kennengelernt, und das werden Sie auch nicht, so ein großer, aalglatter Jamaikaner, ach, und *wie* wichtig er sich nimmt – also der Gouverneur hält seine kleine Rede. Natürlich erwähnt er Vik, vierzig Jahre und so weiter, aber am Schluß sagt er, er weiß, daß wir Reverend Johnson nicht vermissen werden, denn der neue Vikar ist ein ganz prächtiger junger Mann, der mit ausgezeichneten Universitätszeugnissen zu uns kommt und so, und außerdem, *außerdem*, ist er, was uns besonders stolz und glücklich macht, einer von uns. Stellen Sie sich vor! Einer von uns! Natürlich war der junge Pfarrer in tödlicher Verlegenheit. Ich war so wütend, daß ich aufgesprungen und gegangen wäre, wenn mein Mann nicht meine Hand gehalten hätte. *Einer von uns!* Und Vik hat sein Leben für diese Leute hingegeben.»

Ihre Stimme war schrill geworden; Ralph sprach in der Hoffnung, daß sie sich mäßigen würde. «Ich finde, es war unnötig, aber doch ganz natürlich», sagte er.

«Ich sehe darin nichts Natürliches. *Un*natürlich, für meine Begriffe. Unnatürliche, kindische Undankbarkeit. Sie wissen eben nicht, wie unnatürlich diese Leute sind. Wenn Sie nur ein Zehntel ihrer Narrheiten sehen würden, und dann dieser Egoismus, den mein Mann sich gefallen lassen muß. Um zwei Uhr morgens: ‹Herr Doktor, Herr Doktor, kommen Sie, retten Sie mein Kind›, und wenn er dann nach einer Woche seine lumpigen paar Dollar kassieren will, dann wissen sie von nichts. Sie können sich absolut nicht erinnern. Und wenn er nicht lockerläßt, heißt es: ‹Die Weißen stehlen unser Geld.› Oh, ich hasse sie. Gott verzeih mir, ich habe sie hassen gelernt. Sie sind *nicht* natürlich. Sie sind keine richtigen Menschen.» Als er protestierend die Hand heben wollte, setzte sie hinzu: «Und übrigens, wissen Sie, was sie von Ihnen und Ihrer Frau sagen?» Es war, als spränge ein Schatten hervor, der hinter ihren Worten gelauert hatte.

«Nein. Sagen sie etwas?»

«Nur um Ihnen zu zeigen, wie boshaft sie sind. Sie sagen, Ihre Frau hätte schwarzes Blut.» Ralph brauchte einen Augenblick, um zu begreifen. Er lachte; was noch?

Die Doktorsfrau lachte auch; aber ihre blauen Augen unter den blonden Brauen – ihre Pupillen waren in der Sonne so klein wie Nadelspitzen – wichen nicht von seinem Gesicht. Sie wartete, daß sein Gesicht aufbräche und die Wahrheit an den Tag käme. «Sie sehen ja, wie dunkel sie ist», erklärte sie. «Wie braun.» Er sah die Zunge zwischen ihren Lippen spielen, als sie voller Spannung die letzten beiden Wörter aussprach. Sie verpackte ihre reife Bosheit in saubere backfischhafte Neugier.

Sein Blut wallte auf; es war unklar, was ihn so verwundet hatte;

sein Ärger verband ihn mit seinem Angreifer. Er machte einen albernen Ausfall. «Sie wird nun einmal so braun.»

«Und darum, sehen Sie», fuhr die Doktorsfrau fort, noch immer ohne die Augen von seinem Gesicht zu lassen, «darum, sagen sie, sind Sie hierhergekommen. Hier kommen keine Touristen her, und schon gar keine mit Kindern. Weil Ihre Frau Negerblut hat, können Sie nicht in die Hotels auf den besseren Inseln, sagen sie.»

Sicher war dieses scharfsinnige Argument auf ihrem eigenen Mist gewachsen. «Wir sind hierher gekommen, weil es hier billig ist.»

«Natürlich», sagte sie, «natürlich», und sie kicherte, weil sie merkte, daß sie sich bloßgestellt hatte. «Aber das glauben die Leute nicht. Sie glauben nämlich, daß alle Amerikaner *reich* sind.» Und genau das, dachte Ralph, glaubten sie und ihr Mann.

Er stand auf; feuchter Sand bröckelte von seinen Beinen. Um seine Erregung zu zügeln, schleuderte er ein paar unzusammenhängende Lacher in die Gegend, als fürchtete er noch mehr Albernheiten. Auf die Frau niederblickend, sagte er: «Na ja, das erklärt, warum sie bei ihnen beliebter zu sein scheint als ich.»

Die Doktorsfrau, die den Hals dehnte, um zu ihm hinaufzublinzeln, ließ sich zurücksinken. Sie legte den einen Arm unter den Kopf und den anderen über die Augen. Ohne die Augen wirkten ihre Lippen verschwommen und stumpf. «O nein», sagte sie. «Sie hassen sie, weil sie ungestraft davonkommt.»

Sein Lachen klang diesmal völlig leer; es demütigte ihn. «Ich glaube, ich werde noch mal ins Wasser gehen», sagte er. «Bevor die Sonne verschwindet.»

«Die verschwindet nicht», war die schwache Antwort.

Aus dem sicheren Port des Wassers sah er seine dunkelhäutige Frau seine zwei hellen, sonnengeröteten Kinder den Strand hinauftreiben. Der Abstand zwischen ihnen und dem trägen Körper der Doktorsfrau verringerte sich; einen Augenblick spürte er den Impuls, ihnen eine Warnung zuzurufen, dann lächelte er, als er sich ausmalte, wie sie zu Hause über diese Geschichte lachen würden, vielleicht bei einer Cocktailparty, wenn sie wieder sicher unter ihresgleichen waren. Plötzlich empfand er Gewissensbisse gegen seine Frau. Er hatte sie verraten. Sein Ernst war ihrer unwürdig gewesen. Sie würde zufrieden sein, wenn er gesagt hätte: Ja, ihr Großvater hat in Alabama Baumwolle gepflückt, in Amerika ist so etwas selbstverständlich, wir haben keine solchen Probleme. Aber er sah, so wie man etwas Lebendiges in einer Flüssigkeit vorüberhuschen sieht, daß eine solche humorvolle Antwort nur innerhalb eines großen, unbewußten

Rassenstolzes möglich war, nur dort gedeihen konnte. Da dieses Medium vergiftet war, mußten alle seine Geschöpfe böse sein. Er und die Doktorsfrau waren ineinander verstrickt; er haßte ihre blauen Augen, weil sie sein Gesicht nicht losgelassen hatten, haßte ihre Ausdünstung, weil sie – konnte das sein? – eine Sterbende war. Seine Schuld ließ sich nicht graphisch darstellen. Ihre Kompliziertheit war so dicht wie ein unzerlegbarer Stoff. Er ging, den gerippten Boden mit den Zehen abtastend, rückwärts ins Wasser, bis es seinen Hals umspülte. Irgend etwas – Seetang oder der Pulsschlag einer Strömung – berührte seine Wade. Er schlug um sich und spähte hinunter, sah aber nichts. Er hatte Angst vor den Haien, und er hatte Angst vor der Doktorsfrau, und so hing er schamblutend zwischen ihnen, während das Wasser ihm verzieh.

Die Krähe im Wald

Die ganze warme Nacht hindurch war heimlich nasser Schnee gefallen, so daß jeder Zweig in dem Wald, der ihr gemietetes Häuschen umgab, eine hohe weiße Schicht trug, einen Fortsatz nach oben. In dem schattenlosen Leuchten des frühen Morgens nahm das dem Bild die Tiefe und gab ihm etwas Chinesisches, Kalligraphisches — ein steifer Wandteppich, der von dem grauen Himmel herabhing, ein mit schwarzen Fäden durchschossener Spitzenparavent. Jack fragte sich, ob er je zuvor etwas so Schönes gesehen habe. Es schneite nicht mehr. Als wäre der Schnee eine Funktion seines Schlafs gewesen.

Er stand bei Tagesanbruch im Bademantel am Fenster, weil er und seine Frau gestern abend in einer Atmosphäre von kompliziertem und altväterischem Luxus bei ihrem Hauswirt gespeist hatten. Zwei Weine zum Essen, ein hellroter und ein dunkelroter. Kerzen auf dem langen Tisch. Außer ihnen zwei ältere, leicht verwüstete Ehepaare. Nach dem Essen trennten sich die Herren von den Damen, und nachdem sie ihre Kehlen mit Cognac und Zigarren aufgerauht hatten, traf man sich wieder in einem großen Zimmer, dessen Wände erstaunlicherweise aus grüner Seide bestanden. Die nun wieder gemischte Gesellschaft plauderte, in einen zusammenhanglosen Glanz getaucht wie die klirrenden Facetten eines Kronleuchters. Und zum Schluß (die Uhr auf dem Kaminsims aus grauem Marmor zeigte die vorgeschrittene Stunde mit goldenen Zeigern an, deren fadendünne Zierlichkeit selbst etwas von spitzem Takt hatte) stürmten alle in letzter, gleichsam verzweifelter Flucht die geschwungene Treppe hinauf und, von der weißhaarigen Gastgeberin aufgefordert, in das Gemach, in dem sie tagsüber ihrem wundervollen Hobby nachging, dem Basteln von Papiergegenständen. So hatte sie aus buntem Papier eine Pagode gefertigt. An den Wänden hingen eingerahmt papierene Blumenbuketts. Auf dem Arbeitstisch die größte Klebstoffflasche, die Jack je gesehen hatte: sie hatte eine Tülle und glänzte triumphierend; er hätte nie gedacht, daß es diese Größe überhaupt gab. Der blaue Stier auf dem Etikett lachte frohlockend. Dienstboten hüllten sie in ihre Mäntel. Als die Gäste sich um Mitternacht auf der Vorderveranda verabschiedeten, fanden sie eine mit dünnem Schnee bedeckte Welt vor. Der dichte Schneefall begrenzte das Blickfeld; das Draußen bekam die Intimität eines geschlossenen Raumes. Die Gäste sangen ihre Loblieder; der Gastgeber, ein kleiner, arthritischer alter Mann, spreizte sich geschmeichelt: *sein* Essen, *sein* Wein, *seine* Frau mit ihrer Bastelei und nun *sein* Schnee. Umschlungen kehrte das junge Paar in das gemietete Häuschen zurück, und auch das war *sein.* Sie entlohnten die Babysitterin und schickten sie in den Schneesturm hinaus, als hätte sie ihnen Schande gemacht; dann schliefen sie zusammen, obwohl es spät war. So kam es, daß sechs Stunden später, als das Kind schrie, der Mann sich in einem Nachglanz von Dankbarkeit statt seiner Frau erhob und das Baby trockenlegte.

Der durchweichten Windel entströmte eine unsichtbare Wolke von Ammoniak, die ihm Tränen in die Augen trieb. Das bis an die Fenster reichende Weiß machte das Sonnenlicht, das hinter dem Himmel brannte wie eine Glühbirne hinter einem papierenen Lampenschirm, scharf und entschieden. Das Kinderzimmer leuchtete in Weißglut; die mit blaßlila Veilchen gemusterte Tapete strahlte über und über, so daß selbst die verstaubten, unordentlichen Ecken von Reinheit überflossen.

Das kleine Mädchen, sprach- und hüllenlos, musterte verwirrt die zu dieser Tageszeit ungewohnte Erscheinung ihres Vaters. Die mollige Umarmung des violetten Bademantels, das Gefühl des kalten Fußbodens an seinen Füßen — beides schmeichelte ihm, verherrlichte ihn. Seine nackten Riesenschenkel drängten immer wieder aus dem Bademantel in die weiße Luft. Er sah sie, sah alles, durch drei blanke Glasscheiben: die Erinnerung an seine Betrunkenheit, seine augenblickliche Unausgeschlafenheit und den hereinflutenden Glanz des alles umschließenden Schnees. Da seine Eindrücke scharf waren, mußte er nüchtern sein. Die parallelen Dielenritzen, der lachsfarbene Schimmer des Wandanstrichs, der finsteraufmerksame Blick seiner Tochter wie der Blick einer chemisch erweiterten Pupille — diese Dinge, von einem Apparat wahrgenommen, den die Müdigkeit von Ablenkungen reingefegt hatte, drangen tief in ihn ein und legten sich ihm mit nicht unangenehmem Drängen auf die Eingeweide.

Obwohl das Haus klein war, hatte es zwei Badezimmer. Er benutzte das neben dem Zimmer seiner Tochter, wo die dicke Stange des Duschvorhangs vom häufigen Aufhängen nasser Windeln schief und wacklig geworden war. An dem eingedübelten Ende war der Deckenputz abgebröckelt. Ein wenig von Staunen überschattet, blickte er auf das Oval von stehendem Wasser nieder, in dem seine Exkremente schwammen wie merkwürdig glänzende, verfaulte Knüppel.

Die Wasserspülung rauschte; das ganze leuchtende Innere des kleinen Hauses schien gereinigt und tatbereit. Er kleidete gewandt seine torkelnde kleine Tochter an und trug sie zur Treppe. Vom oberen Treppenabsatz ging es in sein Schlafzimmer; er warf einen Blick durch die Tür und sah, daß seine Frau in dem breiter gewordenen Bett ihre Lage verändert hatte. Ihre nackten Arme, die vorher unter der Decke gewesen waren, ruhten ausgebreitet und gekrümmt auf den beiden Kopfkissen und umrahmten wie gesprenkeltes Elfenbein die Kamee ihres abgewandten Schädels mit der langen Mähne. Die eine Brust, durch die Schulterdehnung angehoben und im Schlaf flach, war samt der Knospe in ihrer Mitte entblößt. Die niedrig stehende Sonne durchdrang den aufreißenden Himmel und sandte ein blasses Filigranwerk durch den Wald und die Fensterscheiben, das, feiner als jede Farbe, über sie und das dunkle Kopfende aus Eichenholz ein rhombisches Gewebe legte. Wie Schmetterlinge, die sich an einem Gazefenster niederlassen, öffneten sich ihre blauen Augen.

Er fühlte sich entdeckt; während er, um sich unten zu verstecken, die tückisch schmale Treppe hinabstieg, tätschelte das Kind gedankenlos seinen Nacken. Diese schwache Berührung ließ sein Inneres erzittern wie zögernder Sonnenschein. Unten war es dunkler. Der Reflex des Schnees wurde von den dumpfigen, löcherigen Möbeln absorbiert. Gemietet. Guten Morgen, Herr Thermostat. Der Milchmann würde sich heute verspäten: die Ketten an seinen dicken Reifen würden eine Melodie klimpern — Klingeling. Ihn schmerzte der Arm, auf dem er das Kind getragen hatte.

Er konnte die Packung mit der Kindernahrung nicht finden. Der Küchenschrank floß über von Streuzucker und Plastiklöffeln, die sich in vielfarbigen Fächern breitmachten. Der Riegel an der Eßplatte des Babystuhls war im Wege; die Beine des kleinen Mädchens waren falsch eingehängt. Mit zunehmend unsicheren Bewegungen setzte er in einem eiskalten Tiegel Wasser auf. Winter. Warmer Brei. Wo? Über ihm polterte es. Dann sang es in den Badezimmerrohren.

Kam die Frau und Mutter, kam in einen blauen Kokon gehüllt,

der ihren Körper unförmig und ihr Gesicht weiß machte. Sie hatte nicht wieder einschlafen können, nachdem er aus dem Bett war. Stolz, erleichtert, sanft setzte er sich an den kleinen, mit Leinöl polierten Fichtenholztisch. Sogleich standen die Weizenflocken dampfend auf dem Eßbrett des Kindes. Orangensaft, schlank wie ein Bleistift, wurde vor ihn hingezaubert. Wie ihre Schwester, die Erde, bringt die Frau mühelos blühenden Überfluß hervor. Als er das Glas an die Lippen hob, roch er ihren Geruch an seinen Fingerspitzen.

Und nun, da er frei war, zu seinem Gefährten vor dem Fenster zurückzukehren, starrte er wieder hinaus. Der Wald, aus der Entfernung über den schneebedeckten Rasen hinweg gesehen, war ein chinesischer Wandschirm mit einem verstummten riesigen Alphabet von Zweigen: eine schwarze Robe, mit weißer Litze besetzt, so steif, daß sie von selbst stand. Nichts daran regte sich. Es gab keine Tiefe, der Himmel war eine perlfarbene Platte, der Wald ein Phantasiegespinst mit verstummten Vasen, Bögen und Brunnen.

Seine Frau stellte ihm ein gekochtes Ei hin – ein auf einer Scheibe Toast zerfließendes Ei auf einem angeschlagenen rosa Teller auf dem schrägen Platzdeckchen aus Sonnenschein, gesprenkelt von den Fehlern im Fensterglas.

Etwas geschah. Draußen kam ein riesiger schwarzer Vogel mit dem mühseligen Flügelschlag der Krähe angeflattert. Er ging in die Kurve und stieß mit schräggestellten Füßen auf den Wald herab. Sein Herz stockte voller Angst um die Krähe, die eine unverletzliche Fläche so leichtsinnig angriff, so blind eine Zuflucht für ihren kraftvollen Körper suchte, wo es keine Tiefe gab. Sie kam nicht hinein. Während ihre schwarze Gestalt aufblitzte wie ein Flakgeschoß, plumpste die Krähe in einen hohen Ast, und ein Schneeschauer rieselte aus einem Spitzenquadranten herab. Ihre Flügel breiteten sich aus und kamen zur Ruhe. Nun, da die Vision zerstört war, strömte sein Herz über. «Clare!» rief er.

Die eigenwilligen blauen Augen der Frau huschten von seinem Gesicht zum Fenster; als sie dort nichts als Schnee sah, kehrte ihr Blick zurück und kam schließlich auf dem vergessenen dampfenden Eiertoast zwischen seinen Händen zur Ruhe. Ihre Lippen bewegten sich.

«Iß dein Ei», sagte sie.

In der Footballsaison

Erinnern Sie sich an den Duft junger Mädchen im Herbst? Wenn man nach der Schule neben ihnen hergeht, drücken sie ihre Bücher fest an sich und neigen den Kopf, um dem, was man zu ihnen sagt, eine noch schmeichelndere Aufmerksamkeit zu schenken, und in dem so gebildeten kleinen, intimen Raum, halbmondförmig in die Luft hineingeschnitten, ist ein komplexer Duft nach Tabak, Puder, Lippenstift, frisch gewaschenem Haar, verbunden mit jenem vielleicht imaginären, jedenfalls aber schwer zu bestimmenden Geruch, den Wolle — mag es sich nun um die Revers einer Jacke oder den Flor eines Pullovers handeln — auszuströmen scheint, wenn der wolkenlose Herbsthimmel gleich der blauen Glocke eines Vakuums die frohen Ausdünstungen aller Dinge zu sich hinaufzieht. Dieser Duft, so zart und kokett bei den nachmittäglichen Spaziergängen durch das trockene Laub, vertausendfachte sich und lag wie die Luft in einem Blumenladen schwer auf dem dunklen Hang des Stadions, wenn wir freitags abends in der Stadt Football spielten.

‹Wir› — wir, eine Vorortschule, mieteten für einige unserer Heimspiele das Stadion eines Colleges in der drei Meilen entfernten Stadt Alton. Mein Vater war Sportlehrer in unserer Schule, der Olinger High School, und wenn ich vor halboffenen Türen aus poliertem Holz und Milchglas auf ihn wartete, hörte ich manches mit von den hitzigen Diskussionen und bekam einen Eindruck von den Sorgen, die diesen kühnen und damals beispiellosen Entschluß begleiteten. Später taten es uns viele High Schools der Umgegend gleich, denn die Tatsachen rechtfertigten den Entschluß. Wenn wir freitags spielten, war das Stadion immer gut besetzt. Außer Schülern und Eltern kamen auch Leute, die weder mit der einen noch mit der anderen Schule etwas zu tun hatten, und von dem Geld, das uns blieb, wenn die Stadionmiete bezahlt war, konnte unser gesamtes sportliches Ausbildungsprogramm finanziert werden. Ich erinnere mich an den Geruch des von vielen Füßen zertrampelten Grases hinter den Grenzlinien. Der Geruch war intensiver als der einer gewöhnlichen Wiese, und in dem bläulichen elektrischen Licht schien der grüne Rasen zu zittern wie ein aufgeregtes Kind, das ausnahmsweise länger aufbleiben darf. Ich erinnere mich, daß mein Vater die Eintrittskarten verkaufte, eingezwängt in einer kleinen Holzbude, die ihn irgendwie gnomenhaft aussehen ließ. Und natürlich erinnere ich mich, wie wir Schüler mit all unseren Eifersüchteleien und Antipathien und Launen dicht gedrängt auf den Bänken saßen — Schönheit neben Einfaltspinsel, angehende Sexbombe neben Büffler —, zusammengepreßt wie Blumen, um dem schwarzen Himmel eine konzentrierte Huldigung hinaufzuschicken, einen Weihrauchschwaden, gemischt aus Kosmetika, Zigarettenrauch, erwärmtem Wollstoff, heißen Würstchen und dem zugleich animalischen und metallischen Geruch sauberen Haares. In einer Art von rauhem Geruchsschrei stiegen alle diese Düfte empor. Ein dichter Dunst sammelte sich über den Bogenlampen, am oberen Rand der Decke aus Licht, die mit ihrer Helle die Sterne auslöschte und den Himmel romantisch leer und ganz nah erscheinen ließ, gleich dem Tod, der sich dann und wann bückte und einen von uns aus einem in Klumpen gefahrenen Auto holte. Wenn wir zum obersten Rang hinaufgingen und uns dort auf die oberste Bank stellten, konnten wir über die steinerne Umfassungsmauer des Stadions hinweg die Häuser der Stadt sehen und die kalte Novemberluft spüren wie die schwarze Gegenwart des Ozeans jenseits einer Schiffsreling; und wenn wir nach dem Spiel fortgingen und von den stillen Straßen dieses Stadtteils zurückblickten, dann glich die vor Licht dampfende Masse des Stadions mit den wie Bullaugen leuchtenden Bogen der Kolonnaden einem großen, sinkenden Schiff, so daß wir uns als die Überlebenden einer in die Geschichte eingegangenen Katastrophe fühlen konnten.

Um in Stimmung zu bleiben, sangen wir Lieder, vorzugsweise eines, dessen erste Strophe lautet:

Oh, you can't get to Heaven
    (*Oh, you can't get to Heaven*)
In a rocking chair
    (*In a rocking chair*)
'Cause the Lord don't want
    (*'Cause the Lord don't want*)

No lazy people there!
(*No lazy people there!*)

Jede Zeile wurde wiederholt, aber doppelt so schnell. Es war ein
Bandwurmlied; wenn uns die Strophen ausgingen, erfanden wir welche:

Oh, you can't get to Heaven
(*Oh, you can't get to Heaven*)
In Smokey's Ford
(*In Smokey's Ford*)
'Cause the cylinders
(*'Cause the cylinders*)
Have to be rebored.
(*Have to be rebored.*)

So ging es durch das vornehme Wohnviertel, weiter durch das nicht
ganz so feine Viertel und das Geschäftsviertel, vorbei an dunklen Kirchen, wo nach innen gerichtete Buntglasfenster uns warnend links-
händige Segenszeichen mit auf den Weg gaben, die Buchanan Street
hinunter zur Running Horse-Brücke, über die Brücke hinüber und
dann noch zwei Meilen auf der Landstraße. Ich ‹dichtete› unbekümmert drauflos:

Oh, you can't get to Heaven
(*Oh, you can't get to Heaven*)
In a motel bed
(*In a motel bed*)
'Cause the sky is blue
(*'Cause the sky is blue*)
And the sheets are red.
(*And the sheets are red.*)

Nur wenige von uns besaßen einen Führerschein, und kaum einer
hatte je in einem Motel übernachtet. Wir befanden uns in jenem unschuldigen Alter so um die Sechzehn, in dem Sünde und Verdammnis
als eine köstliche Verheißung erscheinen. Da waren Mary Louise Horn-
berger, hochgewachsen und von so aufrechter, selbstbewußter Haltung, daß sie in den beiden Theateraufführungen unserer Klasse die
Rolle der Mutter gespielt hatte, und Alma Bidding mit ihrer Haken-
nase und dem gezierten Lächeln, das durch den kirschroten Lippenstift noch alberner wirkte, und Joanne Hardt, deren Vater Schriftset-

zer war, und Marilyn Wenrich, die einen grauen Schneidezahn hatte
und sich im Schularbeitsraum gern den Rücken kratzen ließ, und Na-
nette Seifert mit ihrer Knopfnase und den feuchten schwarzen Augen
und den Pfirsichhautwangen, umrahmt von dem weißen Pelzbesatz
ihrer blauen Anorakkapuze. Und da waren die Jungen — Henney
Gring, Leo Horst, Hawley Peters, Jack Lillijedahl und ich. Gelegentlich waren es noch mehr, oder auch weniger. Einmal ging Billy Trupp
an Krücken mit uns. Billy spielte Football und gehörte, obwohl er erst
im zweiten Collegejahr war, bereits der Universitätsmannschaft an,
aber jetzt hatte er sich den Knöchel gebrochen. Er war langweilig und
stur und mochte Alma, und sie mit ihrem gemalten Lächeln ließ alle
Verführungskünste spielen. Wir erboten uns, ihm zuliebe mit der
Straßenbahn zu fahren, aber er hatte es bereits abgelehnt, sich mit
dem Auto nach Olinger zurückbringen zu lassen, und humpelte eigensinnig an seinen Krücken neben uns her, den dick eingegipsten
Fuß wie einen Felsbrocken mit sich schleppend. Sein Heroismus
steckte uns alle an; wir forderten die kalten Sterne mit unseren Liedern heraus, eine Meile, zwei Meilen, drei Meilen. Wie langsam wir
gingen! Was für ein köstliches Gefühl der Verschwendung es war,
diese Zeitspanne zu vertun! Denn als Kinder hatten wir in der engen
Welt tickender Uhren und pünktlicher Klingeln gelebt, in der jede
Minute eine Mahnung zur Sparsamkeit war und die Saumseligkeit einem Kind, das sich verspätet hatte und mit einem unbehaglichen Gefühl im Magen die Straße entlanghastete, als die geheimnisvollste
und gräßlichste aller Sünden erschien. Jetzt, an der Schwelle zum Er-
wachsensein, stellten wir fest, daß die Zeit eine schwarze Unermeßlichkeit war, die sich ebensowenig verbrauchte wie der Wind.

Meistens trafen wir in Olinger erst ein, wenn die Drugstores, die für
die ersten Wellen der heimkehrenden Footballfreunde noch offengehalten hatten, längst geschlossen waren. Bis auf die Straßenlaternen
war es so dunkel wie in einer Märchenstadt. Wir trennten uns dann:
Jeder brachte ein Mädchen nach Hause, und vor ihrer Tür senkte man
sein Gesicht vielleicht für einen Augenblick in diesen Dufthalbmond
und schmeckte ihn und ließ ihn unauslöschlich in sich eindringen.
Neulich überholte ich in einer weit von Olinger entfernten Stadt auf
dem Bürgersteig zwei Mädchen, mir völlig unbekannt und halb so alt
wie ich, und nahm ganz schwach diesen Duft aus der Vergangenheit
wahr, den sie wie einen Blumenstrauß mit ihren Schulbüchern in den
Armen trugen. Und mir war, während ich weiterging, als versänke
ich in einen Abgrund, tiefer als jener umgekehrte Abgrund über uns
an den Freitagabenden in der Footballsaison.

Wenn ich mein Mädchen nach Hause gebracht hatte, schlenderte ich durch die stillen Straßen, wo das Laub raschelte wie im Gefolge des Spiels verstreute Papierfetzen, und ging zu dem Haus von Mr. Lloyd Stephens. Dort konnte ich, wenn ich durch das kleine Fenster der vorderen Sturmtür spähte, einen dunklen Flur und dahinter die erleuchtete Küche sehen, in der Mr. Stephens, mein Vater und Mr. Jesse Honneger an einem abgenutzten Kacheltisch saßen und Geld zählten. Stephens, ein Bauunternehmer, war der Schatzmeister der Schulverwaltung, und Honneger, der in Soziologie unterrichtete, war Vorsitzender der Sportabteilung unserer Schule. Sie zählten noch immer; die silbernen Münzenstapel glitzerten zwischen ihren Fingern, und das Gold des Biers stand in Zylindern neben ihren behaarten Handgelenken. Die Ärmel waren hochgerollt, und Rauch schwebte gleich einem vierten Anwesenden mit ausgebreiteten Schwingen über ihren Köpfen. Sie zählten noch immer, also war alles in Ordnung. Ich kam nicht zu spät. Wir wohnten nämlich zehn Meilen außerhalb, und ich konnte erst nach Hause, wenn mein Vater fertig war. Manchmal dauerte es bis Mitternacht. Ich klopfte und öffnete die Sturmtür, die nach außen aufging, und die eigentliche Tür, die nach innen aufging, und betrat den Flur, wo es immer warm war. In der Küche ließ ich mir ein Glas Ingwerlimonade einschenken und blieb bei den Männern sitzen, bis sie ihre Arbeit beendet hatten. Es war spät, sehr spät, aber man machte mir keinen Vorwurf; es war gestattet. Lautlos zählend und mit geübten Bewegungen die Münzen in kleine, zylindrische Hüllen aus farbigem Papier stopfend, ordneten und weihten die Männer dieses Reich der Nacht, in das sich meine Tage früher niemals erstreckt hatten. Die Zeit – eine Stunde oder mehr –, die hinter mir lag und die ich, obgleich die Straßenbahn viel schneller gewesen wäre, so leichtsinnig mit Zufußgehen vergeudet hatte und so sündhaft mit Lästerung und Sinnlichkeit, diese Zeit war vorüber und verziehen; sie war nötig gewesen; sie war gestattet.

Heute spähe ich in Fenster und offene Türen, finde jedoch nirgends diese Atmosphäre des Erlaubtseins. Sie ist aus der Welt geschwunden. Mädchen gehen an mir vorbei mit ihren unsichtbaren Duftsträußen, gepflückt auf Feldern, die noch in Unschuld getaucht sind, und ich schaue auf wie jemand, der mit dem Blick einem Leichenwagen folgt und Schmerz empfindet, weil er sich an unwiederbringlich Verlorenes erinnert.

Der Indianer

Die Stadt Tarbox in New England ist durch einen Saum lohfarbener Salzmarschen vom Meer getrennt, und ihr Geschäftsviertel befindet sich vier Meilen landeinwärts am Musquenomenee River, der den Gesetzen von Ebbe und Flut nur bis zu dem Wasserfall an der ehemaligen Strumpffabrik gehorcht, die jetzt Plastikspielzeug herstellt. Die Mündung dieses Flusses erreichten im Mai 1634 siebzehn Männer, geführt von dem jüngeren Sohn des Gouverneurs der Kolonie Massachusetts Bay — Jeremiah Tarbox war nur sein Stellvertreter. Sie kamen in drei einfachen Booten, und sie wollten inmitten dieses herrenlosen Überflusses von Salzgras eine ländliche Siedlung gründen. Das taten sie auch mit Gottes Hilfe. Sie rafften die Segel und ruderten langsam in ihren Booten, deren jedes mit vier Ruderdollen versehen war, auf der Suche nach festem Land durch Marschen, die heutzutage, da ihr Gras nicht mehr von Pferden mit großen Holzscheiben unter den Hufen abgeschleppt wird, vermutlich noch immer so aussehen wie damals — wenn auch der Bestand an Enten, Kranichen, Ottern und Rotwild zweifellos zurückgegangen ist. Jeremiah Tarbox vermerkt in seinem unschätzbaren Tagebuch, das Geschrei des im dritten Boot mitgeführten Viehs habe einen großen Schwarm «aufbegehrender Seevögel» angelockt. Die ersten Häuser (von denen heute keines mehr steht; die ältesten Gebäude der Stadt stammen, zumindest was das hölzerne Rahmenwerk und die Feuerstelle betrifft, aus dem Jahre 1642) zogen sich am Fuß der Near Hill genannten Festlandsanhöhe hin, die zusammen mit dem eine Meile entfernten Far Hill ein dicht bevölkertes Viertel der jetzigen Stadt begrenzt. Im Winter zählt Tarbox knapp siebentausend Einwohner, im Sommer mögen es an die neuntausend sein. Die Breite der Flußmündung und die geschützte

Lage in der Tarbox Bay schienen die Anlage eines Hafens zu ermöglichen, der sich mit Boston messen konnte, aber der Fluß erwies sich trotz wiederholter Baggerarbeiten als hoffnungslos verschlammt, und seine seichten, gewundenen Fahrrinnen, die besonders dort launisch sind, wo das Süßwasser des Flusses mit dem unaufhörlichen Salzwasserzustrom der Flutwelle zusammentrifft, sind nur für leichte Vergnügungsboote passierbar. Wer am frühen Morgen in einem dieser Flitzer durch die heiteren Binsenalleen zum Meer hinausfährt, wird dort, wo der unruhige rostfarbene Horizont unvermittelt der stahlblauen Monotonie des offenen Wassers Platz macht, ein paar hartnäckige Muschelsammler beobachten können, die in hüfthohen Gummistiefeln geduldig den Flutwasserboden absuchen. Die gespannte Haltung ihrer Körper unterscheidet sie von den wenigen Badelustigen, die von ihren verlöschenden Lagerfeuern herübergestapft sind, nachdem sie singend und trinkend eine Nacht am Strand verbracht haben — es ist, nebenbei gesagt, einer der schönsten und unberührtesten Strände an der Nordatlantikküste. Pittoresk wie Millets Ährenleserinnen, die Oberkörper im rosigen Spiegel des frühmorgendlichen stillen Meeres verdoppelt wie Spielkarten, beuten diese wenigen Vertreter des Muschelfanggewerbes, das griechische Einwanderer in den achtziger Jahren des vorigen Jahrhunderts begründeten und dem die Industrieabwässer weiter flußaufwärts schwer zu schaffen machen, die einzige Erwerbsquelle aus, die das Land des alten Musquenomenee hier noch bietet. Dieser fast legendäre Häuptling brach das Friedensbrot mit dem Sohn des Gouverneurs, und schon nach einem Jahr waren sie beide tot. Der Leichnam des einen wurde nach Boston zurückgebracht und auf dem Friedhof der King's Chapel beigesetzt; der Leichnam des anderen, sicherlich aufrecht in der Erde stehend, wird wohl im Wald begraben sein, irgendwo an der Flanke des Far Hill, zu dem bisher noch keine Häuser vorgedrungen sind, obgleich das Gelände an einen Grundstücksmakler verkauft worden sein soll. Bis nach dem Krieg, als die ersten Bostoner herauszogen, die übrigens noch immer eine Minderheit bilden, war Tarbox (wenn man von den Sommerurlaubern absah, die alljährlich wie ein Schwarm ziehender Wildenten in die Marschen einfielen) eine abgelegene Stadt. Eine Art Fluch sicherte ihr den Frieden. Die Spitzenmacherei, die ihre Blütezeit kurz vor der amerikanischen Revolution erlebte, wurde durch die industrielle Revolution vernichtet; die nie sehr zahlreichen Textilfabriken stellten schließlich den Betrieb ein. Sie wurden abgelöst durch mehrere kleine Unternehmen, vorwiegend aus der Elektrobranche, die eine ernste Wirtschaftskrise verhinderten.

Von der Höhe des Near Hill aus gesehen, wo das fünfte, jetzt kongre-

gationalistisch genannte Gebäude der 1635 an eben dieser Stelle ge-
gründeten religiösen Gemeinschaft seinen Turm nicht nur in den
Himmel reckt, sondern auch in das Panorama von hundert farbigen
Ansichtskarten, die es in den vier Drugstores zu kaufen gibt — von diesem hochgelegenen Punkt aus macht das Geschäftsviertel einen sauberen und wohlhabenden Eindruck. Dies gilt besonders für die Weih-
nachtszeit, wenn sich bunte Lichtergirlanden von Mast zu Mast
spannen, und für den Hochsommer, wenn Mädchen in Shorts und
Badeanzügen die Bürgersteige zieren. Solange die Läden geöffnet
sind, darf höchstens eine Stunde geparkt werden, aber zu Stauungen
kommt es nur abends, weil dann alles nach Hause will. Eine Ver-
kehrsampel anzubringen hat man bis jetzt noch nicht für nötig gehalten. Die neue Woolworth-Filiale mit der vornehmen Fassade aus ge-
welltem, mehrschichtigem Fiberglas ist auf dem Grundstück eines
abgebrannten Mietshauses entstanden. Wenn auch das Gebäude auf
der anderen Straßenseite, das Woolworth aufgab, fast ein Jahr leer
stand, und wenn auch einige andere Geschäfte in der Straße ab und
zu unvermittelt Inhaber und Auslagen wechseln, so sieht man hier
doch nicht jene langen Reihen blind starrender Schaufenster, die das
Bild der größeren Fabrikstädte im Norden und Westen so trostlos
machen. Zwei Eisenwarenläden liegen einander ohne ersichtlichen
Groll gegenüber; drei Banken wetteifern darin, ihre Zahlungsfähig-
keit zu dokumentieren; mehrere Imbißstuben halten Wellen von Fa-
brikarbeitern und Schülern stand: eine kleine, stolze Armee von Ho-
noratioren — Grundstücksmakler, Anwälte, Juweliere — paradiert auf
und ab in Anzügen, die selbst in der Madison Avenue nicht hinter-
wäldlerisch wirken würden. Die explosive Ausweitung des Autobahn-
netzes im ganzen Land hat der Stadt einen kosmopolitischen An-
strich verliehen; eine findige geschiedene Frau hatte die einträgliche
Idee, gleichzeitig flotte Damenkleidung und skandinavisches Kü-
chenzubehör anzubieten, und im Nebenhaus hat eine törichte junge
Frau, die ihre Studienzeit im Vassar College nicht vergessen kann,
eine Kombination von Taschenbuchladen und Kunstgalerie aufgemacht, so daß der Stadtsäufer von Tarbox, wenn er mit kirschrotem
Gesicht und leichter Schlagseite seiner über der Schuhreparaturwerk-
statt gelegenen Klause zustrebt, an den grellfarbigen abstrakten Gemälden einer Pfarrersfrau aus Gloucester vorbeidefilieren muß. Ja, die
ganze Straße ist einem anklägerischen Chor schreiend bunt umhüllter
Bücher von Freud, Camus und all den anderen preisgegeben, durch deren Meisterwerke sich unsere Zivilisation ihrem düsteren Höhepunkt
nähert. Seltsamerweise ist die Ausbreitung moderner Kultur so viru-
lent, daß einige dieser Bücher auch in dem gemütlichen alten Zeit-

schriften- und Zeitungsladen in der Mitte des Blocks zu haben sind, sogar um 75 Cent billiger. Stoisch auf den Heizkörperrippen hinter dem großen linken Fenster sitzend, ist hier oft der Indianer zu sehen.

Er hockt stundenlang an diesem Fenster und winkt höflich allen Passanten zu, die in seine Richtung schauen. Es ist immer schwer, seinem Blick auszuweichen, weil man nicht darauf gefaßt ist, daß jemand auf der Heizung über Rosetten von Pfeifen und Pyramiden von Prince-Albert-Tabakdosen und fächerförmig ausgebreiteten Exemplaren von *True* und *Male* und *Sport* kauert. Hinter Glas wirkt er etwas verschwommen und dünn, aber im Freien macht er einen durchaus solide gebauten Eindruck. Zu anderen Tageszeiten postiert er sich neben dem Drugstore an der Ecke. Dort steht eine zersplitterte Telegrafenstange, an die er sich lehnt, wenn er lange genug an der Backsteinwand gelehnt hat. Mitunter setzt er sich auch auf den Hydranten wie auf einen Klappstuhl, Arme verschränkt, Beine übereinandergeschlagen, und beobachtet die Renovierungsarbeiten an der Fassade des Spirituosengeschäftes. Bei kaltem und feuchtem Wetter ist er vielleicht im Drugstore zu finden, wo er gekonnt langsam einen Kaffee trinkt; die Spitze seines tabakgebräunten Zeigefingers fährt immer wieder rings um den Tassenrand, während er zusieht, wie der Dampf dünner wird. Auch anderswo lungert er herum – in den Torwegen unbewohnter Häuser, auf Bänken an dem Weg, der zur Kirche führt, in der Warteecke bei den Friseuren –, es gibt wohl keinen Fußbreit Boden im Geschäftsviertel, auf dem er nicht schon irgendwann gestanden oder gehockt hat; aber das Fenster des Zeitungsladens und die Wand des Drugstores sind seine bevorzugten Aufenthaltsorte.

Es ist schwierig, irgend etwas über ihn herauszufinden. Er trägt ein kariertes Lumberjackhemd mit einem grauen Rollkragensweater darunter, Baumwollhosen, deren Farbe zwischen olivgrün und khakibraun liegt, und bemerkenswert weiße Tennisschuhe. Er raucht, er trinkt Kaffee, also muß er irgendwelche Einkünfte haben, doch er scheint nie zu arbeiten. Nachforschungen haben ergeben, daß er hin und wieder beschäftigt ist – in den Wochen vor Weihnachten sah man ihn Körbe mit Hongkong-Hemden und italienischen Krippenfiguren durch die Gänge des Einheitspreis-Warenhauses schleppen –, aber er wird immer bald entlassen oder hört freiwillig auf, und das Wort ‹faul›, mit etwas mehr als der sonst üblichen Mißbilligung ausgesprochen, bleibt einem gegenwärtig, als wäre dies die Lösung des Rätsels. Verblüffenderweise kennt er den Namen eines jeden. Selbst wenn man ein junger Anlageberater ist, der erst vor kurzem ein Häuschen an der Straße zum Strand bezogen hat und am Samstagmorgen in die Stadt kommt, um eine Tapetenwalze zu leihen, lächelt er einen an, sobald man zu ihm hinsieht, winkt mit der Hand, sagt: «Guten Morgen, Mr. . . .» und nennt einen prompt beim Namen. Dagegen ist es unmöglich, zu erfahren, wie *er* heißt. Das Nächstliegende, wenn man sich für einen Menschen interessiert, der Kern seiner Identität gewissermaßen, ist bei ihm in tiefes Dunkel gehüllt. Zählt man Hörensagen und Sagenhören zusammen, so steht mit einiger Sicherheit lediglich fest, daß er in dem großen, mit gesprenkelten Ziegeln gedeckten anrüchigen Hotel gegenüber den verkümmerten Gleisanlagen wohnt, nicht weit von dem Haus der Kriegsveteranen. Es ist ein Hotel, in dem schlurfende polnische Witwer und durchreisende Vertreter absteigen und in dessen Bar man zweifellos um Geld wetten und sich an Frauen heranmachen kann. Aber sein Name, ob er nun, fragt man jemanden danach, mit «Tugwell» oder «Frisbee» oder «Wigglesworth» angegeben wird, klingt – und wäre es auch jedesmal der gleiche – geradezu parodistisch yankeehaft und daher unglaublich. «Ich bitte Sie, er ist doch Indianer!» Das Gesicht des jeweiligen Informanten – sagen wir das des untersetzten irischstämmigen Dentisten, der sich im Schulgebäudebedarfsausschuß als Diktator gebärdet – zeigt daraufhin einen leicht verzückten Ausdruck. Er dämpft seine Stimme zu dem gewohnten vertraulichen Flüsterton. «Hängen Sie das bloß nicht an die große Glocke. Er hat es nicht gern. Sein ganzer Stolz ist es, ein typischer heruntergekommener Yankee zu sein.»

Aber er *ist* Indianer. Daran, und nur daran, besteht nicht der geringste Zweifel. Wer außer einem Wilden hätte eine so ungeheure Fähigkeit zum Sichausruhen? Seine Backenknochen, seine nie verblassende Haut, der zarte kleine Vorsprung seiner Stirn, wenn er sie runzelt, die dreieckig geformten Augenhöhlen mit den hängenden Lidern, die Art, wie sein vertikal gefälteltes Gesicht das Licht auffängt, das glanzlose Schwarz des Haares – alles ist so durch und durch indianisch, daß ihm die Phantasie, überrascht durch den Anblick des auf dem Hydranten hockenden Mannes, der zu der sich verändernden Fassade des Spirituosenladens hinübersieht, ohne weiteres eine Feder ins Haar steckt. Die Art, wie er gemächlich wartet und alles betrachtet, die Weichheit seiner Bewegungen, die Atmosphäre lässiger Selbstverständlichkeit, die ihn umgibt, die gute Laune, die seinem Ausharren etwas leicht Beängstigendes verleiht – das alles paßt nicht zu dem scheuverstohlenen Blick und der feuchten Unterlippe des gescheiterten Yankees. Sein Alter und sein Status sind undefinierbar. Er ist sicherlich älter als vierzig und jünger als sechzig – aber ist das *sicher*? Und mag er auch jeden beim Namen nennen und mit einer Handbewegung grüßen, so geht die Unterhaltung doch nie über den Gruß hinaus, und selbst im Zeitungsladen, wenn politischer Disput und muntere Obszönität die Frauen verjagen, hält er sich abseits. Er hört zu, und gelegentlich, wenn es um die Stadtgeschichte geht, klärt er mit rauher Stimme eine Streitfrage, aber er hält sich abseits.

Sich Gedanken machen schafft Geheimnisse. Wenn man gleichgültig wird, lösen sich die Rätsel wie von selbst. Man wohnt schon länger in der Stadt, Jahreszeit folgt auf Jahreszeit, die halbnackten Großstädter bevölkern wieder den Strand, vermehren sich und werden wie Blätter fortgeweht, und man hat aufgehört, sich mit ihnen zu identifizieren. Die Marschen werden grün, dann golden, dann braun, und ihre träge, unberührte, ausdauernde Existenz dringt einem unter die Haut. Man hat das Gefühl, daß man mindestens einmal in der Woche zum Strand fahren muß, sonst ist es wie eine Woche ohne Liebe. Die Eisschollen, die sich an den Böschungen des Flusses stapeln, könnten die Trümmer verfallener Tempel sein. Man trifft jetzt, ohne es darauf anzulegen, die von früher übriggebliebenen Leute: unverheiratete Töchter von Besitzern längst verschwundener Fabriken, pensionierte Lehrer, senile Diakone, die in den Dachkammern ihrer ungeheizten Häuser aus dem 17. Jahrhundert alte Kirchenbücher mit krakeligen braunen Eintragungen verwahren. Durch einen Babysitter älteren Jahrgangs gelangt man in eine Welt, in der man von ihm wenigstens als «der Indianer» spricht. Ein verblüffendes Kichern wird neben einem laut, während man die liebe Mrs. Knowlton in die kleine Seitenstraße zurückfährt, wo sie ein Haus mit geschlossenen Fensterläden bewohnt. «Wenn Sie wüßten, was man sich so erzählt, Mister, wenn Sie wüßten . . .» Und endlich – es ist, als hätte man sich im Wald meilenweit durch Unterholz gearbeitet und käme plötzlich auf eine Lichtung – endlich steht man überrascht da, atmet das Offensichtliche tief ein und stimmt den Bäumen zu, daß es natürlich so ist. Jeder, der jemand ist, wußte es schon die ganze Zeit. Für den nicht allzu geduldig Ausharrenden lüftet sich der Schleier des Geheimnisses in Miss Hornes Salon mit der niedrigen Decke, wo es immer nach warmer Kaminasche riecht und nach den Pfefferminzkugeln, die in Glaskelchen aus rotem Ornamentglas bereitstehen, für den Fall, daß staunende Kinder es wagen sollten, eine so alte, von den Jahren gebeugte Dame zu besuchen: Miss Horne, schon zu ihren Lebzeiten eine Legende. Ihr Vater war der sechste Pfarrer der First Church vor dem derzeitigen (den sie nicht leiden kann), und *sein* Vater der zweite vor ihm. Unter jenen ersten siebzehn Männern war ein Horne gewesen. Ja, wo war sie doch stehengeblieben – ach, richtig, der Indianer. Also der Indianer, der lungerte schon in der Stadtmitte herum – nun gut, er wartete, wenn Sie so wollen –, als sie noch ein ganz kleines Mädchen im Ginghamkleidchen war. Und er ist heute nicht älter als damals.

Beim Blutspenden

Die Maples waren jetzt neun Jahre verheiratet, also schon fast zu lange. «Verdammter Mist», sagte Richard zu Joan, als sie nach Boston fuhren, um Blut zu spenden, «fünfmal in der Woche fahre ich diese Strecke hin und zurück, und jetzt fahre ich sie wieder. Das ist ja wie ein Albtraum. Ich bin erschöpft. Ich bin nervlich, geistig und physisch erschöpft, und dabei ist sie gar keine Tante von mir. Sie ist nicht mal eine Tante von *dir*.»

«Aber so eine Art Cousine», erwiderte Joan.

«Mein Gott, jeder Mensch in New England ist irgendwie mit dir verwandt. Soll ich etwa den Rest meines Lebens damit verbringen, sie *alle* zu retten?»

«Sei still», sagte Joan. «Sie muß vielleicht sterben. Ich schäme mich für dich. Wirklich, ich schäme mich.»

Das saß. Seine Stimme bekam vorübergehend eine reumütige Blässe. «Na ja, ich würde mich wohl nicht so gehenlassen, wenn ich letzte Nacht ein bißchen mehr Schlaf gehabt hätte. Fünf Tage in der Woche falle ich aus dem Bett und torkle am Milchmann vorbei zur Garage, und an dem einen Tag, an dem ich nicht einmal die lieben Kinderchen zur Sonntagsschule kutschieren muß, da vereinbarst du einen Termin, und ich darf dreißig Meilen fahren, nur um mir Blut abzapfen zu lassen.»

«Ich möchte nur wissen», sagte Joan, «wer von uns beiden bis um zwei Uhr bleiben und mit Marlene Brossman Twist tanzen mußte.»

«Wir haben nicht Twist getanzt. Wir sind züchtig übers Parkett geglitten zu ‹Schlager der vierziger Jahre›. Und glaub ja nicht, daß mir dabei entgangen wäre, wie du hinter dem Klavier mit Harry Saxon geturtelt hast.»

«Wir waren nicht hinter dem Klavier, sondern saßen davor. Auf der Bank. Und er hat sich bloß mit mir unterhalten, weil ich ihm leid tat. Ich habe allen leid getan; du hättest wenigstens *einmal* einen anderen mit Marlene tanzen lassen können, wenn auch nur pro forma.»

«Pro forma», höhnte Richard. «Das ist typisch für deine Einstellung.»

«Die armen Matthews, oder wie sie heißen, haben ganz entsetzte Gesichter gemacht.»

«Matthiessons», verbesserte er. «Das ist auch so eine Sache. Warum werden solche idiotischen Leute eigentlich eingeladen? Wenn ich etwas hasse, dann Frauen, die dauernd die Hand auf ihre Perlen drükken und tief Luft holen. Ich dachte, ihr wäre was im Hals steckengeblieben.»

«Die beiden sind ein ganz reizendes junges Paar. Du ärgerst dich ja nur über sie, weil du an ihnen merkst, was aus uns geworden ist.»

«Wenn du dich so sehr zu kleinen Dicken wie Harry Saxon hingezogen fühlst, warum hast du dann keinen geheiratet?» fragte er.

«Hör mal», sagte Joan ruhig und blickte von ihm fort auf die vorbeifliegenden Tankstellen, «du tust nicht nur so – du bist heute *wirklich* gemein.»

«Du tust nicht nur so! Herrgott, wem willst du denn was vorspielen? Wenn es nicht Harry Saxon ist, dann ist es Freddie Vetter – alle diese Liliputaner. Sooft ich gestern abend zu dir hinübergesehen habe, standest du da wie eine bleiche Taukönigin, umgeben von Gartenzwergen.»

«Ach, mach dich nicht lächerlich», sagte sie. Ihre Hand, die Hand einer Dreißigerin, trocken, grün geädert und rauh von der Hausarbeit, drückte im Aschenbecher am Armaturenbrett die Zigarette aus. «Du bist so plump. Du möchtest mich ja nur mit einem anderen Mann verkuppeln, damit du dich ohne Gewissensbisse dieser Marlene widmen kannst.»

Daß sie seine Strategie so genau durchschaut hatte, trieb ihm das Blut ins Gesicht; er fühlte wieder das Kitzeln von Mrs. Brossmans Haar, als er seine Wange an die ihre preßte und den Parfumduft hinter ihrem Ohr einatmete. «Du hast ganz recht», erwiderte er. «Aber ich lege Wert darauf, dir einen Mann von deiner Größe zu beschaffen; ich bin da sehr für Gerechtigkeit.»

«Ach, laß uns nicht weiterreden», sagte sie.

Sein Versuch, die Wahrheit als einen Scherz auszugeben, war fehlgeschlagen, und mit Joans stillschweigender Duldung konnte er nicht rechnen. «Es ist diese Selbstgefälligkeit», erklärte er so gelassen, als handle es sich um ein Phänomen, für das sie sich beide leidenschaftslos interessierten. «Sie ist das wirklich Unerträgliche an dir – diese Selbstgefälligkeit. Deine Dummheit stört mich nicht. Und damit, daß dir an Sex nichts liegt, habe ich mich inzwischen abgefunden. Nur diese herrliche Selbstgefälligkeit! Typisch New England. Wahrscheinlich brauchten wir sie, um das Land erst mal auf die Beine zu stellen, aber im Zeitalter der Angst geht sie einem entsetzlich auf die Nerven.»

Er hatte sie angeblickt, während er sprach, und nun wandte sie ganz unerwartet den Kopf und sah ihn an, verblüfft, aber mit einem unheimlich kristallklaren Ausdruck, als wäre ihr Gesicht von einer Sekunde zur anderen zu Porzellan geworden, einschließlich der Augenwimpern.

«Ich hatte dich gebeten, zu schweigen», sagte sie. «Jetzt hast du Dinge ausgesprochen, die ich nie wieder vergessen kann.»

Klaftertief ins Unrecht getaucht, erhitzt und mit rotem Gesicht, konzentrierte er sich verdrossen auf die Straße. Der schwache Samstagsverkehr gestattete ihm eine Stundengeschwindigkeit von sechzig Meilen, aber er war diese Straße so oft gefahren, daß ihre Entfernungen sich ihm als Zeit darstellten und sich so langsam zu bewegen schienen wie ein Minutenzeiger von einem Strich zum anderen. Strategie und Würde hätten erfordert, daß er schwieg, doch er ließ sich von der Hoffnung hinreißen, ein paar Worte würden genügen, die empfindliche Waage ins Gleichgewicht zu bringen, deren eine Schale sich mit jeder wortlosen Meile tiefer senkte. Er fragte also: «Was hattest du für einen Eindruck von Bean?» Bean war ihr Töchterchen. Sie hatten das Kind, als sie am Vorabend zu der Party gingen, mit ziemlich hohem Fieber zurückgelassen.

Joan hatte sich fest vorgenommen, nichts mehr zu sagen, aber das Schuldgefühl war stärker als der Groll, und so antwortete sie: «Das Fieber ist heruntergegangen. Ihre Nase läuft und läuft.»

«Schätzchen», platzte Richard heraus, «wird es weh tun?» Er hatte seltsamerweise noch nie Blut gespendet. Als Asthmatiker mit Untergewicht war er nicht eingezogen worden, und auf dem College wie auch jetzt im Büro war er immer um das Blutspenden herumgekommen, was allerdings weniger auf Feigheit beruhte als auf einer gewissen Scheu seitens der Werber für eine solche Aktion. Man war einfach nie auf die Idee gekommen, von ihm eine so triviale Mutprobe zu verlangen.

Der Frühling hält recht behutsam Einzug in Boston. Um die Parkuhren waren noch schmutzgesprenkelte Eiskrusten zu sehen, und die Luft, unentschlossen grau zwischen den Jahreszeiten, verlieh den Gebäuden in der Longwood Avenue eine trübselige, homogene Tönung. Während sie auf das Portal des Krankenhauses zugingen, fragte Richard, um seine Nervosität zu kaschieren, ob sie wohl den König von Saudi-Arabien zu Gesicht bekommen würden.

«Der liegt in einer eigenen Abteilung», sagte Joan. «Mit vier Ehefrauen.»

«Nur vier? Wie asketisch.» Er erkühnte sich, seiner Frau auf die Schulter zu klopfen. Es war nicht festzustellen, ob sie es durch den dicken Wintermantel fühlte.

Nachdem sie sich am Empfangsschalter gemeldet hatten, gingen sie durch einen langen, mit tabakbraunem Linoleum ausgelegten Korridor, der hinauf und hinunter führte, bald nach links, bald nach rechts, in jener geheimnisvollen, unvermittelten Art, wie sie charakteristisch für Krankenhäuser ist, die sich immer wieder durch Anbauten vergrößert haben. Richard kam sich wie Hänsel vor, der mit Gretel durch den Wald irrte; Vögel pickten die Brotkrumen hinter ihnen auf, und endlich klopften sie schüchtern an die Tür der Hexe, eine Tür, auf der BLUTSPENDESTATION stand. Ein junger Mann in weißem Kittel öffnete die Tür eine Handbreit. Über seine Schulter hinweg erspähte Richard – o Grausen! – zwei unbeschuhte weibliche Beine, die lang ausgestreckt auf einem Bett lagen. Ein Geglitzer von Nadeln und Flaschen traf seine Augen. Der junge Mann reichte ihnen durch den Türspalt zwei große Formulare heraus. Während Mr. und Mrs. Maple nebeneinander auf der Wartebank saßen und sich ihrer zweiten Vornamen und ihrer Kinderkrankheiten zu erinnern suchten, mußten sie sich gewissermaßen neu definieren. Richard unterdrückte jenen Drang zum Grinsen, Witzereißen und Lügen, der ihn stets überkam, wenn er aufgefordert wurde – wie ein Pflichtverteidiger, der in einem hoffnungslosen Fall das Plädoyer halten soll –, seine Personalien sozusagen der Ewigkeit vorzulegen. Als mildernder Umstand konnte in seinem Fall vielleicht die Tatsache gewertet werden, daß einige dieser Angaben (derzeitige Anschrift, Datum der Eheschließung) auch auf die gekränkte Seele zutrafen, die neben ihm mit seinem Kugelschreiber ihr Formular ausfüllte. Er sah ihr über die Schulter. «Ich wußte gar nicht, daß du Keuchhusten gehabt hast.»

«Meine Mutter sagt es. Ich kann mich nicht daran erinnern.»

Irgendwo fiel ein Topf scheppernd zu Boden. Irgendwo knarrte ein Aufzug. Eine Frau in mittleren Jahren, oberlastig von Schminke und Pelz, trat aus der Bluttür und schwankte einen Augenblick auf Beinen, die Richard bekannt vorkamen. Sie waren jetzt wieder mit Schuhen bekleidet. Die Absätze dieser Schuhe klickten energisch, als sich die Frau nach einem trotzig arroganten Blick auf die Maples umwandte, den Korridor entlangstöckelte und hinter einer Biegung verschwand. Der junge Mann kam heraus, eine Chirurgenzange in der Hand. Der bemerkenswert frische Haarschnitt gab ihm das Aussehen eines Friseurlehrlings. Er klapperte mit der Zange und fragte lächelnd: «Soll ich Sie zusammen verarzten?»

«Natürlich.» Die Tatsache, daß dieses Bürschchen, dem sie ihren Lebenssaft anvertrauen sollten, so offenkundig jünger war als sie, ärgerte Richard. Kaum aber stand er in dem Zimmer, da schmolz seine Empörung, und er bekam weiche Knie. Die Entnahme der Blutprobe aus seinem Mittelfinger erschien ihm als der unangenehmste und unnötigerweise in die Länge gezogene physische Zusammenstoß, den er je mit einem anderen Menschen gehabt hatte. Gute Zahnärzte, Mechaniker und Friseure haben, wie man so sagt, den Dreh heraus, aber bei diesem Jünger der Medizin war das nicht der Fall: er fummelte zu vorsichtig und eben deshalb schmerzhaft an seinem Opfer herum. Wieder und wieder, gleich einem gräßlich ungeschickten Vampir, zerrte und drückte er an dem purpurrot gewordenen Finger. Vergebens. Die winzige gläserne Kapillarröhre blieb durchsichtig.

«Er blutet nicht gern, wie?» sagte der Assistenzarzt zu Joan, die unbeteiligt wie eine Krankenschwester neben einem Tisch mit glitzernden Instrumenten saß.

«Ich glaube, sein Blut kommt erst nach Mitternacht in Wallung», erwiderte sie.

Über diese Bemerkung mußte Richard trotz seiner Angst und Not laut lachen, und das Lachen schien dem verklemmten Blut einen Stoß zu versetzen. Rot stieg es endlich in dem durstigen Röhrchen empor wie in einem Thermometer.

Der junge Arzt brummte erleichtert. Während er die Blutproben auf die Testplatte strich, erklärte er lässig: «Wir müßten hier unten warmes Wasser haben. Sie kommen gerade von draußen aus der Kälte. Wenn man die Hand ein Weilchen in warmes Wasser hält, schießt das Blut nur so raus.»

«Ein bezaubernder Gedanke», sagte Richard.

Aber der Arzt hatte ihn bereits als harmlosen Witzbold abgeschrieben und sprach, zu Joan gewandt, ruhig weiter: «Wir brauchten nur eine von diesen kleinen Heizplatten, die etwa sechs Dollar kosten, dann könnten wir hier auch Kaffee machen. Jetzt müssen wir, wenn ein Spender hinterher Kaffee braucht, nach oben schicken und ihm inzwischen den Kopf zwischen die Knie drücken. Glauben Sie, daß Sie Kaffee brauchen werden?»

«*Nein*», warf Richard ein. Es wurmte ihn, daß sich die beiden so gut zu verstehen schienen.

«Sie sind Null», sagte der Arzt zu Joan.

«Ich weiß.»

«Und er ist A positiv.»

«Oh, das ist gut, Dick!» rief sie zu ihm hinüber.

«Bin ich ein seltener Fall?» fragte er.

Der Jüngling drehte sich um und erklärte: «Null positiv und A positiv sind die am häufigsten vorkommenden Blutgruppen.» Etwas an der geduldigen Neigung des Kopfes mit dem kurzgeschnittenen Haar, dessen seitlicher Schimmer sich mit dem träge ins Zimmer fallenden Tageslicht vermischte, erinnerte Richard an die längst vergangenen Jahre, als er sich in einem Raum von etwa dieser Größe um eine Batterie von Fernschreibern gekümmert hatte. Um diese Zeit, so gegen zehn Uhr morgens, waren die ellenlangen Streifen mit Nachrichten, die um fünf Uhr aus den Maschinen herauszuticken begannen und die in großen, geringelten Haufen auf dem Boden lagen, wenn er um sieben eintraf, schon eingesammelt, geordnet, aneinandergeklebt und in der Redaktion abgeliefert, und es gab nichts weiter zu tun, als mit dem Stakkatohämmern der später eingehenden Meldungen Schritt zu halten und an so simple Dinge wie Kaffee zu denken. Jetzt wurde ihm wieder bewußt, wie angenehm und voller Geborgenheit diese Stunden gewesen waren, als er, ein junger König in einem kleinen Reich, sich seiner neuen Verantwortung erfreut hatte.

Der Arzt fragte: «Wen soll ich zuerst drannehmen?»

«Mich», sagte Joan. «Er hat es nämlich noch nie gemacht.»

«Sie heißt Joan, weil sie die amerikanische Ausgabe von Jeanne d'Arc ist», erklärte Richard, wütend über diesen untadelig selbstlosen und dabei so selbstgefälligen Verrat.

Der in seinem Element bedrohte Arzt blickte zwischen ihnen hindurch auf den Boden und sagte: «Ziehen Sie die Schuhe aus und legen Sie sich jeder auf ein Bett.» Er fügte «bitte« hinzu, und alle drei lachten, einer nach dem anderen, der Arzt als letzter.

Die Betten standen rechtwinklig zueinander an zwei Wänden. Joan legte sich hin und wirkte aus dem Blickwinkel ihres Mannes ungewöhnlich verkürzt. Er hatte sie noch nie aus dieser Perspektive gesehen: ihr sorgsam gescheiteltes Haar so ergreifend, ihr entblößter Arm so silbern und lang, ihre Zehen in den Strümpfen so kindlich, so fügsam gekrümmt. Die Betten hatten keine Kissen, und da er ganz flach lag, schien ihm, sein Kopf hänge nach unten; die Illusion des Schwebens bestärkte ihn in der Hoffnung, daß sich dieses unwirkliche Abenteuer bald auflösen würde wie ein Traum. «Alles in Ordnung?»

«Ja—bei dir auch?» Ihre Stimme drang leise aus der Haarfülle heraus.

Der Scheitel war so gerade gezogen, als hätte ihre Mutter sie gekämmt. Er beobachtete, wie sich eine lange Nadel in ihre Armbeuge senkte und ein feuchter Wattebausch ungeschickt die Stelle betupfte. Er hatte geglaubt, das Blut werde in Büchsen oder Flaschen geleitet, aber der Arzt, dessen Atemzüge jetzt das einzige Geräusch im Zimmer waren, näherte sich Joans Bett mit einem Ding, das aussah wie ein kleiner Tornister aus Plastik, aufgerollt und umwunden. Sein Körper verdeckte, was weiter geschah. Als er zurücktrat, steckte eine Plastikschnur, ein durchsichtiger dünner Schlauch, in der Beuge von Joans ausgestrecktem Arm, wo die Haut so durchscheinend war, daß sich die Adern darunter als blaßblaue Nebenflüsse abzeichneten. Es war eine zarte, verletzliche Stelle, an der sie sich in den frühen Tagen ihrer Liebe gern hatte streicheln lassen. Jetzt wurde die dort eingepflanzte bleiche Ranke ohne jeden Übergang plötzlich dunkelrot. Richard hätte aufschreien mögen.

Die sofortige Bereitschaft ihres Blutes, den Körper zu verlassen, traf ihn wie ein Stoß. Obwohl er nicht einmal geblinzelt hatte, war das Hervorschießen für sein Auge zu schnell vor sich gegangen. Er hatte ein sichtbares Zeichen des Fließens erwartet, aber der dünne gewundene Schlauch hätte, wenn man ihn so sah, ohne weiteres auch Blut in sie *hinein*pumpen oder ein nachträglich an einem Gemälde angebrachter Schnörkel sein können, irrelevant wie ein Schnurrbart. Die erzwungene Unbeweglichkeit seines Kopfes verlieh dem, was Richard sah, eine gewisse Flachheit.

Nun wandte sich der Arzt ihm zu, und er fühlte das feine, scharfe Pieken der Novocainspritze, dann das weniger deutlich empfundene Eindringen eines Gegenstandes, der ein Nagel von mittlerer Dicke zu sein schien. Zweimal wühlte der Äskulapjünger vergebens nach der Vene, und beim drittenmal klebte er die erfolgreich hergestellte Verbindung mit Leukoplast fest. Unterdessen bewegten sich Richards Gedanken vage zwischen den Konstellationen an der fleckigen, rissigen Zimmerdecke hin und her. Was hier mit ihm geschah, war zu gräßlich, als daß er es hätte mitansehen mögen. Während der Arzt am Instrumententisch hantierte und dabei leise vor sich hin summte, reckte Joan den Hals, um Richard ihr Gesicht zu zeigen, dessen Lächeln, von ihm aus gesehen, also verkehrt herum, grotesk verzerrt war.

Sie lagen nicht sehr lange im rechten Winkel zueinander, aber die Zeit verrann wie etwas, was jenseits der Wände war, wie etwas, was mit dem fernen Geklapper von Schüsseln, dem Näherkommen und Verhalten von Schritten, dem Auf- und Zugehen ungesehener Türen zu tun hatte. Richard war sich eines spitzen, schmerzlosen Pulsierens in der Armbeuge bewußt, empfand jedoch nicht den Wunsch, zu sehen, was da vorging. Er schien zu schweben und stellte sich vor, wie seine Seele frei schweben würde, wenn all sein Blut unter das Bett geflossen war. Sein Blut und Joans Blut vermischten sich auf dem Fußboden, und gemeinsam glitten ihre Geister an der Decke von Riß zu Riß, von Stern zu Stern. Einmal räusperte sie sich, und das hörte sich an wie das Knirschen eines Steins, der sich unter dem Stiefel eines Bergsteigers gelöst hat.

Die Tür wurde geöffnet. Richard wandte den Kopf und sah, wie ein kahlköpfiger alter Mann mit fahler Gesichtsfarbe hereinkam und sich auf einem Stuhl niederließ. Er war einer jener alten Männer, die innerhalb eines Gemeinwesens einen schwer definierbaren, aber geheiligten Platz einnehmen. Der junge Arzt kannte ihn offenbar gut, und die beiden unterhielten sich leise, als wollten sie die mystische Vereinigung des zu einem Opferritus hingebetteten Paares nicht stören. Sie sprachen von Personen und Ereignissen, die Richard nichts bedeuteten – von Iris, von Dr. Greenstein, von der Station D, wieder von Iris, die dem alten Herrn einen unverdienten Rüffel erteilt hatte, von dem bedauerlichen Fehlen einer Heizplatte zum Kaffeekochen, von den schwarzen Leibwächtern, die angeblich mit Krummsäbeln neben dem Bett des an einem Glaukom leidenden Königs postiert waren. Diese Themen schwebten durch Richards halbe Trance wie schillernde, massige Wolken von Eindrücken: Dr. Greenstein – spitze Nase, efeufarbene Mandelaugen, Iris – achtzig Fuß hoch und sterilisierte Zornesblitze schleudernd. So wie in gewissen theologischen Systemen die fruchtbaren Gottheiten angeblich als Kräuselwellen auf dem gesichtslosen Grund des großen Gottes existieren, so überrieselten diese wechselnden Bilder sein stetes Bewußtsein des Umstands, daß Joans Blut ebenso wie das seine verströmte. Durch einen gemeinsamen Verlust wurden sie auf keusche Weise eins; er hatte das deutliche Empfinden, daß sich die an sie beide angeschlossenen Schläuche irgendwo trafen. Um dies nachzuprüfen, blickte er nach unten: Die Plastikranke an seiner Armbeuge war tatsächlich genauso dunkelrot wie die von Joan. Er starrte zur Decke hinauf, um ein Gefühl der Schwäche zu verscheuchen.

Der junge Arzt brach das Gespräch unvermittelt ab und ging zu Joan hinüber. Man hörte das Knipsen von Klemmen. Dann trat er zurück, und sie hielt ihren nackten Arm in die Höhe, auf den sie mit der anderen Hand einen Wattebausch drückte. Der Arzt kam nun zu Richard, und wieder knipsten die Klemmen. «Na, so was», sagte er zu dem Alten. «Ich habe bei ihm zwei Minuten später angefangen als bei ihr, und trotzdem ist er zur selben Zeit fertig.»

«War es ein Wettrennen?» fragte Richard.

Der junge Arzt preßte Richards Finger unbeholfen, aber energisch auf einen Wattebausch über der Einstichwunde und hob ihm den Arm hoch. «Bitte fünf Minuten so festhalten», sagte er.

«Was passiert sonst?»

«Sie versauen sich das Hemd.» Und zu dem alten Mann gewandt: «Neulich hatte ich eine Frau hier, die war gerade im Begriff zu gehen, und auf einmal – platsch! – spritzte alles über ihr schönes Kleid. Sie wollte ins Konzert.»

«Und dann versuchen sie dem Krankenhaus die Rechnung von der Reinigung anzuhängen», murmelte der Alte.

«Warum war ich langsamer als er?» fragte Joan. Ihr aufrechter Arm schwankte, als würde er schwach.

«Das ist bei Frauen meistens so», erklärte der Arzt. «In neun von zehn Fällen geht es beim Mann schneller. Er hat ein kräftigeres Herz.»

«Wirklich?»

«Ja, ja», sagte Richard. «Du kannst der medizinischen Wissenschaft ruhig glauben.»

«Oben auf der Station C liegt eine Frau», erzählte der alte Mann, «die haben sie nach einem Autounfall mühsam wieder zusammengeflickt, und jetzt höre ich, daß sie auf Schadenersatz klagt, weil ihr Gebiß nicht gefunden wurde.»

Unter solchem Plaudergeplätscher rannen die fünf Minuten dahin. Richards hochgereckter Arm begann weh zu tun. Ihm war, als hätte man Joan und ihn in ein Klassenzimmer gesperrt, in dem niemand sie je erkennen würde, oder als wirkten sie bei einer Scharade mit, die kein Mensch erraten konnte und deren Lösung ‹Zwei Silberbirken auf einer Wiese› lautete.

«Wenn Sie wollen, können Sie sich jetzt aufsetzen», sagte der Assistenzarzt. «Aber lassen Sie den Wattebausch nicht los.»

Sie richteten sich beide auf und saßen mit schwerfällig baumelnden Beinen auf dem Bettrand. Joan fragte ihren Mann: «Ist dir schwindlig?»

«Bei meinem kräftigen Herzen? Nicht anmaßend werden, bitte.»

«Meinen Sie, daß er Kaffee braucht?» erkundigte sich der Arzt bei Joan. «Dann muß ich nämlich jetzt welchen holen lassen.»

Der alte Mann rutschte auf seinem Stuhl nach vorn und machte Miene, aufzustehen.

«Ich brauche *keinen* Kaffee.» Richard sprach so laut, daß er sich, eine zweite Iris, an das Firmament der gekränkten Tratschereien des alten Mannes versetzt sah. *So ein blöder Kerl da unten im Blutspendezim-*

157

mer, ich will aufstehen und Kaffee holen, weil ihm schwindlig ist,
und da schreit er mich doch an wie ein Feldwebel. Um sowohl seine
im Grunde humorvolle Natur wie auch seine völlig intakte geistige
Verfassung zu beweisen, deutete Richard auf das Blut, das sie gespendet hatten – zwei prall gefüllte viereckige Plastikbeutel –, und sagte:
«Bei uns zu Hause in West Virginia bringen die Hunde manchmal
Zecken mit nach Hause, die genauso aussehen.» Die Männer starrten
ihn entgeistert an. Hatte er vielleicht nicht ganz das gesagt, was er
hatte sagen wollen? Oder waren sie noch nie einem Menschen aus
West Virginia begegnet?

Auch Joan deutete auf das Blut. «Ist das von uns? Diese kleinen Puppenkissen?»

«Vielleicht können wir eines für Bean mitnehmen», meinte Richard.

Der junge Arzt schien sich nicht ganz im klaren zu sein, ob das ein
Witz war. «Ihr Blut wird Mrs. Henrysons Konto gutgeschrieben»,
stellte er in dienstlichem Ton fest.

«Wissen Sie, wie es ihr geht?» fragte Joan. «Wann wird sie . . . für
wann ist die Operation angesetzt?»

«Ich glaube, für morgen. Heute nachmittag sind nur ein oder zwei offene Herzen dran, dazu brauchen wir etwa acht Liter.»

«Oh . . .» Joan war erschüttert. «Acht Liter . . . das ist das ganze Blut
eines Menschen, nicht wahr?»

«Mehr», antwortete der Arzt mit jener majestätischen Handbewegung, die großzügig Gaben verteilt und bescheiden Komplimente zu-
rückweist.

«Dürfen wir sie besuchen?» fragte Richard, um Joans willen. («Ich
schäme mich für dich», hatte sie gesagt und ihn damit tief getroffen.)
Er war überzeugt, daß die Antwort nein lauten würde.

«Nun, Sie können ja vorn fragen, aber vor einer größeren Operation
erlaubt man es im allgemeinen nur den nächsten Angehörigen. Ich
glaube, jetzt wird nichts mehr passieren.» Er meinte die Einstiche. Richards Arm wies eine kleine rote Schwellung auf; der Arzt bedeckte
sie mit einem jener gepolsterten, bereitwillig klebenden lachsfarbe-
nen Pflaster, wie man sie in Krankenhäusern verwendet. Das ist ihre
Spezialität, dachte Richard – Verpacken. Sie verpacken alles, machen
menschliche Absonderungen versandfertig. Acht Liter Blut blubbern
aus hübschen, einheitlich dunkelroten Puppenkissen in ein offenes
Herz hinein – diese Vorstellung befriedigte für den Augenblick sein
Verlangen nach kosmischer Ordnung.

Er rollte den Hemdsärmel herunter. In dem Sekundenbruchteil, bevor
seine Füße den Boden berührten, stellte er verblüfft fest, daß drei

Augenpaare ihn fasziniert und sensationslüstern beobachteten. Nun stand er hoch aufgerichtet, überragte sie alle. Er balancierte auf dem linken Bein, um in den rechten Schuh, dann auf dem rechten Bein, um in den linken Schuh hineinzuschlüpfen, und vollführte den kleinen Schieberschritt, das einzige, was er von dem Tanzunterricht behalten hatte, zu dem er als Siebenjähriger jeden Samstag nach dem zwölf Meilen entfernten Morgantown gefahren war. Er machte eine leichte Verbeugung vor seiner Frau, lächelte den alten Mann an und sagte zu dem Assistenzarzt: «Komisch, von mir erwartet man immer, daß ich umkippe. Keine Ahnung, warum. Ich werde nie ohnmächtig.»

Sein Jackett und der Mantel fühlten sich irgendwie seltsam an, leicht und ein bißchen glitschig, aber als er den Korridor entlangging, schienen sich die räumlichen Proportionen in beruhigender Weise ihm anzupassen. Neben ihm wahrte Joan ein fragendes, in die Schranken gewiesenes Schweigen. Sie stießen die große Glastür auf. Eine ausgezehrte Sonne nagte sich durch den Wolkenschleier. Über und hinter ihnen träumte der König von Saudi-Arabien im Dämmerschlaf von Sanddünen, und Mrs. Henryson auf ihrem Krankenbett empfing wie die komatöse Mutter von Zwillingen ihrer beider Blutspenden, die sich aufs Haar glichen. Richard drückte die wattierten Schultern seiner Frau an sich und flüsterte ihr, während sie eng aneinandergeschmiegt weitergingen, ins Ohr: «Kindchen, ich liebe dich. Liebe liebe *liebe* dich.»

Was reizt, erregt, das ist, ganz simpel gesagt, das Neue, Ungekostete, und für die Maples war es etwas Ungewöhnliches, um elf Uhr morgens zusammen im Auto zu sitzen. Im allgemeinen kam das bei ihnen nur abends vor, also im Dunkeln. Das Oval von Joans Gesicht leuchtete hell in Richards Augenwinkel. Sie beobachtete ihn, bereit, das Steuer zu übernehmen, falls er plötzlich das Bewußtsein verlor. In dem eierschalenfarbenen Licht fühlte er sich ihr zärtlich zugetan, war gewissermaßen auf sich selbst neugierig und fragte sich, wie tief unter seiner Denkebene die schwarze Grube wohl lag. Er kam sich in keiner Weise verändert vor, aber vielleicht ließ die Eigenart des Bewußtseins keine Introspektion zu. Fest stand jedenfalls, daß man ihm etwas genommen hatte — er war einen halben Liter weniger als vorher, und es schien nicht unmöglich, daß er, ähnlich einem Trapezkünstler, den das Netz vor dem Absturz bewahrt, in der Welt des Lichtes und der Reflexion durch eine einzige Schicht miteinander verwobener Zellen in der Schwebe gehalten wurde. Dennoch blieb die Erde mit ihren Signalen und Gebäuden und Autos und Backsteinen gegenwärtig wie ein Grundton.

Als Boston hinter ihnen lag, fragte er: «Wo wollen wir essen?»

«Du meinst, wir sollen auswärts essen?»

«Ach bitte, ja. Laß dich von mir zum Lunch einladen. Wie eine Sekretärin.»

«Ich komme mir vor wie auf Abwegen. Als ob ich etwas gestohlen hätte.»

«Du auch? Was haben wir denn nur gestohlen?»

«Ich weiß es nicht. Diesen Vormittag vielleicht? Meinst du, Eve ist imstande, ihnen ihr Essen zu geben?» Eve war ihr Babysitter, ein kleines rotblondes Mädchen, das in der Nachbarschaft wohnte und, wie Richard schätzte, in genau einem Jahr ein schmerzhaft reizvolles Wesen sein würde. Babysitter hielten im allgemeinen drei Jahre vor; man bekam sie, wenn sie im zehnten Schuljahr waren, erlebte ihr Aufblühen mit, und dann, nach dem Schulabschluß, entschwanden sie wie Mitreisende, die am Ziel angelangt sind, wurden Kindergärtnerinnen oder heirateten. Und der Zug fuhr weiter, nahm andere Fahrgäste auf, wurde älter und länger. Die Maples hatten vier Kinder: Judith, Richard Junior, den armen übergroßen John mit dem Engelsgesicht und Bean.

«Sie wird's schon schaffen. Worauf hättest du Appetit? Durch dieses viele Gerede von Kaffee bin ich ganz gierig darauf geworden.»

«Im Pfannkuchenhaus kriegst du Kaffee, bevor du noch welchen bestellt hast.»

«Pfannkuchen? Jetzt? Na, du machst mir Spaß. Meinst du nicht, daß uns dann schlecht wird?»

«Hast du das Gefühl, dir könnte schlecht werden?»

«Nein, eigentlich nicht. Ich komme mir irgendwie leicht und empfindlich vor, aber das ist wahrscheinlich psychosomatisch. Ich hab's noch nicht ganz verkraftet, daß man etwas fortgibt und es trotzdem irgendwie noch hat. Was ist das — Melancholie?»

«Ich weiß nicht. Ist ein Melancholiker dasselbe wie ein Sanguiniker?»

«Mein Gott, die Temperamente habe ich total vergessen. Wie heißen doch gleich die anderen — Phlegmatiker und Choleriker?»

«Gelbe Galle und schwarze Galle spielen dabei jedenfalls eine Rolle.»

«Eines muß man dir lassen, Joan — du bist gebildet. New Englands Frauen sind gebildet.»

«Aber dafür an Sex nicht interessiert.»

«So ist's recht; zuerst wird man leergepumpt und dann fertiggemacht.» In seinen Worten schwang jedoch kein Zorn mit; er hatte sie an ihr früheres Gespräch erinnert, damit seine Vorwürfe auf diese Weise wieder Gestalt gewönnen und dann verdünnt und ausgelöscht würden. Es schien zu funktionieren. Das Restaurant, in dem es nur

160

Pfannkuchen gab, war um diese frühe Stunde leer und still. Joan und Richard fühlten sich befangen; ihr Zusammensein war zu einer Begegnung zweier Menschen geworden, zwischen denen es noch wenig Gemeinsamkeit gibt, die aber immerhin so vertraut miteinander sind, daß sie die Tatsache ohne langes Hin und Her akzeptieren. Durch den Anblick der blauen Färbung gerührt, den die Heidelbeerpfannkuchen an Joans Zähnen hinterlassen hatten, sagte Richard, während er ein Streichholz an ihre Zigarette hielt: «Du, ich habe dich richtig geliebt, vorhin im Blutspendezimmer.»

«Ich möchte nur wissen, warum.»

«Weil du so tapfer warst.»

«Du doch auch.»

«Ach, bei mir wird das ja vorausgesetzt. Tapferkeit ist der Preis, den ich dafür bezahlen muß, daß ich einen Penis habe.»

«Schsch.»

«Weißt du, ich hab's gar nicht ernst gemeint, als ich sagte, dir läge nichts an Sex.»

Die Kellnerin schenkte ihnen noch einmal Kaffee ein und legte die Rechnung auf den Tisch.

«Und ich verspreche dir, daß ich mit Marlene Brossman keinen Twist, keinen Cha-cha-cha und keinen Schottischen mehr tanze.»

«Unsinn. Das ist mir doch egal.»

Sie war also zu stillschweigender Duldung bereit, aber perverserweise ärgerte ihn das. Diese verdammte Selbstgefälligkeit – warum *kämpfte* sie nicht? Angestrengt bemüht, ihrer beider Frieden wiederherzustellen, griff er nach der Rechnung und sagte im protzigen Ton eines unerfahrenen, naiven Kavaliers, der seine Angebetete ausführt: «Ich bezahle.»

Als er jedoch in seine Brieftasche blickte, fand er nur einen einzigen zerknitterten Dollarschein. Er wußte nicht, warum ihn das so wütend machte – vielleicht weil es eben nur *einer* war. «So was Dummes», sagte er. «Sieh dir das an.» Er schwenkte den Schein vor ihrem Gesicht. «Da rackere ich mich die ganze Woche für dich und diese unersättlichen Bälger ab, und was bleibt mir, wenn sie herum ist? Ein armseliger, zerknitterter Dollar.»

Joans Hände griffen nach dem Täschchen, das neben ihr auf der Sitzbank lag, aber sie wandte keinen Blick von Richard. Ihr Gesicht hatte sich wieder in jene porzellanene Schale unheimlicher Beherrschtheit zurückgezogen. «Wir bezahlen beide», sagte sie.

Ein Verrückter

England kam uns ein wenig verrückt vor. Die Wiesen, die auf der Strecke Southampton–London an den Fenstern unseres Zuges vorüberflogen, wirkten so wahnwitzig grün, schienen so tief in diese Farbe getaucht zu sein, daß meine Augen, noch an die erschöpfte Vegetation der amerikanischen Felder mit ihrem septemberlichen Rostbraun gewöhnt, ernstlich bezweifelten, daß diese Landschaft fähig sei, irgend etwas Nützliches hervorzubringen. England existierte scheinbar nur als literarischer Kontext. Ich hatte vier Jahre lang englische Literatur studiert und war hierher geschickt worden, um das Studium fortzusetzen. Mein von der Reise aufgeputschtes und betäubtes Hirn vermochte jedoch nur mit einer einzigen Assoziation aufzuwarten: Shakespeares ‹a' babbled of green fields›. Dieses belanglose, durch eine klassische typographische Berichtigung berühmt gewordene Textfetzchen ging mir immer wieder durch den Kopf, ‹a' babbled, a' babbled›, während die Räder uns und sechs stumme, hin und her schaukelnde Mitreisende in Daktylusmetren nordwärts nach London trugen. Die Stadt übertraf bei weitem unsere Erwartungen. Die kiplingsche Großartigkeit der Waterloo Station, die eliotsche Trostlosigkeit der Backsteinhäuserflucht in Chelsea, wo wir bei Bekannten übernachteten, der dickenssche Albdruck von Nebel und schwitzendem Pflaster und schmutzigen Simsen, der uns umgab, als wir aufwachten – das alles schien zu echt, um wahr zu sein, schien zu sehr die Literatur zu bestätigen, um als Wirklichkeit gelten zu können. Das Taxi, das uns zur Paddington Station brachte, hatte ein hohes Dach und eine offene Seite, was ihm in unseren Augen den erschrockenen, schielenden Ausdruck eines Charakterdarstellers in einem Agatha Christie-Melodram verlieh. Wir fuhren an Herrenhäu-

162

sern und Parks aus der Feder von Galsworthy und A. A. Milne vorüber; wir erhaschten einen Blick in eine mit Kopfsteinen gepflasterte Gasse aus dem 18. Jahrhundert, komplett mit heraushängenden Kneipenschildern, eine Gasse, in der Dr. Johnson geschwankt und gekeucht haben könnte in jener Nacht, als er so laut lachte – ein Zwischenfall, von dem Boswell berichtet und den Beerbohm in seinem Essay so schön ausgeschmückt hat. Und darunter, unter weiß Gott wie vielen mittelalterlichen Epidemien, Festspielen und Feuersbrünsten lag das alte Londinium wie ein begrabener Titan, schwelend in einem Abgrund wirrer Zeit. Ein bestürzender Anblick für Augen, die gewohnt waren, das Land als eine von der Geschichte nicht berührte Fläche zu betrachten. Wir fühlten uns sehr erleichtert, als wir in den Zug stiegen, der uns nach Westen trug.

Gegen Abend trafen wir in Oxford ein. Wir hatten kein Quartier vorbestellt und teilten das unserem Taxifahrer mit. Der Mann, in mittleren Jahren, mit großen, haarigen Ohren, starrte uns so ungläubig an, als hätte er noch nie Fahrgäste befördert, die ihr Reiseziel zum erstenmal besuchten. Außerdem schien ihn die Entdeckung zu verwirren, daß wir, obwohl wir behaupteten, Amerikaner zu sein, weder Stillwater noch Tulsa kannten. Er war nämlich vor fünfzehn Jahren im Rahmen des Pacht- und Leihgesetzes zum Piloten ausgebildet worden und hatte einige Monate im tiefsten Oklahoma verbracht. Nun trug er seine Schuld ab, indem er uns durch eine schmale Straße von Backsteinhäusern steuerte, deren Fenster – eigenartig, es war doch die Stunde des Abendessens – alle dunkel waren. «Wir wollen's mal bei den Potts probieren», sagte er und hielt an. Er ging mit uns zur Haustür und drehte einen in der Mitte angebrachten schweren, schmiedeeisernen Griff herum. Irgendwo hinter den milchig-fleckigen Scheiben rasselte eine Glocke. Wir warteten, und endlich erschien ein großer, düster blickender Mann. Der Taxifahrer schilderte ihm unsere Lage; «Potty, das sind zwei obdachlose Yankees. Sie wissen hier nicht Bescheid.»

Obwohl es noch früh am Abend war, zeigte Mr. Pott die unwirsche Miene eines aus dem Schlaf Gerissenen. Das Schild in seinem Fenster – ZIMMER MIT FRÜHSTÜCK – schien ihn zu keinerlei Gastlichkeit zu verpflichten. Erst nachdem er deutlich gemacht hatte, wie schwierig es sei, uns unterzubringen, und in welchem Maß wir die Vereinbarungen behinderten, die er mit einer unfreundlichen, technisierten Welt getroffen hatte, führte er uns in ein Zimmer im Obergeschoß. Das Zimmer war groß und kalt, aber versehen mit sämtlichen Halbgöttern, die für den Schlaf des Menschen zuständig sind. Ich weiß noch, daß über den köstlich kühlen Laken und den derben Wolldekken eine purpurrote Steppdecke lag, die nach Lavendel duftete, und daß meine Frau und ich am nächsten Morgen beim Ankleiden im Strahlungsbereich des elektrischen Heizofens hin und her hüpften wie eine Nymphe und ein Satyr, die vor einem Heiligtum miteinander wetteifern. Den Stecker des Heizofens, ein riesiges, nach sehr viel Volt aussehendes Ding mit drei Zinken, in die Steckdose zu bugsieren war meine erste wirkliche Akklimatisationsleistung. Wir fanden uns verspätet zum Frühstück ein. Von den anderen Pensionsgästen war nur Mr. Robinson (ich habe seinen richtigen Namen vergessen) noch nicht erschienen. Auf dem Eßtisch war für uns gedeckt, und an meinem Platz prangte, o Graus – ich wollte meinen Augen nicht trauen –, eine halbe gebackene Tomate auf einer Scheibe Toastbrot.

Mr. Robinson kam herunter, während uns Mr. Pott auseinandersetzte, warum wir so schnell wie möglich eine endgültige Unterkunft finden müßten. Unser Zimmer, so hieß es, würde bald wieder von seinem eigentlichen Mieter benötigt werden, einem indischen Studenten. Er konnte jetzt jeden Tag auftauchen. An Studenten vermieten war eine undankbare Sache, weil sie zu jeder Tages- und Nachtzeit kamen und gingen, sich laut unterhielten und Musik machten, obgleich der Hauswirt gehalten war, ab Mitternacht für völlige Ruhe zu sorgen. «Kurz und gut», knurrte Mr. Pott, «die Universität möchte, daß ich Kindermädchen und Polizeispitzel spiele.» In verändertem Ton sprach er weiter: «Ah, Mr. Robinson! Guten Morgen, Professor. Wir haben heute ein junges Paar aus Amerika bei uns.»

Mr. Robinson schüttelte uns feierlich die Hand. Ein Professor? Der mittelgroße alte Herr hatte die leicht gebeugte Haltung eines Gelehrten und langes, schütteres gelblich-weißes Haar, das er nach hinten gekämmt trug. Er war überaus höflich, ein geistreicher Plauderer voll schmeichelnder Aufmerksamkeit. Wir wandten uns ihm erleichtert zu; nach den düsteren Reden und Unmutsäußerungen unseres Wirtes schienen wir nun mit dem lichten England Bekanntschaft zu machen. «Willkommen in Oxford», sagte er, und aus einer kleinen Spannung seiner Wangenmuskeln ersahen wir, daß ein Zitat folgen würde, «‹der Heimstatt verlorener Rechtssachen und aufgegebener Glaubensmeinungen, unpopulärer Namen und unmöglicher Loyalitäten›. Das ist von Matthew Arnold; wenn Sie Oxford verstehen wollen, müssen Sie Arnold lesen. Student am Balliol College, Fellow des Oriel College, Professor der Poesie, der höchste Vogel, der je mit den gestutzten Schwingen eines Pedanten flog. Lesen Sie Arnold und lesen Sie Newman. Oxford, ‹das von seinen Türmen flüstert des Mittelalters letzten Zauber› – was er übrigens gar nicht *so* positiv meinte, wissen Sie; o nein, Arnold war keineswegs für die Kirche eingenommen. ‹Hoch wogte einst die See des Glaubens, nun aber hör ich ihr fernes Rauschen nur, das trostlos und *verklingend* weicht zurück, indes der Nachtwind weht hinab die nackten Schindeln dieser öden Welt.› Ha! Mr. Pott, was sehe ich da vor mir stehen? Mein übliches Ei. Sie sind wahrhaftig ein Faktotum der Liebenswürdigkeit, ein Johannes-Faktotum. Mr. Pott aus der St. John's Street», vertraute er uns in seiner raschen, zwinkernden Art an, «eine Institution, die von der Studentenschaft nicht weniger verehrt wird als St. Michael's Church, eine Kirche, die in sich birgt, wie Sie wissen müssen und *sehen* werden, das älteste noch stehende Gebäude von —» er räusperte sich, als wolle er darauf hinweisen, daß jetzt etwas Besonderes käme — «Oxnaford: den alten Sachsenturm, der spätestens im 9. Jahrhundert erbaut wurde. Spätestens, sage ich, obwohl ich mir mit dieser Behauptung zweifellos den Zorn der unbedeutenderen unter den hiesigen Archäologen zuziehe, falls wir diese Herren überhaupt des Titels würdigen wollen, den Schliemann und Sir Leonard Woolley zu solchen Ehren brachten.» Er machte sich eifrig daran, sein Ei mit einem Löffel aufzuklopfen.

«Sind Sie Professor der Archäologie?» erkundigte sich meine Frau.

«In gewisser Weise, Verehrteste», sagte er, «in gewisser Weise habe ich sämtliches Wissen zu meinem Fach gemacht. Kennen Sie die Stadt Ann Arbor in dem, soviel ich weiß, sehr waldreichen Staat Michigan? Nein? Kein Grund, sich zu schämen, keineswegs. Ihr Land ist so groß, daß einem armen Engländer der Kopf schwirrt. Meine Nichte, die Tochter meiner Schwester, ist dort mit einem Dozenten verheiratet. Ich entnehme ihren Briefen, daß die Temperatur häufig — *häufig* — unter null Grad Fahrenheit absinkt. Mr. Pott, wird dieses reizende junge Paar das Trimester hier bei uns verbringen?» Nachdem ihm mehr bereitwillig als taktvoll erklärt worden war, daß unsere Anwesenheit in Mr. Potts Haus eine Notlösung sei, das Ergebnis einer barmherzigen Regung, die der Besitzer — es schwang in seinen Worten mit — bereits bedauere, senkte Mr. Robinson den Kopf bis fast auf den Tisch und sah uns an. Seine oberen Zähne waren makellos weiß. «Sie müssen da Bescheid wissen», sagte er, «Sie müssen die Gepflogenheiten kennen, die kleinen Abkürzungen und die Umwege, das Hin und das Her, eben die *Umstände*; sonst finden Sie nie eine Wohnung. Sie haben lange gewartet, zu lange; in ein paar Tagen bricht das Herbsttrimester über uns herein, und da ist von Woodstock bis Cowley kein Zimmer mehr zu kriegen. Aber ich —» er hob den Zeigefinger und kniff verschmitzt ein Auge zu — «ich kann Ihnen vielleicht helfen. ‹Che tu mi segui›, wie Vergil zu Dante sagte, ‹e io sarò tua guida!›»

Wir akzeptierten ihn natürlich dankbar als Führer. Zu dritt gingen wir die St. John's Street entlang (überall waren die Rouleaus heruntergelassen – am hellichten Tag!), dann durch die Beaumont Street, vorbei an dem rußigen, löwenhaften Komplex des Ashmolean Museum, bogen in die Magdalen Street ein und kamen zum Cornmarket, wo wir tatsächlich den Sachsenturm sahen. Mr. Robinson wies uns ständig auf Sehenswürdigkeiten hin. Sein Unterkiefer wirkte abnorm schmal, als wäre für ihn eine normale Kinnlade der besseren Flexibilität und Behendigkeit wegen zurechtgeschnitzt worden. Er hatte, soviel man sah, nur einen unteren Zahn, der noch dazu schief stand und kaum größer als ein Tabakkrümel zu sein schien; die Oberzähne dagegen waren vollzählig und erstaunlich gleichmäßig. Durch diese schlecht zueinander passenden Torflügel quoll unablässig eine Flut von Worten, die nur zum Stehen kam, wenn sich Mr. Robinson vor einem besonders gelehrten Erguß bedeutsam räusperte. «Und nun stehen wir im Zentrum der Stadt und im Herzen von Oxfordshire auf dem Carfax, abgeleitet – ehem, ehem – von dem normannischen *carrefor*, dem lateinischen *quadrifurcus*, das heißt Viergabel oder Kreuzweg. Können Sie Latein? Die letzte internationale Sprache, das – ehem – Esperanto der Christenheit.» Wir befanden uns auf einem großen, überdachten Marktplatz, umgeben von blutfleckigen Metzgerständen und Körben voller Gemüse, das nach feuchter Erde roch. Mr. Robinson hatte eine alte Tragetüte bei sich und füllte sie methodisch mit Kartoffeln. Er untersuchte jede einzelne Kartoffel, hielt sie zögernd zwischen den Fingern, als wäre es die letzte; aber dann schoß seine unruhige, pergamentene Hand doch wieder vor und ergriff die nächste. Als nichts mehr in die Tüte hineinging, zuckte er die Achseln und schlenderte davon. Die Standinhaberin brach in lautes Protestgeschrei aus. Sie war dick; ihr Gesicht sah aus wie verbrannt; sie trug Männerstiefel und zahlreiche ausfasernde Strickjacken. Wortlos machte Mr. Robinson kehrt und kippte majestätisch alle Kartoffeln in den Korb zurück. Mit den Kartoffeln flatterten auch einige Papiere heraus, und die tat er wieder in die Tüte. Dann wandte er sich uns zu und lächelte. «Jetzt», erklärte er, «ist unbedingt Zeit zum Lunch. Oxnaford ist keine Stadt, die man mit leerem Magen erobert.»

«Aber Mr. Robinson», sagte ich, «was ist mit der Wohnung, die wir suchen?»

Er atmete hörbar aus, als hätte er gerade einen erlesenen Wein gekostet.

«*Aaaaah.* Das habe ich nicht vergessen, nein, das habe ich nicht vergessen. Wir müssen behutsam vorgehen; Sie kennen sich hier

eben noch nicht aus. Kennen die Prozeduren nicht, die *Umstände.*»
Er führte uns zu einer Imbißstube über einem Möbelgeschäft in der
Broad Street, und während wir Fisch mit Kartoffelchips und hinterher Eierkremspeise aßen, unterhielt er uns mit einer ausführlichen
Beschreibung der hohen Zeit Oxfords im Mittelalter – Roger Bacon,
Duns Scotus, das ‹Mad Parliament› von 1258, die Kämpfe zwischen
Bürgern und Studenten am St. Scholastika-Tag 1355. Als wir wieder auf der Straße waren, ging er dazu über, uns am Ärmel zu zupfen
und Versprechungen zu machen. Nur noch ein kurzer Weg, eine ganz
kleine Exkursion, die *sehr* nützlich für uns sein würde, und dann sollte die Wohnung an die Reihe kommen. Er führte uns die High Street
bis zur Magdalen Bridge hinunter, und wir bekamen zum erstenmal
den Cherwell zu Gesicht. Um diese Jahreszeit waren keine Kähne unterwegs, und die Schwäne hielten sich gewöhnlich weiter flußab-
wärts auf. Aber als wir zur Stadtmitte zurückblickten, bot sich uns
die Bilderbuchansicht von Oxford dar, Türme und Konturen und ab-
blätternder Stein, das Ganze unter einem Himmel von John Con-
stable. Schwach und verwirrt spürte ich, wie mein Widerstand nachließ;
wir gaben uns geschlagen – sollte dieser Tag Mr. Robinson gehören.
Er erfaßte intuitiv die Situation und führte uns frohlockend die Rose
Lane hinunter, durch den Botanischen Garten mit seinen roten und
goldenen Herbstblumen, das Merton Field entlang und durch eine
Reihe winkliger Gassen zurück zum Geschäftsviertel. Er nahm uns in
eine Buchhandlung mit, zog eine kleine Zeitung, das Wochenblatt für
die Grafschaft Oxford, aus einem Ständer und bedeutete dem Inhaber, daß ich bezahlen würde. Während ich in meiner Tasche nach einem Vier-Pence-Stück wühlte, stolzierte Mr. Robinson zur anderen
Wand hinüber und kam mit einem Buch zurück. Es war ein Band Essays von Matthew Arnold. «Kaufen Sie dieses Buch nicht», sagte er
zu mir. «*Kaufen Sie es nicht.* Ich habe es in einer viel besseren Ausgabe und leihe es Ihnen gern. Verstehen Sie? Ich *leihe* es Ihnen.» Als
ich mich bedankte, verkündete er, als wäre ein wenig Dankbarkeit alles, was er von uns gewollt hatte, jetzt werde er uns verlassen. Er
tippte mit dem Finger auf die Zeitung in meiner Hand und zwinkerte
mir zu. «Ihre Probleme – und glauben Sie nicht, glauben Sie nur nicht,
sie hätten mir kein Kopfzerbrechen gemacht – Ihre Probleme sind gelöst; die Wohnung, die Sie suchen, finden Sie *hier.* Nur wenige, ganz,
ganz wenige Leute wissen von dieser Zeitung, aber alle Einheimischen, *alle* Einheimischen mit *ordentlichen* Zimmern inserieren hier
drin; sie mißtrauen der regulären Vermittlung. Man muß sich eben
auskennen, man muß wissen, wie und wo.» Damit ließ er uns stehen,
gleichsam vor der Pforte des Paradieses.

Es begann dunkel zu werden, auf jene langsame, dämmerlichtige Art, die englische Nachmittage an sich haben. Wir tranken eine Tasse Tee, um einen klaren Kopf zu bekommen, und gingen dann zu Mr. Potts Haus in der St. John's Street zurück – was hätten wir anderes tun sollen? Unterwegs sahen wir zum erstenmal Studenten; sie flitzten auf Fahrrädern an uns vorbei und erinnerten mit ihren flatternden schwarzen Talaren an Fledermäuse. Nur uns fehlte ein Ruheplatz. Meine Frau legte sich auf die purpurrote Steppdecke und weinte still vor sich hin. Ihre Beine schmerzten vom vielen Gehen. Sie war – unser großes Geheimnis – im dritten Monat schwanger. Wir fürchteten, daß kein Hauswirt in Oxford uns aufnehmen würde, wenn wir mit der Wahrheit herausrückten. Ich ging mit meiner Zeitung in eine Telefonzelle. In diesem Wochenblatt wurden tatsächlich ein paar Wohnungen angeboten, aber alle bis auf eine hatten keine Küche; diese eine war in der St. Aldate's Street. Ich wählte die Nummer, und eine Frau meldete sich. Als sie mich sprechen hörte, fragte sie: «Sind Sie Amerikaner?»

«Ja, allerdings.»

«Tut mir leid. Mein Mann mag keine Amerikaner.»

«Nein? Warum nicht?» Mir war bei der Verleihung meines Stipendiums eingeschärft worden, daß ich im Ausland als Botschafter meiner Heimat zu wirken hätte.

Nach einer Pause antwortete sie: «Wenn Sie es unbedingt wissen wollen – unsere Tochter hat einen Flieger von Ihrem Stützpunkt in Brize Norton geheiratet.»

«Oh . . . Nun, ich bin kein Flieger. Ich bin Student. Und ich bin auch schon verheiratet. Die Wohnung wäre nur für mich und meine Frau, wir haben keine Kinder.»

«Hallo, Jack!» Der Ausruf klang gedämpft, als hätte sie den Kopf vom Telefonhörer abgewandt. Gleich darauf war sie wieder dicht an meinem Ohr, vertraulich flüsternd. «Mein Mann ist gerade gekommen. Wollen Sie mit ihm sprechen?»

«Nein», sagte ich und legte auf, zitternd, aber froh, daß ich es war, der dieses Gespräch beenden konnte.

Am nächsten Morgen saß Mr. Robinson schon am Frühstückstisch, als wir herunterkamen. Vielleicht hatte ihn das einigen Schlaf gekostet, denn sein Gesicht zeigte die gleiche gelbliche Färbung wie das zerzauste Haar. Er begrüßte uns eifrig, aber in seiner Stimme schwang ein durchdringender Jammerton mit. Daß er oben falsche Zähne hatte, wurde nun schmerzhaft deutlich; er versprühte Speichel bei dem Bemühen, die Prothese an ihrem Platz zu halten. «‹Sonne strahlt in England›», zitierte er bei unserem Erscheinen, «‹auch in Oxford wich dem Tag die Nacht. Kaltschöne Stadt, ein Standbild, jetzt klebt Blut an deiner Tracht; stolze Herrscher, fromm und heilig, bauten dich vor Zeiten, bauten deine Straßen, über die erhabene Männer schreiten, bauten dich mit deinen Türmen, Monumenten, Grüften, mit der Liebe süßem Hauch und den kosend linden Lüften.›»

«Ich dachte», sagte ich zu ihm, «ich spreche heute morgen mal bei meinem College vor – vielleicht können die uns helfen.»

«Welches College?» fragte er. Sein Gesicht bekam einen ungewöhnlich aufmerksamen Ausdruck.

«Keble.»

«Ah», rief er triumphierend, «die helfen Ihnen bestimmt nicht. *Die* nicht. Die haben ja *keine* Ahnung. Die *wollen* von nichts eine Ahnung haben. *Nihil ex nihilo.*»

«Das Spiel, das die da spielen», knurrte Mr. Pott mißmutig, «heißt Hände weg.»

«Wirklich?» sagte meine Frau mit einer Stimme, in der Tränen zitterten.

«Trotzdem», beharrte ich, «irgendwo müssen wir anfangen. In der Wochenzeitung, die Sie uns besorgt haben, stand nur ein Angebot, das in Frage gekommen wäre, und da hatte der Mann der Hauswirtin eine unüberwindliche Abneigung gegen Amerikaner.»

«Eure verflixten Piloten drüben in Norton haben euch in Verruf gebracht», erklärte Mr. Pott. «Die Burschen kommen zu uns nach Oxford, breitschultrig und in ihren rauchblauen Uniformen, und fallen über die Nutten her, daß die Fetzen nur so fliegen.»

Meine Erwähnung des Wochenblattes hatte Mr. Robinson an etwas erinnert. Er griff sich an die Stirn und rief: «Das Buch! Ich hatte doch versprochen, Ihnen das Buch zu leihen. Verzeihen Sie, *verzeihen* Sie einem zerstreuten alten Mann. Ich hole es sofort. Keine Widerrede, keine Widerrede. Der Jugend muß man stets zu Diensten sein.»

Er eilte nach oben. Wir blickten Mr. Pott fragend an, und er nickte. «Wenn ich in Ihren Schuhen steckte, würde ich mich schleunigst verkrümeln», sagte er.

Wir hatten es gerade bis zur dritten Straßenecke geschafft und fühlten uns in der Menschenmenge auf dem Cornmarket ganz sicher, als Mr. Robinson uns einholte. Er war noch in Pantoffeln und rang nach Luft. «Warten Sie», jammerte er, «so *warten* Sie doch. Sie dürfen nicht blindlings in solche Situationen hineinrennen, Sie kennen sich ja nicht mit den *Umständen* aus.» Er zog ein Buch aus seiner Einkaufstüte, die er wieder bei sich trug, und drückte es mir in die Hand. Es waren die Essays von Matthew Arnold in einer um die Jahrhundertwende erschienenen Ausgabe mit marmorierten Vorsatzblättern. Mitten in dem Menschengewühl stehend, schlug ich den Band auf und hätte ihn vor Schreck beinahe fallen lassen, denn jede einzelne Seite war ein Spinnengewebe von Randbemerkungen und unterstrichenen Stellen, in Bleistift und Tinte und in den verschiedensten Handschriften. «Vgl.», «*videlicet*», «Hier verrät er sich», «Typischer Optim. d. 19. Jh.» – diese Hinweise sprangen mir aus dem wilden Schwarm entgegen. Die Anmerkungen waren ihrerseits mit Anmerkungen versehen. «Stimmt das?» hatte eine energische Hand an einer Stelle an den Rand geschrieben, und darunter stand in schrägen, dünnen Bleistiftbuchstaben: «Ja, es stimmt» (*stimmt* dreimal unterstrichen), und darunter wieder hatte ein zittriger Kugelschreiber zweifelnd vermerkt: «Wirklich?» Mir wurde von alldem ganz schwindlig; ich klappte das Buch zu und bedankte mich.

Mr. Robinson sah mich schlau von der Seite an. «Sie dachten gewiß, ich hätte es vergessen», sagte er. «Sie dachten, daß alte Männer einen schwachen Kopf haben. Oh, Sie brauchen sich nicht zu schämen, in Ihrer Lage hätte ich das wahrscheinlich auch gedacht. Aber ich halte, was ich verspreche, und jetzt werde ich Ihnen als Cicerone dienen. Ehem. ‹Jedermann, ich werde mit dir gehen!› Ha!» Er deutete auf das alte Rathaus und teilte uns mit, während der Rebellion gegen Karl I. sei Oxford das Hauptquartier der Royalisten gewesen.

«‹Der König, krit'schen Blicks ermessend
Die Lage seiner beiden Universitäten,
Nach Oxford schickte eine Schar zu Pferde, und warum?›»

zitierte er, und die weit ausholende Armbewegung, mit der er schloß, zog die Blicke mehrerer Passanten auf uns.

Genauso wie ein Verbrecher dadurch, daß er für eindeutig geistesgestört erklärt wird, sich seltsamerweise die Gesellschaft verpflichtet, die er geschädigt hat, war auch Mr. Robinson jetzt ganz und gar zu unserem Beherrscher geworden. Das Schlurfen seiner Pantoffeln auf dem Pflaster, das besorgte Betonen gewisser Wörter, das immer wiederkehrende stolze Räuspern, waren wie Fäden, die uns an ihn banden, während wir, von Verlegenheit und Frustration fast erstickt, neben ihm durch die Stadt gingen. Unsere Route deckte sich zum großen Teil mit der vom Vortag, doch begann er jetzt ein neues Thema zu entwickeln – er sagte, er habe uns von Anfang an sehr genau beobachtet, und wir hätten die Prüfung bestanden, mit *fliegenden* Fahnen; deshalb wolle er uns nun mit einigen seiner Freunde bekannt machen, mit wirklich *wichtigen* Leuten, die über Einfluß und Verbindungen verfügten und uns jede Menge Zimmer beschaffen könnten. Er werde Briefe schreiben, uns einführen, dafür sorgen, daß wir Zutritt zu Geheimgesellschaften bekämen. Nach dem Lunch, etwa um die Zeit, zu der er uns tags zuvor in den Buch- und Zeitschriftenladen geschleppt hatte, führte er uns in die Bibliothek der Oxford Union Society und stellte uns dem blasierten jungen Mann vor, der dort die Aufsicht führte. Mr. Robinsons Stimme, durch den Flüsterton noch irgendwie verstärkt, drang bis in den letzten altehrwürdigen Winkel dieser heiligen Hallen. Der junge Bibliothekar vermochte trotz seiner offensichtlichen Qual ein ironisches Lächeln nicht zu unterdrücken. Als sich seine Augen uns zuwandten, bekamen sie einen höflichen Schimmer, der die Geringschätzung allerdings nicht ganz verbergen konnte. Aber mit was für einer beglückten und zeremoniösen Anteilnahme überwachte Mr. Robinson, der offenbar tatsächlich Mitglied der Oxford Union Society war, die Eintragung unserer Namen in das dicke alte Register! Als Gegengabe für die Unterschriften wurde uns mit der Handbewegung eines Zauberers ein Formular überreicht – der Antrag auf Mitgliedschaft. Das mußte man Mr. Robinson zugestehen: Er ließ einen nie mit ganz leeren Händen zurück.

Als wir wieder in unserem Zimmer waren, aufgelöst und völlig benommen, konnten wir das Aufnahmeformular und den mit Anmerkungen versehenen Arnold zu unserer ersten Trophäe legen, der Wochenzeitschrift für die Grafschaft Oxford. Ich legte mich neben meine Frau aufs Bett und las den Leitartikel, eine kämpferische Beschwerde über den kläglichen Zustand der normannischen Kirche in Iffley. Als sich in meinen Beinen wieder etwas Zielstrebigkeit angesammelt hatte, ging ich zum Keble College hinüber und stellte fest, daß Mr. Robinson und Mr. Pott mich richtig informiert hatten. Die väterliche Fürsorge des Colleges erstreckte sich nicht auf jene Studenten, die so geschmacklos waren, eine Ehefrau zu haben. Aber es gab ja genügend frei vermietbare Wohnungen, wie mir der Angestellte im Sekretariat versicherte. Er saß in einem winzigen Raum, dessen gotisches Fenster auf ein Hofviereck hinausging, und kritzelte mit einem altmodischen Federhalter wichtigtuerisch drauflos; sein Schreibpult erinnerte an die Zeichnung von Tenniel, auf der alle Karten eines Kartenspiels davonfliegen.

Ich war so jung verheiratet, daß ich nicht damit rechnete, meine Frau werde mir, der ich jede Hoffnung aufgegeben hatte, neuen Mut einflößen. In Wirklichkeit hatte sie sich während meiner Abwesenheit zu der Überzeugung durchgerungen, daß wir uns nicht länger von Mr. Robinson beherrschen lassen durften. Das schien wirklich der einzige Ausweg aus unserem Dilemma zu sein. Ich hätte selbst darauf kommen sollen. Wir machten uns fein und speisten sehr teuer in einem pseudofranzösischen Restaurant, vor dem Mr. Robinson uns eindringlich gewarnt hatte, weil es ein «Nepplokal» sei. Dann sahen wir uns einen amerikanischen Film an, um die nötige Brutalität zu gewinnen, und am nächsten Morgen kamen wir mit finsterer Abwehrbereitschaft zum Frühstück herunter. Mr. Robinson war nicht da.

Dieses Frühstück sollte, wie sich bald herausstellte, unser letztes bei den Potts sein. Wir hatten uns inzwischen schon so weit akklimatisiert, daß wir zum Beispiel nicht mehr suchend nach Mrs. Pott umherblickten; wir hatten uns damit abgefunden, daß sie, wenn überhaupt, auf einer für uns unsichtbaren Ebene existierte. Die anderen Hausgäste grüßten uns jetzt mit Namen. Zwei neue Gesichter waren dabei – junge Studenten, die nahezu überflossen von erstaunlich sachlichen und respektvollen Fragen nach den Verhältnissen in den Vereinigten Staaten. Ihrer Meinung nach hatten die USA bereits den Weg beschritten, auf dem ihnen früher oder später alle anderen Länder folgen würden. Ein Amerikaner zu sein, so bedeuteten sie uns, hieß Glück haben. Mr. Pott teilte uns mit, Karam habe geschrieben, daß er vom Wochenende an sein Zimmer brauche. Er schob mir einen Zettel mit mehreren Adressen über den Tisch. «Da ist eine Dreizimmer-Souterrainwohnung für vier Pfund zehn nahe der Banbury Road», sagte er, «und wenn Sie fünf Guineas ausgeben wollen, Mrs. Shipley drüben bei der St. Hilda's Church hat noch ihren ersten Stock frei.»

Es dauerte einen Augenblick, bis wir erfaßt hatten, was das bedeutete; dann sprudelten wir verblüffte Dankesworte hervor. «Mr. Robinson», so platzte ich zum Schluß noch heraus, krampfhaft, aber nicht sehr erfolgreich nach einer Mr. Pott angemessenen idiomatischen Wendung suchend, «hat uns die ganze Zeit um den Maibaum herumgeführt.»

«Der arme Robbie», sagte Mr. Pott. «Bekloppt wie ein Kotelett.» Er tippte an den Stirnknochen seines schmalen, dunkelhaarigen Kopfes.

«Ist er immer – so?» fragte meine Frau.

«Nur wenn er ein, zwei Neulinge findet, die er am Schlafittchen nehmen kann; aber sie kommen ihm immer bald auf die Schliche.»

«Hat er wirklich eine Nichte in Michigan?»

«O ja. So ganz übergeschnappt ist er nun auch wieder nicht. Er war wohl Lehrer oder so was, vor seiner Krankheit, aber an die Universität ist er nie berufen worden.»

«‹So ist die Poesie›», deklamierte eine vertraute, ebenso sanfte wie hartnäckige Stimme hinter uns, «‹in Oxford eine Kunst, in London nichts als ein Gewerbe.› Dryden. Kein echter Oxford-Mann, aber dennoch ein exzellenter Dichter und Amateurgelehrter. Wenn man etwas für seinen lieblich dahinplätschernden Stil übrig hat. Mr. Pott, kann dieses Ei das meine sein?» Er nahm Platz, klopfte das Ei behutsam mit dem Löffel auf und wandte sich dann freudestrahlend uns zu. Vielleicht hing sein verspätetes Erscheinen am Frühstückstisch damit zusammen, daß er sich sorgfältig zurechtgemacht hatte, denn er wirkte sehr gepflegt: Das lange Haar war zu talgfarbenem Glanz gebürstet, die Krawatte fest geknotet, die Zahnprothese so eingesetzt, daß sie nicht wackelte, und um den Hals hatte er einen karierten Wollschal geschlungen. «Heute», sagte er, «werde ich mich ausschließlich Ihrer Angelegenheit widmen, von ganzem Herzen und mit ganzer Kraft. Ich habe gerade eine Stunde damit verbracht, eine wunderbare Überraschung vorzubereiten, *mirabile dictu*, wie der treue Äneas zu seiner Mutter Aphrodite sagte.»

«Ich fürchte», erwiderte ich in einem Ton, der, bedingt durch die Gegenwart der anderen Frühstücksgäste, ein wenig gezwungen klang, «wir müssen heute etwas Dringenderes erledigen. Mr. Pott sagte uns eben, daß Karam...»

«Warten Sie, *warten* Sie», rief er aufgeregt und erhob sich. «Sie verstehen doch nichts davon. Sie sind beide so *unerfahren* — reizende Menschen, gewiß, hochbegabt und gebildet, aber unerfahren. Sie müssen sich erst auskennen, müssen die Mittel und Wege...»

«Nein, wirklich...»

«*Warten* Sie. Kommen Sie mit nach oben. Wenn Sie darauf bestehen, zeige ich Ihnen meine Überraschung jetzt gleich.» Damit ließ er das ungegessene Ei im Stich, hastete aus dem Zimmer und stürmte die Treppe hinauf. Meine Frau und ich folgten ihm, erleichtert bei dem Gedanken, daß wir das, was geschehen mußte, ohne Zeugen erledigen konnten.

Mr. Robinson kam schon aus seinem Zimmer zurück, als wir den Flur des ersten Stockwerks erreichten. In der Eile hatte er vergessen, die Tür hinter sich zu schließen. Über seine Schulter hinweg erspähte ich ein Chaos durcheinandergeworfener Bücher und zerknitterter Papiere. Er hielt einen Bogen in der Hand, offensichtlich eine Liste. «Ich habe die letzte Stunde darauf verwendet», sagte er, «mit einer Sorgfalt, die sich annähernd mit der — *ehem-ehem* — des heiligen Hieronymus bei der Arbeit an der Vulgata vergleichen läßt, eine Namenliste zusammenzustellen. Hier, das sind die Leute, mit denen wir heute *sprechen* werden.» Ich las die Liste, die er mir vors Gesicht hielt. Die zuerst aufgeführten Ämter und Titel und Namen sagten mir nichts, aber ungefähr in der Mitte, wo die Handschrift größer und unregelmäßig zu werden begann, standen das Wort «Kanzler», ein riesiger Doppelpunkt und der Name «Lord Halifax».

Mein Gesichtsausdruck bewirkte wohl, daß der Bogen Papier zu zittern begann. Mr. Robinson ließ die Liste sinken und hielt sie in der herabhängenden Hand, während er mit der anderen an seinem Rockaufschlag fingerte. «Sie haben sich ganz rührend um uns bemüht», sagte ich. «Niemand hätte uns besser durch Oxford führen können. Aber heute müssen wir uns wirklich allein auf den Weg machen. Unbedingt.»

«Nein, nein, so begreifen Sie doch! Sie kennen sich ja nicht mit den *Umständen* . . .»

«Bitte», unterbrach ihn meine Frau in scharfem Ton.

Er sah sie an, dann mich, und eine unerwartete Ruhe breitete sich auf seinen Zügen aus. Das Zwinkern hörte auf, das Kinn entspannte sich, und sein Gesicht hätte das irgendeines müden alten Mannes sein können, als er seufzend sagte: «Gewiß, gewiß. Selbstverständlich.»

«Wir danken Ihnen vielmals.» Meine Frau wollte seine schlaffe Hand berühren, die er wie schützend an den Rockaufschlag preßte, berührte sie dann aber doch nicht.

Wie versteinert stand er mit eingeknickten Knien auf dem Treppenabsatz vor der Tür seines Zimmers. Als wir die Treppe hinuntergingen, machte er noch eine letzte impulsive Geste: Er trat ans Geländer, hob die Hand, und während wir unsere Schritte beschleunigten, um seinen Worten zu entrinnen, rief er uns nach: «Gottes Segen, Gottes Segen.»

Der Blick

Da war das Gesicht, er sah es aus dem Augenwinkel heraus. Er wandte den Kopf, und sein Herz erstarrte. Das Unglaubliche, sie hier zu finden, ausgerechnet in diesem Restaurant, an dem einen Tag, den er in der Stadt zu tun hatte, konnte das vorgreifende Erstarren seines Herzens nicht verhindern, denn damals, als sie beide in New York gewohnt hatten, waren sie einander oft begegnet, und dies würde ein solcher Zufall sein. In dem Augenblick zwischen Erkennen und Kopfwenden hatte er sich schon seine ersten Worte zurechtgelegt; er wollte aufstehen − in der schüchternen Art, die sie immer so charmant gefunden hatte−, wollte zu ihr gehen und sagen: «Hallo, bist du's wirklich?»

Sie würde wie um Entschuldigung bittend lächeln, mit gesenkten Lidern und jener charakteristischen kleinen Ruckbewegung des Kopfes. «Ja, ich bin's.»

«Ich freue mich wirklich. Es tut mir so leid, was damals passiert ist.» Dann würde alles selbstverständlich sein und das Bedürfnis nach Verzeihung abermals auf magische Weise hinter sie beide zurückweichen, wie eine Wand von papierenen Flammenzungen, durch die sie hindurchgeschritten waren.

Aber es war nicht sie, es war eine nicht mehr ganz junge Frau, deren Haar dem ihren eigentlich nicht in der Farbe glich, ihn jedoch aus der flüchtigen Augenwinkelperspektive an die Art erinnert hatte, wie sich ihr in der Mitte gescheiteltes und im Nacken zu einem glänzenden Knoten aufgestecktes Haar in zwei dunklen Bogen über die Stirn legte, die dadurch niedrig wirkte und ihrem Blick eine erstaunliche Intensität verlieh. Er spürte, daß seine Begleiter ihn fragend ansahen, und wandte sich ihnen wieder zu, während seine Augen von dem Bemühen schmerzten, das Bild dieser Unbekannten dem Bild einer anderen aufzuprägen. Der eine seiner beiden Tischgenossen — ein umgänglicher grauhaariger Bankier, dessen Sympathie für ihn wie ein großzügiger Scheck war und der von dem Betrag einen winzigen Abzug an Takt zurückbehielt, ein kleines Minus, das ihrer beider Sicherheit vergrößerte — lächelte so, als wolle er ihn in seinem Impuls, mit einem Geständnis herauszuplatzen, bremsen. Sein anderer Gast war eine ältliche Versicherungsagentin, eine frühere Mitarbeiterin, die, was ihr statistisches Wissen betraf, unbarmherzig war, privatim jedoch ein gutes Herz hatte und Erregung allenfalls vortäuschte. «Ich sehe Gespenster», sagte er erklärend zu ihr, und sie nickte, denn die drei hatten gerade mit der heiteren, sarkastischen Leichtgläubigkeit der Ungläubigen über Gespenster gesprochen. Der Konversationsvorhang ging wieder herunter, aber seine Handflächen prickelten noch, und er schien sich, wie zwischen Spiegeln gefangen, einer immer kleiner werdenden Vervielfachung ihres Blickes gegenüberzusehen.

Als sie einander zum erstenmal begegneten — in einer Wohnung mit riesigen tafelartigen Gemälden und zerbrechlichem Mobiliar, das auf Zehenspitzen zu stehen schien —, verteidigte sie irgendein Argument ihres Mannes, und er hatte sich leicht gereizt gefragt, wie eine offensichtlich geistreiche und willensstarke Frau sich so weit erniedrigen konnte, daß sie für solche dummen Behauptungen eintrat, und sie mußte über die ganze Breite des Zimmers hinweg seinen Ärger gespürt haben, denn sie warf ihm einen — *ihren* — Blick zu. Dieser Blick war ebenso sprechend wie vage: etwas kalt, zweifellos hart und doch seltsam offen, sogar unverhüllt — sein wesentlicher Bestandteil ließ sich nicht definieren. Ihre Augen waren das einzige wirklich Schöne in dem sommersprossigen, knochigen, fast jungenhaften Gesicht, das eigentlich nur wegen seiner unbedingten Bereitschaft, Freude auszudrücken, bemerkenswert war. Wenn sie lachte, zeigte sie sämtliche Zähne wie ein Totenschädel, und wenn sie ihren Blick aufsetzte, bestanden die großen, ernsten, klassisch geschnittenen Augen so unerbittlich auf ihrer Form wie die einer Statue.

Ihre Bekanntschaft hatte die anfänglichen Gereiztheiten überdauert. Eines Tages war er ihr im Museum of Modern Art begegnet, bei einer Sonderschau von Standfotos aus alten Filmen, und als er mit der arglosen Freude auf sie zuging, die ihre Gegenwart selbst damals schon in ihm auslöste, traf ihn unerwartet ihr Blick. «Wir haben Sie am Freitag vermißt», sagte sie.

«Ja? Was war denn am Freitag?»

«Ach, nichts Besonderes. Wir haben nur eine kleine Party gegeben und dachten, Sie würden kommen.»

«Wir waren ja gar nicht eingeladen.»

«Doch. Ich habe Ihre Frau angerufen.»

«Davon hat sie mir nichts gesagt. Sie muß es vergessen haben.»

«Na, ist ja nicht weiter schlimm.»

«O doch. Es tut mir wirklich leid. Ich wäre so gern gekommen. Komisch, daß sie es vergessen hat; sie schwärmt nämlich für Parties.»

«Ja.» Ihr Blick verwirrte ihn, da er nicht mehr auf ihn gerichtet war; die Feindschaft zwischen den beiden Frauen hatte schon existiert, bevor es einen Grund dafür gab.

Später dann, auf einer Party, bei der sie alle zugegen waren, hatte er einen Augenblick des Alleinseins mit ihr ausgenutzt und sie geküßt. Die Reaktion ihres Mundes war verwirrend gewesen; als er den Kopf zurückzog und damit rechnete, in ihrem Gesicht die feuchte, formlose Wärme zu entdecken, die seine Lippen gespürt hatten, begegnete er statt dessen ihrem Blick. In den Monaten, die auf diesen Abend folgten, hatte er voller Freude beobachtet, wie dieser Blick sich allmählich besänftigte. Ihr Körper gewann unter dem seinen an Weichheit; eines späten Abends, wieder nach einer Party, hatte seine Frau, als sie im Vordämmerdunkel ihres Nichtwissens neben ihm lag, im kühlen, sachlich beurteilenden Ton einer rivalisierenden Frau bemerkt, wie schön sie – *sie*, die andere – geworden sei, und er, schon halb im Traum, hatte sich in dem warmen, bereits treulos verratenen Bett gerechtfertigt gefühlt. Ihr Lachen blitzte nicht mehr so hungrig auf; ihre Augen, überfließend von dem Geheimnis, das er und sie geschaffen hatten, gewannen an Tiefe und schienen die Mädchenhaftigkeit wiederzuerlangen, die sich in den übrigen Zügen ihres Gesichtes noch gehalten hatte. Wenn er sie, etwa bei einer Party, aus einiger Entfernung in der Schönheit erstrahlen sah, die er ihr gegeben hatte, verspürte er den Stolz eines Schöpfers, eines Vaters. Waren sie zusammen, so bestand zwischen ihnen eine ungreifbare zärtliche Bindung gleich einem schemenhaften Kind, das, wenn sie wieder auseinandergingen, fortgebracht und schlafen gelegt wurde. Doch selbst in jenen Monaten, in den Tiefen ihres Geheimnisses, wenn sie wie in einem intimen Verlies beieinander lagen und mit wachsender Unruhe darüber sprachen, was sie tun würden, falls die Wand ihres Geheimnisses einstürzte und sie preisgab, flackerte zuweilen in den Augen der Frau, freilich durch Tränen und Sehnsucht abgeschwächt, eine unverkennbare anklägerische Härte auf. Anklägerisch, ja, aber nicht dem Wesen nach; sein Bewußtsein schrak davor zurück, den Druck zu benennen, der diese Härte gebildet hatte und den er, das trat kaum merklich zutage, nicht zu mildern vermochte. Bei jedem Abschied ließ sie ganz zuletzt, bevor die Tür zufiel, einen Blick zurück, der ihn verfolgte wie das beharrliche monotone Klingen angeschlagenen Kristalls.

Bei der letzten Begegnung hatten sie all die zärtlichen Monate von sich abgestreift; ihr Blick, nackt jetzt, war wild und wütend gewesen. «Liebst du mich nicht?» Zwei Ehen waren in Aufruhr, und von dem starken Gefühl, das ihn zu ihr getrieben hatte, war nichts geblieben als ein dünnes Bedürfnis, sich zu verbergen und um Gnade zu bitten.

«Nicht genug.» Er wollte damit einfach eine Tatsache bestätigen, die bereits offenbar geworden war.

Aber sie faßte es als tödlichen Schlag auf, und in dem bleichen, von den Aufregungen der letzten Tage gezeichneten Gesicht erwachte ihr Blick unter den dunklen Flügeln straff gescheitelten Haares zu einem so kalt beherrschten und unnachgiebig feindseligen Leben, daß er noch Wochen später nicht die Augen schließen konnte, ohne ihn auf sich gerichtet zu sehen – etwa so wie ein Gefolterter weiterhin das glühende Eisen sehen muß, mit dem er geblendet wurde.

Nun war er wieder in New York, wanderte allein durch die Straßen, sanft gestimmt durch gutes Essen und nützliche Gespräche, und bald fühlte er sich so weit geheilt, daß seine Wunde schmerzhaft danach verlangte, von neuem aufgerissen zu werden. Die flimmernde Stadt starrte von potentiellen Dornen. Das blasse Oval jedes Gesichtes schien in dem Moment, da es seinem Blickwinkel entgleiten wollte, die Möglichkeit in sich zu bergen, das ihre zu sein. Er spürte, daß sie nach ihm suchte. Wo würde sie ihn suchen? Es wäre typisch für sie, aufs Geratewohl durch die Straßen zu gehen, lächelnd ausschreitend in der Hoffnung, ihm gleich zu begegnen. Er hatte eine Vorahnung – und ja, da stand sie, mit dem Rücken zu ihm, zwischen zwei puertoricanischen Botenjungen und wartete, daß sie die Forty-third Street überqueren könnte; es war ganz unverkennbar die erwartungsvolle Neigung ihres Kopfes, die mädchenhafte Kurve ihrer hohen, straffen Wange, der üppige Haarknoten, der so fest geschlungen war, daß der Gedanke sich einem förmlich aufdrängte, die Haarnadeln müßten sie schmerzen. Schüchtern und listig schlich er sich heran, bis er mit ihr auf gleicher Höhe war, und als er sie im Profil sah, wurde sie zu einer runzligen, geschminkten Frau mit hängender Unterlippe. Er schaute ungläubig umher. Da – ihr Blick zuckte im flimmernden Wandfenster eines modernen Bankgebäudes auf und verschwand. Er lief über die Straße und spähte in die Bank hinein, aber es war niemand zu sehen, niemand, den er kannte – nur ein paar tropische Topfpflanzen, die etwas vage Vertrautes hatten.

Er mußte wieder an die Arbeit gehen. Seine Firma hatte ihm das Büro eines Kollegen zur Verfügung gestellt, der sich gerade auf Urlaub befand. Die einzige Möglichkeit, sich zu konzentrieren, war die, daß er sich einredete, die jeweils folgenden fünf Minuten seien die letzte Zeitspanne, die ihm noch blieb, bevor sie kam. Sooft das Telefon auf seinem Schreibtisch klingelte, rechnete er damit, daß die Dame in der Rezeption ihm mitteilen würde, eine verwirrte Frau mit sehr seltsamen Augen wünsche ihn zu sprechen. Wenn er den Flur entlangging, schlug ihm beim Anblick einer Sekretärin, die gerade um eine Ecke verschwand, das Herz schneller, weil er eine Ähnlichkeit zu erkennen glaubte. Er kehrte in sein geliehenes Büro zurück und war erstaunt, sie dort nicht vorzufinden, wie sie gezwungen lächelnd die an die Wände gehefteten, leicht vergilbten Kinderzeichnungen betrachtete — Zeichnungen der Kinder eines anderen Mannes. Der gelangweilte Nachmittag klebte Schatten an diese Wände. Vor dem Fenster begannen die Wolkenkratzer zu erglühen. Er fuhr mit dem Aufzug hinunter und trat, dankbar für ihre Rücksichtnahme, in das abendlich kühle, von Menschen wimmelnde Dämmerlicht hinaus; es sah ihr ähnlich, daß sie ihn seine Tagesarbeit beenden ließ, bevor sie sich einstellte. Sie hatte in den wenigen gemeinsam verbrachten Stunden ihm gegenüber immer die Haltung einer pflichtbewußten Ehefrau gezeigt. Aber jetzt, jetzt brauchte sie sich doch nicht mehr rücksichtsvoll zu verstecken, er konnte sie ruhigen Gewissens zum Abendessen ausführen. Rasch überzeugte er sich, daß er genügend Geld in seiner Brieftasche hatte. Er beschloß, nicht mit ihr ins Theater zu gehen, obwohl sie das zweifellos vorschlagen würde. Sie liebte die Bühne. Aber sie hatten zuwenig Zeit für ihr Zusammensein, als daß sie auch nur einen Teil davon hätten verschwenden können.

Er hatte sich in dem Hotel eingemietet, das für ihn immer noch ‹ihr› Hotel war. Zu seiner Überraschung fand er sie nicht im Foyer, das von einer munteren Gesellschaft, einem Wettstreit des Lachens, angefüllt war. Charles Boyer wartete auf den Aufzug. Das hätte ihr Spaß gemacht, auf der Bank vor der Rezeption zu sitzen und dem Treiben zuzuschauen, die langen Beine übereinandergeschlagen und mit dem einen schwarzen Schuh auf und ab wippend. Er hatte sich sogar schon eine Erklärung für den Portier ausgedacht: Die Dame war seine Frau. Sie hatten (mit gedämpfter Stimme jetzt, die Augenbrauen hochgezogen, unvermeidliches Erröten, das ja auch gar nicht so unangebracht war) — sie hatten Streit miteinander gehabt, und sie war ihm spontan nach New York gefolgt, um sich mit ihm zu versöhnen. Völlig impulsiv, aber . . . na ja, Frauen . . . Konnte er also statt des bestellten Einzelzimmers ein Doppelzimmer haben? Vielen Dank.

Dieses kleine Spiel war für ihn derart real geworden, daß er in die Hotelbar ging, um sich zu vergewissern, ob die Hauptdarstellerin nicht irgendwo in den Kulissen warte. Die Bar, bläulich erleuchtet, war hauptsächlich von Homosexuellen besucht. Ihre schleppenden, sorgsam artikulierenden Stimmen, die in eigenartig leidenschaftlichem Ton über Musicals diskutierten, schwebten ihm entgegen, und er erinnerte sich, wie sie ihm einmal, als er sagte, solche Leute seien doch gräßlich, sehr ernst erklärt hatte, Homosexuelle seien auch Menschen, sie fühle sich zu ihnen hingezogen und es stimme sie immer traurig, daß sie ihnen, na ja – ihr Blick verhärtete sich, wurde defensiv – nichts zu geben habe. «Die alte Schachtel, sich so in den Vordergrund zu spielen», kritisierte einer der Homos in schrillem Ton eine berühmte Schauspielerin.

Er fuhr mit dem Lift nach oben. Sein Zimmer ähnelte denen, die sie geteilt hatten, aber nichts war genau gleich, bis auf die Installationen, und selbst die waren ein bißchen anders angebracht. Er wechselte Hemd und Krawatte. Im Spiegel nahm er hinter sich eine Bewegung gleich dem zaghaften Schritt einer Frau wahr. Er erstarrte, aber es war nur die Tür, die er offengelassen hatte und die nun langsam zufiel. Hastig stürmte er aus dem dumpfen, leeren Zimmer ins Freie hinaus, lief durch die Straßen, um die unsichtbare Möglichkeit einer Begegnung mit ihr einzuatmen. Er aß in dem Restaurant, das er mit ihr zusammen aufgesucht hätte. Der Kellner war es anscheinend nicht gewohnt, einen einzelnen männlichen Gast an einem Tisch unterzubringen. Am Nebentisch saß ein Paar, und die Frau rückte sich den einen Ohrring mit einer Geste zurecht, die ihn an sie erinnerte; sie hatte sich die Ohrläppchen nie durchbohren lassen, und diese Unberührtheit ihres Fleisches war für ihn ein besonderer Reiz gewesen. Er verzichtete auf den Kaffee. An diesem Abend durfte er nichts tun, was den Schlaf verjagen konnte.

Um sich müde zu machen, ging er wieder durch die Straßen. Der Broadway bot das grelle Bild der Partnersuche – Matrosen und Matrosenliebchen, Schlepper und Dirnen. Der Frühling dringt in eine Stadt durch das Blut ihrer Bewohner ein. Die Nebenstraßen waren still wie die Korridore langer Pullman-Schlafwagen, die durch ihre sich verjüngende Perspektive fortgezogen werden. Wahrscheinlich hielt sie in der Fifth Avenue nach ihm Ausschau; ihre Vorliebe für Schaufensterbummel würde sie instinktiv dorthin lenken. Er sah ihre Silhouette in einiger Entfernung am Rockefeller Center, erspähte beim Näherkommen flüchtig gewisse Gesichtszüge, die im Nu entschwanden, und zurück blieb die rohe Masse eines Gesichtes, das er nicht kannte, nie geküßt oder in aller Ruhe betrachtet hatte, wenn es abgewandt auf einem Kopfkissen lag. Ein-, zweimal entdeckte er sogar im Schatten einer Tür oder auf eine Bank gekuschelt das schlafende schemenhafte Kind ihrer beider Intimität; nie aber sah er sie selbst in jener duftigen Gestalthaftigkeit, die ihn immer in eine so eigenartige heitere Stimmung versetzt hatte, wenn er sie empfand. Statistisch gesehen begann es ihn zu wundern, daß von so vielen Gesichtern keines das ihre war. Da schien es doch nur natürlich zu sein, wenn er ihre Gegenwart – wie Zinsen – von einer hinreichend großen Anzahl fremder Menschen abschöpfte, wenn er sie gleich Radium aus einer genügenden Menge Pechblende herausläuterte. Sie war ihm gegenüber nie reserviert gewesen; dieser schreckliche Takt, mit dem sie sich fernhielt, paßte gar nicht zu ihr.

Der Mond fügte der grellen Beleuchtung rings um die eislose Schlittschuhbahn seinen gestohlenen Glanz hinzu. Gesichter schauten dem Vorübergehenden nach, als spürten sie sein Suchen. Jede einzelne Sekunde versetzte ihm einen Schock, weil die Gesuchte nicht in ihr enthalten war; er wußte so genau, wie sich diese Begegnung abspielen würde. Ihre Augen würden aufleuchten, ihre Lippen sich unwillkürlich zu jenem Lächeln verziehen, mit dem sie alle besonderen Situationen begrüßte, mochten sie auch noch so ernst und gefährlich sein; ihr Blick würde ihren Körper vorwärts treiben, auf ihn zu, und die wachsende Nähe seiner Gegenwart würde die Härte auflösen, die beherrschte Kälte, die – ja, was? Was war jenes Element, das von Anfang an existiert und das er schließlich jeder heftigen Regung seines Herzens zum Trotz verstärkt hatte, so wie einer vagen phantastischen Prophezeiung durch ihre Erfüllung eine tyrannische Autorität verliehen wird? Was war das, dem er nie einen Namen gegeben hatte, vielleicht weil seine Eitelkeit nicht glauben wollte, daß es sowohl mit ihm zusammenhängen wie auch vor ihm existiert haben könnte.

Er fragte sich, ob er jetzt müde genug sei. Die Beine taten ihm jedenfalls vielversprechend weh. Er ging zum Hotel zurück. Die Partystimmung im Foyer hatte sich verflüchtigt, kein Filmstar war mehr zu sehen. Einige gut gekleidete junge Frauen, wie sie zu Tausenden in der Öffentlichkeit blühen und welken, warteten auf einen Begleiter oder auf den Lift. Als er, zweifellos überflüssigerweise, auf den Knopf drückte, geriet ein Gesicht in einem solchen Winkel in sein Blickfeld, daß sein Kopf jäh herumfuhr und er beinahe laut gesagt hätte: «Hab keine Angst. Natürlich liebe ich dich.»

Avec la Bébé-Sitter

Alle Leute, von ihren Freunden in Boston bis zu den Stewards auf dem Schiff, wunderten sich, weshalb Kenneth und Janet Harris ausgerechnet im November mit ihren drei kleinen Kindern nach Südfrankreich fuhren. Das Ehepaar hatte keine besondere Vorliebe oder Beziehung zu diesem Land. Janet Harris beherrschte das Französische, wie man es eben beherrschte, wenn man diese Sprache sechs Jahre lang in verschiedenen respektablen Schulen gelernt hat, ohne sich je mit einem Franzosen zu unterhalten, aber Kenneth konnte sich so gut wie gar nicht verständigen – er war nämlich trotz einer gewissen oberflächlichen Gescheitheit durchaus nicht das, was man gebildet nennt. Die irgendwo zwischen der leidenschaftlich im Detail gesehenen Erde Norman Rockwells und den luftigen blauen Wolken Jon Whitcombs angesiedelten Zeitschriftenillustrationen, mit denen er seinen Lebensunterhalt verdiente, waren das Ergebnis einer abgekapselten, monomanisch der Kunst gewidmeten Jugend. An seinem Zeichenbrett in dem kleinen, von unten bis oben mit Farbe bespritzten und beklecksten Zimmer war er so etwas wie ein Meister, einfallsreich, gewissenhaft und auf geheimnisvolle Weise die Modeschwankungen vorausahnend, denen der New Yorker Markt unterworfen war; außerhalb dieses Zimmers war er impulsiv, naiv und sehr auf Improvisation angewiesen. Es war charakteristisch für ihn, mit drei erschöpften, verwirrten Kindern (eines davon noch in Windeln) und einer elend und verzweifelt aussehenden Frau in Cannes an Land zu gehen, ohne daß er sich im voraus eine Villa und einen Wagen gesichert hatte und ohne daß auch nur ein einziges freundliches Gesicht sie begrüßte. Und dies zu einer Jahreszeit, da der Mittelmeersonnenschein die Kühle der Luft noch unterstrich. Nachdem sie eine Woche in einem verödeten Hotel zugebracht hatten, dessen beflissene Bedienstete – typische Angehörige der Alten Welt und offenbar allesamt Mitglieder einer einzigen flüsternden Familie – ihnen insgeheim 90 Dollar pro Tag berechneten, entdeckte Kenneth eine Villa in Antibes, die an Grundfläche zwar nicht ihrem Sandsteinhaus in der Marlborough Street entsprach, aber zumindest über genügend Betten und einen Postkartenausblick auf Fort Carré und den an schönen Tagen türkisfarbenen Hafen verfügte. Nach weiteren drei Wochen – Janet rackerte sich inzwischen allein mit dem Haushalt ab und bewältigte mehr schlecht als recht die Probleme des Einkaufens – fanden sie endlich den dringend benötigten Babysitter. Kenneth war nicht nur hilflos, er war auch, wie viele Menschen, deren Verdienstmöglichkeiten weitgehend vom Glück abhängen, ein Geizhals. Die Kosten dieser Reise entsetzten ihn, und tatsächlich hatte die Erkenntnis, daß eine Scheidung, die einzige Alternative, noch viel mehr Geld verschlingen würde, bei seinem Entschluß eine nicht unbedeutende Rolle gespielt.

Der Babysitter – das englisch-französische Wörterbuch gab kein Äquivalent an, und *bébé-sitter*, als Witz gedacht, war lustiger als *une qui s'assied avec les bébés* – hörte auf den leicht zu merkenden Namen Marie und war eine untersetzte, rüstige Witwe von etwa vierzig Jahren, die jeden Mittag, wenn sie kam, «*Bonjour, monsieur!*» zu Kenneth hinüberrief, in einem fröhlichen, hoffnungsvollen Ton, der neue, des Pflückens harrende Welten der Verständigung zwischen ihnen zu verheißen schien. Sie sprach geduldig und deutlich, begriff dank Janets Bemühungen innerhalb weniger Tage, was man von ihr erwartete, und teilte ihrerseits das eine oder andere Interessante mit. So erfuhr man, daß ihr Mann an einem Herzschlag gestorben war («*Cœur – bom!*» sagte sie, und machte eine rasche Armbewegung von der Waagerechten in die Senkrechte) und daß die Besitzer und Sommerbewohner dieser Villa zwei Homosexuelle waren (sie hob die Hände flatternd an die Schultern – «*Pas des femmes, jamais des femmes!*»), die sich Jungen aus Nizza und Cannes kommen ließen für «*dix mille pour une nuit*». «*Nouveaux francs?*» fragte Kenneth, und sie antwortete freudig lächelnd: «*Oui, oui*», obwohl das nicht stimmen konnte; kein Strichjunge kostete 2000 Dollar pro Nacht. Marie hatte für Kenneth etwas Quälendes, denn er ahnte in ihr, wie in einer versperrten Schublade, unzugängliche Schätze, und er hatte das Gefühl, auch Janet, deren Gespräche mit ihr von unbeholfener grammatikalischer Förmlichkeit waren, finde keinen Zugang zu ihr. Die Folge war, daß die Kinder ihr mit feindseliger Zurückhaltung begegneten. Sie waren von Boston her an zwei Typen von Babysittern gewöhnt: an Teenager, denen die siebenjährige Nancy, die Älteste, der Reihe nach auf schwärmerisch-kichernde Art zugetan war, und an gehbehinderte ältere Frauen, von denen Mrs. Shea die größten Erfolge verzeichnen konnte. Sie hatte einen Busen wie ein Kissen und eine zarte, fromme Stimme, mit der sie offenbar, sobald die Eltern gegangen waren, den Kindern herrliche Geschichten von Krankheiten, Katastrophen und anatomischen Mißbildungen erzählte. Marie hingegen war weder jung noch alt; hermetisch abgeschlossen innerhalb ihrer Sprache, mußte sie den Kindern so grotesk vorkommen wie ein Fisch, der hinter Glas das Maul auf und zu macht. Sie scharten sich trotzig um ihre Eltern, rissen Janet aus dem Mittagsschlaf, verfolgten Kenneth aufs Feld hinaus, wo er zeichnen wollte, und ließen Marie allein in der Küche zurück, so daß sie in dem verlegenen Bemühen, sich nützlich zu machen, immer wieder den Fußboden aufwischte. Jedesmal wenn die Eltern zusammen fortgingen, jammerten und heulten die Kinder, angeführt von der Ältesten, ohne jede Scham, während die arme Marie sie mit energischen *Ohs* und *Ahs* zur Vernunft zu bringen suchte. Es war eine demütigende Situation für alle Beteiligten, und Kenneth ärgerte sich, weil er überzeugt war, daß seine Frau in einer Stunde ungeteilter Aufmerksamkeit sehr leicht zwischen Marie und den Kindern ein paar Wortbrücken hätte bauen können, über die der jetzt so stark gehemmte emotionale Verkehr ungehindert geflossen wäre. Aber Janet mit ihrer hartnäckigen Scheu, die abwechselnd ihr entsetzlichster und ihr reizvollster Charakterzug war, weigerte sich, das zu tun oder war nicht dazu in der Lage. Sie war erschöpft.

Eines Nachmittags machte das Ehepaar einige Einkäufe für Weihnachten, das in diesem Land und Klima ein äußerst farbloses Fest zu sein schien. Danach setzte Kenneth seine Frau am Museum von Antibes ab und fuhr in dem gemieteten Renault allein zur Villa zurück.

Das Wohnzimmer war voller Rauch. Marie hatte ein Kaminfeuer angezündet, vor dem sie stumm mit den Kindern saß. Ihre Augen blickten fragend an Kenneth vorbei, als er eintrat. «*Madame*», erklärte er, «*est ... ehem ... visitée ... la musée.*»

Verstehen dämmerte auf ihrem lebhaften Gesicht. «*Ah, le musée d'Antibes! Très joli.*»

«*Oui. Ehem –*» er wollte es ihr erklären, damit sie nicht glaubte, daß er noch einmal fortfahren werde – «*madame est marchée.*» Für den Fall, daß es das falsche Verb war, machte er gehende Bewegungen mit den Fingern, und da ihm kein Wort für ‹zurück› einfiel, fügte er «*ici*» hinzu.

Marie nickte eifrig. «*À pied.*»

«Ich nehme an. Ja. *Oui.*»

Von den folgenden sehr schnell gesprochenen Sätzen verstand er überhaupt nichts. Marie wiederholte langsam: «*Monsieur . . .*» — sie deutete auf ihn — «*travaille*», und sie kritzelte mit den Händen über einen imaginären Skizzenblock.

«*Oh. Oui. Bon. Merci. Et les enfants?*»

Ihren Strudel von Worten und Gesten deutete er als die Versicherung, sie werde sich um die Kinder kümmern. Kaum aber war er mit Block und Malkasten hinausgegangen, da folgten ihm alle drei, angeführt von der zweijährigen Vera und taub für die schrillen Bitten Maries. Verlegen, mit gerötetem Gesicht kam sie in den Garten gelaufen.

«*C'est rien*», sagte er, womit er meinte: «Nur keine Aufregung.» Er versuchte dies durch sein Mienenspiel auszudrücken, und sie lachte, zuckte die Achseln und verschwand ins Haus. Fort Carré empfing das grelle Licht spröde auf der einen kalkgelben Seite in jener kubistischen Art, die sich nur unter französischer Sonne ergibt, das Mittelmeer hatte einen eigenartigen doppelten Horizont aus dunstigem Blau, und Nizza glich, aus weiter Ferne gesehen, einem länglichen, von den intensiv leuchtenden Alpen im Hintergrund heruntergewehten Haufen bleicher Flocken. Aber Vera stieß versehentlich das mit Wasser gefüllte Glas in den offenen Malkasten, und als Kenneth sich bückte, um es aufzuheben, fiel das noch feuchte Skizzenblatt mit der Oberseite nach unten ins Gras. Er sammelte alle Utensilien ein und ging zurück ins Haus. Die Kinder folgten ihm treulich. Marie war in der Küche und wischte den Fußboden auf. «Ich glaube, wir sollten eine Französisch-Stunde abhalten», verkündete er entschlossen. An Marie gewandt, fügte er in entschuldigend-fragendem Ton hinzu: «*Leçon français?*»

«*Une leçon de français*», sagte sie, und alle begaben sich in das rauchige Wohnzimmer. «*Fumée — ffff!*» rief Marie aus, wedelte mit den Händen vor ihrem Gesicht hin und her und machte die Seitentüren auf. Dann setzte sie sich auf das Bambussofa mit den orangeroten Kissen — die beiden Homosexuellen liebten offenbar grellbunte Farben und gebrechliches Mobiliar — und faltete erwartungsvoll die Hände im Schoß.

«Jetzt», begann Kenneth. «*Maintenant. Comment dites-vous . . .?*» Er hielt einen Bleistift in die Höhe.

«*Le crayon*», sagte Marie.

«*Le crayon*», wiederholte Kenneth stolz. Wie einfach das im Grunde doch war. «Nancy, sag *le crayon.*»

Das Mädchen kicherte und ließ den Blick zwischen den Erwachsenen hin und her wandern, um sich zu vergewissern, daß sie es ernst meinten. «Lö krräjong», artikulierte sie.

«*Bon*», sagte Kenneth. «Charlie — *le crayon.*»

Der Junge war vier Jahre alt, und seine Intelligenz konnte unversehens in den Wellen kindlichen Mutwillens versinken. Aber nach kurzem Zögern brachte er «*le crayon*» mit gekonntem Nasallaut heraus.

«Und Vera? *Le crayon?*»

Die Kleine lernte gerade erst Englisch, und er drängte sie nicht, als sie ihn ratlos schweigend anstarrte. Der Unterricht ging weiter: das Feuer — *le feu*, das Holz — *le bois*, der Kamin — *la cheminée*, das orangerote Sofa — *le canapé orange*. Als alle Gegenstände ihrer unmittelbaren Umgebung benannt worden waren, zeichnete Kenneth einige grundlegende Komponenten des Universums, und Marie identifizierte sie: der Mann — *l'homme*, die Frau — *la femme*, das Mädchen — *la jeune fille*, der Hund — *le chien*, die Katze — *le chat*, das Haus — *la maison*, die Vögel — *les oiseaux*. Die beiden älteren Kinder machten sich einen Spaß daraus, Gegenstände aus anderen Teilen des Zimmers herbeizuschleppen: ein Buch — *un livre*, ein Tintenfaß — *une bouteille d'encre*, einen Aschenbecher — *un cendrier*, und einen alten Schuh von Charlie — *un soulier*, dessen Gegenstück auf geheimnisvolle Weise im Garten zwischen den Riesenkakteen verschwunden war.

Nancy holte aus ihrem Zimmer drei Papierfiguren von großen Männern, ausgeschnitten aus einer Nummer von *Réalités*, die ihr in die Hände gefallen war. «*Ah*», rief Marie. «*Jules César, Napoléon et Charles Baudelaire.*»

Vera tappte in die Küche, und als sie zurückkam, hielt sie mit strahlendem Gesichtchen hoffnungsvoll ein trocken gewordenes Stück Napfkuchen hoch.

«*Gâteau*», sagte Marie.

«*Kugen*», sagte Vera.

«*Gâteau.*»

«*Kugen.*»

«*Gâteau.*»

«*Kugen.*»

«*Non, non. Gâteau.*»

«*Kugen!*»

«*Gâteau!*»

Die Kleine brach in Tränen aus. Kenneth hob sie auf. «Du hast recht, Vera. Das ist Kuchen.» Zu den anderen Kindern sagte er: «Okay, genug für heute. Morgen lernen wir weiter. Lauft jetzt in den Garten und spielt schön.» Er setzte Vera ab. Sie warf einen verstörten Blick auf Marie, bevor sie ihren Geschwistern nach draußen folgte. Kenneth fühlte sich verpflichtet, die Dinge wieder ins Lot zu bringen, indem er mit Marie etwas Konversation machte. Sie blieben beide sitzen. Er fragte sich, wann Janet wohl endlich kommen und ihn aus der

Klemme befreien würde. Daß er seine Frau herbeisehnte, war ein ungewohntes und beunruhigendes Gefühl.

«*Le français*», sagte Marie sehr langsam, sehr deutlich, «*est difficile pour vous.*»

«*Je suis très stupide*», erwiderte er.

«*Mais non, non, monsieur, est très doué, très —*» ihre Hand kritzelte über einen imaginären Zeichenblock — «*adroit.*»

Kenneth wollte bescheiden widersprechen, brachte aber nur eine abwehrende Geste zustande.

Sie fragte ihn etwas, was er nicht verstand, auch dann nicht, als sie die Worte langsam wiederholte und mit Handbewegungen begleitete. «*Nju* Yorrk?» sagte sie schließlich. «*Vahshington?*»

«Ach, wo ich zu Hause bin? Hier. *Les États Unis.*» Er griff wieder nach dem Zeichenblock, schlug ein neues Blatt auf und zeichnete die Ostküste der Vereinigten Staaten. «*Floride*», sagte er, als er die Halbinsel einzeichnete, und dann, kühner werdend: «*Le Golfe de Mexique.*» Maries ausdrucksloses Gesicht ließ ihn argwöhnen, er habe sich unverständlich ausgedrückt. Er zeichnete ein paar Punkte: «Washington, New York, *et ici*, eine Stunde ... *une heure nord à New York par avion, Bostond! Grande ville.*»

«*An*», sagte Marie.

«Wir wohnen», fuhr Kennth fort, «ehem—*nous vivons dans une maison comme ça.*» Und da zeichnete er auch schon in begierig erinnertem Detail die Vorderseite ihres Hauses in der Marlborough Street: die zur Haustür hinaufführenden Stufen, deren oberste ein bißchen höher war als die anderen, das winzige Stück Rasen mit dem schmiedeeisernen Zaun und seinem einzigen Gefangenen, dem Forsythienstrauch, der einer weinenden Prinzessin glich, die struppige alte Kletterpflanze, die sogar dem kältesten Winter trotzte, die hohen, vielfach unterteilten Fenster. Er zeichnete sogar die Kindergesichter in die Fenster des ersten Stocks. Dieses Fenster gehörte zu Veras Zimmer, und das waren die Fenster, von denen aus Nancy und Charlie die Verkehrsstockungen beobachteten, hier war das Wohnzimmerfenster, in das zu dieser Jahreszeit ein buntgeschmückter Christbaum gehörte, und da oben, im zweiten Stock, waren die kleinen, mit Läden verschlossenen Fenster des Gästeschlafzimmers, in dem ein Gespenst mit schlankem Hals und nackten, mondbeschienenen Schultern hauste. Eine starke Gemütsbewegung ließ seine Hand erstarren.

Marie blickte mit sehr dunklen Augen von der lebendigen Zeichnung auf und stellte eine lange Frage, aus der er die Wörter «*France*» und «*pourquoi*» herauszuhören glaubte.

«Sie meinen, warum wir nach Frankreich gekommen sind?» vergewisserte er sich auf englisch. Marie nickte. Die nun folgende Erklärung gab er ihr zum Teil zweifellos deshalb, weil sie der Wahrheit entsprach, hauptsächlich aber wohl deshalb, weil er zufällig die entsprechenden Vokabeln wußte. Er preßte die Hand aufs Herz und sagte: *«J'aime une autre femme.»*

Marie hob die sorgsam gezupften Augenbrauen, und er überlegte, ob er sich richtig ausgedrückt hatte. Der Satz schien idiotensicher zu sein; aber er wiederholte ihn nicht. In linguistisches Dunkel eingesperrt, hatte er das intimste Fenster seines Lebens aufgestoßen und gestanden, daß er eine andere Frau liebte. Er fühlte sich erleichtert, befreit wie ein Mensch, der am Ende des Tunnels einen Lichtschimmer erblickt.

«Et Madame?» fragte Marie behutsam. *«Vous ne l'aimez pas?»*

Kenneth wußte, es gab da eine Redewendung — *comme ci, comme ça* oder so —, die ganz grob die vielschichtige Masse seiner schuldbewußten, unduldsamen, zärtlichen und hilflosen Gefühle für Janet umriß. Aber er wagte sich nicht an diese Formulierung heran. Er wollte ganz genau sein, und so maß er mit den Fingern etwa eineinhalb Zoll ab und sagte: *«Un petit peu pas.»*

«Ahhh.» Und jetzt war Marie sprachlos, als wären die Sprachen vertauscht worden. Mehrere der Situation angemessene amerikanische Redewendungen wie «Ein letzter Versuch, darüber hinwegzukommen» oder «Um der Kinder willen» gingen Kenneth durch den Kopf, nur fiel ihm leider kein französisches Äquivalent ein. *«Pour les enfants»*, sagte er schließlich, deutete nach draußen und lief unvermittelt in die Richtung seiner Geste, denn Vera war in lautes Geschrei ausgebrochen. Mindestens einmal am Tag spießte sie sich an einem der Kaktusriesen auf.

Janet näherte sich gerade dem Haus. Als Kenneth sie zu Marie hineingehen sah, fühlte er sich nur leicht beunruhigt. Es schien ihm unmöglich, daß er in einer Sprache, die er nicht verstand, indiskret gewesen sein sollte. Bei seiner Rückkehr ins Wohnzimmer erörterten Marie und seine Frau fröhlich und ausführlich die Reize des Museums von Antibes, und ihm kam auf einmal der Gedanke, daß es wahrscheinlich ebensosehr Marie wie Janet zuzuschreiben war, wenn zwischen den beiden Frauen eine gewisse Reserviertheit bestanden hatte. Von diesem Nachmittag an zeigte sich Marie gesprächig und heiter, freimütig und *bien intime* im Umgang mit ihrer Herrin; die beiden führten lange Küchenunterhaltungen, bei denen weibliche Intuition ersetzte, was an sprachlichen Nuancen verlorenging. Die Kinder spürten das neue engere Verhältnis; sie heulten nicht mehr, wenn ihre Eltern ausgingen, und eigneten sich unter Maries Obhut ein etwas unabhängiges Französisch an, in dem man, wenn Bleistifte *crayons* hießen, zu *crayons* Bleistifte sagen mußte. Vera lernte das Wort *gâteau* und sogar den Satz «*Je veux un gâteau*». Was Kenneth betraf, so wußte er zwar nicht, was die Frauen miteinander sprachen, war jedoch fest überzeugt, daß sein seltsames Geständnis nie erwähnt wurde. *La bébé-sitter* wahrte ihm gegenüber eine kleine, aber deutliche Distanz, ob aus Mißbilligung oder aus Respekt, das vermochte er nicht zu sagen. Jedenfalls wurde ihm, wenn sie im Hause war, regelmäßig bedeutet, er könne ruhig draußen im Freien malen, und diese Isolation, in der ihm die wachsende Sprachfertigkeit seiner Frau manche Verständigungsschwierigkeiten ersparte, kam den Bedürfnissen seines mit vielen Problemen belasteten Herzens entgegen. Kurz gesagt, sie entwickelten sich zu einem Haushalt.

Zweibettzimmer in Rom

Die Maples hatten schon so lange an eine Trennung gedacht und darüber geredet, daß es schien, sie würden dieses Vorhaben nie verwirk-
lichen. Denn ihre Gespräche, die sich in zunehmendem Maße ambi-
valent und erbarmungslos gestalteten, weil Anklage, Widerruf,
Schlag und Liebkosung miteinander wechselten und sich aufho-
ben, knüpften sie letztlich in einer schmerzhaften, hilflosen, demüti-
genden Intimität nur noch enger zusammen. Ihre körperliche Liebe
blieb bestehen, gleich einem pervers robusten Kind, dem selbst die
mangelhafteste Ernährung nichts anhaben kann; wenn ihre Zungen
endlich schwiegen, vereinigten sich ihre Körper — gleichsam zwei
stumme Armeen, die sich zusammentun, endlich erlöst von den absurden Feindseligkeiten, die zwei verrückte Könige verfügt haben.
Blutend, zerfleischt, ein dutzendmal ehrerbietig zu Grabe getragen,
konnte ihre Ehe doch nicht sterben. Sie brannten darauf, einander zu
verlassen, und aus ehelicher Gewohnheit verließen sie ihr Heim gemeinsam. Sie reisten nach Rom.

Sie trafen nachts ein. Die Maschine hatte Verspätung, der Flughafen
war verwirrend groß. Sie waren in aller Eile aufgebrochen, ohne irgendwelche Pläne zu machen, und doch, wie von ihrer Ankunft verständigt, tauchten behende, fließend englisch sprechende Italiener
auf, trennten sie geschickt von ihrem Gepäck, bestellten telefonisch
vom Flughafen aus ein Hotelzimmer für sie und komplimentierten
sie in einen Bus. Der Bus fuhr zu ihrer Überraschung in eine ländliche
Gegend hinein. Ein paar ferne Fenster hingen wie Laternen in der
Dunkelheit; tief unten entblößte ein Fluß unvermittelt seine silbrige
Brust; die vorüberfliegenden Silhouetten von Olivenbäumen und Pi-
nien glichen schwarzen Federzeichnungen in einem alten lateinischen

Lehrbuch. «Ich könnte ewig in diesem Bus fahren», sagte Joan, und Richard fühlte sich schmerzlich berührt, weil er daran denken mußte, daß sie ihm einmal, als sie noch glücklich miteinander gewesen waren, gestanden hatte, sie sei sexuell erregt worden, als der junge Mann an der Tankstelle, der die Windschutzscheibe mit kräftigen, kreisenden Bewegungen blank rieb, den Wagen und damit auch sie in ein leises Schaukeln versetzte. Von allem, was sie ihm je offenbart hatte, war dies in seinem Gedächtnis haftengeblieben als der tiefste, enthüllendste Einblick in die verborgene Frau, die zu erreichen ihm nie gelungen war, so daß er seine Versuche schließlich aufgegeben hatte.

Aber es freute ihn, wenn sie glücklich war. Das war seine Schwäche. Er wollte, sie solle glücklich sein, und die Tatsache, daß er fern von ihr nicht wissen konnte, ob sie glücklich war oder nicht, bildete die letzte Schranke, die ihm unerwartet den Weg versperrte, als alle anderen Schranken schon gefallen waren. So trocknete er die Tränen, die er ihren Augen entlockt hatte, widerrief jede Beteuerung der Hoffnungslosigkeit genau in dem Augenblick, da sie bereit schien, die Hoffnung aufzugeben – und ihrer beider Qual ging weiter. «Nichts dauert ewig», sagte er jetzt.

«Kannst du mir nicht wenigstens *einen* Moment Ruhe gönnen?»

«Entschuldige. Ich wollte dich nicht stören.»

Sie starrte eine Zeitlang aus dem Fenster, dann drehte sie sich wieder zu ihm um. «Es kommt mir gar nicht so vor, als ob wir nach Rom fahren.»

«Wohin führt unser Weg?» Er wollte es wirklich wissen, hoffte aufrichtig, sie könnte es ihm sagen.

«Zurück zu dem, was war?»

«Nein, zurück will ich nicht. Mir scheint, wir haben einen sehr weiten Weg hinter uns und sind kurz vor einem Ziel.»

Sie blickte geraume Zeit auf die Landschaft hinaus, bevor er merkte, daß sie weinte. Er unterdrückte den Impuls, sie zu trösten, verdammte ihn innerlich als feige und grausam, doch seine Hand, als wäre sie durch eine Kraft, mächtig wie das Verlangen, von einem Zwang befreit, kroch zu ihrem Arm. Sie legte den Kopf an seine Schulter. Die Frau im Umschlagtuch auf der anderen Gangseite hielt sie für Hochzeitsreisende und wandte diskret den Blick ab.

Der Bus ließ die ländliche Gegend hinter sich. Fabriken und Wohnhäuser verengten die Straße. Plötzlich ragte ein Denkmal neben ihnen auf, eine massige weiße Pyramide mit einer lateinischen Inschrift, von Scheinwerfern angestrahlt. Wenig später preßten sie beide das Gesicht an die Scheibe, um das Colosseum zu bewundern, das einer angeknabberten Geburtstagstorte glich. Vom Bus aus gesehen, schien es sich langsam zu drehen, bevor es lautlos ihren Blicken entschwand. An der Endstation brachte eine andere lebhafte Kette von Händen sie wieder mit ihrem Gepäck zusammen, verfrachtete sie in ein Taxi und expedierte sie zum Hotel. Als Richard sechs Hundert-Lire-Stücke in die Hand des Fahrers fallen ließ, dünkten sie ihn die glattesten, rundesten, am taktvollsten abgewogenen Münzen, die er je ausgegeben hatte. Zur Hotelrezeption ging es eine Treppe hinauf. Der Empfangschef war ein junger, zu Scherzen aufgelegter Mann. Er sprach ihren Namen mehrmals aus und fragte, warum sie nicht lieber nach Neapel gefahren seien, dessen englischer Name – Naples – sich so schön auf ihren Namen reime. Am Flughafen hatte man ihnen gesagt, das Hotel sei «gute Mittelklasse», aber die Fußböden der Korridore waren immerhin aus rosenfarbenem Marmor. Auch ihr Zimmer hatte einen Marmorfußboden. Dies und die Geräumigkeit des Badezimmers und der kaiserliche Purpur der Vorhänge blendeten Richard so sehr, daß er erst wieder zu sich kam, als der Page, der aus Freude über das vielleicht zu reichlich bemessene Trinkgeld die Hacken zusammengeknallt hatte, schon außer Sicht war.

«Zwei Betten», sagte er. Sie hatten sonst immer ein Doppelbett gehabt.

«Willst du ihn zurückrufen?» fragte Joan.

«Legst du großen Wert darauf?»

«Ach, so wichtig ist das doch nicht. Kannst du allein schlafen?»

«Ich denke schon. Aber . . .» Es war eine heikle Angelegenheit. Er hatte das Gefühl, sie seien beleidigt worden. Solange sie sich noch nicht endgültig getrennt hatten, schien es unerhört, daß sich irgend etwas zwischen sie schob, und sei es auch nur der Raum zwischen zwei Betten. Wenn diese Reise über Sein oder Nichtsein ihrer Ehe entscheiden sollte (und das war zum zehntenmal ihr Slogan), dann mußte das Streben nach einem positiven Ergebnis eine gewisse technische Reinheit besitzen, selbst wenn – besser gesagt, um so mehr als – Richard diesen Versuch in seinem Innern schon zum Scheitern verurteilt hatte. Außerdem war da die materielle Frage, ob er schlafen konnte, wenn er keinen warmen Körper neben sich hatte, der seinem Schlaf Form verlieh.

«Aber was?»

«Aber ich finde es irgendwie . . . traurig.»

«Richard, sei nicht traurig. Du bist lange genug traurig gewesen. Du sollst dich hier entspannen und erholen. Wir sind ja nicht auf der Hochzeitsreise oder so, wir versuchen nur, uns gegenseitig etwas Ruhe zu gönnen. Und wenn du gar nicht schlafen kannst, darfst du gern zu mir ins Bett kommen.»

«Du bist eine so nette Frau», sagte er. «Ich begreife einfach nicht, warum ich mit dir so unglücklich bin.»

Er hatte dies oder ähnliches schon so oft gesagt, daß sie, angeekelt von dem Honig-Galle-Gemisch, die Bemerkung ignorierte und mit betonter Ruhe ans Auspacken ging. Auf ihren Vorschlag hin machten sie dann noch einen Bummel durch die Stadt, obwohl es schon zehn Uhr war. Ihr Hotel lag in einer Geschäftsstraße, die um diese Zeit von heruntergelassenen Rolläden gesäumt war. In einiger Entfernung plätscherte ein beleuchteter Brunnen. Richards Füße, die ihn sonst nie schmerzten, taten auf einmal entsetzlich weh. In der weichen, feuchten Luft des römischen Winters schienen sich in seinen Schuhen heiße Wölbungen gebildet zu haben, die ihn bei jedem Schritt drückten. Er konnte sich nicht erklären, woher das kam – vielleicht war er empfindlich gegen Marmor. Seiner Füße wegen setzten sie sich in eine amerikanische Bar und bestellten Kaffee. Irgendwo im Hintergrund tönte eine betrunkene männliche amerikanische Stimme monoton durch die Rillen eines unverständlichen, aber eindeutig weiblichen Klagegeleiers; tatsächlich klang die Stimme gar nicht männlich, sondern eher wie die einer Frau, nur dunkler getönt durch eine zu langsame Umdrehungszahl des Plattenspielers. In der Hoffnung, eines wachsenden Schwindel- und Leeregefühls Herr zu werden, bestellte Richard ein ‹Hamburger›, das aus mehr Tomatensauce als Fleischteig bestand. Auf der Straße kaufte er dann einem Händler eine Tüte gerösteter Kastanien ab. Der Mann, dessen Daumen und Fingerspitzen kohlschwarz waren, bewegte die Hand, bis 300 Lire in ihr lagen. In gewisser Hinsicht begrüßte es Richard, daß man ihn ausnahm; es verlieh ihm einen Platz in der römischen Wirtschaft. Die Maples kehrten ins Hotel zurück und fielen nebeneinander in ihren Einzelbetten mühelos in tiefen Schlaf.

Das heißt, Richard nahm in den Buchführungsgewölben seines Unterbewußtseins an, daß auch Joan gut schlief. Aber als sie am nächsten Morgen aufwachten, sagte sie: «Du warst schrecklich komisch heute nacht. Ich konnte nicht einschlafen, und jedesmal, wenn ich den Arm ausstreckte und dir einen kleinen Klaps gab, damit du denken solltest, du wärst in einem Doppelbett, hast du ‹Geh weg› geknurrt und mich abgeschüttelt.»

Er lachte entzückt. «Hab ich das wirklich getan? Im Schlaf?»

«Es muß wohl im Schlaf gewesen sein. Einmal hast du so laut ‹Laß mich in Ruhe!› gerufen, daß ich dachte, du wärst wach, aber als ich dann mit dir sprechen wollte, hast du geschnarcht.»

«Na, so was! Hoffentlich habe ich dich damit nicht gekränkt.»

«Nein. Es war sehr erfrischend, dich einmal frei von der Leber weg reden zu hören.»

Er putzte sich die Zähne und aß ein paar von den übriggebliebenen, jetzt kalten Kastanien. Nach dem Frühstück im Hotel – es gab zähe Brötchen und bitteren Kaffee – gingen die Maples wieder auf Besichtigungstour. Wie am Vorabend machten Richard die drückenden Schuhe zu schaffen. Die Stadt schien zu erraten, was er am dringendsten brauchte, denn sie präsentierte sogleich mit eigenartiger, fast spöttischer Zuvorkommenheit ein Schuhgeschäft. Sie traten ein, und Richard erstand bei einem schlangenhaft anmutigen jungen Verkäufer ein Paar leichte schwarze Alligatorslipper. Sie hatten zwar eine modisch schmale Form, aber sie waren wenigstens tot – sie zwickten ihn nicht so brutal und rachsüchtig wie die anderen. Dann wanderten die Maples, sie mit dem Hachette-Reiseführer in der Hand, er mit dem Karton, der seine amerikanischen Schuhe enthielt, die Via Nazionale hinunter zum Monumento Vittorio Emanuele, einer gigantischen Treppe, die ins Nichts führte. «Was war so groß an ihm?» fragte Richard. «Hat er Italien geeint? Oder war das Cavour?»

«Ist er der komische kleine König aus Hemingways *In einem andern Land?*»

«Ich weiß nicht. Aber so groß *kann* niemand sein.»

«Verstehst du jetzt, weshalb die Italiener keine Minderwertigkeitskomplexe haben? Hier ist alles so riesenhaft.»

Sie betrachteten den Palazzo Venezia, bis sie glaubten, Mussolini stirnrunzelnd an einem Fenster stehen zu sehen, stiegen die vielen Stufen zur Piazza del Campidoglio hinauf und kamen zu dem Reiterstandbild Marc Aurels auf dem Sockel von Michelangelo. Joan meinte, es erinnere sehr an Marino Marini, und das stimmte; ihre Intuition hatte achtzehn Jahrhunderte übersprungen. Sie war so klug. Vielleicht war es das, was ein Fortgehen von ihr als Geste in der Konzeption so köstlich und in der Ausführung so schwierig machte. Sie gingen um den Platz herum. Die Portale und Türen aller Gebäude schienen wie die Türen auf einem Bild für ewige Zeiten geschlossen zu sein. Nur eine Seitentür der Kirche Santa Maria in Aracoeli war offen, und dort traten sie ein. Sie entdeckten, daß sie über Schlafende hinwegschritten, über lebensgroße, von ungezählten Füßen fast zur Unkenntlichkeit abgewetzte Grabreliefs. Die Finger der auf steinernen Brüsten gefalteten Hände waren zu fingerförmigen Schemen geglättet. Ein Gesicht, das hinter einer Säule der Abnutzung entgangen war, schien eine lebende Seele zu sein, die sich von ihrem nahezu ausgelöschten Körper zu erheben suchte. Die Reliefs waren in einen Boden eingelassen, der einmal ein glitzernder Mosaiksee gewesen sein mußte. Nur die Maples betrachteten diese Grabmäler; die anderen Touristen drängten sich um die Kapelle, in der hinter Glas die kindergroßen grünlichen Überreste eines Papstes in Pantoffeln und Ornat aufbewahrt wurden. Joan und Richard verließen die Kirche durch die Seitentür, stiegen mehrere Stufen hinunter und lösten Eintrittskarten für das Forum Romanum. Die Renaissance hatte das Ruinenfeld als Steinbruch benutzt; überall lagen geborstene Säulen herum, mit Perspektive befrachtet wie ein Gemälde von de Chirico. Joan war entzückt, daß Vögel und Unkraut in den Ritzen und Spalten dieser Traumrelikte lebten. Ein ganz leichter Regen hatte eingesetzt. Am Ende eines Weges spähten sie durch Glastüren, und ein kleiner uniformierter Mann mit einem Besen kam herbeigehinkt und ließ sie in die leere Kirche Santa Maria Antiqua eintreten, verstohlen wie in eine Kneipe mit verbotenem Alkoholausschank. Die bleiche, gewölbte Luft wirkte frei von frommer Andacht; die Fresken aus dem 7. Jahrhundert schienen erst vor kurzem in nervöser Eile gemalt worden zu sein. Beim Hinausgehen las Richard die Frage in dem Lächeln des Mannes mit dem Besen und drückte ihm eine taktvolle Münze in die Hand. Wieder stäubte der feine Regen auf sie herab. Joan hakte sich bei ihrem Mann ein, als suche sie Schutz. Richard begann der Magen zu schmerzen—ein leichter, reibender Schmerz zunächst, kaum ausreichend, ihn von dem Brennen in seinen Füßen abzulenken. Sie gingen die Via Sacra entlang, durch heidnische Tempel ohne Dach, ausgelegt mit Grasteppichen. Der Schmerz in Richards Magen wurde heftiger. Uniformierte Wächter, alte Männer, die hier und dort im Regen standen wie hungrige Möwen, winkten ihnen, um sie auf weitere Ruinen, weitere Kirchen aufmerksam zu machen, doch Richard konnte jetzt nur noch daran denken, wie weit er von allem entfernt war, was ihm vielleicht Linderung verschaffen konnte. Er lehnte den Besuch der Basilica Constantini ab und fragte statt dessen nach einer *uscita*. Er hatte einfach nicht mehr die Kraft, zum Eingang zurückzugehen. Der Wächter, der eine Trinkgeldquelle entschwinden sah, deutete mürrisch auf ein Pförtchen in einem Drahtzaun. Die Maples öffneten das Schnappschloß, traten hinaus und standen auf der Anhöhe, von der aus man das Colosseum überblickte. Richard ging ein Stück und lehnte sich dann an eine niedrige Mauer.

«Ist es so schlimm?» fragte Joan.

«Scheußlich», sagte er. «Entschuldige, ich weiß gar nicht, was mit mir los ist.»

«Mußt du dich übergeben?»

«Nein. Das ist es nicht.» Er sprach mühsam, abgehackt. «Es ist nur . . . eine Art Bauchgrimmen.»

«Oben oder unten?»

«In der Mitte.»

«Wovon kann das kommen? Von den Kastanien?»

«Nein. Ich glaube, es liegt einfach daran . . . daß ich hier bin, so weit fort von allem, mit dir . . . und nicht weiß . . . warum.»

«Möchtest du zurück ins Hotel?»

«Ja. Wenn ich mich hinlege . . .»

«Wollen wir ein Taxi nehmen?»

«Die hauen mich wieder . . . übers Ohr.»

«Das spielt doch jetzt keine Rolle.»

«Ich weiß . . . die Adresse nicht.»

«Wir wissen aber so ungefähr, wo es ist. Ganz in der Nähe dieses großen Brunnens. Ich sehe gleich mal im Wörterbuch nach, was Brunnen auf italienisch heißt.»

«Rom ist . . . voll von . . . Brunnen.»

«Richard, du machst das doch nicht nur meinetwegen?»

Er mußte lachen, sie war so klug. «Nicht bewußt. Es hat etwas zu tun . . . mit dem ewigen . . . Trinkgeldgeben. Ich habe wirklich Schmerzen. Es ist unglaublich.»

«Kannst du gehen?»

«Klar. Faß mich unter.»

«Soll ich dir nicht den Schuhkarton abnehmen?»

«Nein. Mach dir keine Sorgen, Schatz. Es hängt mit den Nerven zusammen. Ich hatte es oft . . . als ich klein war. Aber damals war ich . . . tapferer.»

Eine Treppe führte zu einer Straße hinunter, auf der starker Verkehr herrschte. Die Taxis, denen sie winkten, waren alle besetzt und hielten nicht an. Sie überquerten die Via dei Fori Imperiali und versuchten, sich durch die Fahrzeugströme aus den Nebenstraßen in das Viertel mit dem Brunnen, der amerikanischen Bar, dem Schuhgeschäft und ihrem Hotel vorzuarbeiten. Dabei gerieten sie auf einen grellbunten Viktualienmarkt. Wurstgirlanden hingen von gestreiften Markisendächern herab. Haufen von Salatköpfen lagen auf der Straße. Richard ging steifbeinig, als wäre der Schmerz, den er in sich trug, eine kostbare, zerbrechliche Last; wenn er den einen Arm auf den Leib preßte, schien es ein bißchen besser zu werden. Der Regen und Joan waren in gewisser Weise die Kräfte gewesen, die den Schmerz ausgelöst hatten, und jetzt wurden sie zu den Kräften, die ihm halfen, ihn zu ertragen. Joan stützte ihn beim Gehen, und der Regen verschleierte ihn, ließ seine Gestalt für die Passanten und dadurch auch für ihn selbst verschwommen erscheinen und nahm auf diese Weise dem Schmerz die Schärfe. Die Straßen, die sie hinauf-

und hinabstiegen, kamen ihm grausam steil vor. Neben der Banca d'Italia mußten sie einen langen, schmalen Bürgersteig erklimmen. Es regnete nicht mehr. Der Schmerz, der in jeden Winkel des Raumes unter den Rippen vorgedrungen war, hatte sich mit einem Messer bewaffnet und begann wild um sich zu schlagen, als wollte er die Bauchwand aufschlitzen und sich so einen Weg ins Freie bahnen. Ein paar Querstraßen vom Hotel entfernt erreichten sie die Via Nazionale. Die Läden waren jetzt geöffnet, den Brunnen hatte man abgestellt. Richard kam es vor, als lehne er sich zurück; sein Denken schien so etwas wie ein Zweig zu sein, ein Zweig, der sich von seinem Stamm entfernt hatte und lieber an dieser Stelle sitzen wollte als an jener oder noch lieber anderswo und der bei jedem Wechsel etwas dünner geworden war, bis ihm schließlich nichts anderes übrigblieb, als sich in Luft aufzulösen. Im Hotelzimmer legte Richard sich auf sein Bett, rollte sich, in den Mantel gehüllt, zusammen und schlief sofort ein.

Etwa eine Stunde später wachte er auf, und alles war anders. Er hatte keine Schmerzen mehr. Joan lag auf ihrem Bett und las in dem Hachette-Reiseführer. Er sah sie, als er sich zu ihr umdrehte, mit ganz anderen Augen: in jenem kühlen Bibliothekslicht, in dem er sie zum erstenmal gesehen hatte; nur wußte er, und es war ein ruhiger Gedanke, daß sie inzwischen zu ihm gekommen war, um sein Zimmer zu teilen. «Die Schmerzen sind weg», sagte er.

«Du machst wohl Witze. Ich war drauf und dran, nach einem Arzt zu schicken und dich ins Krankenhaus bringen zu lassen.»

«Nein, so schlimm war es nicht. Ich hab's gleich gewußt. Eine Nervensache, weiter nichts.»

«Du warst leichenblaß.»

«Es ist zu vieles auf mich eingestürmt. Ich glaube, das Forum hat sich mir auf die Seele gelegt. Die Vergangenheit wirkt da so drückend. Und gedrückt haben mich auch meine Schuhe.»

«Liebling, das ist eben Rom. Hier hast du glücklich zu sein.»

«Jetzt bin ich's ja auch. Komm, laß uns essen gehen, du bist bestimmt schon ganz schwach vor Hunger.»

«Willst du wirklich aufstehen? Fühlst du dich kräftig genug?»

«Unbedingt. Ich bin wieder ganz in Ordnung.» Und so war es auch, bis auf ein angenehm nachklingendes Grimmen, das schon beim ersten Bissen Mailänder Salami verschwand. Die Maples nahmen abermals Rom in Angriff, und in dieser Stadt der Stufen, der gleitenden, sich entfaltenden Perspektiven, der vielfenstrigen Flächen von Sepia und rosigem Ocker, der weitläufigen Gebäude, in denen man sich wie im Freien vorkam, in dieser Stadt trennten sie sich. Nicht physisch – es kam selten vor, daß sie einander aus den Augen verloren. Aber sie waren endlich getrennt worden, und sie wußten es beide. Im Umgang miteinander waren sie wie in der Zeit ihrer jungen Liebe: höflich, heiter und ruhig. Ihre Ehe löste sich gleich einer übermäßig gewachsenen Kletterpflanze, in deren halb verborgenen Stamm ein alter Gärtner im Morgengrauen seine Axt geschlagen hat. Sie gingen Arm in Arm durch scheinbar fest zusammenhängende Gebäudeblocks, die bei näherer Betrachtung in deutlich getrennte Stil- und Zeitschichten zerfielen. Einmal wandte sie sich ihm zu und sagte: «Liebling, ich weiß, was mit uns nicht gestimmt hat. Ich bin klassisch, und du bist barock.» Sie kauften ein, besichtigten, schliefen, aßen. Als Richard ihr gegenübersaß in dem letzten der Restaurants, die wie Oasen aus Tischleinen und Wein die Stützpunkte dieser ausgeglichenen elegischen Tage gewesen waren, sah er, daß sie glücklich war. Ihr von der Anspannung des Hoffens befreites Gesicht war weich und glatt geworden; ihre Gesten hatten jetzt die flirtende Ironie der Jugend; sie interessierte sich ekstatisch für alles, was um sie herum geschah; und sie sprach, als sie sich vorbeugte, um ihm eine Bemerkung über eine Frau und einen gut aussehenden Mann an einem Nachbartisch zuzuflüstern, mit schneller Stimme, als wäre sogar ihre Atemluft dünn und frei geworden. Sie war glücklich, und er, eifersüchtig auf ihr Glück, wurde wieder wankend in seinem Entschluß, sie zu verlassen.

Vier Seiten einer Geschichte

Tristan

Geliebte,

verzeih mir, ich scheine auf einem Schiff zu sein. Der Schock der Trennung von Dir hat mich ganz schön abgestumpft gegen die üblichen Demütigungen des An-Bord-Gehens – wie kommt es eigentlich, daß in einem Pierschuppen jeder, mag er auch noch so vornehm und selbstsicher sein, wie ein mitteleuropäischer Emigrant aussieht und entsprechend behandelt wird? –, und obwohl wir jetzt schon zwei Tage auf See sind und ich, technisch gesehen, Deiner absoluten Unerreichbarkeit gewiß sein kann, bin ich noch immer nicht fähig, mich auf meine Mitpassagiere zu konzentrieren, wenn mich auch für den Bruchteil einer Sekunde eine gleichsam geistesabwesende geistige Klarheit überkam und ich prophetisch durch einen Spalt in meiner Besessenheit erkannte, daß mich der Steward als einen der hilflosen Einzelgänger der Welt eingestuft hatte, mich folglich von oben herab bedienen und dafür am Ende der Reise ein schuldbewußt hohes Trinkgeld von mir erwarten würde. Egal. Im nächsten Augenblick entfaltete ich die Serviette, Dein Seufzer entwich – er hatte genau die Form einer Taube, die blaue Färbung des Halses verdunkelte für einen Moment sichtbar die Flamme der Kerze auf dem Tisch –, und ich wurde zurückgestoßen in das feuchte Gemurmel, das erloschene Flüstern, die sofort zischelnd widerrufenen Schwüre, den ausgetauschten Schweiß unserer Liebe.

Das Schiff zittert. Die Vibration ist unaufhörlich und allgegenwärtig; sie hat mich sogar hier im Schreibzimmer aufgespürt, einem dunklen Raum, bemannt mit einem mürrischen Steward aus Turin und ausgestattet, um sich als Bibliothek zu qualifizieren, mit zerknitterten Exemplaren von *Paris Match* und, hinter Glas, siebzehn prächtig gebundenen und makellos ungelesenen Bänden d'Annunzio, natürlich in italienischer Sprache. Meine zitterige Schrift ist also eine rein motorische Angelegenheit, und die gelegentlichen Kleckse kannst Du als Spritzer unternehmungslustigen Gischtes betrachten. Das Schiff schlingert in der Tat recht heftig, obwohl wir Kurs auf sonnige Breiten genommen haben. Wenn der Swimmingpool gefüllt werden soll, klatscht und wogt das Wasser so hysterisch, daß ich mich immer über den Rand des Beckens beuge und nach einer gefangenen Nixe ausschaue. In der Bar klingeln die Flaschen wie ein überaus zartes Schweizer Glockenspiel, und wenn einem ein Daiquiri hingestellt wird, drehen sich zwischen Rand und Mitte des Glases schwabbelnde kleine Kreise hin und her. Am ersten Tag – ich hatte während meiner Binnenlandzeit mit Dir ganz vergessen, wie eine Ozeanreise ist – stand ich im Vorraum der Kajütsklasse und wollte versuchen, mich durch Nachzahlung in ein höheres Deck hinaufzukaufen, möglichst in eine Kabine mit Bullauge, als plötzlich, ohne jede sichtbare Veränderung in der Anordnung von Mobiliar, Beleuchtungskörpern, Kübelpalmen und mehrsprachigem Mitteilungsbrett der Fußboden wie ein großer, flacher Magnet mein Blut schwer machte – außerordentlich schwer. Um mich herum waren Leute, und ihre Mienen verzogen sich um keinen Millimeter. Es war ganz komisch, denn als das Schiff nach der anderen Seite schlingerte, schoß das Blut buchstäblich in meinen Adern hoch – erinnerst Du Dich an das Gefühl, das man im ersten Augenblick nach einer Quetschung im Arm hat? –, und es schien unvermeidlich, daß ich und auch die anderen, die mit den ausdruckslosen Gesichtern, wie Heliumballons aufsteigen und bumsend an der Decke hängenbleiben würden, bis uns das Schiffspersonal unwillig mit Besenstielen herunterholte. Die Vision verblaßte. Das Schiff schlingerte abermals. Mein Blut wurde wieder schwer. Mir schien, Du wärst nahe.

Isolde. Ich muß Deinen Namen schreiben. Isolde. Ich verblute. Auf jeden Fall fühle ich mich blutlos oder, genauer gesagt, verdünnt, um die Hälfte verdünnt, weil ich alles um mich herum: die weißen Seile, die klug erdachten kleinen Magnetarretierungen, die das Schwingen der Türen verhindern, die reizend mit mosaikartigen Fliesen ausgelegte Duschecke in meiner Kabine mit Dir zu sehen, zu berühren, zu belächeln scheine, was bedeutet – da Du nicht hier bist –, daß ich nur halb sehe, nur halb existiere. Ich denke immer wieder, wie schade es ist, daß all dieser Luxus an mich verschwendet wird, an Tristan den Asketischen, den ewig Bekümmerten, den Verwaisten, den Heimatlosen. Die Feder, mit der ich diese Zeilen schreibe, ist eine altmodische Eintauchfeder, und ihre Flexibilität verleitet unweigerlich zu Schnörkeln, die minutenlang in feuchtem Blau glänzen, bevor sie zu trocknen geruhen. Der Halter ist aus irgendeinem polierten asiatischen Holz. Teak? Ebenholz? Du würdest es wissen. Ich fand es bezaubernd, wie Du die Namen von Oberflächen kanntest, wie Du so arglos ein Fell streicheltest und nicht zurückwichst vor dem erschrockenen, scharfäugigen kleinen Tod darunter; ja, das bezauberte mich, der ich von jeher den Wunsch hatte, Vegetarier zu werden, was Marke, wie ich weiß, als eine Form der Todessehnsucht bezeichnen würde (ich kann Dir gar nicht sagen, wie dumm dieser Mann mir vorkommt; höchst unfairerweise habe ich sogar den Eindruck, das bißchen Wahrheit, das in ihm ist, sei gedeckt durch dieses ungeheure Kapital — diese Armeen, dieses richtiggehende Königreich — an Dummheit, so daß es, wenn er wirklich einmal etwas Kluges äußert, für mich genauso ist, als würde das Evangelium zur Verteidigung einer sozialen Ungerechtigkeit zitiert. Diese in Klammern gesetzte Einschaltung ist aus den Fugen geraten. Solltest Du sie häßlich finden, so halte sie der Eifersucht zugute. Ich bin mir jedoch nicht sicher, ob ich Deinen Mann hasse, weil er Dich — wenn auch nur im juristischen Sinn — besitzt oder, eine subtilere Überlegung, weil er spürt, daß *ich* mich vor einem solchen rechtmäßigen Besitz fürchte, was ihm bei all seiner Plumpheit, seiner grotesken gönnerhaften Art und Geschwätzigkeit eine merkwürdige moralische Gewalt über mich verleiht, die ich, sosehr ich mich auch winde, nicht abschütteln kann. Klammer zu).

Ein fast boshaft langes Schlingern des Schiffs hat das Tintenfaß zwar nicht umgeworfen, aber quer durch meinen Schlupfwinkel rutschen lassen und mich vor die Wahl gestellt, entweder den Blick auf den Horizont zu richten oder seekrank zu werden.

Wo war ich stehengeblieben?

Für mich war es herrlich, an Deiner Reaktion auf Gewebe und Maserungen teilzuhaben. Deine Seichtheit — so nennt es meine Frau, und wie bei allem, was sie sagt, ist etwas daran, was man zumindest nicht einfach abtun kann — hat meiner bis dahin unangemessen oberflächlichen Welt eine neue Dimension eröffnet. Jetzt, während ich in diesem luxuriösen Inseluniversum dahintreibe, wo die Musik spielt wie pausenloses Kopfweh, sehe ich alles halb durch Deine Augen, führe in Gedanken lange Gespräche mit Dir und lege meinen Kopf auf das blankgeriebene Mahagoniholz der Theke, als wärst Du das Beben darunter, eine emporsteigende Nixe. Um was geht es in unseren Gesprächen? Ich mache, indes mein Denken mühsam das Geröll des emotionalen Erdrutsches durchdringt, kleine Entdeckungen über uns beide, die ich Dir schleunigst mitteile und von denen Du nie so beeindruckt bist, wie ich es erwartete. Gestern nachmittag gegen halb vier zum Beispiel, als die fahle Sonne ein längeres Verweilen im Liegestuhl nicht ratsam erscheinen ließ, wurde mir beim Zusammenfalten der Wolldecke klar, daß ich im Grunde meines Herzens Deine Leiden viel weniger ernst genommen habe als die meinen. Daß Du unglücklich warst, wußte ich. Ich hätte die Situation, in der Du Dich befandest, graphisch darstellen können, ich vermochte die lebhaften Konturen Deiner Not zu erkennen, ihre grellen Farben zu erfassen — ja, ich konnte mir Deine Qual so gut vorstellen, daß ich das Gefühl hatte, sie mit Dir zu empfinden. Und doch fehlte Deinem Schmerz die endgültige Glaubwürdigkeit, ich billigte sie ihm nicht zu und beraubte ihn dadurch seines Gewichtes, seiner Bedeutung, wofür ich gestern nachträglich Deine Verzeihung erbat. Bei diesem stummen Gespräch akzeptiertest Du die Entschuldigung mit einem Lachen, und dann wolltest Du, daß wir weiterredeten und die praktischen Aspekte unserer Flucht besprächen. Zwei Stunden später, während meine Finger schwabbelnden Daiquiri auf der Bartheke festhielten, formulierte ich etwas holprig diesen tröstlichen Gedanken: Wie oft ich Dich auch enttäuscht haben mag, nie habe ich vorgegeben, etwas anderes für Dich zu empfinden als Liebe, und nie habe ich Dir in irgendeiner Form nahegelegt, der Liebe, die Du für mich empfandest, Grenzen zu setzen, sie einzuschränken. Zu welchen Opfern Du auch bereit warst, welche Martern Du auch um meinetwillen erdulden wolltest, ich ließ Dich gewähren. Im schrankenlosen Ausmaß meiner Bereitschaft, Deine Liebe anzunehmen, war ich der vollkommene Liebhaber. Wäre ein anderer Mann Zeuge geworden, wie Du Dich so erbarmungslos quältest und zerfleischtest, er hätte sich vielleicht aus furchtsamer Empfindlichkeit (von ihm Mitleid genannt) blind gestellt und um den Preis Deiner Würde Deine Haut gerettet. Ich aber, ob nun lediglich hypnotisiert oder wahrhaftig in selbstmörderischer Absicht, blickte unerschütterlich in die Flammenglut zwischen uns, obwohl meine Augen tränten, die Nase sich schälte und die Brauen in Zwillingswölkchen von Rauch aufgingen. Es bedurfte der ganzen ungewöhnlichen Stärke meines Egoismus, damit ich nicht zurückwich und die Reinheit Deines großmütigen Zorns beeinträchtigte. Nein? Mehrere Stunden lang diskutierte ich darüber mit Dir — besser gesagt, ich ließ erschöpfende Formulierungen auf Dein stummes Phantom los, dessen Verständnis sich wie Wasserkreise mühelos erweiterte, um jede neu ausgearbeitete Feinheit aufnehmen zu können.

Schließlich, von Müdigkeit befallen, putzte ich mir die Zähne, während sich die Duschvorhänge neben mir hin- und herbewegten wie zwei träge, raschelnde Pendel, und auf einmal wurde mir gleich einer Offenbarung von geradezu gravitationeller Bedeutung der Syllogismus zuteil, daß es (Obersatz), sosehr wir auch einer wegen des anderen gelitten haben, für mich überhaupt nicht in Frage kommt, Dir die Schuld an meinem Schmerz zu geben, obwohl Du, genaugenommen, seine Ursache warst; und da (Untersatz) wir, Du und ich, als Liebende Spiegel waren und stets das gleiche fühlten, muß (Konklusion) dies auch für Dich zutreffen. Ergo hat meine Seele Frieden. Das heißt, es ist eine paradoxe ethische Situation, wiederholt von einem Menschen verwundet zu werden, *weil er oder sie geliebt wird*. Die kleinen Nebensächlichkeiten, auf die meine Liebe stieß, jene Krumen von Markes Einfluß, die ich nie verdauen konnte, jene Aschenreste vergangener Feuer, die noch nicht aus Deinen Winkeln gefegt waren, die Mittelmäßigkeitstupfen, die flüchtig erspähten Gefühllosigkeiten, sogar die Augenblicke, in denen ich physischen Abscheu empfand — sie haben mich nie getroffen. Deine *Perfektion* war es, die mich zerstörte, meine logischen Funktionen verwirrte, meine gesunde Ehre entmannte, mich ausbluten ließ. Aber ich hege keinen Groll, und daher habe ich die Gewißheit, daß auch Du keinen hegst. Dies inmitten meines rastlosen Elends zu wissen, ist mir ein Trost. Als wäre das, was ich für immer zu besitzen wünsche, nicht Deine Gegenwart, sondern Deine gute Meinung.

Mit einiger Bestürzung hörte ich kurz vor meiner Abreise von Brangäne, daß Du zu einem Psychiater gehst. Ich kann nicht glauben, daß an unserer mißlichen Lage etwas Anomales oder etwas Heilbares ist. Wir lieben uns einfach. Der einzige Ausweg ist die Ehe oder irgendein hinreichend aufrüttelndes, durch äußerste Offenheit gekennzeichnetes Erlebnis, das der Ehe gleichkommt. Ich bin bereit, mein Leben der Umgehung dieses Todes zu widmen. So wie Du tapfer warst, als es darum ging, unsere Liebe zu erschaffen, muß ich jetzt tapfer sein, da es sie zu bewahren gilt. Mein Körper giert danach, sich ungehindert an Dir zu übersättigen. Er knarrt unter der Verweigerung wie ein zu stark beanspruchtes Schiff. Hundertmal am Tag bin ich versucht, mich von diesem unerbittlichen Ozeanriesen hinunterzustürzen, mich den Wogen anzuvertrauen in der unwahrscheinlichen Hoffnung, daß ich abermals zu Dir treiben könnte, so wie ich einst, mit Schwären bedeckt und halbtot, nach Whitehaven trieb. Doch ich, der den Morolt erschlug, erschlage wieder und wieder diese Hydra der Sehnsucht. Mein Schiff pflügt weiter die Wellen und zieht eine Blutspur aquamarinblauen Kielwassers hinter sich her. Es strebt Gott weiß welchem Ziel entgegen, aber jedenfalls fort, fort von den Bereichen des Kompromisses und des Durcheinanders, in denen sich unsere Liebe gleich einer auf den Komposthaufen geworfenen Blume wieder in dumpfe Erde verwandelt hätte. Ja, wären wir einander in Unschuld begegnet, so hätten wir uns unserer Liebe hingeben und sie ihren natürlichen Verlauf nehmen lassen können: Leidenschaft, Erfüllung, Sättigung, Zufriedenheit, Überdruß, Betrug. Aber da wir schuldig sind, können wir uns statt dessen eine Reinheit aneignen, die sogar über den Tod hinaus fortbestehen wird. Weißt Du noch, wie Du Dein Leben aufs Spiel setztest, als Du am Fluß, auf Deine Kunstfertigkeit bauend, das weißglühende Eisen ergriffst, neun Schritte tatest und ganz Cornwall Deine kalten, unversehrten Handflächen zeigtest? Ich nehme mir an Dir ein Beispiel. Erinnerst Du Dich an die Geschichte — sie steht in dem Buch von Isak Dinesen, das ich Dir schenkte —, in der Gott als der dargestellt ist, der nein sagt? Indem wir zu unserer Liebe nein sagen, werden wir, Du und ich, zu Göttern. Ich empfinde dies als eine Blasphemie, und doch schreibe ich es nieder.

Die Entfernung zwischen uns vergrößert sich. Klingeln schrillen. Der Steward aus Turin schließt den Bücherschrank ab. Du fehlst mir. Ich bin Dir treu. Laß uns, für immer voneinander getrennt, weiterleben, einer Welt zur Schande, in der alles verloren ist, nur das nicht, was· wir uns selbst versagen.

T.

Isolde Weißhand

Lieber Kaherdin,
entschuldige, daß ich erst heute schreibe. Das Leben, das wir hier führen, läßt mir nicht viel freie Zeit. Ich habe seit Wochen kein Buch und keine Zeitschrift mehr gelesen. Jetzt schlafen die Rangen (ich hoffe es jedenfalls), das Geschirr rumpelt im Spülautomaten, und ich sitze hier mit einem Noilly Prat vor mir — dem fünften Glas heute. Du warst der einzige, dem er sich je anvertraute, darum will ich's Dir sagen. Er hat mich wieder verlassen. Andererseits hat er auch sie verlassen. Was hältst Du davon? Sie trägt es allem Anschein nach mit Fassung. Ich traf sie am Samstagabend auf einer Schloßparty, und sie sah eigentlich unverändert aus, nur etwas schlanker. Marke ließ sie den ganzen Abend nicht aus den Augen. Sie hat wenigstens *ihn*; ich dagegen scheine nichts weiter zu haben als ein Haus, einen Bruder, ein Bankkonto und ein Gespenst. In der Nacht vor seiner Abreise hat er mir mit sehr viel Zartgefühl usw. erklärt, er habe mich eigentlich nur des Wortwitzes wegen geheiratet. Was ihn zu mir hinzog, sei einzig und allein der Umstand gewesen, daß ich genauso

hieß wie sie. Sieben Jahre und drei Kinder – alles nur eine Freudsche Fehlleistung. Er war wirklich reizend jungenhaft, als er mich um Verzeihung bat. Er hat es sogar fertiggebracht, daß ich darüber lachte.

Wenn ich noch ein kleines bißchen Würde besäße, wäre ich jetzt tot oder hätte den Verstand verloren. Ich weiß nicht, ob ich ihn liebe oder was Liebe ist oder ob ich es überhaupt wissen möchte. Ich versuchte ihm klarzumachen, er solle, falls seine Liebe zu ihr echt und unüberwindlich sei, sich ein für allemal gegen mich und für sie entscheiden, statt uns beide unablässig zu quälen. Ich habe sie nie besonders sympathisch gefunden, was ihn seltsamerweise kränkt, aber sie tut mir ehrlich leid, wenn ich bedenke, wieviel sie seinetwegen durchgemacht hat. Er scheint jedoch das Zwischen-uns-Hängen so schön zu finden, daß er mit keiner Hand loslassen will. Er rutscht jetzt schnell vom Erhabenen ins Lächerliche. Marke, der auf seine tyrannische Art vernünftig und fair sein möchte, hatte seinen Anwalt auf Trab gebracht, und ich liebäugelte schon mit sechs Wochen Urlaub auf irgendeiner netten Ranch. Aber nein. Nachdem er den ganzen Sommer hindurch über Zäune geklettert ist, Verabredungen vorgetäuscht hat usw., packt ihn die Angst vor allem, was nach tatkräftigem Handeln aussieht, und er schifft sich ein. Und vorher macht er noch allen Beteiligten das Leben zur Hölle, auch den Kindern, trägt diese gequälte Märtyrermiene zur Schau und behauptet, er sei bemüht, das Richtige zu tun. Am allerschlimmsten war nicht der Schimpf, den er mir angetan hat, sondern seine Liebenswürdigkeit.

Ich habe mit dem Gedanken gespielt, Deiner Einladung zu folgen und nach Carhaix zu kommen, aber es hat eigentlich keinen Sinn. Die Kinder besuchen die Schule, ich habe Freunde hier, das Leben geht weiter. Ich habe seine Abwesenheit mit einer Geschäftsreise begründet, was jeder akzeptiert und keiner glaubt. Die Männer hier sind ein Trost und zugleich eine Drohung – ich glaube, sie sind gerade deshalb ein Trost, weil sie eine Drohung sind. Meine Tugend ist einigermaßen sicher. Ich mache jetzt alles von neuem durch, erlerne wieder den Umgang mit Freiern und wie man sie auf der richtigen Distanz hält, nicht zu nah und nicht zu weit weg. Wichtig ist auch, daß man immer weiß, was man zu jedem einzelnen gesagt hat. Übrigens hat Marke auf der Party eine Zeitlang auch *mich* mit den Blicken verschlungen. Es ist eigentlich ekelhaft. Aber sonst gibt ja nichts meinem Ego noch Auftrieb.

Ich konnte nie aus ihm herausbekommen, was sie hatte, das mir fehlte. Wenn Du, als Mann, es weißt, sag es mir bitte nicht. Aber ich bezweifle, daß es etwas mit unserem Aussehen, unserer Intelligenz oder selbst mit dem Verhalten im Bett zu tun hatte. Je besser ich im Bett war, desto schlimmer wurde es mit ihm. Er faßte das als Vorwurf auf, und wenn er meine Schönheit rühmte, dann klang es, als hätte ich sie benutzt, um ihm einen gemeinen Streich zu spielen. Je mehr Mühe ich mir gab, desto mehr wurde ich zu einer abscheulichen Parodie. Aber Parodie von was? Sie ist wirklich so seicht und töricht, daß selbst ich sie nicht hassen kann. Vielleicht ist es das. Ich habe das Gefühl, ich wäre weggeworfen worden, so wie man einen Gegenstand achtlos in die Ecke wirft, aber sie, sie wird in ihrer Verlassenheit begehrt. Sein Herz prallt von gestaltlosen Oberflächen ab – vom Himmel, vom Dach des Waldes, vom Meer – und gibt ihm einen Schrecken zurück, der ihre Form ist. Das schlimmste ist, daß ich mit ihm fühle. Ich beneide ihn sogar um sein Unglück, das wenigstens ein scharf umrissenes Unglück ist. Er behauptet ja, sie hätten aus demselben Kelch getrunken. Es habe nichts mit unseren Vorzügen zu tun, sagt er, sie liebe ihn eben und ich nicht. Ich glaub's bald selber. Aber wenn ich ihn nicht liebe, habe ich nie etwas geliebt. Hältst Du das für möglich? Du kennst mich seit meiner Geburt, und ich fürchte mich vor Deiner Antwort. Ich fürchte mich. Nachts nehme ich eines meiner Kinder zu mir ins Bett und halte es stundenlang im Arm. Die Augen wollen mir nicht zufallen, meine Lider brennen, wenn ich sie schließe. Ich habe nie gewußt, was Eifersucht ist. Sie ist ein ewig hungriges Ding. Sie wühlt in mir, frißt mich buchstäblich auf, und ich kann mich auf nichts konzentrieren. Ich erinnere mich, wie interessiert ich früher immer die Zeitung las – mir ist, als wäre das gar nicht ich gewesen. Tagsüber geht's ja, und auch abends, wenn ich etwas vorhabe, aber in einsamen Stunden – so wie jetzt – ist plötzlich alles so hohl, daß mir nur noch mein Noilly Prat hilft. Ach, das wollte ich Dir ja gar nicht schreiben. Ich wollte mich zwingen, fröhlich und tapfer zu sein und das Ganze von der komischen Seite zu nehmen. Du hast doch Dein eigenes Leben. Grüß Deine Familie von mir. Körperlich geht es mir merkwürdigerweise glänzend. Bitte, *bitte*, sag nichts zu Mutter und Papa. Sie würden es nicht verstehen, und wenn sie sich sorgten, wäre das für mich ein zusätzlicher Kummer. Es geht mir eigentlich ganz gut, nur eben nicht im Augenblick. Ich glaube, was mich am meisten beschäftigt, ist die unglaubliche Sinnlosigkeit des Am-Leben-Seins.

Herzlichst
Isolde

Isolde Goldhaar
(*nicht abgesandt*)

Tristan,

Tristan,

Tristan Tristan

Blumen – Bücher –

Dein Brief hat mich verwirrt und erschreckt – ich habe ihn Marke gezeigt – er trägt sich wieder mit dem Gedanken, Dich gerichtlich zu belangen – mitleiderregend – seine Bemühungen, sich wichtig zu machen. Während ich dies zu Papier bringe, lausche ich immer wieder, ob er vielleicht an die Tür klopft – wenn er wüßte, was ich schreibe, würde er mich fortjagen – mit Recht.

mein gedemütigter König

verzeihen?????

für Dich ein leicht ausgesprochenes Wort

Ich wollte in Deinen Armen glücklich werden und schlafen – Du martertest mich mit Abwesenheiten – vergrößertest unsere Liebe auf unsere Kosten – zerrissest mich jedesmal, wenn wir auseinandergingen – ich habe elf Pfund abgenommen und lebe von Tabletten – ich erschrecke vor mir selbst.

Deine Frau sieht gut aus.

Trist

Mr.

Mrs.

Die Blumen sind tot und die Bücher versteckt, und hier ist kalter weißer Winter – sein Klopfen an der Tür –

Dich töten. Ich muß Dich in meinem Herzen töten – Dich aussperren – klopf nicht, wenn ich auch lausche. Geh zu Deiner Frau zurück – versuche es – versuche ernstlich, mit ihr zu leben. Sie haßt mich, aber ich liebe sie um des Kummers willen, den ich ihr bereitet habe – nein – ich hasse sie, weil sie nicht eingestehen wollte, was jeder sehen konnte – sie hatte Dich aufgegeben. Ich hatte Dich mir verdient.

die Feder in meiner Hand

die Weiße des Papiers

ein Luftzug an meinen Knöcheln über den Steinfliesen – die Geräusche des Schlosses – Dein Schritt?

Hüte Dich vor Marke – er ist stark – mitleiderregend – mein gedemütigter König – er beschützt mich. Ich lehre mich, ihn zu lieben

Ich hätte das Schiff geliebt.

Liebe ist zu schmerzlich.

Wenn die Narzissen, die Du gepflanzt hast, im nächsten Frühjahr aufgehen, werde ich sie ausgraben.

Komisch, so etwas zu schreiben – ich weiß nicht, ob dies ein Brief an Dich ist oder nicht – ich erschrecke vor mir selbst – Marke möchte mich in eine Anstalt bringen – er ist reifer als Du und ich

erinnerst Du Dich an die Blumen und die Bücher, die Du mir schenktest?

Laß es ein Ende haben, mir zuliebe – Dein Klopfen kommt nie – der Winter hier ist kalt und weiß – Kinder fahren Schlitten – hinter dem Fenster zeichnen sich die Berge scharf ab – ich habe einen rauhen Hals – Marke nennt das eine psychosomatische Störung – ich höre Dich lachen.

Tr

Bitte komm zurück – es ist alles gleich

König Marke

Mein lieber Denoalen,

Dein Rat wurde befolgt und hat ein bemerkenswertes Ergebnis gezeitigt. Mit der Eventualität einer Heirat konfrontiert, hat sich der junge Mann noch schneller aus dem Staub gemacht, als wir erwartet hatten. Die Königin ist entsprechend desillusioniert und recht fügsam.

Die verschiedenen Gerichtsverfahren, die wir gegen die beiden angestrengt haben, können daher meines Erachtens suspendiert werden. Keinesfalls möchte ich jedoch auf die Möglichkeit weiteren gerichtlichen Vorgehens verzichten. Ich bin im Besitz eines endlos langen, unverschämten und belastenden Briefes, den der überführte Liebhaber nach seiner Flucht geschrieben hat. Wenn Du es wünschst, sende ich Dir dieses Beweisstück zwecks Anfertigung einer Fotokopie zu.

Sollte infolge unvorhergesehener Ereignisse die Sache doch noch vor Gericht kommen, so beachte bitte folgendes: Ich teile voll und ganz Deine Ansicht, daß die Behauptung der beiden, sie hätten zufällig gemeinsam einen Becher mit einem Zaubertrank geleert, der Anklage nicht standhalten wird. Dein mit Nachdruck geäußerter Vorschlag, die Strafe müsse für beide die Hinrichtung sein, scheint mir allerdings die möglichen mildernden Umstände nicht zu berücksichtigen. So läßt sich beispielsweise nicht bestreiten, daß Tristan mir während der ganzen Affäre unerschütterlich die Treue hielt und im Kampf eine Kühnheit zeigte, die durchaus seinem Verhalten in der Zeit vor der angeblichen Verzauberung entsprach. Auch klangen die wiederholten Versicherungen der beiden, daß sie mir zugetan seien, trotz ihres dreisten und neurotischen Strebens nach körperlicher Vereinigung nicht unbedingt geheuchelt. Es war schließlich Tristans Heldentat (nämlich das Töten des Drachens von Whitehaven), dank der die Königin nach Tintagel kam, und wenn dies natürlich auch in keiner Weise ein vor dem Gesetz vertretbarer Anspruch ist, so muß ich doch zugeben, daß es sich unreifen und leicht erregbaren Gemütern als Schatten eines Anspruchs darstellen könnte. Wir beide sollten als unvoreingenommene Engländer bedenken, mit wem wir es hier zu tun haben: mit einer Frau von irischer Abstammung und mit einem Mann, der eine ausschließlich kontinentale Erziehung genossen hat. Überdies muß man berücksichtigen, daß die Königin ein politisches Vermögen darstellt. Als Lebende ziert sie meinen Hof. Das Volk liebt sie. Auch sollte der lange Friede zwischen Irland und Cornwall, den unsere Heirat gewährleistet hat, nicht unüberlegt aufs Spiel gesetzt werden.

Nach Abwägung all dieser Faktoren und unter Berücksichtigung der privaten Wünsche meines Herzens habe ich mich entschlossen, gemäßigter vorzugehen, als Du es anregst. Tristans Verbannung darf als endgültig betrachtet werden. Eine Rückkehr hätte seine erneute Gefangennahme zur Folge, was so viel hieße wie Prozeß und Hinrichtung. Die Königin wird an meiner Seite bleiben. Ihr langer Aufenthalt im Wald von Morois hat sie zweifellos die materiellen Vorteile schätzen gelehrt, die sie in meinem Palast genießt. Meine Macht und mein Mitleid sind ihr vor Augen geführt worden, und sie ist ihrem Wesen nach zu sehr Vernunftsmensch, als daß dieser gebieterische Appell an ihre Einsicht seinen Zweck verfehlen könnte. Solange ihr gegenwärtiger verwirrter Zustand fortdauert, bestehe ich darauf, daß sie regelmäßig einen Psychiater konsultiert. Tritt keine Besserung ein, so werde ich sie in eine Anstalt einweisen lassen. Ich hoffe aber zuversichtlich, daß dies nicht nötig sein wird. Für den nicht sehr wahrscheinlichen Fall, daß der ‹Zaubertrank› mehr als eine Fabel ist, habe ich meine Alchimisten angewiesen, ein Gegengift zu entwickeln. Ich habe die Situation endlich fest in der Hand.

Mit den besten Grüßen

(*Diktiert, aber nicht unterzeichnet*)
MARKE REX

In einer Bar in Charlotte Amalie

Kugelfische mit elektrischen Birnen in den präparierten Bälgen glühten über der Zitadelle von braunen Flaschen. Die Theke war rechteckkig, an allen vier Seiten saßen Gäste. Eine schlanke junge Frau, der Typ einer Schullehrerin, kaum von der Sonne gebräunt, kam herein, schwang sich auf einen Eckhocker und bestellte einen Daiquiri on the rocks. Sie trug einen gelben Büstenhalter, türkisfarbene Shorts und weiße Tennisschuhe; ihr einer Schneidezahn stand vor und hatte sich ein wenig über den anderen geschoben. Der Barmann, obwohl nicht sichtbar mißgebildet, bewegte sich wie ein Buckliger, mit leicht zur Seite geneigtem Körper und der huschenden Behendigkeit, die vielen Verwachsenen eigen ist. Er trug ein staubblaues Polohemd und legte von Zeit zu Zeit eine kleine Pause ein, um mit ziemlicher Gier aus einem Glas zu trinken, das Orangensaft enthalten mochte; sein Gesicht glänzte von Schweiß, und er schaute immer wieder nach draußen, als erwarte er, abgelöst zu werden. Das grüne Meer wurde unter runden rosigen Wolken grau. Ein Schiff schlug dumpf gegen die Betonmauer des Kais, und auf einmal bekam das Geräusch jene subtile Bedeutung, wie sie Geräusche in diesen Breiten bei Nacht haben. Ein Mitglied der Steel Band, ein hochgewachsener Neger mit einem langen Kinn, erschien im Hintergrund des Lokals auf einem niedrigen, halb im Dunkel liegenden Podium. Dort waren die Trommeln gestapelt, die er nun einzeln aufstellte. Dann griff dieser Neger, der ein zerrissenes rotes Hemd trug und eine erloschene Zigarette zwischen den Lippen hielt, nach einem Schlegel und trommelte versuchsweise eine Folge, eine Traube, eine übersprudelnde Kaskade von transparenten Tönen in die Luft hinaus, und an der Theke wurde es einen Augenblick lang still.

Ein Homosexueller mit einem großen Kopf wandte sich der ‹Lehrerin› zu, die inzwischen bedient worden war, und fragte: «Schon meinen hübschen Hut gesehen?» Sein Kopf wirkte groß, weil sein Körper klein war, ein Jungenkörper, knotig und mager, der nicht zu seinen geäderten Männerhänden und zu seinem Gesicht paßte. Die Augen standen eng zusammen und erweckten den Eindruck, er konzentriere sich unablässig auf irgendein unangenehmes privates Problem; die Lippen – die in ihrem knappen Schnitt irgendwie auf New York hindeuteten – bewegten sich schnell, wechselten ständig zwischen Grinsen und Nichtgrinsen, als versuche er beide Seiten seiner Situation darzustellen, den ungenierten Clown und den distanzierten, wenn auch belustigten Zuschauer. Er hatte, halb im Selbstgespräch, schon seit vier Uhr nachmittags von seinem Hut gefaselt, und als er ihn jetzt der jungen Frau hinhielt, lief rings um die Theke eine Welle von Seufzern und Stirnrunzeln durch das gelbe Dämmerlicht. Der Hut war ein billiges Ding aus Stroh, garniert mit einem Vogelnest aus künstlichem Gras. In dem Nest lagen Glaseier, und darüber, an dünnen Drahtstäben befestigt, schwebten ein paar Spielzeugvögel, als wollten sie gerade davonfliegen. «Selbst entworfen», erklärte der stolze Besitzer. «Für das große Fest am Wochenende. Ist er nicht herrlich kühn?» Er blickte umher und schätzte die Zahl seiner Zuhörer ab.

Er war bekannt hier, und wenn es ihm gelang, von der Oberfläche der Gleichgültigkeit ein paar Krümel Aufmerksamkeit zusammenzukratzen, so nur wegen der jungen Frau. Ihr Erscheinen um diese Zeit, obendrein ohne Begleitung, und ihr betont lässiges Gebaren – so etwas fiel selbst in einer Bar in tropischen Breiten auf, wo man sich praktisch über nichts wundert.

«Er ist entzückend», sagte sie und nippte an ihrem Drink.

«Wollen Sie ihn nicht mal aufsetzen? Ach, bitte.»

«Nein, danke.»

«Ich habe ihn selbst entworfen.» Er blickte in die Runde und beschloß, eine Rede zu halten. «So bin ich nun mal. Ich verschenke meine Ideen. Einfach so.» Er machte mit den Händen eine Bewegung des Wegwerfens, und eine Brise wehte von der Straße herein, als wolle sie seine Gabe in Empfang nehmen. «Wenn ich wie andere Leute wäre, würde ich mit meinen Ideen Geld machen. Geld, *Gel-l-ld*. Es ist Dreck, aber ich liebe es.» Ein kurzes, anonymes Lachen erhob sich und wurde von der Brise davongetragen. Der Homosexuelle wandte sich wieder der Frau zu. «Sie brauchen ihn nicht aufzusetzen», sagte er in sanftem Ton. «Er ist noch nicht ganz fertig. Wenn ich wieder in meinen Zimmer bin, wohin ich schon den ganzen Tag gehen wollte, nur

211

hat mich dieser Teufel da –» er deutete auf den Barmann, der mit leicht hektischer Gewandtheit einen Rum-Collins einschenkte – «nicht fort gelassen. Er sagt, ich schulde ihm *Gel-l-ld*. Also wenn ich wieder in meinem Zimmer bin, bringe ich hier und dort noch Akzente an. Nur ein paar – so ein bißchen Flitterkram. Er ist für das Fest am Wochenende gedacht. Sind Sie zum Fest hergekommen?»

«Nein», sagte sie. «Ich fliege morgen zurück.»

«Sie sollten das Fest noch mitmachen. Da geht es so herrlich kühn zu.»

«Ich möchte schon, aber ich kann nicht.» Sie wurde ganz unerwartet rot, dämpfte die Stimme und murmelte etwas Erklärendes, von dem nur das Wort «Ausflug» zu verstehen war.

Der Homosexuelle schlug mit der flachen Hand auf die Theke. «Verzeih mir, gütiger Gott dort oben –» er hob den Blick zu den leuchtenden Kugelfischen und zu den großen Barschen und Taranteln aus Stroh, die den Wandschmuck bildeten – «verzeih mir, aber ich *muß* sehen, wie sich mein Hut auf Ihrem Kopf ausnimmt. Sie sind so hübsch.»

Er setzte ihr den Hut mit den wippenden bunten Vögeln auf. Sie ließ es sich widerspruchslos gefallen und trank von ihrem Daiquiri. Ein Kind lachte.

Die Augen des Homosexuellen weiteten sich. Es war fast schmerzhaft, diesen ungewohnten Gesichtsausdruck zu sehen – zwei chirurgische Einschnitte schienen von Klammern offengehalten zu werden. Das Kind, das gelacht hatte, sah den Mann unverwandt an. Es war ein Junge, dessen helles, rundes Gesicht, zart geschnitten wie der Mond, kaum die Höhe der Bartheke erreichte und von blondem Haar gekrönt wurde, so blondem Haar, daß es fast weiß war. Der Kleine saß zwischen seinen Eltern, die einander verblüffend ähnlich waren; beide trugen weiße Kleidung und hatten kräftige, sonnengebräunte Arme, runzlige, wetterharte Gesichter und Augen von einem so außergewöhnlich fahlen Blau, als wäre es durch viele Tage angestrengten Beobachtens auf gleißender See ausgedörrt und verblaßt. Sogar ihr Haar paßte zueinander. Das des Mannes war seit Monaten nicht mehr geschnitten worden, außer über der Stirn, und glich mit den salzgebleichten großen Büscheln und Spiralen einem ausfransenden Seil aus helleren und dunkleren Fasersträngen. Das Haar der Frau, feiner und länger, war zu einer wilden blonden Krone hochgekämmt, die offenbar die Kopfhaut so gut abgedeckt hatte, daß der Haaransatz dunkel geblieben war. Die beiden, dieser Mann und seine Frau, wirkten wie zwei geschlechtslose Häuptlinge eines robusten, seefahrenden nordischen Stammes. Wie um des Kontrastes willen hatten sie einen jungen Deutschen von ziemlich dunkler Hautfarbe bei sich, einen hageren Burschen mit vorquellenden Augen, kurzgeschnittenem Haar und abstehenden Ohren. Er stand hinter ihnen, ein Schatten, der drei leuchtende Wesen miteinander verband.

Der Homosexuelle beugte sich vor und ließ seine Finger auf der Theke spielen. «Hallo», sagte er, «lachst du über mich?»

Der Kleine lachte abermals, diesmal nicht ganz so spontan.

Seine Eltern hörten auf, miteinander zu sprechen.

«Was für ein prächtiges Kind», rief der Homosexuelle ihnen zu. «Er ist so – so *keck*. So kühn. Einfach herrlich.» Er blinzelte; er schien tatsächlich geblendet.

Der Vater lächelte seiner Frau etwas gezwungen zu; die bleichen Fältchen um die Augen sanken in die Sonnenbräune ein, und sein noch junges Gesicht ließ erkennen, wie es später aussehen würde, wenn es das rauhe, selbstzufriedene, blicklose Gesicht eines alten skandinavischen Seebären geworden war, jenes Gesicht mit der Pfeife zwischen den Zähnen, das auf geschnitzten Flaschenkorken nachgeahmt wird.

«Nein, wirklich», beharrte der Homosexuelle. «Der Kleine ist reizend. Sie sollten ihn nach Hollywood bringen. Er wäre eine männliche Shirley Temple.»

Der Junge hielt das kleine, spitze Kinn in stummem Entzücken erhoben, und sein Blick wanderte zwischen den Eltern hin und her. Die Mutter ließ sich in einer eigenartig beschützenden Bewegung von ihrem Hocker gleiten und stellte den einen Fuß – sie trug Sandalen – auf die Trittleiste am Hocker ihres Kindes, wobei ihr enger weißer Rock weit über das Knie hinaufrutschte. Ihr Oberschenkel war rund und straff wie der Stamm eines glattrindigen Baumes und ohne Fett.

«Meinen Sie?» fragte der Vater.

«*Meinen*?» wiederholte der Homosexuelle und beugte sich noch weiter vor, so daß er mit dem Kinn sein Glas berührte. «Ich *weiß* es. Er hat das Zeug zu einer männlichen Shirley Temple, garantiert. Mein Urteil ist unfehlbar. Wenn ich mich entschließen könnte, all diese reizenden Menschen hier zu verlassen und im Mist zu wühlen, wäre ich ein stinkreicher Talentsucher und würde bestimmt in Beverly Hills wohnen.»

Das Gesicht des Vaters rutschte noch tiefer in seine zukünftigen Züge hinein. Die Mutter griff sich mit der einen Hand an den Schenkel und fuhr mit der anderen ihrem Sohn durch das Haar. Der dunkelhäutige junge Deutsche begann mit ihnen zu sprechen, als wolle er sie in ihre leuchtende Privatsphäre zurückziehen. Aber der Homosexuelle war jetzt in Fahrt. «Wissen Sie», rief er dem Vater zu, «ich brauche Sie bloß anzusehen, dann fühle ich direkt das Salzwasser auf meinem

Gesicht. Sie sehen beide aus, als wären Sie zeit Ihres Lebens zur See gefahren.»

«Nicht ganz», sagte der Vater in so knappem Ton, daß der andere es nicht verstand.

«Wie bitte?»

«Wir sind nicht unser ganzes Leben zur See gefahren.»

«Wissen Sie, ich *liebe* die Seefahrt. Ich liebe das Leben auf dem weiten Meer. Es ist so —» seine Lippen zögerten, wiesen das Wort ‹kühn› zurück — «frei, so rein, dieser Wind und die Wellen und all das. Man kann da so richtig man selbst sein. Nein, wirklich, ich finde es wunderbar. Ich liebe die Natur. Früher habe ich in Queens gewohnt.»

«Und jetzt?» fragte die junge Frau neben ihm und legte seinen Hut zwischen sie beide auf die Theke.

Der Homosexuelle wandte nicht den Kopf, er beantwortete die Frage, als hätte das skandinavische Ehepaar sie gestellt. «Jetzt wohne ich hier», rief er. «Im guten alten St. Thomas. In Gottes eigenem Land. Brauchen Sie vielleicht einen Koch auf Ihrer Jacht?»

Das Kind zupfte seine Mutter am Kleid und zog sie zu sich herunter, um ihr etwas ins Ohr zu flüstern. Sie hörte zu und schüttelte dann den Kopf; ein leuchtender Haarkringel entglitt der haltenden Nadel. Der Vater trank aus dem Glas, das vor ihm stand, und rief mit erfrischter Stimme zurück: «Im Augenblick nicht.»

«Das ist schade, wirklich jammerschade. Wissen Sie, ich bin nämlich ein ausgezeichneter Koch. Ich mache die allerbesten Omeletts. Sie sollten mich mal sehen: ich nehme Eier und ein bißchen Milch und ein Glas Brandy und etwas von diesem grünen Zeug — wie heißt es doch gleich? — Schnittlauch, ich gebe Schnittlauch hinein und rühre, bis mir der Arm abfällt, und dann wird das Omelett einfach *wundervoll*, so leicht und locker. Wenn ich mir was aus Geld machte, wäre ich Chefkoch im ‹Waldorf›.»

Die geflüsterte Frage des Kindes schien die Gruppe zu sich selbst zurückzubringen. Der Vater drehte sich um und sagte etwas zu dem jungen Deutschen, der unmittelbar bevor er lauschend den Kopf neigte, dem Homosexuellen einen raschen Blick zuwarf, wobei das Weiße in seinen dunklen Augen aufleuchtete. Der Homosexuelle deutete das falsch, er ließ Hocker, Hut und Drink im Stich und ging um die Theke herum auf die drei zu. Sie aber, ohne seine Annäherung zu beachten, hoben das Kind herunter, begaben sich zu der Musikbox im Hintergrund des Lokals und blieben davor stehen. Ihr Haar und ihre Gesichter leuchteten im bunten Lichtschein des Automaten.

Der Homosexuelle kehrte zu seinem Hocker zurück und beobachtete sie. Er hatte den Kopf zurückgeworfen wie ein Matrose, der vom unvermuteten Anblick des Festlandes überwältigt ist. «Na, so was», sagte er laut, «Ich kann mich nicht entscheiden, wen ich haben will, den Mann oder die Frau.»

Die junge ‹Lehrerin› trank von ihrem Daiquiri und stieß bei jedem Schluck den Kopf so rasch vor, als tauche sie ihn in ein bitteres Vogelbad. Ihr Nachbar auf der anderen Seite war ein muskulöser, unrasierter Mann von etwa dreißig Jahren, der Bier trank. Er trug ein Trikothemd, in dessen verschwitzten Halsrand er einen Kugelschreiber geklemmt hatte. Angestrengt in die Ferne starrend und irgendeine Gedankenreise mit leisen Knurrlauten untermalend, hätte er ein Fernfahrer sein können, den man direkt von der Theke eines Rasthauses in Iowa hierher befördert hatte. Neben ihm, allerdings mit drei leeren Hockern dazwischen, saß vor einem noch unberührten Rumcocktail ein ungefähr gleichaltriger Mann von gänzlich anderem Typ, ein Mann, den seine ziegelrote Gesichtsfarbe, die hohe, knotige Stirn, die erstaunlich schlechten Zähne und die Unbeweglichkeit seiner straffen Haltung als Engländer auswiesen.

In den Bereich der drei freien Hocker trat jetzt ein magerer, hochgewachsener strohblonder Mann – mit dem verlebten Barrymore-Profil und dem Goldring in dem einen Ohr eine eindrucksvolle Erscheinung. In seiner Gesellschaft befand sich eine untersetzte, stark gepuderte Frau, die aussah, als hätte sie ihren Lippenstift durch intensives Lutschen aufgetragen. Unter dem einen Arm trug sie einen Dackel. Der Barmann drehte sich ohne zu lächeln unbeholfen zu ihnen um und fragte: «Wie geht's dem Baron?»

«Saumäßig», antwortete der Baron. Er hievte sich auf einen der Hocker, und seine steifen, breiten Schultern erweckten den Eindruck, er habe aus Sturheit den Kleiderbügel im Rock steckenlassen. Die Frau setzte den Dackel auf die Theke. Als die bestellten Drinks kamen, schlappte der Hund den ihren auf – einen Limonencocktail. Dann wollte er auch den Scotch des Barons konsumieren, aber der Mann packte ihn am durstig wackelnden Hinterteil und stieß ihn mit einem gebrummten «Verdammter Säufer» fort. Der Hund rutschte ein Stück die Theke entlang, richtete sich wieder auf und schnupperte an dem Bier des Fernfahrers. Eine friedfertige menschliche Pfote legte sich behutsam über das Glas und versperrte der Zunge des Tieres den Weg. Mit klickenden Krallen, ab und zu auf der polierten Theke ausgleitend, tappte der Hund zu seiner Herrin und rollte sich neben ihrem Ellbogen wie eine Handtasche zusammen. Die junge Frau an der Ecke warf einen scheuen Blick auf den Mann neben ihr, aber der starrte schon wieder in die Ferne. Der Kugelschreiber an seinem Hals wirkte wie eine Drohung oder wie eine Narbe.

Die blonde Familie kam zurück. Man hatte eine Münze in die Musik-box geworfen, die jetzt *Loco Motion* mit Little Eva, *Limbo Rock* mit Chubby Checker und *Unchain my Heart* mit Ray Charles spielte. Gleich einem Aufguß von Briefen aus der Heimat ließ die Musik die Leute an der Theke in Schweigen erstarren. Außerhalb des Vordachs, in dessen Schutz die Tische standen, herrschte Nacht. Vom Lo-kal her fiel ein Lichtstreifen auf den Bürgersteig, und Passanten huschten darüber hinweg wie Schauspieler, die vorsichtig von einer dunklen Kulisse zur anderen wechseln. Das Rauschen des Verkehrs auf der Straße zum Flughafen hatte eine feuchte Tiefe. Die Lichter der Schiffe am Kai tanzten auf und ab, und ein kleiner, harter Halbmond wühlte in der leicht bewegten See nach seinem Spiegelbild. Der Ba-ron erzählte der geschminkten alten Frau halblaut eine lange, offenbar verdrießliche Geschichte, in der die obszönen Ausdrücke nachdrück-lich betont wurden, so daß nur sie deutlich hörbar in der Luft hingen, während sich die verbindenden Handlungsfäden verloren. Der Englän-der bewegte endlich den Unterarm, ließ den Spiegel seines Rumcock-tails um den Bruchteil eines Zolls sinken und setzte dann eine stoische Miene auf, als hätte die Süße seinen Zähnen weh getan. Verärgert durch die Aufmerksamkeit, die dem trinkenden Dackel zuteil gewor-den war, nahm der Homosexuelle seinen Hut ab und sprach zu der Decke hinauf wie zu Gott. «He, großer weißer Vater», sagte er, «du warst diesen Monat nicht besonders gut zu mir. Ich weiß, du liebst mich – wie könntest du auch anders, wo ich so schön bin –, aber Geld habe ich nicht vom Himmel fallen sehen. Ich meine, schließlich setzt du uns hier unten in den Dreck, und von irgendwas müssen wir doch leben, oder? Werde mir bloß nicht zu kühn da oben, ja?» Er lauschte, und der Baron warf unbeirrt ein weiteres unanständiges Wort in die allgemeine Stille. «Na, schön», fuhr der Homosexuelle fort. «Du hast die Sonne scheinen lassen, ich nehme es dankend zur Kenntnis. Sorg nur dafür, daß sie auch weiterhin scheint, Mann, und schick mich nicht nach Queens zurück.» Als er sein Gebet beendet hatte, setzte er den Hut wieder auf, blickte umher und schürzte herausfordernd die scharf geschnittenen Lippen.

Fünf Neger in buntscheckiger Kleidung und von ebenso unterschied-licher Größe wie ihre Instrumente hatten sich auf dem kaum erleuch-teten Podium versammelt, kichernd und einander neckend, und spiel-ten zum Einstimmen ein paar rasche Tonfolgen. Unvermittelt legten sie richtig los. Das Pingpong, das Instrument mit dem höchsten Klang, spielte solo vier schrille Töne, dann fielen die etwas tieferen *quitarpans* und die noch tieferen *cellopans* ein, die Baßtrommel, be-stehend aus zwei ganzen Vierundvierzig-Gallonen-Ölfässern, erklang, und alles – Trommeln, Schlegel, zerrissene Hemdsärmel, nikkende Köpfe, kauende Kinnbacken, ein ängstlich aussehender schwarzer Junge, der so schnell er konnte auf ein Triangel einschlug – alles war in Bewegung, war in Schwung. Die Band wurde zu einem gelenkigen, mit klingelnden, baumelnden Glocken gefiederten großen Vogel. Sie spielte *My Basket* und anschließend, fast ohne Pause, *Marengo Jenny* und *How You Come to Get Wet?* und *Madame Dracula*. Niemand tanzte. Es war früh am Abend, und die richtigen Touristen, die College-Studenten, die Direktoren der Bethlehem Steel Company und die Ärzte vom Westchester-Krankenhaus waren noch nicht gekommen, um sich an die Tische zu setzen. Nahe der Theke war eine kleine Tanzfläche, auf der jetzt ein junger Neger erschien. Er trug eine kanariengelbe Hose und einen bonbonfarben gestreiften Jerseypullover mit ovalem Ausschnitt und dreiviertellangen Ärmeln. Er hatte ein breites, hoffnungsvolles Gesicht und einen athletischen, dreieckigen Rücken. Nach seiner leicht beunruhigten Verantwortungsmiene zu urteilen, mußte er irgendwie an dem Lokal beteiligt sein. Er forderte die ‹Lehrerin›, die einsam und verloren wirkte, zum Tanz auf, aber sie lehnte mit einem gequälten Lächeln ab und nippte nervös an ihrem Daiquiri. Der Neger stand ratlos auf der Tanzfläche, scheinbar mit nichts als Musik und Verlegenheit bekleidet, und ließ die Hände mit den bleichen Innenflächen herabbaumeln. Als die Kapelle mit einem letzten schrill klagenden Akkord wie abgeschnitten verstummte, ging er zu dem Bandleader am Pingpong, dem Neger in rotem Hemd und mit langem Kinn, und sagte: «He, Mann, die Leute wollen sicher *Yellow Bird* hören.» Er sprach im Frageton, wie das auf den Westindischen Inseln bei allen Feststellungen üblich ist.

Der Bandleader war eingeschnappt. Er antwortete langsam, unverständlich, als klinge die Musik noch immer in seinem Schädel nach und er schlage leise mit der Zunge den Takt zu einer Melodie. Der Mann an der Baßtrommel, ein grobschlächtiger, dicklippiger Mulatte in einem blauen, bis zum Nabel aufgeknöpften Arbeitshemd, mischte sich ein, zwang den jungen Mann mit einem leichten Stoß, rückwärts vom Podium herunterzuspringen, und ließ ein gereiztes Knurren hören. Der Streifen behaarter kakaobrauner Haut, den sein Hemd freigab, plusterte sich auf wie ein Hahnenhals. Niemand hatte getanzt; die Kapelle war verärgert. Der Bandleader zerbiß seinen Zigarettenstummel und schlug auf dem Rand des Pingpongs einen wütenden dumpfen Wirbel. Dann sagte der Mann am *cellopan* etwas Unverständliches – er hatte einen glattrasierten Kopf und war der älteste von ihnen –, und alle Neger, auch der junge mit dem dreieckigen Rücken, brachen in schallendes Lachen aus.

Die Kapelle setzte wieder ein und spielte als erstes *Yellow Bird* — ziemlich lustlos, in schleppendem Tempo. Der junge Neger ging auf die blonde Mutter des kleinen Jungen zu. Sie ließ sich zur Tanzfläche führen und hob ihre runden Arme. Das Paar tanzte behutsam, fast schläfrig den Schleifschritt des Mambo; die Rückenpartie der Frau bewegte sich unter dem engen weißen Kleid hin und her; das breite Gesicht des jungen Negers glänzte, während seine Lippen stumm den Text artikulierten: *Ye--ell-o-oh bi-ird, up in the tree so high, ye-ell- -oh bi-ird, you sit alone like I.* Ihre kräftige Taille schien sich in der Wölbung seiner breiten Hand geborgen zu fühlen.

Als der Tanz zu Ende war, verbeugte sich der junge Mann dankend. Sie kehrte zu ihrer Familie zurück und ließ — es war wie ein Aufseufzen — ihr Haar herunterfallen. Offenbar war es nur von einer einzigen Nadel gehalten worden; sie zog diese Nadel heraus, die sonnengebleichte Krone auf ihrem Kopf flutete ihr in einem gleißenden Strom über den Rücken, und sie sah mit ihrem wettergegerbten Gesicht wie das Negativ einer Hexe aus oder wie das, was sich zu Hexen so verhält wie Engel zu Teufeln. Der kleine Junge flüsterte ihr etwas zu, als klettere sein Herz das goldene Seil ihres offenen Haares hinauf. Sie beugte sich zu ihm und blickte dann auf den Homosexuellen, der sich beim Barmann beschwerte, weil sein Wodka-und-Tonic wässerig geworden war.

«Sie schulden mir einen Dollar fünfzig», sagte der Barmann, «und wenn Sie Ihren Drink stundenlang stehenlassen, dann muß das Eis ja schmelzen.»

«Ich habe keinen Dollar fünfzig», lautete die Antwort. «Ich will mit schnödem Mammon nichts mehr zu tun haben, nie mehr, bis in alle Ewigkeit, amen. Es gibt Leute, die wollen mir einen Job aufschwatzen, aber da mache ich nicht mit. So bin ich nun mal, das ist für mich eine Sache des Prinzips. Was habe ich davon, wenn ich den ganzen Tag für einen Hungerlohn schufte? Draufgehen kann ich auch ohne Arbeit.»

Jetzt blickte die blonde Familie ihn fasziniert an. Aus dem Augenwinkel nahm er das Leuchten ihrer Gesichter wahr, und er wandte sich ihnen zu, neugierig, aber eingedenk der ihm erteilten Zurückweisung mit vorsichtiger Diskretion.

«Ich bekomme einen Dollar und fünfzig Cent von Ihnen», beharrte der Barmann ohne Überzeugungskraft; mit seinem schweißglänzenden Gesicht und der verklemmten Haltung hätte er ein im eigenen Gefängnis festgehaltener Wärter sein können, der sich vor den Insassen fürchtet. Er trank einen Schluck Orangensaft aus seinem Glas und warf einen Blick nach draußen, als schaue er nach der Ablösung aus. Bleiche, kantige Wolken schwebten über dem Meer und filterten die Sterne. Von einer Jacht, auf der eine Party in Gang war, wehte Lachen herüber wie Gischt.

Der Homosexuelle rief: «Wirklich, das ist der reizendste kleine Junge, den ich je gesehen habe. In Hollywood könnte er eine männliche Shirley Temple werden, ehrlich, und später, wenn er etwas älter ist, hätte er das Zeug zu einer männlichen Dingsda — na, wie heißt sie doch gleich? Ach ja, Jane Withers. Ich habe ein phantastisches Gedächtnis. Wenn ich wollte, könnte ich nach New York zurückgehen und bei einer Quizshow eine Million Dollar kassieren.»

Der junge Deutsche trat als Sprecher der Gruppe auf. «Er wünscht . . . er will . . . Ihren Hut.»

«Ja? Wirklich? Der kleine Engel will meinen Hut aufsetzen, den ich selbst für das Fest am Wochenende entworfen habe?» Er ließ sich von seinem Hocker gleiten, lief zur anderen Seite der Theke, drückte den phantasievoll verzierten Hut auf den runden Kinderkopf und kniete sich dann plötzlich auf den Boden. «Komm», sagte er, «komm, Schatz, steig auf meine Schultern. Du kannst auf mir reiten.»

Der Vater sah seine Frau fragend an, zuckte die Achseln und hob den Jungen auf die Schultern des Fremden. Die Vögel an ihren Drähten schwankten hin und her, und nicht nur auf dem Gesicht des Kindes malte sich Angst, sondern auch auf dem erwachsenen Gesicht, das der Kleine umklammert hielt. Der Homosexuelle war, als er sich aufrichtete, offenbar über das Gewicht des Kindes erschrocken. Dann aber begann er um die Bartheke herumzutrotten wie ein schwächliches Monstrum mit zwei übereinandersitzenden großen Köpfen, deren oberer einen Heiligenschein von Vögeln trug, und seine glattrasierten Beine sahen in den Shorts knotig und knochig aus. Die Band ließ eine Pachanga vom Stapel. Einige Touristenfamilien hatten inzwischen an den Tischen Platz genommen, und der athletische junge Neger, dessen Fleisch wie Gummi wirkte, forderte mit Erfolg eine sorgfältig sonnengebräunte Schönheit mit orangerotem Haar zum Tanz auf. Sie hatte langgeschnittene grüne Augen und schmale Lippen, die hell geschminkt waren, heller als ihre Haut, und ein Oval von Nacktheit ließ ihre zarten Schulterknochen sehen. Der Baron fluchte und zerrte seine Begleiterin auf die Tanzfläche. Während sie tanzten, schnappte der Dackel unruhig nach ihren schlurfenden Füßen. Der Baron verscheuchte den Hund mit einem Tritt und drehte dabei den Kopf, so daß der Goldring in seinem Ohr vor den Augen des vorbeireitenden, halb benommenen kleinen Jungen aufblitzte wie der Ring an einem Karussell. Ein stattlicher glatzköpfiger Mann, offensichtlich ein Mediziner aus den USA, und seine Frau, eine winzige Person, deren kupferbraunes Gesicht runzlig wie eine Walnuß war, erhoben sich, um zu tanzen. Dem Homosexuellen taten die Schultern weh. Er galoppierte ein letztes Mal um die Theke herum und setzte dann das Kind auf dem Hocker ab. Das angenehme Gefühl der Leichtigkeit im Nacken brachte ihn dazu, atemlos in das strahlende, von Stroh umrahmte runde Gesicht hinein zu sagen: «Weißt du, Mark Twain hat ein hübsches Buch über einen Jungen geschrieben, der *genauso* war wie du.» Er nahm dem Kind den Hut vom Kopf und setzte ihn sich selbst wieder auf. Der Kleine, der damit nicht gerechnet hatte, brach in Tränen aus, und bald trug seine Mutter ihn fort.

Auf der Tanzfläche ging es nun schon sehr lebhaft zu. Von dem günstigen Platz an der Ecke der Theke aus beobachtete die ‹Lehrerin› mit gesenkten Augen die tanzenden Füße. Sie schienen eine Oberfläche glattzustampfen, die so heiß war, daß man sie nicht länger als einen Augenblick berühren konnte. Einige Frauen beider Rassen hatten die Schuhe ausgezogen; ihre Füße, die spreizzehig abwechselnd auftauchten und von Kleidern verdeckt wurden, sahen häßlich und raubgierig aus. Als die Musik verstummte, kamen schwarze Hilfsarbeiter und legten zwei von rostigen Nägeln starrende Bretter auf den Boden, genau dorthin, wo der Blick der jungen Frau ruhte. Ein Scheinwerfer flammte auf. Die Kapelle setzte von neuem ein und vollführte einen Höllenspektakel. Der junge Neger mit dem schönen, gummiartigen Rücken sprang fast nackt in den Lichtkegel. Er schwenkte zwei brennende Fackeln, und sein Körper zuckte im Rhythmus der Musik. Seine Kleidung bestand nur aus einer Strickbadehose und orangefarbenen Bändern; vermutlich sollte sie das karibische Sklavenkostüm darstellen. Mit geschlossenen Augen stieß er sich die Fackeln abwechselnd in den Mund und spie Flammen aus. An den Tischen wurde gleichgültig applaudiert.

Der Baron, der betrunkener war, als irgend jemand ahnte, verließ seinen Platz an der Theke, und als sich der junge Neger auf ein Nagelbrett legte und mit den Fackeln über seine Brust strich, legte er sich neben ihn und stieß zur Parodie die behosten Beine in die Luft. Niemand wagte zu lachen, so still und verzückt war das Gesicht des Barons. Der junge Neger, mit dem Rücken auf den Nägeln liegend, hielt eine Fackel auf Armeslänge von sich, so daß die Flamme den Rockaufschlag des Barons berührte und dort ein paar Funken erzeugte; aber der Baron fuhr selbstvergessen fort, die Beine zu bewegen, und die glimmenden Fäden erloschen von selbst. Als der Neger, jetzt sichtlich erschrocken, aufstand, eine gewollt einfältige Grimasse schnitt und mit seinen bloßen Füßen auf eines der Nagelbretter sprang, da hüpfte der Baron in seinen Sandalen auf das andere und spähte durch sandfarbene Wimpern blicklos in das Applausdunkel ringsum. Sein Ohrring blinkte, in seinem Rock schien noch immer der Kleiderbügel zu stecken. Zwei schwarze Kellner, nervös wie Rehe, wagten sich in den Lichtkegel und packten den Baron an den erhobenen Armen; während sie ihn zur Theke zurückführten, keuchte der hochgewachsene Mann, als wäre er nach einer Schiffskatastrophe soeben aus dem Wasser getaucht, aber im Profil gesehen drückte seine Gestalt eine unzerstörbare Würde aus. An den Tischen der Touristen wurde gemurmelt und geflüstert — man fragte sich, ob das zur Nummer gehört habe.

Die Band schlug ein noch schnelleres Tempo an. Der junge Neger gab seine Fackeln ab und bekam dafür einen Sack gereicht. Er schüttete ihn aus, und eine Menge grünlicher Flaschenscherben ergossen sich über den Boden. Nun sprang der Neger mit beiden Füßen auf den Haufen, warf sich in die Scherben und wälzte sich darin, wie sich ein Hund ekstatisch in der verwesten Leiche eines Waldmurmeltiers wälzt. Sein Rücken lag wie auf einem Kissen aus scharfkantigem Glas, und der dicke Mulatte ließ seine Baßtrommel im Stich, um sich ihm auf die Brust zu stellen. Man klatschte Beifall. Der Mulatte stieg herunter und verschwand. Der Neger kniete sich hin, nahm eine Handvoll glitzernder Scherben und rieb sich damit kräftig das Gesicht ab. Als er sich erhob, um den Beifall entgegenzunehmen, bemerkte die junge Frau, daß sein glänzender Rücken, der sich dicht vor ihren Augen atmend hob und senkte, ein paar nicht blutende kleine Einschnitte aufwies. Der Applaus verklang, die Kapelle hielt inne, und das Licht ging an, bevor der Sklave, mit den Nagelbrettern und dem Sack voller Scherben bepackt, die Tür hinter dem Podium erreicht hatte. Die Musiker lachten und schwatzten, als er zwischen ihnen hindurchging.

Nun wurde eine Pause eingelegt. Der Barmann, der feuchte Augen hatte, als wäre er den Tränen nahe, huschte hin und her und mixte mit zitternden Händen eine neue Welle von Drinks. Noch mehr Touristen kamen herein, während die Familien mit Kindern zum Aufbruch rüsteten. Der Verkehr auf der Flughafenstraße hatte nachgelassen, das Spiegelbild des Mondes war verlorengegangen, das dumpfe Klopfen der Schiffe an der Kaimauer klang jetzt nachdrücklicher. Die Menschen auf den Decks dieser Schiffe konnten die erleuchteten Fenster in den wasserarmen Bergen oberhalb von Charlotte Amalie sehen — Lichter, über die Mitte des Nachthimmels gebreitet wie ein Sternbild, das im Begriff ist, mit der Erde zu kollidieren, aber ständig in der gerade noch tragbaren Entfernung gehalten wird von jener undefinierbaren Arretierung, wie sie mit einbegriffen ist in dem Gefüge der tropischen Zeit, das ganz und gar aus Kreisen zu bestehen scheint. In der Bar ging der junge Deutsche um die Theke herum und sprach den Homosexuellen an, der unter seinem Hutrand hervor aufblickte, mit wachen Lippen und nicht mehr abgelenkten Augen, ganz geschäftliches Interesse. Der Mann, der so typisch englisch wirkte, verließ seinen Platz und den noch immer nicht weniger gewordenen Rumcocktail, schlenderte zur anderen Längsseite der Theke und begann ein Gespräch mit dem jetzt sich selbst überlassenen skandinavischen Vater; schon in den ersten Worten des ‹Engländers› offenbarte sich ein schleppender amerikanischer Akzent. Der Baron legte seinen schönen Kopf auf die Theke und schlief ein. Der Dackel leckte ihm das Gesicht, weil es nach Alkohol roch. Die Frau gab dem Hund einen Klaps auf die Schnauze. Der muskulöse Mann zog mit einem Ruck den Kugelschreiber vom Ausschnitt seines Trikothemdes, nahm den Bierdeckel unter seinem Glas weg und schrieb etwas darauf, etwas ganz Kurzes – ein Wort oder vielleicht eine Zahl. Es war, als hätte er endlich eine Nachricht von dem geisterhaften Transportunternehmen erhalten, das ihn versehentlich an diesen Ort dirigiert hatte. Das Pingpong erklang; die Band begann von neuem zu spielen. Der junge Neger tauchte auf; er hatte das Sklavenkostüm abgelegt und trug wieder seine gelbe Hose und den in Bonbonfarben gestreiften Pullover mit dem ovalen Ausschnitt. Den Rücken biegend, die Handflächen auf die Hüften gestützt, forderte er die junge ‹Lehrerin› abermals zum Tanz auf. Jetzt willigte sie ein, mit einem Lächeln, das die ein wenig übereinandergeschobenen Schneidezähne entblößte.

Die christlichen Zimmergenossen

Orson Ziegler, angehender Harvard-Student, stammte aus einer kleinen Stadt in South Dakota, wo sein Vater Arzt war. Der achtzehnjährige Orson maß fast sechs Fuß, wog 149 Pfund und hatte einen Intelligenzquotienten von 152. Seine ekzematösen Wangen und der etwas verkniffene Zug um die Augen — als wäre sein Gesicht zu lange vom Anblick eines waagerechten Horizonts durchschnitten worden — ließen nicht ahnen, daß er eine gehörige Portion Selbstvertrauen besaß. Als Sohn des Arztes hatte er in der Stadt immer etwas gegolten. Auf der High School war er Klassensprecher, Redner bei Abschlußfeiern und Kapitän der Football- und der Baseballmannschaft gewesen. (Kapitän der Basketballmannschaft war Lester Gefleckter Elch gewesen, ein reinblütiger Chippewa-Indianer mit schmutzigen Fingernägeln und blitzenden Zähnen, ein passionierter Raucher und Trinker, ein schwieriger Fall in puncto Disziplin und der einzige Junge, der bei allem, worauf es ankam, besser war als Orson.) Orson war der erste Harvard-Student seiner Heimatstadt und wahrscheinlich auch der letzte, zumindest bis sein Sohn einmal soweit war. Er sah seine Zukunft genau vor sich: vorklinisches Studium hier, Medizinstudium entweder in Harvard, Penn oder Yale und dann zurück nach South Dakota, wo er bereits ein Mädchen als Ehefrau auserkoren und sie bewogen hatte, auf ihn zu warten. Zwei Nächte vor seiner Abreise nach Harvard hatte er sie entjungfert. Sie war in Tränen zerflossen, und er war sich töricht vorgekommen, weil er fürchtete, irgendwie versagt zu haben. Es war auch für ihn das erste Mal gewesen. Orson war vernünftig genug, zu wissen, daß er noch viel lernen mußte, und innerhalb gewisser Grenzen war er dazu auch bereit. Harvard bildet Tausende von solchen Jungen aus und gibt sie der Welt zurück, ohne daß sie sichtbaren Schaden erlitten haben. Wahrscheinlich weil er aus einer Gegend westlich des Mississippi kam und protestantischer Christ (Methodist) war, hatte ihm die Universitätsverwaltung als Zimmergenossen einen Studienanfänger zugeteilt, der aus Oregon stammte und von sich aus zur Episkopalkirche gefunden hatte.

Als Orson am Morgen des Immatrikulationstages in Harvard eintraf, leicht benommen und steifgliederig von einer Flugreise, die mit mehrmaligem Umsteigen vierzehn Stunden gedauert hatte, war sein Zimmergenosse bereits eingezogen. *H. Palamountain* stand in schwungvoller Schrift auf dem oberen der zwei Namensschilder an der Tür von Zimmer 14. In dem Bett am Fenster hatte jemand geschlafen, und auf dem Tisch am Fenster waren Bücher sehr ordentlich aneinandergereiht. Orson, der müde auf der Schwelle stand und mit letzter Kraft seine zwei schweren Koffer festhielt, spürte eine fremde Gegenwart im Zimmer, ohne sie lokalisieren zu können; optisch und geistig schaltete er mit leichter Verzögerung.

Der Zimmergenosse, der barfuß auf dem Boden vor einem kleinen Spinnrad saß, sprang leichtfüßig auf. Orsons erster Eindruck war die erstaunliche Schnelligkeit, mit der fast wie durch Zauberhand das dicklippige, glotzäugige Gesicht des Jungen dem seinen gegenüberrückte. Der andere war einen Kopf kleiner als Orson: seine unbestrumpften Beine steckten in himmelblauen, zu den Knöcheln hin schmaler werdenden Slacks; darüber trug er ein Lumberjackhemd, dessen Halsausschnitt sehr flott mit einem Seidenschal ausgefüllt war, und eine weiße Mütze, wie sie Orson bisher nur auf Fotos von Pandit Nehru gesehen hatte. Orson stellte den einen Koffer ab und streckte die Hand zur Begrüßung aus. Statt sie zu ergreifen, legte der Zimmergenosse seine Handflächen gegeneinander, verneigte sich und murmelte etwas, was Orson nicht verstand. Dann zog er anmutig die Mütze und entblößte einen schmalen Streifen lockigen blonden Haares, der einem Hahnenkamm glich. «Ich bin Henry Palamountain.» Seine Stimme, klar und farblos, wie Stimmen von der Westküste zu klingen pflegen, erinnerte im Tonfall an einen Rundfunksprecher. In seinem metallisch festen Händedruck schien sich eine Spur Bosheit zu verraten. Wie Orson trug er eine Brille. Die dicken Gläser betonten noch die vorstehenden Augen des Schilddrüsenkranken und ihren fischartigen, forschenden Ausdruck.

«Orson Ziegler», stellte sich Orson vor.

«Ich weiß.»

Orson verspürte das Bedürfnis, etwas angemessen Feierliches hinzuzufügen, denn sie gingen doch gewissermaßen eine Lebensgemeinschaft auf Zeit ein. «Nun, Henry —» erschöpft stellte er auch den zweiten Koffer ab — «wir werden ja in der nächsten Zeit viel miteinander zu tun haben.»

«Du kannst mich Hub nennen», sagte der Zimmergenosse. «Die meisten tun das. Aber wenn es dir lieber ist, bleib ruhig bei Henry. Ich möchte deine schreckliche Freiheit nicht einschränken. Vielleicht willst du mir überhaupt keinen Namen geben. Ich habe mir hier im Studentenheim schon drei erbitterte Feinde geschaffen.»

Jeder Satz dieser fließend vorgebrachten Rede, nicht zuletzt der erste, beunruhigte Orson. Er selbst hatte nie einen Spitznamen gehabt; das war die einzige Ehre, die seine Klassenkameraden ihm nicht hatten zuteil werden lassen. Als Heranwachsender hatte er des öfteren Spitznamen für sich geprägt — Orrie, Ziggy — und vergebens versucht, sie zu gängiger Münze zu machen. Und was war mit ‹schrecklicher Freiheit› gemeint? Das klang nach Sarkasmus. Und warum sollte er den Wunsch haben, dem anderen überhaupt keinen Namen zu geben? Und wie hatte der Zimmergenosse es angefangen, sich jetzt schon Feinde zu machen? «Seit wann bist du denn hier?» fragte Orson leicht gereizt.

«Seit acht Tagen.» Henry beendete jede Aussage mit einem eigentümlichen Lippenkräuseln, einer Art von selbstzufriedenem stummem Schnalzen, das offenbar heißen sollte: Na, wie findest du *das*?

Orson hatte das Gefühl, er sei hier als leicht zu verblüffender Mensch eingestuft worden, aber er rutschte hilflos in die Rolle des Stichwortlieferanten hinein, die ihm ebenso wie das zweitbeste Bett zugedacht war. «*So* lange schon?»

«Ja. Ich war bis vorgestern der einzige Bewohner des Heims. Ich bin nämlich per Anhalter gereist, weißt du.»

«Was — von *Oregon*?»

«Ja. Und ich wollte mir einen Spielraum für alle Eventualitäten lassen. Für den Fall, daß ich beraubt würde, hatte ich mir einen Fünfzig-Dollar-Schein ins Hemd eingenäht. Aber es hat alles großartig geklappt, reibungslose Fahrt von A bis Z. Ich hatte mir ein großes Schild mit der Aufschrift ‹Harvard› gemalt. Das müßtest du auch mal probieren. Man trifft unterwegs interessante alte Harvard-Leute.»

«Haben sich denn deine Eltern keine Sorgen gemacht?»

«Klar. Meine Eltern sind geschieden. Mein Vater war wütend. Er verlangte, ich solle fliegen. Ich legte ihm nahe, das Geld für die Flugkarte dem Indianer-Hilfsfonds zu überweisen. Er spendet nie einen Cent für wohltätige Zwecke. Und dann bin ich ja auch kein Kind mehr. Ich bin zwanzig.»

«Warst du schon beim Militär?»

Henry hob die Hände und taumelte zurück wie unter einem Schlag. Er preßte den Handrücken an die Stirn, wimmerte: «Niemals», erschauerte, richtete sich straff auf und salutierte. «Die Rekrutierungsbehörde von Portland ist hinter mir her, wenn du's genau wissen willst.» Mit einer affektierten Bewegung seiner flinken Hände – die alt aussahen, wie Orson feststellte: knochig, geadert und, wie Frauenhände, mit rötlichen Nägeln – zupfte er seinen Schal zurecht. «Sie erkennen als Wehrdienstverweigerer nur Quäker und Mennoniten an. Mein Bischof denkt ebenso. Man wollte mir eine goldene Brücke bauen und schlug vor, daß ich die Dienstzeit in einem Krankenhaus ableisten sollte, aber ich habe erklärt, dadurch würde ja ein anderer für den Frontdienst frei, und dann könnte genausogut ich eine Knarre tragen. Ich schieße ausgezeichnet, bin jedoch aus Prinzip gegen das Töten.»

Der Korea-Krieg hatte in diesem Sommer begonnen, und Orson, den seither das dunkle Gefühl quälte, daß es eigentlich seine Pflicht sei, sich freiwillig zu melden, war nicht gerade angetan von diesem fröhlichen Pazifismus. «Was hast du denn die zwei Jahre gemacht?»

«In einer Sperrholzfabrik. Als Leimer. Das eigentliche Leimen besorgen ja Maschinen, aber die ersticken ab und zu in ihrem eigenen Leim. Das ist so eine Art von exzessiver Introspektion – hast du *Hamlet* gelesen?»

«Nur *Macbeth* und *Der Kaufmann von Venedig*.»

«So. Na ja, die müssen dann also mit einem Lösungsmittel gesäubert werden. Man trägt dabei Gummihandschuhe, die bis zum Ellbogen reichen. Es ist eine sehr nervenberuhigende Arbeit, und sie bietet einem die beste Gelegenheit, griechische Zitate zu memorieren. Ich habe auf diese Art fast den ganzen *Phaidon* auswendig gelernt.» Er deutete auf seinen Tisch, und Orson erkannte in der Bücherreihe zahlreiche Bände der grünen Loeb-Ausgabe, also Werke von Platon und Aristoteles in griechischer Sprache. Sie sahen abgegriffen aus, als wären sie oft gelesen worden. Zum erstenmal erschreckte ihn der Gedanke an das Studium in Harvard.

Orson, der noch immer zwischen seinen Koffern stand, machte sich nun ans Auspacken. «Hast du mir eine Kommode übriggelassen?»

«Natürlich. Die bessere.» Henry sprang auf das Bett, das noch nicht benutzt war, und hüpfte darauf herum, als wäre es ein Trampolin. «Das Bett mit der besseren Matratze bekommst du auch», sagte er, noch immer hüpfend. «Und den Tisch, an dem dich das Licht vom Fenster nicht so blendet.»

«Danke», sagte Orson kurz.

Henry reagierte sofort auf den Tonfall. «Hättest du lieber mein Bett?

Meinen Tisch?» Er sprang vom Bett, lief zu seinem Tisch und ergriff einen Stapel Bücher.

Orson hielt den Voreiligen fest und war erstaunt über die straffen Muskeln des Armes, den er gepackt hatte. «Mach keinen Unsinn», sagte er. «Die sind doch genau gleich.»

Henry legte die Bücher auf den Tisch zurück. «Ich wünsche keine bitteren Gefühle und kein unreifes Gezänk. Als der Ältere ist es meine Pflicht, nachzugeben. Hier, ich schenke dir das Hemd, das ich auf dem Leib trage.» Damit knöpfte er sein Lumberjackhemd auf. Er trug kein Unterhemd, und der geknotete Schal auf der nackten Brust hatte etwas Theatralisches.

Nachdem er Orson einen Gesichtsausdruck entlockt hatte, den Orson selbst nicht sehen konnte, knöpfte Henry lächelnd das Hemd wieder zu. «Hast du etwas dagegen, daß mein Name auf dem oberen Türschild steht? Dann entferne ich ihn natürlich sofort und bitte um Verzeihung. Ich konnte ja nicht wissen, daß du so sensibel bist.»

Vielleicht war das alles humoristisch gemeint. Orson versuchte es mit einem Scherz. Er deutete auf das Spinnrad und fragte: «Kriege ich auch so eins?»

«Ach, *das*.» Henry hüpfte auf einem seiner nackten Füße rückwärts und machte ein verlegenes Gesicht. «Das ist ein Experiment. Ich habe es mir aus Kalkutta schicken lassen und spinne täglich eine halbe Stunde. Nach dem Jogatraining.»

«Mit Joga befaßt du dich auch?»

«Vorerst nur mit den elementarsten Übungen. Länger als fünf Minuten halten meine Knöchel die Lotusposition noch nicht aus.»

«Und du sagst, du hast einen Bischof.»

Der Zimmergenosse blickte ihn mit neu erwachendem Interesse an. «Alle Wetter, du hörst aber gut zu. Ja. Ich betrachte mich als stark von Gandhi beeinflußten anglikanisch-christlichen Platoniker.» Er legte die Handflächen vor der Brust gegeneinander, verneigte sich, richtete sich auf und kicherte. «Mein Bischof haßt mich», sagte er. «Ich meine den in Oregon, der will, daß ich Soldat werde. Ich habe mich dem hiesigen Bischof vorgestellt, und der mag mich, glaube ich, ebensowenig. Übrigens ist mir auch mein Studienberater nicht grün. Bloß weil ich ihm gesagt habe, daß ich nicht daran denke, die naturwissenschaftlichen Pflichtfächer zu belegen.»

«Aber warum denn nicht?»

«Sei ehrlich, du willst es ja gar nicht wissen.»

Orson hatte das Gefühl, daß diese Zurückweisung eine kleine Kraftprobe war. «Nicht unbedingt», gab er zu.

«Ich betrachte die Naturwissenschaft als eine dämonische Illusion der menschlichen Hybris. Ihre trügerische Natur wird durch den Umstand bewiesen, daß sie ständig revidiert werden muß. Ich habe den Berater gefragt: ‹Warum sollte ich ein Viertel meiner Studienzeit damit vergeuden, mir eine Unzahl von Hypothesen anzueignen, die bestimmt schon überholt sind, wenn ich mein Examen mache? Wäre es nicht viel nützlicher, wenn ich mich in dieser Zeit mit Platon beschäftigte?›»

«Mein Gott, Henry!» rief Orson empört aus, denn er dachte an die Millionen von Menschen, die der medizinischen Wissenschaft ihr Leben verdanken. «Das kann doch nicht dein Ernst sein!»

«Bitte, sag Hub zu mir. Ich bin für dich vielleicht ein schwieriger Fall, und ich glaube, es wird dir die Sache erleichtern, wenn du mich bei meinem Namen nennst. Aber reden wir doch mal von dir. Dein Vater ist Arzt, du hast auf der High School lauter A-Noten bekommen – ich kann mich nur sehr mittelmäßiger Noten rühmen –, und du willst in Harvard studieren, weil du hier eine kosmopolitische Oststaatenumgebung zu finden hoffst, von der du dir Nutzen versprichst, nachdem du dein bisheriges Leben in einer kleinen Provinzstadt verbracht hast.»

«Zum Teufel, wer hat dir denn das alles erzählt?» Orson war rot geworden, als er die wörtliche Wiedergabe seines Aufnahmeantrags hörte. Er kam sich jetzt schon bedeutend älter vor als der Junge, der das geschrieben hatte.

«Die Universitätsverwaltung», antwortete Henry. «Ich bin hingegangen und habe Einblick in deine Akte verlangt. Zuerst wollten sie nichts davon wissen, aber ich habe gesagt, wenn ich schon einen Zimmergenossen bekäme, obgleich ich ausdrücklich um ein Einzelzimmer gebeten hätte, dann müßten sie mir auch Gelegenheit geben, Näheres über dich zu erfahren und auf diese Weise mögliche Reibungspunkte zu umgehen.»

«Und sie haben die Akte rausgerückt?»

«Natürlich. Menschen ohne innere Überzeugung besitzen keine Widerstandskraft.» Sein Mund produzierte das selbstzufriedene lautlose Schnalzen, und Orson fühlte sich zu der Frage bewogen: «Warum bist *du* nach Harvard gekommen?»

«Zwei Gründe.» Er zählte sie an zwei Fingern ab. «Raphael Demos und Werner Jaeger.»

Orson kannte diese Namen nicht. «Freunde von dir?» erkundigte er sich und hatte im nächsten Moment den Eindruck, etwas Dummes gesagt zu haben.

Aber Henry nickte. «Ich habe mich Demos vorgestellt. Ein reizender alter Gelehrter mit einer bildhübschen jungen Frau.»

«Soll das heißen, du bist einfach hingegangen und hast dich ihm aufgedrängt?» Orson hörte, wie seine Stimme schrill wurde; die hohe und schwankende Stimme gehörte zu den Dingen, die er an sich selbst am wenigsten leiden konnte.

Henry zuckte zusammen. Er sah unerwartet verletzlich aus, wie er da schlank, flott gekleidet und mit häßlichen, plattnagligen nackten Füßen auf den schwarz gestrichenen Dielen stand. «So würde ich das nicht bezeichnen. Ich bin als Pilger zu ihm gegangen. Er schien sich sehr gern mit mir zu unterhalten.» Er sprach behutsam, und sein Mund enthielt sich des Schnalzens.

Daß er seinen Zimmergenossen kränken konnte – daß dieser junge Frechdachs überhaupt tieferer Empfindungen fähig war –, verwirrte Orson mehr als alle Überraschungen, mit denen der andere ihn bewußt konfrontiert hatte. Ebenso schnell, wie Henry aufgesprungen war, ließ er sich jetzt auf den Fußboden gleiten; es war, als rutsche er durch eine in der Konversationsebene befindliche Falltür. Er begann von neuem zu spinnen. Die Methode verlangte offenbar, daß der Faden um den großen Zeh geschlungen und durch eine Art geistesabwesende Tretbewegung straff gehalten wurde. Während Henry sich dieser Beschäftigung hingab, schien er hermetisch abgeschlossen in einer der Leimmaschinen zu sitzen, die der Nährboden seiner wirren Philosophie waren. Beim Auspacken fühlte sich Orson in zunehmendem Maß durch ein schwer definierbares Gefühl des Unbehagens behindert. Er suchte sich zu erinnern, wie die Mutter zu Hause seine Sachen in der Kommode untergebracht hatte: Socken und Unterwäsche in der einen Schublade, Oberhemden und Taschentücher in der anderen. Zu Hause – das schien unendlich weit weg zu sein, und als wäre die Schwärze der Dielenbretter die Farbe eines Abgrunds, spürte er unter seinen Füßen eine schwindelnde Tiefe. Das Spinnrad ratterte in gleichmäßigem Tempo. Orsons Unbehagen kreiste im Raum und konzentrierte sich dann auf seinen Zimmergenossen, der, das war klar, ernsthaft über profunde Dinge nachzudenken pflegte, Dinge, um die sich Orson so gut wie gar nicht gekümmert hatte, da sein Hauptinteresse dem praktischen Problem galt, ein guter Student zu werden. Klar war auch, daß Henry unintelligent gedacht hatte. Diese Unintelligenz («Ich kann mich nur sehr mittelmäßiger Noten rühmen») war eher eine Drohung als ein Trost. Orson stand über die Kommode gebeugt, und seine geistige Haltung entsprach ziemlich genau der körperlichen: Er konnte sich weder zu voller Verachtung erheben noch sich in aufrichtiger Bewunderung vor seinem Zimmergenossen niederwerfen. Seine Empfindungen wurden noch kompliziert durch den Widerwillen, den Henrys körperliche Gegenwart bei ihm hervorrief. Er, der von fast krankhafter Reinlichkeit war, fühlte sich von Leim verfolgt, und eine klebrige Atmosphäre behinderte beim Auspacken jede seiner Bewegungen.

Das Schweigen zwischen den beiden Zimmergenossen dauerte fort, bis eine große Glocke gewichtig zu dröhnen begann. Das Geräusch war nah und doch fern, gleich dem Schlag eines Herzens im Busen der Zeit, und mit ihm schien das dämpfend dichte Laubwerk der Bäume im Hof ins Zimmer zu dringen, jener Bäume, die Orsons präriegewohnten Augen so tropisch üppig vorgekommen waren; die Zimmerwände vibrierten von Blattschatten, und viele winzige Wesenheiten – Staubteilchen, Straßengeräusche, mikroskopische Engel, von denen mehrere auf einem Stecknadelkopf tanzen konnten – erfüllten die Luft und machten sie schwer atembar. Auf den Treppen des Studentenheims polterte es. Jungen in Jacketts und Krawatten kamen lachend ins Zimmer gestürmt und riefen: «Hub! He, Hub!»

«Steh vom Boden auf, Daddy.»

«Mensch, Hub, zieh dir Schuhe an.»

«Pfui Spinne.»

«Und leg den verführerischen Sarong ab, den du dir um den Hals gewunden hast.»

«Schau dir die Lilien auf dem Feld an, Hub. Sie arbeiten nicht, sie spinnen nicht, und doch sage ich dir, selbst Salomo in all seiner Pracht war nicht gekleidet wie eine von ihnen.»

«Amen, Brüder!»

«Fitch, du solltest Pfarrer werden.»

Orson sah sie alle zum erstenmal. Hub stand auf und übernahm es gewandt, seinen Zimmergenossen mit den anderen bekannt zu machen.

Wenige Tage genügten, damit sich Orson ein Bild von jedem einzelnen machte. Dieses scheinbar so festgefügte und homogene Konglomerat zerfiel bei näherer Betrachtung in Doppelindividuen: Zimmergenossen. Da waren Silverstein und Koshland, Dawson und Kern, Young und Carter, Petersen und Fitch.

Silverstein und Koshland, die das Zimmer über Orson und Henry hatten, waren Juden aus New York City. Orson wußte nicht viel von nicht-biblischen Juden; er hielt sie samt und sonders für leidgeprüfte Menschen voller Musik, Schlauheit und Schwermut. Aber Silverstein und Koshland alberten ständig herum, rissen ständig Witze. Sie spielten Bridge, Poker, Schach und Go, fuhren nach Boston ins Kino und tranken Kaffee in den Schnellgaststätten am Square. Sie hatten – der eine in der Bronx, der andere in Brooklyn – ‹bessere› High Schools besucht, und Cambridge schien für sie einfach ein weiterer New Yorker Stadtteil zu sein. Das meiste von dem, was der Lehrplan für Studienanfänger vorsah, wußten sie offenbar schon. Als der Winter näher kam, entwickelte Koshland eine Leidenschaft für Basketball, und wenn er und seine Mannschaftskameraden im Zimmer mit einem Tennisball und einem Papierkorb trainierten, wackelten die Wände. Eines Nachmittags fiel von der Decke ein großes Stück Putz auf Orsons Bett.

Nebenan in Zimmer 12 wohnten Dawson und Kern. Der eine – Dawson – kam aus Ohio, der andere aus Pennsylvania. Beide wollten Schriftsteller werden. Dawson wirkte etwas mürrisch; er hatte eine schlechte Haltung, die Mimik eines eifrigen jungen Hundes und ein sehr cholerisches Temperament. Seine schriftstellerischen Vorbilder waren Anderson und Hemingway, und er selber schrieb trocken wie eine Tageszeitung. Er war als Atheist aufgewachsen, und keiner im Studentenheim reizte in so sehr zu Wutausbrüchen wie Hub. Orson, der das Gefühl hatte, daß er und Dawson aus entgegengesetzten Randzonen jenes großen psychologischen Bereichs kamen, den man den Mittelwesten nennt, mochte ihn recht gern. Weniger gut kam er mit Kern aus, der den Oststaatler hervorkehrte und in dem eine subtile Boshaftigkeit zu schlummern schien. Auf einer Farm groß geworden, bis zur Unnatürlichkeit blasiert, an nervösen Beschwerden leidend, die von Bindehautentzündung bis zu Hämorrhoiden reichten, rauchte und redete Kern pausenlos. Er und Dawson stachelten einander zu immer neuen Witzen an. Nachts hörte Orson durch die Wand, wie sie sich mit improvisierten Parodien und Gesangsnummern wachhielten, bei denen es um ihre Professoren, Vorlesungen und Kommilitonen ging. Einmal sang Dawson um Mitternacht so laut, daß nebenan jedes Wort zu verstehen war: «Ich heiße Orson Ziegler und komm aus South Dakota.» Nach einer kurzen Pause ließ sich Kern vernehmen: «Und wenn ich fein gewichst hab, dann penn ich wie ein Tota.»

Auf der anderen Seite des Korridors, in Zimmer 15, wohnten Young und Carter, zwei Neger. Carter stammte aus Detroit und war sehr schwarz, sehr zum Silbenverschlucken neigend, sehr gut gekleidet und konnte über einen treffenden Witz in ein spastisches Kichern ausbrechen, das ihm Tränen in die Augen trieb. Kern versetzte ihn oft in diesen Zustand. Young war ein schlanker malzbrauner Jüngling aus North Carolina, den ein Staatsstipendium nach Harvard verschlagen hatte; er fühlte sich hier als Fremder, hatte Heimweh und wurde mit keinem warm. Kern nannte ihn Bruder Opossum. Young schlief den ganzen Tag, nachts aber saß er auf seinem Bett und blies auf dem Mundstück einer Trompete. Anfangs hatte er nachmittags auf der ganzen Trompete geblasen und das Studentenheim und die grüne Hülle von Bäumen mit herrlichen Tremoloversionen schmachtender Melodien wie *Sentimental Journey* und *The Tennessee Waltz* berieselt. Das war hübsch gewesen. Aber Youngs ängstliches Taktgefühl — ein sklavischer Drang, sich abzusondern, den der Schock von Harvard in ihm geweckt hatte, machte diesen harmlosen Darbietungen bald ein Ende, und er ging dazu über, das Tageslicht zu meiden. Wenn sich Orson nachts einzuschlafen bemühte, erschien ihm das leise spuckend-zischende Geräusch von jenseits des Ganges wie eine in Scham ertrinkende Musik. Carter nannte seinen Zimmergenossen immer «Jonathan» und artikulierte dabei die Silben so sorgfältig, als spräche er den Namen eines fernen Wesens aus, von dem er eben zum erstenmal gehört hatte, wie La Rochefoucauld oder Demosthenes.

Schräg gegenüber, in dem Zimmer mit der Unglückszahl 13, bildeten Petersen und Fitch ein eigenartiges Gespann. Beide waren groß, hatten schmale Schultern und ein breites Hinterteil, doch davon abgesehen schien es zwischen ihnen keine Gemeinsamkeiten zu geben, und niemand wußte, was die Verwaltung bewogen hatte, ausgerechnet sie zu Zimmergenossen zu machen. Fitch hatte dunkle Glotzaugen und den flachen Schädel eines Frankenstein. Er war ein Wunderkind aus Maine, mit Philosophie vollgestopft, von Ideen überquellend und schon schwanger gehend mit dem Nervenzusammenbruch, den er ein paar Monate später, im April, tatsächlich erlitt. Petersen war ein liebenswürdiger Schwede mit einer transparenten Haut, die ein paar blaue Äderchen in seiner Nase durchscheinen ließ. Er hatte mehrere Sommer lang in Duluth als Reporter für den *Herald* gearbeitet und sich in dieser Zeit alle Eigen- und Unarten des Journalisten angeeignet: das witzige Sticheln, den Schluck Whisky dann und wann, den ins Genick geschobenen Hut, die Angewohnheit, brennende Zigaretten einfach auf den Boden zu werfen. Er schien nicht recht zu wissen, weshalb er in Harvard war, und kam auch nach dem ersten Studienjahr nicht mehr zurück. Inzwischen aber, während diese beiden ihrem jeweiligen Scheitern entgegengingen, bildeten sie ein Paar, das sich merkwürdig gut ergänzte. Jeder von ihnen hatte seine Stärke dort, wo der andere seine Schwäche hatte. Fitch war so unpraktisch, daß er nicht einmal tippen konnte; er pflegte im Schlafanzug auf dem Bett zu liegen und, sich windend und Grimassen schneidend, seinem Zimmergenossen eine geisteswissenschaftliche Abhandlung zu diktieren, doppelt so lang wie gefordert und meistens über Bücher, die nicht im Lehrplan standen. Es blieb Petersen überlassen, mit Hilfe eines hektischen

Zeigefinger-Tippsystems diesen chaotischen Monolog ‹in Form› zu bringen. Er war von einer geradezu mütterlichen Geduld. Wenn Fitch zu einer Mahlzeit mit Jackett und Schlips erschien, hieß es im Studentenheim, Petersen habe ihn angezogen. Als Gegenleistung wurde Petersen mit Ideen aus der Überfülle von Gedanken versorgt, die sich so schmerzhaft in dem großen, flachen Schädel von Fitch drängten. Petersen hatte absolut keine Ideen; er konnte den heiligen Augustinus und Marc Aurel weder vergleichen noch kritisch betrachten, noch einander gegenüberstellen. Vielleicht lag es an den vielen Leichen, Feuersbrünsten, Polizisten und Prostituierten, die er schon in jungen Jahren gesehen hatte, daß sein Geist vorzeitig stumpf geworden war. Immerhin konnte er sich, indem er Fitch bemutterte, praktisch betätigen, und Orson beneidete die beiden.

Er beneidete überhaupt alle Zimmergenossen, welcher Art das Band zwischen ihnen auch sein mochte – geographische Herkunft, Rasse, erstrebtes Ziel, körperliche Erscheinung –, denn er vermochte zwischen sich und Hub Palamountain keinerlei Gemeinsamkeit zu erkennen, außer daß sie gezwungen waren, in demselben Zimmer zu wohnen. Nicht daß es, äußerlich gesehen, unangenehm gewesen wäre, mit Hub zusammen zu leben. Hub war ordentlich und sauber, fleißig und betont rücksichtsvoll. Er stand um sieben Uhr auf, betete, absolvierte seine Jogaübungen, spann, ging zum Frühstück hinunter und blieb dann oft bis zum Abend unsichtbar. Im allgemeinen legte er sich Punkt elf Uhr schlafen. Wenn es im Zimmer noch laut war, steckte er sich Gummistöpsel in die Ohren, band eine schwarze Maske über die Augen und schlief trotz des Lärms ein. Tagsüber hielt er sich streng an seinen selbst aufgestellten Stundenplan: Neben den vier Pflichtkursen besuchte er noch zwei als Gasthörer, er ging zwecks körperlicher Ertüchtigung dreimal in der Woche zum Ringen, er deichselte es, daß er gelegentlich von Demos, Jaeger oder dem Bischof von Massachusetts zum Tee eingeladen wurde, er besuchte abendliche Vorträge und Lesungen, er ging im Phillips Brooks House aus und ein, und an zwei Nachmittagen der Woche beaufsichtigte er in einem Jugendheim in Roxbury eine Gruppe von Jungen aus den Slums. Damit nicht genug, nahm er auch noch Klavierunterricht in Brookline. An vielen Tagen sah Orson ihn nur bei den Mahlzeiten in der Kantine, wo sich die Studienanfänger in jenen ersten Herbstmonaten, als ihre Bekanntschaft noch neu war und die Verschiedenartigkeit der Interessen sie noch nicht auseinandergerissen hatte, gewöhnlich an einem langen Tisch zusammentrafen. Damals wurde oft über ein Thema diskutiert, das sie buchstäblich vor Augen hatten: Hubs Vegetarismus. Da saß er vor einer dampfenden doppelten Por-

233

tion Kartoffelbrei und Limabohnen, während Fitch den Punkt zu lokalisieren suchte, an dem Vegetarier inkonsequent werden. «Du ißt doch Eier», sagte er.

«Ja», gab Hub zu.

«Ist dir klar, daß vom Huhn aus gesehen jedes Ei ein lebendes Baby ist?»

«Aber nur, wenn es von einem Hahn befruchtet wurde.»

«Nun nimm mal an», fuhr Fitch fort, «ein Ei, das unbefruchtet sein müßte, ist *doch* befruchtet worden und enthält also einen Embryo – so was kommt vor, ich habe es selbst gesehen, als ich auf der Hühnerfarm meines Onkels in Maine arbeitete.»

«Wenn ich das merke, esse ich dieses Ei natürlich nicht», erwiderte Hub, und seine Lippen vollführten ihr lautloses Schnalzen.

Fitch schlug triumphierend auf den Tisch und fegte dabei eine Gabel vom Tisch. «Aber *warum* nicht? Die Henne empfindet den gleichen Schmerz, ob sie nun ein befruchtetes oder ein unbefruchtetes Ei legt. Der Embryo hat noch kein Bewußtsein – er ist eine Pflanze. Als Vegetarier müßtest du ihn mit besonderem Genuß essen.» Er kippte mit seinem Stuhl so weit nach hinten, daß er sich an der Tischkante festhalten mußte, um einem Sturz zu entgehen.

«Mir scheint», sagte Dawson und runzelte finster die Stirn – diese Diskussionen waren ihm aus irgendeinem Grund zuwider und verdarben ihm oft die Laune – «mir scheint, die Psychoanalyse der Hennen ist nicht wert, daß man sie in Betracht zieht.»

«Im Gegenteil», erwiderte Kern leichthin, räusperte sich und kniff seine entzündeten Augenlider zusammen, «ich bin überzeugt, daß sich in dem winzigen, trüben Hirn der Henne – dem Minimalhirn sozusagen – die Tragödie des Universums im kleinen abspielt. Stellt euch mal das Gefühlsleben einer Henne vor. Was bedeutet für sie Gemeinschaft? Eine Schar von pickenden Gackerliesen. Und Geborgenheit? Ein paar kotbekleckerte Stangen. Und Nahrung? Mengfutter und ein paar Körner, lieblos hingeworfen. Und Liebe? Die beiläufige Vergewaltigung durch einen polygamen Hahn. Plötzlich aber, wie herbeigezaubert, taucht in dieser herzlosen Welt ein Ei auf. Ein Ei von ihr. Ein Ei, so muß es ihr vorkommen, das sie und Gott gemacht haben. Wie muß sie es lieben, seine schöne Glätte, seinen zarten Glanz, seine feste und doch irgendwie zerbrechliche, leise schwankende Schwere.»

Carter rang krampfhaft nach Fassung. Er saß über sein Tablett gebeugt, hielt die Augen fest geschlossen, und sein dunkles Gesicht zuckte vor unterdrücktem Lachen. «O bitte», keuchte er schließlich, «bitte hör auf. Mir tut schon der Magen weh.»

«Ach, Carter», sagte Kern lässig, «wenn's nur das wäre. Die Tragödie

234

geht ja weiter. Da hockt nun die arme, unschuldige Henne und wiegt dieses seltsame, gesichtslose, ovale Kind mit seinem leise schwankenden Gewicht sanft in ihren Fittichen –» er blickte erwartungsvoll zu Carter hinüber, aber der farbige Junge biß sich auf die Unterlippe und hielt tapfer durch – «und eines Tages kommt ein riesengroßer Mensch, der nach Bier und nach Mist riecht, und entreißt ihr das Ei. Und warum? Weil *er* –» Kern deutete mit ausgestrecktem Arm über den Tisch, so daß sein nikotinbrauner Zeigefinger fast Hubs Nase berührte – «*er*, der heilige Henry Palamountain, mehr Eier essen will. ‹Mehr Eier!› ruft er gefräßig, damit brutale Ochsen und perfide Schweine weiterhin die Kinder amerikanischer Mütter bedrohen können!»

Dawson warf sein Besteck hin, stand auf und verließ den Speisesaal. Kern wurde rot. Eine Weile herrschte Schweigen, dann stopfte sich Petersen eine zusammengelegte Scheibe Roastbeef in den Mund und sagte kauend: «Mensch, Hub, wenn jemand anders die Tiere tötet, könntest du sie doch ruhig essen. Denen macht das gar nichts mehr aus.»

«Ach, ihr habt ja keine Ahnung», sagte Hub nur.

«Du, Hub», rief Silverstein vom anderen Ende des Tischs herüber, «wie ist denn das mit Milch? Kälber trinken doch Milch, also entziehst du vielleicht so einem armen Tier die Milch.»

Orson sah sich zum Eingreifen genötigt. «*Nein*», sagte er so heftig, daß seine Stimme wie geborsten klang. «Jeder, sofern er nicht aus New York stammt, ist darüber informiert, daß Milchkühe ihre Kälber nicht säugen. Was mich dagegen wundert, Hub, das sind deine Schuhe. Du trägst Lederschuhe.»

«Ja, allerdings.» Hub fand es jetzt nicht mehr lustig, sich zu verteidigen. Seine Lippen wurden schmal.

«Leder ist Rindshaut.»

«Aber das Tier war ja sowieso schon geschlachtet.»

«Du sprichst wie Petersen. Der Umstand, daß du Lederwaren kaufst – was ist übrigens mit deiner Brieftasche und deinem Gürtel? –, fördert das Schlachten. Du bist genauso ein Mörder wie wir. Nein, ein noch schlimmerer als wir – weil du darüber nachdenkst.»

Hub faltete langsam die Hände und stützte sie wie zum Gebet auf die Tischkante. Seine Stimme war noch immer die eines Rundfunksprechers, jetzt aber eines, der schnell und leise den Endspurt eines Rennens schildert. «Mein Gürtel ist, glaube ich, aus Plastikmaterial. Die Brieftasche habe ich vor Jahren von meiner Mutter geschenkt bekommen, zu einer Zeit, als ich noch nicht Vegetarier war. Bedenke bitte, daß ich achtzehn Jahre lang Fleisch gegessen und noch immer Appetit darauf habe. Wenn es eine andere konzentrierte Proteinquelle gäbe, würde ich sofort auf Eier verzichten. Es gibt Vegetarier, die essen keine. Andererseits gibt es Vegetarier, die Fisch essen und Lebertran nehmen. Das tue ich nicht. Schuhe sind ein Problem, das stimmt. Es gibt zwar eine Schuhfabrik in Chicago, die kein Leder verwendet, aber die Schuhe sind sehr teuer und gar nicht bequem. Ich habe einmal ein Paar bestellt und es dann sehr bereut. Leder ‹atmet› nämlich, während synthetische Ersatzstoffe das nicht tun. Meine Füße sind sehr empfindlich, und deshalb habe ich einen Kompromiß geschlossen. Ich bedauere das sehr. Du kannst übrigens noch weitergehen: Wenn ich Klavier spiele, fördere ich das Töten von Elefanten, und wenn ich mir die Zähne putze, was ich besonders sorgfältig tun muß, weil die vegetarische Kost so reich an Kohlehydraten ist, benutze ich eine Zahnbürste mit Schweinsborsten. Ich bin mit Blut befleckt und bete täglich, daß Gott mir verzeihen möge.» Er ergriff seine Gabel und stieß sie von neuem in den Kartoffelbrei.

Orson war verblüfft; er hatte sich aus einer Art Mitgefühl herauseingeschaltet, und nun behandelte ihn Hub wie seinen einzigen Feind. Er suchte sich zu verteidigen. «Es gibt ausgezeichnete Schuhe aus Segeltuch, mit Kreppsohlen», sagte er.

«Ich kann sie mir ja mal ansehen», erwiderte Hub. «Aber für mich werden sie wohl zu auffällig sein.»

Gelächter lief rund um den Tisch, und damit war das Thema abgetan. Nach dem Essen ging Orson, von einem gewissen Völlegefühl gequält, zur Bibliothek hinüber; eine nachträgliche Gemütserregung schlug sich ihm auf den Magen. Er spürte ein zunehmendes Unbehagen, das sich nicht abschütteln ließ. Es ärgerte ihn, mit Hub in Verbindung gebracht zu werden, und doch fühlte er sich angegriffen, wenn Hub angegriffen wurde. Ihm schien, Hub verdiene Anerkennung, weil er sich mutig zu seiner Überzeugung bekannte – Leute wie Fitch und Kern setzten sich nur selbst herab, wenn sie über ihn spotteten. Und doch lächelte Hub über ihre Kritik, die er als Scherz zu betrachten schien, während er auf Orsons Worte mit sichtlicher Wut reagierte und ihn dadurch in eine falsche Position hineinmanövrierte. Warum nur? Hing es damit zusammen, daß auch Orson sich zum christlichen Glauben bekannte? War deshalb nur er allein einer ernsten Zurechtweisung würdig? Aber Carter ging doch jeden Sonntag zur Kirche, in einem blauen Nadelstreifenanzug, das Taschentuch mit Monogramm in der Brusttasche; Petersen war zumindest nominell Presbyterianer; was Kern betraf, so hatte Orson ihn einmal aus der Mem-Kapelle schlüpfen sehen; sogar Koshland blieb an seinen Feiertagen den Vorlesungen fern und ließ das Mittagessen ausfallen. Warum also, fragte sich Orson, schlug Hub immer nur bei ihm zurück? Und warum machte er, Orson, sich eigentlich Gedanken darüber? Es war ja nicht so, daß er Hub besonders achtete oder ihn gar bewunderte. Hubs Handschrift war groß und sauber wie die eines Kindes, und bei den ersten Zwischenprüfungen brachte er es in allen Fächern nur auf C-Noten, sogar in dem Kursus über Platon und Aristoteles. Orson widerstrebte es, von jemandem, der ihm geistig unterlegen war, herablassend behandelt zu werden. Das Bewußtsein, daß er bei Tisch den kürzeren gezogen hatte, ärgerte ihn wie eine ungerechte Note. Sein Verhältnis zu Hub wurde in seinem Kopf zu einer graphischen Darstellung, auf der alle seine Absichten in rechten Winkeln davonschossen und die Stärken umgekehrt ins Nichts ausliefen. Hinter dem Diagramm schwebten das selbstgefällige Kräuseln von Hubs Lippen, die fischige Unverschämtheit seiner Augen und die ausgesprochen häßliche Form und Hautfärbung seiner Hände und Füße. Diese Bilder – Hub in entkörperlichter Form – trug Orson mit sich in die Bibliothek, von einer Vorlesung zur anderen und durch die verstopften Straßen am Square; ab und zu tauchte der glasige Glanz eines Auges oder ein großer Zeh mit flachem gelblichem Nagel aus einer Buchseite auf und glitt später, vielfach vergrößert, zusammen mit Orson in das Unterbewußtsein des Schlafs. Dennoch war es für ihn selbst eine Überraschung, als er an einem Februarnachmittag bei Dawson und Kern in Zimmer 12 saß und auf einmal herausplatzte: «Ich hasse ihn.» Er bedachte, was er da gesagt hatte, fand, daß es ihm gefiel, und wiederholte: «Ich hasse den Kerl. Ich habe noch nie einen Menschen so gehaßt.» Seine Stimme überschlug sich, und seine Augen wurden warm von aufsteigenden Tränen.

Sie waren alle aus den Weihnachtsferien zurückgekehrt, um sich in den unheimlichen Limbus der Lektürewochen und das für sie neue Abenteuer der Halbjahrsprüfungen zu stürzen. Die Bewohner dieses Studentenheimes waren größtenteils Absolventen staatlicher Schulen, für die das erste Studienjahr in Harvard immer eine starke Belastung bedeutet. Die Jungen, die von Privatschulen kommen, von kleinen Harvards wie Exeter und Groton, bringen dieses erste Jahr im allgemeinen leicht hinter sich, stranden aber dafür später an fremden Riffs, das heißt, sie ergeben sich dem Alkohol oder verfallen in dandyhafte Apathie. Aber die Institution verlangt von jedem, bevor sie ihn entläßt, daß er beträchtliche Mengen Ballast opfert. Orsons Mutter hatte Weihnachten den Eindruck gehabt, ihr Sohn sei abgemagert, und war bemüht gewesen, ihn aufzupäppeln. Orson wiederum hatte betroffen festgestellt, wie sehr sein Vater gealtert war. In den ersten Tagen zu Hause hörte sich Orson stundenlang die plätschernde Radiomusik an und fuhr auf schmalen, geraden Straßen, die der Schneepflug bereits mit hohen weißen Mauern gesäumt hatte, durch die ländliche Gegend. Nie zuvor war ihm der Himmel von South Dakota so offen, so klar erschienen; er hatte gar nicht gewußt, daß die hohe, trockene Sonne, unter der es einem selbst bei Frost mittags warm vorkam, ein lokales Phänomen war. Er schlief wieder mit seinem Mädchen, und wieder weinte sie. Um sie zu trösten, bezichtigte er sich der Ungeschicklichkeit, insgeheim aber gab er ihr die Schuld. Sie kam ihm kein bißchen entgegen. Als er nach Cambridge zurückkehrte, regnete es, regnete im Januar, und der Eingang ihres Hauses war voll grauer Fußspuren und nasser Fahrräder, und alle Mädchen vom Radcliffe College trugen Regenmäntel und Gummischuhe. Hub war nicht nach Hause gefahren; er hatte Weihnachten allein in dem Doppelzimmer gesessen und die Geburt Christi mit einem Fasttag gefeiert.

In dem eintönigen, fast halluzinatorisch unwirklichen Monat des Lesens, Büffelns und Repetierens erkannte Orson, wie wenig er wußte, wie dumm er war, wie unnatürlich alles Lernen ist und wie nutzlos. Harvard belohnte ihn mit drei A-Noten und einem B. Hub bekam zweimal B und zweimal C. Kern, Dawson und Silverstein schnitten gut ab; Petersen, Koshland und Carter erhielten mittelmäßige Noten; Fitch fiel in einem Fach durch, Young in dreien. Der bleiche Neger schlich umher wie ein Schwerkranker, der den Tod nahen fühlt; er wurde, während er noch unter ihnen weilte, zu einem Gerücht. Das unterdrückte Zischen des Trompetenmundstücks klang nicht mehr durch die Nacht. Silverstein und Koshland und die Basketballmannschaft nahmen Carter unter ihre Fittiche und gingen drei- oder viermal in der Woche mit ihm in Boston ins Kino.

Nach den Prüfungen, mitten im Winter, tritt in Harvard eine dankbar begrüßte Pause ein. Man sucht sich neue Kurse aus, und die ganzjährigen Kurse, die nun in die zweite Hälfte gehen, legen sich bisweilen einen neuen Professor zu, etwa so wie man sich einen neuen Hut leistet. Die Tage werden allmählich länger; es gibt ein oder zwei Schneestürme; die Schwimm- und die Squashtennis-Mannschaften verleihen den Sportseiten von *Crimson* eine ungewohnt siegesfrohe Note. Bläuliche Schatten auf dem Schnee sind wie eine Art Frühlingsahnen. Die Ulmen nehmen die Form von Springbrunnen an. Die Scheiben, die schwere Stiefel in den Schnee der Bürgersteige gestanzt haben, sehen wie kostbare Münzen aus; die Backsteingebäude, die Torbogen, die archaischen Pulte und die scheunenartigen Villen in der Brattle Street dünken den jungen Studenten ein Erbe, das er vorübergehend in Besitz genommen hat. Die abgegriffenen Rücken seiner inzwischen vertraut gewordenen Lehrbücher scheinen der Beweis einer gewissen neu erworbenen Bildung zu sein, und der Riemen der grünen Büchertasche zerrt an seinem Handgelenk wie ein erregter Falke. Die Briefe von zu Hause sind jetzt nicht mehr so wichtig. Die Stunden weiten sich. Man hat mehr Zeit. Experimente werden gemacht, Beziehungen zwischen den Geschlechtern angeknüpft. Gespräche ziehen sich mehr und mehr in die Länge, ein fast gieriges Verlangen, sich gegenseitig zu entdecken, erfaßt Leute, die nur flüchtig miteinander bekannt sind. In dieser Atmosphäre nun platzte Orson mit seinem Geständnis heraus.

Dawson wandte den Kopf ab, als hätten die Worte des Hasses ihm gegolten. Kern blinzelte, zündete sich eine Zigarette an und fragte: «Was gefällt dir denn nicht an ihm?»

«Ach—» Orson rückte auf dem schwarzen, schön geformten, aber harten Harvard-Stuhl unbehaglich hin und her—«es sind so Kleinigkeiten. Jedesmal wenn er einen Brief von der Rekrutierungsbehörde in Portland bekommt, zerreißt er ihn ungelesen und wirft die Fetzen aus dem Fenster.»

«Und du hast Angst, man könnte dich der Beihilfe anklagen und ins Kittchen stecken?»

«Nein — ich weiß nicht. Mir kommt das so übertrieben vor. Er übertreibt alles. Ihr solltet nur sehen, wie er betet.»

«Woher weißt du denn, wie er betet?»

«Er zeigt es mir. Jeden Morgen kniet er nieder und *wirft* sich über sein Bett, mit ausgebreiteten Armen, das Gesicht in die Decke gedrückt.» Er machte es vor.

«Großer Gott», rief Dawson, «das ist kolossal! Das ist mittelalterlich. Nein, mehr als mittelalterlich. Gegenreformatorisch.»

«Ich meine», sagte Orson, und sein Gesicht verzerrte sich, weil ihm klar war, daß er einen gemeinen Verrat an Hub begangen hatte, «ich bete ja auch, aber ich stelle mich dabei nicht derart zur Schau.»

Ein Stirnrunzeln ließ Dawsons Gesichtsausdruck gerinnen und verschwand wieder.

«Er ist ein Heiliger», sagte Kern.

«Das ist er *nicht*», protestierte Orson. «Er ist nicht mal intelligent. Ich bin mit ihm zusammen in Chemie I, und da stellt er sich bei den Berechnungen dümmer an als ein Kind. Und die griechischen Bücher auf seinem Tisch, die sehen nur so zerlesen aus, weil er sie alt gekauft hat.»

«Heilige brauchen nicht intelligent zu sein», sagte Kern. «Was Heilige haben müssen, ist Energie. Und die hat Hub.»

«Beim Ringen zum Beispiel ist er sehr ausdauernd», sagte Dawson.

«Ausdauernd vielleicht, aber nicht gut», meinte Orson. «In die Mannschaft des ersten Studienjahres ist er jedenfalls nicht aufgenommen worden. Und wenn wir ihn Klavier spielen hören könnten, wären wir bestimmt entsetzt.»

«Du scheinst nicht zu begreifen, worum es Hub geht», sagte Kern mit geschlossenen Augen.

«Ich weiß verdammt gut, worum es ihm *angeblich* geht», erwiderte Orson. «Aber das ist alles Schwindel. Es steckt nichts dahinter. Dieser Vegetarismus und diese Liebe zu den hungernden Indern – in Wirklichkeit ist er ein ganz kalter Bursche. Ich glaube, er ist so ziemlich der gefühlloseste Mensch, dem ich je begegnet bin.»

«Ich glaube nicht, daß Orson das glaubt; du vielleicht?» wandte sich Kern an Dawson.

«Nein», antwortete Dawson, und ein Lächeln hellte sein umwölktes Gesicht auf. «Das ist nicht das, was unser Pastor Orson wirklich glaubt.»

«Pastor Orson ist gut», rief Kern lachend.

Dawson und Kern fuhren mit ihren Witzeleien fort, bis Orson das Gefühl hatte, er werde auf dem Altar des stets gefährdeten Friedens zwischen den beiden Zimmergenossen geopfert. Daraufhin ging er, scheinbar beleidigt, insgeheim aber geschmeichelt, denn nun hatte er endlich so etwas wie einen Spitznamen: Pastor Orson.

Einige Tage später besuchten sie einen Vortragsabend von Carl Sandburg in der New Lecture Hall – die vier Studenten aus den benachbarten Zimmern und Fitch. Um nicht neben Hub sitzen zu müssen, der zielbewußt auf eine Reihe zusteuerte, blieb Orson ein wenig zurück, und so saß er dann am weitesten von dem Mädchen entfernt, hinter dem sich Hub niedergelassen hatte. Sie fiel Orson sofort durch die üppige Mähne kupferroten Haares auf, die über die Rücklehne ihres Sitzes flutete. Die Farbe und die Fülle erinnerten ihn an Pferde, Erde, Sonne, Weizen und zu Hause. Von seinem Platz aus sah er sie fast im Profil: ein kleines Gesicht mit einem schrägen, schattenverschwommenen Wangenknochen und einem leicht abstehenden blassen Ohr. Angesichts der Blässe ihres Profils verspürte er einen orgastischen Drang; sie schien in der Menge zu schweben und als weiße Schaumkrone auf ihn zuzutreiben. Jetzt wandte sie den Kopf ab. Hub hatte sich vorgebeugt und sagte ihr etwas in das andere Ohr. Fitch schnappte seine Worte auf und gab sie feixend an Dawson weiter, der Kern und Orson zuflüsterte: «Hub hat zu dem Mädchen gesagt: ‹Sie haben schönes Haar.›»

Mehrmals während der Lesung beugte sich Hub vor, um ihr weitere

Bemerkungen ins Ohr zu wispern, die Fitch, Dawson und Kern jedesmal zu unterdrücktem Lachen reizten. Auf dem Podium rezitierte derweil Sandburg, dem die weißen Ponyfransen so starr und glänzend in die Stirn hingen, daß sie wie eine Puppenperücke aus Kunstfasern wirkten; er begleitete seinen Singsang mit eigenartigem Geklimper auf einer Gitarre. Nachher verließ Hub an der Seite des Mädchens den Saal. Aus einiger Entfernung sah Orson, wie sich ihr weißes, Hub zugewandtes Gesicht zu einem Lachen zerknitterte. Als Hub zu seinen Freunden zurückkehrte, sah es in der Dunkelheit aus, als hätte sich die selbstgefällige Kerbe in seinem Mundwinkel zu einem Spalt vertieft.

Nicht am nächsten Tag, nicht in der nächsten Woche, aber noch vor Ablauf des Monats brachte Hub ein Bündel rotes Haar an. Orson fand es, auf einer Zeitung ausgebreitet, gleich einer ätherisch transparenten Leiche auf seinem Bett liegen. «Um Himmels willen!» rief er. «Was ist denn das?»

Hub kauerte auf dem Boden und fingerte an seinem Spinnrad. «Haar.»

«*Menschen*haar?»

«Natürlich.»

«Von wem?»

«Von einem Mädchen.»

«Was ist denn passiert?» Die Frage klang seltsam; was Orson gemeint hatte, war: Von welchem Mädchen?

Hub antwortete, als hätte sein Zimmergenosse diese Frage gestellt. «Ich habe sie neulich bei Sandburgs Vortragsabend getroffen; du kennst sie nicht.»

«Das ist *ihr* Haar?»

«Ja. Ich hatte sie darum gebeten. Sie sagte, sie wolle es sich im Frühjahr sowieso abschneiden lassen.»

Orson stand völlig benommen vor dem Bett, von dem heißen Wunsch erfaßt, Gesicht und Hände in das Haar zu wühlen. «Hast du dich mit ihr getroffen?» Dieses unmännliche Aufschrillen seiner Stimme – er haßte es, und nur Hub vermochte es auszulösen.

«Gelegentlich. In meinem Stundenplan ist nicht viel Raum für Verabredungen, aber mein Studienberater hat mir empfohlen, mich auch mal zu entspannen.»

«Bist du mit ihr ins Kino gegangen?»

«Ab und zu. Sie bezahlte natürlich ihre Eintrittskarte allein.»

«*Natürlich.*»

Hub wies ihn wegen des ironischen Tones zurecht. «Vergiß bitte nicht, daß ich hier nur von meinen Ersparnissen lebe. Ich habe jede finanzielle Unterstützung durch meinen Vater abgelehnt.»

«Hub—» in dieser einen Silbe schien sich Orsons ganzer Schmerz aus-zudrücken — «was hast du mit dem Haar vor?»

«Ich werde es zu einem Seil verspinnen.»

«Zu einem *Seil*?»

«Ja. Es wird schwierig sein; sie hat so schrecklich feines Haar.»

«Und was willst du mit dem Seil anfangen?»

«Einen Knoten daraus machen.»

«Einen *Knoten*?»

«Ja, so nennt man es wohl. Ich rolle das Seil zusammen, befestige die Enden, damit sie nicht aufgehen können, und gebe es ihr zurück. Dann hat sie ihr Haar immer so wie zu der Zeit, als sie neunzehn war.»

«Wie hast du denn das arme Mädchen dazu überredet?»

«Ich habe sie nicht überredet. Ich habe es ihr nur angeboten, und sie fand die Idee wunderbar. Wirklich, Orson, ich begreife deine bour-geoisen Skrupel nicht. Frauen lassen sich doch dauernd das Haar ab-schneiden.»

«Sie hält dich bestimmt für verrückt und hat nur zugestimmt, um dich nicht zu reizen.»

«Wie du meinst. Es war ein durchaus vernünftiger Vorschlag, und wegen meiner Geistesverfassung ist es zwischen uns nie zu Diskus-sionen gekommen.»

«Also *ich* halte dich für verrückt, Hub. Du bist total überge-schnappt.»

Orson ging hinaus, knallte die Tür hinter sich zu und kam erst um elf Uhr zurück, als Hub bereits unter seiner schwarzen Maske schlief. Das Haarbündel lag jetzt neben dem Spinnrad, und einige Strähnen waren schon mit ihm verbunden. Im Laufe der Zeit entstand ein ge-flochtenes Seil, so dick wie der kleine Finger einer Frau, etwa einen Fuß lang, gewichtslos und wächsern. Das erdige, pferdige Feuer in der Farbe des Haares war erloschen. Hub rollte den Strick sorgfältig zu-sammen und sicherte die Enden mit schwarzem Faden. Lange Nadeln versteiften die Spirale zu einer Scheibe von der Größe einer kleinen Untertasse. Dieses Gebilde überreichte Hub dem Mädchen an einem Freitag abend. Damit schien die Sache für ihn erledigt zu sein, denn soweit Orson es beurteilen konnte, traf er sich nicht mehr mit ihr. Dann und wann sah Orson sie auf dem Universitätsgelände, und er stellte jedesmal fest, daß sie kaum noch wie eine Frau wirkte. Das kleine, blasse Gesicht war von kurzen Haarbüscheln gesäumt, aus de-nen die jetzt riesengroß erscheinenden Ohren herausragten. Er wollte sie ansprechen; irgendein obskures Mitleid, vielleicht die vage Hoff-nung, ihr helfen zu können, trieb ihn, dieses bleiche Zwitterwesen zu grüßen, aber schon das erste Wort blieb ihm im Hals stecken. Sie machte nicht den Eindruck, als bemitleide sie sich oder wisse, was man ihr angetan hatte.

Irgend etwas Magisches schien Hub zu beschützen; alles glitt an ihm ab. Orson, der ihn verrückt genannt hatte, begann allmählich an dem eigenen Verstand zu zweifeln. Als es auf den Frühling zuging, lag er nachts stundenlang wach. Zahlen und Fakten drehten sich träge in einem schlaflosen Sumpf. Seine Kurse wurden zu vier parallelen Puzzlespielen. In Mathematik entzog sich ihm beharrlich die entscheidende Permutation, die ihm die Lösung ermöglicht hätte, rutschte in die Ritzen zwischen den Zahlen. In Chemie war es wie verhext: Die Mengen wurden unbeständig; die Waagschalen, scheinbar nicht ausbalanciert, klirrten herunter, und das Ordnungssystem der Elemente, das bis zu den Sternen ausfächerte, brach zusammen. In dem Kursus, der einen Geschichtsüberblick vermitteln sollte, hatten sie das Zeitalter der Aufklärung erreicht, und Orson war ebenso verwirrt wie beeindruckt von Voltaires Anklage gegen Gott, obwohl der Dozent die Sache ganz ruhig abhandelte, einfach als einen weiteren toten Gegenstand der Geistesgeschichte, weder wahr noch falsch. Und in Deutsch, das Orson als Fremdsprache gewählt hatte, stapelten sich die Wörter gnadenlos übereinander; die Existenz irgendwelcher Sprachen außer der englischen, die Existenz so vieler Sprachen, deren jede so gewaltig, so kompliziert und so undurchsichtig war, schien der Beweis für einen kosmischen Schwachsinn zu sein. Orson fühlte, wie sein Denken, das von jeher nicht gerade schnell funktioniert hatte, immer langsamer wurde. Oft schien sein Stuhl an ihm festzukleben, und dann sprang er in panischem Schrecken auf. Von Schlaflosigkeit gequält, mit Informationen vollgestopft, die er weder vergessen noch verarbeiten konnte, wurde er das Opfer von Zwangsvorstellungen; er war überzeugt, daß sein Mädchen in South Dakota die Freundin eines anderen Jungen geworden war und mit ihm die Wonnen der Liebe genoß, nachdem er, Orson, die Mühe, sie zu entjungfern, und ihre Vorwürfe auf sich genommen hatte. Sogar aus den Schnörkeln, die Emilys Kugelschreiber in ihren belanglosen Briefen an ihn beschrieb, glaubte er die Abgerundetheit, die innere Behäbigkeit einer gut geliebten Frau herauszulesen. Und er kannte auch seinen Rivalen. Es war Lester Gefleckter Elch, der Chippewa-Indianer mit den schwarzen Fingernägeln, von dessen ruhiger Geschmeidigkeit sich Orson auf dem Basketballplatz so oft hatte bluffen lassen, dessen unerschütterlicher Gleichmut und verblüffende Reaktionsgeschwindigkeit ihm so ungerecht erschienen waren und den Emily, wie er sich jetzt erinnerte, häufig in Schutz genommen hatte. Emily, seine Frau, war eine Hure geworden, eine Squaw; die zottigen, beharrlich schweigenden Kinder aus dem Reservat, die sein Vater in der Armenklinik behandelte, wurden in Orsons übereinandergleitenden Phantasiebildern zu seinen eigenen Kindern. In seinen Träumen – oder in jenen vagen, unzusammenhängenden Bilderfolgen, die in Ermanglung des Schlafs als Träume gelten mochten – schien es Gefleckter Elch zu sein, mit dem er zusammen wohnte, und sein Zimmergenosse, der manchmal eine Maske trug, hatte unweigerlich mit hinterhältigen Mitteln die Liebe und Bewunderung errungen, die rechtmäßig Orson zustanden. Eine Verschwörung war im Gange. Sooft Orson durch die Wand hindurch Kern und Dawson lachen hörte, wußte er, daß sie über ihn und seine geheimsten Gewohnheiten lachten. Die allerprivateste Sphäre wurde in empörender Weise verletzt; im Bett, halb entspannt, sah er sich auf einmal in körperlichem Kontakt mit Hubs Lippen, Hubs Beinen, Hubs geäderten, leicht femininen Händen. Anfangs wehrte er sich gegen diese Visionen, suchte sie auszulöschen, aber das war, als wollte er Kräuselwellen auf Wasser auslöschen. Also unterwarf er sich ihnen, ließ eine Attacke nach der anderen – denn es war eine Attacke, mit Zähnen und jähen akrobatischen Bewegungen – über sich hinwegspülen, bis er schließlich so erledigt war, daß er einschlief. Dieses willenlose Hinabtauchen erwies sich als das einzig wirksame Schlafmittel. Wenn er morgens aufwachte, lag Hub entweder theatralisch hingegossen quer über dem Bett und verrichtete seine Andacht, oder er saß am Spinnrad, oder er ging, farbenfroh gekleidet, auf Zehenspitzen zur Tür, die er betont vorsichtig hinter sich schloß; und dann haßte er ihn – haßte sein Äußeres, sein Gebaren, seine Anmaßungen mit einer Detailgier, wie er sie in der Liebe nie kennengelernt hatte. Die kleinen Einzelheiten der physischen Erscheinung seines Zimmergenossen – die neben dem Mund aufzuckenden Fältchen, die etwas welk wirkenden Hände, das selbstgefällig polierte knitterige Leder der Schuhe – schienen eine giftige Nahrung zu sein, die Orson immer wieder essen mußte. Seine Ekzeme verschlimmerten sich in beunruhigendem Maße.

Im April war Orson nahe daran, die Studentenklinik aufzusuchen, in der es eine psychiatrische Abteilung gab. Doch da kam ihm Fitch zu Hilfe, indem er gleichsam stellvertretend für ihn einen Nervenzusammenbruch erlitt. Wochenlang hatte sich Fitch mehrmals am Tag geduscht. Zuletzt war er in keine Vorlesung mehr gegangen und meistens halbnackt umhergelaufen, nur mit einem um die Hüften geschlungenen Handtuch bekleidet. Er versuchte eine Seminararbeit abzuschließen, die seit einem Monat fällig und bereits zwanzig Seiten zu lang war. Das Studentenheim verließ er nur zu den Mahlzeiten und um noch mehr Bücher aus der Bibliothek zu holen. Eines Abends gegen neun Uhr wurde Petersen an das Telefon im Obergeschoß gerufen. Die Polizei von Watertown hatte Fitch aufgegriffen, als er sich, vier Meilen von der Stadt entfernt, am Ufer des Charles durch das Unterholz arbeitete. Er gab an, er wolle nach Westen gehen, denn man habe ihm gesagt, dort sei genug Raum für Gott; anschließend hielt er dem Polizeichef einen höchst aufgeregten Vortrag über Kierkegaard und Nietzsche, ihre Unterschiede und Gemeinsamkeiten. Hub, der stets auf eine Gelegenheit wartete, sich unter dem Deckmantel der Fürsorge irgendwo einmischen zu können, ging zu dem Aufsichtführenden—einem spindeldürren graduierten Astronomiestudenten, der unter Harlow Shapleys Anleitung mit einer endlosen Milchstraßenzählung beschäftigt war—und stellte sich als Experte für diesen Fall zur Verfügung. Er hatte auch lange Gespräche mit dem Klinikpsychiater. Nach Hubs Ansicht war Fitch für seine Hybris bestraft worden, während der Psychiater auf einen Ödipuskomplex tippte. Fitch wurde nach Maine zurückgeschickt. Hub sagte zu Orson, daß Petersen nun im neuen Studienjahr einen Zimmergenossen brauche, und fügte hinzu: «Ich glaube, ihr würdet gut zusammen passen. Ihr seid beide Materialisten.»

«Ich bin *kein* Materialist.»

Hub hob seine schrecklichen Hände zu einer angedeuteten Geste des Segnens. «Wie du willst. Ich möchte ja nur Reibungen vermeiden.»

«Verdammt noch mal, Hub, alles, was es zwischen uns an Reibungen gibt, rührt doch nur von dir her.»

«Wieso? Was mache ich denn? Sag's mir, und ich stelle es sofort ab. Ich schenke dir das Hemd, das ich auf dem Leib trage.» Er begann das Hemd aufzuknöpfen, hörte aber auf, als er sah, daß Orson den Mund nicht zum Lachen verzog.

Orson fühlte sich schwach und ausgehöhlt; wider Willen wand er sich innerlich unter einer hilflosen Zuneigung zu seinem unwirklichen, unerreichbaren Freund. «Ich weiß es nicht, Hub», gab er zu. «Ich kann einfach nicht erklären, weshalb du mir auf die Nerven gehst.»

Eine Paste des Schweigens trocknete in der Luft zwischen ihnen.

Schließlich gab sich Orson einen Ruck. «Ich glaube, du hast recht, wir sollten uns nächstes Jahr trennen.»

Hub schien ein wenig bestürzt, aber er nickte und meinte: «Ich habe denen in der Verwaltung ja gleich gesagt, daß für mich ein Einzelzimmer besser wäre.» Seine tief beleidigten Augen erstarrten hinter den Brillengläsern zu einem unverletzlichen, byzantinischen Blick.

Eines Nachmittags Mitte Mai saß Orson grübelnd an seinem Tisch und versuchte zu arbeiten. Er hatte zwei Examen hinter sich und noch zwei vor sich, die zwischen ihm und dem Aufatmen wie zwei hohe Mauern aus schmutzigem Papier aufragten. Seine Lage erschien ihm äußerst prekär: Ein Zurück gab es nicht, und vorwärts ging es nur auf dem fadendünnen Hochseil des gesunden Verstandes, auf dem er über einem Abgrund von Statistiken und Formeln balancierte, im Kopf ein Firmament von flimmernden Zellen. Ein Stoß, und es war um ihn geschehen . . . Plötzlich hörte er hastige Schritte auf der Treppe, und dann kam Hub ins Zimmer gestürmt. Im Arm hielt er einen metallenen Gegenstand von der Farbe einer Pistole und der Größe einer Katze. Das Ding hatte eine rote Zunge. Hub schlug die Tür zu, schloß sie ab und warf den Gegenstand auf Orsons Bett. Es war eine von ihrem Gestell abgetrennte Parkuhr. Ein heftiger Schmerz schoß jäh durch Orsons Lenden. «Um Gottes willen», schrie er mit jener schrillen Stimme, die ihm selbst am meisten zuwider war, «was ist denn *das*?»

«Eine Parkuhr.»

«Natürlich, ich habe ja *Augen* im Kopf. Aber wo hast du sie *her*?»

«Solange du dich derart hysterisch aufführst, rede ich nicht mit dir», sagte Hub und ging zu seinem Tisch, auf dem seine Post lag. Er griff nach dem obersten Brief, einer Eilsendung aus Portland, und riß ihn mitten durch. Diesmal schoß der Schmerz durch Orsons Brust. Er bettete den Kopf in die aufgestützten Arme und tastete hilflos in einem schwarz-roten Dunkel umher. Sein Körper erschreckte ihn; seine Nerven erwarteten den dritten psychosomatischen Hieb.

Es klopfte an der Tür, und zwar so energisch, daß es nur die Polizei sein konnte. Hub huschte flink zum Bett hinüber und versteckte die Parkuhr unter Orsons Kopfkissen. Dann ging er gemessenen Schrittes zur Tür und öffnete sie.

Draußen standen Dawson und Kern. «Was ist hier los?» fragte Dawson und runzelte die Stirn, als wäre die Ruhe im Haus nur gestört worden, um ihn zu ärgern.

«Wir dachten, Ziegler würde gefoltert», sagte Kern. «So klang es jedenfalls.»

Orson deutete auf Hub. «Er hat eine Parkuhr kastriert!»

«Ist ja nicht wahr», protestierte Hub. «In der Massachusetts Avenue ist ein Wagen ins Schleudern geraten und gegen einen parkenden Wagen geprallt, der dann eine Parkuhr umgestoßen hat. Natürlich liefen eine Menge Leute zusammen. Das Oberteil der Parkuhr lag im Rinnstein, und da habe ich es aufgehoben und mitgenommen. Sonst hätte es am Ende noch jemand gestohlen.»

«Und kein Mensch hat dich daran gehindert?»

«Aber nein. Die drängten sich doch alle um den Fahrer des Wagens.»

«War er verletzt?»

«Keine Ahnung. Ich habe nicht hingesehen.»

«Nicht hingesehen?» rief Orson. «Du bist mir ein schöner Samariter.»

«Ich bin über morbide Neugierde erhaben», sagte Hub.

«Wo war die Polizei?» erkundigte sich Kern.

«Die war noch nicht da.»

«Und warum hast du nicht gewartet, bis ein Polizist kam, dem du die Parkuhr geben konntest?» fragte Dawson.

«Was denn? Einem Agenten des Staates hätte ich sie geben sollen? Der hat doch nicht mehr Anspruch darauf als ich.»

«*Doch*», rief Orson.

«Die Vorsehung hat sie in meine Hände gelegt, das ist ganz klar», sagte Hub, die Mundwinkel fest eingekerbt. «Ich bin mir nur noch nicht schlüssig, welcher wohltätigen Organisation ich das Geld stiften soll, das die Uhr enthält.»

«Aber ist das nicht Diebstahl?» ließ sich Dawson vernehmen.

«Dann müßtest du es auch Diebstahl nennen, wenn der Staat die Leute zwingt, Geld für den Platz zu bezahlen, auf dem sie ihren eigenen Wagen abstellen wollen», versetzte Hub.

Orson stand auf. «Hub, du gibst das Ding sofort ab, sonst kommen wir beide ins Gefängnis.» Er sah sich ruiniert, seine kaum begonnene Karriere zerstört.

Hub wandte sich ihm gelassen zu. «Ich habe keine Angst. Unter einem totalitären Regime im Gefängnis zu sitzen ist eine Ehre. Wenn du ein Gewissen hättest, würdest du das verstehen.»

Petersen, Carter und Silverstein kamen herein, und einige Studenten aus den anderen Stockwerken folgten ihnen. Unter großem Hallo erzählte man die Geschichte von neuem. Die Parkuhr wurde aus ihrem Versteck geholt, herumgereicht und geschüttelt, weil man schätzen wollte, wieviel Geld sie enthielt. Hub trug immer, gleichsam als Abzeichen des Holzfällerlandes, aus dem er stammte, ein kompliziertes Allzwecktaschenmesser bei sich, und damit begann er nun die kleine Geldklappe aufzubrechen. Orson sprang hinter ihn und schlang ihm den einen Arm um den Hals. Hub straffte sich. Er gab die Parkuhr und das offene Messer an Carter weiter, und dann fühlte Orson, wie er hochgehoben wurde, durch die Luft flog, auf dem Boden landete. Über ihm — er sah es verkehrt herum — war Hubs Gesicht. Er rappelte sich auf und ging ein zweites Mal auf ihn los, starr vor Zorn und doch innerlich wohlig entspannt. Hubs Körper war zäh und gelenkig und ließ sich gut packen: allerdings lenkte er, da er ja Ringer war, Orsons Griff irgendwie ab, hob seinen Gegner abermals hoch und schleuderte ihn auf den schwarzen Fußboden. Diesmal tat es Orson ziemlich weh, als sein Steißbein auf die Dielen knallte, doch selbst durch den Schmerz hindurch erkannte er, ins Herz dieser Verbindung blickend, daß Hub so behutsam wie möglich mit ihm verfuhr. Und tröstlich war auch, daß er allen Ernstes versuchen konnte, Hub umzubringen, ohne Gefahr zu laufen, daß es ihm gelang. Er griff zum drittenmal an und genoß wieder die straffe, geschickte Abwehrreaktion: Hubs Körper beschrieb eine Art Kurve im Raum, und dadurch wurde sein, Orsons, Körper nach einem ekstatischen Augenblick der Gegenwehr in die Rückenlage gebracht. Er sprang auf und wollte sich ein viertes Mal auf Hub stürzen, aber seine Kommilitonen hielten ihn an den Armen fest. Er schüttelte sie ab und ging wortlos zu seinem Tisch, wo er sich vor sein Buch setzte und eine Seite umblätterte. Die Buchstaben sahen recht deutlich aus, aber sie zitterten zu sehr, als daß er sie hätte entziffern können.

Die Parkuhr blieb über Nacht im Zimmer. Am nächsten Tag ließ sich Hub überreden (von den anderen, Orson sprach nicht mehr mit ihm), sie zum Polizeipräsidium am Central Square zu bringen. Dawson und Kern knüpften ein Band um die Uhr und befestigten einen Zettel daran: «Bitte, sorgt gut für mein Baby.» Keiner von ihnen hatte jedoch den Mut, Hub zu begleiten. Er ging also allein und berichtete später, im Präsidium sei man sehr erfreut gewesen, die Parkuhr wiederzubekommen, man habe sich vielmals bei ihm bedankt und versprochen, die Münzen dem städtischen Waisenhaus zu stiften. Eine Woche später waren die letzten Prüfungen überstanden. Die jungen Leute fuhren nach Hause, und als sie im Herbst zurückkehrten, waren sie keine Studienanfänger mehr, sondern Studenten im zweiten Jahr. Petersen und Young kamen allerdings nicht wieder. Fitch dagegen machte weiter, holte gewaltig auf und schloß im übernächsten Jahr sein Studium der Geschichte und Literatur *magna cum laude* ab. Er unterrichtet jetzt an einer Vor-College-Schule der Quäker. Silverstein ist Biochemiker, Koshland Anwalt. Dawson schreibt in Cleveland konservative Leitartikel, Kern arbeitet in New York in der Werbebranche. Carter verschwand zwischen dem dritten und vierten Studienjahr, als hätte er sich verpflichtet gefühlt, Young in die Vergessenheit zu folgen. Die alten Zimmernachbarn verloren einander allmählich aus den Augen, obgleich Hub, der seinen Fall an die Behörde von Massachusetts hatte überweisen lassen, von Zeit zu Zeit in *Crimson* abgebildet war. Einmal hielt er auch einen Vortrag über das Thema «Warum ich episkopal-christlicher Pazifist bin». Im Verlauf des Prozesses trat der Bischof von Massachusetts, wenn auch widerwillig, für ihn ein, und als es zur letzten Verhandlung kam, war der Korea-Krieg beendet. Der Vorsitzende des Gerichtshofs entschied, Hubs Bereitschaft, notfalls eine Gefängnisstrafe auf sich zu nehmen, beweise, daß er den Wehrdienst aus ehrlicher Überzeugung verweigert habe. Hub war ziemlich enttäuscht über dieses Urteil, denn er hatte schon eine für drei Jahre ausreichende Liste von Büchern zusammengestellt, die er in der Gefängniszelle lesen wollte; außerdem hatte er geplant, alle vier Evangelien in der griechischen Originalfassung auswendig zu lernen. Nach dem Abschlußexamen besuchte er das Union Theological Seminary, war mehrere Jahre als Hilfspfarrer in Baltimore tätig und lernte immerhin so gut Klavier spielen, daß er in einer Hotelbar in der Charles Street die Cocktailstunde musikalisch untermalen konnte. Er legte dabei seinen Pfarrerkragen nicht ab und verhalf so der Bar zu einer kleinen Attraktion. Nachdem er ein Jahr lang Leute überflügelt hatte, die weniger fest im Glauben waren, durfte er nach Südafrika gehen, wo er unter den Bantus lebte und predigte, bis die Regierung ihn des Landes verwies. Er übersiedelte dann nach Nigeria, und als er zuletzt von sich hören ließ – auf einer Weihnachtskarte mit französischen Grüßen und Heiligen Drei Negerkönigen, die beschmutzt und zerknittert im Februar bei Orson in South Dakota eintraf –, lebte er als «kombinierter Missionar, politischer Agitator und Footballtrainer» in Madagaskar. Diese Definition hielt Orson für scherzhaft gemeint, und Hubs kindliche und zuversichtliche Schrift, die jeden Buchstaben einzeln malte, ließ ihn wieder ein wenig von der Erbitterung alter Zeiten empfinden. Er nahm sich fest vor, die Karte zu beantworten, aber dann verlegte er sie, was gar nicht seine Art war.

Nach dem Zwischenfall mit der Parkuhr sprach Orson zwei Tage lang kein Wort mit Hub. Schließlich wurde ihnen das jedoch zu dumm, und sie brachten das Studienjahr, nebeneinander an ihren Arbeitstischen sitzend, so freundlich und höflich zu Ende wie zwei Fahrgäste, die lange in drangvoller Enge als Nachbarn im Bus gesessen haben. Beim Abschied schüttelten sie sich die Hände, und Hub wäre sogar bis zur U-Bahn mitgegangen, wenn er sich nicht einer Verabredung wegen in die entgegengesetzte Richtung hätte wenden müssen. Orson hauste während der noch verbleibenden drei Jahre in Harvard ohne besondere Vorkommnisse mit zwei anderen Vorklinikern namens Wallace und Neuhauser zusammen. Nach dem Abschlußexamen, das er mit zwei A- und zwei B-Noten bestand, heiratete er Emily, besuchte die medizinische Fakultät von Yale und arbeitete als Assistenzarzt in St. Louis. Inzwischen hat er bereits vier Kinder und ist seit dem Tod seines Vaters der einzige Arzt in der kleinen Stadt.

Sein Leben ist ungefähr so verlaufen, wie er es geplant hatte, und er ist auch ungefähr so ein Mensch geworden, wie es ihm mit achtzehn Jahren vorschwebte. Er hilft bei Entbindungen, steht den Sterbenden bei, besucht die notwendigen Veranstaltungen, spielt Golf und unterstützt die Armen. Er ist redlich und leicht reizbar. Vielleicht liebt man ihn nicht so sehr wie seinen Vater, aber dafür wird er um so mehr geachtet. In einem Punkt allerdings – es ist eine Art Narbe, die er ohne Schmerz zu empfinden und ohne eine deutliche Erinnerung an die Amputation mit sich herumträgt – unterscheidet er sich von dem Menschen, der er hatte werden wollen. Er betet nie.

Mein Geliebter
hat schmutzige Fingernägel

Der Mann erhob sich, als die Frau das Zimmer betrat, genauer gesagt, er stand hinter seinem Schreibtisch, als sie die Tür öffnete. Sie schloß die Tür hinter sich. Das Zimmer war rechteckig und in einem eigenartig kühlen Stil eingerichtet, halb Wohnzimmer (die bleich-detailreichen japanischen Drucke an der Wand, der dicke Teppich, dessen Blau wie eine merkwürdig kräftige Nuance des Schweigens war, das massige schwarze Sofa mit dem einen prismenförmigen Kissen aus Schaumgummi) und halb Sprechzimmer, was es tatsächlich war, obwohl man weder Instrumente noch Bücher entdecken konnte. Man hätte Mühe gehabt, zu entscheiden, was für Menschen in dieses Zimmer passen würden, wenn sie nicht schon da gewesen wären. Beide, der Mann und die Frau, waren untadelig gekleidet. Die Frau trug ein graues Leinenkostüm, dazu weiße Schuhe und eine weiße Handtasche; ihr silberblondes Haar war zu einem festen ovalen Knoten geschlungen. Sie trug nie einen Hut. An diesem Tag hatte sie keine Handschuhe an. Der Mann trug einen Sommeranzug, dessen Grau etwas heller zu sein schien als das Grau des Leinenkostüms — aber vielleicht stand er auch nur näher am Fenster. In diesem Fenster, unter den Schieberahmen gezwängt und anzusehen wie das eckige Maul eines Drachens, surrte ein wenig bösartig eine Klimaanlage. Eine Jalousie dämpfte das Licht, das schon gebrochen war, da diese Seite des Gebäudes nicht in der Sonne lag. Der Mann hatte dichtes graumeliertes Haar, stark gewellt, sorgsam gebürstet und mit einer etwas eitel wirkenden Stirnlocke, als wäre er noch ein Jüngling. Die Frau schätzte, daß er ungefähr zehn Jahre älter war als sie. Außer einer möglichen Eitelkeit las sie aus dieser in die Stirn hängenden Locke die Spuren von Erschöpfung heraus — es war immerhin Nachmittag, er hatte sich schon so vieles angehört –, und das Verlangen, sich zu entschuldigen und fortzugehen, kratzte ihr in der Kehle und ließ ihre Glieder vor mädchenhafter Nervosität prickeln. Er wartete, bis sie Platz genommen hatte, und setzte sich dann ebenfalls; schon diese kleine Konzession an ihr Geschlecht öffnete ein Fenster in der Mauer der Unpersönlichkeit zwischen ihnen. Die Frau spähte hindurch und stellte verblüfft fest, daß er weder schön noch häßlich aussah. Sie wußte nicht, was sie daraus machen sollte, oder was man erwartete, daß sie daraus machte. Sein Gesicht, nach unten geneigt und dadurch perspektivisch verkürzt, wirkte ernst und gereizt. Jetzt hob es sich und schien naive Erwartung auszustrahlen. Das übliche Panikgefühl erfaßte sie. Ihre nackten Hände umklammerten die weiße Tasche. Das Surren der Klimaanlage drohte die ersten Worte zu übertönen. Sie vermißte im Zimmer den Duft von Blumen; bei ihr zu Hause standen Topfpflanzen auf den Fensterbänken.

«Ich habe ihn diese Woche nur einmal gesehen», begann sie schließlich. Aus Gewohnheit wartete sie höflich auf eine Entgegnung, dann fiel ihr ein, daß hier keine Höflichkeit verlangt wurde, und sie zwang sich, allein weiterzureden. «Auf einer Party. Wir haben ein bißchen geplaudert; ich habe das Gespräch angefangen. Es kam mir so unnatürlich vor, daß wir nicht einmal miteinander sprechen sollten. Als ich ihn begrüßte, schien er sich sehr zu freuen, und er erzählte mir allerlei – von Autos zum Beispiel und von Kindern. Er erkundigte sich, was ich jetzt so mache, und ich sagte: ‹Nichts.› Er hätte sich noch länger mit mir unterhalten, aber ich bin fortgegangen. Ich konnte es einfach nicht aushalten. Es war nicht so sehr seine Stimme, es war sein Lächeln; als wir ... noch zusammen lebten, dachte ich immer, daß nur ich ihm dieses Lächeln entlocken könnte, ein breites Lächeln, sooft er mich sah, ein Lächeln, das sein ganzes Gesicht erhellte und alle seine schiefen Zähne entblößte. Und da war es, als ich auf ihn zuging, das gleiche glückliche Lächeln, als hätte sich in all den Monaten ... nichts geändert.»

Sie starrte auf die Schnalle ihrer Handtasche und kam zu dem Schluß, daß sie den Bericht schlecht angefangen hatte. Die Mißbilligung ihres Gegenübers, für sie so real wie das Geräusch der Klimaanlage, strömte auf sie zu, hüllte sie in graue Kühle ein, und sie fragte sich, ob es falsch sei, sie zu empfinden, falsch, seine Billigung zu ersehnen. Sie versuchte den Kopf zu heben, ohne daß es aussah, als flirte sie. In einem anderen Raum hätte sie gewußt, daß man sie für eine schöne Frau hielt, hier aber hörte Schönheit auf zu existieren. Sie fühlte sich entwaffnet, als ihr klar wurde, wie sehr sie der Schönheit bedurfte, um sich zu schützen, sich zu tarnen. Ob sie versuchen sollte, diese Erkenntnis in Worte zu fassen? «Er durchschaut mich», sagte sie. «Das machte ihn damals so wunderbar, und das macht ihn jetzt so schrecklich. Er kennt mich durch und durch. Ich kann mich nicht hinter meinem Gesicht verstecken, wenn er lächelt, und er scheint mir zu verzeihen, daß ich nicht zu ihm komme, obwohl ... ich es mir nicht verzeihen kann.»

Der Mann rückte sich mit einer so hastigen Bewegung auf seinem Stuhl zurecht, daß sie darin ein Zeichen von Ungeduld sah. Wahrscheinlich hatte sie wirklich eine Gabe dafür, immer genau das zu sagen, was er nicht hören wollte. Sie bemühte sich, etwas zu sagen, etwas Freimütiges und Verworrenes, das ihm gefallen würde. «Da ist noch eine Sache, die ich Ihnen unterschlagen habe», gestand sie. «Er machte eine Bemerkung, die er nie gemacht hätte, wenn er nicht mein Geliebter gewesen wäre. Er blickte auf mein Kleid und fragte mit dieser zaghaften Stimme: ‹Hast du das angezogen, um mir weh zu tun?› Das war so unfair, ich bin richtig zornig geworden. Ich habe doch nicht so viele Kleider, daß ich's mir leisten könnte, alle auszusortieren, die ... die ich getragen habe, als wir zusammen waren.»

«Beschreiben Sie das Kleid.»

Wenn er wirklich einmal sprach, erschien ihr die Ebene seines Interesses meistens enttäuschend niedrig. «Ach», sagte sie, «es ist bräunlich-orange, mit Streifen und einem runden Ausschnitt. Ein Sommerkleid. Er sagte immer, ich sähe darin wie ein Mädchen vom Land aus.»

«Ja.» Er unterbrach sie mit einer raschen Handbewegung; seine gelegentliche Barschheit verblüffte sie, da sie sich nicht vorstellen konnte, daß er das aus irgendeinem Lehrbuch hatte. In letzter Zeit sorgte sie sich ein wenig um ihn; er wirkte allzu naiv und plump. Sie hatte den Eindruck, er sei ständig in Gefahr, etwas Unkorrektes zu tun. Einmal hatte sie einen Klavierlehrer gehabt, dem ein Fehler unterlaufen war, als er gemeinsam mit ihr Tonleitern spielte. Sie hatte das nie vergessen und nie Klavier spielen gelernt. Aber wie immer suchte sie in seinen Reaktionen gewissenhaft nach einem Anhaltspunkt. Sie war in ihren Gesprächen wieder und wieder auf dieses ländliche Element zurückgekommen, als müsse es, da es so offensichtlich ihre Phantasie beschäftigte, zwangsläufig eine Erklärung für ihre Nöte enthalten. Vielleicht wollte er sie mit seinem männlich-ungeduldigen Gebaren zu dem Eingeständnis bewegen, daß sie zu begierig darauf war, in die Tiefen hinabzutauchen. Sein Bemühen, soweit es erkennbar war, ging anscheinend dahin, ihre Aufmerksamkeit auf das zu lenken, was an dem Offensichtlichen nicht offensichtlich war. Er fragte: «Haben Sie das Kleid irgendwann hier getragen?»

Wie merkwürdig von ihm! «Hier bei Ihnen?» Sie forschte in ihrem Gedächtnis, vergegenwärtigte sich, wie sie Donnerstag um Donnerstag ihren Wagen parkte, die Tür abschloß, die Parkuhr fütterte, die sonnige Citystraße entlangging, vorbei an Bäckereien, Schneidereien und Zahnarztschildern; sie sah sich den düsteren Hausflur betreten, dessen metallene Wandverkleidung ein Lilienmuster trug, sah sich die behandschuhte Hand nach seiner Klingel ausstrecken ... «Nein. Nicht daß ich wüßte.»

«Weshalb nicht? Haben Sie irgendeine Erklärung dafür?»

«Ja, eine ganz harmlose. Es ist ein sportliches Kleid. Sehr jugendlich. Nichts, was man in der Stadt trägt. Ich komme ja nicht nur zu Ihnen, wenn ich in die Stadt fahre; ich kaufe ein, ich mache Besuche, manchmal treffe ich mich anschließend mit Harold zu einem Drink, wir essen zusammen und sehen uns dann einen Film an. Soll ich darüber sprechen, wie die Stadt auf mich wirkt?» Sie war plötzlich voll von ihren in der Stadt empfundenen Gefühlen, angenehmen, drängenden Gefühlen – Sonnenlicht und Befreiung –, die gewiß viel über sie aussagten.

Er ließ nicht locker. «Aber Sie haben dieses einfache, sportliche Kleid zu einer Dinnerparty am letzten Wochenende getragen?»

«Es war eine Party bei *Freunden*. In den Vororten ist schon Sommer. Das Kleid ist einfach, ja, aber kein Fähnchen.»

«Als Sie es für diese Party auswählten, auf der Sie ihn, wie Sie wußten, sehen würden, ist Ihnen da eingefallen, daß er es besonders gern mochte?»

Sie fragte sich, ob er sie nicht zu sehr in eine bestimmte Richtung lenkte. Wenn ja, dann war das bestimmt nicht richtig von ihm. «Ich kann mich nicht erinnern», sagte sie und wurde sich mit einem Aufzucken der Ungeduld bewußt, daß er diese Antwort zu wichtig nehmen würde. «Aber Sie glauben, daß ich daran gedacht habe.»

Er lächelte sein vorsichtiges, sanftes Lächeln und zuckte die Achseln. «Erzählen Sie von Kleidern.»

«Ganz gleich, was? Assoziationen, die durch das Wort ‹Kleider› hervorgerufen werden?»

«Was Ihnen gerade einfällt.»

Die Klimaanlage mit ihrem ständigen eifrigen Flüstern überflutete ihr Schweigen. Zeit strömte durch sie hindurch, und sie vertrödelte die Beratungsstunde. «Ja, er –» seltsam, wie sich ihr Denken, einmal freigesetzt, einem Magneten gleich an dieses Fürwort heftete – «er war ganz komisch mit meinen Kleidern. Angeblich kleidete ich mich zu auffällig, und er neckte mich immer damit, was für eine teure Ehefrau ich sein würde. Das stimmte aber gar nicht; ich kann sehr gut nähen und schneidere mir vieles selbst, während Nancy diese betont einfachen Kleider von R. H. Stearns trägt, die in Wahrheit einen Haufen Geld kosten. Vielleicht könnte man sagen, daß meine Kleider für ihn ein Fetisch waren; er vergrub immer das Gesicht darin, wenn ich sie abgelegt hatte, und manchmal, im Bett, hat er sie herangezogen, so daß sie zwischen uns ganz zerknittert wurden.» Sie errötete nicht, sondern starrte ihn eher herausfordernd an. Er saß regungslos da und lächelte andeutungsweise das Lächeln des Zuhörenden, während sein Haar von dem Licht, das ins Zimmer drang, versilbert wurde. «Ich weiß noch, daß ich ihn einmal, als wir zusammen in der Stadt waren, zum Einkaufen mitgenommen habe, weil ich dachte, es würde ihm Spaß machen, aber das war ein Irrtum. Die Verkäuferinnen wußten nicht recht, wer er war, mein Bruder, mein Mann oder sonst wer, und er benahm sich typisch männlich – Sie wissen schon, unruhig und verlegen. Eigentlich hat's mich gefreut, daß er so reagierte, denn wenn ich an ihn als an jemanden dachte, der mir gehörte, dann fürchtete ich manchmal, er könnte ein Weichling sein. Weniger im Aussehen als dem Wesen nach. Ich meine, er hatte so etwas Passives. So eine Art, mich zu ihm kommen zu lassen und niemals selbst die Initiative zu ergreifen.» Sie hatte das Gefühl, sie sei auf einer Wanderung durch das lauschende Denken ihr gegenüber begriffen und habe jetzt einen Engpaß erreicht; sie versuchte den Rückzug anzutreten. Womit hatte sie angefangen? Richtig – Kleider. «Er selbst war hinsichtlich seiner Kleidung recht nachlässig. Wollen Sie auch etwas von *seinen* Kleidern wissen oder nur von *meinen*? Es wird noch so weit kommen, daß ich von den Kinderkleidern erzähle.» Sie erlaubte sich ein Kichern.

Er reagierte nicht darauf, und um ihn zu bestrafen, spann sie das Thema weiter, von dem sie wußte, daß es ihn ärgerte. «Er war schlampig. Selbst wenn er sich feingemacht hatte, wirkte sein Hemdkragen wie nicht zugeknöpft, und er trug die Sachen immer, bis sie in Fetzen gingen. Ich weiß noch, einmal, als wir schon versucht hatten, Schluß zu machen, kam er nach Wochen auf einen Sprung zu mir, weil er sehen wollte, wie es mir ging, und als ich ihm mit der Hand unters Hemd fuhr, stieß mein Zeigefinger durch ein Loch in seinem Unterhemd. Das hat mich glatt umgeworfen, ich mußte ihn haben, und wir gingen nach oben. Ich kann es nicht so richtig beschreiben, aber der Gedanke, daß dieser Mann, der mindestens so gut gestellt war wie wir anderen, ein großes Loch in seinem Unterhemd hatte, dieser Gedanke hat mich schwach gemacht. Ich nehme an, es war ein bißchen Bemuttern dabei, aber empfunden habe ich eigentlich das Gegenteil – als ob diese Nachlässigkeit in der Kleidung ihn stark machte, stark auf eine

Art, wie ich es nicht war. Ich hatte schon immer das Gefühl, ich müßte sehr auf mein Äußeres achten. Wahrscheinlich ist das Unsicherheit. Und dann, wenn wir uns liebten, stellte ich manchmal fest – ist das zu schlimm, soll ich aufhören? – ja, da stellte ich also fest, daß er schmutzige Fingernägel hatte.»

«Gefiel Ihnen das?»

«Ich weiß nicht. Ich stellte es einfach fest.»

«War Ihnen die Vorstellung angenehm, von schmutzigen Händen liebkost zu werden?»

«Es waren *seine* Hände.»

Sie saß kerzengerade da. Sein Schweigen, in dem sich männlicher Schmerz verriet, tat ihr weh. Sie suchte ihn zu versöhnen. «Sie meinten, ob es mir gefiel, mich – na, wie heißt doch das Wort, ich hab's verdrängt . . . ach ja, erniedrigen – ob es mir gefiel, mich erniedrigen zu lassen, ja? Aber ist das nicht etwas typisch Weibliches, das jede Frau mehr oder weniger hat? Oder glauben Sie, ich hätte zuviel davon?»

Der Mann verlagerte sein Gewicht auf dem Stuhl und machte ruckartige Bewegungen mit den Händen; seine unterdrückte, aber deutlich spürbare Erregung war wie ein leiser Windhauch, der über einen silbernen Tümpel weht. «Mir scheint, es sind mehrere Dinge im Spiel», sagte er. «Einerseits ist da Ihre Aggressivität gegenüber dem Mann – Sie nähern sich ihm auf Parties, Sie schleppen ihn zum Einkaufen mit, was ihm unangenehm ist, und wie Sie gerade angedeutet haben, locken eher Sie ihn ins Bett als er Sie.»

Sie sah ihn schockiert an. So war es doch nicht gewesen. Oder?

Der Mann strich sich mit der Hand durch das Haar, so daß ihm die jugendliche Locke noch etwas tiefer in die Stirn fiel. «Selbst jetzt noch, da die Affäre angeblich zu Ende ist, umwerben Sie ihn, indem Sie ein Kleid tragen, das für ihn eine besondere Bedeutung hatte.»

«Das mit dem Kleid habe ich Ihnen erklärt.»

«Dann ist da dieses andere Element, das wir immer wieder berühren – er hat schiefstehende Zähne, ist weichlich, ein Schwächling, läuft zerlumpt herum, wohingegen Sie sich stark und autoritativ vorkommen. Mitten in einer Umarmung bemerken Sie, daß er ein Loch im Unterhemd hat. Das bestätigt Ihren Verdacht, er sei in Auflösung begriffen, und zwar durch Ihre Schuld. So daß Sie, gewissermaßen als Wiedergutmachung, mit ihm ins Bett gehen.»

«Aber er war *gut* im Bett.»

«Gleichzeitig haben Sie diese Vorstellungen von ‹Weiblichkeit›. Sie fühlen sich schuldig, weil Sie der dynamische Teil sind; daher Ihre recht doktrinäre Unterwürfigkeit, Ihr Bedürfnis, festzustellen, daß er schmutzige Fingernägel hat. Es steckt auch etwas von Erde darin, von

Ihrer Einstellung zu Schmutz, Erde, Land contra Stadt, Natürliches gegen Unnatürliches. Die Stadt, das Künstliche, ist für Sie das Leben; Erde bedeutet Tod. Dieser Mann, dieser schlampige, ungewaschene Mann, der auf dem Land zu Ihnen kommt und sich höchst unbehaglich fühlt, wenn er Sie zum Einkaufen in die Stadt begleitet, ist der Erde verbunden. Indem Sie ihn erobern, indem Sie ihn in Ihre Kleider verstricken, überwinden Sie Ihren eigenen Tod; genauer gesagt, Sie gehen durch den Tod hindurch und werden ein Mädchen vom Land, ein Erd-Mädchen, das das Sterben überlebt hat. So etwa sehe ich es. Ich glaube, in dieser Richtung müßten wir weiterarbeiten.»

Er tat ihr leid. Da saß er, hatte sich sein Donnerstag-Sprüchlein abgerungen, und es war auch sehr hübsch und klug und bezog die meisten Problemfäden ein, aber es hielt sie nicht fest, überzeugte sie nicht. Sie blickte zu der Klimaanlage hinüber und sagte zaghaft: «Könnte man das nicht leiser stellen? Sie sind kaum zu verstehen.»

Er schien überrascht, erhob sich linkisch und schaltete den Apparat aus.

Sie kicherte wieder. «Ich bin eben autoritativ.»

Er setzte sich und sah auf seine Uhr. Straßenlärm – die Gangschaltung eines Busses, das Absatzklappern einer Frau – drang herein, begünstigt durch die neu entstandene Stille am Fenster, und gesellte sich zu der unwirklichen Luft im Zimmer.

«Kann Erde nicht ebensogut Leben bedeuten wie Tod?» fragte sie.

Er zuckte die Achseln, unzufrieden mit sich selbst. «In dieser Art von Sprache können Gegensätze durchaus dasselbe bedeuten.»

«Wenn ich das in ihm gesehen habe, was hat er dann in mir gesehen?»

«Ich glaube, Sie möchten ein Kompliment hören.»

«O nein, bestimmt nicht. Ich will keine Komplimente von Ihnen hören, sondern die Wahrheit. Ich brauche Hilfe. Ich bin lächerlich unglücklich, und ich möchte wissen, warum, und ich habe nicht das Gefühl, daß Sie es mir sagen. Ich habe vielmehr das Gefühl, daß wir einander entgegenarbeiten.»

«Können Sie das vielleicht genauer formulieren?»

«Soll ich das wirklich tun?»

Er saß völlig regungslos auf seinem Stuhl, starr – sie wies den Eindruck sogleich von sich – wie vor Angst.

«Nun –» sie blickte wieder auf die Messingschnalle ihrer Handtasche, als wäre dort der Drehpunkt, an dem sie den Hebel ansetzen mußte, um sich Schwung zu geben – «als ich zu Ihnen kam, war ich irgendwie überzeugt, daß im Laufe der Zeit zwischen uns etwas passieren, daß ich mich auf eine ... eine ganz beherrschte und ungefährliche Weise in Sie verlieben würde.» Sie blickte umher und schien Hilfe zu suchen, fand jedoch keine. Mit einer Stimme, die ihr, seit die Klimaanlage verstummt war, hart und schrill vorkam, fuhr sie fort: «Ich habe nicht das Gefühl, daß das geschehen ist. Und was schlimmer ist – warum soll ich es nicht sagen, ich verschwende ja nur Harolds Geld, wenn ich Ihnen etwas verschweige –, mir scheint, daß sogar das Gegenteil geschehen ist. Ich kann mich des Gefühls nicht erwehren, daß Sie sich in *mich* verliebt haben.» Sie sprach sehr schnell weiter. «Und deshalb empfinde ich Sympathie für Sie, möchte Ihnen nicht weh tun und versuche Sie nicht zurückzuweisen, und dadurch gerät alles durcheinander. Sie bringen mich in eine Lage, in der eine Frau weder aufrichtig noch schwach, noch sie selbst sein kann. Sie bewirken, daß ich mir überlege, was ich sagen muß, und daß ich mich meiner Gefühle für Paul schäme, weil sie Ihnen mißfallen. So, das war heute das erste Mal, daß einer von uns seinen Namen auszusprechen wagte. Sie sind eifersüchtig. Ich habe Mitleid mit Ihnen. Ich kann wenigstens in ein, zwei Minuten – ich habe gesehen, wie Sie auf die Uhr schauten – hinuntergehen auf die Straße und mir in der Bäckerei ein Stück Käsekuchen oder sonst etwas kaufen und in meinen Wagen steigen und durch das Verkehrsgewühl über die Brücke fahren; ich habe wenigstens jemanden geliebt, der mich liebte, auch wenn Sie den Gründen dafür eine noch so törichte Deutung geben. Aber Sie – ich kann mir nicht einmal vorstellen, daß Sie je dieses Zimmer verlassen oder sich betrinken oder mit einer Frau schlafen oder ein Bad nötig haben oder sonst was. Entschuldigen Sie bitte.» Sie hatte damit gerechnet, daß sie nach diesem Ausbruch würde weinen müssen, aber sie saß nur da und starrte aus großen Augen den Mann an, dessen Augen – es mußte das wässerige Licht vom Fenster sein – überanstrengt aussahen.

Er verlagerte abermals sein Gewicht und legte die Hände mit gespreizten Fingern auf die Glasplatte des Schreibtischs. «Das Erstaunliche an Ihnen ist», sagte er, «daß Sie so hartnäckig bestrebt sind, Männer zu beschützen.»

«Aber bei ihm *war* es doch gar nicht so. Ich meine, ich wußte, daß ich ihm etwas gab, was er brauchte, aber ich fühlte mich von *ihm* beschützt. Ich fühlte mich unbeschreiblich geborgen, wenn ich bei ihm war – wie ... wie der Mittelpunkt eines Kreises.»

«Ja.» Er sah auf die Uhr, und seine Nasenflügel weiteten sich unter dem Herannahen eines Seufzers. «So.» Er stand auf und zog bekümmert die Brauen zusammen. Sie hatte nicht aufgepaßt und erhob sich erst einen Sekundenbruchteil später. «Nächsten Donnerstag?» fragte er.

«Sie haben zweifellos recht», sagte sie an der Tür und wandte sich mit einem Lächeln um, einem breiten, ländlichen Lächeln, ein wenig bedauernd an den Rändern, dessen Weiß, wie er mit den Augen eines Innenarchitekten bemerkte, zu ihrem Haar, ihrem Kostüm und zu dem Weiß der Handtasche und der Schuhe paßte. «Ich *bin* neurotisch.»

Damit schloß sie die Tür hinter sich. Der Seufzer, der sich angekündigt hatte, als sie noch im Zimmer war, schien bis jetzt auf Abruf gewartet zu haben. Der Mann wußte, er hatte Erfolg, es war soweit; aber er war erschöpft. Allein zurückgeblieben, ließ er sich mit einer lautlosen psychischen Bewegung gleich dem hemisphärischen Protest einer Blase in die ruhige Oberfläche des Mobiliars sinken.

Harv pflügt jetzt

Unser Dasein unterliegt der Archäologie. Ich lebte einmal – es ist noch nicht so lange her, wie es mir vorkommt – in einem Farmhaus, in dem es weder Elektrizität noch Zentralheizung gab. Im Wohnzimmer hatten wir einen Kamin und, wie ich mich deutlich erinnere, einen schokoladenbraunen rechteckigen Ofen, der oben eine doppelte Reihe von Schlitzen hatte und dessen eiserne Füße auf einer Asbestplatte standen. Ich habe jahrelang nicht an diesen Ofen gedacht; sein Bild scheint aus der Tiefe eines Grabens emporzuwachsen. Er war so hoch, wie ein Junge groß ist, und erwärmte einen rechteckigen Luftraum um sich herum; wenn ich krank war, legten mich meine Eltern warm eingepackt auf ein blaues Sofa neben dem Ofen, und ich suchte mich seinem Wärmeradius anzupassen, während das Fieber bald stieg, bald sank und auf seinem Höhepunkt aus meinen zugedeckten Knien zwei unheimliche, vertraute Berge machte, an deren Fuß eine Suppentasse mit Bouillon ein aus der Ferne gesehener kreisrunder Teich zu sein schien. Der Ofen wurde mit einem Brennstoff geheizt, den wir Kohlenöl nannten. Ich frage mich jetzt – und eigentlich hätte ich schon damals auf den Gedanken kommen müssen –, ob Kohlenöl und Petroleum etwa dasselbe sind. Ja, sie müssen dasselbe sein, denn ich erinnere mich, daß ich den Ofen und die Petroleumlampe aus derselben Kanne nachfüllte, einer Fünf-Gallonen-Kanne mit einer Tülle an der Seite und einer Verschlußkappe oben in der Mitte, die ich aufschrauben mußte, wenn ich ausgießen wollte, sonst bockte die Kanne, bewegte sich in meinen Händen hin und her, und die durchsichtige, scharf riechende Flüssigkeit schwappte über – das hing irgendwie mit dem Luftdruck zusammen. Was in den Lampen Petroleum war, wurde im Ofen zu Kohlenöl: Es gibt also nicht nur existentielle, sondern auch essentielle Unterschiede. Was im Backofen Brot ist, wird im Mund zu Christus.

Wenn der Frühling kam, taute unsere Aufmerksamkeit auf und konnte ungehindert ins Freie laufen. Von unserem Haus aus war keine Autostraße zu sehen, kein Turm, nicht einmal eine Telegrafenstange. Wir wohnten an der Flanke einer Anhöhe, umgeben von Bäumen, Gras und Wolken. Jenseits eines Tales, dessen Wiesengrund lieblich grünte, lag am Hang gegenüber eine Farm wie die unsere. Mochten die Ställe und Scheunen auch anders angeordnet sein, so glichen sich die Wohnhäuser doch aufs Haar — Farmhäuser aus Pennsylvania-Sandstein, rechtwinklig zur Einfriedung hingestellt und für ihre Breite etwas zu hoch, als wären die Dachfenster bemüht, über die Bäume hinweg zu blicken. Zweifellos hatte man die Häuser im vergangenen Jahrhundert um die gleiche Zeit erbaut, und später waren sie beide mit Putz in einem warmen Sandgelb beworfen worden, der jetzt abbröckelte. Im April und Mai, wenn es morgens noch frisch war, schien der dünne blaue Rauch aus dem Schornstein des gegenüberliegenden Hauses dem Rauch aus unserem Schornstein zu antworten und die zischende Glut der Kirschbaumscheite, die mein Vater in unserem Kamin aufgeschichtet hatte, in eine andere Dimension zu übersetzen.

Die Farm dort drüben gehörte einer Frau namens Carrie und ihrem Sohn Harvey. Selbst im unvorstellbaren Lenz ihres Lebens konnte Carrie nicht viel mehr als fünf Fuß gemessen haben. Nun war sie von sechzig Jahren Mühe und Arbeit so gebeugt, daß sie, wenn man mit ihr sprach, das Gesicht nach oben wenden mußte, was ihr etwas Schelmisches gab. Sie trug fest anliegende hohe Schuhe, die ihren Bewegungen etwas Hüpfendes verliehen, und eine altmodische Haube, so daß ich immer erschrak, wenn ich sie im Profil sah, weil sie dem ersten Schreckgespenst meiner Kindheit ähnelte, nämlich der gesichtslosen Frau auf der Scheuersanddose, die mit geschwungenem Stock unablässig sich selbst nachjagte. Harvey — nach ländlicher Sitte kurz Harv genannt — war zwar sehr dick, hatte aber einen leisen Schritt; sein Klopfen erschütterte unsere Tür immer schon, bevor wir noch gemerkt hatten, daß er auf der Veranda war. Dort stand er dann, umgeben von seinen Spürhunden, die gesicherte Schrotflinte lässig über den Arm gehängt, während meine Eltern ihn vergebens aufforderten, hereinzukommen. Er unterhielt sich lieber draußen, und seine Stimme klang leise und fern, wie Wind, der in einer Flasche eingefangen ist; nachts, wenn er in unserem Wald, der in den seinen überging, Waschbären jagte, schien das Kläffen seiner Hunde einen stummen Geist zu begleiten, der so widerstandslos durch die Bäume glitt wie der Mond durch die Wolken.

Im Frühjahr schirrte Harv das Maultier an und pflügte horizontale Furchen in den sacht ansteigenden Hang, der das Spiegelbild des Hanges war, auf dem ich stand. Die miteinander verbundenen Silhouetten des Mannes und des Maultieres bewegten sich hin und her und bestrichen wie ein langsamer Pinsel die trockene Blässe des wintergebleichten Erdreichs mit der feuchten, dunklen Farbe von Lehm. Das schien sich *in mir* abzuspielen, und indes ich mit unserem Jahrhundert älter werde, bewahre ich diese Erinnerung, dieses Bild, ausgegraben aus einer pastoralen Epoche vor meiner Geburt, diese Ablagerung, unter der nur noch minerale Leere ist.

Bei den Ausgrabungen in Ur stießen die englischen Forscher, als sie immer tiefer in die Schuttschichten eindrangen, die die aufeinanderfolgenden Epochen der sumerischen Kulturen hinterlassen hatten, plötzlich auf völlig reinen Ton, den sie zuerst für den primären Schlamm des Deltas hielten. Messungen ergaben jedoch, daß die Tonschicht zu dick war, als daß sie das ursprüngliche Flußbett hätte sein können; man grub noch tiefer und fand, daß nach acht Fuß wieder eine Erdschicht kam, die voller Feuersteine und Keramikscherben war. Während aber die sumerische Keramik auf der Töpferscheibe hergestellt und nicht bemalt worden war, wiesen diese Bruchstücke Spuren von Farbe auf und waren mit der Hand geformt. Die Überreste entstammten einer ganz anderen, ‹al Ubaid› genannten Kultur, und die acht Fuß Ton waren das greifbare Dokument der legendären Flut, die Noah in seiner Arche überstand.

Mein Leben scheint ähnlich geschichtet. Ganz oben ist eine Haut von Schutt, von Minuten, Stunden und Tagen und von den Ereignissen und Dingen, die diese Tage füllen. Ganz unten ist der Raum, wo Harv – der nach dem Tod seiner Mutter heiratete, die Farm verkaufte und nach Florida zog – ewig weiterpflügt. Dazwischen, so dick wie die Entfernung vom Gras bis zu den Wolken und dem Ton so unähnlich wie das Feuer der Luft, befindet sich die dichte Leere, in der die Frau, einer Flutwelle gleich, kam und ging. Um es ganz klar zu sagen: Sie ist nicht da. Aber sie *war* da; als Beweis dafür mag die eigenartige Hohlheit praktisch jedes Bruchstückes dienen, das bei der Erforschung der Tage untersucht wurde. Natürlich ist äußerste Vorsicht geboten bei Aussagen über ein so dürftiges, so unzusammenhängendes und so sehr vom Schmutz des Phlegmas und der Ermüdung beflecktes Material, doch scheinen alle Fragmente *auf die gleiche Weise* hohl zu sein; und man könnte so etwas wie eine Form hypothesieren oder zumindest eine Bewegungstendenz, die eine Form ergeben würde, wenn wir imstande wären, uns ihre ununterbrochene Weiterführung vorzustellen. Aber wir haben festeren Boden unter den Füßen, wenn wir einfach die oberen Schichten der Tage beschreiben.

Überreichlich vorhanden sind hier Accessoires der Bekleidung, insbesondere Gürtel und Schnürsenkel; Porzellanteller mit und ohne Muster; Eßbestecke aus rostfreiem Stahl; kleine Tische mit einem losen Bein; Gläser und darin Eiswürfel, die aussehen wie unregelmäßige Edelsteine, in Eile versteckt beim kataklysmischen Herrschaftsende einer Königin der Antike; Kindergesichter, Kinderstimmen und Spielzeug; Zeitungen; einzelne flüchtige Ausblicke auf Wetter, Himmel, Türme und Vegetation. Die Reihenfolge des Vorkommens ist nicht zufällig; im allgemeinen stößt man beim Sondieren jeder frischen Schicht als erstes auf eine Zahnbürste, der meistens ein Autoschalthebel und ein Kugelschreiber folgen oder ein Füllfederhalter, der unweigerlich ausgetrocknet ist. Empfängnisverhütende Mittel und Fläschchen, die offenbar Medizin enthielten, werden ebenfalls häufig gefunden. Manchmal entdeckt man ein Stück Seife, an dem eine Buchseite klebt, und verwirrende Schneewehen von Zigarettenfiltern und Golfbällen müssen in mühevoller Arbeit gesichtet werden. Größte Sorgfalt ist erforderlich; Tage sind, obwohl sie, in ihrer Gesamtheit gesehen, eine scheinbar unerschöpfliche Abfallmenge hinterlassen, jeder für sich allein eine Schicht von gespenstischer Dünne. In Ur hätte bei der behutsamen Bergung des Grabes der Königin Shub-ad ein ungeschickter Fuß einen verborgenen Schädel zertrampeln oder eine Spitzhacke einen Zoll zu tief eindringen und vorzeitig ein Fetzchen Goldband, ein Diadem oder ein goldenes Buchenblatt, zerbrechlicher als eine Oblate, zutage fördern können.

So drohen auch die Tage meines Lebens, selbst dort, wo die Kruste sehr fest erscheint, zu zerbröckeln und meinen Blick in ein schrecklich verlassenes Gold hinabzustoßen. Unter der leisen Berührung einer alten Hoffnung reißt die Tapete auf und offenbart das Fehlen einer Wand. Ein Fliederbusch, und schon überflutet mich das Haar der Frau. Gitarrenmusik weht von einem Fenster herüber, und ich drehe mich um, will sehen, ob sie es bemerkt, und stelle von neuem fest, daß sie nicht da ist: Kummer füllt meine Mundhöhle mit einem Geschmack nach altem Metall, und das Gefühl eines Verlustes ergreift gleich einer umfassenden Hypothese ätherischer Physik die transparente Masse zwischen dem Gras und den Wolken. Weite Straßen öffnen sich unter der Offenbarung, strömen nach außen, und die ganze Welt, Städte und Bäume, scheint ein Negativbild ihrer Abwesenheit zu sein, eine Art farbgetönte Höhlung, aus der ihre Gegenwart wieder hervorgerufen werden könnte, so wie man längst zerfallene hölzerne Artefakte mit Hilfe des Abdrucks nachbildet, den sie in Ton hinterlassen haben, eines Hauchs von Farbe und Maserung, den man mit einem Fingerstrich leichter auslöscht als das Staubmuster auf einem Schmetterlingsflügel.

Man stelle sich einen Strand vor. Um Mitternacht. Unter dem unwandelbaren Sternengewebe am Firmament. Vor Anker liegende Boote, leises Klatschen der im Sand auslaufenden Wellen. Viele Leute, ein Picknick; der Widerschein eines großen Holzfeuers erhellt die Gesichter. Sie ist da. Sie, sie selbst, ist da, ist hier. Kalt vor Angst gehe ich unter dem Deckmantel der Dunkelheit auf sie zu; ihre körperliche Kleinheit, neben meiner Schulter wiedererstanden, verblüfft und entzückt mich. «Wie geht es dir?»

«Gut, sehr gut.»

«Nein, ehrlich.»

«Frag mich nicht. Ich bin zufrieden. Du siehst großartig aus.»

«Danke.»

Das nervöse Glitzern ihrer Augen, die an meiner Schulter vorbei ins Feuer blicken, überträgt das Feuer, das mein Vater vor Äonen angezündet hat, in wieder eine andere Dimension. Endlich sieht sie mich an. Das Feuer in ihren Augen erlischt. Sie fragt: «Möchtest du Kaffee?»

«Ich habe keinen Becher bei mir.»

«Ich habe einen.»

«Vielen Dank. Das ist sehr freundlich von dir.» Und während ich den Becher berühre, den sie berührt (unsere Fingerspitzen berühren sich nicht), füge ich hinzu: «Haß mich nicht.»

«Ich hasse dich nicht. Ich glaube nicht, daß ich dich hasse.»

Der Metallgeschmack folgt dem Kaffeegeschmack in meinem Mund. «Das freut mich», sage ich. «Für mich ist es immer noch schlimm.»

«Du gefällst dir in dieser Vorstellung. Du glaubst zu leiden und genießt es, weil du nicht weißt, was Leiden ist.» An der verzweifelten Art, wie sie den Kopf bewegt, bald zum Feuer hin und bald nach der anderen Seite, erkenne ich, daß sie gegen das Weinen ankämpft; ein überwältigendes Jubelgefühl erfaßt mich, und für einen Augenblick bin ich wieder ihr Gebieter, reite auf der Flutwelle.

«Ich weiß, was Leiden ist», widerspreche ich.

«Nein.»

«Es tut mir leid, daß du mich haßt», sage ich, um ihren Protest herauszufordern.

Der Protest bleibt aus. «Ich glaube nicht, daß es Haß ist», sagt sie nachdenklich, nimmt mir unseren Becher aus der Hand und trinkt, als wollte sie damit ihre Worte präzisieren. «Ich glaube, es ist einfach so, daß ich tot bin. Ich bin für dich tot» – und sie spricht mit süßer Bestimmtheit meinen Namen aus. «Bitte, versuch das zu verstehen. Ich erwarte nichts von dir; das ist eine große Erleichterung. Ich bin sehr müde. Ich wünsche mir nur eines von dir: in Ruhe gelassen zu werden.»

Und ich höre mich «Ja» sagen, als sie davongeht, und das lange Haar auf ihrem Rücken wippt bei dem raschen Schritt, den sie noch immer hat. «Ja», sage ich, als stimmte ich mit wissenschaftlicher Sachlichkeit den unbestreitbaren Tatsachen ringsumher zu: dem starren Sprühen der Sterne, dem Sand, der den Abdruck meiner Füße aufnimmt, wenn ich darüberschreite, dem Meer, das gedankenverloren bleichen Gischt über den Rand der Dunkelheit kippt – Bänder von phosphoreszierendem Weiß, die sich wieder und wieder entrollen, immer in dieselbe Richtung, wie der Wagen einer Schreibmaschine.

Wo bin ich? Es ist nicht mehr wichtig. Ich bin unendlich klein, verloren, unsichtbar, nichts. Ich verlasse das Feuer, die Gesellschaft der anderen und schlendere über den äußersten Ring hinaus, über den Umkreis, in dem noch Gitarrenmusik zu hören ist. Etwas Fernes lockt mich. Ich hebe den Blick, und die Sterne in ihrer nahen Klarheit drücken auf mein Gesicht, legen sich auf meine Schuld und Scham mit der seltsamen, flüssig starken Gewißheit, daß menschlich gesehen das Universum völlig transparent ist: Wir existieren als kleine Blasen in altem Glas. Und mit dem Erfassen dieser Transparenz tritt mein Denken in eine plötzliche Freiheit ein, die wie Irrsinn ist; mir scheint, daß die Sterne ein Dach sind, ein aus Tagen gefügtes Dach, von dem wir allmählich herunterfallen. Und jedesmal überleben wir den Sturz – ein Wunder. Ich erwarte die Auferstehung. Die Archäologie ist die Wissenschaft des Unglaublichen. Troja und Harappa waren Legenden, bis der Spaten auf sie stieß.

Nachts ist es am Strand niemals ganz dunkel oder ganz still. Die See hält Selbstgespräche; der Mond grübelt, sein Glanz fällt in Bindestrichen plätschernd auf das Wasser. Und noch etwas anderes geschieht, etwas wie der Nachhall einer angezupften Saite. Was? Nachdem ich durch die Leere gefallen bin, in der die Frau war, lebe ich noch; ich bewege mich, halte inne, lausche und weiß es. Ich stehe auf dem Sandhang und weiß, was auf der anderen Seite der Wiese geschieht, jenseits der Linde, wo Wasser und Luft ihren elementaren Waffenstillstand einhalten. Harv pflügt jetzt.

Die Musikschule

Mein Name ist Alfred Schweigen, und ich existiere in der Zeit. Gestern abend hörte ich, wie ein junger Priester von der veränderten Einstellung seiner Kirche zur Hostie berichtete. Generationen hindurch haben Nonnen und Priester (vor allem Nonnen, sagte der junge Mann) die katholischen Kinder gelehrt, man müsse die Hostie im Mund halten und sie zergehen lassen; das Berühren mit den Zähnen (und dies habe nie zur Doktrin gehört, sondern sei nur eine Anweisungsnuance gewesen) stelle in gewisser Weise eine Gotteslästerung dar. Bewirkt durch das Erblühen frischer und kühner Ideen, mit denen die Kirche gleich einer auftauenden Tundra auf jene unerwartete Sonne reagierte, die der verstorbene Papst Johannes für sie war, ist nun die Überlegung aufgekeimt, daß Christus nicht sagte: *Nehmet hin und lasset dies im Munde zergehen*, sondern *Nehmet hin und esset*. Ja, es heißt *esset*, und wer dieses Wort verwässert, der verfälscht die transsubstantiierte Metapher physischer Nahrung. Diese theologische Erkenntnis kristallisiert sich mit schöner Schlichtheit in der materiellen Welt heraus: Die Bäckereien, die die Kirchen beliefern, sind angewiesen worden, daß sie die Kunst, einen auf der Zunge zergehenden Teig herzustellen, vergessen und künftig eine dickere Hostie backen sollen – eine Oblate, die tatsächlich so substantiell ist, daß man sie kauen *muß*, um sie hinunterschlucken zu können.

Heute morgen las ich in der Zeitung, daß ein Bekannter von mir ermordet worden ist. Eine Woche nach Thanksgiving saß er mit seinen fünf Kindern im Eßzimmer am Tisch, als plötzlich eine Kugel durchs Fenster flog und ihn an der Schläfe traf. Er fiel vom Stuhl und starb drei Minuten später zu den Füßen seiner Kinder. Ich war nur flüchtig mit ihm bekannt. Er ist das einzige Opfer eines Mordes, das ich kenne, und für diese Rolle scheint jeder absolut ungeeignet zu sein, obwohl letzten Endes jedes Leben seine Geschehnisse mit einer geologischen Unvermeidlichkeit in sich trägt. Ich kann ihn mir heute nicht mehr lebend vorstellen. Er war Computerexperte, ein ruhiger, breitschultriger Mann aus Nebraska, dessen Intelligenz sich mit mir fremden Dingen befaßte, jedoch eine so großzügige Zurückhaltung wahrte, daß sie ihm in meinen Augen die Würde eines gelassen auf seiner unsichtbaren Masse schwimmenden Eisberges verlieh. Wir begegneten uns (nur zweimal, glaube ich) bei einem gemeinsamen Freund, einem Kollegen von ihm, der mein Nachbar ist. Wie Leute es tun, deren Wissensgebiete meilenweit voneinander entfernt sind, unterhielten wir uns über Dinge, von denen kein Mann etwas versteht – Politik, Kinder, vielleicht auch Religion. Ich habe allerdings den Eindruck, daß er, wie es bei Naturwissenschaftlern und Leuten aus dem Mittelwesten oft der Fall ist, für Religion keine Verwendung hatte, und ich sah in ihm den typischen Vertreter jener neuen menschlichen Spezies, die im Umkreis wissenschaftlicher Zentren gedeiht, in einer Atmosphäre von Diskussionsgruppen, Sport im Freien und fröhlicher Wirtschaftsführung. Gleich jenen Herren früherer Zeiten, die ihre sexuelle Energie ausschließlich in Bordellen verbrauchten, widmen diese Männer ihre Fähigkeiten allein ihrer Arbeit, die im allgemeinen geheim ist, da jeder von ihnen auf die eine oder andere Art im Dienst der Regierung steht. Mit ihren ausreichenden Einkünften, großen Familien, Volkswagenbussen, Hi-Fi-Plattenspielern, modernisierten viktorianischen Häusern und abgekämpften, ironischen Ehefrauen scheinen sie das Paradoxon, ein denkendes Tier zu sein, gelöst oder abgetan zu haben und leben, frei von Schuld, offenbar nicht in diesem Jahrhundert, sondern bereits im nächsten. Wenn ich mich mit individueller Deutlichkeit an diesen Bekannten erinnere, so deshalb, weil ich einmal einen Roman über einen Computerprogrammierer schreiben wollte und ihm einige Fragen stellte, die er bereitwillig beantwortete. Ebenso bereitwillig erbot er sich, mich durch seine Laboratorien zu führen, wenn ich die ziemlich lange Fahrt – eine Autostunde – nicht scheute. Der Roman blieb jedoch ungeschrieben – der Augenblick in meinem Leben, den er kristallisieren sollte, löste sich zu rasch auf –, und so fuhr ich nie zu meinem Bekannten hinaus. Ja, ich glaube, ich habe kein einziges Mal an ihn gedacht in dem Jahr zwischen unserer letzten Begegnung und heute morgen, als mir meine Frau beim Frühstück die Zeitung hinschob und fragte: «Kennen wir den Mann nicht?» Sein freundliches Gesicht, in dem die Augen wie die eines Bären weit auseinanderstanden, blickte mich von der ersten Seite an. Ich las, daß er ermordet worden war.

Ich begreife die Verbindung zwischen gestern abend und heute morgen nicht, aber es scheint eine zu geben. Jetzt, am Nachmittag, versuche ich sie zu ergründen, während ich in einer Musikschule sitze und auf meine Tochter warte, die hier Klavierunterricht hat. Ich erkenne in den beiden Vorfällen ein gemeinsames Element von Nahrung, von Speise, die durch einen gewaltsamen Eingriff von außen umgewandelt wird, und es besteht eine parallele Bewegung, eine makellos direkte und elegante Linie von einem immateriellen Phänomen (eine exegetische Gewissenhaftigkeit, ein wilder Haß) zu einem materiellen (eine kompakte Hostie, eine Kugel durch die Schläfe). Was den Mord betrifft, so kannte ich den Ermordeten immerhin gut genug, um sicher zu sein, daß die den Haß des Mörders auslösende Tat nichts Schändliches war, nichts, worüber er Schuld oder Scham hätte empfinden müssen. Wenn ich sie mir auszumalen versuche, sehe ich nur Zahlen und griechische Buchstaben und komme zu dem Schluß, daß ich aus meiner Entfernung einem fast beispiellosen Verbrechen beigewohnt habe, einem Verbrechen aus reiner intellektueller Leidenschaft. Und dies ist noch hinzuzufügen: Der junge Priester spielt auf einer zwölfsaitigen Gitarre, raucht Mentholzigaretten, und er schien keinen Anstoß daran zu nehmen, daß er in einem Kreis von Protestanten und Nichtgläubigen saß – gleich meinem verstorbenen Computer-Freund ein Mann der Zukunft.

Aber nun möchte ich die Musikschule beschreiben. Mir gefällt es hier. Es ist das Souterrain einer großen Baptistenkirche. Auf dem Tisch neben mir stehen goldene Kollekteteller. Mädchen im ersten Schmelz jugendlicher Reife mit rehbraunen Flötenetuis und blassen Notenmappen laufen schlenkernd an mir vorbei; ihre Unbeholfenheit ist reizend und erinnert an die Haltung eines Badegastes, der die Wassertemperatur prüft, bevor er sich ins Meer wirft. Jungen und Mütter kommen und gehen. Von allen Seiten schweben Töne herbei – Klavier, Oboe, Klarinette – wie Andeutungen einer anderen Welt, einer Welt, in der Engel üben, danebengreifen, innehalten und noch einmal von vorn anfangen. Während ich lausche, erinnere ich mich, wie das ist, ein Instrument spielen zu lernen, wie unglaublich schwierig und kompliziert die ersten Fingergriffe sind, die ersten Entzifferungsversuche dieser einmaligen Sprache, die jede Note mit dem doppelten Bedeutungsinhalt von Tonhöhe und Tondauer befrachtet, einer Sprache, so ausgeklügelt wie das Lateinische, so lakonisch wie das Hebräische, so überraschend für das Auge wie das Persische oder Chinesische. Sehr mysteriös erscheint diese Kalligraphie der parallelen Zwischenräume, der schwungvollen Schlüssel, der darübergesetzten Fermaten und daruntergesetzten Decrescendi, der Punkte und

Halbtonzeichen. Was für eine Kluft liegt zwischen dem ersten Suchen des Blickes und den ersten stammelnd hervorgebrachten Tönen! Vision wird zaghaft in Fingerbewegung umgesetzt, Fingerbewegung wird Musik, Musik wird Emotion, Emotion wird – Vision. Wenige von uns haben den Mut, diesen Kreislauf zu vollenden. Ich hatte jahrelang Musikunterricht und habe nie spielen gelernt; als ich gestern abend die Finger des Priesters so zuversichtlich über den Gitarrenhals hüpfen sah, erfüllten mich Neid und Ungläubigkeit. Meine Tochter hat erst vor kurzem mit dem Klavierunterricht angefangen. Sie ist acht Jahre alt, eifrig bei der Sache und voller Zuversicht. Schweigend sitzt sie neben mir, wenn wir die neun Meilen zur Stadt fahren, wo der Unterricht erteilt wird; schweigend sitzt sie neben mir, wenn wir im Dunkeln nach Hause fahren. Sie bittet nicht, wie sie es bei anderen Gelegenheiten tut, um eine Belohnung – Candy oder Coca-Cola –, als wäre schon die Unterrichtsstunde etwas Besonderes gewesen. Sie stellt nur fest – beiläufig, in einem Reflex von längst überwundener Gier –, daß die Schaufenster bereits für Weihnachten dekoriert sind. Ich fahre sie gern zur Klavierstunde, ich warte gern auf sie, ich fahre sie gern nach Hause, durch das Geheimnis der Dunkelheit zur Gewißheit des Abendessens. Ich erledige dieses Hinbringen und Abholen, weil meine Frau heute bei ihrem Psychiater ist. Sie geht zu einem Psychiater, weil ich ihr untreu bin. Ich begreife den Zusammenhang nicht, aber es scheint einen zu geben.

In dem Roman, den ich nicht schrieb, wollte ich, daß der Held ein Computerprogrammierer wäre, weil ich mir keine poetischere und romantischere Beschäftigung denken konnte, und mein Held mußte äußerst romantisch und empfindsam sein, denn er sollte an Ehebruch sterben. Ich meine, an dem Wissen sterben, daß Ehebruch möglich war; die Möglichkeit zerbrach ihn. Ich stellte mir diesen Mann vor, dessen Berufsleben sich im Heiligtum der Nacht abspielte (tagsüber müssen die sehr, sehr teuren Computer der Industrie zur Verfügung stehen, aber nachts dürfen sie fröhlich feiern und sich lieben lassen), ich malte mir aus, wie er Idiome erfand, mit deren Hilfe in den Maschinen Probleme gespeichert werden könnten, die dann, unter binomischem Anschlag, als Musik der Wahrheit wieder herauskommen würden – ich stellte ihn mir zart, durchscheinend und viel zu gewissenhaft vor, als daß er in unserer rohen Zeit hätte leben können. Er sollte, biologisch-metaphorisch ausgedrückt, eine evolutionäre Mißgeburt sein, eine Säugetiermutation, zertrampelt von Dinosauriern, oder, mathematisch-metaphorisch ausgedrückt, eine hypothetische allerletzte Größe, eine Stelle hinter der letzten wirklichen Zahl. Als

Titel des Buches hatte ich *n + 1* vorgesehen. Der erste Satz lautete: *Als Echo hoch oben vorbeizog, streichelte er Maggy Johns' Hüfte durch das großgeblümte Kleid hindurch.* Echo ist der künstliche Stern, der erste, ein Wunder; während die Gäste bei einer Gartenparty zu ihm aufblicken, liebkosen diese beiden einander. Sie nimmt seine freie Hand, hebt sie an ihre Lippen, haucht darauf, küßt zärtlich seine Fingerknöchel. *Sein zum Stillstand gekommener Körper schien die ungeheure langsame Drehung der Erde in sich aufzufangen, und der unerschütterliche kleine weiße Stern, neu in den Raum gesetzt, zog ruhig seine Bahn zwischen den älteren Lichtpunkten, die im Vergleich zu ihm zerfasert und schwächlich aussahen.* Ausgehend von diesem stillen Augenblick unter dem ominösen Himmel des technischen Wunders sollte sich die Handlung mehr oder weniger abwärts entwickeln. Liebe, Schuld und Nervenzusammenbruch, verbunden mit physiologischen Komplikationen (hier mußte ich einige Vorstudien betreiben), würden zu einer Situation führen, die den Helden schließlich so sang- und klanglos tötete, wie ein Fehler von der Tafel gewischt wird. Als Gestalten des Romans waren der Held, seine Frau, seine Geliebte und sein Arzt vorgesehen. Zum Schluß sollte die Ehefrau den Arzt heiraten, während Maggy Johns weiterhin ruhig ihre Bahn durch die vergleichsweise schwächlichen . . . Aufhören.

Mein Psychiater fragt sich, warum ich das Bedürfnis habe, mich zu demütigen. Ich nehme an, das macht die Gewohnheit der Beichte. In meiner Jugend fand in unserer Kirche auf dem Land alle zwei Monate eine gemeinsame Beichte statt; wir knieten auf dem harten Boden, und die Bücher mit der Liturgie lagen auf den Sitzflächen der Bänke vor uns. Es war ein ernstes langes Gebet, das mit den Worten begann: *Geliebte im Herrn, lasset uns hingehen mit wahrhaftigem Herzen und Gott, dem Vater, unsere Sünden beichten . . .* Eine Art Begleitmusik war das Geräusch der dicken, unbeholfenen germanischen Körper, die scharrend und brummend auf den Knien hin und her rückten. Wir lasen laut: «*Doch wenn wir uns so prüfen, werden wir nichts in uns finden als Sünde und Tod, von denen wir uns auf keine Weise befreien können.*» Wenn die Beichte beendet war, erhoben wir uns und wurden Bankreihe um Bankreihe zum Altargitter geführt, wo der junge Geistliche, ein schwarzhaariger Mann mit sehr kleinen weißen Händen, uns die Hostie reichte und dabei murmelte: «*Nehmet, esset; dies ist der wahre Leib unseres Herrn und Heilands Jesus Christus, der gestorben ist um eurer Sünden willen.*» Das Altargitter war aus lackiertem Holz und führte um drei Seiten herum, so daß man im Stehen (merkwürdigerweise knieten wir hier nicht) die Gesichter der anderen Kommunikanten sah, ob man es nun wollte oder nicht. Wir waren eine wettergegerbte, hausbackene Gemeinde; keiner von uns fühlte sich im Sonntagsstaat wohl, und die Gesichter, in die ich blickte, während ich die Hostie im Mund hielt, schauten alle sehr angespannt drein: fest geschlossene Lippen und in den Augen ein wässeriger Ausdruck, der flehentlich um Errettung aus den Tiefen dieses Mysteriums zu bitten schien. Und ich glaube mich deutlich zu erinnern – mir läuft sogar das Wasser im Mund zusammen –, daß es notwendig war, die Hostie wenn nicht zu kauen, so doch mit den Zähnen zu berühren und zu erfassen und sie prüfend umzuformen.

Wir gingen erquickt hinaus. *Wir danken dir, allmächtiger Gott, daß du uns erquickt hast durch diese heilsame Gabe.* Die Kirche roch wie diese Musikschule, sie glitzerte von fremden Flüsterlauten und Glanzlichtern auf lackiertem Holz. Ich bin weder musikalisch noch religiös. In jedem Augenblick, den ich lebe, muß ich nachdenken, wie ich meine Finger zu setzen und hinunterzudrücken habe, ohne daß ich darauf vertrauen darf, jemals einen Akkord zu hören. Meine Freunde sind wie ich. Wir sind alle Pilger und wanken der Scheidung entgegen. Manche gelangen nur bis zur gegenseitigen Beichte, die zu einer Sucht wird und beide Partner auslaugt. Andere gehen weiter, steigern sich in heftige Streitigkeiten und Schlägereien hinein und erliegen der sexuellen Erregung. Einige wenige erreichen den Psychiater. Und nur sehr wenige schaffen den Gang zum Anwalt. Gestern abend, als der Priester im Kreis meiner Freunde saß, kam eine Frau herein, ohne anzuklopfen; sie war gerade beim Anwalt gewesen, und ihre Augen, ihre Haare waren aufgelöst vor Schmerz, als wäre sie in einen Wirbelsturm geraten. Sie sah unseren schwarzgewandeten Gast, war verblüfft, schämte sich vielleicht und ging zwei Schritte zurück. Dann aber, in der plötzlichen Stille, fand sie die Fassung wieder und setzte sich zu uns. Und dieser Schnörkel der zwei Schritte rückwärts und dann der Bewegung nach vorn schien auf eine Coda hinzudrängen.

Die Welt ist die Hostie: sie muß gekaut werden. Ich bin gern hier in dieser Musikschule. Eben kommt meine Tochter, der Unterricht ist zu Ende. Ihr Gesicht ist rund und zufrieden, erquickt, voller Hoffnung; ihr frohes Lächeln, bei dem sie sich auf die Unterlippe beißt, durchbohrt mir das Herz, und ich sterbe (mir scheint, daß ich sterbe) zu ihren Füßen.

Die Rettung

Da sich Mann und Sohn von Caroline Harris des ersten Skiliftsessels bemächtigt hatten, blieb ihr nichts anderes übrig, als sich neben Alice Smith zu stellen. Der nächste Sessel gab ihnen einen Stoß in die Kniekehlen und riß sie aufwärts. Carolines Vater, der sich viel auf seine Körperkraft einbildete, hatte sie in ihrer Kindheit immer genauso brutal in Richtung der Zimmerdecke geschleudert. Alice ließ die Haltestange zuschnappen, und sie waren zusammengekoppelt. Es war für sie beide erniedrigend. Weder Norman noch Timmy kamen auf die Idee, sich nach Caroline umzublicken. Von hinten gesehen, kapuzenbewehrt und speerbewaffnet, wirkten sie wie zwei gleichberechtigte Partner, denn Timmy mit seinen zwölf Jahren war fast so groß wie sein Vater. Auch das empfand Caroline als böswilliges Verlassen, als eine Flucht aus ihrem Schoß. Während sie durch die Luft gezerrt und an jedem Stützpfeiler grob geschüttelt wurde, drückte die Weiße des Schnees mit der zunehmenden Intensität von Kopfschmerzen gegen die Unterseite ihres Bewußtseins. Die Skistiefel waren schwer; Carolines Füße fühlten sich gefangen. Starr vor Gereiztheit und dem Verlangen, nicht zu schwanken, rauchte sie ihre vorletzte Zigarette, der die Kälte jeden Geschmack raubte, und fragte sich, ob die Frau neben ihr mit Norman schlief oder nicht.

Am Morgen, bei der Fahrt nach New Hampshire, hatte im Wagen eine so betonte Ungezwungenheit geherrscht, als wären die vier besser miteinander vertraut, als Caroline es hatte begründen können. Norman und Alice hatten etwas zu entschieden aufs Flirten verzichtet, während die Frau sich dem unschuldigen, noch schlaftrunkenen Timmy mit einer merkwürdig lebhaften Lustigkeit aufgedrängt hatte, so daß man glauben konnte, sie wolle dem Vater leidenschaftliche Botschaften auf dem Umweg über den Sohn zuleiten oder sie lege es darauf an, sich als sexuelle Null, als brüderliche Schwester zu erweisen. Die Fahrt zerrte auf ominöse Weise an Mrs. Harris' Nerven. Und später, bei dem ungemütlichen Frühstück in Howard Johnsons Gasthof, hatte sie sich da eine gewisse Spannung in den Gesprächspausen und eine leise Unruhe wie von Füßen, die einander unter dem Tisch suchen, nur eingebildet? Litt sie etwa an Verfolgungswahn, weil sie es nicht für Zufall, sondern für Absicht hielt, daß sie und ihr Sohn immer dann mit dem Schlepplift hinaufzuckelten, wenn die beiden anderen den Hang hinuntersausten und sich mit dampfendem Lachen nebeneinander an das Ende der langen, gewundenen Schlange stellten? Caroline fühlte sich, als sie zum Lunch alle wieder zusammentrafen, keineswegs beruhigt durch Alices Lächeln, das leicht mit einer im Rezept nicht spezifizierten Süße gewürzt war. Ursprünglich war Alice *ihre* Bekannte gewesen. Sie hatte vor etwa einem Jahr eine Wohnung in der Nachbarschaft bezogen — eine rührend hilflose geschiedene Frau, die Mutter von noch nicht schulpflichtigen Zwillingen. Sie schien sich nur für Sport zu interessieren, und wie ein übermäßiges Training hatte die gescheiterte Ehe bei ihr eine unbeholfene Härte hinterlassen. Norman fand sie mitleiderregend und kein bißchen sexy. Aber im nächsten Winter hatte er seine Skier nach zehnjähriger Verbannung vom Dachboden heruntergeholt, Timmy zu einem Skikurs angemeldet und seine Frau in die gleiche gefährliche Richtung gelenkt, so unerbittlich, wie dieses Kabel sie jetzt himmelwärts zog.

Sie schwebten nun schon in schwindelnder Höhe über den Kiefernwipfeln. Um ihre Stimme gegen die aufsteigende Angst abzusichern, sagte Caroline laut: «Eigentlich ist das lächerlich. In meinem Alter sind die Frauen auf Tahiti schon Großmütter.»

Alice erwiderte ganz ernst: «Ich finde, du fährst ausgezeichnet. Du bist eine geborene Tänzerin, das merkt man sofort.»

Caroline brachte es nicht fertig, sie zu hassen. Alice war ebenso hilflos wie sie selbst, und vielleicht zeugte es von scheuer Loyalität, daß Norman sie mit einer Frau betrog, der sie freundschaftlich entgegengekommen war. Sie fühlte sich auch weniger betrogen als verdünnt, verwässert, und sie spähte, die Zigarette gegen den Zugwind in der hohlen Hand bergend, zu ihrer Nachbarin hinüber wie in einen unfairen Spiegel. Alice war feingliedrig, aber sie wirkte derb; das Muskulöse, das sich vom Rumpf über die vorstehenden Halssehnen nach oben fortsetzte, gab ihrem Gesicht sogar unter der leichten Windröte eine fahle Tönung. Das Haar, von einem scharlachroten Ohrenschützer gehalten, war füllig-dicht, aber mausfarben, und ihre eng zusam-

273

menstehenden nußbraunen Augen waren auf ebenso vage wie hartnäckige Weise nach innen gerichtet. Doch zwischen der unbedeuten-
den Nase und dem fliehenden Kinn lag, gleichsam im Hinterhalt, ein
großer, ausdrucksvoller und (wie Caroline vermutete) leidenschaftli-
cher Mund. Das, so sagte sie sich, während der Sessel tückisch
schwankte, war vermutlich genau Normans Geschmack: eine Maus
mit einem Mund.

Ekel packte sie – Ekel und Zorn. Wie gierig die Männer waren! wie
eingebildet und wie unbekümmert! Der Himmel weitete sich um sie
herum, als könnte er nur auf diese Weise eine so ungeheure Verdam-
mung aufnehmen. Flink und gewandt ließ Alice die Sicherungsstange
aufschnappen; Caroline transponierte den Vorgang unwillkürlich in
ein Öffnen von Normans Kleidung. Voll starren Abscheus vor ihrer
Situation schwebte sie auf die Plattform der Bergstation und merkte,
als sie die erschreckend kleine Rampe hinunterrutschte, daß ihre Knie
zitterten und ganz steif geworden waren.

Natürlich hatten die Männer nicht gewartet, sondern sich ohne die
Frauen auf den Weg gemacht. Sie winkten ihnen klein und schwarz
vom Ende des Weges zu, den die Schatten von Birken tigerhaft
streiften. Auf wispernden, mühelos parallel gehaltenen Skiern glitt
Alice voraus, und Caroline folgte ihr, krampfhaft bemüht, nicht zu
stemmen. Sie gelangten zu der Stelle, an der die Männer gewesen waren. Hier fanden sie einen Wegweiser mit zwei Armen. Der eine zeigte nach rechts und trug die Aufschrift: GEÖLTER BLITZ (FÜR GE-
ÜBTE FAHRER). Auf dem anderen, nach links gerichteten Arm
stand: EILE MIT WEILE (FÜR WENIGER GEÜBTE FAHRER UND
ANFÄNGER).

«Ich sehe sie», sagte Alice und wandte sich nach rechts.

«Warte», bat Caroline.

Alice hielt mit einem Kristiania an. Der lange lavendelblaue Schatten
einer Gruppe von Kiefern bedeckte sie, und für einen schmerzhaften
Augenblick, während ihr geschmeidiger Körper sich fragend aufrichtete, sah sie schön aus.

«Wie schnell ist diese Piste?» Caroline, Norman und Timmy waren
noch nicht hier oben gewesen, während Alice den Berg kannte. Caroline stellte sie sich umgeben von sonnengebräunten, bebrillten Männern vor und erkannte ihre eigene Ungeschicklichkeit im Skilaufen
als eine Folge ihres Nicht-Geschiedenseins.

«Ganz schön schnell, mit Schußfahrt und allem Drum und Dran», erwiderte Alice. «Aber die langsame Piste führt um den Berg herum, da
holen wir die Männer nie ein.»

«Dann fahr du ihnen doch nach, und ich nehme die Anfängerpiste.

Ich kenne ja diesen Berg noch nicht.» Es war ein fremder Berg, einer der kleineren Presidentials, erst vor kurzem erschlossen, mit einer anspruchslosen Imbißstube. Sehr junge Burschen in Jacken mit grellen gelb und grünen Zickzackstreifen patrouillierten auf den Pisten. Beim Lunch hatte Norman gesagt, er habe zweimal Angehörige der Skipatrouille stürzen sehen. Sein rauhes Lachen, an das sich Caroline jetzt auf diesem nackten Berggipfel erinnerte, erschreckte sie. Das Zittern in den Knien wollte nicht aufhören, und ihre Fingerspitzen prickelten in den Handschuhen.

Alice stapfte im Seitwärtsschritt zu ihr hinauf. «Wir nehmen beide die langsame Piste», entschied sie. «Es ist besser, wenn du nicht allein fährst.»

«Ich will kein Feigling sein», sagte Caroline, und diese achtlos ausgesprochenen Worte lösten offenbar bei der anderen Frau eine Gedankenkette aus, denn Alices Gesicht umwölkte sich. Jetzt stand fest, daß sie mit Norman schlief. Alles bestätigte es, das kleinste Detail, jede unterdrückte Gefühlsaufwallung und bewußt gegenteilige Reaktion, ja sogar ihr Name, Smith — ein Allerweltsname, ein Prostituiertendeckname. Ihre nußbraunen Augen, sehr auf der Hut in der Helle des Schnees, forschten flackernd in Carolines Augen, und ihr ausdrucksvoller Mund erstarrte kurz vor einer entscheidenden Frage.

«Vorsicht!»

Die Stimme hinter ihnen war schrill und jung. Ein Mädchen, ein Teenager in einem gepunkteten purpurroten Anorak, und die Mutter, eine ältere Frau, deren Nasenspitze wie rot geschminkt aussah, tauchten neben ihnen auf und sausten über die Hangkante den ‹Geölten Blitz› hinunter.

«Ach was», sagte Caroline beschämt, «schlimmstenfalls breche ich mir eben das Genick.» Damit stieß sie ihre Stöcke heftig in den Schnee, dicht neben Alices unschuldigen Schnallenstiefeln, und flitzte nach rechts davon, das Gewicht weit nach hinten verlagert, den Bergski schleifen lassend. Ihr ganzer Körper brannte unter der Bestätigung ihres Verdachts. Sie würde Norman verlassen. Unruhig wie eine Flamme züngelte sie den Hang hinunter, im eigenen Fahrtwind schwankend. Alice überholte sie vorsichtig, fuhr lange Queren, nahm die Kurven betont langsam und schien ihr auf diese Weise nahezulegen, sie möge keinen Selbstmord begehen. Caroline gab nach. Sie gestattete den Augen, ihren Körper mit Alices Rhythmus zu infizieren, stellte fest, daß sich der Schnee wie unter dem Druck der Vernunft ihrem Willen fügte, und so glitten die beiden Frauen, komplementäre Serpentinen fahrend, wie durch Liebe verbunden, einen langen weißen Wasserfall hinunter.

Dann kam eine ziemlich ebene Strecke im Schatten rötlicher Felsen mit Eiszapfenbärten, danach wieder eine steile Abfahrt in ein großes, ellbogenförmiges Plateau hinein, von dem aus man tief unten in spielzeughafter Winzigkeit ein Häuschen sah, das Mosaik eines Parkplatzes und, riesig und verschwommen wie ein fremdes Reich, einen zugefrorenen See, gesprenkelt mit Wolkenschatten und Inseln von Immergrün. Ein wenig verkrampft seitwärts abgleitend, sah Caroline am Rand dieses Plateaus neben der Piste ein dunkles Stoffbündel liegen – da mußte etwas passiert sein. In dem Bestreben, die Männer möglichst schnell einzuholen, wäre Alice vorbeigefahren, aber Caroline stoppte, daß der Schnee aufsprühte. Mit tänzelndem Wippen zog Alice eine Kurve und kam zurück. Das Stoffbündel war die Frau mit der roten Nasenspitze. Sie lag auf dem Rücken, mit dem Kopf talwärts. Ihre Tochter kniete neben ihr. Der Hals der Frau wölbte sich, als gurgle sie, und die Kapuze war in Schnee gebettet, so daß ihr Gesicht aussah wie ein Gesicht in einem Sarg.

Alice bückte sich rasch, löste die Bindungen ihrer Skier und ging mit energischen Schritten auf die Unfallstelle zu. Jeder Abdruck ihrer Stiefel im Schnee war ein vollkommenes Intaglio. «Ist sie bei Bewußtsein?» fragte sie.

«Es ist das linke Bein», murmelte das Sarggesicht, ohne seine verzückte Betrachtung des Himmels zu unterbrechen. Das Rot der Nasenspitze war die einzige Farbe, die nicht aus ihm gewichen war. Tränen rannen aus dem einen Augenwinkel in einen Fransensaum sandfarbener Dauerwellenhaare hinein.

«Glauben Sie, daß es gebrochen ist?»

Als keine Antwort kam, sagte das Mädchen ungeduldig: «Mutter, hast du das Gefühl, es ist gebrochen?»

«Ich fühle überhaupt nichts. Zieh mir den Stiefel aus.»

«Das sollten wir lieber nicht tun», meinte Alice. Sie besah sich die Beine der Frau mit einer Sachlichkeit, die Caroline als unangenehm empfand. «Wir könnten damit mehr schaden als nützen. Vielleicht ist es ein Spiralbruch. Haben Sie gefühlt, wie etwas nachgab?» Die Wucht des Sturzes hatte beide Sicherheitsbindungen aufgerissen, so daß die Skier nur noch mit den Halteriemen an den Füßen befestigt waren. Alice bückte sich, schnallte die Riemen auf und stellte die Skier wie ein Signal senkrecht in den Schnee. Sie sagte: «Wir müssen Hilfe holen.»

Die Tochter blickte hoffnungsvoll auf. Das Gesicht in der getüpfelten Anorakkapuze war rund und jung, aber ein Zweitgesicht, das eckige Gesicht einer Frau, überdeckte die Züge. «Wenn Sie hierbleiben, könnte ich versuchen, jemand zu finden», sagte sie. «Ich kenne ein paar Jungen von der Patrouille.»

«Wir bleiben gern bei ihr», erwiderte Caroline in entschlossenem Ton. Sie war sich bewußt, daß sie Alice einen Strich durch die Rechnung machte und gleichzeitig erklärte, daß ihre Waffen in dem notwendigen Kampf zwischen ihnen beiden Mitleid und Geduld hießen. Sie hätte gern die Skier abgeschnallt, durch die sie sich in ihrer Bewegungsfreiheit ein wenig gehemmt fühlte; aber sie war nicht sicher, ob es ihr gelingen würde, sie auf diesem schrägen Hang wieder an die Füße zu bekommen. Der Schnee hatte hier das gespenstische Aussehen von Gras neben einer Autostraße. Die Tochter schnallte, ohne sich umzublicken, ihre Skier an und sauste den Hang hinunter. Als Caroline sah, wie leicht das Anschnallen ging, wagte sie sich ihrer Skier zu entledigen und stellte fest, daß ihre Stiefelabdrücke ebenfalls energisch geprägte Intaglien waren. Alice schob ihren Anorakärmel hoch und sah mißmutig auf die Uhr. Die fremde Frau stöhnte.

«Frieren Sie?» fragte Caroline. «Möchten Sie etwas zum Zudecken haben?» Da kein Widerspruch kam, blieb ihnen nichts anderes übrig, als die Anoraks auszuziehen und die Frau darin einzuhüllen. Ihr Körper fühlte sich wie eine übergroße Puppe an, die neu hätte ausgestopft werden müssen. Caroline beugte sich dicht über die Frau und entdeckte, daß die scheinbar geschminkte Nasenspitze einfach von Sonnenbrand gerötet war.

Die Frau murmelte Dankesworte. «Erst unser zweiter Tag . . . Ich habe ihnen alles verdorben . . . meiner Tochter, meinem Sohn . . .»

«Wo ist denn Ihr Sohn?» erkundigte sich Alice.

«Keine Ahnung. Ich fahre mit ihm hierher, und dann sehe ich ihn den ganzen Tag nicht. Er sagt, er läuft Ski, aber ich habe ihn noch auf keiner Piste gesehen.»

«Wo ist denn Ihr Mann?» Carolines Stimme klang in der akustischen Tiefe der eisigen Luft wie verloren.

Die Frau seufzte. «Nicht hier.»

Ein Schweigen folgte, ein Schweigen, in dem der Wind hier und dort die schneebeladenen Kiefernzweige mit pulverigen Federn verzierte. Der kräftige indigoblaue Schatten, den die Bäume auf den Schnee warfen, wurde dichter, und die Kälte drang durch die Maschen von Carolines Sweater. Alice reckte den dünnen Hals und hielt, hangaufwärts blickend, Ausschau nach Hilfe. Die Frau im Schnee begann leise zu schluchzen, und Caroline fragte: «Hätten Sie gern eine Zigarette?»

Die Antwort ließ nicht auf sich warten. «Ach ja, bitte.» Die Frau richtete sich auf, zog ihren Fäustling aus und bewegte gierig die Finger, deren Nägel lackiert waren. Sie schien nicht zu bemerken, daß sie die letzte aus der Packung nahm. Gestikulierend und stoßweise den Rauch ausatmend, wurde sie gesprächig. «Ich sage zu meinem Sohn, was hat das für einen Sinn, hierher in diese schönen Berge zu kommen, wenn du immer nur ganz, ganz schnell hinauffährst und ganz ganz schnell hinunterfährst und dir nie Zeit nimmst, die Landschaft anzusehen? Ich an deiner Stelle, sage ich zu ihm, wäre liebe altmodisch und käme mit heilen Knochen den Berg runter, als mir mit vierzehn das Genick zu brechen. O Gott, er würde sich totlachen, wenn er mich jetzt sähe. Da oben ist alles vereist, und auf einmal sind mir die Skier übereinandergerutscht. Im Sturz hatte ich das Gefühl, meine ganze linke Seite reißt auf, von der Schulter bis zu den Zehen. Als wenn man ein Kind kriegt.»

«Woher sind Sie?» erkundigte sich Alice.

«Aus Melrose.» Der Name ihrer Heimatstadt schien das Gemüt der Frau zu verdüstern. Sie blickte starr auf den Stiefel, in dem das verletzte Bein steckte.

Um sie abzulenken, fragte Caroline: «Und Ihr Mann? Konnte er sich nicht freinehmen?»

«Wir leben getrennt. Also wenn ich diesen Stiefel ein bißchen aufschnüren könnte, wäre das bestimmt eine große Erleichterung. Mein Knöchel will anschwellen und kann nicht.»

«Ich würde es nicht tun», sagte Alice.

«Vielleicht hilft es schon, wenn ich den Knoten aufmache.» Caroline fiel auf die Knie, als wollte sie weinen. Frauen, die sich selbst bemitleiden, waren ihr im allgemeinen unsympathisch, aber in dieser Frau schien sie einer freiwilligen Dramatisierung ihrer eigenen seelischen Verstauchung zu begegnen. Sie löste den Knoten der äußeren und der inneren Schnüre – es waren neue, noch sehr steife Nordica-Stiefel. «Ist es so besser?»

«Ich kann es wirklich nicht sagen. Von den Knien abwärts habe ich überhaupt kein Gefühl in den Beinen.»

«Das macht der Schock», sagte Alice. «Die natürliche Betäubung.»

«Mein Mann wird wütend sein. Jetzt muß er mir eine Haushaltshilfe bezahlen.»

«Sie haben doch Ihre Tochter», sagte Caroline.

«Ach, die hat doch nur Jungen im Kopf, in ihrem Alter.»

Damit war das Universum ihres Unglücks umrissen, und es gab nichts mehr zu sagen. Schweigend, schwarz wie Witwen vor dem Weiß der Hänge, warteten sie auf Rettung. Die Piste war hier so breit, daß Skiläufer auf der anderen Seite vorbeifahren konnten, ohne die drei Frauen zu sehen. Einige kurvten nah heran und schwenkten dann ab, als spürten sie, daß hier etwas Unerfreuliches geschehen war. Ein Mann, ein fröhliches, nickelbebrilltes Ungetüm in einer Waschbärjacke, der die steile Strecke unbekümmert spreizbeinig hinuntersegelte und dabei eine Zigarre rauchte, rief ihnen – anscheinend in einer fremden Sprache – etwas zu. Sonst aber kamen an diesem Nachmittag nur wenige Skiläufer vorbei. Die Sonne hatte die Piste hinter sich gelassen. Leere Minuten verrannen. Die bitterkalte Luft hatte inzwischen jede lockere Masche in Carolines Sweater entdeckt und konzentrierte sich nun auf die Metallteilchen an ihrem Büstenhalter, die die Haut berührten. Caroline erinnerte sich, wie erotisch ihr Mann sie angeblich gefunden hatte, als sie am Morgen ihr Unterhemd mit dem Waffelmuster anzog. «Würden Sie mir noch einen Sargnagel spendieren?» fragte die verletzte Frau.

«Tut mir leid, das war meine letzte.»

«Ach herrje!»

Alice, jetzt so fahlgelb im Gesicht, daß sie wie eine Orientalin aussah, schob sich fröstelnd die Hände in die Achselhöhlen und hüpfte von einem Bein auf das andere. «Werden sich die Männer keine Sorgen machen?» fragte sie.

Es bereitete Caroline eine gewisse Befriedigung, mit «Das bezweifle ich» zu antworten. Über die Hänge blickend, sah sie nur Weiß, eine schräge, geriffelte Fülle von Farblosigkeit, den leeren Halbschatten der Welt. Sie spürte, wie ihr persönliches Unglück mit dem der beiden anderen Frauen zusammenfloß; sie waren alle drei verlassen, abgeschnitten, verletzt, der Kälte preisgegeben, so schwach, daß sie nicht einmal wimmern konnten. Ein Dunststreifen trübte vorübergehend das Sonnenlicht. Als der Himmel sich wieder aufhellte, stand eine winzige männliche Gestalt in grün-gelben Zickzackstreifen am oberen Ende des Steilhangs, der in das ellbogenförmige Plateau mündete.

«Achtzehn Minuten hat es gedauert», stellte Alice nach einem neuerlichen Blick auf ihre Armbanduhr fest. Caroline bezweifelte plötzlich, daß Norman, dessen Pyjamahosen selten zu den Jacken paßten, eine Frau lieben konnte, die so penibel war.

Die Frau im Schnee fragte: «Sieht mein Haar sehr schlimm aus?»

Die winzige Gestalt kam näher, immer näher, wurde größer, tauchte von Kamm zu Kamm hinab und schleppte etwas unbeholfen zwischen den Beinen einen Schlitten mit sich. Unversehens, wahrscheinlich an der vereisten Stelle, kam die Gestalt ins Rutschen, kippte, fiel mit gespreizten Beinen und fuchtelnden Armen, wurde zu einem dunklen Stern, einer Wolke von Schneepulver, aus der Teile von Ski, Schlitten, Arm mit elektrischer Geschwindigkeit hervorzuckten.

Dieser explosive Purzelbaum ging bis zum Ende des Skihangs, wo die Einzelteile sich wieder zu einem Ganzen fügten und still liegen blieben. Die Frauen hatten das Geschehen mit angehaltenem Atem beobachtet. Die Frau aus Melrose stöhnte: «Ach Gott, ach Gott!» Caroline wurde sich bewußt, daß sie, mit ihrem vor Kälte gefühllos gewordenen Leib, sehnlichst wünschte, ihr Retter möge sich erheben. Er tat es. Der Junge (er war jetzt so nah, daß man ihn als Jungen erkannte, mit schlaksigen Beinen in hautengen Skihosen) kreuzte seine Skier über dem Kopf (erstaunlicherweise hatte er sie beim Sturz nicht verloren), sprang auf, ging im Seitenschritt ein paar Yards hangaufwärts, um seinen Hut aufzuheben (einen Tirolerhut aus grünem Filz mit einem Federgesteck), und glitt dann, weiß wie ein Schneemann, mit dem Schlitten im Schlepptau grinsend auf sie zu.

«Das war ja ein richtiger Propeller», sagte Alice zu ihm wie ein Junge zum anderen.

«Wer ist verletzt?» fragte er. Seine roten Ohren standen ab, und ein Strudel von Sommersprossen überzog sein Gesicht; er war so offenkundig entzückt, er selbst zu sein, war so unverkennbar jemandes Sohn, daß Caroline gar nicht anders konnte, als seinen lächerlichen Stolz zu teilen.

Mit diesem jungen Clown schien ein befruchtendes Prinzip in die Leere eingekehrt zu sein, denn plötzlich tauchten aus dem Schnee weitere Mitglieder der Skipatrouille auf, die warme Decken, Verbandzeug und Brandy bei sich hatten. Caroline und Alice wurden gleichsam von sich selbst fortgedrängt. Sie nahmen ihre Anoraks, schnallten die Skier an und fuhren in vorsichtigem Tempo weiter. Unten warteten Timmy und Norman mit besorgten, schuldbewußten Gesichtern neben dem Liftschuppen. Als der Schwung nachließ, verfiel Caroline in den Schlittschuhschritt – sie hob wie beim Schlittschuhlaufen die Skier abwechselnd hoch, was ihr bisher nie gelungen war –, so eilig hatte sie es, ihren Mann seiner Unschuld zu versichern.

Die bulgarische Dichterin

«Ihre Gedichte — sind sie schwierig?»

Sie lächelte. Nicht gewohnt, englisch zu sprechen, zeichnete sie mit zwei leicht zusammengelegten Fingern, die eine imaginäre Feder hielten, eine Linie in die Luft und antwortete langsam: «Sie sind schwierig — zu schreiben.»

Er lachte, verblüfft und entzückt. «Aber nicht zu lesen?»

Sein Lachen schien sie zu verwirren, doch sie ließ das Lächeln nicht erlöschen, obgleich es sich in den Winkeln defensiv-weiblich verdunkelte. «Ich glaube», sagte sie, «nicht so sehr.»

«Gut.» Gedankenlos wiederholte er: «Gut», entwaffnet durch ihre unerwartete Aufrichtigkeit. Er war selbst Schriftsteller, dieser junge Mann um die Vierzig, Henry Bech, mit seinem schon etwas schütteren lockigen Haar und der melancholischen jüdischen Nase, Autor eines guten Buches und dreier anderer, wobei das gute sein Erstlingswerk war. Er hatte, gewissermaßen aus Vergeßlichkeit, nicht geheiratet. Sein Ansehen war in dem Maß gewachsen, wie seine Kräfte abnahmen. Während er spürte, wie er mit seinen Büchern immer tiefer in eine eklektische Sexualität und einen Bravournarzißmus hineingeriet, während seine Suche nach schlichter Wahrheit ihn weiter und weiter in trügerische Bereiche der Phantasie und schließlich des Schweigens führte, wurde er immer hartnäckiger von Ehrungen verfolgt, von entschlossenen Exegeten, von arroganten Verehrern — Studenten zum Beispiel, die tausend Meilen per Anhalter zurückgelegt hatten, um seine Hand zu berühren —, von quengelnden Übersetzern, von Ernennungen zum Ehrenvorsitzenden aller möglichen Gesellschaften, von Einladungen, zu «sprechen», zu «lesen» oder an Symposien teilzunehmen, die irgendwelche ehrgeizigen Bildmagazine in schamloser

Verbindung mit ehrwürdigen Universitäten durchführten. Ja, seine Regierung machte ihm, in erhaben ungestempelten Umschlägen aus Washington, den Vorschlag, als kultureller Botschafter in die andere Hälfte der Welt zu reisen, in die feindliche, geheimnisvolle Hälfte. Fast automatisch, aber mit der leisen Hoffnung, auf diese Weise die Last seiner selbst abschütteln zu können, erklärte er sich einverstanden. Mit einem Paß versehen, dem so viele Visa beigeheftet waren, daß er flatterte, wenn er aus der Tasche gezogen wurde, schwebte Bech in die düsteren Flughäfen kommunistischer Großstädte ein.

Als er in Sofia eintraf, hatte tags zuvor eine Gruppe bulgarischer und afrikanischer Studenten die Fenster der amerikanischen Gesandtschaft eingeworfen und einen umgestürzten Chevrolet angezündet. Der Leiter der Kulturabteilung, bleich von einer schlaflosen, auf Wachposten verbrachten Nacht, stopfte sich auf der Fahrt zum Hotel mit zitternden Fingern eine Pfeife und riet Bech dringend, Menschenansammlungen aus dem Weg zu gehen. In der Hotelhalle wimmelte es von Negern in schwarzen Wollfesen und spitzen europäischen Schuhen. Bech, der seinen in Moskau erstandenen Astrachanhut als unvollkommene Verkleidung empfand, ging auf den Fahrstuhl zu, dessen Führer ihn auf deutsch ansprach. «Ja, vier», antwortete Bech, ebenfalls auf deutsch, «danke.» Er bestellte sich telefonisch in seinem schlechten Französisch etwas zu essen aufs Zimmer, blieb den ganzen Abend dort sitzen, hinter verschlossener Tür, und las Erzählungen von Hawthorne. Er hatte den Band auf einem Fensterbrett der Gesandtschaft gefunden, das noch mit Glasscherben bedeckt war. Einige gebogene funkelnde Splitter fielen zwischen den Seiten heraus auf seine Bettdecke. Die Schilderung, wie Roger Malvin mutterseelenallein sterbend im Wald liegt — «Der Tod würde mit gespenstischer Langsamkeit auf ihn zukommen, würde sich durch den Wald heranschleichen, näher und näher, und mit seinem bleichen, starren Gesicht bald hinter diesem, bald hinter jenem Baum hervorspähen» –, erschreckte ihn. Bech schlief früh ein und hatte quälende Heimwehträume. Es war Thanksgiving Day gewesen.

Als er sich am Morgen zum Frühstück hinunterwagte, stellte er zu seiner Überraschung fest, daß das Restaurant geöffnet, das Personal umgänglich, der Kaffee heiß, wenn auch sirupsüß war und daß es sogar Eier gab. Draußen bot sich Sofia sonnig dar und hatte (abgesehen von ein paar finsteren Blicken, die Bechs amerikanischen Schuhen galten) nichts gegen seinen Stadtbummel einzuwenden. Stiefmütterchen, die flach und spröde wie gepreßte Blumen aussahen, bildeten in den Beeten der Anlagen ein Rautenmuster. Frauen mit einem Hauch von westlichem Chic promenierten ohne Hut im Park hinter dem Dimitrov-Mausoleum. Bech entdeckte eine Moschee, ein Sortiment von Straßenbahnwagen aus den ältesten Erinnerungswinkeln seiner Kindheit und einen sprechenden Baum – das heißt, er war so voller Vögel, daß er unter ihrem Gewicht schwankte und wie ein riesiger belaubter Lautsprecher tschilpende Töne von sich gab. Dieser Baum war die Umkehrung von Bechs Hotel, dessen stumme Wände wahrscheinlich Abhörmikrofone enthielten. Die Elektrizität war in der sozialistischen Welt etwas unerklärlich Geheimnisvolles. Lichter gingen aus, ohne daß man den Schalter betätigt hatte, und Radios begannen von selbst zu spielen. Telefone läuteten mitten in der Nacht und atmeten einem wortlos ins Ohr. Vor sechs Wochen, beim Abflug von New York City, hatte Bech erwartet, Moskau als ein strahlend-helles Gegenstück der Stadt am Hudson vorzufinden; statt dessen sah er durch das Flugzeugfenster einen Strang zusammengeballter Lichter, der auf dieser riesigen schwarzen Ebene nicht heller leuchtete als ein Mädchenkörper in einem dunklen Zimmer.

Unweit des sprechenden Baumes befand sich die amerikanische Gesandtschaft. Der Bürgersteig, auf dem noch Haufen von zerbrochenem Glas lagen, war mit Seilen abgesperrt, so daß die Fußgänger in den Rinnstein ausweichen mußten. Bech löste sich aus dem Menschenstrom, überquerte die kleine Einöde des Trottoirs, lächelte den bulgarischen Milizsoldaten zu, die verdrossen die edelsteinglitzernden Scherben bewachten, und zog die bronzene Tür auf. Der Mann von der Kulturabteilung war nach einer ruhigen, im Bett verbrachten Nacht wesentlich munterer. Er klemmte sich die Pfeife zwischen die Zähne und reichte Bech eine kurze Namenliste. «Sie werden um elf Uhr im Schriftstellerverband erwartet. Das hier sind die Schriftsteller, die Ihnen für ein Gespräch zur Verfügung stehen. Unseres Wissens gehören sie zu den Fortschrittlichen.»

Begriffe wie ‹fortschrittlich› und ‹liberal› hatten in dieser Welt eine Bedeutungsveränderung erfahren. Manchmal kam es Bech in der Tat so vor, als wäre er durch einen Spiegel getreten, einen schmierigen, fleckigen Spiegel, der ein mattes Bild der kapitalistischen Welt reflektierte: in seinen trüben Tiefen war alles ähnlich, nur eben seitenverkehrt. Einer der Namen endete auf -ova. Bech sagte: «Eine Frau.»

«Eine Dichterin.» Der Kulturmensch beschäftigte sich angelegentlich mit seiner Pfeife, stocherte in dem Tabak herum, zog, paffte. «Sehr beliebt anscheinend. Ihre Bücher sind sehr schwer erhältlich.»

«Haben Sie irgendwas von diesen Leuten gelesen?»

«Ich will ganz offen zu Ihnen sein – meine Kenntnisse der bulgarischen Sprache reichen mit knapper Not zur Zeitungslektüre.»

«Aber was in der Zeitung steht, ist einem doch sowieso bekannt.»

283

«Verzeihung, ich weiß nicht, worauf Sie hinauswollen.»

«Ach, auf gar nichts.» Bech hätte nicht sagen können, weshalb ihn die Amerikaner, denen er hier begegnete, immer in Harnisch brachten – weil es ihnen so auffällig widerstrebte, sich in diese Schattenwelt einzufügen, oder weil sie ihn dauernd so feierlich auf alberne Botengänge schickten?

Beim Schriftstellerverband überreichte er dem Sekretär die Liste, wie sie ihm überreicht worden war, auf US-Gesandtschaftspapier. Der Sekretär, ein hochgewachsener Mann mit hängenden Schultern und den Händen eines Steinmetzen, schnitt eine Grimasse und schüttelte den Kopf, griff aber bereitwillig nach dem Telefon. Inzwischen wartete man schon in einem anderen Raum auf Bech. Es war der übliche Rahmen, wie er ihn mit kleinen Variationen von derartigen Empfängen in Moskau und Kiew, Eriwan und Alma-Ata, Bukarest und Prag her kannte: der polierte ovale Tisch, die Schale mit Obst, das helle Morgenlicht, die funkelnden Schnaps- und Mineralwassergläser, das Leninbild im Hintergrund, die sechs oder acht geduldig dasitzenden Männer, die bei Bechs Eintritt mit raschem, ausdruckslosem Lächeln aufsprangen. Zu diesen Männern gehörten unweigerlich ein paar ‹Kritiker› genannte Funktionäre mit hohen Parteiämtern, beredt und geistreich, die einen Toast auf die internationale Verständigung auszubringen hatten; zwei, drei ausgesuchte Romanschriftsteller und Lyriker, schnurrbärtig, tabakqualmend, verärgert über diese Verschwendung ihrer Zeit; ein Universitätsprofessor, Leiter des anglo-amerikanischen Seminars, der das schöne verwelkte Englisch von Mark Twain und Sinclair Lewis sprach; ein junger Dolmetscher mit einem feuchten Händedruck; ein zottiger alter Journalist, der sich beflissen Notizen machte; und am Rand der Gruppe, auf Stühlen, deren Anordnung erkennen ließ, daß die auf ihnen sitzenden Personen sich selbst eingeladen hatten, gab es noch ein, zwei Herren von schwer definierbarem Status, nervös und ohne Krawatte, einzelgängerische Übersetzer, die sich stets als die einzigen unter den Anwesenden entpuppten, die je ein Wort von Henry Bech gelesen hatten.

Hier war dieser Typ durch einen untersetzten Mann in einer Tweedjacke in britischem Stil mit Lederkappen an den Ellbogen vertreten. Das Weiße seiner Augen war stark gerötet. Er schüttelte Bech enthusiastisch die Hand, machte eine Verbrüderungsszene daraus und beugte sich so weit vor, daß Bech die Gerüche von Tabak, Knoblauch, Käse und Alkohol unterscheiden konnte. Während man um den Tisch herum Platz nahm und der Verbandsvorsitzende, ein eleganter Kahlkopf mit sehr blassen Augenwimpern, sein Schnapsglas ergriff, als wolle er es erheben, sprudelte der rotäugige Eindringling hervor: «Ihr *Travel Light* war ein so wunderbares Buch. Die Motels, die Highways, die Mädchen mit ihren Liebhabern, den Motorradfahrern, wunderbar das, so amerikanisch, die Jugend, die Begeisterung für Weite und Geschwindigkeit, das Barbarische der Neonreklamen, die Poesie, die darin liegt. Es versetzt uns wahrhaftig in eine andere Dimension.»

Travel Light war der erste Roman, der berühmte. Bech sprach nicht gern über ihn. «In Amerika», sagte er, «schrieb die Kritik, es sei ein Buch der Hoffnungslosigkeit.»

Der Mann hob entgeistert die nikotinfleckigen Hände und ließ sie klatschend auf die Schenkel fallen. «Nein, tausendmal nein. Wahrheit, Erstaunen, Erschrecken sogar, Vulgarität, ja. Aber Hoffnungslosigkeit – nein, nein, kein Jota. Ihre Kritiker haben völlig unrecht.»

«Danke.»

Der Vorsitzende räusperte sich leise, ergriff sein Glas und hob es ein wenig über die polierte Tischplatte, so daß es zusammen mit seinem Spiegelbild eine Art Spielkarte darstellte.

Bechs Bewunderer ließ noch nicht von ihm ab. «Sie sind kein feuchter, kein sentimentaler Schriftsteller, nein. Sie sind ein trockener Schriftsteller, ha? Sie haben doch den Ausdruck – oder täusche ich mich – im Englischen, trocken, hart?»

«So ungefähr, ja.»

«Ich möchte Sie übersetzen!»

Es war der gequälte Aufschrei eines Verurteilten, denn der Vorsitzende hob jetzt unerbittlich sein Glas in Augenhöhe, und gleich einem Erschießungskommando taten es ihm die anderen nach. Mit seinen weißen Wimpern blinzelnd, blickte der Vorsitzende verschwommen in die Richtung des plötzlichen Schweigens und begann Bulgarisch zu sprechen.

Der junge Dolmetscher flüsterte die Übersetzung in Bechs Ohr. «Ich wünsche jetzt ... äh ... einen sehr kurzen Toast auszubringen. Ich weiß, er wird unserem verehrten amerikanischen Gast doppelt kurz vorkommen, nachdem ihm ... äh ... erst vor so kurzer Zeit ... äh ... die Gastfreundschaft unserer sowjetischen Genossen zuteil geworden ist.» Hier mußte ein Witz versteckt sein, denn die anderen lachten. «Aber Scherz beiseite – erlauben Sie mir die Feststellung, daß wir in der Vergangenheit zu wenige Amerikaner von Mr. Bechs ... äh ... progressiver Art bei uns gesehen haben. Wir hoffen, daß wir von ihm in der nächsten Stunde viel Interessantes über die Literatur seines großen Landes erfahren werden, vieles, was ... äh ... vom gesellschaftlichen Standpunkt aus nützlich ist, und möglicherweise können wir ihn ein wenig über unsere stolze Literatur informieren, von der er vielleicht bedauerlich wenig weiß. Äh . . . so erlauben Sie denn – wie das Sprichwort sagt, führt zu langes Hofieren selten zur Heirat – erlauben Sie denn, daß ich mit unserem heimischen *slivovica* . . . äh . . . erstens auf den Erfolg dieses Besuches und zweitens auf das beiderseitige Wachsen des internationalen Verständnisses trinke.»

«Ich danke Ihnen», sagte Bech und leerte sein Glas aus Höflichkeit auf einen Zug. Das war ein Fehler; die anderen, die nur von ihrem Slibowitz genippt hatten, machten große Augen. Das rote Brennen drehte sich in Bechs Magen, und eine heftige Abneigung gegen sich selbst, gegen seine Rolle, gegen dieses ganze künstliche und nutzlose Getue konzentrierte sich auf den kleinen braunen Fleck einer Birne in der Obstschale, die funkelnd vor ihm auf dem Tisch stand.

Der rotäugige, nach Käse riechende Hanswurst schmückte den Toast aus. «Ich betrachte es als eine persönliche Ehre, daß ich den Mann kennenlernen darf, der in *Travel Light* der amerikanischen Prosa wahrhaftig eine neue Dimension hinzugefügt hat.»

«Das Buch wurde vor zwölf Jahren geschrieben», sagte Bech.

«Und seitdem?» Ein in sich zusammengesunkener, schnurrbärtiger Mann fuhr hoch und stürzte sich mutig ins Englische. «Seitdem Sie haben geschrieben was?»

Diese Frage war Bech in den letzten Wochen so oft gestellt worden, daß seine Antwort nunmehr recht knapp ausfiel. «Einen zweiten Roman mit dem Titel *Brother Pig* – als Bruder Schwein bezeichnete der heilige Bernhard den Körper.»

«Gut. Ja, und?»

«Eine Sammlung von Essays und Skizzen unter dem Titel *When the Saints.*»

«Diesen Titel ich finde weniger gut.»

«Es ist der Anfang eines berühmten Negersongs.»

«Wir kennen den Song», sagte ein anderer, ein Mann von kleinerer Gestalt mit dem Mund eines Hasen. Er trällerte leichthin: «*Lordy, I just want to be in that number.*»

«Und das letzte Buch», fuhr Bech fort, «war ein dickleibiger Roman mit dem Titel *The Chosen,* an dem ich sechs Jahre schrieb und der niemandem gefiel.»

«Ich habe Rezensionen gelesen», warf der Rotäugige ein. «Das Buch habe ich nicht gelesen. Ist hier schwer zu bekommen.»

«Ich gebe Ihnen ein Exemplar», sagte Bech.

Dieses Versprechen rückte den Mann offenbar in ein unglücklich auffälliges Licht; er schien, die nikotinfleckigen Hände ringend, anzuschwellen und auf groteske Weise in den inneren Ring einzudringen, so daß sich der Dolmetscher bemüßigt fühlte, Bech mit der Eile einer Entschuldigung ins Ohr zu flüstern: «Dieser Herr ist wohlbekannt als Übersetzer von *Erewhon* in unsere Sprache.»

«Ein wunderbares Buch», sagte der Übersetzer, erleichtert abschwellend, und suchte in seinen Taschen nach einer Zigarette. «Es versetzt uns in eine neue Dimension. Etwas, was getan werden muß. Wir leben in einem neuen Kosmos.»

Der Vorsitzende sprach eine Zeitlang Bulgarisch, in melodischem Tonfall. Man lachte höflich. Niemand dolmetschte für Bech. Der professorale Typ, dessen Haar wie ein flachsblondes Toupet aussah, beugte sich plötzlich vor. «Sagen Sie, ich habe gelesen –» seine Worte zischten leise wie eine verrostete Maschinerie – «daß die Aktien von Sinclair Lewis unter der Salinger-Welle rapide gefallen sind?»

Und so ging es weiter, hier genauso wie in Kiew, Prag und Alma-Ata, die gleichen Fragen, mehr oder weniger vorhersehbar, und Bechs Antworten, ihm mittlerweile schrecklich vertraut, mechanisch, abgestanden, irrelevant, unvollkommen, klaustrophobisch. Dann öffnete sich die Tür, und herein kam, mit dem rosigen Teint einer soeben dem Bad Entstiegenen, ein wenig atemlos, weil sie sich so beeilt hatte, eine blonde Frau in einem blonden Mantel und ohne Hut. Der Sekretär, der hinter ihr eintrat, schien mit seinen großen, gekrümmten Händen einen zärtlich wertschätzenden Raum um sie herum zu schaffen. Er stellte sie Bech als Vera Soundso-ova vor, die Dichterin, die er hatte kennenlernen wollen. Von den anderen Herrschaften auf der Liste, fügte er hinzu, sei leider keiner zu erreichen gewesen.

«Ist das nicht reizend von Ihnen, daß Sie gekommen sind?» Aus Bechs Mund klangen diese Worte wie eine echte Frage, auf die er irgendeine Antwort erwartete.

Sie sagte etwas auf bulgarisch zu dem Dolmetscher. «Sie bittet um Entschuldigung», gab der Dolmetscher an Bech weiter, «daß sie so spät gekommen ist.»

«Aber sie ist doch eben erst verständigt worden!» Im Überschwang seiner Verwirrung und Freude wandte sich Bech unmittelbar an sie, ohne die Verständigungsschwierigkeiten zu bedenken. «Es tut mir schrecklich leid, daß ich Ihnen den Vormittag verdorben habe.»

«Ich freue mich, Sie kennenzulernen», sagte sie. «Ich habe von Ihnen gehört reden in Frankreich.»

«Oh, Sie sprechen ja Englisch!»

«Nein. Nur kleine Menge.»

«Aber Sie *sprechen* es doch.»

Man holte aus einer Ecke des Zimmers einen Stuhl für sie herbei. Sie legte ihren Mantel ab und bot sich in einem ebenfalls blonden Kostüm dar, als wären ihre Kleider ein Aspekt einer totalen Übereinstimmung. Dann nahm sie Platz und kreuzte die Beine. Sie hatte wohlgeformte Beine; ihr Gesicht war merklich breit. Mit gesenktem Blick zupfte sie den Rock bis zur Kurve des Knies. Was Bech, der ihr gegenübersaß, am meisten rührte, war das Gefühl, daß sie sich beeilt hatte, beeilt, zu ihm zu kommen, und daß sie noch immer auf anmutige Weise erregt war.

Über die Obstschale hinweg sprach er zu ihr, sehr langsam, sehr deutlich, aus Angst, die zerbrechliche Brücke ihres Englisch zu stark zu belasten und zu zerstören. «Sie sind Lyrikerin. Als ich jung war, habe ich auch Gedichte geschrieben.»

Sie schwieg so lange, daß er schon glaubte, sie werde nicht antworten; doch dann lächelte sie und sagte: «Jetzt Sie sind immer noch nicht alt.»

«Ihre Gedichte — sind sie schwierig?»

«Sie sind schwierig — zu schreiben.»

«Aber nicht zu lesen?»

«Ich glaube — nicht so sehr.»

«Gut. Gut.»

Bech hatte, mochte es auch mit ihm als Schriftsteller bergab gehen, nach wie vor unbedingtes Vertrauen zu seinen Instinkten; er zweifelte nicht daran, daß ihm irgendwo eine ideale Möglichkeit offenstand und daß seine Intuition für sein Schicksal ausschlaggebend war. Er hatte, teils kürzere, teils längere Zeit, teils mit, teils ohne Erfüllung, etwa ein Dutzend Frauen geliebt; aber sie alle hatten, wie ihm jetzt klar wurde, eines gemeinsam: Sie waren lediglich Annäherungen an einen unenthüllten Prototyp, den sie in diesem oder jenem Punkt verfehlten. Die Überraschung, die er jetzt empfand, hatte nichts damit zu tun, daß diese zentrale Frau endlich erschienen war; er hatte stets mit ihrem Erscheinen gerechnet. Was ihn überraschte, war ihr Erscheinen in diesem fernen und mißbrauchten Land, in diesem Zimmer mit dem morgendlichen Licht, wo er sich auf einmal mit einem kleinen Messer in der Hand ertappte, und vor ihm auf dem Tisch lag golden und feucht eine genau in der Mitte zerteilte Birne.

Männer, die allein reisen, entwickeln romantische Neigungen. Bech hatte sich bereits in Prag in die sommersprossige Frau eines Botschaftsangehörigen, in Rumänien in eine Sängerin mit vorstehenden Zähnen, in Kasachstan in eine indolente mongolische Bildhauerin verliebt. In der Tretjakow-Galerie hatte es ihm die Statue einer Liegenden und in der Moskauer Ballettschule ein ganzer Übungssaal voller Mädchen angetan. Als er den Raum betrat, schlug ihm der zart säuerliche Schweißgeruch junger weiblicher Körper entgegen. Sechzehn und siebzehn Jahre alt, in bunt zusammengewürfelter Trainingskleidung, wirbelten die Mädchen so angestrengt herum, daß sich die Tanzschuhe in ihre Bestandteile auflösten. Ernste Schülerinnengesichter krönten die unbewußte Anmaßung ihrer Körper. Der Raum erhielt doppelte Tiefe durch einen vom Boden bis zur Decke reichenden Spiegel, vor dem Bech auf einer Bank saß. Über seinen Kopf hinweg beobachtete jedes Mädchen sich selbst mit kritischen Augen, die bei der Drehung für den Bruchteil einer Sekunde durch das gebieterische Zögern und Herumwerfen des Kopfes erstarrten. Bech suchte in seinem Gedächtnis nach den Versen von Rilke, die dies ausdrückten, dieses Herumwerfen und Zögern: *ist nicht die Zeichnung geblieben, / die deiner Braue dunkler Zug / rasch an die Wandung der eigenen Wendung geschrieben?*

Einmal war die Lehrerin, eine unförmige alte ukrainische Dame mit goldenen Eckzähnen, eine Primaballerina der dreißiger Jahre, aufgestanden und hatte etwas gerufen, was Bech als «Nein, nein, die Arme frei, *frei*!» verdolmetscht wurde. Um deutlich zu machen, wie sie es meinte, hatte sie eine rasche Folge von Pirouetten mit so stolzer Mühelosigkeit gedreht, daß die Mädchen, die da und dort wie Rehe an der Wand standen, spontan Beifall klatschten. Bech hatte sie dafür geliebt. Seinen schwärmerischen Zuneigungen wohnte stets ein Drang zu retten inne – er wollte die Mädchen von der Sklaverei ihrer anstrengenden Übungen befreien, die Statue vom kalten Zugriff ihres eigenen Marmors, die Frau des Botschaftsangehörigen von ihrem langweiligen und salbungsvollen Gatten, die Sängerin von ihrer allabendlichen Demütigung (sie konnte nicht singen), die Mongolin von dem Phlegma ihrer Rasse. Die bulgarische Dichterin aber schien keiner Hilfe zu bedürfen; sie wirkte vollständig ausgeglichen, sich selbst genügend, vollendet. Seine Neugier war geweckt. Am nächsten Tag erkundigte er sich nach ihr bei dem Mann mit dem Mund eines Hasen – einem Romanschriftsteller, der jetzt Bühnenstücke und Drehbücher schrieb und der ihn zu einer Besichtigung des Rila-Klosters begleitete.

«Sie lebt, um zu schreiben», sagte der Bulgare. «Ich glaube nicht, daß sie gesund ist.»

«Aber sie sieht doch so gesund aus», wandte Bech ein. Sie standen neben einer kleinen Kirche mit weißgetünchten Mauern, die von außen wie ein Schuppen aussah, wie ein Stall für Schweine oder Hühner. Fünf Jahrhunderte hatten die Türken in Bulgarien geherrscht, und die christlichen Kirchen, mochten sie innen auch noch so reich geschmückt sein, waren schlichte Gebäude. Eine Bauersfrau mit zerzaustem Haar schloß ihnen die Tür auf. Obwohl die Kirche kaum mehr als dreißig Personen fassen konnte, war sie in drei Abschnitte unterteilt. Fresken aus dem 18. Jahrhundert schmückten die Innenwände. Im Narthex zum Beispiel war eine Hölle dargestellt, in der die Teufel Krummsäbel schwangen. Von dem winzigen Schiff aus spähte Bech durch die Ikonenwand in den abgetrennten Teil, der in der Symbolik der orthodoxen Architektur die nächste, die verborgene Welt – das Paradies – versinnbildlichte, und entdeckte dabei eine Reihe von Büchern, einen Lehnstuhl und eine alte Brille mit ovalen Gläsern. Als er wieder im Freien war, fühlte er sich aus der unangenehm beengten Atmosphäre eines Kinderbuches entlassen. Sie standen an einem Hang. Über ihnen war ein Kiefernwäldchen, in dessen Stämmen noch Eiskristalle glitzerten. Unter ihnen breitete sich das Kloster aus, eine Zitadelle des bulgarischen Nationalgefühls während der Türkenherrschaft. Die letzten Mönche waren 1961 ausgesiedelt worden. Ein zielloser, sanfter Regen fiel hier in den Bergen, und an diesem Tag waren nicht viele deutsche Touristen da. Jenseits des Tales, dessen silbriger Bach noch ein Wasserrad drehte, hob sich ein regungsloses weißes Pferd von einer grünen Wiese ab wie eine Brosche von einer grünen Bluse.

«Ich bin ein alter Freund von ihr», sagte der Bühnenautor. «Ich mache mir Sorgen um sie.»

«Sind ihre Gedichte gut?»

«Das kann ich schlecht beurteilen. Sie sind sehr weiblich. Vielleicht etwas einfältig.»

«Einfalt kann eine Art Aufrichtigkeit sein.»

«Ja. Sie ist sehr aufrichtig in ihrer Arbeit.»

«Und in ihrem Leben?»

«Auch.»

«Was ist ihr Mann?»

Der andere sah ihn erstaunt an und berührte seinen Arm, eine seltsame slawische Geste, in der sich eine untergründige, der Rasse eigentümliche Dringlichkeit ausdrückte und vor der Bech inzwischen nicht mehr zurückschrak. «Sie hat ja gar keinen Mann. Wie ich schon sagte, sie lebt für die Dichtung – so sehr, daß sie nicht geheiratet hat.»

«Aber ihr Name endet doch auf -ova.»

«Oh, das ist ein Mißverständnis. Hat nichts mit Familienstand zu tun. Ich heiße Petrov, meine ledige Schwester heißt Petrova. Alle Frauen.»

«Wie dumm von mir. Aber ich finde es schade, daß sie nicht verheiratet ist. Eine so charmante Frau.»

«Heiraten in Amerika nur die Uncharmanten nicht?»

«Ja, man muß schon wenig Charme haben, um ledig zu bleiben.»

«Das ist hier nicht so. Die Regierung ist sehr beunruhigt; unsere Geburtenzahl ist eine der niedrigsten in Europa. Ein Problem für Volkswirtschaftler.»

Bech deutete auf das Kloster. «Zu viele Mönche?»

«Vielleicht zu wenige. Wo nicht genug Mönche sind, hat jeder etwas vom Mönch an sich.»

Die Bauersfrau, die Bech alt vorkam, wahrscheinlich aber jünger als er war, begleitete sie bis zur Grenze ihres Reiches. Sie schwatzte mit rauher Stimme in einem Dialekt, den Petrov als ländlich und sehr amüsant bezeichnete. Hinter ihr, bald in ihre Rockfalten gedrückt, bald munter umherhüpfend, lief ihr Kind, ein etwa dreijähriger Junge. Er wurde von einem kleinen weißen Schwein hin und her gejagt, das sich, wie Schweine es tun, gleichsam auf Zehenspitzen bewegte und bemerkenswert rasche Haken schlagen konnte. Irgend etwas an der Szene, an dem strahlend vergnügten Abschiedslächeln der Frau und der unbekümmerten Art, wie ihr das Haar vom Kopf abstand, irgend etwas an dem Bergdunst und dem schwammigen, von Radspuren zerschnittenen Grasboden, in dem sich während der Nacht Reif eingenistet hatte, beschwor für Bech eine namenlose Abwesenheit herauf, mit der, wie ein Pferd mit einer Wiese, das Bild der Dichterin verknüpft war – ihr breites Gesicht, die wohlgeformten Beine, die Pariser Kleider und das glatt gebürstete Haar. Petrov, in dem er durch die Hüllen des Fremdländischen hindurch eine kluge und verwandte Seele zu ahnen begann, schien seine Gedanken mit angehört zu haben, denn er sagte: «Wenn Sie Lust haben, können wir zusammen essen. Ich will das gern arrangieren.»

«Mit ihr?»

«Ja, wir kennen uns gut, sie würde sich freuen.»

«Aber ich habe ihr gar nichts zu sagen. Mich interessiert nur diese eindrucksvolle Verbindung von gutem Aussehen und Verstand. Ich meine, was fängt eine Seele mit alldem an?»

«Sie könnten sie ja fragen. Morgen abend?»

«Tut mir leid, das geht nicht. Da soll ich mir ein Ballett ansehen, und übermorgen abend gibt die Gesandtschaft eine Cocktailparty für mich, und dann fliege ich zurück.»

«Zurück? So bald schon?»

«Mir kommt es nicht so bald vor. Ich muß ja auch bald wieder arbeiten gehen.»

«Dann treffen wir uns auf einen Drink. Morgen abend vor dem Ballett? Geht das? Oh, auch das geht nicht?»

Petrov war sichtlich verwirrt, und Bech erkannte, daß es seine Schuld war, denn er hatte genickt, und ein Nicken bedeutet in Bulgarien «nein», ein Kopfschütteln «ja». «Doch, doch», sagte er hastig. «Gern.»

Das Ballett hieß *Die silbernen Schuhe*. Während Bech die Darbietung verfolgte, kam ihm immer wieder das Wort ‹ethnisch› in den Sinn. Er hatte sich im Verlauf seiner Reise an diese Art von künstlerischer Evasion gewöhnt, an den Rückzug aus der schwierigen und enttäuschenden Gegenwart in die Bereiche des Volkstanzes, der Volkslegende und des Volksliedes, wobei immer impliziert wurde, das Volk sei unter dem bestickten Bauernkostüm genau das, was einem so sehr am Herzen lag: das Proletariat.

«Mögen Sie Märchen?» Das war der feuchthändige Dolmetscher, der ihn ins Theater begleitet hatte.

«Ich *liebe* sie», sagte Bech mit einer Inbrunst und Fröhlichkeit, die von der vorhergegangenen Stunde in ihm zurückgeblieben waren. Der Dolmetscher sah ihn besorgt an wie damals, als Bech den Schnaps auf einen Zug ausgetrunken hatte. Während der Vorstellung flüsterte er ihm unentwegt Erklärungen für ohne weiteres verständliche Vorgänge auf der Bühne zu. Allnächtlich schlüpfte eine Prinzessin in silberne Schuhe und tanzte durch ihren Spiegel, um sich mit einem Zauberer zu treffen, auf dessen Zauberstab sie es abgesehen hatte, weil man mit ihm die Welt beherrschen konnte. Der Zauberer war kein guter Tänzer, und einmal ließ er sie beinahe fallen, so daß ihr der Zorn aus den Augen sprühte. Die Darstellerin der Prinzessin war eine kleine Rothaarige mit hochsitzendem rundem Gesäß, erstarrtem Schmollmund und herrlich gelockerten Armbewegungen, und Bech fand es seltsam erregend, wenn sie, zu ihrem Sprung ansetzend, auf den Spiegel, ein leeres Oval, zutänzelte und ein anderes, genau wie sie in Rosa gekleidetes Mädchen aus den Kulissen hervorkam und als ihr Spiegelbild agierte. Und wenn die Prinzessin, hochmütig ihren unsichtbar machenden Umhang zurechtzupfend, durch das Oval aus Golddraht sprang, dann sprang Bechs Herz zurück in die verzauberte Stunde, die er mit der Dichterin verbracht hatte.

Obwohl das Treffen rechtzeitig verabredet worden war, kam sie in das Restaurant, als hätte man sie auch diesmal eben erst verständigt und zur Eile getrieben. Ein wenig atemlos und aufgeregt nahm sie zwischen Bech und Petrov Platz, verströmte jedoch wiederum jene ungreifbare Wärme: Intelligenz und Tugend.

«Vera, Vera.» Petrov schüttelte vorwurfsvoll den Kopf.

«Sie sind immer zu sehr in Eile», sagte Bech.

«Nicht so sehr», meinte sie.

Petrov bestellte einen Cognac für sie und setzte die mit Bech begonnene Diskussion über die neueren französischen Romanschriftsteller fort. «Das sind alles Tricks», sagte Petrov. «Gute Tricks, aber eben doch Tricks. Es hat nicht genug mit dem Leben zu tun, ist zuviel verbale Nervosität. Wo bleibt da der Sinn?»

«Es ist epigrammatisch», sagte Bech.

«Nur bei zwei von ihnen habe ich dieses Gefühl nicht: bei Claude Simon und bei Samuel Beckett. Bech, Beckett – Sie haben nichts miteinander zu tun, oder?»

«Nein.»

Vera sagte: «Nathalie Sarraute ist eine sehr bescheidene Frau. Sie war mütterlich zu mir.»

«Ach, Sie kennen die Sarraute?»

«In Paris ich habe sie sprechen gehört. Nachher war der Kaffee. Mir haben gefallen ihre Theorien von den, oh, *was* nur? Von den *kleinen* Bewegungen im Herzen.» Sie maß behutsam mit den Fingern eine winzige Prise Raum ab und lächelte, durch Bech, sich selbst zu.

«Tricks», sagte Petrov. «Aber bei Beckett habe ich dieses Gefühl nicht. Da findet man in einer niederen Form, ob Sie es glauben oder nicht, menschliche Substanz.»

Bech wußte, daß es seine Pflicht war, dieses Thema weiterzuspinnen und Petrov in die Enge zu treiben, indem er sich nach dem absurden Theater und nach der abstrakten Malerei in Bulgarien erkundigte (das waren die Prüfsteine der ‹Fortschrittlichkeit›: Rußland konnte keine Beispiele aufweisen, Rumänien einige, die Tschechoslowakei sehr viele). Statt dessen fragte er die Dichterin: «Mütterlich?»

Vera erklärte es, und ihre Hände machten dabei grazile, modellierende Bewegungen, mit denen sie die Kanten der Worte gewissermaßen zu Nuancen abrundete. «Nach ihrem Vortrag, wir haben uns – unterhalten.»

«Auf französisch?»

«Und auf russisch.»

«Ach, sie spricht Russisch?»

«Sie ist geboren in Rußland.»

«Wie ist ihr Russisch?»

«Sehr rein, aber – altmodisch. Wie ein Buch. Als sie sprach, fühlte ich mich wie in einem Buch, sicher.»

«Sie fühlen sich nicht immer sicher?»

«Nicht immer.»

«Finden Sie es schwierig, eine Dichterin zu sein?»

«Wir haben eine Tradition von Dichterinnen. Wir haben Elisaveta Bagriana, die sehr groß ist.»

Petrov beugte sich zu Bech, als wollte er seine Aufmerksamkeit er-
zwingen. «Und Ihre eigenen Werke? Sind sie von der *nouvelle vague*
beeinflußt? Würden Sie sagen, daß Sie Anti-Romane schreiben?»

Bech blieb der Frau zugewandt. «Möchten Sie wissen, wie ich schreibe? Doch wohl nicht, oder?»

«Aber ja, sehr», sagte sie.

Er erzählte ihnen, erzählte ihnen ohne jede Scham, mit einer Stimme,
deren ruhiges Gleichmaß und klare Nachdrücklichkeit ihn überrasch-
ten, wie er früher geschrieben, wie er in *Travel Light* versucht hatte,
Menschen zu porträtieren, die mit ihrem Leben an der Oberfläche der
Dinge blieben und die Dinge auf sich abfärben ließen, nicht anders
als Gegenstände in einem Stilleben einander tönen, und wie er sich
später bemüht hatte, der Melodie der Handlung eine metaphorische
Gegenmelodie zu unterlegen, indem er Bilder verknüpfte, die nach
oben getrieben waren und seine Story überschwemmt hatten, und
wie er in *The Chosen* bestrebt gewesen war, diese Verwirrung zum eigentlichen Thema zu machen, zu einem epischen Thema, das heißt,
er führte Charaktere vor, deren Handeln im Grunde stets durch die
Sehnsucht bestimmt war, durch das Verlangen, zurückzutauchen in
die Quellen ihrer privaten Metaphorik. Das Buch habe wahrscheinlich nichts getaugt, zumindest sei es schlecht besprochen worden,
sagte Bech und entschuldigte sich, daß er ihnen das alles erzählte.
Seine Stimme schmeckte ihm schal; er verspürte einen heimlichen
Rausch und ein heimliches Schuldgefühl, denn er hatte es fertiggebracht, seinem Mißerfolg das Air eines über die Maßen edlen und romantisch verstiegenen komplexen Experiments zu verleihen, während, wie er vermutete, einfach eine gewisse Trägheit die Ursache
war.

Petrov sagte: «Eine so formal sentimentale Prosaliteratur konnte
man in Bulgarien nicht schreiben. Die Geschichte unseres Landes ist
keine glückliche.»

Es war das erste Mal, daß Petrov wie ein Kommunist redete. Wenn
Bech an diesen Leuten hinter dem Spiegel eines nicht ausstehen
konnte, dann war es ihre anmaßende Überzeugung, daß sie, so zweit-
rangig sie auch auf anderen Gebieten sein mochten, im Leiden jedenfalls ganz groß waren. «Ob Sie es glauben oder nicht, das trifft genauso auf uns zu», konterte er.

Vera schaltete sich in ihrer ruhigen Art ein. «Werden Ihre Personen
nicht von der Liebe berührt?»

«Doch, sehr sogar. Aber als eine Form der Sehnsucht. Wir verlieben
uns, wie ich in dem Buch zu sagen versuchte, in Frauen, die uns an
unsere erste Landschaft erinnern. Eine törichte Idee. Die Liebe hat

mich immer sehr interessiert. Einmal habe ich einen Essay über den Orgasmus geschrieben – kennen Sie das Wort?»

Vera schüttelte den Kopf. Das bedeutete «ja», wie ihm gerade noch rechtzeitig einfiel.

«... über den Orgasmus als vollkommene Erinnerung. Das große Geheimnis ist nur: Woran erinnern wir uns?»

Sie schüttelte wieder den Kopf, und er bemerkte, daß ihre Augen grau waren und daß in ihren Tiefen sein Bild (für ihn unsichtbar) nach dem Erinnerten forschte. Sie legte die Fingerspitzen um das Cognacglas und sagte: «Es gibt einen französischen Dichter, er ist noch jung, der hat darüber geschrieben. Er sagt, nirgendwo anders sammeln wir... versammeln wir in uns... oh...» Leicht verärgert sprach sie in schnellem Bulgarisch auf Petrov ein.

Er zuckte die Achseln und sagte: «Konzentrieren wir unsere Aufmerksamkeit.»

«... nirgendwo anders konzentrieren wir so sehr unsere Aufmerksamkeit», wiederholte sie, an Bech gewandt, als müßten die Worte von ihr kommen, damit er sie glaubte. «Ich sage das unschicklich – nein, ungeschickt, aber auf französisch ist das sehr gut und korrekt ausgedrückt.»

Petrov lächelte verbindlich. «Ein angenehmes Diskussionsthema – die Liebe.»

«Sie ist und bleibt –» Bech wählte seine Worte so bedächtig, als wäre auch seine Muttersprache nicht Englisch – «eines der wenigen Dinge, die noch immer des Nachdenkens wert sind.»

«Ich glaube, sie ist gut», sagte sie.

«Die Liebe?» fragte er verwirrt.

Sie schüttelte den Kopf und tippte mit dem Fingernagel an den Stiel ihres Glases, so daß Bech eine unhörbare Empfindung des Klingens hatte; dann beugte sie sich vor, schien den Inhalt des Glases näher betrachten zu wollen, und ihr ganzer Körper, der dem Cognac eine rosige Tönung entlieh, brannte sich in Bechs Gedächtnis ein – der silbrige Schimmer ihres Fingernagels, der Glanz des Haares, die Symmetrie der entspannt auf dem weißen Tischtuch liegenden Arme, alles außer ihrem Gesichtsausdruck.

Petrov fragte ihn nach seiner Meinung über Dürrenmatt.

Die Wirklichkeit ist eine laufende Verarmung der Möglichkeit. Bech hatte sich darauf gefreut, Vera bei der Cocktailparty wiederzusehen, hatte sich vergewissert, daß sie eingeladen worden war, und sie kam auch, aber er konnte nicht zu ihr gelangen. Er sah sie an Petrovs Seite den Saal betreten, aber da standen gerade ein Attaché der jugoslawischen Botschaft und seine braunglänzende tunesische Frau vor ihm; und später, als er sich durch das Gewühl von Gästen zu ihr vorzuarbeiten suchte, schloß sich eine stählerne Hand um seinen Arm, und eine aufdringliche Amerikanerin teilte ihm mit, ihr fünfzehnjähriger Neffe habe sich entschlossen, Schriftsteller zu werden, und brauche dringend Rat. Nicht das übliche leere Gerede, sondern handfesten Rat. Bech kam nicht weiter. Er war umgeben von Amerika: die Stimmen, die engen Anzüge, die wässerigen Drinks, der Lärm, das Glitzern. Der Spiegel war trüb geworden, und er sah nur noch sich selbst. Endlich, als die offiziellen Gäste zu gehen begannen, konnte er sich losreißen und Vera in einer Ecke begrüßen. Sie hatte schon ihren Mantel — blond, mit einem Kaninchenfellkragen — angezogen und brachte nun aus einer Seitentasche ein Bändchen Gedichte in kyrillischer Schrift zum Vorschein. «Bitte», sagte sie. Auf das Vorsatzblatt hatte sie geschrieben: *Für H. Beck — härzlich, mit Shreibfelern aber auch viel Liebe.*

«Warten Sie», bat er und ging zu dem geplünderten Stapel seiner Widmungsbücher. Da er das Buch, das er suchte, dort nicht fand, stahl er aus der Gesandtschaftsbibliothek das Exemplar (ohne Schutzumschlag) von *The Chosen.* Als er es in ihre erwartungsvollen Hände legte, sagte er: «Nicht aufmachen», denn er hatte mit der stilistischen Sicherheit eines Betrunkenen hineingeschrieben:

Liebe Vera Glavanokova,
ich bedaure unendlich, daß Sie und ich auf entgegengesetzten Seiten der Welt leben müssen.

Die Familienwiese

Die Familie trifft sich immer auf der Wiese. Seit Generationen gehört sie zur Tradition, diese Wiese in New Jersey mit dem großen Walnußbaum, der seinen Schatten über die Tische wirft, und mit dem langsam fließenden Bach, wo die Kinder in einem Boot umherpaddeln, Wasserkresse kauen und so tun können, als angelten sie. An diesem Morgen kam Onkel Jesse in aller Frühe von dem steinernen Haus herüber, das der Bruder seines Großvaters gebaut hatte, und schlug die Pfähle mit den sorgfältig daran befestigten Fähnchen ein, die den Parkplatz für die Wagen der Gäste markierten. Die Luft war still, von jener Trägheit nach dem Morgengrauen erfaßt, die einen heißen Tag ankündigt; zwischen den Hammerschlägen hörte Jesse in der Küche das Frühstücksgeschirr klirren und hinter dem Haus den jüngeren Collie bellen. Jesse, ein sanftmütiger Mensch, ging behutsam durch das feuchte Gras, das er tags zuvor gemäht hatte. Die Beine seiner grauen Arbeitshose sogen sich allmählich mit Tau und Wolfsmilchspeichel voll. Als die Pfähle eingeschlagen waren, schritt er den Weg mit den WILLKOMMEN-Schildern entlang, an den Häusern vorbei. Er vermied es, die Häuser anzusehen, als könnte ein Blick in die breiten, toten Fenster sie aufwecken.

Um neun Uhr ist Henry, der aus Camden kommt, bereits mit einer Wagenladung Familie eingetroffen: Eva, Mary, Fritz, Fred, die Zwillinge und – o Wunder – Tante Eula. Kaum zu glauben, daß sie noch immer am Leben ist, nach sieben Schlaganfällen. Ihr verschrumpelter Kopf kaut und schmatzt ungeduldig, ihre Arme versuchen helfende Hände abzuschütteln und zucken dabei, als beabsichtige sie zu tanzen. Man setzt sie auf einen Aluminiumstuhl unter dem Walnußbaum. Sie sieht zum Flüßchen hin, und das hilflose Wackeln ihres alten Schädels scheint sich dem Flimmern des Sonnenlichtes auf dem trägen Wasser anzupassen. Die Männer – jeweils zu zweit, und der Einklang jedes schweigsamen Gespanns ist so tief wie Blut – die Männer holen die Tische aus der Scheune, in der sie von einem Jahr zum andern aufbewahrt werden. Diesmal sind allerdings drei Jahre seit dem letzten Treffen vergangen, und man fürchtete schon, es werde nie mehr eines geben. Tante Jocelyn, das graue Haar zu einer Zopffrisur aufgesteckt, kommt aus der Küche, um die Gäste zu begrüßen. Hinter ihr drückt sich ihre Enkelin Karen herum, in weißen Jeans und barfuß, mit einem verschwommenen, unsicheren Zug um die dunklen Augen, als hätte sie zuviel ferngesehen. Der Vater des Mädchens – er ist nicht hier; arbeitet in Philadelphia – stammt aus Italien, und seit sie zur Frau heranreift, entwickelt sie eine fremdländische Schönheit, so daß während der alljährlichen Besuche auf dem Hof der Großeltern, der ihr als Kind immer wie eine grüne Insel vorkam, jetzt sie selbst, die Dreizehnjährige, die Insel zu sein scheint. Sie fühlt sich umgeben von der Vergangenheit, abgeschnitten von den Bildern – eine Schnellgaststätte, ein städtisches Schwimmbad, ein mit Kreppgirlanden geschmückter Saal –, die für sie das Leben, die Gegenwart, ihre Jugend darstellen. Die Luft hier draußen schimmert bräunlich wie auf alten Fotos, und auch die Männer, die sie begrüßen, scheinen einem Album entsprungen zu sein. Die Männer wissen noch gut, wie sehr sie ursprünglich dagegen waren, daß Karens Mutter einen Katholiken heiratete, und deshalb sind sie besonders freundlich zu ihr, so jovial und aufmerksam, daß Jocelyn plötzlich den Arm um das Mädchen legt, eine Geste, die eine Vielfalt von Dingen ausdrückt: daß sie sie liebt, daß Karen eine von ihnen ist, daß sie auf einmal vor den Neckereien der Männer beschützt werden muß.

Es wird halb elf. Horace mit Familie aus Trenton ist schon da, und die Oranges treffen gerade in zwei Wagen ein. Die im ersten Wagen berichten, sie hätten Vetter Claude in der Stadtmitte von Burlington abgesetzt, weil er überzeugt war, daß der zweite Wagen, den man aus den Augen verloren hatte, den Weg nicht finden würde. Die im zweiten Wagen erklären unter lautem Gelächter, sie seien die Umgehungsstraße gefahren und hätten Vetter Claude überhaupt nicht gesehen. Er trifft dann mit einem dritten Wagen ein, dem von Jimmy und Ethel Thompson aus Morristown, die sagen, sie hätten eine einsame Gestalt mit erhobenem Anhalterdaumen an der Autostraße 130 stehen sehen, und auf einmal habe Ethel gerufen: «Du, ich glaube, das ist Claude!» Als unbekümmerter Enthusiast, der an gute Taten glaubt, gerät Claude immer wieder in solche Situationen und findet das herrlich. Da steht er, von lachenden Frauen umgeben, ein typischer Mann dieser Familie, hochgewachsen, mit einer der Sippe eigentümlichen Jungenhaftigkeit, nicht gesonnen, so alt auszusehen, wie er ist, oder je seine Haare zu verlieren. Obwohl sein Gesicht von Melancholie zerfurcht und gezeichnet ist, wirkt er durchaus nicht wie sechzig, sondern eher wie vierzig, und obwohl er in Newark arbeitet, spricht er noch immer mit dem ländlich weichen, gleitenden Akzent des mittleren New Jersey. Er besitzt die Gabe – das Privileg –, diese Frauen zum Lachen zu bringen; die Frauen neigen ausnahmslos zur Korpulenz, und das Lachen klingt bei ihnen allen gleich: naiv und dabei erbarmungslos, als wäre Lachen zuviel für sie. Jimmy und Ethel Thompson, die nicht den Familiennamen tragen, stehen ein wenig abseits im ungemähten Gras, ein schmächtiges älteres Ehepaar, dessen Verbindungen zur Familie abgestorben sind, das aber doch gekommen ist, weil es eine vervielfältigte Einladungskarte erhielt. Die beiden sind wie jene isolierten Winkel in einem schlecht durchdachten Kreuzworträtsel, die mit Ausrufen wie ‹oh› und ‹ah› oder fremdsprachlichen Fürwörtern gefüllt werden.

Die Zwillinge holen die Hufeisen und die Wurfringe aus der Scheune. Onkel Jesse schlägt die Pfosten und Pflöcke an den Stellen ein, die man sogar nach drei Sommern noch am spärlichen Graswuchs erkennt. Die Sonne hat die Mittagshöhe erreicht und steht beherrschend über der Wiese; der Schatten des Walnußbaumes wird kleiner und ist merklich kühler als seine Umgebung. Jetzt, um zwölf Uhr, sind alle eingetroffen, auch der Dodge-Kombi aus Pennsylvania, die junge, schwangere Cousine aus Wilmington, die einen Verkehrspiloten geheiratet hat, und die Verwandten aus White Plains, die mit ihren rotgestreiften Shorts und den rheinkieselfunkelnden Sonnenbrillen wie Zirkusclowns aussehen. Händedrücke werden gewechselt, die den einen an eine knorrige Holzschnitzerei, den anderen an die schlüpfrige, weiche Zitze einer Kuh erinnern. Frauen tauschen Küsse, und weil es so glühend heiß ist, bleibt mitunter Wange an Wange kleben, so daß Brillenränder gegeneinander klicken. Sogar die Insekten ziehen sich in den Schatten zurück. Das Essen beginnt. Muscheln dampfen, Mais dampft, Salat welkt, Butter zerläuft, heiße Würstchen schrumpeln, Hühnerstücke glänzen im grellen Licht. Eisgekühlter Tee fließt aus Zehn-Gallonen-Milchkannen glucksend in Trinkbecher. Pappteller verbiegen sich auf breiten Schößen. Buttermesser aus Plastik, zum Zerteilen von kaltem Schinken benutzt, verweigern den Dienst. Kinder essen inmitten dieses fröhlichen Treibens nur Kartoffelchips. Als die erste Appetitwelle verebbt, werden die langen Tische gewissermaßen musikalisch. Ein Gemurmel steigt zum klaren Himmel auf, ein Geschnatter, dem eine weit zurückliegende Ahnengemeinsamkeit Harmonie verleiht; eine Art Teppich wird gewoben und aufgehängt, ein Gobelin der Familienschicksale, zu dessen Fäden Tod auf dem Schlachtfeld, Tod im Straßenverkehr und Geisteskrankheit gehören – ein immer wiederkehrender Faden, dieser Faden der Geisteskrankheit. Nie weit von einer Farm oder der Erinnerung an eine Farm entfernt, hat sich die Familie in ehrbarer Unauffälligkeit zwischen Armut und Reichtum, zwischen Gefängnis und hohem Amt bewegt. Grundstücksmakler, Schullehrer, Tierärzte bilden ihren Adel; Metzger, Elektriker, Hausierer sind ihr Fußvolk. Protestantisch, abstinent und bieder, auf ironische Art tugendhaft und nicht ohne Stolz, hat sie zu Amerikas Statistik beigetragen, ohne sie irgendwie zu verändern. Woher also rührt diese seltsame Freude?

Wassermelonen, die nach Kindheitskellern riechen, werden hervorgeholt und in dicke Scheiben zerteilt. Die Sonne hat den Zenit überschritten, und die Schatten lagern sich im vertrauten Gras dieser alten Wiese. Zur Musik der Reminiszenzen gesellt sich das rhythmische Aufplumpsen der Wurfringe. Sie werden recht eigenartig zwischen dem gestreckten Daumen und den zusammengepreßten, gekrümmten vier Fingern gehalten, dicht vor der Brust, und man wirft sie mit einer weichen, beherrschten Bewegung, in der sich große, nicht zur Entfaltung gekommene Kraft verrät. Die Zwillinge und die anderen Kinder haben gleichsam abergläubisch das Spiel den älteren Männern überlassen, Fritz und Ed, Fred und Jesse, die, immer zu zweit, nach gehörigem Abschätzen und Abmessen des Wurfs ihre vier Ringe aufheben, sie gegeneinanderschlagen, um sie zu säubern, und sie abwechselnd durch die Luft zurückfliegen lassen, in hohem Bogen und mit einer Kreiselbewegung, die ihrer Bahn Stabilität verleiht. Die anderen zwei messen ab, bücken sich, entscheiden. Wenn sie ihre Wurfringe aneinanderklopfen, fallen gleichsam Dekaden ab. Sogar ihr Kampfgeschrei hat etwas Gesetztes, etwas Geduldiges, das zu der Sorgfalt paßt, mit der sie die Hemdsärmel hochgekrempelt haben. Die Rückseite ihrer Hemden ist alterslos. Generationen haben in dieser Art geschwitzt, unter den Armen, über den Schulterblättern und dort, wo die Hosenträger aufliegen. Die jüngeren Männer und die Mädchen spielen Softball auf dem Platz, den Jesse abgemäht hat. Die Kinder entdecken das Boot und staken sich mit den Rudern von Ufer zu Ufer. Als sie die Hände in das braune Wasser tauchen, in dem kein Fisch lebt, kreischt eine Mutter, die unter dem Walnußbaum sitzt: «Laßt die Hände im Boot! Onkel Jesse sagt, das Wasser ist nicht sauber!»

Der länger werdende Nachmittag entlockt der glücklichen Wiese einen trägen Duft. Tante Eula nickt sich in Schlaf, und ihr Gebiß rutscht herunter, so daß ihr Gesicht wie mumifiziert aussieht und die Kinder erschrocken kichern. Fliegen, ein schwirrender, summender Schwarm, entdecken die Überreste des Picknicks und gleiten benommen auf den Gerüchen hin und her. Das Softballspiel wird uninteressant, außer für den Piloten, der ein guter Spieler ist und sich durch die Bewunderung von Karen in ihren engen Jeans angestachelt fühlt. Die Leute aus Pennsylvania und New York fangen schon an, ihre Sachen in den Wagen zu verstauen. Es ist Zeit für das Foto. Die Geschichte der Familie wird festgehalten in diesen Fotos von zeitlosen Menschen in wechselnder Kleidung, die fröhlich, Arm in Arm, erhitzt von der hochsommerlichen Glut vor der Kamera stehen. Alle drängen sich zu einer Gruppe zusammen, von der wiederauferstandenen Tante Eula, die zuckt und schnappt wie eine Alligatorschildkröte, bis zu dem ungeborenen Baby im Leib der Cousine aus Delaware. Um sie alle aufs Bild zu bekommen, muß Jesse in die Hocke gehen, aber nun hat er auch die Häuser im Sucher. Und die will er nicht auf dem Foto haben, nein, auf keinen Fall. Sie begrenzen seine Wiese auf drei Seiten, roh zusammengezimmerte Ranchhäuser, in allen möglichen Pastelltönen gestrichen, aber in der Form eines wie das andere. Ihre Gärten – in jedem wächst ein Wäscheständer aus Aluminium – reichen bis ans jenseitige Ufer des Baches, verunreinigen ihn, und obwohl ein hoher Maschendrahtzaun die Kinder aussperrt, die sich dort drüben eingefunden haben, um das Picknick zu beobachten, als handle es sich um Schauvorführungen im Zirkus oder im Zoo, läßt sich der starrende Blick der Häuser – schlecht zusammenpassende Küchenfenster, die über das klaffende Betonmaul einer Garage hinwegschielen – nicht aussperren. Sie starren nicht nur, sie sprechen auch, und Jesse kann sie sogar nachts hören. *Verkaufen,* sagen sie. *Verkaufen.*

Der Einsiedler

Er hatte Brüder gehabt – jüngere Brüder und ältere Brüder. Seine Kindheit hatte er als einen Kampf in Erinnerung, als eine lärmende Rauferei um Nahrung, um passende Kleidungsstücke, um Aufmerksamkeit. Jetzt, im Wald, gab es keinen Lärm mehr. Geräusche, ja, aber keinen Lärm. Anfangs, in den ersten Nächten, kam ihm das Scharren und Huschen der Tiere – das Haus stand offenbar in der Nähe eines Wildwechsels – laut und ungestüm vor, ein Knacken und Rascheln, das sein schlafbereites Bewußtsein überflutete. Inzwischen hörte er diese Geräusche nicht mehr, so wie ein Mechaniker für das Rattern einer einwandfrei arbeitenden Maschine taub ist. Während er sich häuslich einrichtete und der März in den April, der April in den Mai überging, versank alles in seiner neuen Umgebung in Unsichtbarkeit, in die äußerste Transparenz vollkommener Ordnung.

Und doch hatte er nie in seinem Leben so gut, so viel gesehen. Er hatte sich weder in der Schule noch im Daseinskampf innerhalb der Familie hervorgetan; irgend etwas, von dem er nicht glauben konnte, daß es einfache Dummheit sei, trübte seine Auffassungskraft. Irgend etwas lähmte sein Begriffsvermögen im Augenblick des Erfassens, zerstreute seinen Blick, wenn Konzentration verlangt wurde, ließ sein Streben zerflattern, wenn es zielgerichtet hätte sein sollen. Vielleicht war sein Denken oder jene Apparatur von Schaltern und Hebeln, die sein Denken in die Bewegungen der Außenwelt umsetzte, zu fein justiert, als daß es die Stöße anderer hätte ertragen, in dem durch menschliche Aktivität erzeugten schweren, feuchten Klima hätte funktionieren können. Das Klima der Menschen war, wie er jetzt erkannte, seiner Natur niemals gemäß gewesen.

Er hatte das Haus auf einem Jagdausflug entdeckt, mitten in einem wild nachgewachsenen Wald, der einer Stahlwerksgesellschaft gehörte. Die Gesellschaft – ihr Sitz befand sich am anderen Ende des Staates, in Pittsburgh – hatte vor fünfzehn Jahren das ganze Gebiet en bloc gekauft, weil es hieß, der Boden sei erzhaltig. Bisher hatte man allerdings noch keine Stollen angelegt und würde es auch vielleicht nie tun. So lagen denn diese Hunderte von Morgen Land sich selbst überlassen da, und Wildwuchs überwucherte die inneren Abgrenzungen – alte Wegsteine, zerfallene Erdwälle und rostige Stacheldrahtzäune, die wie die Fäden einer längst vergessenen Debatte waren.

Das Haus erschreckte ihn, als er es zum erstenmal sah: eine Sandsteinruine ohne Dach, mit einem Anbau, der noch ein paar Zedernholzschindeln aufwies. Es hatte hier nichts zu suchen, dieses gespenstische Relikt, das der Wildnis etwas Drohendes gab. Wie alt mochte es sein? Die Bäume ringsum waren hoch, aber nicht dick, und man erkannte noch Spuren eines Hofes – Erde, zu fest gestampft, als daß sich Wurzeln dort hätten einkrallen können. Vielleicht war das Gelände vor einem Jahrhundert gerodet, vielleicht vor dem Krieg noch bestellt worden. Er entdeckte nichts, was auf eine Feuersbrunst hindeutete. Das Dach und auch der Fußboden waren vom Wetter zerstört; der Keller, voller Steinbrocken und überwuchert von Brombeerranken, gähnte zwischen den Bodenbalken, die das Gewicht des Mannes immerhin noch aushielten. Die parallel liegenden Balken erinnerten ihn an eine Harfe, und als er aufblickte, mußte er lächeln beim Anblick des durch die nackten Sparren scheinenden blauen Himmels – er hatte das Gefühl, in einem skelettartigen Korb zu sitzen und von einem großen blauen Ballon in die Lüfte getragen zu werden. Mit zwangsläufig rhythmischen Schritten ging er über die Balken und das erinnerte ihn an einen Onkel, der Organist in der lutherischen Kirche gewesen war, und daran, wie tänzerisch sich die Füße dieses Onkels über die Pedalklaviatur bewegt hatten.

Ein Teil des Hauses bot noch Schutz. Der Anbau, der früher die Küche gewesen sein mußte, hatte sowohl Dach als auch Fußboden. Sogar ein Stück Innenwand war erhalten geblieben – keine Gipswand, sondern eine aus Holz, mit Tapete verkleidet –, und ein Türrahmen ohne Tür. Ein zweites türloses Rechteck führte nach draußen über eine Sandsteinschwelle mit zwei feuchten Mulden – winzige Pfützen, kleiner als Untertassen – und mehreren parallelen Rillen, die der gezahnte Meißel eines Steinmetzen hinterlassen hatte. Das Mauerwerk war intakt, und die Holzeinfassung der scheibenlosen Fenster hatte sich zwar etwas verzogen und geworfen, schien aber noch ganz stabil zu sein. Man brauchte nur neue Türen und Fenster einzusetzen, Fußboden und Dach zu reparieren, dann war der Raum wieder wetterfest.

Er fragte sich, warum noch kein anderer daran gedacht hatte. Sogar zerstörungswütige Rowdies schienen die Ruine übersehen zu haben. Die hier und dort eingeritzten Initialen waren so grau wie das Holz. Eine dicke Rostschicht überzog die im Keller verstreuten Cola-Dosen, und die leeren Schrotpatronen unter einem der Simse stammten gewiß nicht aus der letzten Jagdsaison. Vielleicht hatte es die Stahlwerksgesellschaft zunächst verstanden, Eindringlinge abzuschrecken, und dann in der hochmütigen Art lässiger Sieger selber das Interesse daran verloren. Jedenfalls schien das Haus nicht einmal mehr auf Liebespaare zu warten, nur noch auf ihn.

Sein jüngster Bruder, der Lehrer, war der erste, der ihn besuchte. Er hauste erst seit einer knappen Woche dort und war noch mit den Zimmermannsarbeiten beschäftigt. Ein fabrikneues Fenster mit dem roten Markenzeichen der Glasfabrik auf jeder Scheibe lehnte an einer Birke und verlieh den Moos- und Grasbüscheln rings um den Stamm das lichtgebrochene, verhätschelte Aussehen von Treibhausschößlingen. Es war März, und noch wuchs wenig Grün aus dem Boden. Jeder kleine Zehrwurztrieb, der sich durch den Laubhumus bohrte, sah irgendwie erstaunt aus. Eine verschüttete Quelle machte den Boden auf dieser Seite des Hauses sehr feucht.

«Es ist nicht dein Grund und Boden, Stanley», sagte sein Bruder. «Das Land gehört nicht einmal dem Staat.»

«Na, dann sollen sie mich doch rausschmeißen. Ich kann nicht mehr verlieren als das Holz und die Nägel.»

«Wozu willst du es denn benutzen?»

«Das weiß ich noch nicht.»

«Ist da vielleicht eine Frau im Spiel?» Auf Morris' zarter Haut zeigte sich eine leichte Röte. Stanley mußte lachen. Morris war jung, Ende Zwanzig, und wirkte noch jünger, als er den Jahren nach war. Er hatte sich einen Schnurrbart wachsen lassen; das sah aus, als hätte ein Kind einen Puppenjungen mit der rosigen Farbe eines Mädchens bemalt und dann, als es seinen Irrtum bemerkte, feierlich einen dunklen Fleck unter die Nase getupft.

«Könnte ich, um mit einer Frau zusammen zu sein, nicht mein Zimmer benutzen?» gab Stanley zurück. Das war ein unfreundlicher Scherz, denn Morris hatte sich schon des öfteren über einen solchen ‹Mißbrauch› beschwert. Ihre Zimmer lagen nebeneinander im zweiten Stockwerk des elterlichen Hauses. Dort wohnten alle Brüder außer Tom, der nach Kalifornien gezogen war. Die Eltern lebten nicht mehr. Bernard, der älteste Bruder, ein Bauunternehmer, nahm den größten Teil des Hauses für sich, seine Frau und seine beiden Söhne in Anspruch, wobei allerdings nicht ganz klar war, ob er es allein ge-erbt hatte oder ob es allen Brüdern zu gleichen Teilen gehörte. Stan-leys Wohnrecht war jedoch nie bestritten worden.

Morris zuckte zusammen und sagte, sehr schnell sprechend: «Gewiß. Wäre ja nicht das erste Mal. Von deinen Huren wird jedenfalls keine so weit laufen mögen.» Um seinen scharfen, kalten Ton zu unterstrei-chen, trat er heftig auf ein Zehrwurzbüschel, so daß der Aasgeruch der Pflanze die Luft verpestete. «Du machst die ganze Familie lächer-lich», fügte er hinzu, und Stanley war erstaunt, wie laut Morris bei all seiner rosigen Zartheit sein konnte, wie mühelos er mit der Schnelligkeit eines sich verbreitenden Geruchs einen großen Teil des schüsselförmigen grünenden Raumes um das Haus herum mit seiner Gegenwart erfüllte.

In die Defensive gedrängt, murmelte Stanley: «Es braucht ja keiner davon zu erfahren.»

«Wirst du arbeiten?»

Stanley begriff nicht recht, was Morris mit dieser Frage bezweckte. Er hatte doch sogar zwei Jobs; er war Hausverwalter – Hausmeister, genauer gesagt – in der Schule, an der sein Bruder unterrichtete, und im Sommer arbeitete er für Bernard, hob Gräben aus, mischte Ze-ment, nagelte Verschalungen zusammen, da er als Zimmermann eini-ges Geschick besaß. Obwohl er nicht einmal die elfte Klasse absol-viert hatte, schien ihm immer, daß er kurz vor einem entscheidenden inneren Abschluß stünde; er fühlte ein Licht über sich, zu dem er sich aber aus der ihn umgebenden Verwirrung heraus nicht erheben konnte.

«Warum denn nicht?» antwortete er, und Morris knurrte befriedigt.

Die Frage war jedoch gar nicht so müßig gewesen, denn der Weg durch die zwei Meilen Wald zur Stadt kam ihm mit der Zeit immer län-ger vor, statt daß er ihm – wie das gewöhnlich der Fall ist – durch die Gewohnheit kürzer erschien. Jedes Möbelstück, das er aus seinem Zimmer in die alte Küche hinausschaffte, verlieh dem Marsch in den Wald zusätzliches Gewicht. Als besonders unnatürlich empfand er es, bei Morgengrauen aufzubrechen, in der feuchten braunen Wirr-nis, bevor das schräg einfallende Licht die Baumstämme einzeln her-aushob und wenn die Zweige noch schwer waren von milchigen Tropfen, in denen die transparente Nacht erstarrt zu sein schien. So-bald Stanley sich über seine Lichtung hinausbewegte, war ihm, als zerreiße er eine Haut, erzwinge eine vorzeitige Reife. Sein Haus war ihm auf den Leib gewachsen. Er liebte vor allem den Kontrast zwi-schen dem verwitterten Holz, das durch Wind und Regen seinen ur-sprünglichen astknotigen Zustand zu suchen schien, und den ausge-

besserten Stellen aus frischem Fichtenholz, die sauber und genau ein-
gepaßt waren und jung rochen. Flickwerk rief ein Gefühl des Rettens,
des Bewahrens hervor, und das hatte er schon immer gemocht. Seit
er über das modebewußte Jünglingsalter hinaus war, trug er gern
alte, mit geschickter Nadel vor dem Lumpensack bewahrte Kleidungsstücke und schlug auf diese Weise der Zeit ein Schnippchen —
obgleich die gestopften Stellen und die aufgesetzten Flicken, mochten
sie auch fast unsichtbar sein, ihn mit einer subtilen Aura der Verlo-
renheit umgaben. Und diese instinktive Abneigung, etwas zu verschwenden, ein konservatives Verlangen nach Aufschub, nach Zu-
rückstellung führte dazu, daß er seine Haare sehr selten schneiden
ließ und sich nur jeden zweiten Tag rasierte, wodurch er das Leben
der Klingen verlängerte. So drückte sich seine leidenschaftliche innere Sauberkeit durch äußere Ungepflegtheit aus — eine Umkehrung, die
für sein teleskopisches Verhältnis zur Gesellschaft typisch war. Er
verspürte immer geringere Neigung, Kontakt mit dieser Gesellschaft
aufzunehmen, und sei es auch nur auf dem Weg durch die Kellergän-
ge der High School. Die Schüler, das wußte er, machten sich über seine gebeugte Haltung, seine bedächtige Langsamkeit lustig. Versuchsweise, wie bei seinen ersten sexuellen Erlebnissen damit rech-
nend, auf Widerstand zu stoßen, und deshalb sein Vergehen in eine
merkwürdige Gleichgültigkeit münden lassend, blieb er hin und
wieder einen Tag und schließlich sogar eine volle Woche der Arbeit
fern. Er ließ sich einen Bart wachsen. Zu seiner Überraschung — denn
er hatte schwarzes Haar — war der Bart rot. Eines Tages besuchte ihn
sein älterer Bruder draußen im Wald.

Bernards Gegenwart wirkte zwar weniger aggressiv als die von Morris, dafür aber wuchtiger; für Ohren, die nichts Lauteres gewohnt
waren als Vogelgezwitscher und das Rascheln abendlicher Kriechtie-
re, klang seine Stimme schallend, war wie ein tiefer Riß im Gewebe
des Lebens. Da es Sonntag war, trug Bernard einen dunklen Anzug;
er schwitzte und war gereizt. «Ich hatte alle Mühe, dich zu finden.»

«Da ist eine Mauer, bei der du rechts abbiegen mußt. Ich habe mich
anfangs auch oft verirrt.» Stanley war erstaunt, seine Stimme zu hören. Sie klang so seltsam, wie ein trockenes Knacken; er hatte sie seit
Tagen nicht gebraucht, außer vielleicht einmal zum Trällern.

«Sag mal — bist du so verrückt, wie du aussiehst?»

«Ich kann mich ja rasieren, wenn ich in die Stadt gehe.»

«Ich meine nicht nur deinen Bart, aber da wir schon davon reden —
weißt du, daß er rot ist wie eine Orange?»

«Natürlich, ich habe doch einen Spiegel.»

«Meine Jungen fragen: ‹Wo ist Onkel Stan?›»

«Bring sie mal mit. Sie können bei mir übernachten, wenn sie Lust haben. Aber nur sie, nicht ihre Freunde. Soviel Platz habe ich nämlich nicht.»

«Dann betrachtest du also das hier als eine Art Camping?»

Stanley bemühte sich, zu verstehen; es schien so ungeheuer wichtig zu sein, daß er verstand. «Camping?»

«Weißt du, was man in der Stadt sagt?»

«Über mich?»

«Man sagt, du seist ein Einsiedler geworden.»

Eine seltsame Freude, ein lauwarmer Hauch von Morgenlicht, berührte Stanley. Dem, was er mehr oder weniger bewußt getan hatte, erkannte man Würde und Bestimmtheit zu. Er hatte sich zum Einsiedler entwickelt. Einer seiner Brüder war Bauunternehmer, ein anderer unterrichtete Kinder, ein dritter lebte in Kalifornien, und er war ein Einsiedler. Das war besser als ein Diplom; aber er hatte es nicht verdient. «So habe ich das noch gar nicht gesehen», sagte er vorsichtig.

Bernard schien jetzt ganz zufrieden zu sein. Er stellte die Beine anders, als hätte er endlich Hülsen gefunden, die ihr großes schwarzes Gewicht aushielten. «Wie bist du eigentlich auf diese Idee gekommen? Hat es etwas mit Loretta zu tun oder mit Leinbach oder sonst wem?»

Stanley kannte die Namen. Leinbach war der Schulhausverwalter, und Loretta war eine Frau, die allein in einem Wohnwagen hauste. Leinbach war schlank und pedantisch, er hatte eingesunkene Schläfen und aufgeplatzte Äderchen an der Nase. Jeden Tag kam er in einem frischgewaschenen grauen Hemd zur Arbeit und trug seine Frau im Glanz ihrer Bügelfertigkeit sozusagen auf dem Rücken. Er wachte so eifersüchtig über die vier großen Boiler im Heizkeller der Schule, als würde sein Blut von ihrer Hitze warm gehalten. Loretta war rosig und weiß und glatt, liebte ihr Bier und lachte, wenn sie sich daran erinnerte, wie das Leben ihren Wohnwagen hier am Rand eines Maisfeldes hatte stranden lassen. Purpurwinden rankten sich um die Betonklötze, die inzwischen an Stelle der Räder den Wohnwagen stützten. Stanley war immer wieder begeistert, wenn er sah, wie sich die Installationen in Bad und Küche mittels vernickelter Scharniere entfalteten und sich den beengten Raumverhältnissen anpaßten. Aber manchmal hatte Loretta ihren wilden, bitteren Tag; dann wurde sie von ungestümem Groll gepackt, und ein ursprungsloser Sturm der Empörung überflutete ihre sonstige Glätte, so daß die Abteile des Wohnwagens erbebten. Stanley vermutete, daß sogar er selbst es war, der sie ungewollt kränkte. Einmal, am letzten Tag vor den Weihnachtsferien, hatte er aus Versehen das Feuer im dritten Boiler mit zuviel Gruskohle erstickt. Leinbach, so grau im Gesicht, daß die Adern sich bleifarben abzeichneten, war herbeigestürzt, um die Glut wieder anzufachen, und hatte dabei in wilder Wut auf deutsch geflucht. Angesichts einer so heftigen Erregung fragte Stanley sich unwillkürlich, ob es etwa ein Viertelsektor von Leinbachs gewesen sei, den er hatte verflackern und ersticken lassen. Dieser Blick in ein mögliches System kühlte seltsamerweise seine Gefühle für Loretta ab. In der Welt war eine Leidenschaft entfesselt, die ihn verbrennen konnte. Er sagte zu Bernard: «Nein, es hat mit niemandem zu tun.»

«Was soll denn das Ganze? Du wirst hier verkommen.»

«Hast du Leinbach gesehen?»

«Ich soll dir von ihm bestellen, daß sie dich nicht mehr brauchen. Solche komischen Vögel können sie in der Schule nicht beschäftigen, sie müssen an die Kinder denken.»

Stanley sah Leinbach vor sich, wie er von ‹komischen Vögeln› sprach, mit schiefem Mund, so daß die Bezeichnung etwas Unzüchtiges bekam. «Wieso?» fragte er starrsinnig. «Weil ich hier wohne?»

«Und er hat noch nicht mal deinen Bart gesehen. Wann wirst du dich denn rasieren?»

«Jedenfalls nicht auf Leinbachs Befehl.»

Bernard lachte auf: das Geräusch klang so trocken wie ein Schuß. «Dann bleib hier. Du kannst bald bei mir anfangen. Wir sind jetzt auf einigen Grundstücken am Friedhofshügel beim Ausschachten.»

«Wenn du mich nicht dringend brauchst, warte ich gern noch eine Weile.»

Bernard zog seine Jacke aus und schien sich kampfbereit der Stimmung des Waldes anzupassen. «*Ich* brauche dich nicht», sagte er. «Es ist doch wohl andersherum.» Als Stanley dies weder bestätigte noch bestritt, fuhr Bernard wesentlich lauter fort: «Von mir aus kannst du hier verrückt werden.»

«Im Gegenteil. Ich versuche einen klaren Kopf zu bekommen.»

«Na schön, dann stink dich aus. Hock auf deinem eigenen Dreck. Du wirst schon bald angekrochen kommen. Hier – ich lasse dir meine Zigaretten da.»

«Vielen Dank, Bernie, aber ich rauche kaum noch.»

Als Bernards schwere Schritte verklungen waren, blieb Stanley mit dem dröhnenden – und alles in allem ermutigenden – Gefühl zurück, daß er mit seinem Bruder gestritten und die übliche Vertagung der völligen Niederlage erreicht hatte.

Mit Ranken der Gewohnheit schlug der Einsiedler Wurzeln im Wald. Einsamkeit ist ein zweidimensionaler Zustand, dessen Probleme genau geplant werden können. In einem nahen Bach floß klares Wasser. Stanley machte sich auf einem zweiflammigen Petroleumkocher die Konserven heiß, die er allwöchentlich in dem dahinvegetierenden Eckladen am Stadtrand kaufte, wo man für jeden Kunden dankbar war. Obwohl er eine Flinte besaß, ging er nicht auf die Jagd, weil er fürchtete, als Wilderer den unsichtbaren Behörden aufzufallen, die ihn bisher in Ruhe gelassen hatten. Das Zubereiten der Mahlzeiten teilte den Tag in bequeme Abschnitte, und beim Aufwärmen und Neuzusammenstellen der Reste konnte er seinem Hang zur Flickarbeit frönen. Das Problem der Beseitigung seiner Exkremente löste er mittels einer Reihe von tiefen Löchern, die er aushob und die sich allmählich wieder füllten – nie versiegende Brunnen besonderer Fruchtbarkeit im Wald, wie er sie in Gedanken nannte. Um sich Bewegung zu machen, zerkleinerte er umgestürzte Baumstämme, und um es warm zu haben, verbrannte er das Holz in dem alten Küchenherd. Zum Säubern des Abzugs bediente er sich der klassischen Methode, ein Fichtenbäumchen von oben nach unten hindurchzuziehen. Er las sehr wenig. Petroleum, das er in einer Fünf-Gallonen-Kanne herbeischleppen mußte, war für Beleuchtungszwecke viel zu kostbar. Auf einem seiner Beutegänge in die alte Wohnung durchstöberte er den dunklen Dachboden und nahm aufs Geratewohl zwei Bücher von den staubigen Stapeln, die seine Mutter hinterlassen hatte. Sie war eine unermüdliche Leserin gewesen – auf ihre Art auch ein Einsiedler. Unten stellte er fest, daß es sich bei den Büchern um einen graubraunen englischen Gesellschaftsroman aus dem Jahre 1913 handelte und um die moosgrünen Erinnerungen einer Schauspielerin, die den amerikanischen Westen nach dem Bürgerkrieg auf Tourneen bereist hatte. Er las täglich um die Dämmerstunde ein paar Seiten des einen oder des anderen Buches, in jener magischen Gemütsverfassung, in der manche Menschen die Bibel zu lesen pflegen, weniger eine zusammenhängende Handlung als jähe fragmentarische Erleuchtung erwartend. Und er wurde selten enttäuscht, denn ob der Schauplatz der Ballsaal eines Herrensitzes in Sussex oder eine improvisierte Bühne in Dodge City war – die Ereignisse (hier lehnte es die Tochter eines verarmten Adeligen ab, mit dem Sohn eines finanzgewaltigen Industriellen zu tanzen, dort wurde ein mexikanischer Bandit während der Wahnsinnsszene in *König Lear* ermordet) hatten den gleichen Überraschungseffekt, waren plötzlich aufleuchtende Zeichen einer übernatürlichen Welt.

Die tapfere alte Herzogin tat durch ein diskretes Flüstern ihr Verlangen kund, aus dem Saal hinausgetragen und in ihre Privatge-

mächer gebracht zu werden, wo sie ungestört die funkelnden
Bruchstücke ihrer soeben auf so unverschämte Weise zerschmet-
terten Hoffnungen mit liebevollen Augen betrachten und vielleicht
wieder zusammensetzen konnte.

Fast auf jeder Seite war irgendein Satz zu finden, der sich in seiner
indirekten Relevanz, aus dem Buch in Stanleys Augen springend, auf
sein Denken, sein Leben bezog.

Ich spürte, wie die Zuschauer von Panik erfaßt wurden, aber ich
plapperte und plärrte unbeirrt meinen Text. Das drohende Ge-
murmel wurde jedoch immer lauter. Da riß ich, von der Verzweif-
lung inspiriert, meine Schellenkappe ab und ließ mein langes Haar
über das Narrenkleid herabwallen. Schneller als ich zu hoffen ge-
wagt hatte, brachte die schockartige Erkenntnis, daß der Narr eine
Frau war, die Menge zum Schweigen, und wir konnten ungestört
weiterspielen. Am Ende des Aktes feierten mich diese rauhen
Männer mit einer Ovation, daß ich ganz schwach wurde und ich
die Tränen nicht zurückhalten konnte.

Bei der Lektüre solcher Stellen schien Stanley in seinem Innern einer
Art Engel zu begegnen, einer geschlechtslos gekleideten Frau, die
verlangte, er solle die schmalen Stufen seiner Tage bis zum Plateau
endgültiger Erleuchtung erklimmen.

Die Tage unterwarfen sich der Symmetrie, die Nächte jedoch suchten
sich dem Griff zu entziehen; ein unkontrollierbarer Eindringling –
Schlaflosigkeit – erschien, um die Ordnung von Stanleys Existenz zu
stören. In manchen Nächten floh ihn der Schlaf gänzlich; oft erwachte er unter einem kalten Mond, und wenn er mit geschlossenen
Augen zurückeilte zu der dunklen Tür, die sich einen Spalt weit geöffnet hatte, stellte er fest, daß sie verschlossen war, bis das Morgengrauen sie mit einem Lufthauch wieder aufwehte. Es war, als hätte er
sich, indem er soviel Weltliches von sich tat, zu leicht gemacht und
könnte nun nicht mehr sinken, als hätte er, indem er sich von soviel
Bösem gereinigt, gegen ein animalisches Bedürfnis verstoßen, das
sich nun an seinen bloßliegenden Nerven rächte, gleich Zähnen, die
nach dem Putzen weh tun. Um sich zu entspannen, dachte er an Frau-
en, doch seine Ergüsse in diese Schatten vertieften nur die Leere in
ihm. Wachend träumte er, daß er ein gewichtsloser Stein, ein Körper
ohne Persönlichkeit sei, und fragte sich, ob seine persönliche Existenz
jemals Wirklichkeit gewesen war oder nur eine Illusion, die er Frauen
verdankte: seiner Mutter, die mit ihren bekümmerten Augen jeden
Zoll seines Wachstums geformt hatte, und dann der freundlichen
Reihe, an deren Ende Loretta stand – Loretta, die im vertrauten Bei-
sammensein die männliche Schönheit seines Brustkorbes gerühmt

hatte, so daß die Erinnerung an sie oder auch nur an ihren zweifarbig gestrichenen Wohnwagen mit den windenumrankten Sockeln buchstäblich seine Brust weitete, die Haut straffte und bräunte. Ja, wozu hatte er überhaupt noch einen Spiegel, wenn nicht als eine Art Frau, in der er – den Kopf hierhin und dorthin wendend, den Bart glättend, verstohlen lächelnd – die früher durch Bewunderung lebendig gewordenen Winkel suchte? Er war froh, als Loretta zu Besuch kam. Das geschah Ende April. Er atmete erleichtert auf beim Anblick ihrer plumpen Gestalt, die in einem blauen Kleid und einer grauen Wolljacke zwischen den Bäumen sichtbar wurde und dann über den baumlosen Hof watete. Auf dem Hof wuchsen jetzt Farne, die Lorettas Fesseln verdeckten. Für eine so dicke Frau hatte sie schlanke Fesseln.

«Du liebe Güte», sagte sie und blieb stehen. «Über dich kann man nur staunen.»

«Und über dich erst», erwiderte er. «Ich wußte gar nicht, daß du so weit laufen kannst.»

Im Gegensatz zu den anderen war sie abends gekommen. Sie fragte: «Bittest du mich nicht herein?»

«Doch, natürlich», sagte er, und sie näherte sich dem Haus, schwebend, unaufhaltsam. «Bei mir ist es aber nicht so sauber und ordentlich wie in deinem Wohnwagen.» Er war sehr verlegen und von unbändigem Stolz durchdrungen, als sie über die gerillte, narbige Steinschwelle schritt, die von ihm geschaffene Behausung in Augenschein nahm und nichts daran lächerlich fand.

«Das hast du gut gemacht», sagte sie ernst, beeindruckt. Dann lachte sie.

«Warum lachst du?»

«Es hat mich an etwas erinnert, und jetzt weiß ich auch, an was. Ich habe mal einen Chinesen gekannt, einen Junggesellen, der auch so wohnte, mitten in Philadelphia. Da hat's genauso gerochen wie hier. Vielleicht ist es das Petroleum. Laß mich mal an dir riechen.» Sie öffnete die beiden obersten Knöpfe seines Hemdes, zog den Ausschnitt des Unterhemdes herunter, drückte ihre Stupsnase gegen seine Haut und schnupperte. «Nein, du riechst noch nicht chinesisch, du riechst immer noch wie Stanley. Dein Herz klopft.»

«Schließlich ist es ja eine ganze Weile her.»

«Ich hatte nicht das Gefühl, daß du mich bei dir haben wolltest.»

«Ich glaube auch nicht, daß ich es wollte.»

«Aber jetzt bin ich hier, wie?»

«Jetzt bist du hier.»

«Wie kalt wird es nachts?»

«Nicht mehr so sehr. Wir werden nicht frieren. Hast du Hunger?»
«Durst.»

Er blickte ihr ins Gesicht, um zu sehen, in welchem Sinn sie das meinte, aber die Sonne stand schon tief, außerdem hielt sein Körper das Licht ab, das durch das Fenster drang, und so nahm er von ihrem Gesicht nichts wahr als verschwommene Wärme und einen würzigen Duft, der vielleicht von ihrem Haar ausging. Er überließ ihr das Feldbett und breitete daneben eine Decke auf dem Boden aus, so daß er sie jedesmal, wenn er nachts aufwachte, über sich sah, ihren gebeugten nackten Arm, der weißlich schimmerte, ihren schweren Körper, der wolkengleich auf den dünnen X-Beinen der Bettstatt schwebte und die Unterseite der Matratze ausbauchte. Als wäre es möglich geworden, mit dem Himmel zu spielen und den Mond zu verrücken, hob er den Arm und fühlte mit der Hand und geriet dann in Verwirrung, denn als ihr Körper den seinen umfaßte und über seine Fingerspitzen glitt, kam sie ihm bald riesig breit und bald schrecklich dünn vor, von der lauschenden Dünne eines Kindes, während ihre Gestalt einer bestimmten Position im Verhältnis zu den Fixsternen seines eigenen Systems zustrebte.

Er schlief lange und wachte davon auf, daß sie sich an seinem Herd zu schaffen machte. Das metallische Geklapper ärgerte ihn; sie schien in seinem Kopf herumzukramen. Von hinten, in verwaschenem Blau, sah sie dick aus, sie hatte sich an ihm gemästet. Sie fluchte über seinen Petroleumkocher, der nicht brennen wollte. Er erhob sich und benutzte, nackt, seinen Körper als Keil, um sie von dem Herd und den Töpfen, den Gerätschaften seines Lebens, zu trennen. Sie gab bereitwillig nach, aber als er fertig war, verdunkelte Zorn ihre Augen. Sonnenlichtflecke zuckten über die rohen Dielenbretter wie Münzen, die immer wieder gezählt werden. Er lag auf einem Gegner, der sich mit einem einzigen Atemzug so dick aufpumpen konnte, daß er ihn, Stanley, zu überwältigen vermochte. Sie standen auf, und Lorettas Sturm brach los – Tränen, Schmähungen, Vorwürfe, immer von neuem mit kalter Stimme wiederholt, klägliche Versuche, zu einer abgrundtiefen Zärtlichkeit umzuschwenken. An ihrem Kopf vorbeiblickend, das Kinn entflammt im Lichthof ihrer ungekämmten Haare, sah er das auf den morgendlichen Wald hinausgehende Fenster als ein Aquarium, von dessen magisch gezackter, in Sonnenschein getauchter grüner Blätterwelt ihn dieses Weinen für immer fernhalten würde. Er setzte ihr ein Frühstück vor und begleitete sie dann bis zum Waldrand, wo die betreten verboten-Schilder aufgestellt waren.

«Ich komme nicht mehr», sagte sie.

«Es ist ja auch zu mühsam für dich», erwiderte er.

«Weißt du eigentlich, was du dir antust?» fragte sie und gab selbst die Antwort: «Du richtest dich zugrunde.»

«Ich bin wie du in deinem Wohnwagen», sagte er lächelnd und suchte in ihrem Gesicht nach dem Widerschein seines Lächelns.

«Nein.» Sie sprach in jenem Ton gelassener Ruhe, den sie stets nach ihren Wutausbrüchen anschlug. «Mir ist dieses Leben aufgezwungen worden, du aber entscheidest dich aus freien Stücken dafür.»

Wie dankbar war er trotz allem seinen Besuchern! Jeder einzelne ließ etwas bei ihm zurück, was seine Situation erhellen half. Er handelte aus freien Stücken, ja, und während er durch den Wald zurückging, begrüßt von den Stimmen ungesehener Vögel und dem Winken ihm unbekannter Pflanzen, suchte er nach einer weiteren Entscheidung, einem weiteren Verzicht als Buße für die parasitische Ekstase der Nacht. Zu Hause zerschlug er den Spiegel. Er hielt ihn quer über den Herdstein, so daß der Spiegel als letztes eine Scheibe blauen Zenits reflektierte, und ließ ihn fallen. Die Splitter fegte er zusammen, vergrub sie weit vom Haus entfernt und bedeckte die Erde mit Laub, damit er die Stelle nicht wiederfinden konnte. Aber fortan war ihm, als bewachten ihn von diesem Teil des Waldes aus vergrabene Augen. Das Gefühl schwand tagsüber, kehrte jedoch nachts zurück und verlieh seinem Schlaf eine Tiefe, wie sie ihm seinerzeit im Kindesalter das Wissen gegeben hatte, daß zu einer unbekannten Stunde seine Mutter, die noch unten im Wohnzimmer war, auf ihrem Weg ins Bett in sein Zimmer kommen, ihm über die Stirn streichen und die fortgestrampelten Decken sorgsam zurechtziehen würde. Die Schlaflosigkeit hörte auf, sein Gast zu sein. Nach Lorettas Besuch wurde er immer schon am frühen Abend müde, war oft nicht mehr imstande zu lesen und stand mit der Sonne auf.

Noch nie hatte er so gut, so viel gesehen. Der kühle April wich dem heiteren Mai. Knospen aller Art waren aufgebrochen. Stanley wurde sich deutlich winziger Nuancen bewußt — er nahm Braun- und Grautönungen an den Zweigen und kleine Unterschiede in den Blattformen wahr, entdeckte besondere Wachstumsarten, einen Rhythmus in dem Winkel, in dem ein Zweiglein vom Hauptast ausgriff. Daß er diese Unterschiede nicht in Worte fassen, daß er kaum ein Dutzend Bäume und Blumen mit Namen nennen konnte, umhüllte die zahllosen Erscheinungen mit einer leuchtenden Transparenz, wie nebliger Dunst sie hinterläßt; indes sein Denken das Meer von Grün langsam in Typen unterteilte, identifizierte er jedes wiedererkannte Exemplar nicht namentlich, sondern visuell, so wie man sich an eine Schwester erinnert, deren Name auf Grund ihrer Heirat unzutreffend geworden ist. Sein Denken wurde zu einem schönen, fremdsprachigen Buch, dessen Illustrationen durch die Unverständlichkeit des Textes nur noch an Präzision und Vollendung gewannen. Beim ersten Betreten der parallelen Balken des fußbodenlosen Hauses hatte er an eine Harfe denken müssen, und jetzt kamen ihm diese fein abgestuften, festen und doch elastischen Unterschiedsschichten wie eine noch größere Harfe vor, die darauf wartete, entweder angeschlagen oder unablässig gespielt zu werden – so unablässig, daß ein Augenblick der Stille ihm in den Ohren gedröhnt hätte. Die Kompliziertheit der Moose und Gräser faszinierte ihn. Selbst der kleinste Bereich unterwarf sich der Regel der Unterscheidungen. Stanley empfand die grüne und schuppige Masse ringsum als so unendlich teilbar, daß ein dichtes Schleiergewebe im Vergleich dazu grobmaschig war; die Natur, dieses derbe Netz ineinandergreifender Raubgier, löste sich für ihn in ihrer eigenen unsagbaren Exaktheit auf und hörte auf zu existieren oder existierte nur noch als die Beschreibung von etwas anderem.

Eines Tages besuchten ihn seine beiden Neffen und brachten einen Freund mit. Der Freund, erst vor kurzem zugezogen, war ein schmächtiger Junge; er hatte kurzgeschnittenes Haar und Augen von so dunklem Braun, daß sie rund wirkten. Stanley, der sich unbeholfen mit seinen Gästen unterhielt, merkte auf einmal, daß er sich zumeist an diesen Fremden wandte, denn die vertraute Scheeläugigkeit und wetteifernde Knufferei seiner Neffen waren Dinge, die er schon bewußt ignoriert hatte, als er noch mit ihnen und ihrem Lärm zusammen wohnte. Seine Seltsamkeit schien die Besucher einzuschüchtern. Er wußte nicht, was er ihnen zeigen sollte; die Jungen hatten vielleicht irgendeine sichtbare Leistung erwartet, irgend etwas, was seinen Aufenthalt hier bezeugte und rechtfertigte. Aber da war nichts, nichts außer seinem Unterschlupf, an dem er schon lange keine Verbesserungen mehr vorgenommen hatte – dies und Stanleys subtil verändertes Wirklichkeitsgefühl. Er führte die Jungen durch den Wald, zeigte ihnen das kaum noch erkennbare Rechteck, wo einmal eine Scheune gestanden haben mußte, wies sie auf die Kothügelchen hin, mit denen kleinere Waldsäugetiere ihre Anwesenheit kundtun, forderte sie auf, sich mit ihm über eine Böschung zu beugen, auf der eine Kombination von freiliegenden Wurzeln, Felsbrocken, Moos und Erosion eine Burg, besser gesagt eine Reihe von Burgen geschaffen hatte, die von Ameisen bewohnt wurden. Die Jungen begannen die Ameisen zu zertreten. Als Stanley sie anschrie, wichen sie vor ihm zurück, und er sah seine Hagerkeit und seinen stacheligen roten Bart in ihren Augen widergespiegelt. Auf Abenteuer erpicht, führten sie

314

ihn tiefer in den Wald, als er je allein vorgedrungen war, bis zu einer Stelle, von der aus der rauchende Schornstein eines Hauses und ein glänzendes Stück Autostraße zu sehen waren. Unterwegs suchten sie sich Knüppel und hieben morsche Äste ab, schlugen mit aller Kraft gegen abgestorbene Bäumchen, deren Skelette jahrelang ungestört im Dickicht gehangen hatten, gestützt von den Armen der Bäume, in denen sie erstickt waren. Wohin die Jungen auch kamen, überall stöberten sie den Tod auf: Sie fanden die mit Mäuseknochen durchsetzten Gewölle von Eulen, den aufgetriebenen, in die Länge gezogenen, von Hunden verstümmelten Kadaver eines Murmeltieres, den auf mysteriöse Weise abgetrennten Vorderfuß eines Rehbocks. Die Fülle grünen Lebens hielt für sie nur diese wenigen Perlen bereit. Stanley gab jedem von ihnen einen Apfel mit auf den Heimweg und schickte sie fort, ohne sie zum Wiederkommen aufzufordern. Beim Abschied spürte er, daß der dritte Junge ein wenig zögerte, er ahnte eine nicht ganz befriedigte Neugier in diesen runden Augen, eine Lernbereitschaft, die sich Stanley inmitten seines langsamen Erfassens als eine neue und subtilere Versuchung darbot. Aber dann verschwand der Junge zusammen mit den anderen.

Als Stanley noch unter Menschen lebte, hatte er nur selten gebadet, weil er fand, das Schöpfen und das Verschmutzen von Wasser sei Verschwendung; jetzt aber badete er sehr oft, denn in dem nahen Bach floß das Wasser tagaus, tagein klar dahin, und es wäre eine Verschwendung gewesen, keinen Gebrauch davon zu machen. Der Bach war nur einige Zoll tief und gerade mannsbreit; um naß zu werden, mußte sich Stanley bäuchlings auf das Bett aus rotem Sand und glattgeschliffenen Sandsteinen legen und sich selbst zu einem großen Sandstein machen, den der Bach, tastend zunächst, mit seinem eiskalten Wasser bespülte. Wollte er, daß sein Rücken benetzt würde, so rollte er sich herum und lag, zu den blauen Rissen im Baldachin der Blätter hinaufstarrend, wie ein Ertrunkener, der beim letzten Blick zum Himmel im Tode erstarrt ist. Dann erhob er sich triefend, ein silberner Mann, und ging nackt durch das warme, rauhe Laub vom letzten Herbst die leicht ansteigende Strecke zurück. Er hatte überlegt, ob er einen Damm bauen sollte, aber der Gedanke widerstrebte ihm. Stehende Gewässer lockten Stechmücken an. Und dann war da noch, halb unbewußt, die beunruhigende Vorstellung, daß die Lücke, die entstand, während sich das Wasser zu einem Tümpel staute, durch den Wald bis zum Meer getragen würde, gleichsam ein Aufschrei, der verriet, daß er sich hier aufhielt. Trotzdem – obwohl es keinen natürlichen Tümpel gab, in dem er auch nur hätte hocken können, war es wichtig, daß beim Baden jeder Zoll seiner Haut, sogar die Augenlider mit Wasser in Berührung kamen. Sonst hätte er nicht ohne Scham, ein silberner Mann, durch den Wald schreiten können.

Eines Tages, als er wieder einmal vom Baden zurückkehrte, hatte er das Gefühl, beobachtet zu werden, machte aber den vergrabenen Spiegel dafür verantwortlich, bis er den dritten Jungen, allein, mit verstörter Miene in dem See von Farnkraut vor dem Haus stehen sah. Der Junge sprach als erster. «Entschuldigen Sie», stammelte er, drehte sich um und lief davon. Stanley, von der jähen Furcht erfaßt, etwas zu verlieren oder mißverstanden zu werden, rannte ihm nach—eine schrekkenerregende Gestalt wahrscheinlich, hager und wasserglitschig zwischen den ruhig-erhabenen Senkrechten der Bäume, mit wortlos aufgerissenem Mund und schlenkerndem Penis. Der Junge lief schneller, und bald blieb Stanley stehen. Sein wild klopfendes Herz schien noch ein paar Schritte weiterzurennen und dann in den Schutz des bebenden Brustkastens zurückzukehren. Er war erstaunt über sich selbst, beschämt. Seine Verfolgungsjagd war die Umkehrung von Monaten geduldigen Wartens, eines Wartens — wie er jetzt erkannte —, daß er selbst eingeholt würde. Er wurde sich bewußt, mit wie knapper Not er einer verderblichen Ablenkung entronnen war, einem Jünger, der seine verletzliche Einsamkeit verdünnt und ihm Güte schneller entzogen hätte, als es möglich gewesen wäre, sie abzusondern.

Er wachte jetzt jeden Morgen mit dem Gefühl auf, daß jemand ihn gerufen habe. Zunächst war es nur eine ganz schwache Empfindung, die seinen ersten Bewegungen beim Erwachen eine verschwommene, schuldbewußte Ruhelosigkeit verlieh. Dann, als sich das Gefühl an den drei folgenden Morgen wiederholte, bekam die ungehörte Stimme allmählich etwas ausgesprochen Männliches, gepaart mit unendlicher Zartheit und Dringlichkeit. Es handelte sich keinesfalls um einen Traum; er wußte, was Träume waren, und dieser Ruf drang durch sie hindurch. Er ertönte, soweit Stanley das beurteilen konnte, *nach* dem Ende seiner Träume, aber *bevor* er die Augen aufschlug. Dabei schien er aber auch den Hintergrund der Träume zu bilden, wie ein Telefonläuten im unteren Stockwerk den Hintergrund eines Liebesaktes bildet, so daß die aus Stanleys Menschheitserinnerungen transponierten Phantome doppelt unwirklich gemacht wurden, weil ein unbarmherziger Druck sie ständig verzerrte. Von dem Wunsch getrieben, die Stimme gewissermaßen von Angesicht zu Angesicht zu hören, ihre Männlichkeit zu erfassen und ihre süße Dringlichkeit direkt zu kosten, fiel Stanley in Schlaf, als tauche er zu einem Rendezvous hinab. Daraufhin schwieg die Stimme zwei Nächte lang, wie wenn sie ihn strafen wollte. Als demütig Lernender schloß er daraus, die Stimme sei unwirklich gewesen und er selbst, wie Bernard vorausgesagt hatte, dem Wahnsinn nahe. Am nächsten Morgen, dem siebenten, seit das Gefühl ihn zum erstenmal berührt hatte, berührte es ihn wieder, und zwar besonders stark, gerade als die Dunkelheit weiche Züge annahm. Er fuhr hoch wie jemand, der einem Befehl gehorcht, und erkannte, daß der Ruf eine Kondensation war, die Verdichtung einer Realität, die durch das Tageslicht hindurch fortbestand. Stanley fühlte das Rufen, sah es als eine überwältigende Feinheit in den Dingen; die winzige Wahrheit von Rindenstrukturen, die vielschichtige Lichtdurchlässigkeit von Blättern, die majestätisch dahingleitenden Zwischenräume zwischen Baumstämmen – alles ließ ein Etwas ahnen, das auf Antwort wartete, ein Schweigen, das seiner selbst nicht sicher war. Aber es war so scheu, so zurückhaltend – es deutlich zu hören, das wäre gewesen, als hätte man, wie Stanley einmal von Geldfälschen gelesen hatte, einen Dollarschein der Kante nach mit einer Rasierklinge zerteilt.

Während er seine Mahlzeiten zubereitete, während er aß, während er die Axt in eine umgestürzte Birke sausen ließ – immer war die Empfindung da, klang zwischen den Axtschlägen auf, durchzog seinen Tag. Greifbar nahe war nun der innere Abschluß, den er suchte; die letzte Klarheit, ein Gewebe, das um Haaresbreite vom Verstehen entfernt war, wartete nur noch darauf, daß er ganz still war. Dann, das wußte er, würde sich diese nebelhafte Gegenwart zu Worten verdichten und sich verschwenderisch in sein Denken ergießen. Er badete, trocknete sich ab, zog frische Sachen an, die er im Bach gewaschen hatte und an deren sauberen, ausgebleichten Fasern ein paar rötliche Körnchen wie heiliges Salz hafteten. Er setzte sich auf die breite, flache Schwelle und lauschte. Ein einzelner dünner Zweig lag zur Hälfte in einer kleinen ovalen Lache, die sich auf dem Stein gebildet hatte. Eine Brise strich wie ein Hauch über die Baumwipfel, und in einem Aufzucken von Grün schärften sich die hohen Blätter am Schleifstein des Lichtes. Eine Stille umfaßte alle Erscheinungen; das Geräusch unter der Stille kam näher. Stanley lehnte sich mit dem Rücken an den Türpfosten, fragte sich vage, wie das wohl alles zusammenhing, und entspannte sich in einer Freude, die von Furcht nicht zu unterscheiden war.

Der Wald barst; Morris brach aus den Bäumen hervor, rannte keuchend auf Stanley zu, schüttelte ihn, verwünschte ihn. «Du hast uns ruiniert. Lächerlich hast du uns alle gemacht!»

Stanley brachte kein Wort hervor, so tief war er im faserigen Zugriff dessen gefangen, was ihn beinahe eingeholt hatte. Er blickte zu seinem Bruder auf und sah eine Fieberglut, eine vor Erregung gerötete Haut, die sein grünes Denken schmerzhaft versengte.

«Was ist nur in dich gefahren? Der Junge war so verstört, daß er tagelang nichts davon gesagt hat. Bernie hat alles versucht, damit du nicht eingesperrt wirst. Sie sind dicht hinter mir. Ich bin vorausgelaufen, damit du dich anziehen kannst.»

Aber er war doch angezogen. Obwohl Stanley am liebsten aufbegehrt hätte und auch wußte, daß Morris eine Antwort erwartete, hielt er es für besser, seinen Anteil an der Stille nicht zu entweihen. Er wandte den Kopf und sah, daß am Rand der Farnwiese senkrechte Schatten aufgetaucht waren: Bernard, seine beiden Jungen, ungestüm wie Jagdhunde, der dritte Junge, verschüchtert, erstarrt im Katarakt des Mißverständnisses. Außer ihnen waren noch zwei Männer dabei. Der eine trug eine weinrote Flanellhose, ein gestreiftes Hemd und eine Sonnenbrille, die er gerade abnahm. Es war Tom, aus Kalifornien herübergekommen, seltsamer gekleidet als ein Einsiedler. Und neben ihm ein Mann in grauem Straßenanzug – mit seinem neuen Scharfblick erkannte Stanley, daß es sich um einen Amtsarzt oder einen Vertreter der Stahlwerksgesellschaft handelte. Er sah sie alle wie auf einer See von mehr als kristallinischer Zerbrechlichkeit stehen, Zelle für Zelle aus Schweigen erschaffen. Dann kamen sie schnell auf ihn zu, und es war ein Stampfen und Stolpern, ein plumper, erdrückkender Lärm.

Quellennachweis

Die Erzählungen, angeordnet in der Reihenfolge ihres Entstehens, wurden folgenden Originalausgaben entnommen:
Aus John Updike, *The Same Door. Short Stories*. Alfred A. Knopf, Inc., New York 1959:

> Ace in the Hole (Ace ist Trumpf) / Tomorrow and Tomorrow and So Forth (Morgen und morgen und so fort) / The Kid's Whistling (Das Gepfeif des Jungen) / Snowing in Greenwich Village (Schnee in Greenwich Village) / His Finest Hour (Seine große Stunde) / A Trillion Feet of Gas (Ein Pfeiler der Reaktion)
> Ins Deutsche übersetzt von Maria Carlsson

Aus John Updike, *Pigeon Feathers and Other Stories*. Alfred A. Knopf, Inc., New York 1962:

> Walter Briggs (Walter Briggs) / Should Wizard Hit Mommy? (Darf Zauberer Mammi hauen?) / Dear Alexandros (Lieber Alexandros) / Wife-wooing (Werben um die eigene Frau) / Home (Heim) / The Doctor's Wife (Die Doktorsfrau) / The Crow in the Woods (Die Krähe im Wald)
> Ins Deutsche übersetzt von Susanna Rademacher
> Flight (Flügge) / Archangel (Erzengel)
> Ins Deutsche übersetzt von Maria Carlsson

Aus John Updike, *The Music School. Short Stories*. Alfred A. Knopf, Inc., New York 1966:

> In Football Season (In der Footballsaison) / The Indian (Der Indianer) / Giving Blood (Beim Blutspenden) / A Madman (Ein Verrückter) / The Stare (Der Blick) / Avec La Bébé-sitter (Avec la Bébé-Sitter) / Twin Beds in Rome (Zweibettzimmer in Rom) / Four Sides of One Story (Vier Seiten einer Geschichte) / At a Bar in Charlotte Amalie (In einer Bar in Charlotte Amalie) / The Christian Roommates (Die christlichen Zimmergenossen) / My Lover Has Dirty Fingernails (Mein Geliebter hat schmutzige Fingernägel) / Harv Is Plowing Now (Harv pflügt jetzt) / The Music School (Die Musikschule) / The Rescue (Die Rettung) / The Bulgarian Poetess (Die bulgarische Dichterin) / The Family Meadow (Die Familienwiese) / The Hermit (Der Einsiedler)
> Ins Deutsche übersetzt von Hermann Stiehl

Erzählungen großer Autoren
unserer Zeit
in Sonderausgaben

JAMES BALDWIN · Gesammelte Erzählungen

GOTTFRIED BENN · Sämtliche Erzählungen

ALBERT CAMUS · Gesammelte Erzählungen

TRUMAN CAPOTE · Gesammelte Erzählungen

ROALD DAHL · Gesammelte Erzählungen

ALFRED DÖBLIN · Gesammelte Erzählungen

HANS FALLADA · Gesammelte Erzählungen

ERNEST HEMINGWAY · Sämtliche Erzählungen

KURT KUSENBERG · Gesammelte Erzählungen

D. H. LAWRENCE · Gesammelte Erzählungen

ARTHUR MILLER · Gesammelte Erzählungen

HENRY MILLER · Sämtliche Erzählungen

YUKIO MISHIMA · Gesammelte Erzählungen

ROBERT MUSIL · Sämtliche Erzählungen

VLADIMIR NABOKOV · Gesammelte Erzählungen

JEAN-PAUL SARTRE · Gesammelte Erzählungen

JAMES THURBER · Gesammelte Erzählungen

THOMAS WOLFE · Sämtliche Erzählungen

Rowohlt